Bernhard Trecksel

Nebelmacher

Roman

Originalausgabe

blanvalet

MIX
Papier aus verantwortungsvollen Quellen
FSC® C014496
FSC
www.fsc.org

Verlagsgruppe Random House FSC® N001967
Das für dieses Buch verwendete FSC®-zertifizierte Papier
Super Snowbright liefert Hellefoss AS, Hokksund, Norwegen.

1. Auflage
Juli 2015 bei Blanvalet, einem Unternehmen
der Verlagsgruppe Random House GmbH, München.

Umschlaggestaltung und -illustration: © Isabelle Hirtz,
Inkcraft unter Verwendung einer Fotografie von Nico Fung
Karten: Jürgen Speh
Redaktion: Peter Thannisch
Lektorat: Holger Kappel
Herstellung: sam
Satz: Vornehm Mediengestaltung, München
Druck und Einband: GGP Media GmbH, Pößneck
Printed in Germany
ISBN 978-3-7341-6032-5

www.blanvalet.de

BERNHARD TRECKSEL

Nebelmacher

Was aber ist ein Nebelmacher, Mutter? Wiewohl die Welt doch schon voll Dunst, herrscht noch Bedarf nach ihresgleichen?

Schweig stille, Kind – sprich nicht den Namen aus! Sie sind die letzten ihrer Art! Aus einer Zeit, die längst musst weichen. Wüsst' man sie zu finden, sie zu erkennen, die Scheite türmten sich – und Volk wär auf den Straßen, gefeiert würde und gesoffen, tanzen würden alle Beine – sechs Klafter hoch die Meiler, ihr unrein Fleisch rasch zu verbrennen, auf dass die Sonne wieder scheine!

Aus: Des Archons Niedergang – Theaterstück aus der Feder des Dramaturgen Thaen Sirrus, hingerichtet wegen volksverhetzender Reden, 520 adis Pentae

1. Clach

Die Herrin Pavosa Moreno war gerade einmal sechzehn Jahre alt, als sie starb. Bis zur Nacht ihres unrühmlichen Abgangs, an deren unausweichlichem Ende gleich zwei Lehren auf die Herrin warteten, war ihr Dasein stets nur von einem Prinzip geprägt gewesen: der unerschütterlichen Gewissheit, Herrin all dessen zu sein, das im Schatten der Loggia ihres Vaters lebte. Ihre Launenhaftigkeit und ihre Grausamkeit – Teil des famosen Erbes, das sie dereinst von ihrem Vater übernehmen würde – waren in diesem Teil von Argas geradezu legendär geworden, hatten sich verselbstständigt und dazu geführt, dass keiner der Menschen aus dem Viertel, egal, welchen Standes, auf die Straße ging, wenn Pavosa in ihrer Sänfte unterwegs war. Nur allzu gern befahl sie ihren Untergebenen, Passanten mit Schlägen zu malträtieren, ob diese nun den Weg rechtzeitig freimachten oder nicht. Passierte sie mit ihrem von einer Armada von Sklaven gewuchteten Gefährt die Stände von Marktschreiern, so sahen sich diese umringt von bulligen Eunuchen und der Gewissheit, um eine Vielzahl von Pasteten, Küchlein und anderer Köstlichkeiten erleichtert zu werden. Natürlich zu einem lächerlich niedrigen Vorzugspreis, falls die Herrin Moreno überhaupt je bezahlte, was ganz und gar von ihren Launen abhing. Während dann wütende, oftmals misshandelte Bürger hinter ihren Marktständen zurückblieben, geschundene Gesichter befühlten und gelockerte Zähne betasteten, wurde die junge Diva, gebettet auf samtenen Kissen und umhüllt von Seidenvorhängen, über das Kopfsteinpflaster getragen und vergrößerte ihren nicht unbeträchtlichen Leibesumfang mit den erbeuteten Naschereien.

Genau dieser Hang zu Backwerk und deftigen Happen war einer der Faktoren, die der Herrin Pavosa Moreno in dieser schwülwarmen Nacht zum Verhängnis werden sollten: Während ein Bagansa-Teppich aus edelstem Flor unter ihren teigigen Füßen nur so dahinflog und die gestrengen Gesichter ihrer Vorfahren auf den Ölschinken ihrer Dynastie vorbeirauschten, raste das verfettete Herz in Pavosas Brust und pumpte verkleisterten Sirup durch ihre Adern, die ein missliebiger Feuerteufel in Brand gesteckt zu haben schien. Ihre Lunge pfiff, Myriaden winziger Lichtpunkte tanzten vor ihren Augen ein Rondo, ragten in ihren Kopf hinein und rasten durch ihr fiebriges Gehirn. Die Welt war zu einem Tunnel geworden, dessen Ende – der rettende Ausgang – in unendlich weiter Ferne dieses Seitengangs der Loggia zu liegen schien. Sie hechelte wie ein Straßenköter mit Schwindsucht, pumpte Luft mit der Konsistenz von Rübensaft in ihre kreischende Lunge und mobilisierte sämtliche Kraftreserven ihres jugendlichen Körpers.

Sie senkte den Kopf und legte an Geschwindigkeit zu. Vor einigen Sekunden – die ihr vorkamen, als lägen sie Jahre zurück – hatte die Herrin Pavosa Moreno noch panisch um Hilfe geschrien, doch offenbar hatte niemand sie gehört. Keiner ihrer Diener kam ihr zu Hilfe. Sie war allein. Ein Schluchzer entrang sich ihrer Kehle, erklomm tapfer den Weg nach oben durch den rasenden Schmerz in ihrer Luftröhre. *Wo sind nur alle? Wieso hilft mir keiner?*

Die Tatsache, dass ihr niemand zu Hilfe kam, führte zur ersten Erkenntnis, die das Mädchen in dieser Nacht machen sollte: Sie war allein. Ganz allein. Nein, das stimmte so nicht ganz. Der Verfolger! Sie warf den Kopf herum, wobei einer ihrer Zöpfe ihr wie eine Bullenpeitsche ins Gesicht klatschte. Der Korridor war leer, Lüster an den getäfelten Wänden warfen unstete Schatten. Sie konnte es nicht fassen.

Sie wurde langsamer. Blieb stehen. Dann vernahm die Herrin Pavosa ein schnaubendes Lachen. Sie brauchte einige Sekunden, um zu begreifen, dass es ihr eigenes war. Sie lehnte sich an die Täfelung, brach in der Mitte ein. Sie war vollkommen ausgepumpt. Vorhin hatte Pavosa nur einen kurzen Blick auf ihren Verfolger werfen können, aber der hatte genügt, um zu wissen, warum er gekommen war. Der Mann – sie glaubte zumindest, dass es sich um einen handelte – war ein gedungener Mörder. Ein Attentäter. Die Herrin Pavosa mochte jung sein, doch unbeschlagen in den Wegen ihres Standes war sie nicht. Es hatte bereits einmal einen Anschlag auf ihr Leben gegeben, nur hatten ihre Leute damals kurzen Prozess mit der Meuchlerin gemacht. Pavosa hatte selbst befohlen, dass man den Kopf der Täterin salzen und dann auf eine Lanze am höchsten Türmchen des Palastes stecken sollte. Sie war sich damals sehr erwachsen vorgekommen in ihrer Rolle als Herrin über Leben und Tod.

Doch nun, während das Blut durch ihre Ohren rauschte wie ein Orkan, ihr Herz flatterte und der Schweiß ihr in Sturzbächen über den Körper rann, musste die Herrin Pavosa Moreno erkennen, dass sie nur ein Kind war. Schniefend und von einer Vielzahl im Widerstreit liegender Emotionen überflutet, starrte das Mädchen auf seine nackten Füße, die Hände noch immer an die weiß lasierten Holzplatten und ihren Stuck gepresst. Sie verharrte auch noch in dieser Haltung, als der Schatten auf sie fiel. Er kam von rechts, aus der Richtung, in die sie bisher geflüchtet war. Ein weiteres Schluchzen stahl sich über ihre bebenden Lippen, begleitet von einer weiteren Erkenntnis.

»Ihr wart die ganze Zeit hier, nicht wahr? Ihr habt mich gar nicht verfolgt?«, fragte sie.

Keine Antwort. Stoff raschelte. Ein seidiges Wispern, das klang, als würden sich die Leiber schwarzer Schlangen am Grund einer Grube aneinanderreiben. *Er riecht nur nach Leder,* fuhr es ihr durch den Kopf. Absurd. *Er hat gar keinen richtigen Geruch. So als wäre er gar nicht wirklich hier ... Er wird ja auch bald wieder fort sein. Wenn er fertig ist.*

Es raschelte erneut. Er trat an sie heran. Sie presste die Augen fest zu, spürte seine Präsenz aber dadurch umso stärker. Aber noch stärker als die Furcht war die Stimme ihres Vaters. Ihres verhassten Erzeugers, der sie für ihre Feigheit und Schwäche verurteilte. Sie öffnete die Augen aus blankem Trotz. Trotz war etwas, worauf sie sich verstand. Pavosa blickte auf und sah ihren Verfolger vor sich. Eine mit Asche geschwärzte Lederrüstung mit passenden Arm- und Beinschienen. Kleidung, dunkler als die Nacht, die Konturen der Figur zerstreut von ihren Tränen und einem samtgrünen langen Umhang, dessen Kapuze hochgeschlagen war. Kaum erkennbar darunter die pechschwarzen, kurz geschnittenen Haare. Mehrere Tücher oder Schals verhüllten die untere Partie des Gesichts, darüber sah sie scharf geschnittene Wangenknochen, die dem Antlitz etwas von einem Milan oder einem anderen, noch grausameren Greifvogel verliehen. Die Augen waren wasserblau, schienen wie ihre zu schwimmen. Über dem linken verlief eine Messernarbe, die auf der Stirn begann und irgendwo unter den Schals vor seiner Mundpartie verschwand. Ihre Blicke begegneten sich. Pavosa ergriff das Wort:

»Wird es weht ...« Weiter kam sie nicht. Ein scharfer, kalter Schmerz drang schlagartig und unerwartet in ihre Welt ein und füllte sie aus, wurde zu einem Schatten, einem allumfassenden Kosmos, der alles überlagerte. Die zweite Erkenntnis dieser Nacht brach über das Mädchen herein: *Ich sterbe. Götter, ich sterbe.* Eine Sturzflut panischer Ängste und widerstrebender Gefühle zerfetzte jeden klaren Gedanken. Sie hörte sich selbst einen blubbernden Laut ausstoßen, der unter anderen Umständen vielleicht sogar komisch gewesen wäre. Ihr Mund war urplötzlich voll mit einer warmen Flüssigkeit. Beiläufig registrierte sie, dass sie sich damit vollsabberte. Sie sickerte ihr über das Kinn auf die Brust, wo der Dolch steckte, den der Attentäter mit Wucht durch ihr Brustbein gerammt hatte. Obwohl ihr Mund voller Blut war, fühlte er sich grässlich trocken an. Sie roch verbrannte Haare, obwohl sie kein Feuer sah. Sie räusperte sich, verspritzte dabei karmesinrote Perlen. Sie glitzerten wie makellose kleine Rubine auf der Täfelung, fingen das tanzende Kerzenlicht ein. Ein unerträglich hoher Summton wie von tausenden Wespen war plötzlich in ihren Ohren, schwoll zu einem Dröhnen an, während die Kälte eines ungebändigten Schneesturms durch ihre Brust tobte. Sie räusperte sich noch mal. Und noch einmal. Es half nichts, ihre nasse Kehle blieb trocken.

»Nicht lange«, sagte der Mörder, und seine raue Stimme begleitete die Herrin Pavosa Moreno in die Dunkelheit.

Clach sah zu, wie der kleine Körper mit einem eigentümlichen Quietschen an der Täfelung herabsackte, an der er Schlieren hinterließ. Die Finger des Mädchens griffen ins Leere, die Augen rollten in ihren Höhlen. Dann bekam sie seinen Umhang zu fassen, krallte sich daran fest, und ein letztes Blubbern entrang ihrer Kehle. Clach ließ sich auf ein Knie neben dem Körper nieder und entzog seinen Umhang dem Griff der Sterbenden. Er holte einen kleinen Behälter aus Weidenruten hervor, in dem ein Spatz mit Sehnen fixiert war. Die Flügel waren gebrochen, eine Leistung, die selbst einem Mann mit Clachs geschickten Händen alles abverlangt hatte.

Sechs der winzigen Tiere hatte er bei den Versuchen vorher getötet. Sie waren extrem filigran. Er hatte einen Raben verlangt – aus Pragmatismus und auch aus Gründen der Tradition –, aber in ganz Argas weigerten sich die Vogelhändler, die gefiederten Todesboten zu verkaufen. An Nachtigallen, Spatzen und Kolibris herrschte indes kein Mangel.

Man musste nehmen, was man bekam. Hätte es ein Leitmotiv für das Leben des jungen Mannes gegeben, den wenige in der Penta Fomor unter dem Ehrennamen »Totenkaiser« kannten, dann hätte es wohl gelautet: Man muss nehmen, was man kriegt.

Clach setzte sich im Schneidersitz neben das Mädchen. Ihr plumper kleiner Körper gab nun nur noch seltsam fiepende Laute von sich, die durchbohrte Brust hob und senkte sich unmerklich. Ein zufälliger Beobachter hätte angenommen, dem Attentäter wäre ein grausamer Fehler unterlaufen oder Clach ein Sadist. Aber dem war nicht so. Clach wusste genau, was er tat. Immer. Und er ließ niemanden unnötig leiden.

Er schlug die Kapuze zurück und zog die Tücher nach unten, die bisher die untere Hälfte seines Gesichts verborgen hatten. Dann besah er sich sein Opfer genauer. Die Augen der jungen Frau zuckten immer noch hin und her, doch sie war längst über den Punkt hinaus, wo sie noch etwas spürte. Der erste Dolch hatte sich sauber durch die Drosselgrube ihres Brustbeins gebohrt, während der andere seinen Weg zwischen ihre vierte und fünfte Rippe hindurchgefunden hatte, um die Apex ihres Herzens zu öffnen. Beide Waffen waren mit dem Gift der Culcisviper bestrichen, das eine lähmende Wirkung auf die Nerven entfaltete und zugleich die Blutgerinnung verhinderte. Mit dem Eintritt der Waffen in diese beiden neuralgischen Punkte ihres Körpers war ihr Leiden vorbei gewesen, bevor es begonnen hatte. Ihr Bauchraum war bereits voller

Blut, das Gehirn war schlagartig unterversorgt worden. Sie litten niemals, wenn er tötete. Das war sein Credo, und deshalb war er der Beste.

Der Brustkorb hob und senkte sich nicht mehr. Aus dem stillen Monolog ihrer bebenden Lippen und dem leisen Räusperkonzert war ein letzter Seufzer geworden, in dem nichts als Frieden lag. Clach konzentrierte sich. Er intonierte die uralten Formeln. Arkane Worte aus einer Zeit vor dem Krieg der Erzmagi, lange bevor die Titanen gefallen waren.

»Thian! Aigh! Thian! Brolgh!«

Er selbst verstand die Worte nicht, kannte ihre Bedeutung nicht. Er kannte nur den Effekt: Die Kerzen im Korridor flackerten in seine Richtung, ihr Schein wurde merklich schwächer.

»Thian! Hestaigh Slairne!«

Der Spatz erwachte plötzlich aus seiner Starre. Er spürte, was bevorstand. Bäumte sich auf, sprengte die Schnur, die seinen Schnabel fixierte, und piepte vor Schmerz und Angst. Die Bleiglasfenster auf dem ganzen Korridor klirrten leise in ihren Fassungen, Kristalllüster an der Decke wisperten.

»Thian! Astrobh ’ni Sleed!«

Flüstern und Raunen erfüllten den Gang, als Clachs Erbe erwachte. Ein widerwärtiger Gestank nach verbrannter Milch und süßlichem Marzipan erfüllte den Flur. Clachs Herz begann zu rasen. Seine Sicht verschwamm. Ein dumpfer Schmerz breitete sich links unter seinem Brustbein und knapp unter seinem Hals aus, während die Welt dunkler zu werden schien.

»Thian!«

Clach spürte es mehr, als dass er es sah: Etwas geschah mit dem Körper der Herrin Pavosa. Eine ephemere, unfassliche Kraft schien ihr zu entweichen. Ohne Gewicht, ohne Zwänge, befreit von den irdischen Ketten. Bereit, aufzusteigen zum

Firmament, den Göttern entgegen, um eins zu werden mit der Ewigkeit und dem Licht …

Es war ein kurzer Flug. Nachdem er das letzte Wort intoniert hatte, sog der Totenkaiser die Luft ein. Urplötzlich war sein Mund bis zum Bersten gefüllt, eine pulsende, endlose Kraft, die sich wie Eisfeuer in sein Fleisch brannte. Nun war er nicht mehr Clach. Er war Clach-Pavosa. Er/sie spürte ihre/seine Verwirrung, als sie von innen gegen seinen/ihren Mund drängte wie ein eingekerkertes Tier. Der Teil von ihm, der Clach war, gab ihrem Ansinnen nach. Er griff nach dem Behälter, spitzte die Lippen und blies. Der Vogel fiepte panisch. Nach drei weiteren Lidschlägen war es vorüber. Clach stellte den Behälter mit dem Spatz auf den Boden. Er fühlte sich in jeder Hinsicht leer, ausgepumpt. Die Welt war grau, das Licht ohne Kraft, die Luft frei von Gerüchen. Dennoch schnupperte er. Blase und Darm des Mädchens hatten sich hörbar entleert, aber nun roch die Luft nach gar nichts, schien keine Temperatur und keine Konsistenz zu haben. Sie war da. Und das war auch schon alles. Weder kalt noch warm. Er war erfolgreich gewesen. Wie so oft. Der Tempel würde erfreut sein. Nicht dass ihm das etwas bedeutete. Er spürte, wie sich bereits Unzufriedenheit in ihm regte, weil die Jagd so kurz, die Beute so unwürdig gewesen war.

Mit einer schnellen Geste der Klarheit reinigte er seinen Geist, bevor ihn das unerwünschte Gefühl verunreinigen konnte. Er zog die Dolche aus der Leiche, stand ohne Hast auf und griff nach dem Behälter. Der Spatz lag nun still. Seine Augen stierten in die Ferne, und über seinem Blick lag ein eigentümlicher Schleier. Clach befestigte den Behälter an seinem Gürtel und schob die blutigen Dolche in die mit Gift und Öl getränkten Scheiden. Dann schlich er durch die herrschaftlichen Korridore und Säle des Palastes und hinab ins Untergeschoss. Vorbei an schlafenden Wächtern, wobei er mit routinierten Bewegungen die Blasrohrpfeile aus Hälsen, Nacken und Armbeugen zog und sie in einer Röhre an seinem Gürtel verschwinden ließ.

Durch eines der zahllosen Fenster an der Westseite des Gebäudes schwang er sich nach draußen. Er kam im taunassen Gras auf. Der Prunkgarten lag still, umfriedet von hohen Ligusterbüschen und einer Wehrmauer. Es duftete nach den Orangenbäumen, die in voller Blüte standen. Der Morgen dämmerte bereits, das Licht der Sonne blinzelte durch die Arkanistenkuppel über der Stadt. Bald würde sie über den Nebeln stehen.

Clach griff in ein Gebüsch, zog das Wachstuch hervor mit seiner mitgebrachten Straßenkleidung und zog sich ohne Hast um. Kapuzenumhang, Lederrüstung und Handschuhe wichen einem einfachen Schnürhemd und Samthosen, die Dolche einem Rapier. Mit einem letzten Blick auf seine Stiefel und das Fensterbrett vergewisserte sich Clach, dass er keine unerwünschten Blutspuren hinterlassen hatte. Dann räusperte er sich, lockerte seine Muskeln, schulterte sein Ränzlein und entspannte seine Miene. Ein Lächeln umspielte strichdünne Lippen, als aus dem Totenkaiser ein anderer Mann zu werden schien, dessen Haltung und Gesicht die gesamte Arroganz des argasischen Landadels widerspiegelten. In der Nacht war Clach als Todesbote in dieses Heim gekommen – nun, da der neue Morgen dräute, verließ er es als Arentias, ein Duellist und Adelssproß, der lange als Geisel des Archonten von Fomor gelebt hatte. Nicht dass es einer komplexeren Hintergrundgeschichte seiner Maske bedurft hätte, aber Clach liebte diesen Teil der Jagd. Dennoch gestattete er sich erst ein Schmunzeln, als er die Grenzen der Anlage durch ihr Haupttor verlassen hatte.

Er schritt am Wachhabenden in seiner Laube vorbei, der gerade fluchend und mit unerklärlich starken Kopfschmerzen erwachte und sich hastig von dem hohen Herren abwandte, der da seines Weges ging. Sein Fußweg durch die verwinkelten Gassen und über die marmornen Terrassen von Argas führte Clach an Palmgewächsen und reich verzierten Springbrunnen vorbei. Um diese Uhrzeit waren nur Handwerker, armes Volk und betrunkene Matrosen unterwegs – und keiner von ihnen war erpicht darauf, einem verwöhnten Sohn aus gutem Hause mit einer flinken Klinge über den Weg zu laufen. So achtete auch niemand darauf, als Clach in einer Gasse neben einer Schlachterei Halt machte.

Er öffnete den Behälter. Augenblicklich gab der Spatz ein seltsames, alles andere als melodiöses Tschilpen von sich, das auf befremdliche Weise wie Schreie klang. Eine seltsame, verängstigte Intelligenz war in seine Vogelaugen getreten. Sanft griff Clach in den Käfig und legte den gefesselten Vogel mit einer ebenso sanften Bewegung auf den Abfalltonnen ab. Was dann kam, war nur noch Makulatur. Aber es musste auf natürliche Weise passieren, das war Teil des Rituals. Der Totenkaiser blickte sich um. Neugierig beäugte eine Meute zerzauster, brutal aussehender Straßenkatzen sein Tun. Als er die Gasse verließ, ging das Zwitschern des Spatzen im Geschrei kämpfender Vierbeiner unter.

Aus den Chroniken des Kataklysmus der Erzmagi, verfasst dreihundert Jahresläufe nach dem Titanensturm, Anonymus:

… am Ende waren es fünf, die dem Kataklysmus getrotzt hatten. Fünf, die zum Leid der Völker auszogen zu bestimmen, wer der Mächtigste sei, erwählt, das Fleisch zurückzulassen und aufzusteigen in das strahlende Pantheon – wiedergeboren als Gott unter Göttern. Und unter den Völkern erhob sich ein großes Klagen, denn der Krieg der Fünf hatte derart gewütet, dass mehr Tote niederlagen, als es Sterne am Himmel gibt, und ihr Blut hatte die Flüsse rot gefärbt. Aber die Fünf kannten kein Mitleid mit den Völkern, und so kam es, dass sie in ihrem Hochmut an den Grundfesten der Schöpfung rührten. Und siehe, sie erhoben die Pentae, die letzten der Titanen. Und sie banden sie mit kalter Rune und glühendem Stahl und hießen sie, ihre Festungen zu tragen. So wanderten die Pentae über die Welt, zu ihren Füßen, die die Gebeine der Erde waren, herrschte ein Gewimmel wie von Ameisen. Es waren die Krieger der Fünf, und ihre Zahl war Legion. So kam es, dass die Fünf auf den Feldern des einst fruchtbaren Reiches Aehve zusammentrafen zur letzten Schlacht. Einhundert Tage und einhundert Nächte lang tobte die Schlacht, Mann gegen Mann, Titan gegen Titan. Ungerührt vom Leid, das sie gebracht hatten, standen die Fünf in den höchsten Türmen ihrer Festen und schleuderten Zauber um Zauber. Berg um Berg ward gespalten, Meer um Meer verdampfte. Die Leichen türmten sich so hoch, dass sie den Mond berührten. Und am Ende gingen die Pentae auseinander, ein jeder für sich tödlich getroffen, und wanderten zum Sterben in die Welt, die nun nichts denn Karst und Nebel war …

Hora des Lichtfürsten, 301 adis Pentae.

2. Ormgair

Nebel. Der Nebel war überall. Seit der Zeit, von der die Seher nur noch in den Raunächten sprachen, wenn die Feuer höher loderten, sich die Stammesmitglieder um die Flammen und die Ältesten scharten und die Toten mit den Baen'sidhe durch das Firmament ritten und klagten, gab es den Nebel. Dann erklangen die Geschichten vom Großen Krieg – und wie nach seinem Ende vom Großteil der Weltenscheibe, die einst ein Paradies gewesen war, nicht mehr als eine verkarstete Wüstenei geblieben war, die beständig im Nebel ertrank. Die weichen Stadtlinge nannten die Welt seitdem die Dämmerwelt und verkrochen sich unter der Hexerei ihrer Kuppeln und meterdicken Mauern. Die Mitglieder vom Stamm der Tanleigh hingegen nannten das wilde Land, das sie bewohnten, den Amboss. Jeder, gleich ob Weib oder Balg, Krieger oder Ältester, wurde auf diesem Altar geschmiedet. Die Würdigen passten sich an. Sie wurden in dieser Hölle aus Nebel, Fels und beständigen Kämpfen gegen die feindlichen Stämme um knappe Ressourcen geformt. Die Schwachen zerbrachen auf diesem Amboss. Ihre Knochen ließ man bleichen, wo das Fleisch gefallen war, während ihre Seelen und ihre Taten ins Vergessen stürzten.

Ormgair spie aus. Er hatte dem Land seiner Vorväter über fünfzig Winter abgetrotzt und dabei das Kunststück vollbracht, weder zu den glorreichen Ahnen zu zählen, noch als

Ältester zu leben. Wobei jene, die ihn kannten, den Unterschied in der Nomenklatur zwischen Krieger und Ältestem bei Ormgair vor allem einer Tatsache zuschrieben: Die Krieger, die es gewagt hatten, den alten Kundschafter mit Floskeln wie »ehrwürdiger Alter« oder »geehrter Ältester«, anzusprechen, hatten ihr Blut auf Tisch und Bank gespien, Ormgairs Dolch in den Därmen oder seine Bartaxt zwischen den Augen.

Nun stand der Mann, der nach den Maßstäben seiner eigenen Kultur bereits ein Greis war (und der sich, wenn er ehrlich war, auch manchmal so fühlte), auf einer von sporadisch verkrüppeltem Heidekraut und Disteln bewachsenen Felsnadel und ließ den Blick über das endlose Meer zu seinen Füßen schweifen. Es war ein guter Tag, das Grau schwappte heute nur so dicht wie der Rauch von nassem Holz, sodass man aus der Höhe einen Steinwurf weit zu spähen vermochte. Leichte Windböen zerfaserten es hier und da, rissen Löcher in das Gewebe, das nie die Haut tränkte, nie das Atmen erschwerte, so wie es der Nebel in den Legenden der Vorväter früher angeblich getan hatte. Der Geruch von Heidekraut und alten Feuern begleitete das Flüstern der Böen.

Ormgair fügte dem Dunst etwas Feuchtigkeit hinzu, indem er ausspie. Hätte jemand den Nebeljäger zu fragen gewagt, womit er sich sein hohes Alter erklärte, hätte ihm Ormgair vielleicht auseinandergesetzt, dass er regelmäßig die Gifte eines alten Leibes aus seinem Körper spie. Und dass er auf seine Zähne achtgab. Fragte man Ormgair, dann verreckten die Alten vor allem aus zwei Gründen: weil ihr Genörgel die Jungen in den Wahnsinn trieb, und weil sie das, was sie fraßen, nicht mehr kauen konnten.

Er selbst war für sein Alter in bemerkenswerter Verfassung. Und man sah es. Statt wie die meisten Tanleigh massig und breitschultrig, hatte Ormgair mehr von einem der Wölfe seiner Heimat: eine ausgezehrte Gestalt, gekleidet in ein gebeuteltes Kettenhemd und einen löchrigen Kilt mit einem Tartan. Knochige Schultern, von einem nachtblauen Tuchumhang nebst Pelzkragen verhüllt, dessen beste Tage schon zu Zeiten von Ormgairs Vater vorbei gewesen waren. Silberne Fibeln, die wie springende Berglöwen gearbeitet waren, hielten das zerrissene Relikt, angelaufen und geschwärzt. Ein einfacher Kurzbogen aus verleimtem Horn nebst Köcher und eine schartige Bartaxt verrieten Ormgairs Profession. Das Gesicht des Barbaren glich der Landschaft, die ihn umgab, eine perfekte Imitation aus Narbenhügeln und Faltentälern, in die wie zwei Bergseen Augen von einem solchen Grau eingebettet waren, dass man sie kaum vom umgebenden Nebel unterscheiden konnte.

Wie die Wurzeln uralter Bäume baumelte sein zu vier Zöpfen geflochtener aschgrauer Bart bis auf die Brust, der Schädel war, abgesehen von einem daumendicken Haarstreifen, dem Zeichen der Kriegerwürde, kahl. Zwei Karstlöwen sprangen über von Feindeshand vernarbte Ohren, die ausgestreckten Pranken an den Schläfen endend. Die Hautbilder seines Totemtieres waren Ormgair mit großer Kunstfertigkeit von einem der Schamanen gestochen worden, als er als junger Krieger wegen seiner untrüglichen Sinne zum Nebeljäger der Tanleigh erwählt worden war.

Der Karstlöwe war ein einsamer Jäger, der seine Beute oft tagelang zum reinen Vergnügen beschlich. Er war äußerst mürrisch, im Nebel nahezu unsichtbar und tötete sein Ziel mit nur einem Prankenhieb oder Biss. Die Weibchen lebten in Rudeln und pflegten die Jungtiere, die Männchen aber streiften einsam und übel gelaunt durch die kargen Landstriche ihrer Heimat.

Nicht nur in jener einzigartigen sozialen Hinsicht glich Ormgair diesen Bestien. Auch er hatte Beute gewittert und beschlich sie. Und eben diese Beute hatte die Felsnadel überquert, auf der er nun stand. Er hatte ihre Spuren mit der gleichen Klarheit gelesen, wie ein Gelehrter der Stadtlinge es mit seinen Büchern tun mochte. Es waren zehn. Und es waren Kreen. Diesen Verdacht hatte Ormgair bestätigt, als er letzte Nacht keine zwei Schritte entfernt von ihren schlafenden Körpern auf dem Bauch in ihrem Lager gelegen hatte. Sie hatten Wachen aufgestellt, und zehn feindliche Krieger waren durchaus eine Macht, der sich ein Mann in Ormgairs Alter und Lage nur unter einer Bedingung gestellt hätte: wenn Zeugen zugegen gewesen wären, die hernach von seinem glorreichen Tod berichteten, damit er am Firmament den Wind reiten konnte.

Doch Ormgair kämpfte stets allein, und die Kreen hatten das Land der Tanleigh heimgesucht. Ihre Gespräche am Feuer ergaben keinen Aufschluss darüber, was sie innerhalb der Grenzen des Ambosses gesucht hatten. Und so hatte der Nebeljäger beschlossen, seinerseits auf den Spuren der Bande in ihre Heimat vorzudringen. Sicher, er hätte seinen Stamm verständigen können, es wäre sogar seine Aufgabe gewesen, dies zu tun. Aber Ormgairs Zeit lief ab. Und er wusste es.

Zwar barst seine eigene Legende förmlich vor würdigen Kämpfen, doch seine unwirsche und einzelgängerische Art sorgte seit den kurzen Tagen seiner Kindheit dafür, dass Ormgair der Respekt versagt blieb, den er verdiente. Er hatte sich – von unbefriedigenden kleinen Episoden mal abgesehen – nie ein Weib genommen, keine Söhne gezeugt. Die wenigsten seiner Taten waren je von anderen Kriegern bezeugt worden, und so ungern es sich der Nebeljäger eingestand, die Meinung der anderen Stammesmitglieder war ausschlaggebend, wenn auch nur, um die Baen'sidhe zu überzeugen, das Feuer seiner Seele mit hinaufzutragen aus dem Nebel und an das Firmament. Dorthin, wo die Nachkommen der Titanen ihre endlosen Kämpfe führten. Dort, wo die Feuer ihrer Heerlager auf dem Nachtgewand der Titanenmutter erstrahlten, wo Krieg und ruhmreiche Taten niemals ein Ende fanden. Ormgair würde sich einen Platz an der Seite der Helden seines Volkes verdienen. Er würde dort oben sitzen, an ewigen Feuern, an denen kein Mangel an gebratenem Fleisch war. Er würde den Skech trinken, Geschichten erzählen und Männer töten, die nur starben, um sich am nächsten Tag wieder zu erheben und weiter zum Wohlgefallen der Titanen zu kämpfen und schließlich einer der ihren zu werden, so wie die Ahnen der Tanleigh es im Großen Krieg geplant hatten.

Man würde dereinst Lieder über ihn singen. Lieder wie über die Männer, an deren Seite er nach dem Tode streiten würde. Männer wie Gaul, den Schlächter. Oder Yngvei, der in grauer Vorzeit fünf Riesen mit nur einem Streich hingestreckt hatte. Krieger wie Ioiain, der schon als Knabe einen Säbeltiger eingeritten und den Wassertitanen Altus unter den Tisch gesoffen hatte. Ormgair Steinviper würde nicht vergessen werden. Seine Knochen würden nicht vergessen im Nebelmeer vor sich hin bleichen, von Viehzeug zernagt. Dafür würde er Sorge tragen.

Was immer diese Kreen geplant hatten, er würde es nicht nur herausfinden, sondern vereiteln. Und er würde einen von ihnen mit heimbringen, damit der Hund bei den Titanen schwor und bezeugte, was Ormgair vollbracht hatte.

Ein wölfisches Grinsen stahl sich auf des Barbaren Gesicht, gelbe Zähne blitzten.

Die Flucht seiner Feinde – denn nichts anderes war ihr Auszug aus den Ländern der Tanleigh – dauerte zwei weitere Tage und führte durch das Fußland der Krallenberge. Eine zerklüftete, von Rissen und Verwerfungen durchzogene Landschaft, in der das Purpur der Heide einen seltsamen Farbkontrast zum endlosen Zwielichtgrau des Nebels und dem Braun der Krüppeldisteln beschrieb. Wann immer der

Nebel in Bodennähe aufriss, gab er den Blick frei auf Wildpfade. Knochen von Mensch und Getier ragten hier und dort aus dem Boden, verschlungen von der Erde, die Fleisch fraß und Blut soff. Die Landschaft wurde mit jeder Stunde lebensfeindlicher und Ormgair noch vorsichtiger als gewöhnlich. Er wusste, was es für ihn bedeuten würde, wenn er sich den Fuß in einem Morastloch brach. Inmitten einer solchen Umgebung wie dieser Heide war es gleich, ob er sich auf Feindesland befand. Die Räuber und Aasfresser hätten ihn abgenagt, bevor die Kreen überhaupt merkten, dass sie verfolgt wurden.

Je tiefer sie in Kreen-Land vordrangen, die Stimmen der Feinde stets als raue Echos vor Ormgair, desto feuchter wurde der Untergrund und umso mehr nahm die Zahl der Knochen zu, die den Boden bedeckten. Der Nebeljäger musste bereits mit großer Vorsicht zu Werke gehen, wollte er die Feinde nicht auf sich aufmerksam machen. Die Kreen hatten diese Probleme nicht, das Knirschen von Knochen, die von Lederstiefeln zermalmt wurden, war ihr steter Begleiter. Die Luft roch unangenehm, eine Mischung aus Schwefel und süßlicher Fäulnis, die gleich dem Wasser im Inneren einer aufgeblähten Leiche vor sich hin gärte. Die Luft stand, schien den Atem anzuhalten. Ormgair gestand es sich ungern ein, doch ihn fröstelte.

Er hatte Gerüchte über die Lichheide und das dahinter liegende Blutmoor gehört. Im Großen Krieg war dies eines der wichtigsten Schlachtfelder gewesen. Ein wimmelnder Ozean aus Kriegern hatte zu Füßen der Titanen gefochten, als diese Himmel und Erde spalteten. Zehntausende hatten ihren letzten Odem in den Boden gehaucht, der ihr Blut getrunken hatte, als wäre es süßer Skech, bis selbst sein endloser Durst gestillt war. Zurückgeblieben waren nur die Heide und das Moor.

Jede Blüte war die Seele eines Toten, dem ein Ritt ans Firmament versagt geblieben war, das Wasser des Moores hingegen das Blut, das nicht versickern wollte. Der Ort galt den Tanleigh als verflucht. Ormgair, der zeitlebens allein an den seltsamsten Orten und gegen Bestien gekämpft hatte, gestand es sich nur ungern ein, aber er konnte nachvollziehen, warum. Aber es war zu spät. Er war zu tief vorgedrungen, um noch zu kapitulieren.

Mit vor Misstrauen zusammengekniffenen Augen setzte er einen Fuß vor den anderen, stieg behutsam über moosige Schädel, die teilnahmslos zu ihm heraufgrinsten. In einer Augenhöhle stierte ein Laufkäfer aus Facettenaugen zu ihm empor, einen zuckenden Regenwurm in den vor Gift triefenden Mandibeln. Der Harnisch des Insekts schimmerte wie eine Öllache. Als Ormgairs Schatten sich auf die Szenerie legte, zerrte der tödliche Ritter seine Beute in die Finsternis im Inneren des Schädels. Der Kreislauf von Leben und Sterben, vollzogen im kleinsten Maßstab.

Ormgair zog die Nase hoch. Er hätte am liebsten ausgespien, angewidert von der Unabänderlichkeit der Dinge. Er würde nicht der Wurm sein. Er würde nicht sterben, zur Beute des Lebens werden, bevor er gehandelt hatte.

Er merkte kaum, dass sich seine Hände um den Griff seines Schlachtbeils legten und er die Waffe zog. Solcherart folgte er seiner Beute. Ein Karstlöwe mit nur einem einzigen tödlichen Fang.

Die Luft war mittlerweile noch kälter geworden. Der Abend kündigte sich an. Das Land hatte deutlich mehr von einem Sumpf als einer Heide. Die Schatten missgestalteter Bäume und ihrer zerfetzten Ruinen erhoben sich aus dem Untergrund wie die Klauen der Untoten in den Legenden. Weiden, den Schatten riesiger Spinnen gleichend, wiegten sich leise hin und her. Der Boden gab hier und dort ein leichtes Blubbern von sich, blähte sich, spie Wolken stinkender Gase aus. Es roch nach faulenden Eiern. Der Nebel waberte gelblich und war teils so dicht, dass Ormgair die Hände zum Gesicht ziehen musste, um sie zu sehen. Etwas, das er gern vermieden hätte. Es war, als schlösse sich ein Käfig um jeden einzelnen Zoll seiner Handknochen, dessen Inneres aus rotglühenden Nadeln bestand.

Ormgair gab ein unhörbares Winseln von sich. Es war, als zöge man ihm die Knochenhaut ab. Ormgair Steinviper wurde klar, dass er auf seiner selbst auferlegten Mission eine Sache unterschätzt hatte: sein Gebrechen. Im Dorf wusste nur Skjorn davon, der Seher. Es wurde mit jedem Winter schlimmer, aber Heilkräuter und die Trockenheit des Amboss' verhinderten, dass die Symptome seiner alten Knochen ihn überwältigten. Hier aber, knapp eine Woche strammen Marsches vom Dorf entfernt und der klammen Luft des Sumpfes ausgeliefert, biss sein Leiden urplötzlich und mit aller Macht zu.

Es hatte in den Händen begonnen, doch auch die anderen Gelenke folgten nach überraschend kurzer Zeit. Der Nebeljäger murmelte Schutzsprüche zu den Titanen, auch wenn solche Bettelei vergeblich und würdelos war. Es brachte nichts: Minuten nachdem das peinvolle Gewitter in seinen Händen seinen Anfang genommen hatte, folgten die Knie und Hüften dem Aufruf zur Rebellion. Als hätte ein sadistischer Kobold glühende Sandkörner in seine Gelenke gespritzt, die gnadenlos zwischen den sich bewegenden Knochen schmirgelten und bissen. Es waren Qualen, die einem weniger abgehärteten Mann als dem Nebeljäger Tränen in die Augen getrieben hätten. Ormgair knirschte mit den Zähnen. Er verschloss seinen Geist so gut er konnte vor den Schmerzen, folgte seiner Beute weiter. Unbeirrbar.

Die Dunkelheit kam nahezu unvermittelt. Es wurde fast

schlagartig dunkel. Ormgair hörte, wie die Kreen mit bärbeißigen Stimmen sprachen. Er verstand ihre verfluchte Zunge nur zum Teil, konnte aber auch so erkennen, dass sie frotzelten. Er hörte, wie sie im dunklen Zwielicht Äste vom Totholz brachen und zusammentrugen. Sie würden für die Nacht rasten. Das war einerseits gut, aber andererseits nahm es ihm den Fokus, den Kitzel der Jagd.

Sein Körper signalisierte ihm nur Augenblicke später, was er von Müßiggang und Stillstand in der feuchten Luft hielt. Diesmal taten die Schmerzen es der Nacht gleich: Sie waren schlagartig wieder da. Ormgair stieß ein scharfes Zischen aus, als schartige Glasscherben seine Gelenkknochen zu häuten schienen. Er gab ein hündisches, unkriegerisches Winseln von sich und verfluchte sich noch in derselben Sekunde. Nicht nur, weil es ihn verraten konnte, sondern vor allem auch, weil er diesen Zustand als würdelos empfand.

Die Schmerzen zwangen ihn in die Knie, eine Bewegung, die sein alternder Körper ihm mit weiteren Qualen vergalt. Er atmete tief durch und ertrug es. So verharrte er, ohne ein Gefühl für die Zeit, die dabei verstrich. Langsame, kontrollierte Atemzüge, bei denen er betont gegen seine gespitzten Lippen blies, sowie sanft rollende Bewegungen jedes einzelnen Gelenks dämpften den Schmerz nach einer Weile, die eine Minute oder ein Äon gewesen sein mochte, auf ein gerade so erträgliches Maß.

Er schlug die Augen auf, hockte auf protestierenden Knien inmitten wabernder, wattedicker Nebelfetzen und horchte auf sein rasendes Herz. Es war das einzige Geräusch in dieser Nacht. Ansonsten war es vollkommen still geworden. Die Luft waberte, aber es gab keinen Wind. Er hörte keinen Nachtvogel. Kein Insekt sang in der eisigen Luft. Nichts.

Ormgairs Kopf flog förmlich herum, und sein Blick stieß

dorthin, wo sein untrüglicher Orientierungssinn die Feinde vermutete.

Kein Schimmer eines Feuers durchdrang den Nebel. Keine Stimmen erklangen. Sie mussten weitergezogen sein, während er wie ein Balg an der Zitze hier gelegen und sein Schicksal beklagt hatte. Der Nebeljäger der Tanleigh, der wie ein altes Weib greinte. Nur weil er zu schwach und zu alt geworden war, um Schmerz und Leid wie ein aufrechter Mann zu begegnen. Mit einer solchen Legende würde er wohl kaum als einer der Helden zum Firmament hinaufgeführt werden. Mit einer solchen Legende konnte ein Mann froh sein, wenn er irgendwo in der Wildnis verreckte. Vergessen und …

Der Gedanke riss unvermittelt ab, und der Instinkt übernahm. Es war nur eine Ahnung aus jenen urzeitlichen Tiefen, in denen der zivilisierte Mensch sein inneres Tier begrub. Aber Ormgair war ein Tanleigh, und Tiere standen seiner von Krieg und Mord erfüllten Natur näher als die Menschen.

Er warf sich zur Seite und stieß dabei einen gequälten Laut aus, als die grellen Wachfeuer in seinen Gebeinen zu neuem Leben erwachten. Zwanzig Zoll kalter Stahl zuckten wie ein Blitz durch die Dunkelheit, spalteten den Nebel und den Baumstumpf, gegen den sich der Nebeljäger gelehnt hatte. Späne flirrten durch das urplötzlich von Fackeln überstrahlte Geschehen. Sie gingen in der diesigen Finsternis auf wie Miniatursonnen, ihr Licht fraß sich in seine Augen.

Ormgair zückte sein Beil, noch während er sich ungelenk abrollte. Sein Hieb peitschte nach der Stelle, wo er den Arm des Angreifers vermutete. Dieser musste noch immer damit beschäftigt sein, seine Waffe aus dem Griff des Baumstumpfes zu lösen. Ein schwerer Rückschlag in seiner Waffenhand, begleitet von einem Aufschrei und einem knorpeligen Knirschlaut, verriet ihm, dass er etwas getroffen hatte. Er beschirmte die Augen mit der freien Linken. Um ihn herum loderten Fackeln.

Ein junger Krieger in Fellrüstung lag zu seinen Füßen und stieß einen gellenden Schrei aus. Das milchige Blau des Knochens, von Ormgairs Axt aus dem bebenden Fleisch seines zerstörten Ellenbogens geschält, hatte im Schattentanz der Fackeln etwas Unwirkliches.

Sie gönnten ihm keine Atempause und schon gar keine Zeit, seine Augen an das Licht zu gewöhnen. Durch gespreizte Finger sah er Schemen, Stahl in den Fäusten und Stahl auf ihren Oberkörpern. Äxte, Lang- und Breitschwerter. Einige schienen Rundschilde zu tragen, in deren Schutz sie Saxe und andere Kurzschwerter mit erhobenen Schultern aufpflanzten. Er hörte, wie weiter hinten einer von ihnen einen Pfeil auf die Sehne nockte.

Das war es also. Die Kreen hatten ihn auf ihrem Boden ertappt. Auf verfluchtem Land. Aber er wollte verdammt sein, wenn er sich unter Wert verkaufte.

Er roch das Blut des Knaben, den er zum Krüppel geschlagen hatte. In der Ferne donnerte es, und es flackerte am Himmel. Mit jedem Blitz, der jenseits des Nebelozeans durch das Firmament kochte, pulste neuer Schmerz durch seine Gebeine. Gut. Es mochte zwar kein Sterblicher zugegen sein, um seinen würdigen Tod zu bezeugen.

»Zumindest die Titanen werden sehen, wie ich euch Hunden die Herzen aus der Brust schneide!«, röhrte Ormgair und stürmte los. In vollem Lauf rammte er sein Knie in das Gesicht des wimmernden Knaben. Der Schmerz war unbeschreiblich, aber das Töten auch unendlich befriedigend.

Mit einem scharfen Knacken schnellte der Schädel des Kreen zurück, sein Genick grub sich in den Baumstumpf – und in einen holzigen Astrest, der wie die Parodie einer Zunge aus dem Mund des Sterbenden austrat.

Die anderen Gegner ließen ihm keine Zeit für weitere Überraschungsangriffe. Sie umkreisten ihn, einer Meute Wölfe gleich, die einen verwundeten, alten Puma gestellt hatte. Und sie unterschätzten ihn.

Noch immer geblendet, schwang Ormgair sein Beil im Kreis, um seine Gegner auf Abstand zu halten. Ein scharfer Schmerz schoss durch seinen Oberschenkel, als ein Speer sein Ziel fand. Der Nebeljäger biss die Zähne zusammen. Die Pein war geradezu lachhaft, verglichen mit den Teufeln in seinen Knochen. Sein Gegner, der Ormgairs Laut falsch auslegte, verließ den schützenden Blendring der Fackeln, um sich aus einem besseren Winkel in den Speer stemmen zu können und den alten Barbaren so in die Knie zu zwingen. Ein tödlicher Fehler. Und sein letzter. Er hielt respektvollen Abstand zur Axt, merkte aber zu spät, wie Ormgairs beschirmende Linke zum Gürtel herabfuhr. Der Scout riss seinen Dolch aus der Scheide und ließ ihn blitzartig vorschnellen. Er spürte einen weichen Widerstand, gefolgt von einem Aufschrei und trügerischer Härte – dann war es vorbei. Sein Gegner ging zu Boden, wälzte sich einige Sekunden, während blutiger Schaum aus seinem Mund quoll. Dann lag er still, Ormgairs Andenken ragte aus dem, was vom Augapfel übrig war. Eine klare Flüssigkeit mit der Konsistenz von Eidotter und Blut sammelte sich wie Sickerwasser um den Griff der Klinge, an der Hirnmasse vorbeischäumte, als wäre sie von Eigenleben erfüllt. Der Mund des Sterbenden öffnete und schloss sich. Ein Karpfen, den man an Land geworfen hatte.

Die anderen schlossen den Kreis um den Nebeljäger. Ormgair, der seine Gegner wieder sehen konnte, ging in Verteidigungsstellung – eine lächerliche Geste, die nur der Wahrung seines eigenen Stolzes diente. Als sie sich brüllend auf ihn warfen, schrie auch er aus voller Kehle, katapultierte seinen Körper, der nur noch aus rasendem Blut und dumpfen

Schmerzen zu bestehen schien, nach vorn. Sein Beil fand ein Gesicht. Es biss. Es trank. Dann spürte er, wie die Waffen seiner Feinde ihr Ziel erreichten. Dumpfe Einschläge, taub und rostig. Zu spät merkte er, dass sie es nicht darauf abgesehen hatten, ihn zu töten. Als ihn etwas Schweres an der Schläfe traf, wich die Kraft aus seinen Beinen. Die Welt fiel zur Seite. Einer der Feinde stand an einer Wand, die sich urplötzlich neben ihm aus dem Boden erhoben zu haben schien.

»… muss wohl … hingefallen … sein …«, raunte der Nebeljäger. Seine Lippen schmeckten brackiges Wasser. Er roch die Erde und all die toten Dinge, die seit Äonen in ihr moderten, während sein Bewusstsein auf wattigen Dünsten davonzutreiben schien.

Der Kreen, der über ihm stand, bleckte die Zähne, wandte sich zu seinen Kameraden und blaffte etwas, das Ormgair kaum verstand, weil das Blut in seinen Ohren rauschte. Ein Wasserfall, der mitten durch jeden klaren Gedanken fuhr. Er grinste. Kicherte debil. Eine letzte Verhöhnung seiner Erzfeinde. Oder einfach nur sein fiebriges Hirn? Alles einerlei.

Da hob der Krieger über ihm sein Schwert und schlug zu.

Finsternis senkte sich über Ormgairs Welt, bis es kein Quäntchen Licht mehr gab.

Und Ormgair fiel.

Aus den Chroniken des Kataklysmus der Erzmagi, verfasst dreihundert Jahresläufe nach dem Titanensturm, Anonymus:

Doch lange, nachdem die drei Unterlegenen tödlich getroffen zurückkrochen, um abseits der Schlacht zu verenden, ihre erzmagischen Peiniger ausgebrannt vom Konflikt mit ihren Feinden, waren es noch zwei, die standen, wo Zehntausende gefallen waren. Zwei mit Wunden ohne Zahl und dem Willen, die Schlacht zu entscheiden. Hier stand Argas, dessen Fleisch war wie das Feuer und die flüssigen Steine, die da in der Erde sind, und sein Odem war der Tod und sein Kopf der Kopf eines Drachen. Seine Zitadelle war solcherart errichtet, wie sie im tiefen Süden bauen: Verkrustet mit kunstvollen Türmchen und Minaretten war sie, eingebettet in Wäldern aus Palmen und Zypressen, die von der Hitze seines Fleisches gespeist wuchsen – ein glitzernder Palast aus Gold und Lapis, gekommen aus einem fernen und unbekannten Reich, den der Titan tausendfach tausend Meilen getragen hatte, im Namen des Magiersultans Abid'Masr.

Und dort stand Fomor, dessen Fleisch und Gebeine gehauen waren aus den Bergen dieses unseres Landes Aehve. Tannenwälder ohne Zahl waren auf ihm und Steine. Und er war Bär und Wolf und aller Fels dieser Welt. Vier Arme hatte er, jeder so lang, wie die breitesten Flüsse sind. Und auf seinen Schultern ruhte die mächtigste Feste, die das Land je gesehen hatte, und auf ihren Mauern aus Granit und Stahl stand Vortigern, der Tyrann von Khael. Und so standen sie sich gegenüber, und nichts würde mehr so sein, wie es war.

Hora des Lichtfürsten, 301 adis Pentae.

3. Morven

Es gab Menschen, die behaupteten, dass man in Panzerhandschuhen weniger spürte. Dass man durch das kalte Metall, das Innenfutter und wattierte Polster kaum etwas ertasten konnte. Dass man maximal den Griff eines Schwertes oder die Zügel eines Streitrosses als eine Art Gegendruck wahrzunehmen vermochte. Morven hätte diesen Menschen gern etwas anderes erzählt. Sie kniete in diesem Moment auf Marmor, der weißer war als die Unschuld selbst. Den Blick starr zu Boden gerichtet, blickte sie auf ihre Finger, die umschlossen von gepanzerten Scharnieren auf dem endlosen Weiß ruhten. Sie wirkten fremd. Wie sprungbereite tückische Insekten. Dabei waren es ihre eigenen Hände. Es mochte mit dem Flimmern in Morvens Blick zu tun haben. Mit all dem Wasser. All dem Zorn, der sich in ihren Augen in Bächen gesammelt hatte und die Welt verschwimmen ließ. Hier kniete sie. Spiegelte sich im Marmor, auf dem das Licht der unzähligen Laternen tanzte, die das Sanktum in ein orangerotes Glühen tauchten. Eine Templerin des Lichtfürsten. Eine Kriegerin durch und durch, kampferprobt und schwertgeweiht. Gewandet in ihre kostbare Brünne, in Panzerschienen und schlohweiße Roben, die auf geschickte Weise mit der Rüstung zu einem perfekten, makellosen Ganzen verbunden waren. Auf der Brust prangte die stilisierte, von zwei Händen gehaltene Fackelsonne des Lichtfürsten. Eine stattliche junge Frau mit rabenschwarzen, mittellangen Haaren und Augen, so unergründlich wie Gletscherspalten. Sie wusste, dass sie keine klassische Schönheit war. Dafür war ihre Nase einen Tick zu scharf gekrümmt, der Körper einen Tick zu muskulös und die Lippen im Kontrast einen Tick zu voll. *Ich bin einen Tick zu sehr die Tochter meines Vaters. Zu stolz. Dieser verdammte Stolz!* Sie knirschte hörbar mit den Zähnen.

»Morven! Habt Ihr Eure Aufgabe verstanden?« Die Stimme war so hart wie Adamant, jede Spur von Mitgefühl oder Verständnis durch ein ganzes Leben des Tempeldienstes beseitigt. Abgeschliffen.

Morven blinzelte die Tränen der Wut und der Schande weg. Zumindest versuchte sie es. Langsam, kontrolliert hob sie den Blick. Sah zur Hochmeisterin ihres Ordens auf.

Malvine ragte vor dem Hochaltar des Lichtfürsten auf wie ein Fels, vollbrachte das Kunststück, selbst zwischen den Beinen der Monumentalstatue des Gottes größer auszusehen als das Standbild. Alles an ihr verlangte ihrem Gegenüber Respekt ab. Eine Frau, die siebzig Winter gesehen und überlebt hatte – und die nach wie vor an jedem Morgen im Solar die bleiche Sonne auf schmerzenden Knien begrüßte, um ihre gepeinigte, vernarbte Hülle danach rüsten zu lassen, als wäre sie keine Greisin, sondern noch immer eine junge Kriegerin.

Morven verehrte die Hochmeisterin. Umgekehrt war sie sich nie sicher: Malvine schien nicht zu lieben, nichts zu verehren außer dem Lichtfürsten. Sie war das perfekte Vorbild. Eine heilige Streiterin, die ihr ganzes Leben in den Dienst der Sache gestellt hatte. Ohne Zweifel. Ohne Fehl.

Musste sie auch durchmachen, was ich durchmachen muss? Musste sie ihre eigene Würde verkaufen? O Lichtfürst, ich erflehe demütig eine Antwort! Wann, o Lichtfürst, wann wird die Illusion enden und mein Leben den Kurs einschlagen, den ich selbst vorgebe?

»Templerin Morven!«

Diesmal war Malvines Stimme ein Fallbeil.

»Ich habe gehört, Hochmeisterin.« Morvens eigene, gehauchte Stimme konnte mit ihrem dunklen Timbre nicht den kalten Zorn verschleiern, der ihr Herz rasen ließ.

»Das sehe ich. Aber habt Ihr auch verstanden?«

»Ich verstehe, dass der Auftrag wichtig ist, den Ihr mir gebt. Ich verstehe, dass er von höchster Bedeutung für die Kirche ist, Hochmeisterin. Aber ich verstehe auch, dass er ein Politikum ist. Eine Schmähung meiner persönlichen Ehre, geeignet, die Aufmerksamkeit meines Vaters zu erregen, um mich auf diese Weise …«

»Genug! Eure persönlichen Wehwehchen müssen zurückstehen, Templerin Morven! Der Mann ist von Stand, und wir müssen uns den Realitäten beugen – der Adel füllt unsere Säckel! Blickt Euch um!«

»Herrin, seht Ihr nicht, dass diese … diese Bitte nichts mit der Kirche zu tun hat? Der Mann hat so viel Geld, er könnte auch eine Armee an Mietlingen bezahlen. Stattdessen will er nur eine Templerin. Eine. Und die soll ausgerechnet ich sein?«

Malvines Stimme und Gesicht wurden sanfter. »Kind, ich sehe, welche Probleme euch dieser Auftrag bereitet. Wähnt mich nicht blind oder gar verschlossenen Herzens. Ich weiß natürlich, dass Falcatt ein Emporkömmling ist, der um die Aufmerksamkeit Eures Vaters ringt. Ganz Fomor tut dies. Er ist schließlich der Archont. Aber Ihr geht in einer Sache fehl: Ihr denkt, Ihr wäret noch seine Tochter – und das macht Euch angreifbar. Doch Ihr tragt nun seit sieben Wintern das Habit. Der Lichtfürst ist Euer Vater. Fleischliche Verbindungen sind ohne Belang, streift sie ab.«

Mit diesen Worten war die Audienz beendet gewesen. Es war beschlossene Sache: Morven würde Baron Falcatt am kommenden Morgen ihre Aufwartung machen und ihn einige

Tage bei ausgedehnten Besuchen in der Penta begleiten. Der Adelsspross würde aus der Sicherheit der Oberstadt herabsteigen, um Zunfthäuser und Gelehrte persönlich aufzusuchen. Warum er in Fomor, der Penta, in der der Adel derart verhasst war, ein solches Risiko einging, blieb Morven jedoch unbegreiflich.

Ihr Atem kondensierte stoßweise in kleinen Wölkchen, während sie ihre Runden über die Wehrmauern der Ordensfeste lief. Die Wut hatte in den letzten Stunden nicht nachgelassen – im Gegenteil, der Zorn über ihr ungerechtes Los nagte in ihren Eingeweiden. Ein bösartiges Wiesel, das sich verbissen hatte und ihre Gedanken nicht mehr freigab. Sie hatte deswegen keinen Schlaf finden können, war aufgestanden und hatte sich eine Tunika für einen Dauerlauf übergeworfen. Bald würde sich die Sonne erheben und der Tag ihrer Schande anbrechen.

Malvine wusste nicht, dass Morven Falcatt aus den Tagen ihrer Jugend und auch aus späteren Audienzen an der Seite des Archonten kannte. Er war ein ebenso geckenhafter wie grausamer Mann, der keine Gelegenheit ausließ, sich andere zum Feind zu machen. Ginge es ihm nur darum, Morven zu entwürdigen, er hätte andere Mittel und Wege gehabt. Nein, es war offenkundig, dass er ihre entfernte Bekanntschaft nutzen wollte, um das Gehör des Archonten zu finden.

Viel Glück. Selbst als er mich noch nicht in den Tempeldienst verhökert hat, hatte Vater keine Zeit für mich. Ich sehe den Mann nur noch alle paar Jahre, und dann behandelt er mich wie jede andere Untertanin auch.

Sie wandte sich den Zinnen zu, um den Sonnenaufgang zu betrachten, wobei sie abwechselnd die Füße gegen das leicht erhöhte Innere einer Schießscharte stemmte, um ihre übersäuerten, schmerzenden Muskeln zu dehnen. Sie blickte in die Tiefe. Hundert Fuß unter ihr erwachte die Burg langsam zum Leben, winzige Gestalten glitten im trüben Licht des Morgens über den Hof.

Morven verzog grimmig das Gesicht. Sie brauchte kaltes Wasser, dann musste sie sich rüsten. In doppelter Hinsicht. Wenn Falcatt sie als Leibwächterin wollte, sollte er seinen Willen haben. Aber beim Lichtfürsten, er würde keine Freude daran finden.

»Wir beide werden eine Menge Spaß miteinander haben, Templerin.« Falcatt thronte auf seinem gepolsterten Lehnstuhl – ein hohlwangiger und viel zu blasser Mann in Morvens Alter, der mehr Ähnlichkeit mit einem Reptil als mit einem Menschen hatte. Ein Reptil, das irgendein Narr in vierzig Pfund Brokat und Gold gekleidet hatte.

Vor Morvens geistigem Auge machten sich Bilder breit. Ein Tritt gegen eines der Schwanenhalsbeine des Stuhls. Falcatt, der zu Boden ging. Morven, die das abgetrennte Stuhlbein mit Wucht auf den Schädel des jungen Barons niederfahren ließ. Sie schüttelte den Kopf eine Spur zu vehement, um die alles andere als unerwünschten Gedanken zu zerstreuen. *Lichtfürst, schenke deiner Dienerin Langmut und Zuversicht.*

»Habe ich etwas Falsches gesagt?«, fragte Falcatt. Er vollbrachte das Kunststück, ehrlich besorgt zu wirken.

»Nein … nein, das ist es nicht«, log Morven. »Ich bin nur etwas verwundert. Über Eure Wahl, M'lord. Ein Mann Eures Standes, Eures Vermögens könnte doch problemlos hundert fähige Krieger anheuern. Ihr aber vertraut auf eine einzige Templerin des Lichtfürsten. Mich würde interessieren, warum?«

Ein süffisantes Lächeln huschte über Falcatts Gesicht. So flüchtig, dass Morven sich anschließend fragte, ob es überhaupt da gewesen war.

»Sagen wir einfach, ich habe meinen Glauben gefunden.« Falcatt griff nach einem Dekanter und goss sich mit überraschender Eigenständigkeit Wein ein.

Er bot auch ihr Wein an, doch Morven hob abwehrend die Hand. »Danke. Nicht im Dienst.«

»Endet Euer Dienst auch einmal, Templerin Morven? Kennt Euer Leben auch Freuden, die nicht im Gebet liegen? Oder in profanen Dingen wie dem Klingenspiel? Es gibt andere Spiele, müsst Ihr wissen.«

Ihr entging die Anspielung nicht. Nicht dass sie es nicht gewöhnt gewesen wäre. Als Frau im vollen Ornat einer Kriegerpriesterin war sie es gewohnt, dass Männer ihre Muskeln spielen ließen und sie herausforderten. Sie beschloss, Falcatt nicht den Gefallen zu erweisen, auf seine plumpen Versuche einzugehen.

»M'Lord, was ist so wichtig, dass Ihr einen Besuch der Gemeinenviertel erwägt, noch dazu nur mit einer einzigen Leibwächterin?«

»Ihr fürchtet ein Politikum, nicht wahr, meine Liebe? Ihr müsst annehmen, es ginge um die Gunst des Archonten.«

War sie so durchschaubar? Der Mann war ein Geck, aber offenbar kein Idiot.

»Wenn Ihr mich nicht wegen meiner Verwandtschaft zum Archonten ausgesucht habt und Euch keine politischen Interessen bewegen, was ist dann der Grund?«

»Templerin, mit Verlaub, das geht Euch nichts an. Die Kirche hat Euch für diese Aufgabe freigestellt, ich habe einen nicht unwesentlichen Betrag für Eure Dienste gezahlt.« Er erhob sich, und ein unangenehmer Ausdruck trat in seine Augen. Das Reptil war nie fort gewesen. Es hatte sich nur versteckt. »Nun werdet Ihr brav sein. Tun, was ich sage. Und mein Leben verteidigen. Nicht dass ich mit Anschlägen auf meine Person rechnen würde, wenn ich lediglich einige Bekannte besuche und ein paar Geschäfte tätige.«

Morven durchbohrte Falcatt mit ihrem Blick, spießte ihn

förmlich an seinen Thron. Ihre Kiefermuskeln arbeiteten. Doch sie sagte kein Wort, sondern verneigte sich lediglich.

»Haltet Euch bereit, Templerin, wir brechen in einer Stunde auf!«

Wenn es einen tieferen Sinn hinter Falcatts Geschäftsreise durch die bürgerlichen Viertel der Penta Fomor gab, so erschloss er sich Morven nicht. Sie hatten auf Falcatts mondänem Anwesen eine Kutsche bestiegen und waren dann in die eigentliche Penta herabgefahren. Wie alle Pentae war auch Fomor die Zusammenballung einer Unzahl schäbiger Fachwerkhäuser, ringförmig umschlossen von trutzigen, mehr als zweihundert Fuß hohen Wehrmauern. Die Viertel des Adels und der Zünfte bildeten gemeinsam mit dem Palast des Archonten eine Anhöhe im Stadtzentrum. Unzählige rotgeschindelte Spitztürme und Festungsanlagen, eine Nabe aus schwarzem Stein in der Mitte eines Rades aus Armut und Überbevölkerung. Legionen dämonisch grinsender Wasserspeier stierten auf das Elend tief zu ihren Pranken. Über allem spannte sich der Nebelschild der Arkanistengilde, eine gigantische Kuppel aus milchigem Halbschimmer.

Vor Jahren, als Morven noch jünger gewesen war, hatte sie den Archonten bei einem seiner sowohl seltenen als auch gefährlichen Ausflüge zur Penta Argas begleitet. Bei ihrer Rückkehr, umgeben von der Sicherheit eines ganzen Heeres und ausgestattet mit Nebelsteinen, hatte Morvens Vater einen Vorhang im Inneren des Achtspänners beiseite gezogen. Er hatte ihr die Stadt von einer Anhöhe aus gezeigt und war die Viertel mit dem Finger abgefahren wie auf einer Landkarte. Nach dem strahlenden Glanz und dem protzigen Reichtum von Argas war Morven Fomor wie die schäbigste Schneekugel der Welt vorgekommen. Ein schwarzes Ding wie aus einem düsteren Märchen, voller Stacheln und eingefroren in einer Kugel aus eitergelbem Milchglas.

Nun rollten sie über die Plateaustraßen, aus denen sich Fomors mittlere Ebene zusammensetzte. Obschon hier wohlhabende Bürgerhäuser und das eine oder andere feine Geschäft standen, waren die Probleme der Penta bereits in einer solchen Gegend unleugbar. Das Kopfsteinpflaster war beschädigt, abgemagerte Straßenköter und andere Tiere wühlten in Abfallhaufen, wo man nur hinsah. Die ostentativ verzierte Kutsche passierte einen Tiefbrunnen, und Morven sah, dass einige gut ausgerüstete Söldner der Eisernen Kompanie in der Nähe standen und darauf achteten, wer sich vom knappen Wasser nahm. Einige rostbraune Flecken auf dem Kopfsteinpflaster, an denen Sägemehl haftete, legten nahe, dass nicht jeder dazu befugt war. Gut betuchte Reisende ließen sich in Sänften oder einfacheren Kutschen fahren. Selbst jene, die zu Fuß unterwegs waren, hatten zumindest Personal dabei, das vor ihnen mit speziellen Besen den Unrat aus geleerten Nachttöpfen entfernte.

Morven seufzte. Wie lange noch, bis der Hunger diesmal nach der Penta greifen würde? Das zweite Jahresdrittel näherte sich dem Ende. Bald würde der Eisenwinter seine Klauen in den Kontinent schlagen.

Das Geschaukel der Kutsche ließ ihre Gedanken davontreiben, lullte sie ein. Sie legte ihren Kopf gegen das Glas der Scheibe, während ihr Blick über die Welt außerhalb der Kutsche glitt. Sie hatte keine Ahnung, wohin sie unterwegs waren, und wenn sie ehrlich war, interessierte es sie auch nicht. Dies war bereits der fünfte Weg, den sie durch das Viertel nahmen. Falcatt war bislang viermal ausgestiegen und hatte sie zum Haus eines Bekannten mitgenommen, wo sie jedes Mal die gleichen ungläubigen Blicke erntete, wenn Falcatt sie als seine Leibschützerin vorstellte. Dann hatte sie gewartet, während der Baron hinter verschlossenen Türen seine »Geschäfte« tätigte. Raues Gelächter war dahinter zu hören, und wenn er schließlich herauskam, roch er Mal um Mal stärker nach Branntwein.

Als die Kutsche abrupt hielt, riss es Morven aus ihren Gedanken. Sie wandte sich zu Falcatt. »Wie lange noch? Wie viele dieser Besuche noch, M'lord? Die Kutsche ist viel zu auffällig, mittlerweile dürfte jeder gesehen haben, dass Ihr im Viertel seid.«

»Gut, gut! Darauf baue ich! Dies ist der letzte Termin. Danach sind wir fertig, Ihr könnt mich dann nach Hause geleiten und seid offiziell entlassen. Aber seid unbesorgt, meine Liebe: Ich werde der Hochmeisterin berichten, dass ich sehr zufrieden mit Euren Diensten war.« Er lächelte.

Morven war verblüfft, wie ehrlich es aussah. Sosehr sie sich auch anstrengte, sie konnte keine Spur von Spott oder Häme in diesem Lächeln ausmachen. Keinen Versuch, sie zu manipulieren. Und den Archonten hatte Falcatt in der ganzen Zeit nicht einmal erwähnt.

Sie entspannte sich etwas. Ihre Barrieren sanken. Was auch immer sie erwartet hatte, was an diesem Tag geschehen würde, es war nicht eingetroffen. Sie öffnete die Tür des Achtspänners und stieg aus. Sie hatten vor einem Herrenhaus gehalten, dessen Prunk schon vor Jahrzehnten verblasst war.

Sie ging auf Falcatt zu, der auf der dem Haus zugewandten Seite der Kutsche den Sitz seiner Kleidung prüfte und sich durch die Haare fuhr. Er wandte sich ihr zu und lächelte noch immer.

Das war der Moment, als Morven über Falcatts Schulter hinweg die Bewegung in der Gasse sah. Und begriff, dass sie zu langsam sein würde.

Aus den Chroniken des Kataklysmus der Erzmagi, verfasst dreihundert Jahresläufe nach dem Titanensturm, Anonymus:

Und siehe, zu der Stunde, da wahrhaft alles verloren schien, tat sich der Himmel auf. Und Sturmtosen und Kriegsgeschrei verstummten, da die Welt selbst in ihren Todeswehen zitterte. Und die letzten beiden der Fünf hielten inne, wie auch ihre titanischen Vasallen.

Alles in der Schöpfung, ob lebend oder tot, blickte zum Firmament empor. Und eine Lanze aus Licht, groß wie hundert Säulen, fuhr zwischen die Kämpfer und trennte sie. In diesem Moment fuhr ER wie ein Blitz vom Himmel nieder und wandte sich gegen die letzten der Fünf, die an SEINEM Firmament gerührt und SEINE Geduld herausgefordert hatten. Doch groß war ihre Macht, und in ihrem Wahn setzten sie sich zur Wehr gegen IHN. Und sie verschlangen SEIN Licht, wie die Schlange die Maus verschlingt, und fraßen sich fett daran, bis SEIN Glanz durch ihr Fleisch glühte und die Sonne blass wurde.

Und als sie solcherart gemästet waren in SEINEM Glanz, da verlachte ER sie und sprach ein Wort, und SEINE Herrlichkeit fegte sie vom Angesicht der Welt. Und ihre Titanen brachen zusammen, wiewohl sie hinfielen wie Tote und sich nur wenig regten. Da sprach ER ein weiteres Wort, und auf Erden war ein Heulen und Zähneklappern, denn ER ließ uns im Dunkel der kommenden Tage zurück. Seit diesen Tagen errichten wir IHM wieder Tempel, wie es vor Äonen, vor den Tagen der Gottesmörder geschehen war. Und wir heißen IHN den Lichtfürsten oder den Leidenden Stern – unseren Erlöser und Verdammer.

Hora des Lichtfürsten, 301 adis Pentae.

4. Greskegard

Was macht sie da drinnen? Solange er auch darüber nachdachte, eine Antwort auf seine Frage entzog sich ihm. Für wirklich ernsthafte Geschäfte war ihr Aufenthalt im Mund des Toten zu kurz. *Vielleicht hat sie etwas zwischen seinen Zähnen entdeckt? Etwas, das sie … reizt?* Er beobachtete fasziniert, wie die Fliege zum dritten Mal in nicht einmal fünf Minuten auf den blassblauen Lippen landete. *Eier legt sie nicht. Oder? Naturkundler müsste man sein.* Das Insekt bewegte sich einige Sekunden lang in erratischen Mustern über die erstarrte Klamm eines Mundes, der vor wenigen Stunden noch geschwätzt, geküsst und gegessen hatte. An Letzterem konnte es keinen Zweifel geben. Er selbst hatte sich über den Mund der Leiche gebeugt, hatte das Abendmahl (Kohl; es stank abartig) gerochen. Und er hatte auch den bittersüßen Geruch wahrgenommen, der über dem eigentlichen Gestank lag.

Die Fliege verschwand wieder im Mund. *Vielleicht richtet sie sich häuslich ein? Weiß sie nicht, dass ihr Häuschen voller Gift ist? Oder ist es ihr einfach egal? Was bei den Göttern macht sie da?* Die Leber der Leiche war so stark vergrößert, dass sie sich deutlich durch das geplatzte Wams abzeichnete. Langweilig. Irgendeine Variante von Bitterkelb, zweifelsohne. Dass der Tote neben einem Misthaufen in seinem eigenen Erbrochenen lag, erhärtete die Vermutung, machte sie für Fennek Greskegard auch ohne genaue Untersuchung zu einer Tatsache.

Irgendein toter Landadeliger. Unbedeutend. Wieder die falsche Spur. Wieder wochenlange Nachforschungen und eine weitere vergebliche Reise inklusive der lästigen Formalitäten beim Grenzübertritt. Irgendwo zu seiner Rechten schwadronierte immer noch der Büttel. Greskegard hatte seine »Ausführungen« in den Hintergrund seines Bewusstseins gedrängt, sodass sie zu der Bedeutungslosigkeit eines nächtlichen Zirpen von Zikaden oder eines Froschkonzerts herabgesunken waren.

Die Fliege kehrte aus ihrem kleinen neuen Reich zurück. Sie flog ab, kam diesmal aber nicht weit. Sanftleben war kein Freund kleiner, harmloser Dinge. Sie reizten ihn zu maßloser Gewalt. Er holte aus und zermatschte das Insekt an einer der Bretterwände des Misthaufens. Dann betrachtete er die breiige Masse eingehend, in der noch ein Beinchen auf- und abzuckte wie der Bogen eines Geigers.

»Hö! Hab dich!«

Greskegard musterte seinen Assistenten. Den glatzköpfigen Hünen als vierschrötig oder ogergleich zu bezeichnen, wäre einem Kompliment gleichgekommen. Er war ein wandelndes Gebirge aus teigig-grauem Fleisch, muskelbepackt wie ein Menschenaffe und in etwa so stark. Sein Gesicht glich dem eines Faltenhundes. Ein tumber Ausdruck lag darauf. Sanftlebens Augen waren trübe Münzen, die in Fettwülsten verschwanden.

Die meisten Leute unterschätzten ihn. Ein tödlicher Fehler. Die schmuddelige Schürze, der wuchtige, an das Instrument eines Fleischers erinnernde zweihändige Kriegshammer auf seinem Rücken und der Gürtel voll kruder Werkzeuge, die einer ganz besonderen Art der Befragung vorbehalten waren, hätten eigentlich Warnung genug sein müssen, ebenso wie seine beinahe schon unnatürliche Körpergröße von über siebeneinhalb Fuß, die seine barbarische Herkunft preisgab.

Greskegard hatte ein Wort gefunden, das seinen Diener perfekt umschrieb: effizient. Er war eine höchst ökonomische Kreatur, die nur dann in einem Sturm aus hektischer Energie agierte, wenn sie etwas oder jemandem Leid zufügen konnte, und ansonsten ihre Kapazitäten schonte.

»Was denkt Ihr, M'lord?« Der Büttel sprach ihn auch noch an.

Nun war es an ihm, Gründe vorzuschieben, warum er weitermusste, ohne zu helfen. Er tat, was in diesen Fällen immer half. Er stellte sich dumm. Es war bemerkenswert, wie sehr die Menschen einen unterschätzten, wenn man sich wie ein Idiot aufführte. Wenn man aufhörte, seine Kleidung zu bügeln, zum Beispiel. Die Leute ließen sich gehen, vergaßen nach ein paar Minuten auch das Amt. Und sangen wie die Vögelchen.

Greskegard musste diesem Büttel zugutehalten, dass er nicht respektlos wurde. Im Gegenteil, er schien aufrichtig an seiner Meinung als Inquisitor interessiert. Er würde sie bekommen. Aber das Spiel hatte begonnen, und die Oberschicht von Argas hielt Greskegard für einen Sonderling, der über Beziehungen an das Amt gekommen war. Wie gefährlich nahe und gleichzeitig unendlich weit entfernt von der Wahrheit die pomierten Gecken damit waren, wussten sie nicht. *Die Wahrheit würde ihnen die Perücken vom Kopf fegen wie ein Sturmwind.* Er kicherte. Es geschah unbeabsichtigt, verstärkte den Eindruck aber noch, den er erwecken wollte. Der Wächter verzog keine Miene, als Greskegard antwortete.

»Hmm? Oh. Ja. Sicher. Was Ihr sagt. Ihr wisst ja, ich hab es nicht so mit den Details. Wie bitte?«

»Geht es dem ehrwürdigen Inquisitor nicht gut?«, fragte der Mann. Er wirkte ehrlich besorgt.

Greskegard mochte ihn. Er hob ein besticktes, arg fleckiges

Taschentuch vor sein Gesicht und tat, als würde er schwanken. »Nein, nein. Alles gut. Äh. Nun ja, bis auf den Gestank in dieser … äh …«

Der Inquisitor hielt inne, ließ mit einer solchen Intensität die linke Hand kreisen, als würde er gerade die wichtigste unsichtbare Kurbel der Welt bedienen. Er schmatzte ein paar Mal, schnalzte mit der Zunge und raunte entnervt. Es verfehlte seine Wirkung nicht. Das tat es nie.

»Gasse, o Ehrwürdiger?«, warf ihm der Büttel einen Rettungsring zu und strahlte, als sich zeitgleich auch Greskegards Miene aufhellte. Beide Männer nickten für einen Wimpernschlag grenzdebil.

»Ja!« Greskegard schnippte mit den Fingern, so als hätte der Mann gerade den entscheidenden Hinweis für die Herstellung eines Heilmittels gegen die Pocken entdeckt. »Gasse, das war es. Ihr müsst verzeihen Herr … äh …«

»Dsaras, oh Ehrwürdiger. Ich bekleide den Rang eines Cobia. Eines Sergeants, wie man in Fomor wohl sagen würde …«

»Traras, sicher«, sprach Greskegard den Namen des Mannes absichtlich falsch aus. »Ich bin es nicht gewohnt, oft auf der … äh … Straße unterwegs zu sein. Ich bevorzuge das Innere einer Lesestube und meine heiße Schokolade. Ihr versteht?«

»Sicher, Signore. Voll und ganz«, bekräftigte Dsaras. Sein Gesicht verriet, dass er es weder verstand noch guthieß.

Der Inquisitor ging mit linkischen Bewegungen um den Misthaufen und den Tatort herum. Sanftleben folgte ihm. Die Darbietung verfehlte ihre Wirkung nicht. Der Wachmann musste annehmen, der angebliche Inquisitor, dem er den Misthaufen und das Mordopfer hatte zeigen sollen, wäre ein vollkommener Idiot. Ein schlaksiger Herr in einem fleckigen Mantel und ebenso ungepflegter, knittriger Kombination aus Wams und Hose, dessen eine Spur zu faltiges Gesicht von einem dichten Stoppelacker nach Salz- und Pfefferart überwuchert war. Viel zu große quittengelbe Zähne ragten wie eine Reihe Grabsteine hinter Wulstlippen hervor. Ein Vogelnest schlammfarbener Haare thronte über dem Pferdegesicht, in dem zwei sanft wirkende, vom vermeintlichen Narkotikamissbrauch unterlaufene nussbraune Augen unstet hin- und herzuckten. Ein scheinbar verrostetes Schwert und eine gebeutelte Handarmbrust begleiteten Greskegard. Beide unterstrichen den gleichen Eindruck eines hilflosen, von seinem Amt ganz und gar überforderten Mannes, der nicht wusste, wie herum man eine Waffe richtig hielt, geschweige denn mal eine gebraucht hatte.

Nachdem er zweimal den Misthaufen umrundet hatte, fand Greskegard, dass es an der Zeit war, den Tatort zu verlassen. Sein Ziel war nicht hier.

»Dieser Mann ist tot«, sagte Greskegard und verzog bei seiner Feststellung keine Miene. Er merkte, dass etwas geschah, das er weitaus schlechter kontrollieren konnte als seine vorgetäuschte Vertrotteltheit und seine Kleidung: Seine Stimme, tief und rauchig, verlieh seiner Person eine Autorität, die seine Persona nicht haben sollte. Tatsächlich ging Dsaras' Blick für eine ganze Sekunde zur Leiche herüber. Er betrachtete den Toten, als wäre ihm diese Erkenntnis völlig neu. Dann fasste er sich.

»Könnt Ihr sagen, woran er gestorben ist, oh Ehrwürdiger?«, sagte er mit so viel Respekt, wie er heucheln konnte.

»Da gäbe es mehrere Theorien. Seht Ihr …«

Weiter kam Greskegard nicht. Auf der Straße, von der die Gasse abzweigte, in der Leiche und Misthaufen ihre ruppige Liaison eingegangen waren, wurde es lauter. Hufgetrappel und bärbeißige Stimmen wurden hörbar, Passanten echauffierten sich. Ein Trupp Büttel marschierte in die Gasse, angeführt von einem Offizier zu Pferd, dessen nachtblaue Uniform und der Brustpanzer nur so von goldenen Litzen überhäuft waren.

»Cobia Dsaras!«, bellte er. »Lasst den Mann liegen. Wir haben Dringlicheres zu tun!«

Greskegard, dem das Argasische ebenso lag wie die anderen Sprachen der Pentae, verzog gespielt verständnislos das Gesicht. Bei seiner Einreise hatte er behauptet, nur Tradhis, die Handelssprache, zu beherrschen. Sanftleben brauchte seine Verständnislosigkeit nicht zu heucheln. Sie drang ihm aus jeder Pore, während er an einer aufgequollenen Ziegelwand lehnte und sich einen Rauchstängel drehte. Er starrte mit verblüffend leerem Gesichtsausdruck nach oben und ließ seinen Blick über Spitzdächer und Fachwerktürmchen gleiten. Darüber zeichnete sich die azurblaue Kuppel des Nebelschilds ab. Die Simulation eines sonnigen Sommertages war so gut, dass sie selbst den Inquisitor getäuscht hatte. Dieses Gemälde aus Illusionen wirkte fast echt. Argas war unbestreitbar wohlhabend.

Dsaras ging auf den Offizier zu, der jetzt erst die beiden Anwesenden am Tatort zu bemerken schien. Die Männer hinter ihm, allesamt zu Fuß, waren schwer bewaffnet und machten einen nervösen Eindruck. Die Meisten trugen Lanzen. Zwei Armbruster waren dabei.

»Mulāzim, dieser Tatort ist noch nicht ausreichend …«

»Dieser Tatort ist unwichtig. Die Dschahir Moreno ist tot. Ihr begleitet uns. Sofort. Wir brauchen jeden verfügbaren Mann.«

Der Offizier besah sich Greskegard und Sanftleben. »Wer sind diese Männer, Cobia?«

»Der Herr ist ein Inquisitor des Pentatenrats, Mulāzim Carcosa. Der ehrwürdige Inquisitor Greskegard und sein Mumluk, Sanftleben.«

Als Greskegard vernahm, wie sich Dsaras' Zunge an seinem ungewohnten Namen nach allen Regeln der Kunst verging, warf er sich in Positur und ging gestelzt und mit ausgestreckter Hand auf den Berittenen zu. Der Mann war sichtlich unbeeindruckt. Seine strichdünnen Lippen vollbrachten beim Anblick des Inquisitors das Kunststück, vollständig zu verschwinden. Der Blick seiner Augen bohrte sich am Nasenschutz seines Rosshaarhelms vorbei in Greskegards Maske. Suchend. Wachsam. Dann bellte er wieder, diesmal in der Handelssprache:

»Ihr seid Inquisitor?«

»Äh … ja, das bin ich … äh … wohl. Was kann ich … für Euch … äh …?«, stammelte Greskegard.

»Ihr solltet uns begleiten, Ehrwürdiger. Es gab einen Mord. Eine hohe Persönlichkeit der Stadt. Und es gibt Hinweise, dass es kein einfaches Attentat war.«

Greskegard wurde hellhörig, wahrte aber die Fassade.

»Was … äh … meint Ihr denn damit … äh … Mulāzim Carcosa?«

»Wir glauben, dass der Täter ein Nebelmacher war, Ehrwürdiger. Ihr würdet uns sehr helfen, wenn Ihr mitkommen könntet.«

Fennek Greskegard rang innerlich um Fassung. Sein Herz pochte ihm bis zum Hals. Es kostete ihn immense Konzentration, seine Fassade nicht zu ruinieren.

»Wenn ich helfen kann, begleite ich Euch gern«, sagte er. Innerlich zerriss es ihn. Er fing einen beiläufigen Blick von Sanftleben auf, der eine seiner kaum vorhandenen Augenbrauen hob, was sein ganzes Gesicht bewegte. Unmerklich nickte er zurück. Sie hatten ihn. Sie waren auf der Suche nach ihm hierhergekommen und waren nicht enttäuscht worden.

Greskegard schob die Hände in die Manteltaschen und

ballte sie zu Fäusten. Dies war nicht das Revier seiner Beute. Sie verließ Fomor nicht freiwillig und ohne Auftrag, das hatte er in den letzten Jahren ermittelt. Wenn er ihrer habhaft werden würde, dann hier. In Argas. Nicht dass sie am Tatort noch etwas finden würden. Aber vielleicht hatte die Beute diesmal einen Fehler gemacht. Es war eine schwache Hoffnung, aber Greskegard klammerte sich daran. Jeder beging einmal einen Fehler. Vielleicht war es diesmal an der Zeit. Zehn Jahre der Jagd. Vielleicht fanden sie bald ihr Ende.

Sie hatte ihr Ende unverkennbar in diesem Korridor gefunden. Ihre Augen waren nun von Münzen bedeckt. Der Geruch ihres leblosen Körpers würde zurückkehren, sich bald unter die zahlreichen Düfte mischen, die die Wächter des Anwesens und die Ermittler in den letzten sechs Stunden hierhergetragen hatten, indem sie die Neutralität des Tatorts, seine Aura des absoluten Nichts, der vollkommenen Leere zerstört hatten.

Priester und Arkanisten waren längst wieder fort. Ihre Riten und Liturgien an unzählige kleine und große Stadtheilige hatten nichts genützt, ebenso wenig wie ihre Artefakte. Sie hatten nichts erbracht, was ihnen oder Greskegard auch nur im Entferntesten neu gewesen wäre.

Außer ihm und den Priestern hatte sich keiner in die Nähe der Leiche gewagt, nicht einmal die Eltern des Mädchens. Greskegard wusste, dass normale Menschen ohne Jahre der Gewöhnung keine Wahl hatten. Anfangs war es ihm ähnlich ergangen. Nebelmacher-Tatorte waren der Seele Anathema. Statt ihr totes Kind bergen zu können, gossen die hochadligen Eltern seit Stunden ihren Zorn und ihre Trauer über Mulãzim Carcosa aus. Schalen des Zorns, die auf der Suche nach dem Sinn und nach dem Täter ausgeleert wurden. Greskegard beneidete den Offizier nicht. Er war nach draußen geflüchtet, hatte sich mit Sanftleben in einen der Parks des hochherrschaftlichen Palastes zurückgezogen, um zwischen Heckenfiguren, Plastiken und einer Armada frei umherstreifender Pfauen und Perlhühner ungestört nachdenken zu können.

»Die Leute haben geschlafen. Die Wächter und so. Dann die beiden Schnitte in Lunge und Herz. Das isser gewesen.« Sanftleben zog an einem Rauchstängel, aschte dabei beiläufig in ein marmornes Vogelbad, in dem einige Kaulquappen herumwuselten. Fennek Greskegard sah der Asche zu, die auf der Oberfläche des leicht grünspanigen Wassers umhertrieb. Einige der Kaulquappen stiegen auf und fraßen sie. Törichte Geschöpfe! Er war frustriert. Keine Hinweise. Keine Spuren, die über das hinausgingen, was sie ohnehin bereits wussten: Der Totenkaiser war nach Argas gekommen. Ein weiterer Mensch war nicht nur getötet, sondern seiner Seele beraubt worden. Irgendwo in dieser Penta lag ein toter Rabe oder ein anderes Kleintier, wie unzählige seiner Art von Fressfeinden zerfetzt, und auf bemerkenswerte, ja, unnatürliche Weise würde der Kadaver – so noch etwas von ihm übrig war – überrascht aussehen. Wie ein Mensch, den der Tod völlig unerwartet überrumpelt hatte. Weil es einer gewesen war. Ein Mensch.

»Zweifelsohne. Die Wundränder. Das Schlafgift.« Er spie in das Vogelbad. Nach einer Schrecksekunde machten sich die emsigen Kaulquappen auch über diesen Leckerbissen her. »Der Totenkaiser war hier. Das ist seine Vorgehensweise. Es sieht ihm ähnlich, ein ganzes Haus voller Wachpersonal und Verwandter zu betäuben. Ich tippe auf das Abendmahl. Oder Gas. Mag er sich auch für noch so pragmatisch halten. Er hatte schon immer einen Sinn für das Dramatische.« Greskegard befingerte sein Schwert. Er wirkte, als wolle er es ziehen.

Sein tumb wirkender, riesenhafter Begleiter nickte nachdenklich. Hätte der Cobia Dsaras den trotteligen Inquisitor und seinen Diener nun gesehen, er wäre zu Tode erschrocken. Die Wandlung des seltsamen Paares hätte nicht drastischer sein können. Dort standen zwei Jäger. Männer, deren scharfer Intellekt ihre Augen förmlich zum Sprühen brachte, wo Minuten zuvor noch Stumpfheit und Unverständnis geherrscht hatten. Dsaras hätte diese beiden Männer nur als eins beschreiben können: gefährlich.

»Was wird er jetzt tun, Fennek?« Wenn sie unter sich waren, kam es vor, dass Sanftleben seinen Herrn ganz vertraulich ansprach und ihn sogar duzte, um dann unvermittelt ins Ihrzen zurückzufallen. Greskegard störte sich nicht daran. Im Gegenteil, diese Art Vertrautheit versicherte ihm seiner Meinung nach umso mehr die Loyalität seines grobschlächtigen Dieners.

»Dasselbe, was er immer tut, mein Freund«, antwortete er. »Sich verkleiden. Abwarten und lauern. Und eine Nebelkarawane oder Postkutsche nehmen, wenn die Wogen sich geglättet haben und ihn seine Kaltblütigkeit unbehelligt aus der Stadt führen kann.« Fennek kickte einen Kiesel in eine kunstvoll geschnittene Heckenfigur. Er blieb anklagend in ihrer Stirn stecken. Wie ein drittes Auge. »Und wir werden wieder im Hintertreffen sein. Ihn zurückverfolgen nach Fomor und erneut das Nachsehen haben. Verflucht!«

»Geben wir auf?« Sanftleben bereute die Frage, bevor er sie zu Ende ausgesprochen hatte.

Der Blick des Mannes, den Cobia Dsaras in diesem Moment bei einem Schluck Wein mit seinen Kameraden den größten Idioten nannte, den er je gesehen hatte, spießte Sanftleben auf wie Dolche aus Eis. Greskegard schwieg. In seinem Magen rumorte es, Hass und Frustration gärten. Er nagelte seinen Diener mit seinem Blick fest. Für eine Sekunde erwog er, einen Armbrustbolzen durch Sanftlebens Stirn zu jagen. Stattdessen wartete er. Seine Kiefer mahlten.

Ein Perlhuhn beging in diesem Augenblick den Fehler, den beiden Männern zu nahe zu kommen. Greskegards Handarmbrust, gerade noch ungespannt, flog wie von Geisterhand in Anschlag. Der Vogel hatte keine Chance. Der kleine Bolzen drang durch seine Leibesmitte, pinnte ihn an eine Zypresse. Er fiepte, schlug müde mit den Flügeln. Greskegard blickte sein Gegenüber weiter unverwandt an. Er hatte nicht weggesehen, um zu zielen. Das Schweigen der beiden Verbündeten wurde noch eindringlicher, weil es mit dem Todesgesang des Perlhuhns und dem aufgeregten Gegacker der anderen Vögel kontrastierte.

Der Hüne brach den Blickkontakt schließlich ab und nestelte an seinem Gürtel herum. Irgendwo unter Massen aus Fett und Stoppeln hüpfte sein Adamsapfel. Er brach das Schweigen.

»Was … was dann, Fennek?«

»Wir suchen ihn. Wir finden ihn. Und wir nehmen ihn fest.« Greskegards freie Linke verschwand in seiner Manteltasche, wo seine Finger das warme Metall des Artefakts ertasteten. Er lächelte ein kleines, grausames Lächeln. »Und wenn wir ihn haben, dann gehört er mir. Und alles, was er weiß. Er wird singen, Sanftleben. Singen wie ein Vögelein.«

Sein Diener wandte das Gesicht ab und starrte auf den Baum. Das Perlhuhn war verendet. Der Mann, den Greskegard auf den Namen Sanftleben getauft hatte, nachdem er sein Leben gerettet hatte, wusste nicht viel über die zivilisierte Welt. Genau genommen wusste er im Allgemeinen nicht viel. Aber eine Sache wurde ihm in diesem Moment klar: Es war nicht gut, ein Vögelchen zu sein, wenn Fennek Greskegard in der Nähe war. Und Clach zu sein, der Mann, den man in Fomor den Totenkaiser nannte, war besonders schlecht.

Er zuckte die Achseln, als sich Fennek zum Gehen wandte, ging zum Baum und riss das Perlhuhn mit einem Ruck von der Stätte seines unrühmlichen Endes. Sanftleben hasste es, etwas zu vergeuden. Und er liebte Fleisch. Er schob das schlaffe Huhn in seinen Gürtel und trottete seinem Herrn hinterher.

Sie blieben noch vier Tage in Argas, drehten jeden Stein um. Greskegards Laune wurden mit jedem Tag schlechter. Er bewahrte sich die Kontrolle über seine Persona, gab weiterhin den Trottel und wurde von diversen lokalen Behörden und Wachtmannschaften hinzugezogen, weil sie der Auffassung waren, dass ein Inquisitionsmitglied des Rates der Pentaten der richtige Mann sei, um zu helfen. Er hatte die meisten durch Beispiele himmelschreiender Inkompetenz rasch eines Besseren belehrt. Von Clach hatten sie keine Spur gefunden – nicht dass sie mit etwas anderem gerechnet hatten. Nun wanderten sie seit Stunden durch die verwinkelten Gassen der Stadt, ohne Blick für Architektur und kulturelle Errungenschaften der zweitgrößten der Pentae. Auch die kulinarischen Feinheiten der argasischen Küche, sonst ein todsicherer Weg, Greskegards Laune zu heben, schmeckten fad und konnten den Panzer seiner Frustration nicht durchbrechen.

Sanftleben verhielt sich in dieser Zeit ungewöhnlich still, um Fenneks Launen zu entgehen – und zog sich damit nur umso mehr dessen Unmut zu. Der Inquisitor ertappte sich ein ums andere Mal dabei, wie er seinen Zorn an seinem treuen Diener ausließ. An seinem einzigen echten Verbündeten, wenn man es genau nahm. In solchen Augenblicken überkam ihm eine kurze Welle der Scham, die sich jedoch an den Klippen seines Hasses auf den Totenkaiser brach.

Er wollte endlich Resultate sehen! Seit einer ganzen Dekade seines Lebens jagte er den Totenkaiser. Zehn Jahre hatte er – meist in Fomor, aber auch in drei anderen der Pentae – nach ihm gefahndet. Seine Netze immer engmaschiger gezogen, ohne je wirklich zuschlagen zu können. Zwei Mal hatte er Clach bislang stellen können, zwei Mal war ihm der Attentäter entgangen. Dies war das erste Mal, dass die Spur des Mörders nach Argas führte.

Fennek hatte sofort gewusst, dass es keine Täuschung sein konnte. Der Diener der Shadiskirche, den er Sanftlebens kundigen Händen überlassen hatte, war schnell überzeugt gewesen, dass sich der Schutz seiner Todesgöttin nicht auf seine Hülle im Diesseits erstreckte. Wie alle Mitglieder des Todeskults, die Greskegard im Laufe der Jahre verhört hatte, war auch dieser Knecht nur Mitglied einer isolierten Splittergruppe gewesen, die autark operierte. Aber er hatte wohl einige Male für Clach als Zuträger gearbeitet, und seine Kenntnisse wirkten solide. Einen Hauch *zu* solide. Fennek nahm an, dass Clach ihm das Ziel seiner nächsten Reise aus purer Absicht verraten hatte. Um ihn, Fennek Greskegard, ein weiteres Jahr wie einen Ochsen an seinem Nasenring hinter sich herzuziehen.

Für einen Mann, den er nur zweimal aus großer Entfernung gesehen und ansonsten nur dessen Untaten untersucht hatte, war der Attentäter dem Inquisitor so vertraut wie niemand sonst. Doch Clach hatte kein einziges Attentat auf ihn unternommen. Fennek hingegen hatte im Laufe der Zeit den Überblick verloren, wie viele Meuchler aus den untersten Rängen des Shariskultes Sanftleben und er verhört und vergraben hatten. Greskegards Täuschung als linkischer Trottel mochte fast jeden seiner Zeitgenossen getäuscht haben. Aber die Kirche der Todesgöttin hatte diese Maske von Anfang an durchschaut. Greskegard war sich absolut sicher, dass der Totenkaiser einen bizarren Sport daraus gemacht hatte, ihm eine Nasenlänge voraus zu sein.

Dennoch oder gerade deswegen war Fennek nach Argas gereist. In der ganzen Dekade hatte Clach hier nur äußerst selten operiert. Eine Tatsache, von der sich der Inquisitor Großes erhofft hatte: Hier, auf unvertrautem Boden, sollte ein Mann wie Clach Fehler begehen. Sich verraten. Dass er hier war (gewesen war?), blieb unleugbar. Nur Fehler hatte er keine begangen.

Fennek lauschte auf die Tempelglocken. Die achte Stunde des Tages war angebrochen. Er gab Sanftleben ein Zeichen, und sie machten sich zur Station auf. In einer halben Stunde würden die regulären Postkutschen abfahren, die Argas in Ermangelung eines Hafens mit den anderen Pentae verbanden. Die beiden Männer traten ihren Weg über von Tauben verseuchte Plätze und an den prachtvollen Marmorfontänen vorbei ohne Elan an. Sie gingen aus Gewohnheit, nicht weil sie noch daran glaubten, fündig zu werden. Umso überraschter waren beide, als sie um die Ecke eines Bürgerhauses bogen, keine hundert Schritte vom Kutschenhof entfernt, und Sanftleben auf ein Abfallfass deutete. Greskegard sah die Kleidung, die zwischen Kohlblättern und Speiseresten unter dem Deckel hervorquoll. Schnellen Schrittes trat er auf das Fass zu, warf den Deckel beiseite. Brokatene Hosen und eine Weste aus Samt ruhten auf dem Unrat.

Argas war zugegebenermaßen reich, aber nicht so vermögend, dass man solche Kleidung einfach abstieß wie eine Schlange ihre Haut. Clach musste hier gewesen sein.

Greskegards Herz machte einen Satz, die Hand sprang in seine Tasche und umklammerte das Artefakt. Sanftleben, der seinen Herrn zu lesen verstand, ließ seinen Blick über den ausladenden Platz schweifen, auf dem sie standen. Fenneks Gedanken rasten. Er spähte in die Gasse, suchte nach einem Bettler oder einem anderen Zeugen, der etwas gesehen haben mochte.

Etwas in der Nebenstraße zog seinen Blick an. Einige bullige Gestalten schlugen eine weitere Person zusammen, die bereits auf dem Boden lag. Dahinter stand eine Sänfte, die auf den Schultern einiger Hünen ruhte.

Fennek spürte, wie eine seltsame Vorahnung Besitz von ihm ergriff. Trotz des unbestreitbar milden Wetters, das von der Kuppel über ihnen ausging, wurde ihm eiskalt. Er hatte das Gefühl, dass Graupel und Raureif seine Beine emporkrochen. Die Gasse drehte sich vor ihm, wurde zu einem Tunnel.

»Fennek? M'Lord? Alles in Ordnung!?«

Sanftlebens Stimme schien aus weiter Entfernung zu kommen, das Flüstern eines Windhauchs, das im Wasserfall unterging, der in Greskegards Ohren dröhnte. Ohne zu antworten, taumelte er vorwärts. *Das kann nicht stimmen. Das kann einfach nicht wahr sein. Du musst dich irren. Er hat so lange in deinem Verstand herumgespukt, bis du wahnsinnig geworden bist. Du wirst gleich auf der anderen Seite ankommen und sehen, dass du dich versehen hast. Dann wird alles gut werden, du wirst sehen.*

»Inquisitor? Hey! Bleibt doch stehen, M'Lord.« Er nahm nur am Rande wahr, dass Sanftleben neben ihm hereilte.

Sie kamen auf der anderen Seite der Gasse an. Eine Traube Bürger in kostbaren und gradezu lächerlich ornamentierten Gewändern stand auf dem Gehsteig. Mit einer Mischung aus Amüsiertheit und verhaltenem Mitleid betrachteten sie einen Verkäufer, der hinter seinem Stand auf dem Boden lag. Sein Gesicht lief an zahlreichen Stellen violett an. Einer seiner Zähne lag vereinsamt in der Gosse.

»Wer war das?«, herrschte Fennek einen der Umstehenden an, den er unwirsch am Kragen packte.

»Ihr seid nicht von hier, oder?«, fragte sein Gegenüber.

»Sie war es! Wer sonst! Seit zwei Jahren geht das schon so!«

Sanftleben, der kein Argasisch sprach, blickte zwischen

den Anwesenden hin und her. Greskegard wurde noch eine Nuance blasser. Ruppig stieß er die Gaffer beiseite, stürmte durch sie hindurch, der Sänfte hinterher, die in diesem Augenblick zu ihrer Rechten um eine Ecke bog und mit ihrer Entourage verschwand. Seine Augen waren groß wie Untertassen. Ihm war übel. Sein Mund schmeckte metallen. Es roch nach Eisenspänen.

Das konnte einfach nicht sein, durfte nicht sein. Als er die Kreuzung erreichte, erblickte er den hinteren Teil der Sänfte. Das Wappen darauf. Sie war von bulligen Eunuchen umringt. Er hustete, spürte sein Alter in jedem Zoll seines Körpers, doch ließ er sich von seiner Erschöpfung nicht beirren.

In diesem Moment riss ihn etwas herum. Mit einer Mischung aus Verwirrung und aufkeimendem Zorn starrte der Inquisitor seinem Diener ins Gesicht.

»Ich weiß, was ich Euch schulde, Fennek«, grollte der Hüne, ohne auf seine Tarnung zu achten und sein Fomor zu verschleifen. »Aber Ihr macht mir Sorgen. Und ich bin für Eure Sicherheit verantwortlich. Ich kann Euch nicht beschützen, wenn Ihr in Euer Verderben rennt. Was also ist da? Ist *er* das? Sitzt er in dem Ding?«

Greskegard öffnete den Mund zu einer Antwort, kam aber nicht weit. Sowohl er als auch Sanftleben blickten die Straße hinunter, als die Sänfte keine dreißig Schritte vor ihnen zum Halten kam und abgesenkt wurde. Einer der Eunuchen baute einen vergoldeten, mit Trensen geschmückten Tritt neben der Sänfte auf. Die Vorhänge teilten sich.

Sanftlebens Unterkiefer drohte, auf seinen stattlichen Wanst zu fallen. Greskegard klappte den Mund seines Dieners mit einer mechanischen Bewegung wieder zu. Er hatte das unbestreitbare Gefühl, von einem Muli gegen die Brust getreten worden zu sein. Beide Männer stießen ein Keuchen aus, als sie sahen, wer da aus der Sänfte stieg. Es gab keinen Zweifel: Es war das Mädchen, das vor einigen Tagen tot zu ihren Füßen gelegen hatte. Das Mädchen, dem die Priester des argasischen Lichtordens Münzen auf die gebrochenen Augen gelegt hatten. Es war die Herrin Pavosa Moreno.

Aus den Chroniken des Kataklysmus der Erzmagi, verfasst dreihundert Jahresläufe nach dem Titanensturm, Anonymus:

Wiewohl wir vom Titanensturm sprechen, ist dies doch nur ein Wort, nicht mehr als ein Staubkorn vor dem Wind der Zeiten. Selbst die anfänglichen Taten der Fünf verblassen vor dem Grauen und dem Leid, das Vortigern und Abid'Masr entfesseln sollten in jenen Tagen. Nicht nur hatten sie wie die anderen Erzmagi die Titanen versklavt und das ganze Reich Thetis verbrannt und verwüstet in ihrem Wahn auszumachen, wer der Mächtigste sei. Nein, diese beiden kannten auch nach diesen Taten noch immer kein Maß, sahen kein Ende. Und als tief unter ihren Zitadellen die Körper ihrer urstofflichen Knechte auf eine Weise zusammenstießen, dass die Erde selbst sich wand und schrie, zapften sie die geheimsten Quellen an, die da verborgen liegen vor dem profanen Zugriff der Sterblichen. So groß war ihre Hybris, so unersättlich ihr Hunger nach Macht, dass sie sich anmaßten, das große, das letzte Tabu zu brechen. Und so ließen sie die Domäne von Fleisch, Staub, Stein und Holz zurück, griffen nach dem Ephemeren, dem Göttlichen, und reckten ihre von arkaner Macht gekrümmten Klauen gen Himmel, wo die Sonne in diesen Tagen noch stolz und voller Macht thronte und wo sich die uralten Mechaniken des Himmelsgewölbes drehen und knirschen. Und nichts würde mehr sein, wie es war.

Hora des Lichtfürsten, 301 adis Pentae.

5. Ormgair

Es war, als durchbräche er die Oberfläche eines tiefen, stillen Sees. Nur dass die Oberfläche das Wassers eine Spiegelachse war, an der ein zweites, weitaus größeres Gewässer ruhte. Eines, das aus einer gänzlich anderen Substanz bestand als aus dunklem, tiefem, alles vergessen machendem Schlummer.

Er hatte nur Geschichten gehört, obschon er ein weitgereister Mann war. Geschichten von dem Ort, den die Stadtlinge »das Meer« nannten. Das war es. Er war aus einem See aus Stille und Vergessen aufgetaucht, hatte die Oberfläche durchbrochen – und tauchte nahtlos in einen Ozean aus Säure ein.

Die Schmerzen in sämtlichen Gelenken waren unfassbar. Sein ausgemergelter Leib zitterte kraftlos in schweren Seilen, mit denen seine nackte, besudelte Gestalt an Pfähle gebunden war. Er konnte sich nicht setzen, aber auch nicht aufrecht stehen. Es fühlte sich an, als würde jemand die Knochen seiner Gelenke abschälen.

Schweiß rann über sein Gesicht – selbst diese dünnen Rinnsale gruben sich mit der Intensität glosender Lavaströme in pergamentene Lippen. Er wand sich. Stöhnte. Er biss die Zähne zusammen, die vorhanden und intakt waren. Immerhin etwas. Dann fiel ihm wieder ein, was geschehen war. Wo er sein musste.

Er öffnete die Augen. Blinzelte. Versuchte den Schleier aus Salz und Tränen zu durchstoßen. Er war in einer Jurte, in dem die Kreen dem Geruch nach normalerweise ihr Dörrfleisch aufhängten. Träge flappende Wände aus Tierhäuten, bedeckt mit bizarren weißen Kreidemustern, die die Ahnengeister des verfluchten Stammes zeigten. Ormgair blickte an sich herab. Er stand in einer Pfütze, deren Herkunft nicht schwer zu erraten war, ebenso wenig wie die Quelle des krustigen Drecks, der mit der Behaarung seiner Schenkelinnenseiten verschmolzen war. Sie hatten ihm nicht nur einen raschen Tod verwehrt, sie hatten auch zugelassen, dass er sich besudelte!

»Hunde!«

Er fletschte die Zähne, riss an seinen Seilen – und bereute es im gleichen Moment. Diesmal war der Schmerz nicht Säure oder gesplittertes Glas. Es war ein Überzug aus flüssigem Metall, der unter seiner Haut jedes der Gelenke umgarnte wie ein Liebender und sich wie geschmolzenes Weiß um sie legte.

Die Dunkelheit schwappte gnädig heran, riss ihn erneut mit sich. Irgendwo zu seiner Linken traten Schemen in sein Sichtfeld, dann trug ihn die Qual davon.

Er hatte keine Vorstellung, wie lange er diesmal fort war. Als er die Augen aufschlug, waren die Schmerzen auf ein erträgliches Maß abgeklungen, doch an seiner misslichen Lage hatte sich kaum etwas geändert.

Aber er war nicht mehr allein. Vor ihm stand ein Halbkreis aus gut gerüsteten Kriegern, Wildlinge wie er. Und doch ganz anders. Er brauchte keinen Blick in ihre ausgezehrten, grausamen Gesichter mit den überlangen, bizarren Schnurrbärten zu werfen, um zu wissen, wen er vor sich hatte. Er grinste und spie. Sein Mund war so trocken, dass der wenige Speichel als zäher Faden wie eine Bola an seiner Lippe pendelte.

Die Gestalten vor ihm brachen in kehliges Lachen aus. Einer der Kreen trat vor und rammte eine Faust von der

Größe eines Knochenschinkens in seinen Unterbauch. Ormgair spie erneut. Diesmal unfreiwillig. Was noch an Galle und blutigem Schaum in seinem Magen war, rann schäumend über sein Kinn. Irgendwie brachte er dennoch ein verächtliches Schnauben hervor.

Er rammte seine Stirn in den Magen des Kriegers, der vor ihm aufragte. Der Jüngling taumelte einen Schritt nach hinten und riss einen gekrümmten Dolch aus seinem Brustgurt. Langsam, grausam näherte sich der Stahl dem Auge des Tanleigh.

»Gib dir Mühe, Welpe. Wenn ich das hier überlebe, nehme ich dich nämlich als Letzten mit!«, grollte Ormgair.

Der Kreen verstand die Sprache nicht. Aber den Tonfall verstand er. Er schlug dem Nebeljäger ins Gesicht, bog seinen Kopf nach hinten und presste den Stahl an seinen Hals. Ormgair wusste nicht, ob er lachen oder weinen sollte. Er würde nicht nur in Gefangenschaft sterben, sondern noch dazu in Schande. Nackt und besudelt!

»Genug!«

Es war ein Satz in der Sprache der Tanleigh, der wie ein eisiger Windstoß durch das Zelt fegte. Aber die Sprache war pervertiert, vom Akzent ihres Sprechers zu einem Raspeln verzerrt.

Ormgairs Peiniger trat beiseite und gab den Blick auf einen Greis frei, eine von der Last des Alters verdrehte Gestalt, einer vernarbten, knotigen Baumwurzel nicht unähnlich. Das Gesicht des Alten war so hohl und grausam wie ein nordisches Felsmassiv. Ein äonenalter Findling, den eine mitleidlose Steppe geschleift hatte. Mit Erdfarben war eine krude Rabensilhouette auf das Gesicht des Mannes gemalt, der einen Mantel aus Rabenfedern trug und dessen aus Menschenhaut genähte Roben mit Knochenröllchen bestickt waren. Es klickerte beständig, wenn sich der Alte bewegte.

Er war blind, wie der milchige Schleier seiner Augen verriet. Dennoch war er mit drei verblüffend agilen Sätzen bei Ormgair und bohrte ihm seine knochigen Klauen unters Kinn. Als der Nebeljäger die Berührung mit einem Kopfstoß ahnden wollte, sprang der Seher zurück und stieß ein keckerndes Lachen aus.

»Gib dein Bestes, Hexenknecht! Es braucht wohl einen Krüppel und seine zahnlosen Flüche, damit ein Kreen einen Tanleigh töten kann«, spöttelte Ormgair. »Eure Welpen wissen nicht einmal, wie man tötet. Ich wundere mich ja schon, dass sie ihre Messer richtig herum greifen. Wenn ich mir die Narben an ihren Händen so ansehe …«

Der Krieger, der ihn hatte töten wollen, schnaubte bei der erneuten Schmähung. Er schob sich nach vorn und riss seinen Dolch in die Höhe, hielt aber inne, als die mit Rabenschädeln geschmückte Hand des Geistersehers mit gespreizten Fingern wie eine Spinne auf seiner Brust landete und ihn zurückhielt. Der Seher machte eine beschwichtigende Geste und wandte sich wieder Ormgair zu.

»Mach deine Scherze, Nebeljäger. Dein Leben ist bereits verwirkt. Die Raben kreisen, und die Geister sammeln sich, die nächste Welt wartet.«

»Wenn du denkst, dass ich den Tod fürchte, irrst du, alter Mann.« Ormgair lächelte, trotz seiner Schmerzen. Es tat gut, jemand anderen auf diese Weise schmähen zu dürfen, viel zu lange hatte er diesen Titel getragen.

Falls der verbale Tiefschlag den Seher traf, ließ er es sich nicht anmerken. Wieder kicherte er. Trotz seiner äußeren Gelassenheit und seines losen Mundwerks – innerlich fröstelte der Nebeljäger. Was wollte der Greis von ihm? Wäre er frei, er würde diesen faltigen alten Knochen nicht fürchten. Auch Hexer starben, wenn man ihnen ein paar Zoll Stahl in die Därme trieb. Aber gefesselt ausgeliefert? Das war etwas ganz anderes.

Der Seher schien zu spüren, was in Ormgair vorging. Der faltige Krater seines Mundes verzog sich. Eine grässliche Wunde inmitten des Gesichts, die kleine Speichelbläschen gebar.

Ormgair brauchte einige Sekunden, um zu realisieren, dass der Alte absichtlich Grimassen schnitt. Sie führten dazu, dass der Rabe auf seiner Fratze mit den Flügeln schlug. Er beugte sich vor, bis sein Gesicht knapp vor dem des Nebeljägers verharrte. Es hatte etwas Hypnotisches. Milchige Augen stierten in den Grund seiner Seele.

Der Tanleigh erschauerte. Diesen Moment Ormgairs morbider Faszination nutzte der Greis. Er blies mit Macht in seine Hände und brachte sich in Sicherheit. Zwei Wolken aus buntem Staub umwirbelten ihn. Sie legten sich auf Ormgairs Gesicht, seinen Leib. Fast augenblicklich kratzte es in seinem Hals, seiner Lunge. Der Seher grinste mit feuchten Lippen. Eine Mischung aus debilem Wahn und Tücke gloste in seinen Augen.

»Wa… Was?«, krächzte Ormgair.

»Zwei Pulver!« Die Stimme des Sehers klang entsetzlich fern. Als spräche er durch einen Trichter aus Blech. Irgendwo hatte er ein Tambourin herbekommen, das aus dem Schädel eines Menschen gefertigt war. Er begann, einen einlullenden Takt zu schlagen, Spinnenfinger krochen über die Bespannung und tanzten zuckend.

Ormgairs Herz schlug heftig, das Blut rauschte ihm in den Ohren. Die Zeltwände schienen von Eigenleben erfüllt, sie und die davorstehenden Krieger traten in den Hintergrund, ohne sich zu bewegen. Als stünden sie auf unsichtbaren Wägelchen, trieben sie in Richtung Horizont davon oder kamen so nahe auf Ormgair zu, dass er schrie.

Eine unnatürliche Panik erfüllte ihn, ließ seinen Blick fliegen. Fliegen. Das Zelt war voller Raben, die krächzten und unter einer blauen Sonne kreisten. Die Augen toter Kinder starrten hilflos durch den Eispanzer des gefrorenen Sees, auf dem nur der Nebeljäger und der alte Seher standen.

»Eines löst die Zunge. Das andere habe ich nur für dich gemischt. Die Geister darin sprechen zu dem Eisfeuer in deinen Knochen. Wenn ich mit dir fertig bin, wirst du mich um den Tod anbetteln. Aber ich werde ihn dir versagen, Tanleigh-Hund. Und nun sprich: Wohin hat sich dein verfluchter Stamm für die Eistage zurückgezogen? Wo ist euer Winterlager?«

Dann begannen die Qualen …

Es hatte schnell begonnen, aber wann es ein Ende gefunden hatte, ob es überhaupt eines gefunden hatte, vermochte er nicht zu sagen. Es war, als taumelte er ohne Fleisch durch einen Sturm aus Klingen und grobem Salz. Einem Sturm, der in der ewigen Dunkelheit lichtloser Tiefen tobte. Er sah nichts, roch nichts. Nur Schwärze. Schmecken und fühlen, das konnte er. Es war bizarr: Er schmeckte nur die kupferne Schwere des Blutes, fühlte nichts als Pein.

Eine Zeitlang hatte er noch gehört: Er hatte seine eigene Stimme vernommen. Entkräftet. Wimmernd. Fremd. Sie hatte nicht um Gnade gefleht, zumindest das hatte er seinem Peiniger vorenthalten. Aber sie hatte schlussendlich Wahrheiten ausgesprochen, die er gegen jeden Schmerz, jede Folter versiegelt wähnte. Und der Seher hatte Wort gehalten: Die Erlösung des Todes blieb ihm versagt. Schande und Schmerz waren seine einzigen Begleiter in diesem Dunkel.

Oder war er wirklich tot und wusste es nicht? War dieser entkörperlichte Zustand alles, was von ihm übrig war? Verrotteten seine Gebeine in den Zelten der Kreen, seine Seele auf ewig in diesem höllischen Dunkel gefangen, das ihn an sein Fleisch kettete? Ihm war auf so viele Weisen elend, dass der Drang zu wimmern und sich zu einer Kugel aus Leid und Selbstverachtung zusammenzurollen übermächtig wurde. Aber selbst diese Erlösung, das harte Gericht mit sich selbst, blieb ihm versagt. Er hatte keinen wirklichen Körper, den er bewusst ansteuern konnte. Er mochte bereits tausend Jahre in diesem Zustand sein oder nur wenige Sekunden – es war einerlei. Er war ein Bewusstsein, das zugleich in tausend Richtungen trieb und dennoch nicht den simpelsten Befehlen zu folgen vermochte. Geist, der neben seinem Fleisch trieb und dennoch an dessen Schwächen gebunden war.

Ich kann nicht tot sein.

Warum nicht?

Weil ich leide. Weil alles wehtut. Leiden heißt Leben. Leben heißt Leiden. Alles tut weh.

Irgendwo vor ihm in der Schwärze glomm ein Licht, und er trieb auf diese Erscheinung zu. Langsam und unwirklich schälte sich vor ihm – gab es hier ein vorne? – etwas aus der Finsternis. Umrisse wurden schärfer, deutlicher. War das eine Höhle? Es sah wie ein Eingang zu einer Ruine aus. Ein urzeitlicher Schlund, der sich auftat und in dessen Zentrum ein schwacher Schimmer pulste. Bevor er sich weiter mit dem Phänomen befassen konnte, vernahm er Stimmen. Es waren zwei, höhnisch und grausam – und doch waren sie ihm in seiner Isolation die liebsten Begleiter, die sein mürrisches, einsames Leben je gekannt hatte. Er lauschte, begeistert wie ein Neugeborenes, das zum ersten Mal den süßen Klang der Stimme der Mutter vernahm.

»Lebt er noch?«

»Ha! Tanleigh-Hund hin oder her – der Bastard ist zäh. Mis'thaines Hexenkunst hat ihn nicht geschafft.«

»Mehr Leder als Fleisch, der Alte. Sein Geist ist stark. Wäre er nur jünger. Mit dem, was sein Herz mir verleihen würde, lebte ich tausend Jahre. Zeugte tausend Söhne!«

Er verstand sie. Wo immer er hier war, er verstand die Stimmen der Männer – obschon er erkannte, dass sie Kreen waren, Kreen sein mussten. Ein Beweis, dass er wirklich nicht mehr unter den Lebenden weilte? Mit dem Geist hörte? Ein Geräusch drang in seine Welt. Ihm dämmerte, dass sich einer der Krieger bei diesen Worten auf die Brust geschlagen hatte. Er roch ihre Körper. Erdfarben. Schweiß. Vogelkot, mit dem sie ihren Haaren diese lächerlichen Formen verliehen. Waffenöl. Er … roch? War er wieder Fleisch?

Er versuchte, die Schmerzen zurückzudrängen, nur einen Augenblick – was immer das an diesem Ort auch bedeuten mochte. Seine Finger (*Ich habe Finger!*) zu bewegen.

Als hätte sein Körper nur auf diesen Akt gewartet, kehrte neben den Schmerzen auch seine Wahrnehmung zurück. Nun versuchte er, seinen Arm zu bewegen. Überrascht stellte er fest, dass er es konnte. Er befahl seinen Augen, sich zu öffnen. Nicht weit, nur einen Spalt breit. Obwohl es der Anstrengung gleichkam, eine tonnenschwere Grabplatte zu heben, flutete plötzlich viel zu helles, wässriges Weiß in seine Augen. Er sah zwei Schemen.

»Er rührt sich! Skitja! Er bewegt sich!«

»Beeil dich damit. Mach ihm ein Ende. Und dann komm, ich will den Anschluss nicht verpassen. Für uns und Shi'naighs Vasallen bleiben sonst nur noch die Reste übrig. Ich will eine Sklavin! Eine, die nicht von Go'sheens Kriegern bestiegen wurde. Schlimm genug, dass der Schamane wollte, dass wir ihn am Leben erhalten, bis die Sonne untergeht!«

Der vordere Schatten wandte sich zum hinteren, der diese Worte ausgestoßen hatte. Dieser wiederum wandte sich zum Gehen. Der vordere rief ihm etwas nach:

»T'hail'nhe! Sukeet! L'Haine anwari misr!«

Plötzlich, ohne Ankündigung, ohne sanften Übergang, verstand er sie nicht mehr. Tote kennen keine Sprachen, die

Lebenden jedoch schon. Mit jeder Sekunde, die er gewann, kehrte die Kontrolle zurück. Das Fühlen, das Wahrnehmen. Der Schmerz verlor seine zeitlose Qualität aus sphärischen Impulsen, wurde wieder zu fleischlicher Qual. Er fühlte sich unendlich alt. Er hing nach wie vor in der seltsam verrenkten Position auf Knien, die die Konsistenz von Gallerte zu haben schienen.

Ormgair – *das ist mein Name! Ich bin Ormgair* – drehte den Kopf. Er musste seine Umgebung prüfen. Nachsehen, ob er noch gefesselt war. Es kam ihm vor, als würde ein Jahrhundert vergehen. Seine Zunge war pelzig, klebte an seinem mumifizierten Gaumen wie eine Nacktschnecke. Er stank viehisch. Zu seiner Überraschung war sein linker Arm frei. Er musste in seinem Wahn so stark gekrampft haben, dass der Strick gerissen war.

Mühselig hob er die Hand vors Gesicht, sah, wo das Seil in sein taubes Gelenk geschnitten hatte. Er öffnete und schloss die Hand, ballte eine kraftlose Faust. Tausende Nadeln stachen hinein, als etwas Blut in die Gliedmaße zurückfloss. Ein Quäntchen, nur ein Quäntchen Kraft. Es musste reichen.

Er ließ sich wieder hängen, seinen Arm zur Seite fallen, als er die Bewegung des verbliebenen Schemens wahrnahm, der sich zu ihm umdrehte. Er schloss die Augen. Das Licht wurde durch seine geschlossenen Lider schwächer, als sich der Kreen vor ihm aufbaute und den Schein verdeckte. Er hatte nur eine Chance. Eine einzige Gelegenheit. Er lauschte.

Als er den letzten Schritt vernahm, der verkündete, dass sein Mörder vor ihm Aufstellung bezogen hatte, traf ihn etwas Warmes im Gesicht. Der Hund hatte ihn angespien!

Ormgair warf sich nach vorn und stieß dem verblüfften Krieger den Kopf in den Bauch. Stahlharte Muskelpakete seines Gegners verhinderten Schlimmeres, aber er hatte es ohnehin nicht darauf abgesehen, echten Schaden anzurichten. Während der Kreen sich krümmte, riss Ormgair die Augen auf und erblickte, was er erhofft hatte. Die Linke des Nebeljägers schnappte zu, langte nach dem Dolch des Mannes in seinem Gürtel.

Die Hände des Kriegers legten sich um Ormgairs Hals und drückten zu. Der Narr schrie nicht um Hilfe, alarmierte seine Brüder nicht. Es sollte sein letzter Fehler sein.

Sein Gesicht war eine hasserfüllte Fratze. Stoßweiser Atem aus gefletschten Zähnen stieß Ormgair ins Gesicht, sein Sichtfeld begann zu verschwimmen. Der Kreen war jung und stark wie ein Ochse.

Er drückte noch, als er tot war. Ein Sturzbach von Rot klatschte heiß über die Hand des Tanleigh, Metallgeruch legte sich über den Gestank im Zelt. Der Blick des Kriegers brach. Über ihnen ragte die Spitze des Dolches aus seinem Schädeldach. Ormgair hatte ihn mit einem Rest von unbeugsamem Lebenswillen von unten durch sein Kinn getrieben.

Ein blubbernder, unfreiwillig komischer Pfeifton entrang sich der Kehle des Sterbenden. Er wäre ein Schrei oder Gurgeln geworden, aber der Dolch steckte bis zum Heft in seinem Unterkiefer, hielt diesen und das Gaumensegel wie ein übergroßer Nagel zusammen.

Ormgair starrte seinem Feind hasserfüllt in die Augen, konnte aber kein befriedigendes Erkennen darin ausmachen. Er sammelte den Rest seiner Kraft und riss den Stahl mit einem Ruck aus seinem Opfer. Der Mann fiel zur Seite. Der Dolch war nun schwer wie ein Turm. Irgendwie gelang es Ormgair, ihn auf das Seil zu bugsieren, das seinen anderen Arm hielt. Er begann zu sägen. Vor ihm zuckte der sterbende Kreen auf dem Boden herum, schlug einen morbiden Takt mit seiner rechten Ferse. Geräuschvoll entleerten sich Blase und Darm.

Jetzt sind wir schon zwei, dachte Ormgair und arbeitete weiter. Ein unkontrolliertes, schnaubendes Lachen stahl sich aus seiner Kehle. Er hatte nur noch eine Hoffnung: Er konnte den Makel der Schande vielleicht noch von sich nehmen, wenn er sein Dorf warnen konnte. Doch dazu musste er die Kreen einholen.

Irgendwann hatte er es geschafft: Nachdem auch sein zweiter Arm befreit war, war er mit zusammengebissenen Zähnen auf die Knie gesunken. Obschon sein Instinkt von ihm verlangte, sich zu erheben, weil der andere Bewacher jede Sekunde zurückkehren konnte, war Ormgair liegengeblieben. Der Schmerz war einfach zu viel für ihn. Dunkelheit umwölkte stetig den Rand seiner Wahrnehmung.

Er quälte sich in eine aufrechte Position und bearbeitete weiter die Fesseln, die seine Fußknöchel zerschnitten. In dem Moment, in dem er eins seiner Beine aus der tückischen Schlinge befreit hatte, trat der andere Kreen durch die Zeltplane.

Seine Augen weiteten sich, als er die Szenerie erblickte. Er sog die Luft für einen Schrei ein. Ormgair ließ ihm keine Chance: Mit der Übung eines ganzen Lebens voller brutaler Konflikte schleuderte er das schlecht ausgewogene Messer – es überschlug sich im Flug zweimal und blieb in der Brust des Kreen stecken. Der sackte in sich zusammen und fiepte leise, sein Gesicht eine Maske der Überraschung.

Ormgair entging die bittere Ironie nicht. Sie beide knieten einander gegenüber wie archaische Statuen in einem Tempel der Stadtlinge. Der alte und der junge Krieger, beide gebrochen und näher am Tod als am Leben. Zwischen ihnen der vollendete Tod, der sich sein zu frühes Grab mit rudernden Gliedern geschaffen hatte, bevor er in Schmutz und Elend verendet war.

Der Tanleigh saugte noch einmal tief die stickige Luft an diesem verdammten Ort ein, dann mobilisierte er seine letzten Reserven. Er erhob sich, begleitet von einer wahren Salve an Knacklauten, als seine Knochen protestierten, und humpelte zu dem Kreen, den er zuerst getötet hatte. Er bückte sich nach dem Schwert des Burschen und hieb das letzte Seil durch. Dann rieb er das Leben zurück in seine atrophierten Muskeln, knetete das gepeinigte Fleisch.

Mit einem raschen Blick nach draußen vergewisserte er sich, dass keine weiteren unliebsamen Überraschungen bereitstanden, ihn von seiner sterblichen Hülle zu befreien. Das Lager der Kreen war ebenso hässlich wie ihre restliche Erscheinung. Drei kärgliche, mit bemalten Menschenhäuten und Ketten voller Schädel verzierte Zelte auf schlammigem Untergrund, zwischen denen einige armselige Gäule grasten. Ein großes Feuer in der Mitte gloste, feuchtes Holz fiepte und knackte. Drei Pfähle waren in einer groben Dreiecksform um die Reste des Lagers angebracht, ein paar schwach glimmende weißliche Kristalle saßen darauf. Nebelsteine.

Ormgair schnaubte. Es passte zu den Kreen, sich hinter den Errungenschaften der schwachen Stadtlinge vor dem Erbe der gefallenen Titanen zu verbergen, den Prüfungen des Lebens mit Betrug und List und Feigheit zu begegnen.

Leise Stimmen drangen über das Geflüster des Nachtwinds und das Knistern der Flammen an sein Ohr. Er zählte noch gut zehn Mann, die sich gedämpft im größten der Zelte unterhielten. In kurzer Zeit würden sie ihre beiden Kameraden vermissen und nachsehen. Er musste dann bereits unterwegs sein.

Er sah sich im Zelt um. In der Ecke lagen seine Kleider und Habseligkeiten. Seine schartigen Waffen waren den Kreen offenkundig keine Plünderung wert gewesen, seine Kleidung aufgrund seiner drahtigen Gestalt zu klein für sie. Ormgair schnaubte. Sie nutzten nicht nur die Steine der Stadtlinge, sie verschmähten in einem Leben, das einem nichts schenkte, sogar freie Gaben. Sie verdienten den Tod, den die Tanleigh ihnen bringen würden.

Wenn es dann noch Tanleigh gibt! Der Gedanke an seine Schande ermahnte ihn zu erneuter Hast. Er humpelte zu seinen Sachen, spülte den verkrusteten Schmutz lediglich mit etwas Wasser aus seiner Feldflasche vom Körper und zog sich an. Das Kettenhemd dauerte etwas, aber er wollte und konnte nicht auf den zusätzlichen Schutz verzichten. Als er fertig war, griff er nach Bartaxt, Bogen und Köcher. Nun fühlte er sich wenigstens halbwegs wieder als vollwertiger Krieger, aber die Schwäche der Hexerei des Sehers und seiner eigenen müden Knochen blieb.

Er schwankte in seiner schweren Brünne. Er musste hier weg. Zeit, viel zu wenig Zeit! Er erwog kurz, die Pferde zu vertreiben oder zu verstümmeln, um seinen Verfolgern einen Vorteil zu nehmen. Er selbst war kein guter Reiter. Aber er ließ es. Sie würden ihn dabei ertappen, und er war nicht schnell genug, um ihnen auf dem Platz zwischen den Zelten zu entgehen.

Stattdessen nahm er die Axt beim Heft und schnitt ein Loch in die Rückwand seiner Zelle. Als er fertig war, trat er die Feuerkörbe auf die Leichname – vielleicht konnte er so Zeit gewinnen.

Dann schlüpfte er ins Freie.

Das Zwielicht aus Nacht und Nebel hinter ihm kochte in orangefarbenem Pastell, wo das brennende Zelt scheinbar auf den Rest des Lagers übergegriffen hatte. Verzerrte Stimmen hallen durch die Nacht, Metall rasselte, Pferde schrien.

Die karge Heide breitete sich vor ihm aus – schwarze Weite, erstickt vom grauen Leichentuch des Nebels, das Ormgair in die Arme schloss. Es roch muffig und schwer nach nasser Heide und der Fäulnis von Torf, die aus der Erde kroch. Raben krächzten, und ein missmutiges Käuzchen schuhute von einer Baumruine auf ihn herab.

Er kam nur mühselig voran. Lanzen aus Pein stachen nicht nur in seine Knochen, auch das Atmen schmerzte. Sein Puls raste, das Herz pochte wie ein Hammer in seiner Brust. Er war zu alt. Egal, wie man es auslegte, egal, für wie mächtig und unbeugsam er sich all die Jahre gehalten hatte. Und nun humpelte er durch ein totes Land, irgendwo in der Heimat seiner Feinde.

Dann und wann blieb Ormgair stehen, wenn ein in diesen Tagen so selten gewordener winziger Fetzen klaren Himmels müde durch den Nebel blinzelte. Die paar Sterne, die das endlose Grau preisgab, genügten ihm, um seine Richtung zu finden. Aber es war vergeblich – und das war auch der wahre Grund, warum er nicht vorankam. Hatte er innerlich schon aufgegeben? Abgeschlossen nach einem letzten Aufbäumen? Also kein Abgang voller Ruhm, der ihn mit den Baen'sidhe zum Firmament emportragen würde? All die körperlichen Wunden, all der Wahnsinn und die Erschöpfung durch den Seher und seine Hexerei waren nichts, gemessen an der Erkenntnis, schon versagt zu haben.

Du hast ihre Aufmerksamkeit, ihre Art zu leben stets gescheut. Und jetzt, da sie Gefahr laufen, dass man sie vernichtet, fürchtest du dich!

»Weil ich es bin!«, knurrte er. »Weil es meine Schuld ist! Mein Versagen!«

Nein, nagte die Stimme. *Weil niemand mehr da sein wird, wenn die Kreen Rache nehmen. Es war in Ordnung, allein zu leben, solange es dennoch ein Heim gab, zu dem du zurückkehren konntest. Bekannte Gesichter. Du magst geglaubt haben, nicht dazuzugehören, aber das stimmt nicht.*

Er geriet ins Straucheln. Ein Kaninchenbau. Ormgair ging ohne jede Eleganz zu Boden, wie ein gefällter Baum, und stieß einen harschen Fluch aus. Einen Herzschlag später dankte er den Titanen für die Fügung, als etwas einige Schritte über ihn hinwegsauste. Er erkannte an dem Flüstern der Luft die Befiederung eines Pfeilschaftes. Klickernd zersplitterte das Geschoss irgendwo vor ihm in der Nacht.

Er biss die Zähne zusammen, erhob sich in die Hocke und wandte sich um. Ein ganzes Leben in nebeliger Wildnis hatte seine Sinne geschärft, er hörte trotz der Verzerrungen, dass seine Gegner nahe waren. Und er konnte ihre Schemen selbst im Grau ausmachen, weil diese Männer Krieger waren, keine Kundschafter. Sie hatten ihre Steine bei sich, rissen damit eine Kluft in das Wabern.

Ormgair humpelte einige Schritte weiter, weil ihm klar wurde, dass der Pfeil nur ein Blindschuss gewesen war. Eine Reaktion auf seinen Ausruf. Dann nockte er einen Pfeil auf die Sehne, zielte und gab seinerseits einen Schuss ab.

Ein satt-feuchter Laut, dann gellte ein erstickter Schrei. Eines der Lichter ging aus Sattelhöhe zu Boden, verschwand im Heidekraut. Ormgair gönnte sich ein wölfisches Grinsen und humpelte weiter. Das würde ihnen etwas zum Nachdenken geben.

Bedauerlicherweise waren die Kreen keine großen Denker. Aber sie waren weise genug, ihre Nebelsteine mit irgendetwas, wahrscheinlich ihren eigenen Körpern abzuschirmen. Er hörte, wie sie zu ihm aufschlossen, egal, wie bemüht er war, sich ihnen zu entziehen. Er war einfach zu angeschlagen, zu langsam. Er konnte nicht darauf hoffen, seine Spuren zu verwischen, wie es ihm unzweifelhaft gelungen wäre, wäre er gesund.

Er blieb stehen, atmete schwer. Ihre Stimmen klangen entsetzlich nahe, ab und zu zischten Pfeile an ihm vorüber. Langsam, aber sicher schossen sie sich auch auf ihn ein.

Ihr Fehler war ihr Hochmut, nicht von ihren Gäulen zu

steigen. In einer so dunklen Nacht war ein Pferd eher ein Problem als ein Vorteil. Dennoch, nur noch wenige Augenblicke, und sie würden ihm den Garaus machen. Ihm blieb nur noch eine Wahl. Und selbst in seiner reichlich ausweglosen Lage grauste es ihm vor dem Entschluss, den er treffen musste.

Wenn er richtig sah, würde die Jagd ihn tiefer und tiefer in Richtung Amboss führen, aber er würde in seinem Zustand nie dort ankommen. Wenn er sich aber in Richtung des alten Schlachtfeldes wandte, war er in wenigen Minuten an einem Ort, der für alle Stämme tabu war. Dem heiligsten aller Felder, wo die beiden Könige der Titanen vor ungezählten Menschenaltern unter der Knute der großen Hexer, der Zauberweber miteinander gerungen und ganze Dörfer der alten Völker unter sich begraben hatten. Es war jedem der Stämme verboten, die Ruinen aus dieser Zeit zu betreten. Ein Ort, an dem das Blut der Titanen geflossen war. Keinem Sterblichen war es erlaubt, dort zu verweilen. Allein der Gedanke war ein Sakrileg.

Ein weiterer Pfeil raste heran und grub sich nur wenige Schritte neben Ormgair in den Boden. Wenn er überhaupt eine Chance haben wollte, diese Nacht zu überleben, musste er seine Verfolger entweder abhängen oder ihren Vorteil ausgleichen.

Er richtete seinen Blick zum Himmel. Mochten die Titanen ihm vergeben, er hatte keine Wahl. Er biss ein letztes Mal die Zähne zusammen und machte sich auf den Weg. Wenn er schon sterben sollte, dann würde er den Ort festlegen, an dem er in die Finsternis stürzte. Sollten die Baen'sidhe urteilen, ob sein Sakrileg nur Hochmut war – oder das Schicksal eines wahren Helden.

Er humpelte weiter, spie aus und sandte seinen Verfolgern einen weiteren Pfeil entgegen.

Aus den Chroniken des Kataklysmus der Erzmagi, verfasst dreihundert Jahresläufe nach dem Titanensturm, Anonymus:

Am Ende der Schlacht krochen die Sterbenden auseinander, nun, da die Macht ihrer Herren gebrochen war. Und ihr Fleisch und ihr Blut kamen über die Welt, wie auch das Fleisch und Blut all der Titanen, die im Sturm gefallen waren. Was hatte das Land gelitten: Wo Thetis einst grünte und seine Bäche schäumten, da dräute nun Karst und Fels. Wo Weizen wogte, da fraß das Feuer aus den Tiefen der Welt. Wo einst die Sonne strahlte, da war nun nichts als eine bleiche Scheibe. Vorbei der Glanz lodernden Auges, fort das Gold des Palastes – der Lichtfürst hatte mit seinem Opfer unser aller Leben und unsere Welt erlöst. Von all diesem Grauen hätte Thetis sich zu heilen vermocht, wäre da nicht der Nebel über uns gekommen: Denn Blut und Fleisch der Titanen wurden Dunst, der mit Spinnenfingern und bleichem Hauch seit diesen Tagen über die Welt kriecht. Und die Klügsten unter den Gelehrten, seien sie Weib oder Mann, wissen nach wie vor nicht zu sagen, was in seinen Tiefen lauert oder wann er geht. Und niemand weiß, wann das Zwielicht endet.

Hora des Lichtfürsten, 301 adis Pentae.

6. Clach

Die Fahrt verlief bislang ohne Zwischenfälle. Ein besonders kluger Mann hatte einst in irgendeinem ebenso klugen Buch eindringlich gemahnt, dass Hoffnung der schlimmste Feind für einen Mann von Clachs Profession sei. Der Glaube, nichts könne schiefgehen, sei schlimmer als jedes schleichende Gift, schlimmer, als keinen Codex zu haben. Hoffnung war wie eine Spinne, eine unnachgiebige wie geduldige Wesenheit, die darauf lauerte, dass man sich ihr durch Gewohnheit und Schwäche freiwillig ergab. Dieser Tatsache, dieses Mangels an Kontrolle wurde sich Clach umso bewusster, als er den Gesprächen seiner Mitreisenden lauschte und selbst einer Hoffnung erlag: nämlich der, der Gelehrte des Kollegs der Denker von Fomor möge seinen Exkurs über die Geschichte des Straßenbaus der Pentae bald beenden. Ein Exkurs, den er lautstark und mit einer durchweg feuchten Aussprache mit einem feisten Zunftmeister aus Argas führte, dessen Gesichtsausdruck ein guter Gradmesser für Clachs eigene Laune war.

In der stickigen und rumpelnden Kutsche roch es nach Mensch, ein Odeur von Schweiß, ungewaschenen Füßen, Ausdünstungen aller Art, zu viel Parfum und Tabak. Der Totenkaiser war drauf und dran, seine sorgsame Planung und unerschütterliche Fassung aufzugeben und den Gelehrten zum Schweigen zu bringen. Die Kutsche rumpelte nun bereits seit neun Tagen, nur unterbrochen von der Nachtruhe in den

Gasthöfen und Sanktuarien des Lichtkultes, über schlecht gepflegte Straßen, die man vor Jahrhunderten zwischen den Pentae gezogen hatte – und genau dieser Zustand war der Inhalt des Sermons seines Mitreisenden: Diese Straßen waren die Lebensader der Titanenstädte. Durch ihre ungewöhnliche Herkunft mochten die Städte und ihre Bewohner vielleicht kein besonders gutes Verhältnis zueinander unterhalten, aber jede Penta stellte auch einen oder mehrere Artikel her und exportierte ihn, ohne den die vier anderen Städte nicht lebensfähig waren.

Regelmäßig verkehrten Kutschen mit Passagieren und Nebelkarawanen, von den Steinen der Arkanisten gehütet, durch das Zwielicht und lieferten ihrem Widerpart dringend benötigte Waren oder Substanzen. Wie konnten es die Archonten da wagen, ihren Städten einen solchen Bärendienst zu erweisen und nicht mehr Bautrupps in die nur von hartnäckigen Bauern bevölkerten Vororte zu senden, um die Verkehrswege in Ordnung zu bringen?

»Immerhin ist für die Männer der Zwielichthüter gesorgt, die sich stets um unsere Sicherheit bemühen«, warf die verlebte Dame aus gutem Hause ein, die links von Clach saß. Ihre üppigen Gewänder streiften immer wieder beiläufig den Arm von Arentias, der Persona, die Clach nach wie vor verkörperte und die nicht nur die Aufmerksamkeit der Jungfer, sondern scheinbar auch gewisse Leidenschaften in ihr erregt hatte. Er gab sich bewusst desinteressiert.

»Ich habe gehört, die Barbarenstämme sind in Aufruhr«, fuhr sie fort. »Zeugen wollen Krieger der Ambosshorden vor den Toren Fomors gesehen haben. An der Seite seltsamer Geschöpfe!« Sie schauderte, starrte aus dem kleinen Fenster des Vierspänners, rührte mit ihrem Fächer in der Luft herum und fügte so dem Bouquet des Innenraums einige neue Nuancen hinzu. Clach atmete flach durch den Mund.

»Papperlapapp!«, sagte der Gelehrte, der den Namen Tybalt trug. »Die Nachfahren der Titanenvölker sind verstreute Wilde, die keiner Zivilisation wie der unseren je gefährlich werden können. Und warum sollten sie auch? Glaubt man den Berichten der Zwielichtgarde, sind diese Tiere ausreichend damit beschäftigt, sich gegenseitig die Schädel einzuschlagen.«

»Sehr richtig«, sagte der Zunftmeister. »Ich kann aus meiner Erfahrung sagen, dass sie dann und wann eine Karawane überfallen – aber es ist lange her, dass sie dabei wirkliche Erfolge verbuchen konnten. Und seit den Reinigungsaktionen der Garde haben sie sich an keine Reisekutsche mehr gewagt. Nein, nein – ihr Wille ist gebrochen.«

»Schlaglöcher!« Der Gelehrte Tybalt. »Schlaglöcher sind eine viel größere Gefahr. Die Straßen sind in einem katastrophalen Zustand und …«

Clachs Gedanken drifteten erneut ab. Niesel prasselte auf Dach und Türen der Kutsche, der stete Rhythmus wirkte einlullend. Noch ein Tag, dann wäre er wieder in Fomor. Eine weitere erfolgreiche Mission. Die Diener der Sharis würden zufrieden sein – und er seinen Lohn erhalten. Nicht dass das etwas bedeutete. Viel wichtiger war, dass er einen neuen Auftrag annehmen, sich der nächsten Mission widmen konnte. Ordnung war wichtig. Ordnung war alles. Die Abfolge der Dinge, die richtige Reihenfolge, das System.

Ein kaltes Lächeln umspielte seine Züge. Er erschauerte, als die Vorfreude auf die nächste Mission sein Kalkül für einen Wimpernschlag verdrängte. Lohn und Gold waren unerheblich. Sie waren eine Notwendigkeit, ebenso wie der Rapport, den er seinen Auftraggebern leistete. Aber das wahre Vergnügen, die wahre Berufung lag in der Jagd an sich. Das letzte Wild, das er geschlagen hatte, hatte keine Herausforderung geboten. Sie war jung gewesen, unerfahren, unbewaffnet. In dem Moment, in dem Clach diesen Auftrag angenommen hatte, hatte sie bereits der Tod ereilt, ohne dass sie es auch nur geahnt hätte. Nun war sie fort, verflogen wie der Dunst eines Nebelstreifs. Er hoffte sehr, dass die Todesbotin diesmal eine würdigere Aufgabe für ihn hatte.

Er blickte aus seinen Gedanken auf, betrachtete das halbdurchsichtige Spiegelbild im Kutschenfenster, die in den Schatten liegenden Augen. Und verzog den Mund. Wurde er weich? Die argasische Adelige war eine junge Frau gewesen, ihr Leib und ihr Leben nur knapp erblüht – und er hatte sie aus der Mitte des Daseins gerissen. Gejätet. Vor einigen Jahren noch hatte er dieses Bild gemocht. Der Gärtner, der im Namen einer höheren Ordnung das Unkraut beseitigte, das die Gesellschaft in allen Städten plagte. Die Dekadenten, die Korrupten. Zweifel hatte er nicht gekannt, keine unbotmäßigen Fragen gestellt. Es war die perfekte Symbiose, eine Synergie aus erteiltem Auftrag und perfekter Pflichterfüllung.

Der Totenkaiser war trotz seiner vergleichsweise wenigen Lebensjahre kein schlichter Meuchler, der unbedacht, allzu grausam oder aus Gier handelte. Schon seit mehreren Zielpersonen konnte er das mahnende Ziehen in seinem Kopf, die nagenden Gedanken nicht mehr verleugnen. Sein analytischer Verstand erkannte ohne jedes bewusste Zutun, dass die Auswahl seiner Opfer durch den Tempel stets einem sinnvollen Muster folgte. Wenn jemand wie er mit dieser unfassbaren Gabe tötete, die Seele des Opfers in eine tierische Hülle zwängte und diese sich nach dessen Tod verflüchtigte, um Teil des Nebels zu werden, dann war dieser Akt ultimativ. Wenn der Tod ein Ende war, dann war der Akt des Nebelmachens für das Opfer *das* Ende. Kein Paradies, kein Weg zum Lichtfürsten – oder woran auch immer der Betroffene glaubte. Kein Jenseits. Nichts. Aura und Eindruck der Beute wurden so nachhaltig ausgelöscht, dass keine Spur von ihnen in der

Welt verweilte – und somit am Tatort nichts zurückblieb, was ein Arkanist oder Priester lesen konnte. Psychometrie und Auralesung wurden unmöglich.

Die Opfer wurden auch rascher vergessen als jene, die einfach nur gegangen waren. Sharis legte ihre dunklen Schwingen auf sie, ihr Tun, ihr Vermächtnis. Und genau das war es, was Clach nicht losließ. Seine Kontakte hatten das Mädchen überprüft. Ihre Familie war extrem einflussreich, die Maid aber nicht mehr als eine verzogene Göre mit zu viel Geld. Sie mochte an einem neuralgischen Knoten der argasischen Gesellschaft sitzen – aber sie war eben nicht dieser Knoten. Sie war ein törichtes Kind. Dessen Leben er beendet hatte, ohne auch nur einen Gedanken an die Konsequenzen zu vergeuden. Erneut. Weil er der Beste war, weil es andere gab, die auf seinen Thron schielten. Ihm die Qualität wie Quantität seiner Beute, seiner Trophäen neideten.

Aber sie wäre irgendwann eine mächtige Fürstin geworden. Wenn sie denn noch am Leben wäre. Wollte der Tempel der Sharis ihren Tod wirklich nur, weil sie ein Krebs war? Einer von zahllosen Tumoren, der von den Gebeinen der Weltordnung einer siechenden Welt zehrte? Sie war das zehnte Opfer, das auf die eine oder andere Weise vor allem eines barg: Potential. Ein Potential, vor dessen Bedeutung er sich nicht mehr ohne Weiteres verschließen konnte.

Dass er seit seiner Kindheit nur ein Instrument gewesen war, seit die Kirche seinen unterernährten Körper aus der Gosse errettet hatte, war ihm bewusst. Aber wenn es eine Sache gab, die seine berechnende Psyche vor allem anderen verabscheute, dann war es das Gefühl, keine Kontrolle zu haben. Und er konnte sich des Eindrucks nicht erwehren, dass sich ihm die Kontrolle entzog. Eine unstoffliche, nicht fassbare Bedrohung, so schattenhaft und vage wie sein Halbbild im Kutschenfenster.

In diesem Augenblick preschte ein Reiter im wallenden Wettermantel der Zwielichthüter an den bewaffneten Begleitern der Kutsche und Clachs Fenster vorbei zum Bock. Kunstvolle Gebilde zerrissen, geistige Paläste von äußerster Komplexität brachen in den sortierten Gedankengängen des Totenkaisers zusammen. Sein Puls beschleunigte sich auf kontrollierte Weise, seine Sinne waren aufs Äußerste geschärft.

Die Haltung des Reiters, die Art, wie er seine Zügel umklammerte, der Schaum an den Flanken seines Rappen, der verkündete, dass der Mann hart und lange geritten war, sie verrieten ihm alles, was er wissen musste. Es gab Ärger.

»Mumpitz«, herrschte der Zunftmeister den Gelehrten in diesem Augenblick an. Scheinbar hatte keiner der Passagiere etwas mitbekommen. Clachs Hand legte sich um einen Dolchgriff. Die Kutsche wurde langsamer. »Das sind doch nichts als Gerüchte! Das törichte Geschwätz des Plebs, der in den harten Zeiten die nötige Achtung und Furcht vor dem Archonten verloren hat!«

»Als würde der Archont zulassen, dass wirklich eine neue Macht aufkäme, die seinen Herrschaftsanspruch gefährdet«, schaltete sich die Edeldame ein. »Keiner der fünf Archonten würde wohl untätig zusehen, wenn an diesen Gerüchten mehr dran wäre. Oder?« Sie wurde sichtlich blass. »Oder?«, fragte sie mit mehr Nachdruck und leicht zitternder Stimme.

»Was für eine neue Macht? Welche Gerüchte?«, fragte Clach. Zu fluchen lag nicht in seiner Natur, aber er hätte zu keiner ungünstigeren Zeit eine Analyse seiner Lage anstrengen können. Augenscheinlich hatten die anderen Passagiere einen Themenbereich erschlossen, der ihn und sein Tun direkt oder indirekt betraf. Der Totenkaiser musste es wissen. Für die Uneingeweihten war er ja auch nur ein Gerücht.

Der Gelehrte setzte zu einer indignierten Antwort an: »Ja,

habt ihr uns denn gar nicht zugehört? Wir … Aber wieso halten wir denn?«

»Barbaren?«, krächzte die Edeldame. »Ich werde ohnmächtig.« Sie sank gespielt zur Seite, in der Hoffnung, »Arentias« würde sie auffangen, prallte jedoch lediglich mit dem Kopf gegen Clachs Schulter. Daraufhin zog sie eine Schnute und wollte sich zurückziehen, aber Clach erkannte die Gelegenheit noch schnell genug. Er legte schützend einen Arm um sie, barg ihren Kopf an seiner Brust und tätschelte ihre Hand.

Schritte näherten sich. Die Reisenden tauschten verunsicherte Blicke, dann wurde die Tür aufgerissen. Das gestrenge Gesicht eines Zwielichthüters lugte ins Innere, kalt und unbestechlich wie ein Fels, umrahmt von einem graumelierten Bart, der wie der Rest des gepanzerten Mantelträgers vor Niesel troff. Auf dem schlohweißen Überwurf, der aus dem verstärkten Wettermantel lugte, prangte eine Sonne mit an Messerklingen erinnernden Strahlen, die ein grausames Gesicht zur Schau stellte.

Die wachsamen Augen des Zwielichthüters glitten über die Gesichter aller Passagiere, schienen aber nicht zu finden, was sie suchten. Dann sagte er die Worte, die sein Leben beenden sollten:

»Meine Dame, meine Herren – bitte steigen Sie aus.«

Sie fanden sich im absoluten Nirgendwo wieder. Niesel tränkte die nebelige Luft. Ein kühler, moosiger Geruch lag über allem. Irgendwo, weit entfernt zwischen Tannen, die sich wie grausam gezackte Speerspitzen am Straßenrand erhoben, krächzte ein einzelner Rabe. Sein Schrei hallte fremdartig und verzerrt über das Land, bevor der allgegenwärtige Nebel ihn begierig verschlang.

Geisterhafte Schwaden wurden vom Wind aus dem allgegenwärtigen Dunst gerissen, wie Phantome über das Land getrieben. Der Glanz der Nebelsteine, die neben den Laternen der Kutsche befestigt waren, verlieh dem Grau des späten Nachmittages etwas Unwirkliches. Ein aquamarines, in den Augen stechendes Licht, das um die Kutsche eine Kuppel mit ausfransenden Rändern schuf, in die der Dunst nicht einzudringen vermochte.

Während sich die Passagiere einer nach dem anderen vor den beiden Zwielichthütern auf der Straße aufreihten, tasteten sich spinnwebartige Nebelstreifen immer wieder vor, leckten wie überdimensionierte Zungen oder Tentakel am Schild – und wichen auf eine Weise zurück, die auf verstörende Weise an die Hand eines Kindes erinnerte, das sich verbrannt hatte.

Clach plagten indes andere Sorgen als die allgegenwärtige Furcht der Pentae-Bewohner vor dem Nebel. Er hörte Bewegungen auf der anderen Seite der Kutsche hinter sich, wo sich eine oder mehrere andere Personen aufhielten. Hinter den beiden Zwielichthütern standen die beiden Bewacher ihres Fahrzeugs sowie der Kutscher, der seine Mütze in den Händen wrang und ungewöhnlich blass aussah. Was ging hier vor? Jemand hatte die beiden Wachmänner der Kutschengesellschaft entwaffnet.

Ein kalter Verdacht verkrampfte seinen Magen – ein Nest sich zu einem harten Ball verdichtender Vipern, die ein Gift durch seine Adern wie auch seine Gedanken zu jagen schienen. Ihm wurde heiß und kalt. Konnte es sein? War er zu dreist geworden? Hatte sein langjähriger Verfolger, sein Begleiter in diesem Spiel, ihn gefunden? So schnell?

Sicher, er hatte seine Kleider so deponiert, dass er sie finden musste – keineswegs eine Lässlichkeit, sondern pure Absicht.

Wer sonst konnte den Halt einer Reisekutsche mit Mitgliedern der hohen Stände veranlassen?

Clach ließ seinen Geist sich beruhigen, atmete kontrolliert

und sprach tonlos das Mantra der Besonnenheit, das seinen Puls fast schlagartig langsamer werden ließ als den Ruhepuls eines Uneingeweihten.

Die Edeldame schien zu glauben, seine Lippen würden vor Wut oder Kälte beben. Sie schmiegte sich näher an ihn, ohne zu ahnen, in welche Gefahr sie sich damit begab. Indes führte er Mikrobewegungen aus, ließ Muskeln und Sehnen nahezu unmerklich arbeiten und wärmte sich vor. Wenn seine Vermutung zutraf, dann würde er gezwungen sein, sich blitzartig zu bewegen.

Er wandte den Blick nach links – der Zunftmeister war eindeutig zu dick, aber Tybalt hatte in etwa die richtige Statur. Seinem Verfolger, der nie sein Gesicht, sondern nur seine Gestalt gesehen hatte, musste klar sein, dass nur einer der beiden sehnigen Männer der Totenkaiser sein konnte. Es war beschlossene Sache. Er durchsuchte seine Gürteltasche, bis er den Widerstand eines kleinen Tonfläschchens spürte. Er zwang seinen Puls zu noch stärkerer Ruhe. Der kleinste Fehler beim Entkorken, und er selbst würde das Opfer des teuflischen Gebräus werden. Arachnox. Ein Tropfen raubte den Verstand.

Seine Stirn kitzelte, als sich ein einzelner großer Schweißtropfen mit dem Regen verband und ihm über das Gesicht lief. Er schmeckte das Salz, als er über seine Lippen rann.

Wenigstens hält der Schwätzer dann keine Vorträge mehr, mischte sich ein unerwünschter Teil seiner Persönlichkeit in die gefahrvolle Prozedur ein. Clach kämpfte gegen den Drang an, das Groteske der sich abzeichnenden Situation mit dem Grinsen zu würdigen, das sich auf sein Gesicht stehlen wollte. In einem Akt äußerster Konzentration bekämpfte er die Regung von Galgenhumor. Anderen mochte es über die Jahre leichter und leichter fallen, ohne Skrupel auch Nichtziele oder Passanten zu töten und dem Handwerk mit jedem vergangenen Jahr mit mehr Zynismus zu begegnen. Eine Einstellung, die Clach nie geteilt hatte. Trotz seines Ehrennamens hatte er nie wahllos oder leichtfertig gemordet. Und er hatte es auch nicht vor. Dass der Mann gleich sterben würde, war eine Notwendigkeit. Dass es so grausam passieren musste, dauerte ihn sogar. Aber angesichts der unkontrollierbaren Situation, die sich abzeichnete, blieb Clach keine Wahl.

Clach lehnte sich nach rechts zu seinem Mitreisenden und raunte ihm etwas über die Ungehörigkeit der Situation zu. Unbemerkt träufelte er einen Spritzer des verheerenden Gebräus auf die Hand des Mannes. Die Substanz versickerte in seinem Fleisch wie ein kurzer Sommerregen in einer ausgedörrten Brache, sank fast ohne Zeitverzögerung in die Poren ein. Clach richtete ein Gebet an Sharis – auch wenn es eher seinem Opfer galt. Er selbst war viel zu pragmatisch für den fruchtlosen Trost religiöser Empfindungen. Es würde nur wenige Minuten dauern. Der Gelehrte spürte bereits einen unangenehmen Juckreiz in der betroffenen Hand. Er kratzte sich und murmelte etwas.

Eine riesenhafte Gestalt erschien in Clachs Sichtfeld. Sie hatte sich überraschend katzenhaft und geschmeidig bewegt, daher hatte er sie nicht kommen hören. Clachs Puls beschleunigte sich ein wenig: Es war der viehische Begleiter des Inquisitors. Ein Koloss von Barbarenkrieger, dessen derbe Kleidung aus den unteren Schichten der zivilisierten Welt nicht zu verbergen vermochte, was er war.

Hinter ihm glitt die linkische Erscheinung des Inquisitors selbst – sein Name war Greskegard – heran. Ein gefährlichfalsches Lächeln war in die Maske seines Gesichts gemeißelt, auf der eine Mischung aus verlogener Unterwürfigkeit und vermeintlicher Harmlosigkeit lag. Clach sah durch die Fassade hindurch. Es war die Mimikry eines Raubtiers, das seine Beute in Sicherheit wiegte, bevor es zuschlug. Nichts als ein weiteres Monster in einer Welt voller Bestien – und Monster erkannten einander stets.

Er hatte mit diesem Augenblick gerechnet (wenn auch nicht so früh) und verwendete den Großteil seiner Talente und seiner Konzentration darauf, dass die beiden Monster vor ihm nicht ihrerseits durch seine Fassade hindurchblickten. Zumindest nicht zu schnell. Sie wollten einen Mörder. In wenigen Augenblicken würden sie ihn bekommen.

Er presste die sichtlich ungehaltene Edeldame stärker an sich. Zwei Absicherungen: das Gift und eine Geisel. Er hatte die Kontrolle über diese Situation zurückerlangt. Zumindest teilweise. Denn er bezweifelte, dass der Mann, der ihn seit über einem Jahrzehnt so fanatisch jagte, ein Menschenleben überhaupt als Druckmittel empfand.

Greskegard verneigte sich. Das unterwürfige Bedauern auf seinem Gesicht wirkte so täuschend echt, dass Clach spürte, wie der warme Körper der verlebten Dame an seiner Brust sich entspannte. Sie hatte hier eindeutig irgendeinen Beamten oder Ähnliches vor sich. Ein Vertreter von Ordnung, Bürokratie und Zivilisation – wenn auch arg heruntergekommen. Greskegards Haare klebten wie ein Nest von Egeln an seinem fehlproportionierten Schädel, sein klatschnasser Schläger sah aus wie die übergroße Karikatur des »starken Mannes« auf einem Jahrmarkt.

Die Haltung der Passagiere wandelte sich. Die Stimmung ängstlicher Verwirrung schlug in indignierte Wut um. Wie nur konnte eine solche Gestalt es wagen, vier wichtige Persönlichkeiten auf dem Weg zurück in ihre Heimat aufzuhalten? Clach änderte seine Körperhaltung und seinen Gesichtsausdruck entsprechend. Er wollte gerade vorpreschen, aber der Zunftmeister nahm ihm die Arbeit ab.

»Ich verlange zu wissen, was hier gespielt wird!«, bellte er. »Ich bin Sicarius Beverast, Bürger der Penta Argas, und genieße als Mitglied der Merkantoren Immunität! Ich verlange augenblicklich zu erfahren, was hier vor sich geht!«

Beipflichtendes Gemurmel. Greskegards Begleiter gab ein Grollen von sich, das einer Kreatur aus den Tiefen der nebeligen Wildnis zur Ehre gereicht hätte. Es verfehlte seine Wirkung nicht. Baff und des Windes in ihren Segeln beraubt, sahen sich die Reisenden erneut einem Wandel der Situation gegenüber. Der gerade noch so tollpatschig aussehende Riese genoss nun ihre volle Aufmerksamkeit.

Greskegard konterkarierte die Situation, indem er sich noch tiefer verbeugte, seine Haltung noch serviler wurde:

»Meine Dame. Meine Herren. Ich bitte aufrichtig um Ihre Vergebung! Mein Name ist Fennek Greskegard. Wie Ihr, Meister Beverast, diene ich allen Pentae. Und ich habe die traurige wie auch lästige Pflicht, Ihnen mitzuteilen, dass ein Mörder unter Ihnen weilt, den ich in Gewahrsam zu nehmen gedenke. Aber vorher lassen Sie mich Ihnen eine Geschichte erzählen!«

»Unerhört!« Beverast machte einen Schritt nach vorn. »Ich will umgehend Euren Ausweis sehen! Eure Papiere! Ihr müsst Euch doch irgendwie legitimieren!«

Greskegard deutete mit dem Zeigefinger seiner rechten Hand in gespielter Unwissenheit auf sich.

»Ich? Muss? Ach, wie töricht von mir, sicher.« Er knüpfe mit ungeschickten Bewegungen und äußerst gestelzt seinen langen Mantel auf und fischte eine geraume Zeit unter dem Murmeln der Anwesenden im Kragen seines fleckigen Schnürhemds herum. »Hier war doch irgendwo mein … ah, ja. Bitte!«

Seine Faust hatte sich um seine Amtskette geschlossen, an deren Ende eine große, angelaufene Medaille schaukelte. In der Mitte prangte eine stilisierte Sonne, darum waren die Wappen der Pentae wie Himmelskörper angebracht. Die

Sonne trug kein Gesicht, das Zeichen der höchsten Würde und der höchsten Geheimhaltung. Das höchste Amt, das ein Diener in der die Pentae übergreifenden Organisation der Korona innehaben konnte, die von den Archonten selbst in die Hände des Lichttempels gelegt worden war.

»Nun, da das … äh … geklärt ist … kommen wir wieder zu meiner Geschich…«

»Ihr … Ihr seid ein Inquisitor? Ihr?« Der Zunftmeister blickte erst Greskegard und dann sämtliche Versammelten an. Sein Gesichtsausdruck war eindeutig: Könnt ihr es fassen? Diese Jammergestalt soll ein Untersuchungsrichter sein? Lächerlich.

Clach sah es kommen, bevor es passierte. Der Mann wollte zu einer weiteren Entgegnung ansetzen, aber unerwartet stand der Diener des Inquisitors vor ihm. Die massige Faust des Hünen traf Beverast in der Körpermitte. Es klang, als hätte jemand einen Amboss aus großer Höhe in eine Schlammpfütze fallen lassen.

Der Zunftmeister sank auf das Pflaster, legte sich auf die Seite und schnappte nach Luft. Ein Karpfen, der aus einem Eimer vom Wagen eines Marketenders gefallen war und mitten im Nirgendwo auf der Straße den Mund öffnete und schloss, hätte nicht mitleiderregender aussehen können.

Die Adelige presste sich wieder fester an Clach und stieß ein Wimmern aus – ihre Hände überkreuzten sich auf ihrem Mund, ihre Augen waren riesige Teller. Sie erkannte nun endlich und als Letzte, in welcher Lage sie alle sich befanden.

Clach warf einen Seitenblick auf den Gelehrten. Er kratzte mittlerweile wie von Sinnen seine Hand, aber niemand schenkte ihm Beachtung. Seine Augen waren merkwürdig stumpf.

Greskegard schenkte Beverast keinen zweiten Blick. Der Kutscher und die Wachreiter sahen noch beklagenswerter aus als vorher. Ihre Gesichter ließen keinen Zweifel daran, dass sie im Moment liebend gern anderswo gewesen wären. Und dass es ihnen wirklich einerlei war, ob es sich dabei um eine warme Schänke oder einen Opferkreis inmitten eines Dorfes von Amboss-Barbaren handelte.

»Kommen wir also zurück zu meiner Geschichte: Sie ist schnell erzählt, so viel möchte ich schon im Voraus verraten. Hier ist sie: Clach, der Totenkaiser, hat in Argas eine junge Adelige, die Herrin Pavosa Moreno, ermordet. Ende. Kennt Ihr die Geschichte, Meister Beverast?«

Der Angesprochene hustete. Ein sämiger Speichelfaden mit Tönen von Rosa baumelte an seinen Kinnen wie der Fangfaden einer Bolaspinne. Er schüttelte langsam den Kopf, erkannte dann aber, dass es wohl klüger war zu antworten.

»Un... Unsinn«, presste er hervor.

Greskegard legte spöttisch eine Hand an sein Ohr. »Wie bitte? Ich verstehe Euch nicht, Meister Beverast.«

»Ich ... Wir sind vor neun Tagen aufgebrochen. Ich bin direkt aus dem Kontor zur Kutschenmeisterei. Und da habe ich sie und ihre Sänfte noch gesehen. Auf der Straße. Außerdem hätte ich von einem Attentat auf die Herrin Pavosa auf jeden Fall gehört; die hochedle Familie Moreno gehört zu meinen Kunden.«

»Und zu welcher Folgerung führt uns Eure Behauptung? Hmm? Wisst Ihr es, Magister Tybalt? Nun schaut nicht so geschockt, ich habe natürlich die Passagierlisten gelesen, ich kenne all Eure Namen!«

Der Gelehrte stierte Greskegard an. Dieser schien nicht zu merken, dass Tybalt bereits durch ihn hindurchsah. Er antwortete nicht.

Clach gefiel die Situation nicht. Was sollte das heißen, die Herrin Pavosa lebte? Und wieso erinnerte sich Beverast nicht an ihr Ableben? *In der ganzen Penta hingen die Flaggen auf Halb-*

mast, und die Tempelglocken waren geschlagen worden! Die ganze Stadt wusste, dass die junge Edle ermordet worden war. So rasch konnte doch niemand vergessen haben, was ihr zugestoßen war?

Er erwog kurz, weiter nachzufühlen, aber dann wurde ihm etwas bewusst. Wenn dies ein Trick Greskegards war, um jemanden mit Kenntnissen über den Mord aus der Reserve zu locken, dann würde er sich ihm preisgeben. Andererseits: Wieso wusste Beverast dann nichts? War er ein Komplize? Clach glaubte das nicht. Der Schlag hatte ihm innere Verletzungen beigebracht, seine Leber gequetscht. Warum sollte Greskegard so etwas riskieren?

»Ihr antwortet nicht? Dann erlaubt mir: Diese Geschichte hatte nämlich in der Tat interessante Konsequenzen, auch wenn ich ihr nicht wirklich auf den Grund gehen konnte. Dazu blieb nämlich keine Zeit.«

»Und welche Konsequenzen wären das?«, fragte die Edeldame. Clachs Arm auf ihrer Schulter schien sie ungewöhnlich mutig zu machen, ihr Tonfall war schnippisch.

»Nun, da Argas einfach vergessen zu haben scheint, dass es trauert – und zwar jeder. Einzelne. Bewohner! –, bemerkten ich und mein Diener einen ungewöhnlich starken Andrang an der Kutschenmeisterei. Unzählige Passagiere hatten ihre Reise aufgeschoben und drängten jetzt, ohne jedes Wissen über ihren selbst gewählten Aufschub aus Trauergründen, danach, die Stadt zu verlassen. Ich forderte also an besagtem Morgen Einsicht in die Fahrtenbücher. Und wisst Ihr, was ich sah?«

»Dass wir bereits abgefahren waren«, hustete Beverast. »Und Ihr habt gefolgert, dass dieser Mann, dieses Gerücht, an Bord unserer Kutsche sein muss.«

»Bravo, mein werter Meister Beverast. Genauso war es. Nur eine Kutsche hatte an diesem Morgen vor neun Tagen Argas verlassen. Ich sehe, Ihr tragt Euren Titel nicht umsonst,

Eure Zunft kann stolz auf Euch sein.« Greskegard verneigte sich ein weiteres Mal spöttisch.

Tybalt stieß ein Husten aus. Sein Atem kam nun stoßweise. Greskegard schien ihn nun zum ersten Mal zu bemerken. Er blickte den Gelehrten einige Augenblicke durchdringend an, sah, wie sehr er schwitzte. Ein flüchtiges Lächeln huschte über das Gesicht des Inquisitors.

Auch Clach lächelte innerlich. Greskegard hielt Tybalts Symptome für Nervosität, weil sich »Clach« entdeckt wähnte. Die Zähne seines Planes griffen ineinander.

Greskegard machte einen Schritt auf Tybalt zu und hob zu einer weiteren Tirade an, kam aber nicht dazu, denn Tybalt begann schreckliche Schreie auszustoßen. Clach wusste genau, was der Mann durchmachte. Die Substanz begann in voller Härte zu wirken – eine zu einem dünnen Sirup eingekochte Variante eines besonders aggressiven Spinnengiftes aus dem tiefsten Süden, ebenso rar wie kostbar. Sie steigerte körperliche Empfindungen auf perfide Weise, trieb das Opfer unweigerlich in tollwütige Raserei.

Tybalt legte den Kopf in den Nacken, und sein Schrei wurde zu einem unartikulierten Gurgeln. Er musste den Niesel auf seiner Haut wie glühende Nadeln empfinden. Er wand sich, verlor die Kontrolle.

Greskegard, offenkundig so überrascht wie alle Anwesenden, trat vorsichtig zurück und bellte seinem vierschrötigen Knecht einen Befehl zu. Der Koloss stapfte auf Tybalt zu und legte eine seiner tellergroßen Pranken auf dessen magere Schultern. Tybalts Kopf kam ruckartig wieder nach vorn. Eine Mischung aus Blut und Wasser sickerte aus Augen, die die Farbe von Siegelwachs angenommen hatten. Er sprang den Riesen an, schloss Arme und Beine um seine Mitte wie eine übergroße knochige Pranke, verbiss sich geräuschvoll in seinem Hals und riss ein Stück Fleisch heraus.

Der Hüne hieb vor Schmerzen brüllend eine Faust in Tybalts Gesicht. Wangenknochen splitterten – keine Reaktion. Greskegards Knecht umklammerte die Lenden des Mannes, während Blut aus seiner Halswunde pumpte und als karmesinrotes Lätzchen seine Brust färbte. Er riss seinen Angreifer von sich herunter, schmetterte ihn auf das Pflaster. Rippen brachen hörbar, verlangsamten ihren Besitzer aber nicht im Mindesten.

Tybalt setze seinerseits zu einem Gegenangriff an und trat aus. Sein magerer Leib explodierte förmlich in Aktivität, als er seine gesamte Lebensenergie in einem Sturm der Gewalt verausgabte.

Seine Füße gruben sich in den Bauch des Kolosses. Dessen Körper flog zurück, schlug wie ein Katapultgeschoss in die Gruppe um den Kutscher ein. Ein Knäuel aus Körpern und Rüstungsteilen ging zu Boden, Chaos brach aus.

Bevor einer der Männer sich erheben konnte, war Tybalt unter ihnen. Er setzte sich rittlings auf die Brust des benommenen Kutschers, dem nur noch Zeit für einen mädchenhaften Schrei blieb. Dann umklammerten Tybalts Hände seinen Kopf – Daumen gruben sich in die Augen des Opfers. Geräuschvoll spritzte der Inhalt der Augäpfel wie der Schwall zweier Tiefenbrunnen an Tybalts Daumen vorbei.

Das Kreischen des Kutschers nahm eine absurd hohe Tonlage an. Der rasende Gelehrte beendete es, als er – die Augenhöhlen als Griffe benutzend – den Kopf des Mannes in die Höhe riss und ihn abrupt herabkrachen ließ. Der Inhalt des Hinterkopfes verteilte sich mit einem abartigen Geräusch auf den Kopfsteinen.

Als er eine Bewegung hinter sich bemerkte, wirbelte Tybalt herum und gab dabei einen tierartigen Pfeiflaut von sich. Das Kurzschwert eines der beiden Wächter, die sich gefasst hatten, bohrte sich in seine Flanke und drang bis zum Heft ein. Mit einem Ausdruck grimmigen Triumphs in den Augen legte sich der Mann in die Waffe und drückte Tybalt mit gefletschten Zähnen zu Boden.

Doch vergeblich. Die magere Faust des Wahnsinnigen flog mit absoluter Beiläufigkeit in die Höhe. Getrieben von der Kraft, die das Gift ihr verlieh, drückte sie das Gesicht des Kriegers einfach ein wie ein Stiefel eine überreife Birne. Mit einem scheußlichen Gurgeln taumelte der Mann nach hinten, schlug die Hände vor sein zertrümmertes Gesicht, das sich nach innen gestülpt hatte. Und ging zu Boden.

Beverast erbrach sich. Die Edeldame schrie, klammerte sich an Clach, der langsam und gemeinsam mit Beverast und der Kreischenden zurücktrat und sich ebenso überrascht gab, wie alle anderen es waren. Er erwog kurz, seinen langjährigen Verfolger in dieser Situation zu eliminieren, aber er verwarf den Gedanken wieder. Es kam ihm falsch vor. Auf eine bizarre Weise unsportlich. Stattdessen begann er, sich sanft aus dem Griff der Verlebten zu lösen.

Greskegard erwachte seinerseits endlich aus seiner Erstarrung, ebenso wie die Lichthüter. Er riss sein Schwert heraus, trat aber nicht auf den rasenden Tybalt zu, sondern benutzte die Waffe wie ein Offizier seine Reitgerte: als Zeigestock. Er wies auf die am Boden Kämpfenden.

»Los, tötet ihn endlich! Er ist von Sinnen! Er bringt sie alle um!«

Die Hüter zogen ihrerseits ihre Breitschwerter, hoben ihre Schilde und traten vor. Sie brauchten nur zwei Schritte, bevor sie bei Tybalt waren, der noch immer nicht von seinem Opfer abgelassen hatte.

Clach hatte genug gesehen. Es wurde Zeit, dass er sich davonmachte. Er wandte sich zu den Pferden seiner Verfolger, die hinter der Kutsche standen. Ohne großen Anteil an dem Gemetzel einige Schritte vor ihnen zu nehmen, standen die vier Tiere in der Kühle. Aufgrund der Eile der Verfolger, der Kutsche habhaft zu werden, hatten sie die Tiere nicht gehobbelt. Ein großer Fehler.

Irgendwo hinter sich hörte er das protestierende Fragen der Edeldame, schenkte ihr aber keine Beachtung. Mit einem raschen Blick machte er das Tier des Höhergestellten der beiden Hüter aus. Ein Nebelstein glomm milchig verschwommen in einer Sturmlaterne am Sattelknauf. Der Einzige, den es außer dem Stein an der Kutsche gab. Hervorragend.

Clach warf einen raschen Blick über die Schulter, um sich zu vergewissern, dass seine Ablenkung noch wirksam war. Tybalt stieß grässliche Laute aus, und die Edeldame übergab sich lautstark. Was wohl der Tatsache geschuldet war, dass die Hüter erkannt hatten, dass sie dem zum Schlächter mutierten Bücherwurm mit normalen Hieben nicht beikamen. Also zerhackten sie ihn hörbar, ihre kostbaren Waffen stießen zwischen ihnen und dem überlebenden Wachreiter herab, als wären sie nicht mehr als Geräte zur Feldarbeit, und sie kamen rot wieder zum Vorschein.

Aber wo war Greskegard? Sein Diener lag immer noch am Boden. In diesem Moment hörte er, wie der Spannmechanismus einer kleinen Armbrust klickte. Langsam wandte er sich wieder in Richtung der Pferde und blickte auf die tödlich glitzernde Spitze eines Bolzens. Der kleine Stahlbogen lag in der Rechten Greskegards, der tadelnd den linken Zeigefinger hin- und herbewegte. Und dessen kaltes Grinsen jedem Reptil Ehre gemacht hätte.

»Weg von dem Pferd, mein Freund. Dachtet Ihr wirklich auch nur eine Sekunde lag, Ihr könntet mir diesen Gichtgreis als Totenkaiser servieren?« Die gnadenlose Kälte in der Stimme des Inquisitors offenbarte, wie ein so linkisch wirkender Mann zu einem so hohen und grausamen Amt gekommen war.

Clach blickte erneut nach hinten. Sein Blick traf auf den einen der beiden Hüter, die die Szene gerade erst bemerkt hatten. Irgendwo hinter ihnen dampfte es, als stünden sie vor einem frischen Misthaufen. Der Wind trug den Geruch von dem zu Clach herüber, was dereinst Magister Tybalt gewesen war.

»Ich sagte«, Greskegards Stimme wurde noch eine Nuance drohender. »Weg. Von. Den. Pferden. Auf die Knie und Eure Hände hinter den Kopf! Wird's bald.«

Clachs Gedanken rasten. Ein tiefer Atemzug, ein ordnender Befehl, und er hatte die Kontrolle zurück.

So wie er die Armbrust hält, ist er ein guter Schütze. Hoffentlich nicht gut genug. Lass es drauf ankommen!

Ohne zu antworten, aber in gebotener Eile, schwang Clach sich in den Sattel. Hinter sich hörte er die Hüter näherkommen. Ritter des Lichtfürsten. Diese Situation konnte in Bezug auf seine Person nur ein Ende nehmen, bekamen sie ihn in ihre gepanzerten Finger. Aber ihr Fanatismus erstreckte sich nicht nur auf ihn – und darauf setzte er!

»Halt! Ich schieße!« Greskegards Stimme stand kurz davor, sich zu überschlagen. Aber er schoss nicht.

Er hat Angst, mich zu töten, wenn er mein Bein oder meinen Arm verfehlt.

Das Brüllen des Hüterobristen schwappte über Clach und Greskegard zusammen, als er zu den beiden herüberrannte.

»Runter von meinem Destrier, du Hund! Wag es nicht! Wag es nicht!« Clach verkantete seine Stiefel in den Steigeisen, ließ das Tier tänzeln. Fluchend sprang Greskegard aus dem Weg. Und tat, womit der Totenkaiser gerechnet hatte. Er hob seine Pistolenarmbrust und richtete die Waffe auf das steigende Pferd.

»Neeein!« Der Hüter brachte sich zwischen den Inquisitor und das Tier!

Clach gab dem Pferd die Sporen. Er preschte zwischen den beiden Männern hindurch und bekam gerade noch mit, wie Greskegard mit einem Fuß aufstampfte und schrie, während der Hüter herumwirbelte, um nach den Zügeln zu greifen. Er fasste ins Leere. Sein Kamerad wollte aus dem Weg hechten, war aber einen Herzschlag zu langsam. Das spurtende Tier traf ihn. Ein unschöner Laut erklang, als die Brust des mächtigen Pferdes die Rippen des Kriegers streifte. Ein Riese, der mit einem Hammer ein beinernes Xylophon zertrümmerte. Wie von der unsichtbaren Hand jenes Giganten weggewischt, flog der Ritter gut zwanzig Fuß durch die Luft und schlug in einer Explosion schlammigen Wassers im Graben neben der Straße auf.

Dann war Clach frei. Der Wind peitschte ihm durchs Gesicht, riss den geckenhaften Hut mit sich. Der Totenkaiser brachte schnell Raum zwischen sich und die Verfolger, die ohne den Lichtstein des Obristen an die Kutsche gebunden waren – kein Templer würde den Stein der Kutsche für die Verfolgung beschlagnahmen, wenn Schutzbefohlene dann dem Nebel ausgeliefert wären. Inquisitor hin oder her.

Clach wandte sich um – hinter ihm am Horizont zeichnete sich eine Gestalt ab, die sich nach dem Hut bückte. Es war Greskegard. Und selbst aus der zunehmenden Entfernung und durch den vom Stein in den Nebel gerissenen Korridor hindurch konnte Clach den Blick seiner Augen ausmachen. Der Hass brannte mit einer Intensität darin, die Clachs bisher fühlloses Dasein mit einer ungekannten Nuance des Menschseins flutete, ihn für einen kurzen, allzu kostbaren Moment eines der vielen Gefühle kosten ließ, das seine Opfer stets empfanden: Furcht. Ihm graute in diesem Augenblick vor dem Tag, an dem er diesem Mann lebend in die Hände fallen würde.

Was bei Sharis will er nur von mir? Dann schloss sich der

Nebeltunnel, und die Sorge blieb hinter ihm im endlosen Zwielicht der Wildnis zurück. Vor ihm lagen etliche Fragen. Warum lebte das Mädchen angeblich noch? Und was hatte Greskegard vor?

Clach hatte das ungute Gefühl, dass er es erfahren würde. Und die Antworten würden ihm nicht gefallen.

Aus den Chroniken des Kataklysmus der Erzmagi, verfasst dreihundert Jahresläufe nach dem Titanensturm, Anonymus:

Als die Welt darniederlag in Brand und Rauche und ER wieder die Gestade der Sterblichen verlassen hatte, da war ein großes Wehklagen unter den Völkern. Denn die Fünf hatten so lange geherrscht und die Menschen so lange unter ihrem Joch gelitten und gedarbt, dass sie nicht mehr wussten, wie der Geschmack der Freiheit zu ertragen sei. Und so fuhren sie viele Jahre fort, einander in gleicher Weise zu begegnen, wie sie es auch als Sklaven getan hatten. Und ihr Krieg endete trotz SEINES Wortes nicht, und weiterhin färbten sich die Flüsse rot vom Blute. Und der Nebel verhüllte ihre Taten und bot jenen, die kämpften, Schutz. So ging es viele Jahre lang, und ein Ende war nicht abzusehen.

Hora des Lichtfürsten, 301 adis Pentae.

7. Greskegard

Hier standen sie nun. Mitten im Nirgendwo, umgeben von Leichen. Außer dem vereinzelten Tröpfeln des Regens und dem Schnauben der Pferde war nichts zu hören. Die Tiere waren unruhig. Der Blutgeruch machte ihnen zu schaffen.

Fennek Greskegard ließ seinen Blick über das Kopfsteinpflaster streifen. Die Straße glich einem Schlachthaus. Verrenkte Leiber, wo er nur hinsah. Blutwolken in Schlaglöchern voller Regenwasser. Weiße, weit aufgerissene Augen, in die sich der Schock und die Überraschung gebrannt hatten. Ein Blick in die Ewigkeit, weit in die Ferne gerichtet. Auf das letzte Mysterium.

Waren diese Leute wirklich Teil des Nebels, wenn sie Sünder waren, wie es der Volksglaube lehrte? Fuhren sie auf zur ewig fernen Sonne, wie die Kleriker des Lichtfürsten behaupteten? *Falls Ersteres den Tatsachen entspricht, könnte ich zwei weitere Welten wie Thetis mit Nebel überziehen. Im Alleingang.*

Ein scharfes Knacken erklang, als Wirbel brachen und Knorpel überstreckt wurde. Dann das seidige, irgendwie eisige Flüstern, mit dem Stahl durch Fleisch fuhr. Der Kutscher war der Einzige gewesen, den die gasgefüllte Kugel nicht getötet hatte, denn das hatte der Rasende bereits getan. Die Frau indes hatte Greskegard fortwährend angestarrt. Sie hatte *gewusst*, was passierte. Als sie sich wand, während ihre Lunge in ihrem eigenen Blut ertrank, hatte sie ihn angestarrt. Als ihr Blick brach, ebenso.

Na ja, vielleicht nicht ganz allein. Er sah Sanftleben an, der in diesem Moment den zweiten Wachmann an eines der Räder der Kutsche lehnte. Er hatte seinen unglücklichen Vorgänger nicht lange überlebt. Ein hässlicher neuer Mund klaffte im Hals des Mietlings, seine Brust, sein Wappenrock waren blutgetränkt. Sein linker Fuß zitterte noch, Nachwirkungen seines Todes. Er war der Letzte.

Greskegard gab seinem ungeschlachten Diener ein Zeichen. Sanftleben warf sich die Leichen der beiden Zwielichtgardisten über die Schulter, als wären sie nicht schwerer als Reisigbündel. Mit einer Sanftheit, die unter anderen Umständen lustig gewesen wäre, setzte er die Toten in den Passagierraum. Für eine Sekunde verharrten die Körper, dann schwankten sie wie Betrunkene bei einer Verbrüderung aufeinander zu. Ihre durchschnittenen Kehlen schienen einander Geheimnisse zuzuflüstern, als das Fleisch durch die Eigenbewegung in Schwingungen geriet. In der grotesken Parodie Liebender lehnten die beiden ermordeten Schlachtenbrüder nun aneinander.

Nein, ermahnte sich Greskegard, *nicht ermordet. Mord ist eine Sache niederer Gesinnung. Das hier jedoch erfüllt einen höheren Zweck.* Wortlos sah er zu, wie Sanftleben einen Kadaver nach dem anderen im Inneren der unersättlichen Kutsche verschwinden ließ. Ihr Schlund schloss sich erst, als sie sich den letzten Körper einverleibt hatte.

»Fertig«, fügte er unnötigerweise hinzu. »Musste das sein?«

Der Inquisitor bedachte den Fragenden mit einem tadelnden Blick. »Sie wären ein Problem geworden. Zumindest die beiden Hüter. Du hast sie doch gehört! *War es der Totenkaiser? Warum habt ihr uns nicht gewarnt?* Mah-mah-mah …«, äffte er die

Unseligen nach. Sie meldeten wenig überraschend keinerlei Protest an.

»Die Frau auch? Der Pferdemann, der überlebt hat? Und der Dicke?«

»Was ist los, wirst du weich auf deine alten Tage, mein Freund? Was denkst du, hätte ich tun sollen?« Er lüpfte spöttisch ein paar seiner nassen Locken wie einen Hut und deutete einen Kratzfuß an. »Verzeiht, Ihr edlen Herrschaften, aber ich musste diese beiden Streiter Gottes leider töten. Sie wussten zu viel, Ihr versteht! So in etwa?«

Sanftleben gab nur ein unwilliges Grollen von sich. Fennek merkte, dass er zu weit ging. Er beruhigte sich ein wenig und fügte dann versöhnlich hinzu: »Ich habe es mir nicht leicht gemacht. Aber das ist der beste Weg, uns in Fomor die nötige Unterstützung zu sichern, damit uns dieser Teufel nicht wieder entkommt.«

»Pah! Wie sollen wir ihn denn finden? Wir haben seit Jahren in dieser Stadt nach ihm gesucht. Jeden verdammten Stein haben wir umgedreht!« Er fügte ein ebenso respektheischendes wie unglaubwürdiges »M'lord« hinzu.

»Aber diesmal wissen wir endlich weit mehr über unseren Feind, als er ahnt.«

»Tun wir das?«

Greskegard schlug sich mit der Faust in die Handfläche. Sanftleben wich einen Schritt zurück. Der Inquisitor wusste, was sein streitbarer Kompagnon in seinem Gesicht erblickte: Ein beunruhigendes Feuer glomm in seinen Augen, eine Mischung aus Triumph und dem Eifer, Clach den Totenkaiser endlich in die Finger zu bekommen. Er hatte versagt, aber nun war sein Jagdfieber erst geweckt.

Unweigerlich ging seine Hand zu dem Artefakt in seiner Tasche. Er grinste. Greskegard konnte ein behördlicher Mann sein, wenn er wollte. Und jetzt wollte er. Allein schon, um seinen Leibwächter in die Schranken zu weisen und klarzustellen, wer die Zügel in der Hand hielt. Und warum.

»Wenn ich es doch sage. Erstens: Endlich habe ich ihn aus der Nähe gesehen. Auch wenn er ganz sicher verkleidet war, ich weiß nun, wie er sich bewegt. Wie er sich verhält. Wie er klingt. Wäre der verdammte Regen nicht, ich wüsste sogar, wie er riecht.« Er untermalte seine Worte mit einem herzhaften Seitwärtstritt durch eine Pfütze. »Außerdem hat unser Freund einen Fehler begangen. Er hat den studierten Furz mit einem Gift ermordet, das ich kenne.«

»Und?«

»Und seine kleine Ablenkung ist so kostbar, dass nur eine Handvoll Männer und Frauen in der ganzen Dämmerwelt das Rezept kennt. Dieses Gebräu bekommt man in der Heimatstadt des Totenkaisers kaum beim Krämer. Dafür braucht man einen Apothecarius. Denn jedes Gift ist auch eine Arznei.«

»Vielleicht haben ihm ja die Knechte eurer Todesgöttin das Zeug gegeben?«, warf Sanftleben ein.

Greskegard schüttelte vehement den Kopf. »Auf keinen Fall. Erstens ist diese Spottgeburt nicht ›unsere Göttin‹.« Er griff in seine Manteltasche, holte einen Flachmann hervor und nahm einen tiefen Schluck. »Und ein Giftmord mit einer solch grausamen Substanz? Das verstieße ja gegen ihre bizarren Vorstellungen von einem ›würdigen Ende‹ – was immer auch das sein soll. Nein, mein Freund. Das hier geht allein auf seine Kappe. Die Hintermänner und ihr Netzwerk mögen zu zahlreich sein und zu viel Einfluss genießen. Aber diesen Fehler wird er bereuen. Er hätte uns nicht so nah an sich ranlassen dürfen. Sobald wir die Apothecarii finden, die mit dieser ›Arznei‹ handeln, haben wir echte, brauchbare Zeugen.«

»Was macht dich so sicher, dass es keine Schmuggler sind? Oder dass er das Gift nicht in Argas oder einer anderen eurer

Städte gekauft hat? Stadtlinge tun alles für blinkendes Gold.« Er rieb Daumen und Zeigefinger der Linken aneinander. Die kleinste Fiedel der Welt spielte ihr verlockendes Lied.

»Weil das Gift zu heiß für Schmuggler ist. Wer damit ohne Lizenzen einer Zunft ertappt wird, der ist geliefert. Es ist nicht gesagt, dass einer der Alchemisten oder Apothecarii ihm hilft. Aber auch, wenn die ›nur‹ bestohlen wurden – es wird Spuren geben. Handfeste Spuren, denen wir folgen können, ohne dass wir Ärger mit diesem Shariskult bekommen oder herumfragen müssen.«

»Manchmal überraschst du mich, Herr.« Er nannte ihn Herr, war aber wieder ins Du verfallen, weil er und Greskegard allein waren. »Hast du dich nie gefragt, warum diese Diener des Todes nie jemanden auf uns angesetzt haben?«

»Doch, das habe ich. Oft sogar. Und ich bin mir sicher, dass es Eitelkeit ist. Dass er es denen irgendwie verboten hat. Weil er unser kleines Spiel schätzt. Warum sonst sollte er Hinweise für mich hinterlassen? Aber diesmal hat er sich die Pfoten verbrannt.«

Aber hatte er das wirklich? Oder hatte er weit mehr getan, als nur zu entkommen und dabei einen gravierenden Fehler zu begehen? Die Sache stank, wenn er näher darüber nachdachte. Innerlich verfluchte er sich für den überhasteten, planlosen Aktionismus, mit dem er und Sanftleben sich ohne große Vorbereitungen auf die Straße begeben und an Clachs Fersen geheftet hatten. Warum hatte er das Phänomen in Argas ignoriert? Warum hatte er nicht gewartet?

»Wir hätten nicht gehen dürfen. Nicht so schnell zumindest.«

»Hmm?« Sanftleben glotzte ihn verständnislos an.

»Man wollte uns weglocken, davon bin ich überzeugt.« Als er realisiert hatte, dass die Adelige (noch?) lebte, hätte er sich dieser Tatsache zuwenden und ihr nachgehen sollen.

Er hätte viel, sehr viel erfahren können. Aber genau zu diesem Zeitpunkt hatte er auch Clachs Kleider gefunden und seine Schlüsse gezogen. Waren es die falschen? Hatte ihn der Totenkaiser absichtlich aus der Stadt gelockt, sich hier stellen lassen und einen Gelehrten mit just jenem Gift getötet, das aufgrund seiner Seltenheit nur allzu einfach zu lokalisieren war? Denn dass es diese Substanz war, daran konnte es keinen Zweifel geben. Er hatte die Leiche des Akademikers selbst untersucht, die Kratzspuren an seiner Hand entdeckt, den milchsauren Geruch wahrgenommen, den sein förmlich zerhackter Körper verströmte. Aber ... stimmte das auch wirklich? Konnte er sich wirklich auf seine Sinne, seine Wahrnehmung verlassen?

Den Tod der Moreno hatte er auch zweifelsfrei festgestellt – und doch hatte er sie einen Tag später erlebt, wie sie quietschfidel wieder ihr Gesinde und jenen unglücklichen Händler gepeinigt hatte. Nicht dass das für sich allein viel bedeuten mochte – sie konnte eine Doppelgängerin haben, eine verschollene Zwillingsschwester. Niemand wusste besser als er, dass es im Adel solche Dinge gab. Sie waren quasi an der Tagesordnung.

Aber solch eine perfekte Imitation, in Aussehen und Charakter bis hinunter zum perfiden Verhalten der jungen Herrin? Das roch nach langer, nach äußerst sorgfältiger Planung. Einer Planung, die die Eltern der Toten nicht involvierte, denn ihre Trauer und ihre Wut waren so echt wie der Leichnam des Mädchens gewesen.

Greskegard knirschte mit den Zähnen. Sanftleben beäugte ihn, sagte aber nichts. Er trat an eine Pfütze heran und wusch sich das Blut von Händen und Dolch. Fennek Greskegard lehnte sich an das Kutschenrad, an dem vor einigen Minuten noch der zweite Wächter sein Leben ausgehaucht hatte, und zermarterte sich das Hirn. Wenn er so darüber nachdachte, kamen nur zwei Lösungen in Betracht: Entweder, das Mädchen war von langer Hand geplant durch eine perfekt ausgebildete Imitation oder Zwillingsschwester ersetzt worden – eine sehr wahrscheinliche Variante. Oder aber sie lebte wirklich wieder, war von den Toten zurückgekehrt.

Bei beiden Überlegungen gab es aber einen Knackpunkt: Warum? Pavosa Moreno war nicht mehr als eine verwöhnte junge Landplage gewesen, ihr Vater selbst war noch vergleichsweise jung und erfreute sich bester Gesundheit. Warum sie nicht viel früher und mit weniger Aufwand und Zeugen austauschen? Es wäre viel leichter gewesen, danach direkt den Fürsten zu töten. Die Fälschung zu inthronisieren. Warum also die Göre in einem Komplott ersetzen?

Und die andere Variante? Sie war noch besorgniserregender. Die Worte allein, welches das Ganze beschrieben, kamen einem geschichtsbewussten Menschen nur sehr schwer von der Zunge: Nekromatie. Nigrimatie. Schwarzkunst. Wie alle magischen Künste standen sie unter Acht und Bann. Bis auf die sichere und streng kontrollierte Artefaktzauberei der Arkanisten, die zum Überleben im Nebel unerlässlich war, war Hexerei jeder Art verboten. Aus gutem Grund.

Seit den Kriegen der Erzmagi war ein Großteil von Thetis nicht mehr als eine im wahrsten Sinn vor sich hin dämmernde Karstlandschaft, durchbrochen nur von Wäldern und Öden, in denen allerlei Grauen umging. Magie hatte eine einst blühende Welt verwüstet, ja, selbst dem Kosmos eine Narbe aufgedrückt, wollte man der Kirche Glauben schenken. Ausnahmsweise war Greskegard froh über ihren kruden Dogmatismus. Furcht vor dem Zorn der Kirche und ihren Häschern war das Einzige, was Möchtegernhexer davon abhielt, wieder nach alten Formeln zu suchen, Türme zu errichten und die Fehler der Vergangenheit zu wiederholen. Nur wahrhaft Verzweifelte oder Wahnsinnige griffen nach dieser Macht – und in der Regel wurden sie vernichtet, bevor sie zur Gefahr werden konnten.

Egal, über welche der Varianten Fennek Greskegard nachdachte, ihm gefiel keine davon. Doch er war sich sicher, dass der Totenkaiser mehr über diese Geschehnisse wissen musste. Ein Attentäter mit seinen Fähigkeiten, noch dazu einer der wenigen Nebelmacher … Es lag nur nahe, dass Clach nicht nur Werkzeug, sondern involviert war.

Greskegard fasste einen Entschluss. »Wir verfolgen ihn weiter!«

»Stand das je außer Frage, Fennek?« Sanftleben wirkte aufrichtig verdutzt. »Ich meine, was sollten wir sonst tun?«

»Ich hatte erwogen, dass wir nach Argas zurückkehren. Und nun mit etwas mehr Muße feststellen, warum diese Moreno am Leben ist. Aber das kann ich auch über Kontakte regeln. Clach weiß etwas. Und wir waren ihm nie so nahe wie bisher.«

»Klingt fast, als müsstet Ihr Euch rechtfertigen, warum Ihr nicht nach Argas zurückgeht …«

Greskegard sog scharf die Luft ein und bedachte seinen Leibwächter mit einem Blick, der einen tätigen Vulkan mit Blitzeis überzogen hätte. »Ich wollte dieses verdammte Amt nicht. Aber jetzt habe ich es inne. Und Angewohnheiten wird man schwer wieder los. Wenn jemand einen Nebelmacher nutzt, um ein Mädchen zu töten, und es dann wieder da ist, dann gibt es ein System.«

»System?«

»Etwas Größeres, eine verborgene Absicht. Irgendwer oder – hoffen wir, dass ich mich in diesem Punkt irre – irgendwas zahlt Unsummen für einen Nebelmacher, um eine unreife Göre auszuschalten. Bis ich den argasischen Adel ausgepresst habe, was dieser Firlefanz soll, bis ich Hintermänner aus den Schatten gepult habe, ist der Totenkaiser über alle Berge.«

»Also gehen wir lieber ihm hinterher. Weil er etwas wissen muss …«

»Und lösen damit zwei Probleme auf einmal, exakt. Denn ich sehe nicht ein, dass ich meinem Ziel nach über zehn Jahren endlich nahe bin – und dann eine wie auch immer geartete Verschwörung alles zunichtemacht, wofür ich geblutet habe!« Er musterte die Bisswunde, die der rasende Tybalt seinem Diener beigebracht hatte. »Oder du.«

Er warf einen letzten Blick auf die Straße, in die Büsche und den Nadelwald, der schweigend an der Straße Wacht hielt. Dann schwang er sich auf den Kutschbock. Sanftleben entzündete die Öldochte in den Laternen des Gefährts, öffnete die Blenden und folgte ihm. Sie zockelten eine Zeitlang die Straße hinunter, das verbliebene Pferd des Ritters im Schlepptau.

Irgendwann hörten sie bei einem besonders tiefen Schlagloch die Leiber übereinanderpurzeln. Greskegard öffnete die kleine Klappe zum Passagierraum. Der Gestank traf ihn bereits nach der kurzen Zeit, die die Toten darin verbracht hatten, wie eine Faust. Das Innere der Kutsche starrte vor Blut. Weißes Holz und hellrotes Leder lagen pechschwarz in der Dunkelheit, so viel Lebenssaft und andere Flüssigkeiten rannen aus den Leichen.

Angewidert rammte Fennek Greskegard die Klappe zu und winkte ab, als Sanftleben fragend eine Augenbraue hob. So rumpelten sie in die wahre Dunkelheit hinein und hingen ihren Gedanken nach, während der Nebelstein der Kutsche und die Laternen orangefarbene Kegel in das wirbelnde Schwarz stanzten.

Keiner der beiden bemerkte, dass ein steter, sirupartiger Blutfaden aus einer Türzarge der Kutsche rann. Fingerdick und sämig zog er Muster über das Pflaster.

Irgendwann schloss sich die Masse schwappend hinter

ihnen. Dunkelheit und Nebel eroberten den geschaffenen Tunnel zurück, als das Hufgetrappel und die Stimmen der beiden Männer längst die Stille eines anderen Straßenabschnitts beendeten.

Der Wald lag still. Niemand war mehr zugegen. Nicht einmal Tierlaute erklangen. In der absoluten Stille und Dunkelheit dieses Ortes, der wieder seinem ganz eigenen, schweigenden Vergessen anheimfiel, gab es keine Beobachter. Keine Zeugen.

Und so sah auch niemand, wie sich der dichte Bodennebel über der Blutspur schloss. Ein wogendes Grau, das von einem Eigenleben erfüllt schien. Als es sich zurückzog, war das Blut fort.

Aus den Chroniken des Kataklysmus der Erzmagi, verfasst dreihundert Jahresläufe nach dem Titanensturm, Anonymus:

Wo aber die Paläste der Erzmagi standen, diese wehrhaften Altäre der Schlacht auf den hingerenkten Leibern der größten Fünf, da errichten die Mächtigsten der alten Hochkulturen ihre Pentae – und fortan hieß man die gerechten Führer der Fünf die Archonten, und sie sorgten für Wohlstand und Sicherheit und ein Gleichgewicht, das zwischen den Fünf und ihren Städten herrschte, auf dass sich nie wieder jene erheben konnten, die die Welt mit ihrer Zauberkunst zu versklaven suchten. Die kleineren Festen aber rissen die Diadochen an sich, die im Nebel hausen und ihre Ränke schmieden und rauben und morden und sich doch Ritter nennen. Und auch sie verbergen sich vor dem Nebel schon seit langer Zeit, wie auch die Archonten und ihre Pentae es tun, mit den Steinen, die für uns die Arkanisten schufen. Jene Unseligen der Völker aber, die freien Willens unter den Hexern gekämpft und welche die Titanen stets als Götter verehrt hatten und ihnen gefolgt waren, hausten weiterhin in der Wildnis und im Nebel. Und so war das Verhältnis aller Dinge geschaffen, welches wir die Trinität heißen.

Hora des Lichtfürsten, 301 adis Pentae.

8. Morven

Sie hatte gehen wollen, als es begann. Aber sie war geblieben. *Wir kommen mit leeren Taschen in diese Welt – und verlassen sie auch so ...* Eine der Lektionen ihres alten Mentors Durgenin.

Als Mädchen hatte sie stets geglaubt, sie könne Menschen mit der Macht und dem Einfluss ihres Vaters einschüchtern. Damals, als sie noch gedacht hatte, ihr Vater würde sie aufrichtig lieben. Durgenin hatte versucht, dem mit seinen Binsenweisheiten entgegenzuwirken. Was nützten einem Macht und Geld, wenn man nichts davon mitnehmen konnte? Wer Gutes tat, ging in das Licht ein. Wer sündigte, ging im Nebel auf, weil er das Licht nicht finden konnte. Simple Tatsachen für einen alten Mann, der sein Leben der Lehre verschrieben hatte, aber keine Erfahrung mit der wirklichen Welt hatte. Das war stets ihr Gedanke gewesen. Bis zu diesem Tag. Da erlebte sie zum ersten Mal diese wirkliche Welt und musste sich eingestehen, dass sie ihr noch weniger gewachsen war als der Alte. Und dass Durgenin ebenso recht wie unrecht hatte.

Falcatt verließ diese Welt tatsächlich, wie er gekommen war: strampelnd, schreiend, voller Blut und im Leid. Aber Morven bezweifelte, dass der Adelige ins Licht eingehen würde. Er ging einfach nur *ein*. Sie hatte die Wahl gehabt: den feigen Meuchler verfolgen – in ihrer schweren Ausrüstung ein sinnloses Unterfangen – oder bei Falcatt bleiben. Ebenso sinnlos, aber menschlicher. Sie mochte den Mann gehasst haben, aber was er erlitten hatte, wünschte sie niemandem.

Der Armbrustbolzen des Attentäters hatte Falcatt nur gestreift, weil Morven das Kunststück vollbracht hatte, sich mit ihrem Schild in die Schussbahn zu werfen. Sie wünschte sich, sie hätte es nicht getan. Der Bolzen war von der Wölbung des Schilds abgeglitten, über ihre Schulter hinweggesegelt und hatte die von Falcatt gestreift, statt sein Herz zu durchbohren. Sein Wams war an der Stelle leicht blutverkrustet, sie kannte Küchenverletzungen, die schlimmer aussahen. Und doch, der Adelige war nahezu ohne Verzögerung zusammengebrochen, und sein Todeskampf hatte Minuten gedauert.

Morven saß noch immer neben ihm auf der Straße. Eine Traube von Gaffern hatte sich gebildet, die von Bütteln mit Knüffen schwerer Knüppel auf Abstand gehalten wurde. Sie bekam es nur am Rande mit. Sie war wie betäubt. Als hätte es der ewige Nebel nicht nur in die Kuppel der Stadt, sondern auch durch ihre Nase oder die Ohren in ihr Hirn geschafft. Irgendwann stellte sie verblüfft fest, dass sie nach wie vor Falcatts Hand in ihrer Rechten hielt. Sie musste irgendwann während seines Leidens ihren Panzerhandschuh ausgezogen haben, konnte sich aber beim besten Willen nicht daran erinnern. Blut tropfte aus den fünf Mondsicheln, die Falcatts Finger in ihr Fleisch gekrampft hatten. Wie er gelitten hatte.

Sie zwang sich, in das zu blicken, was das Gift von seinem Gesicht übrig gelassen hatte. Es war schwarzblau, aufgedunsen und gespannt wie eine gefüllte Wasserblase. Seine gebrochenen Augen schwammen, hatten sich nahezu verflüssigt. Die Pupillen waren zu seltsam formlosen Sanduhren verschwommen. Seine Zunge war ganz und gar unmenschlich vergrößert. Sie hatte seinen Kiefer gesprengt. Sie würde das Knacken niemals vergessen. Und seinen Blick. Seinen flehenden Blick, als ihm die Erkenntnis des Todes so nah vor Augen gestanden haben musste, dass selbst seine unfassbaren Schmerzen sie nicht trüben konnten.

Das letzte Hemd hat keine Taschen. Sie schüttelte den Kopf. Auf den Wandteppichen und Statuen des Ordens, auf heraldischen Emblemen und in den Legenden war der Tod stets etwas Heroisches. Etwas Erstrebenswertes.

Ein guter Tod. Morven bezweifelte, dass es so etwas geben konnte. Er lag nun ganz still. Jede Wärme war aus seiner Hand gewichen. Seltsam. Er fühlte sich nicht anders an als andere Menschen. Und doch spürte sie die Abwesenheit seines Lebens so stark, dass es fast körperlich schmerzte. Morven hatte so etwas noch nicht erlebt. Als er lebte, hatte sie Falcatt verachtet. Nun war er tot.

Weil er sich auf mich verlassen hat. Weil ich versagt habe. Langsam, aber sicher machte sich die Wut breit. Sie schien sich damit vollzusaugen wie ein Schwamm, ein fein verästeltes Netzwerk von Kapillaren. Adern, die sich nach und nach in ihr füllten, sich zusammenzogen und jede Wärme so absolut aus ihrem Denken verbannten, als flösse diese in Falcatts Hand.

»Herrin?« Es war einer der Wächter, der respektvoll und freundlich an sie herangetreten war.

»Was?«, fauchte Morven. Sie suchte ein Ventil. Einem Teil von ihr tat es leid, dass sie ihren Zorn über den Mann entlud, der nur seine Pflicht tat. Dem Teil von ihr, der auf Rache sann, war es herzlich egal. »Sprecht endlich! Oder wollt Ihr warten, bis ich an Altersschwäche verrecke?«

Der Stadtwächter schrumpfte in sich zusammen. »Verzeiht, Herrin. Der Berater des Ermordeten ist hier.«

Morven fuhr zusammen. Rodamir, Falcatts Ratgeber. Ihn hatte sie vergessen. Eine Mischung aus Hilflosigkeit, Zorn und Scham kochte in ihr hoch. Was sollte die dem Mann sagen, der gerade seinen Dienstherren verloren hatte? Welche Worte würden die Wunden schließen, die der Tod Falcatts geschlagen hatte. Sie spürte den übermächtigen Drang, einfach loszulaufen. Erst zu sprinten und dann weiterzurennen, bis es nichts mehr gab außer ihrem Atem, ihrem Puls und dem steten Rauschen des Blutes in ihrem Kopf, der endlich wieder frei sein würde. Sie brauchte Klarheit, wollte sie diese Situation meistern.

Als sie sich erhob, war sie wenig überrascht, dass der Mann plötzlich neben ihr stand. Er hatte ein stolzes Alter erreicht, aber sein Rücken war ungebeugt, und er bewegte sich mit der Kraft und Grazie eines weitaus jüngeren Menschen.

Es fiel ihr schwer, einen fassbaren Ausdruck auf seinen patrizierhaften Zügen abzulesen. Er starrte aus granitharten Augen auf die Leiche seines Schützlings, die verkrümmt und aller Würde beraubt im Rinnstein lag. Seine fleckigen Hände ballten sich an seiner Hüfte, schlossen sich wieder. Er griff an seine Mantelspangen und löste sie, bevor er den schweren Samt über die Leiche ausbreitete und sie damit zudeckte.

Morven konnte sich nicht helfen, vielleicht lag es auch an der Taubheit ihres Geistes, aber die Geste kam ihr falsch vor. Gekünstelt. Sie war die Tochter des mächtigsten Mannes der Penta, Adelige und ihre seltsamen Marotten waren ihr von klein auf bekannt. Das hier war … zu viel. Jemand wie Rodamir hatte Männer für so etwas. Und selbst wenn nicht, sollte der Geste dann nicht wenigstens etwas mehr Liebe und Ehrerbietung anhaften. Das hier wirkte einstudiert.

Aber was weiß ich schon von der Welt, dass ich mir anmaßen kann zu entscheiden, wie jemand trauert. Vielleicht ist das seine Art. Sie war ohnehin zerfressen und wie betäubt von Schamgefühlen und Schande, dass sie auf ihre Gefühle im Moment nicht viel geben konnte. Nichts geben *durfte.*

»Mein Herr hat der Kirche des Lichtfürsten vertraut. Er hat *Euch* vertraut.«

Sie antwortete nicht, sondern blickte betreten zu Boden.

Auf das Tuch und das, was sich darunter verbarg. Zeugnis ihrer Schande. Das Geraune der Passanten wurde hörbar leiser, verklang im Hintergrund. Die Schakalmeute wartete gespannt auf das Schauspiel, das sich ihr hier bieten würde.

Rodamirs Stimme war ebenso fühllos und künstlich erregt wie seine Gestik. Ein Teil von ihr registrierte das, aber sie hatte nicht den Kopf, darauf einzugehen. Die Blöße. Die Schande des Versagens. Sie spürte, wie ihr die Röte ins Gesicht stieg. Ein Mensch hatte ihr und ihren Fähigkeiten vertraut. Ein erster Einsatz, um ihren Wert abseits der Rockschöße ihres Vaters zu beweisen. Und sie hatte prompt alles falsch gemacht, was man nur falsch machen konnte. Das würde nicht ohne Folgen bleiben.

Wie soll ich der Hochmeisterin nur unter die Augen treten? Wie soll ich je wieder in einen Spiegel blicken? Falcatts Gesicht mit seinen zu Gelee geronnenen Augen würde sie bis ins Grab verfolgen, davon war Morven überzeugt. Sie musste Buße tun.

»Dafür werdet Ihr bezahlen, dessen könnt Ihr Euch sicher sein, Templerin. Das Geschlecht meines Herrn genießt höchsten Einfluss.«

Ein Teil von ihr schrie danach zu antworten. Irgendetwas zu sagen, ihre Ehre zu verteidigen. Dieser Teil wollte mit den Fäusten gegen seine Brust trommeln. Ihn fragen, welcher Wahnsinnige, welcher Narr Falcatt nur gedrängt hatte, lediglich mit einer einzigen Leibwächterin in solch unruhigen Zeiten den Schutz seines Heims zu verlassen und sich in die tieferen Ebenen der Penta herabzubegeben.

Aber dieser Teil von ihr ging in der Schande unter, blickte zu Boden, schwieg. Rodamir nahm ihr Schweigen mit einem Schnauben zur Kenntnis.

»Denkt an meine Worte, Templerin. In diesem Fall wird Euch nicht weiterhelfen, wer Euer Vater ist.« Er warf einen letzten Blick auf den Leichnam, der sich anklagend unter seinem Umhang abzeichnete, dann wandte er sich um und ging. Sie wusste anschließend nicht, wie lange sie noch so an der Straße gestanden hatte, taub und unempfänglich für äußere Reize. Irgendwann gingen die Gaffer. Sie erinnerte sich schwach, dass Männer des Tempels gekommen waren. Totengräber. Sie sprach mit ihnen, konnte sich aber später beim besten Willen nicht erinnern, worüber. Sie nahmen Falcatt mit. Irgendwann hatte dann auch der letzte Passant das Interesse an der benommen dastehenden Templerin verloren. Denn als sich Morven umsah, begann bereits die wahre Dunkelheit. Sie hatte sich mit der verschlagenen Stille der Schwingen eines Raubvogels über Straßen und Häuser gesenkt und Morven verschlungen.

Wann genau hatte sich alles auf so eine schreckliche Weise verändert? Wann war sie zu jemandem geworden, der sich vor unangenehmen Situationen drückte?

»Ich kann ihr nicht so unter die Augen treten!« Sie zuckte beim Klang ihrer eigenen Stimme zusammen. Ein Stadtbediensteter in einer üppigen Brokatuniform, der eine Laterne in seiner Rechten hielt, wechselte bei ihrem Anblick die Straßenseite. Erst da nahm Morven wahr, dass es seit längerer Zeit in Strömen goss. Der Gestank der Straße war dem sauberen moosigen Geruch des Wassers gewichen. Sie ging einige Schritte, ohne zu wissen, wohin sie sich wenden sollte, blieb stehen. Und starrte den Punkt auf dem glänzenden Pflaster an, wo Falcatt gelegen hatte. Sie konnte unmöglich zurückkehren, ohne etwas vorweisen zu können, womit sie die Scharte auswetzen konnte. Die politischen Gegner der Kirche würden das Wissen um ihr Versagen ebenso ausschlachten wie die Feinde ihres Vaters. Nein, sie musste handeln. Etwas unternehmen.

Auch wenn die Soldatin in ihr danach schrie, sogleich zurückzukehren und ihren Rapport zu leisten, wusste es

Morven, die Tochter des Archonten, doch besser. Zeitlebens war er ein Machtmensch gewesen, ein Macher. Sie würde ihr Erbe nicht beleidigen, indem sie gesenkten Hauptes nach Hause hinkte und ihre Strafe empfangen, bevor das wahre, das politische Drama begann. Nein, sie musste etwas unternehmen, wollte sie diesen Makel loswerden und zugleich Falcatts ebenso schrecklichem wie sinnlosem Tod zumindest eine Spur von Bedeutung verleihen.

Nun, da ihr klares Denken mit Macht zurückkehrte, die dunstigen Schleier der Benommenheit von ihr abfielen, wurden ihre Gedanken wieder klar. Sie wusste, was sie zu tun hatte.

Aus den Chroniken des Kataklysmus der Erzmagi, verfasst dreihundert Jahresläufe nach dem Titanensturm, Anonymus:

Was aber tat der Nebel mit denen, derer er habhaft wurde in diesen schlimmen Anfangstagen? Wer ihn in seinen Leib sog, der schrie sogleich vor Pein und Qual, und dessen Inneres kehrte sich durch seinen Mund nach außen, alldieweil er um seinen Tod und rasche Erlösung bettelte. Viele kluge Männer und Frauen dachten viele Monde mit Feuereifer nach, wie diesem Grauen beizukommen wäre. Doch traf das Gift des Nebels nur jene aus den Pentae und die Diadochen. Die Söhne der Wildnis aber, die stets und voller Eifer die Titanen verehrt hatten, zeigten sich ebenso immun wie alles, was da kreucht und fleucht.

Hora des Lichtfürsten, 301 adis Pentae.

9. Ormgair

Es war eine einfache Rechnung: Er hatte gut zwei Drittel seiner Pfeile verfeuert, tödliche Sendboten, die wie blinde stechwütige Insekten in die wirbelnde Nacht hinter ihm schwärmten. Wann immer das Rudel seiner Verfolger zu nahe kam, sandte er zwei, drei von ihnen hinaus in die Dunkelheit. Er traf niemanden mehr, dazu waren diese Hunde zu vorsichtig geworden. Sie taten es ihm gleich. Ab und zu klickerte es neben ihm bedrohlich, wenn ein Pfeilschaft an Felsen zersplitterte oder sich in verkarsteten Boden grub. Die Rechnung war deshalb so simpel, weil sie nur wenig Zweifel und offene Fragen ließ: Es kam nur darauf an, wann ihm die Pfeile ausgingen. Wenn sein letzter Schuss von der Sehne schnellte, würde der Sicherheitsabstand, den seine Häscher einhielten, schmelzen. Sie würden ihn einholen und Stahl durch sein Fleisch bohren, bis er tot war.

Ormgair keuchte, während sein gebeutelter Körper ohne jede Eleganz über die verwüstete Landschaft stolperte. Es blieb nun die alles entscheidende Frage, ob sie mit ihrem Ansturm warten würden, bis er dort ankam, wo er hinwollte. Er bezweifelte es. Selbst Hunde wie die Kreen mussten erkennen, welchen Kurs er eingeschlagen hatte. Wohin seine Flucht ihn führte. Es war beileibe keine weite Strecke, die er zurücklegen musste. Es kam nur auf die Rechnung an. Darauf, ob seine Pfeile reichen würden. Bei seinem momentanen Tempo glaubte er nicht daran. Sein Körper war nur noch eine Ruine, seine Lunge pfiff. Ein rasselndes Geräusch, ein besserer Zeitmesser für das Leben eines Mannes als die Sanduhren der Stadtlinge.

Er wandte den Kopf und blickte über seine Schulter. Die Welt war zu einem Tunnel zusammengeschmolzen, der im Rhythmus seines Herzens pochte. Sich fortwährend drehte.

Genau in diesem Moment schoss eine Gestalt aus dem Nebel hinter ihm auf ihn zu, das Gesicht eine schattige Dämonenfratze aus blauer Kriegsbemalung und weißen Zähnen. Augen wie poliertes Glas. Keine Zeit für einen Schuss. Keine Zeit für einen Kampf. Er riss seine Bartaxt mit der freien Hand aus seinem Gürtel und warf. Fleisch und Instinkt handelten als Einheit. Blatt und Stiel der Waffe überschlugen sich zweimal, und sein Verfolger hob ab, als wäre er gegen ein unsichtbares Seil gerannt, die Brust gespalten. Der Sterbende und Ormgairs treue Klinge blieben im Nebel zurück.

Er untermauerte seinen Lebenswillen mit einem Pfeil. Die Rufe klangen nun wieder etwas entfernter. Respektvoller. Das war gut. Vielleicht konnte er nun langsamer laufen. Zu Atem gelangen. Nur kurz, nur ganz kurz.

Zu spät. Ein aufgeregter Schrei! Sie hatten ihren Kameraden passiert. Weitere Geschosse rasten heran. Tief fliegende Schwalben, die statt Frühjahr und Erneuerung nur Tod verhießen. Noch vier Pfeile in seinem Köcher. Nur halb so viele, wie Männer hinter ihm. Männer, die jünger und wütender waren als er. Alles in ihm schrie nur noch danach, stehen zu bleiben. Sich hinzulegen, die Augen zu schließen. Sie gewähren zu lassen. Schlimmer als das, was der Medizinmann mit seinen Knochen gemacht hatte, konnte es nicht mehr werden.

Aber der Funke, der ihn stets zum Außenseiter unter seinesgleichen gemacht hatte, trieb seinen Körper vorwärts. Nicht mehr lange, und sein Herz würde einfach platzen. Bersten wie das Herz eines Vogels, der in einer Faust zermalmt wurde. Er weigerte sich, solch ein Schicksal anzuerkennen. Dann lieber ein letzter Kampf.

Er schoss zwei weitere Pfeile in die Dunkelheit, weil das Hufgetrappel nun wieder näher kam. Sie wussten, dass sie ihn stoppen mussten.

Eine massige Gestalt schob sich hinter ihm aus dem Dunst, weiße Augen rollten, Nüstern blähten sich. Zähne wurden gebleckt. Er sah einen Rundschild, schwellende Muskeln, blitzendes Eisen. Noch zehn Schritte. Noch fünf! Er blieb stehen, nockte den letzten Pfeil auf, riss den Hornbogen in die Höhe. Noch zwei Schritte. Krieger und Pferd waren so nahe, dass er den Schweiß auf den Flanken riechen konnte. Keine Zeit zu zielen. Er schoss.

Das Pferd wieherte nicht, es schrie. Der Pfeil erschien einfach in seinem Hals, auf diese Entfernung hatte er keine wirkliche Flugbahn. Der Reiter gab einen überraschten Fluch von sich. Ormgair drehte sich um, humpelte weiter. Hinter ihm fiel das Ross wie eine Eiche. Die Stille der Nacht wurde unrettbar zerrissen, als das sich windende Tier seinen Reiter unter sich begrub und seine Knochen zermalmte.

Ein weiterer Pfeil zischte heran, traf. Er biss in seinen Oberarm, als er an seinem Körper vorbeisirrte. Er bemerkte den Schmerz kaum. Er hatte zu viel davon gespürt in der Zeit seit seiner Gefangenschaft.

Das Gelände stieg an. Selbst das karge Heidekraut wurde weniger, machte nacktem Fels und vertrockneter Erde Platz. Der Hang! Der Kraterrand. Er hatte es fast geschafft. Er riss seinen Dolch aus der Scheide. Es war klar, dass sie es noch einmal versuchen würden. Der Aufstieg war mehr, als er verkraften konnte. Er spürte, wie sich die Schmerzen in seiner Brust in seinem Körper ausbreiteten wie schwarzer Sirup. Er lief weiter. Bunte Lichter tanzten vor seinen Augen, unsichtbare Hände legten einen Draht wie aus Stahl um seine Brust und zogen zu. Er lief weiter.

Ihm wurde speiübel. Er schüttelte heftig den Kopf. Die Welt begann, sich zu drehen. Er lief weiter. Noch zwei Schritte. Er musste es schaffen. Musste. Hinter sich, unter sich hörte er Männer hastig von Pferden steigen. Hörte ihre Schritte. Ihre Gestalten waren nur noch Schemen, die sich kaum merklich gegen die Dunkelheit abzeichneten. Er hörte, wie sie Waffen zogen, aber es war ihm einerlei. Es zählte nur noch ein Schritt, dieser eine Schritt, dann würde alles egal sein. Er tat ihn – und fiel.

Als er wieder zu sich kam, lag er am Fuß der Senke. Lichtfetzen des aufgeblähten Mondes durchbrachen den Nebel, gaben den Blick frei auf den Hang über ihm. Alles war taub. Langsam setzte er sich auf, betrachtete die Schneise, die sein rutschender Körper in den Kraterrand gezogen hatte. Er musste mehrere Hundert Schritt in die Tiefe gerutscht sein, ohne Bewusstsein. Wie durch ein Wunder hatte er sich nichts gebrochen. Langsam erhob er sich. Sein Puls hatte sich beruhigt, die Brustschmerzen nachgelassen. Er betastete sich. Nichts war gebrochen.

Ormgair schüttelte den Kopf. Was er erlebt hatte, war nahezu unmöglich. Sein Körper hatte versagt, sein Herz aufgegeben. Er erinnerte sich deutlich an die Schwärze, die ihn verschlungen hatte, an den Geschmack des Metalls in seinem Mund, den kalten Schweiß. Er hätte tot sein sollen. Aber er lebte, so unfassbar es auch war.

Kleinere Klumpen von Geröll kullerten den Kraterrand zu ihm herunter. Es wäre ja auch zu einfach gewesen. Er sah sie klettern. Sie waren zu fünft. Fünf hatten den Mut gefunden, das uralte Tabu der Stämme zu brechen. Ihre Leben mochten verwirkt sein, aber sie wollten sich nicht der Schmach hingeben, dass sie den Tanleigh hatten entkommen lassen. Sie würden ihn töten.

Seine Achtung vor diesen Kreen stieg. Er ließ seinen Blick über den nur schwach erkennbaren Boden schweifen. Die Erde hatte sich an diesem Ort zu verkrusteten Platten verzogen, ausgeblutet und jeder Spur von Leben beraubt. Handtellerbreite Adern klafften zwischen den Schollen. In einer davon musste sein Dolch liegen. Dort, wo auch sein Bogen zurückgeblieben war. Oder er ruhte nun an der Kraterwand. Es war einerlei, er hatte keine Waffen mehr. In wenigen Augenblicken würden seine Henker hier sein. Sie würden ihre eigenen drohenden Tode rächen, indem sie ihm bei lebendigem Leib das Fleisch von den Knochen schälten. Den raschen, gnädigen Tod eines Kriegers hatte er verwirkt.

Er brauchte eine Waffe, wenn er auch nur den Hauch einer Chance haben wollte. Und wenn es ein großer Brocken Feuerstein war.

Er suchte den Boden ab, fand aber nichts. Er half nichts, er musste tiefer in den Krater hinein. Tiefer in das verbotene Tal. Sich hier aufzuhalten war aus gutem Grund tabu – an diesem Ort hatten die Könige der Titanen, Fomor und Argas, ihr Blut vergossen. Hier hatten sie miteinander gerungen, an ebendieser Stelle. Ihre unvorstellbaren Leiber hatten den Boden aufgewühlt, ihr kochendes Blut hatte das Land geschändet. Nichts Gutes konnte an so einem Ort erwachsen.

Er wandte sich um und ließ den Blick in Gänze über den Krater schweifen. Stand man darin, war er noch um einiges gigantischer als von außen. Vor ihm, am Horizont, zeichneten sich die Reste uralter marmorner Gebäude ab. Er konnte sie sehen. Er konnte sie *sehen*!

Er brauchte einige Sekunden, um seine Verwunderung abzuschütteln. Er blickte nach oben. Die Nebeldecke verschloss die Krateröffnung so sicher wie ein Fassdeckel, aber darunter gab es keinen Nebel. Überhaupt keinen. Ormgairs Mund stand offen. In all seinen Wintern hatte er noch keinen einzigen Tag erlebt, an dem es keinen Nebel gab. Und dennoch, hier unten konnte er weit sehen. Das ganze Kraterinnere lag in einem schwachblauen aktinischen Glühen, das ganz sanft an- und abschwoll wie das Leuchten am Hinterleib eines Glühwürmchens.

Es war kein Tageslicht, aber es war auch nicht wirklich dunkel. Es mochte Einbildung sein, aber es kam Ormgair auch so vor, als könne er freier atmen. Die Luft roch unendlich sauber und würzig, so rein, dass es fast wehtat. Sie schnitt sauberer in seine Nasenwände als der grimmigste Frost. Er rieb sich die Augen, aber die Ruinen waren nach wie vor da und ebenso das seltsame Glühlicht. Irgendwo in diesen Ruinen, zwischen dem Staub der Jahrhunderte und den längst verhallten Schreien unzähliger Toter, hoffte er, eine Waffe zu finden. Oder zumindest etwas, was sich sinnvoll als Waffe nutzen ließ.

Er wankte vorwärts. Nein, das stimmte nicht. Er ging. Es war verblüffend. Hier war er, alt, zerschunden und vermeintlich am Ende seiner Kräfte. Und doch fühlte er sich derart erfrischt und gestärkt, dass er es kaum glauben konnte. War es dieser Ort? War es die Abwesenheit des Nebels? Eine Kraft, die seinen Verstand überstieg? Oder war dies lediglich das wirklich letzte Aufbäumen vor dem unvermeidlichen Ende?

Er betrachtete seine Hände, öffnete und schloss sie, ballte sie zu Fäusten. Er fühlte sich so kraftvoll wie schon seit über zehn Wintern nicht mehr. Es war, als sei mit seinem Sturz auch das Alter von ihm abgefallen. Mit jedem Schritt, den er tat, merkte er, dass der Schmerz seiner Knochen ebenso nachließ wie die Pein in seiner Brust. Auch die Verletzung, die der Pfeil ihm beigebracht hatte, war nur noch ein dumpfes Pochen. Er ging regelrecht beschwingt, was angesichts des seltsamen Ortes, an dem er sich befand, mehr als verwunderlich war.

Was ging nur mit ihm vor? Er schob es auf den Pfeil, irgendein tückisches Gift, das die Kreen auf ihre Klingen strichen. Wohl eher die Abwesenheit des Nebels. Was sonst sollte es sein? Was sonst konnte einem alten Mann in seiner Lage solche Kräfte einhauchen, wie er sie gerade empfand? Es fehlte nicht viel, und er würde einfach stehen bleiben. Nicht weil er müde war. Sondern weil er überzeugt war, selbst eine Übermacht wie die seiner Verfolger mit bloßen Händen zu ihren Ahnen zu schicken. Aber für solche Torheiten war er zu altersweise. Was immer der seltsame Einfluss war, der ihn seit seinem Ausflug zum Kraterboden erfasst hatte, er würde ihm nicht einfach nur nachgeben. Ein solches Risiko konnte und wollte er nicht eingehen. Nicht hier, an diesem Ort.

Er ging weiter. In einem leichten Laufschritt. Seine Schmerzen waren wie weggeblasen. Er beschleunigte seinen Schritt. Rannte. Sog klare Luft in seine Lunge. Sein Kopf wurde immer klarer. Als er über seine Schulter blickte, sah er, dass die Meute aufgehört hatte zu klettern. Das letzte Drittel des Weges rutschten sie. Er konnte es ihnen nicht verdenken – sie wollten ihre Beute auf keinen Fall entkommen lassen. Aber er selbst sah sich nicht als Beute. Niemals! Das war ihm jetzt klar. Er würde kämpfen. Er würde so viele dieser Teufel mit in das Firmament nehmen, wie er konnte. Die Titanen würden erkennen, dass hier einer ihrer Söhne stand, der nicht gezögert, nicht aufgegeben und seinen Tod freudig umarmt hatte. Ein Krieger, der mit einem Lächeln starb. Wenn er doch nur eine Waffe hätte.

In diesem Moment sah er es – und der Anblick stoppte ihn so sicher wie der Schildwall einer feindlichen Meute. Er blieb derart abrupt stehen, dass es für seine Verfolger wirklich aussehen musste, als wäre er gegen ein unsichtbares Hindernis geprallt. Vor ihm, einige hundert Schritte zu seiner Rechten, klaffte der Schlund der Höhle am Fuß eines in sich zusammengesunkenen Steinbaus. Eines Gebäudes, das grobe Ähnlichkeit mit den Gräbern barg, in denen die Stadtlinge ihren zornigen Gott verehrten und die sie *wie* nannten? Tempel? Ja, Tempel war das Wort. Am Fuß eines Tempels klaffte der Höhleneingang. Der Höhleneingang, den er gesehen hatte, als er durch die Hexerei des Medizinmannes der Kreen durch ein Zwischenreich getrieben war. Dies war der Ort, der sich vor ihm aus der allumfassenden Finsternis geschält hatte. Das war so sicher wie der Tod.

Eine tief verwurzelte abergläubische Furcht ergriff von ihm Besitz, verkehrte seine Euphorie der letzten Minuten ins Gegenteil. Die Verwandlung war wie ein Schlag. Etwas wie ein Tier mit fürchterlich scharfen Klauen, das nur auf diesen Moment gewartet, ihn bepirscht zu haben schien, griff nach seiner Vernunft. Sein Körper zitterte. Fassungslos erlebte er, wie er einen Schritt auf die Höhle zumachte, wie ein fremder Wille seinen Körper steuerte. Er wollte nicht weitergehen. Wollte um jeden Preis stehen bleiben. Nur der Akt, seinen Fuß wieder zu senken, kostete ihn bereits solche Kraft, dass ihm der Schweiß in Strömen aus den Poren floss. Als der Fuß, den er längst zum Schritt gehoben hatte, wieder auf festen Boden traf, war Ormgair bereits vollständig durchnässt.

Er blickte auf seine Hände, die sich öffneten und schlossen. Hinter sich vernahm er aufgeregte Schreie. Ein Pfeil flog über ihn hinweg und verschwand in der Ferne. Unendlich langsam drehte der Nebeljäger den Kopf. Sie waren vielleicht noch hundert Schritte entfernt, schossen sich ein.

Dann, urplötzlich, fiel der unfassbare Druck, der sich auf seinen Geist gelegt hatte, von ihm ab. Er konnte sich rühren, aber was nützte das noch? Achtzig Schritte. Ein Pfeil bohrte sich neben ihm in den moosigen Untergrund. Sie waren zu nahe, bis zu den Ruinen kam er nicht mehr. Sie hatten sich bereits eingeschossen.

Ormgair stieß einen Fluch aus. Er versuchte, sich zu bewegen – und es ging. Plötzlich erkannte er die Perfidie der Situation. Sie trat ihm so rein wie ein geschliffener Kristall vor Augen: Was immer es mit der Höhle auf sich hatte, es machte den Eindruck, als … Sechzig Schritte. Etwas rasend Schnelles witschte knapp an seinem linken Ohr vorbei. Die Meute stieß Schreie des Triumphs aus … als wolle eine Macht, dass er hier eine Entscheidung fällte. Waren es die Titanen? Vierzig Schritte. Zwei der Häscher blieben stehen, spannten Hornbögen. Einer riss im Laufen sein Schwert aus der Fellscheide, die beiden anderen zogen Wurfäxte. Keine Zeit mehr nachzudenken. Er hatte die Wahl: hier sterben oder sich dem Grauen der Höhle aus seiner Vision zu stellen.

Er riss den Kopf zur Seite, als ein weiterer Pfeil ihn um Haaresbreite verfehlte. Fluchend wirbelte er herum, und neuerlicher Schmerz schoss durch sein rechtes Bein, kalt wie Eisfeuer. Es wurde taub. Er sah die Pfeilspitze, der sich wie der Kopf eines besonders grässlichen Parasiten von hinten durch die Muskeln seines Oberschenkels gebohrt hatte. Hinter sich hörte er ihre Schritte, ihren stoßweisen Atem. Noch wenige Fuß! Er bildete sich ein, die Wärme ihrer Atemwölkchen im Nacken zu spüren, das Fleisch und das Ale in ihrem Atem zu riechen. Wurzelballen und Schmutz peitschten durch sein Gesicht.

Dann verschlang ihn die Dunkelheit der Höhle.

Er verlor das Gefühl dafür, wie lange er gerannt war. Perplex blieb er stehen und erkannte, dass er immer noch lebte. Sie hatten ihn nicht erwischt. Mehr noch, sie waren ihm auch nicht gefolgt!

Er wandte sich um. Hinter ihm, viel zu weit hinter ihm,

schwebte ein münzgroßer Lichtfleck, in dessen Mitte sich ein paar winzige Gestalten bewegten. Der Wahnsinn seiner Situation wurde ihm bewusst: Er musste eine Zeitlang blind in die Dunkelheit gestürmt sein, in der Dinge lauern mochten, von denen er keine Kenntnis hatte. Er hätte sich den Schädel an einem Stalaktiten einschlagen, sich auf einem Tropfstein am Boden aufspießen oder in einen Abgrund stürzen können. Aber nichts dergleichen war geschehen. Stattdessen stand er hundert Schritte tief in einem Korridor, so schwarz wie die Augen der Baen'sidhe – und lebte. Und seine Feinde trauten sich offenbar nicht, ihm in das Dunkel zu folgen. Er konnte sie nur als winzige Schemen ausmachen, doch was er sah, genügte ihm: So, wie sie standen, reglos und schwankend, befanden sie sich unter dem gleichen Einfluss, der auch ihn wie ein Hammerschlag getroffen hatte. Wenn sie ihre Furcht überwanden, würden sie ihm folgen. Wenn es so weit war, sollte er besser bereit sein.

Er befeuchtete einen Finger und hob ihn. Wie er befürchtet hatte, spürte er keinen Luftzug. Die Höhle hatte nur einen Eingang.

Er näherte sich einer der Wände, presste die Hände an das kühle Gestein. Überrascht zog er die Finger zurück. Statt blanker Felsen spürte er Mauerwerk. Porös. Künstlich behauen. Die Höhle war ein Gang, von Menschen angelegt. Einstmals musste sie als Katakombe oder Gewölbe gedient haben, aber der Todeskampf der beiden Titanen oder eine andere Katastrophe hatte das Gemäuer darüber vor Urzeiten zerstört und die Trümmer in alle Winde gestreut.

Eine abergläubische Furcht kroch seinen Rücken empor, wand sich bis in seinen Haaransatz. Ein scharfes Prickeln überzog seinen ganzen Hinterkopf, dem Gefühl nicht unähnlich, wenn Leben in einen eingeschlafenen Fuß zurückkehrt. Er schwitzte trotzt der Kälte noch stärker und fühlte sich zugleich, als würde ihm jemand einen klammen, hartgefrorenen Strick um den Hals legen, der heiß und kalt brannte. Alles in ihm schrie danach, den Gang zu verlassen. Sich seinen Verfolgern zu stellen, selbst wenn es ihn das nackte Leben kosten sollte.

Er widerstand der Versuchung, einen solch schnellen Abgang zu wählen. Er lehnte sich mit dem Rücken an das Mauerwerk, um die Kühle und vermeintliche Sicherheit eines Materials aus einer Welt, die er halbwegs verstand, hinter sich zu wissen. Langsam rutschte er an der Mauer nach unten, setzte sich auf den eiskalten Boden. Und schrie auf! Er hatte den Pfeil vergessen, der in seinem Oberschenkel steckte und nun Wellen aus hellrotem Pochen durch seinen Körper trieb wie der Wind Muster über die Heide.

Ormgair biss die Zähne zusammen und wartete, bis die Übelkeit erregenden Schockwellen versiegten. Achtsam betastete er die Wunde, zischte durch die Zähne. Zufrieden stellte er fest, dass das Geschoss seinen Knochen sauber passiert hatte – kein Mark in der Wunde. Er würde leben, solange er das Holz stecken ließ und das Blut nicht frei fließen konnte. Aber auf längere Sicht musste der Pfeil aus seinem Bein, bevor sich die Wunde entzündete. Also biss er erneut die Zähne zusammen, ergriff den Pfeil und brach erst die Spitze und dann den hinteren Teil knapp über dem wütenden roten Mund ab, aus dem sie ragten.

Er war nicht mehr wirklich erschöpft, ein Effekt, den er nach wie vor nicht verstand, aber er musste sich einfach setzen. In den letzten Stunden war zu viel geschehen. Langsam und kontrolliert atmete er durch. Seine Sinne, Instinkte und Erfahrung hatten ihn so viele Winter am Leben erhalten, es wurde Zeit, sich wieder auf diese Stärken zu besinnen.

Er wartete, bis sich sein hämmernder Puls beruhigte, und verflachte seine Atmung. Horchte in die Dunkelheit vor und hinter sich hinein. Die Stimmen der Kreen drangen als verzerrte Fetzen an seine Ohren. Sein grimmiges Lächeln riss eine weiße Sichel in die Schwärze, als ihm aufging, dass seine Gegner sich ängstlich unterhielten – der Effekt hielt sie nach wie vor in seinem Klammergriff. Es wäre ein Leichtes hinauszugehen, einem der Männer eine Waffe zu entwinden und sie zu erschlagen. Sein gesunder Pragmatismus riet ihm dazu, aber es widersprach dem Kodex der Tanleigh. Ein Mann, der Wehrlose tötete, war in seinem Stamm nicht besser als ein Bussard, der sich an den Därmen eines Sterbenden labte. Ungeziefer. *Ich durchtrenne nicht noch den letzten Faden, der mich und meinen Stamm verbindet. Falls ich überhaupt noch einen Stamm habe.*

Ormgair spielte gerade mit dem Gedanken, mit Feuerstein und Stahl für etwas Licht zu sorgen, um seine Umgebung besser erkunden zu können, als am Ende des Korridors etwas aufflammte. Ein Glimmen. Bläuliches Licht breitete sich dort aus, ein blaugrünes, konturloses Flirren, das kantige und zerrissene Schemen beleuchtete. Ein schwacher Summton lag in der Luft, den er eher in den Zähnen spürte, statt ihn zu hören. Erneut warf sich das Tier abergläubischer Furcht in seinem zerbrechlichen Käfig aus Kontrolle und Vernunft hin und her. Ormgair schluckte.

Sogleich war sein Körper wieder in Kampfbereitschaft, bereit, beim kleinsten Zeichen eines Angriffs oder einer Bedrohung sein Glück mit den Bewaffneten draußen zu versuchen. Langsam erhob sich Ormgair, schob sich an der Wand empor – und verfluchte sich dafür. Sein Oberschenkel bekundete augenblicklich seinen Protest, wenn auch gedämpft. Der Nebeljäger grunzte, und das Echo hallte spöttisch von den Wänden wider.

In diesem Moment verstärkte sich das Glühen, und etwas schälte sich aus den gezackten Formationen und seltsamen Objekten. Das unverkennbare Relief eines Schwertgriffs trat aus der Dunkelheit hervor, wurde von hinten beleuchtet.

Ormgair schüttelte ungläubig den Kopf. Vielleicht hatte er seine Wunden und seine Erschöpfung einfach unterschätzt. Es diesmal einen Schritt zu weit getrieben. Oder, noch schlimmer, der Anblick war eine Falle. Irgendeine finstere Hexerei aus dem Urschlund der Dinge, ein grausamer Dämon oder Geist, beschworen in grauer Vorzeit von den fünf Titanenmeistern.

Langsam humpelte er einige Schritte näher. Er konnte noch immer keine Details erkennen, sah aber, dass sich am Ende des Ganges ein größerer Raum befinden musste. Dort ragten die seltsam ungeschlachten Formen aus dem Boden, in deren Mitte sich Heft und Klinge der Waffe abhoben. Ein Gipfelkreuz in der Dunkelheit eines Schneesturms, die Antwort auf alle Fragen und Nöte. Nur hingehen und zugreifen, das war alles.

Er sah über die Schulter. Es musste ein grausamer Zufall sein, dass sich seine Verfolger am Eingang wieder zu bewegen begannen. Erneut schlug eine Welle abergläubischer Furcht über ihm zusammen. Er kannte Sumpfpflanzen, die sich von kleinen Lebewesen ernährten, weil der Boden zu karg war. Sie lockten ihre Beute mit schrillen Signalfarben und süßen Düften ins Verderben. Aber er weigerte sich weiterhin, sich als Beute zu betrachten. Was immer ihn verschlingen wollte, würde feststellen, dass er sich zu wehren verstand. Es reichte ihm!

Ormgair spie aus. Eine Geste der Verachtung, mehr um sich selbst Mut zu machen, als mögliche Beobachter einzuschüchtern. In vollem Bewusstsein seines Handelns schluckte er seine Furcht herunter und humpelte auf den Raum zu.

Als er näher kam, erkannte er, um was es sich bei dem handelte, was dort auf dem Boden kauerte. Vor ihm lagen, knieten und hockten die Gerippe von gut drei Dutzend Toten. Das blaue Glühen hing diffus und unstet über ihnen wie Nebel über dem Wasser. Es füllte die Augenhöhlen und das zeitlose Grinsen ihrer bleichen Schädel. Wo Ormgair auch hinsah, erspähte er geborstene Brustkörbe, gesplitterte Rippen. Bei vielen der Toten hatten sich die von Spinnweben und Moder verkrusteten Finger darin verkrallt, sodass es den Anschein hatte, als hätten sie sich selbst die Brust aufgerissen.

Die Gerippe, die nicht knieten, lagen schrecklich verkrümmt da, als seien sie unter unfassbaren Qualen zugrunde gegangen. Viele hatten zersplitterte Zähne. Bei einem Toten war deutlich zu erkennen, dass er sich selbst im Wahn den Schädel eingeschlagen hatte.

Den Mittelpunkt des Treibens beherrschte ein auf dem Rücken liegendes Skelett, dessen Brust als einzige halbwegs intakt war. Wie alle Toten im Raum war es in die zerfetzten und modernden Überreste derber Roben gehüllt. Zwischen den Rippen steckte das Schwert, nur zwei Schritte entfernt und zum Greifen nahe. Es war eine einfache, schmucklose Waffe, wie es Tausende gab, sah man von dem taubeneigroßen Opal ab, der sich über der Fehlschärfe wie ein Katzenauge auf der Parierstange befand. Er glomm in einem kristallinen Feuer, das einen hypnotischen Sog erzeugte und die Seele des Betrachters einzufangen schien.

Im Gegensatz zu allem anderen in dieser von ewigem Tod beherrschten Kammer war der Edelstein in makellosem Zustand. Während die Toten mit Flechten und Resten mumifizierten Fleisches bedeckt waren und eine Patina aus Grünspan und Rost auf der Klinge lag, blitzte der Stein mit jenem Lebenshunger, der in den Augen eines Knaben loderte, der mit seinem Vater von seiner ersten Jagd zurückkehrte.

Ormgair lief es bei dem Anblick kalt den Rücken herunter, und doch spürte er zugleich eine vertrauenerweckende Kraft. Er hörte die klagenden Rufe der Krähen, die abseits ihres Treibens auf schwarzen, ewigen Bäumen hockten. Das kupferne Blut des Hirsches, der vor ihm im Eis lag und dessen Blut sich in dampfend heißen Schüben in den Schnee ergoss. Er sah, wie die Klinge seines Vaters teilte und schnitt, wie er die Hände in den Brustkorb der Jagdbeute tauchte und Ormgair das Herz reichte, den Sitz der Seele ihrer Beute. Nein, *seiner* Beute, berichtigte er sich. Ohne es zu merken, war er weitergegangen, hatte den Raum nun betreten.

Mit größter Anstrengung riss er den Blick von der Klinge und sah sich im Raum um. Über ihm spannte sich ein Gewölbe, Fetzen von schnörkeligen Verzierungen und Reste farbiger Mosaike hafteten noch daran. Dies musste einst ein Schrein oder eine Kapelle der Stadtlinge gewesen sein, bevor die Titanen und ihre Meister dieses Land in den Staub getreten und die Ordnung des Stahls hier errichtet hatten …

Bellende Stimmen rissen ihn aus seinen Gedanken, breiteten sich in Gang und Raum aus. Ormgair wirbelte herum. Er sah, dass die Kreen ihre Starre nun ebenso überwunden hatten wie er. Ihre Schemen tanzten den Korridor hinunter auf ihn zu, vom schwachen Licht des Kraters hinter ihnen entfleischte Geister, die gekommen waren, um ihm das Leben zu nehmen.

Ein Mann zu sein heißt Entscheidungen zu treffen. Die Stimme seines Vaters erklang über den endlosen Graben der Zeit hinweg so klar in seinem Kopf, als stünde der Alte neben ihm. Ormgair schloss die Augen und öffnete sie wieder. Er stand neben seinem Vater in der eisigen Öde, das blendende Weiß des Schnees verschlang sie beide. Das Herz des Hirschs war sehnig gewesen und hatte so heiß gebrannt wie Ormgairs Wangen, die vor Stolz errötet waren. Er hatte würgen müssen, aber er hatte tapfer weitergegessen. Sein Vater hatte das Bündel gezogen, das er den ganzen Weg in die Jagdgründe mitgeschleppt hatte, ohne Ormgair etwas über seinen Inhalt oder Zweck zu verraten. Nun legte er es in einer ehrfürchtigen Geste in den verharschten Schnee und löste die ledernen Schnüre, die es banden. Es rollte über den Grund aus, wurde zu einer Felldecke. Darauf ruhte eine Bartaxt, der frisch geschmiedete Stahl so blau wie der Nachthimmel.

Ein Mann zu sein heißt leiden und kämpfen. Ormgair bückte sich nach der Axt. Seine klammen, blutverschmierten Finger schlossen sich um den Stiel. Abertausende Männer zogen abertausende Klingen. Ihre Finger schlossen sich. Er reckte seine Klinge empor, brüllte in den eisigen Himmel. Abertausende Kehlen brüllten. Seit Beginn aller Zeiten waren sie Männer gewesen. Sie hatten gekämpft, und sie waren gestorben. Der Atem der Ewigkeit füllte sein Denken, sein Sein. Er war in der Kapelle, aber ein Teil von ihm war auch dort, in seiner Kindheit, bei seinem Vater. Seinem Vater, der im Kampf gestorben und in das ewige Firmament eingegangen war.

Aber ein anderer, ein urtümlicherer Teil von ihm, der weit über das blanke Selbst hinausging, ein Teil, der Mensch, aber nicht menschlich war, stand zu einer anderen Zeit in der Nähe dieses Ortes. Er stand inmitten ihrer Legionen. Er sah das Weiße in ihren Augen, roch ihre Körper. Schulter an Schulter. Schild an Schild. Es goss in Strömen. Vor ihnen war der Feind. Blitze spalteten das Firmament, gaben den Blick frei auf den, zwischen dessen Beinen sie alle nicht mehr waren als eine Horde wimmelnder Insekten. Sie stürmten vor, SEIN röhrendes Gebrüll ließ das Gefüge der Welt wanken und schreien, und dann prallten sie gegen die Wand all der anderen, die ihrem Meister in den Tod folgten. Und da war nichts mehr außer dem Chaos der Schlacht und der einzigen Musik, der ewigen Melodie des Konflikts, die alle Räder im Kosmos antreibt.

Irgendwo neben ihm raste eine Klinge heran, um sein Dasein in dieser Sphäre zu beenden, und allumfassende Schwärze verschlang ihn.

Irgendwo hinter ihm pfiff eine Klinge durch die Luft, in gespannter Vorfreude um die Hand ihres Trägers kreiselnd, der so seine Muskeln für den tödlichen Streich lockerte. Ohne Hast wandte sich Ormgair herum. Langsam, wie Schakale, die einen verwundeten Wolf in ihrem Revier eingekreist hatten, trotteten sie in den Raum. Der Maßstab der Dinge mochte kleiner sein, aber er erkannte nun, dass die Vision seines Vaters ihn für den kurzen Rest seiner irdischen Tage in einem bestärkt hatte: Er würde nicht ohne Kampf gehen. Niemals. Es war noch Leben in ihm, und auch wenn er grimme Jahre in Einsamkeit verbracht hatte, er musste sein Dorf retten.

In diesem Augenblick fiel die seltsame Anziehungskraft des Schwertes von ihm ab, genau wie es am Eingang zum Gang passiert war. Hier stand er. Und es lag in seinem eigenen Ermessen, was er tun wollte. Er blickte vom Halbkreis seiner Gegner fort, heftete seinen Blick auf den Griff der Klinge. Die Kreen lachten spöttisch, ihre mit Kriegsbemalung verschmierten Gesichter ließen sie wie Dämonen erscheinen. Aber sie waren keine Dämonen. Sie waren Männer. Und Männer kämpften und starben.

Langsam taten sie einen Schritt auf ihn zu, deuteten mit höhnischem Grinsen auf die Waffe. Eine Einladung. Ein alter Mann, verwundet und am Ende seiner Kräfte. Ein rostiges Stück kümmerlichen Stahls. Sie sahen das Licht nicht. Sie waren blind für die Macht. Blind für die Wahl, vor den der Stahl ihn stellte. Er hatte sie längst getroffen.

Seine Hand schloss sich um lederne Riemen, denen der Zahn der Zeit nichts hatte anhaben können. Dies war nicht ein Schwert. Dies war *das* Schwert. Er zog es. Die Hände seines vorherigen Inhabers gaben es bereitwillig frei, lösten sich von der Klinge. Kurz war es, als würde er Ormgair winken. Der spürte nichts außer maßlosem Vertrauen. Dies war das

Instrument, auf dem das ewige Lied gespielt wurde. Er hatte diesem Lied sein ganzes Leben gelauscht und mehr als eine Note beigetragen. Doch dies war mehr als eine Stimme, mehr als nur ein Instrument.

Er ließ die rostige Schneide zweimal durch die Luft pfeifen und schmetterte sie dann auf die Steinplatten. Der Stahl sang. Rost und Patina barsten wie Erdschollen von der Klinge und gaben Stahl mit dem Schillern jungfräulichen Perlmutts frei.

Das Schwert lag in der Hand, als wäre es nur für ihn geschmiedet. Zeitlebens war er eher ein Mann der Axt gewesen, hatte ihre Vielseitigkeit und rohe Wucht geschätzt. Aber dieser Stahl war in den Feuern des ewigen Konflikts gehärtet worden. Im rasenden Blut des Mannes, der seine Kraft beschworen haben musste, um sich dann darauf zu stürzen und es mit seinem eigenen Herzblut zu taufen. Eine Waffe für einen Champion, geschaffen für einen einzigen Zweck.

Diese und noch viel mehr Dinge *wusste* er nicht – er *spürte* sie einfach, so wie ein Mann spürte, wann er Durst oder Lust empfand. So verwunderte es ihn auch kaum, dass seine Pfeilwunde einfach verheilt, der Rest des Schaftes verschwunden war, als er an seinem Bein herabsah.

Ohne Hast ließ er die Klinge noch einmal kreisen. Instinktiv wich die Gruppe seiner Feinde einen ganzen Schritt zurück. Die Waffe hatte genau die richtige Länge, die perfekte Fusion aus Reichweite und Wucht. Die ehrlosen Stadtlinge, denen selbst ihre eigenen Söhne nichts zu bedeuten schienen, nannten so eine Waffe Bastardschwert, weil sie eine Mischung war. In ihr vereinigten sich der Zweihänder und das Langschwert zur Mischform, die Klinge war länger und der Griff derart gestreckt, dass man das Schwert ein- und auch zweihändig führen konnte. Und seine Reichweite war ein immenser Vorteil.

In ihrem Hochmut sahen die meisten Kreen den Speer als eine Jagdwaffe, den kein Mann im Kampf führen sollte. Ein Nachteil, weil es ihnen nun an der nötigen Reichweite mangelte, um an den Nebeljäger heranzukommen. Dennoch – wenn er nicht handelte, würden sie geeint über ihn herfallen.

Zeit, die Initiative zu ergreifen. Mit einem Satz preschte er ohne jede Vorwarnung auf den äußerst links stehenden Kreen zu. Ormgair führte den Anderthalbhänder wie eine Lanze, ließ die Spitze vorzucken. Der Schädel einer Otter, die nach Beute schnappte. Erwartungsgemäß senkte sein überraschter Gegner den Schild, um den Hieb zu parieren. Ormgair trat in letzter Sekunde gegen das Holz unterhalb des Buckels. Der Kreen taumelte nur einen halben Schritt zurück und öffnete seine Deckung, indem er den Waffenarm in die Höhe warf. Ormgair griff um und ließ den Stahl aus kurzer Distanz einen Halbkreis beschreiben. Ein Schrei gellte, dann starrte der Kreen leichenblass auf den Stumpf, wo gerade noch eine Waffenhand gesessen hatte.

Mit einer blitzartigen Rückhand beendete Ormgair seine Qualen. Der Schrei wurde zu einem organischen Zischlaut, der an verkochendes Wasser erinnerte. Ein Sprühregen aus Blut schoss aus dem Halsstumpf. Der geschockte Ausdruck auf dem Gesicht des Mannes wich auch dann nicht, als sein Kopf an seinen Kameraden vorbeirollte.

Die Attacke löste die anderen aus ihrer Erstarrung, ihre Rudelmentalität griff wieder. Der Leichnam ihres kopflosen Kameraden war noch nicht ganz an seiner letzten Ruhestätte zusammengesackt, da scharten sie sich auch schon wieder um den Nebeljäger. Ormgairs Herz pochte, doch das lag nicht an der Anstrengung. Es war pure Kampfeslust, die durch seine Adern raste und ihn trunken machte. Von den Schmerzen – nicht nur der letzten Tage – war keine Spur mehr, er fühlt sich gut zwanzig Winter jünger.

Agil und geschmeidig wie eine in die Ecke getriebene Raubkatze wechselte er den Stand und sprang über die sich ausbreitende Blutpfütze, um nicht in der glitschigen Flüssigkeit auszurutschen. Sein Freudengelächter hallte von den Wänden wider.

»Kommt, ihr Hunde. Kommt und sterbt. Und beeilt euch etwas, ich brauche ein Pferd! Ich hab noch etwas vor!«

Sie kamen. Und sie starben.

Seine Art zu kämpfen war stets das lauernde Pendeln eines hungrigen Raubtiers gewesen. Was immer das Schwert wirklich sein mochte, eines war gewiss: Es vermengte seinen in einem Leben des Kampfes geschulten Tierstil mit dem Einzigen, was ihm stets abgegangen war: Eleganz. Raffinesse. Das Ergebnis war beflügelnd. Die Verschmelzung zweier Welten. Für Ormgairs Gegner war die Metamorphose erschreckend. Eine Verwandlung, die jeder Dompteur fürchtete: Wenn ein Raubtier selbst nach Jahren trügerischer Gewissheit seine wahre Natur enthüllte und zubiss. Sie hatten einen gebrochenen, zahnlosen Wolf in eine Höhle verfolgt und standen nun einem Dämon gegenüber, dem ein einziger Zahn aus Metall vollkommen genügte.

Er lachte, das winterkalte Heulen eines Sturmgottes, einer Naturgewalt. Mühelos wechselte er zwischen beid- und einhändigem Kampf. Er parierte eine Welle von Hieben. Funken stieben, Beleidigungen und kurze Sätze wurden zu angestrengtem Keuchen. Der intimste aller Tänze, getanzt seit Anbeginn aller Tage, seit der erste Mann den Schädel eines anderen mit einem Stein zertrümmert hatte.

Da die Kreen gemeinsam zuschlugen, verspielten sie ihre Vorteile, behinderten sich gegenseitig. Ormgair blieb passiv, parierte und wich aus. Er wirbelte und drehte sich, bog seinen Oberkörper, um Klingen zu entgehen, und ließ Axtstiele an der Klinge des Schwertes abgleiten. Es war berauschend:

Alles, was seine Gegner an Energie aufboten, leitete er um. Es beschleunigte ihn, ein endloses Kraftreservoir, das sich aus dem Willen seiner Feinde speiste.

Kriegsbemalte Gesichter zogen in einem schlierenhaften Wirbel an ihm vorbei, traten in den Hintergrund. Die auf ihn zurasenden Schneiden seiner Feinde waren so langsam, dass sie für ihn fast stillzustehen schienen. Es wurde Zeit, das Spektakel zu seinem Ende zu führen.

Als wieder zwei der Kreen zum gemeinsamen Angriff ansetzten, blockte er den Schlag, spannte sich und legte sämtliche Kraft in den Gegendruck. Die Muskeln seiner Unterarme traten hervor, die Feinde sprangen zurück, um seinem Manöver zu entgehen. Es war nie für sie gedacht gewesen. Er wirbelte einem Instinkt folgend einfach herum, die Klinge immer noch in der auf der Seite liegenden Paradehaltung. Die Augen des Gegners, der ihn gerade von hinten attackieren wollte, weiteten sich. Ein weiterer Kopf löste sich vom Rumpf. Ein weiterer Geysir sang für die Höhle und ihr längst totes Publikum, das den enthaupteten Neuankömmling willig begrüßte, als er zu Boden ging und sich ihren schweigsamen Reihen anschloss.

Ormgair breitete die Arme aus, ein Standbild in einem Wasserspiel aus rotem Lebenssaft. Er wirbelte zu den verbliebenen Kreen herum, ein Albtraum aus verfilzten Haaren und Zähnen, die in einem Edelsteingarten voller Rubintropfen funkelten.

Sie hielten seinem Blick stand, Schilde erhoben und zu einem Wall verkeilt. Sie hatten sich im Eingang der Höhle aufgebaut, nutzen den Rahmen als Verstärkung. Er sah, dass einer von ihnen vor Furcht zitterte. Die Augen der anderen Männer waren so weiß und unendlich groß wie die verschneite Tundra. Sie sahen ihn und erkannten ihren eigenen Tod. Sie kämpften nur noch, um ihr Gesicht zu wahren – er wusste nicht, an welche Wesen, welche Boten der Titanen die Kreen glaubten. Doch es ehrte sie, dass sie ihren Geistern ebenso viel Respekt erwiesen, wie die Tanleigh es mit den Baen'sidhe taten. Mochten die Kreen als Ganzes seinen Respekt nicht verdienen, diese Männer taten es.

Er machte einen Satz nach vorn und ließ den wunderbar leichten Stahl – war es Stahl? – über die Schilde seiner Gegner gleiten. Holzspäne sirrten durch die Luft, Buckel klirrten wie Glockenspiele. Der zitternde Kreen geriet schon bei diesem Manöver in Panik, schlug mit seiner Axt nach Ormgair. Der Nebeljäger ließ das Schwert mit der Rechten los, umklammerte den Stiel der heranzuckenden Axt und riss daran. Gleichzeitig brachte er sich rückwärts in Sicherheit, als auch die Waffen der anderen Kreen nach ihm hieben.

Sein Gegner hatte die Waffe mit einem Lederriemen am Handgelenk befestigt und stolperte aus dem schützenden Schildwall nach vorn, ebenso überrascht von der Kraft des alten Barbaren, wie es sein toter Kamerad vor ihm gewesen war. Als der Kreen förmlich an ihm vorbeirauschte und unsanft in die Knie ging, hieb Ormgair ihm die Waffe mit aller Macht auf den Rücken. Die Schneide drang zwischen den Rückenwirbeln ein, ein heißer Draht, der durch Butter glitt.

Der tödlich Getroffene stieß einen gellenden Schrei aus, der auf blutigen Schwingen aus seinem Mund ritt. Er kroch noch einige Schritte weiter, vollbrachte dann das Kunststück, sich herumzuwälzen und auf die Ellbogen zu stemmen. Er wimmerte, als ihm aufging, dass Hüfte und Beine ihn auf seinem Weg nicht begleitet hatten. Sie lagen am Anfang der roten Spur, die er unter den leeren Blicken der mitleidlosen Toten über den staubigen Untergrund gezogen hatte, lose verbunden durch eine Kette aus milchig blauen Eingeweiden.

Dann brach sein Blick, und er sackte zurück. Sein rasselnder Todesseufzer ging im erneuten Schlaghagel unter, als Ormgairs letzte Gegner mit hassverzerrten Schreien auf ihn zustürmten. Er parierte eine ganze Serie von Schlägen, die sowohl gleichzeitig als auch abwechselnd auf ihn niedergingen. Funken stoben durch das bläuliche Zwielicht, harte Kontraste in Orangerot, die wie Sternenfeuer auf dem blutgetränkten Pflaster vergingen.

Die Seelen der letzten beiden Kreen folgten ihnen nach kurzer Zeit auf ihrer Reise in die lange Dunkelheit.

Im ewigen Zwielicht des Nebels entstieg nur ein einzelner Mann der Tiefe des Kraters. Ein einsamer Rabe beobachtete, wie der Fremde auf eines der großen schnaubenden Tiere stieg, die die Zweibeiner zurückgelassen hatten, und davonritt. Die anderen großen Langgesichter trotteten hinterher. Dann war der Krater so vergessen und unbelebt, wie es zuvor der Fall gewesen war.

Der Rabe stieg auf. Er roch das Aas, das nun tief im Krater lag. Aber er wollte nichts davon. Seine Instinkte waren besser als die der Zweibeiner.

Aus den Chroniken des Kataklysmus der Erzmagi, verfasst dreihundert Jahresläufe nach dem Titanensturm, Anonymus:

Der größte Lobpreis aber muss den Arkanisten zuteilwerden. Waren sie unter den Fünf noch die niedersten Zauberer von geringster Macht, so waren sie auch die Einzigen, die die Hexenjagden überstanden – denn ihre Macht ist subtil und achtet die Schöpfung. Und die Klügsten von ihnen bekamen von den Archonten alles, was sie brauchten für ihre hehren Ziele. So kam es, dass sie uns den Stein und die Kuppel schenkten, um den Nebel, der mit jedem Jahr dichter und gefährlicher wurde, zurückzudrängen.

Hora des Lichtfürsten, 301 adis Pentae.

10. Ormgair

Er hatte jedes Gefühl dafür verloren, wie lange er inmitten der Überreste der Jurten gekniet hatte. Die Krähen hatten ihr anklagendes Krächzen beendet und den dreisten Neuankömmling ignoriert, der ihre reich gedeckte Tafel durch seine bloße Anwesenheit störte. Aber sie konnten sich gedulden. Wenn die Zeit kam, würde er wieder gehen, und sie konnten weiterspeisen. Zudem waren sie ihm zu Dank verpflichtet. Hatte er ihren Gabentisch nicht bereichert?

Er kniete inmitten eines halben Dutzends Kreen, die er erschlagen hatte. Ein auf verabscheuungswürdige Weise appetitanregender Geruch lag in der Luft. Es war der Geruch all derer, die auf seine Kampfkraft und Wachsamkeit vertraut hatten. Der Geruch derer, die verbrannt waren, weil er zu langsam gewesen war. Menschenfleisch roch für einen hungrigen Mann nicht anders als Schwein oder Kalb, wenn es brannte. Ließ Ormgair seinen Blick kreisen, konnte er sie sehen. Jene, die überhaupt noch Augen hatten, starrten ihn anklagend an. Sie waren samt und sonders Männer, die wenigen Krieger, die es geschafft hatten, bei dem feigen nächtlichen Überfall eine Art von Widerstand zu formieren. Man hatte sie erschlagen und dann liegen gelassen, wo sie gefallen waren. Sie hatten ein paar der feigen Hunde mit in den Tod genommen, aber ihre Gegenwehr war zwecklos gewesen. Der wahre Schutz der Lager der Tanleigh war stets gewesen, dass sie in den urwüchsigsten Tiefen des Nebels versteckt lagen, sodass sie kein Feind finden konnte.

Müde wandte Ormgair den Kopf und blickte nach rechts, dahin, wo die Grube lag. Die Kreen hatten die meisten Kinder des Dorfes hineingeworfen und bei lebendigem Leibe verbrannt. Die Mütter hatte man offenbar zusehen lassen und dabei geschändet, bevor man sie mit stumpfen Waffen erschlug. Ihre entstellten Gesichter starrten in das hinauf, was der Nebel vom Himmel preisgab.

Als er sich wieder erhob, schien nichts mehr in ihm zu sein, was die Klinge aus der Grabkammer an jugendlichem Elan und Feuer in ihm geweckt hatte. Er fühlte sich leer – eine angestochene Schweinsblase, aus der sämtlicher Inhalt ausgeflossen war. Er konnte sich noch so sehr einreden, dass es nur die Schande war. Verwundeter Stolz. Er belog sich damit selbst, und das wusste er. Diese Leute waren die einzige Familie gewesen, die er je gekannt hatte. Sie waren *seine* Leute gewesen, auch wenn er stets nur ein Außenseiter gewesen war.

Er ging im Kopf ihre Namen durch. Die letzten Erinnerungen, die er mit ihnen verband. Dort lag Ti'shannah. Sie hatte ihrem Mann Dargoth erst vor wenigen Monden einen Knaben geschenkt. Dargoth lag am Eingang des Tals, einen Pfeil im Herzen. Alles sprach dafür, dass er tot gewesen war, als sich die Kreen sein Weib nahmen und den Säugling in die Flammen schleuderten, als wäre er nicht mehr als ein abgenagter Knochen am Herdfeuer. Die Kreen hatten niemanden verschont. Weiber, Greise, Kinder – ihr Zorn und ihre Gier nach Mord und Brand hatten alles in einem einzigen, alles vernichtenden Feuer verschlungen, das schon wütete, während er noch alles unternommen hatte, um hierher zurückzukehren.

Sie hatten ein paar Wächter hiergelassen, und er hatte sie

auf eine Weise niedergemacht, die jeder Beschreibung spottete. Sein Hass hatte sie hinweggefegt, er hatte nicht gegen sie gekämpft – er hatte sie geschlachtet.

Doch nun war alles verraucht, was an Zorn und maßloser Gewalt in ihm war. Er war gebrochen. Er hätte am liebsten laut aufgelacht, als ihm die Groteske seiner Lage bewusst wurde. Hier saß er, ein alter Mann in einem Leib, der sich nicht länger alt anfühlte und doch zu langsam und verbraucht gewesen war, um die Tanleigh rechtzeitig zu warnen. Er stieß einen merkwürdigen Laut zwischen hysterischem Gelächter und Schluchzen aus, kroch auf den Knien vorwärts und krallte seine Hände in die randvolle, heiße Aschegrube. Er öffnete die Fäuste. Der sachte Wind trug leichtere Flugasche mit sich – *Haut. Haare. Fleisch.* –, während schwerere Knöchelchen und Zähne durch seine Finger rieselten und er den Kopf in den Nacken legte und schrie, bis sein Mund nach Blut schmeckte. Er machte noch einige Zeit weiter.

Er musste eingeschlafen sein. Als er den Kopf hob, war das Zwielicht absoluter Dunkelheit gewichen. Obschon es dunkel war, er sehr lange geschlafen haben musste, war er sofort hellwach. Die Asche schwelte immer noch. Es war vollkommen windstill.

Sofort fiel ihm auf, dass es im Lager nicht roch. Es roch nicht nur schwach oder undeutlich – es roch nach überhaupt nichts. Er blickte sich um. Die ausgebrannten Zelte waren kaum auszumachen, sie waren Gerippe in einer undurchdringlichen Schwärze. Er sah keine Leichen. Doch wenn es hier keine Toten mehr gab, was schwelte dann in der Grube? Instinktiv griff er nach der Klinge. Wollte es. Doch er fasste ins Leere. Das Schwert war fort. Er stand allein in der Dunkelheit, inmitten der Überreste der einzigen Heimat, die er je gekannt hatte. Einsamer, als er es je zuvor gewesen war.

Inmitten dieser absoluten schwarzen Stille stand Ormgair und erinnerte sich.

Es war noch nicht lange her, dass er bereits einmal in einer solchen Finsternis gewesen war. Hatte ihm der Medizinmann der Kreen nochmals etwas gegeben? War er ihnen erneut in die Falle gegangen? Es war ihm einerlei. Es gab nicht mehr viel, was sie ihm nehmen konnten. Dennoch spürte er, wie eine urtümliche, fast kindliche Angst von ihm Besitz ergriff.

Wieder spannte sich seine Kopfhaut, ballte sich sein Magen zu einem Klumpen. Obwohl er in dieser seltsam toten Nacht nichts riechen konnte, breitete sich der Geschmack von saurer Milch in seinem Mund aus. Totes, brennendes Haar.

Langsam setzte er einen Fuß vor den anderen, bis er den Rand der Grube erreicht hatte. Er weigerte sich, in die Tiefe zu blicken, nachzusehen, was in der Grube war. Alles in ihm schrie danach, sich einfach wieder umzudrehen. Sich hinzulegen und zu warten. Aber er wusste, dass er sehen sollte, was darin lag. Es sehen *musste.*

Gequält langsam senkte er den Kopf und lugte in die Grube. Sie war nicht leer. Sie war ganz und gar nicht leer. Statt der Asche und der Knochen lagen einige Dutzend Männer darin. Er stieß einen Schrei aus. All die Toten in der Grube waren … *er.*

Ihre Gesichter waren intakt. Und alle starrten zu ihm empor. Es war verstörend. Wo er auch hinblickte, sah er intakte, seltsam zufrieden wirkende Gesichter. *Sein* Gesicht.

Er benötigte einige Momente, um zu erkennen, was ihn so störte: Die Toten waren unversehrt, ihre Körper unverletzt. Einige sahen weitaus älter aus als er in seinem jetzigen Alter. Übersät mit Tumoren und Altersflecken, bestanden sie aus mehr Falten und formlosem Gewebe als aus sehnigen Muskeln. Ihre zahnlosen Münder klafften wie frische Wunden, die Zungen darin lagen geschwollen und wund. Andere waren in seinem Alter, hielten sich noch im Tod die Brust, hinweggerafft von einem versagenden, von den unaufhaltsamen Teufeln des Alterns zernagten Herzen. Bei anderen wiederum war die Todesursache nicht erkennbar.

Aber alle waren er, Ormgair. Nicht einer von ihnen war glorreich in der Schlacht gefallen. Nicht einer von ihnen hatte den Geschmack des Triumphs auf der Zunge, war auf einer Welle aus Kampfeslust und Glorie brüllend zu den Ahnen emporgefahren. Was er sah, waren Strohtode. Greisentode. Man starb sie bei der Feldarbeit der Stadtlinge oder im Schlaf. Schande. Wertlose, erbärmliche Tode.

Er knirschte mit den Zähnen und spie aus. Ein Klumpen blutiger Rotz landete neben der Grube im Schlamm. Er hustete. Blutgeschmack füllte seinen Mund. Furcht griff erneut nach ihm, unkontrollierbar und so vertraut, wie sie nur einem Mann sein konnte, der viele seiner Zeitgenossen überlebt hatte, bis er allein dastand.

»So wird es enden, weißt du?«

Die Stimme erklang ohne Vorwarnung. Sie hatte einen seltsam hohlen, metallenen Klang, so als rede jemand in einen Blecheimer. Sie war monoton, gefühlskalt und gehörte zu einem jüngeren Mann. Es lag eine gewisse feine Art darin, Manierismen – es war die Stimme eines Stadtlings, aber zugleich war es auch die Stimme eines Raubtiers. Listig.

Ormgair blickte auf, immer noch den Geschmack seiner von Alter und Krebs zerfressenen Lunge im Mund wie einen unwillkommenen Schwur. Ihm gegenüber, nur einige Schritte entfernt, saß der Listige im Schneidersitz und warf einen kleinen Kiesel in die Grube. Der Nebeljäger konnte trotz der Nähe nur wenig von ihm ausmachen. Ein schlanker Jüngling, gewandet in nietenbesetztes dunkles Leder. Handschuhe und Stiefel hatten lange Stulpen, in denen der Listige wahrscheinlich Klingen verbarg.

Die Nacht umhüllte seine Schultern wie ein Umhang, eine Kapuze verschlang alles Licht und ließ das Gesicht des Listigen im Verborgenen, doch Ormgair war sich sicher, dass er lächelte. Zwei Dolchscheiden trug er am Gürtel, in der einen lag der Mond, in der anderen die Sonne, beide so dunkel wie ihr Träger selbst.

Ormgair verspürte den Drang, den Fremden anzuspringen und ihm die Kehle zu zerdrücken, wusste aber auch, dass es sinnlos gewesen wäre. Der Fremde war ebenso surreal wie der ganze Ort hier.

»Vielleicht gehe ich einfach los, zurück zu den Kreen«, entgegnete Ormgair, als wäre ein Gespräch mit einem Wildfremden in seiner ganz privaten Nische der Unterwelt das Normalste der Welt. Er wollte dem Listigen nicht den Triumph gönnen, von ihm überrascht worden zu sein. »Vielleicht werfe ich mich auf die nächstbesten Krieger. Ich werde unter einem Berg aus Leichen liegen, wenn ich falle. Alle werden es bezeugen.«

»In diesem Moment liegst du schlafend am Rand der Grube, alter Mann. Dein Körper ist am Ende. Wenn du … *falls* du je wieder aufstehst, werden die Kreen dich einfach erschlagen. Vielleicht kommst du an ihr Lager heran – vielleicht nimmt aber schon einer ihrer Pfeile dein Leben, bevor du blankgezogen hast. Nein, mein Freund, wir beide wissen, dass es so weit nicht kommt. Ein glorreicher Tod bleibt dir verwehrt, du leistest nur Widerstand gegen das Unvermeidliche.«

»Wir müssen alle sterben!«, knurrte Ormgair.

»Sicher. Aber für einige von uns ist das *Wie* entscheidend.« Er ließ die Beine über den Rand der Grube baumeln. »Und du gehörst zu ihnen.«

»Du meinst, mich zu kennen? Lachhaft! Wer bist du überhaupt?«

»Oh, aber das weißt du längst. Jeder Mensch, jedes Leben ist nicht nur an sein eigenes Dasein geknüpft, nicht wahr? Alles hängt zusammen.«

»Das ist keine Antwort.«

»Es ist die einzige Antwort. Die einzige. Du stehst jetzt vor der Wahl, hast genau zwei Möglichkeiten, Rache zu nehmen. Eine, die in jedem Fall scheitern wird. Und eine, die Erfolg verspricht, all diese sinnlosen Tode zu rächen. Du kannst mir nicht erzählen, dass dich der Gedanke nicht reizt.«

»Du sprichst wie ein Stadtling«, spie Ormgair. »Sinnlose Tode. Altweibergewäsch. Leben heißt Sterben. Appellier nicht an mein Gewissen. Sag endlich, was du willst, und dann pack dich. Dein Geschwätz ermüdet mich.«

Der Listige überging den Zorn in Ormgairs Stimme mit einem amüsierten Achselzucken. »Entweder, du gehst los und stirbst sinnlos …«

»Das hatten wir schon!«

»… oder du suchst dein Gegenstück. Deinen Widerpart. Den einzigen Mann, der dir im Zweikampf ebenbürtig ist.«

»Mir reicht es jetzt mit diesem unsinnigen Gewäsch. Was immer das hier ist, was immer du auch sein magst … « Ormgair erhob sich und drehte sich auf dem Absatz um. Er blickte direkt in die Finsternis unter der Kapuze. Ihm wurde schwindelig. Irgendwie hatte der Listige es geschafft, hinter ihn zu kommen. *Nein,* dachte ein anderer Teil Ormgairs, *Schlimmer – er hat die Welt um mich gedreht, damit er jetzt dort stehen kann. Wo bin ich hier nur hineingeraten?*

Doch wo er auch sein mochte, er würde nicht kampflos untergehen. Selbst gegen einen Dämon oder Götzen oder was immer dieses Wesen war. Er bückte sich und hob einen Stein auf. Die Kapuze neigte sich amüsiert zur Seite, folgte seiner Bewegung. Spott schallte aus jeder Bewegung des Listigen.

»O bitte, Ormgair, mach dich nicht lächerlich. Nicht ich

bin dein Feind. *Er* ist dein Feind.« Die Gestalt deutete auf sich selbst. Ormgair erkannte, dass der Listige seine Kleidung, sein Erscheinungsbild meinte. Ormgair war nicht grundlos Nebeljäger, er hatte den Amboss und seine bekannten Gestade einige Male hinter sich gelassen. Er kannte ein wenig von der Zivilisation und ein paar ihrer Tücken. Und was noch wichtiger war: Er erkannte die Kluft eines Attentäters, wenn er sie sah.

»Wie könnte ein schwächlicher Stadtling mein Feind sein? Ich kenne ja keinen von denen.«

»Es gibt einen, den viele von euch kennen. Einen Stadtling, dessen Name selbst bei deinesgleichen Legende ist. Schau mich nicht an, als hättest du keine Vermutung, wer ich sein könnte. Du hast von ihm gehört.«

»Ich weiß, wen du meinst, aber ich habe mir seinen Namen nie gemerkt. Oder sollte ich sagen: deinen Namen? Wenn du er bist, wie bist du in meine Träume gelangt?«

»Ich sagte dir gerade, ich bin nicht *er*, du Ochse. Mach daraus, was du willst. Und greif nach links. Jetzt verschwinde. Du ermüdest *mich* ...«

Er schlug die Augen auf und war sofort wieder hellwach. Es war, als habe man ihn schlafend in einen Bergsee befördert – ein Schock, kein schrittweises Erwachen. Es war wieder Tag, auch wenn das in dieser Welt nicht mehr viel bedeuten mochte. Er lag noch immer auf dem Bauch und spürte die Bewegung eher, als dass er sie hörte. Wie war das gewesen? Nach links greifen. Er warf seinen Körper mit aller Macht in diese Richtung, spürte den Widerstand zweier Beine an seiner Hüfte. Ein überraschtes Einatmen. Eine bösartig gekrümmte Klinge fuhr an der Stelle ins Erdreich, wo gerade noch Ormgairs Kopf gelegen hatte.

Er nahm sich nicht die Zeit, nach seiner Waffe zu suchen.

Er langte nach vorn in die Grube, bekam etwas Hartes zu fassen und rammte es mit aller Macht von der Seite in das Kniegelenk seines Angreifers. Ein gepeinigter Schrei gellte durch das Lager. Sein Angreifer ging zu Boden, sog unter Qualen Luft durch die Zähne. Ormgair warf sich herum, vergewisserte sich mit einem Blick, dass keine weiteren Kreen hier waren, um ihrem Kameraden zu Hilfe zu eilen.

Sein Gegner versuchte aufzustehen, aber jeder Versuch scheiterte. Schwach wie ein neugeborenes Kätzchen sackte er wieder in die Knie. Sein Gesicht war binnen Sekunden von Schweiß getränkt. Schmerzverzerrt.

Ormgair sprang auf, zog das Schwert und trat ihm mit Wucht ins Gesicht. Die Nase brach mit einem empfindlichen Knacken, Blut sprühte als feiner Nebel. Bevor sich der Kreen berappeln konnte, schmetterte der Nebeljäger seinem Angreifer den Schwertgriff gegen die Schläfe. Der verdrehte die Augen und sackte weg.

Langsam und mit größter Sorgfalt sah und hörte sich Ormgair nochmals um, bis er vollkommen überzeugt war, dass der Kreen allein gewesen war. Dann wandte er sich seinem bewusstlosen Gefangenen zu. In den Überresten des Lagers gab es nach wie vor genügend Sehnen und Wimpel. Er löste einige von ihnen aus ausgebrannten Zeltgerippen und band seinem unglücklichen Attentäter damit Hände und Füße. Dann durchsuchte er das Gepäck des Mannes, das dieser auf den Rücken seines Pferdes gebunden hatte, das wiederum abseits des Lagers angebunden war. Der Nebeljäger fand auf Anhieb, was er gesucht hatte. Das Wasser in der pelzverbrämten Feldflasche war schal und abgestanden, aber es rann seine verdörrte Kehle herab wie Nektar. Langsam wurde sein schlaftrunkenes Denken klarer. Er zwang sich aufzuhören, bevor er die Flasche vollständig leeren konnte. Er schüttete noch etwas von dem Wasser in seine Hände, wusch sie von Blut und Asche und benetzte sein Gesicht.

Er musste sehr, sehr lange geschlafen haben. Er hätte nicht zu sagen vermocht, ob ein oder sogar zwei Tage vergangen waren, aber er fühlte sich erfrischt und ausgeruht. Das mochte die Dürre in seiner Gefühlswelt nicht beseitigen, machte sie aber erträglicher. Achtsam ging er Zelt um Zelt ab und sang den Toten ihr Lied. In den nächsten Stunden zog er Leiche um Leiche vom Ort ihres Dahinscheidens. Mit unendlicher Geduld und kaltem Herzen schleifte er die sterblichen Überreste Unzähliger über die trockene Heide. Er glich einem alten Schlachtross mit einer sehr morbiden Fracht, wie er so Männer an den Beinen aus ihren Zelten zog, wo man sie hingeschlachtet hatte. Frauen und jene Kinder, die das Pech hatten, alt genug für die zügellose und gewalttätige Geilheit der Kreen zu sein und nicht verbrannt worden waren, wuchtete er auf Schultern, deren Schmerzen er nicht mehr wahrnahm.

Irgendwann fiel ihm auf, dass der Kreen ihn beobachtete. Wortlos stellte sich Orgmair in sein Sichtfeld und trank aus der Feldflasche seines Gefangenen, der sich über die immer spröder werdenden Lippen leckte. Sein Blick klebte förmlich an dem Wasserbeutel. Ormgair bedachte ihn mit einem wölfischen Grinsen. Er ging neben dem Kreen in die Hocke, prüfte, ob die Fesseln noch an dem Pflock saßen, und setzte dann seine grauenvolle Tätigkeit fort.

Er stapelte ganze Klafter aus menschlichen Leibern und bettete Mütter und Kinder, so er noch Verwandtschaft erkennen konnte, nebeneinander. Bei den Männern trennte er jene, die im Schlaf erschlagen worden waren, von denen, die mit einer Waffe in der Hand gefallen waren. Dann sammelte er alles, was er an Brennbarem im Lager finden konnte. Und wieder wälzte sich fettiger Qualm aus dem zerstörten Lager der Tanleigh in den Himmel, vermengte sich mit dem Nebel.

Nur jene, die ehrlos erschlagen worden waren, und die Leichen der Kreen blieben liegen. Sie waren der Tribut für die Krähen, die noch immer geduldig warteten, bis das menschliche Raubtier ihre reich gedeckte Tafel wieder verlassen würde.

Er wandte sich schließlich seinem Gefangenen zu. Es war schon lange Nacht, und Ormgair war seelisch und körperlich so erschöpft, dass er einfach hätte umfallen und einschlafen können. Aber er hatte endlich Zeit, sich um seinen Besucher zu kümmern. Und um über sein weiteres Vorgehen nachzudenken, denn während seiner grausigen Pflicht war sein Geist vollkommen leer gewesen. In Trauer.

Nun aber wurde es Zeit zu handeln. Entscheidungen zu treffen. Jahrelanger Pragmatismus half ihm bei dieser Umstellung. Er setzte sich auf einen der Felsen in der verkarsteten Heidelandschaft des Tales, in dem die Tanleigh Zuflucht gesucht und nur Tod gefunden hatten. Sanfter Nachtwind riss immer wieder kleinere Löcher in den Nebel, durch den hier und dort träge ein Stern blinzelte. Die Heide flüsterte. Der saubere Geruch der Nacht und ihre Geräusche mühten sich nach Kräften, den Gestank und die Laute brennenden Fleisches und der Knochen zu übertönen, die in den Flammen wie feuchte Tannenzapfen barsten. Ormgair hörte es und wusste, dass es die Seelen der Toten waren, die aus ihren Hüllen hervorbrachen, um mit den Baen'sidhe zum Firmament aufzusteigen. Ihr Zorn über das verlorene Leben ließ Funken sprühen und die Flammen auflodern, wenn es passierte.

Der Kreen sah mittlerweile äußerst mitgenommen aus. Der Durst setzte ihm zu. Das war gut. Ormgair stieß ihn unsanft mit einem Fuß an. »Was hat euer Hexer mit mir gemacht, hm? Was ist los mit mir? Sprich, du Sohn von Teufeln. Bei den Titanen, ich säble dir deine Mannbarkeit ab!« Er trat nach.

Der Kreen versuchte auszuspucken, brachte aber nur zähen Schleim hervor, der ihm über das Kinn rann wie bei einem Neugeborenen.

»Sie dich an, du Wurm. Weiber und Welpen morden, aber sich besudeln wie ein Balg an der Zitze. Es wird mir keinen Frieden geben, tausend deiner Art zu schlachten, so viel ist mir klar.«

Der Kreen vollbrachte das Kunststück, hasserfüllt und zugleich verständnislos dreinzublicken. Ormgair spie seinerseits zur Seite aus.

»Verstell dich ruhig, Kreen. Ich weiß, dass du die Zunge des Amboss beherrschst.« Er deutete auf das Pferd des Angreifers, das scheu und mit zuckenden Ohren im Leichenwind tänzelte. Seine Instinkte verrieten ihm, dass der Aasgeruch bald andere Räuber anlocken würde. »Ich sehe keinen der Steine an deinem Gaul. Du bist Nebeljäger. Oder tust zumindest so.« Er grinste. »Du könntest dich nicht an eine trächtige Sau in den Wehen anschleichen, die in einer Schlucht brüllt.«

Ein Ruck ging durch den Kreen, als dieser vergeblich versuchte aufzuspringen.

»Ah, hab ich einen Nerv getroffen, Hund? Gut. Das zeigt mir, dass du zuhörst. Also lausche meinen Worten: Du bist tot. Du wirst nicht von hier entkommen. Ich werde keinen von euch entkommen lassen.«

Der Gefangene stieß einen heiseren Laut aus, der ein Husten oder ein Lacher sein mochte – in seinem Zustand gab es zwischen beiden keine bedeutsamen Unterschiede mehr. Er hatte ohnehin jede Hoffnung aufgegeben, suchte nur noch nach einem Weg, Ormgair zu schaden.

»Sag schon, was du willst«, sagte er. Sein Amboss rollte mit einem schweren Dialekt von seiner Zunge.

Ormgair nickte bedächtig, so als müsse er seine Worte

sorgfältig abwägen. In Wahrheit stand sein Urteil längst fest. Aber er brauchte diesen Mann. Noch.

»Ich suche einen Mann. Er ist ein Stadtling. Ich kenne seinen Namen nicht, habe ihn nur in den Visionen gesehen, mit denen euer Medizinmann mich verflucht hat. Ihr handelt mit den Stadtlingen. Nebelsteine, Waffen. Ihr spuckt auf die alten Tage.«

»Und?«

»Und mich interessiert, wie dieser Mann heißt und wo er haust. Ich will ihn finden.«

Der Kreen schnaubte, was einen weiteren trockenen Hustenanfall zur Folge hatte. »Was hätte ich davon, wenn ich dir helfe?«

»Oh, das ist simpel. Eine Wahl. Entweder ich reite los und versuche mein Glück so. Oder ich reite los, und du hast mir geantwortet. Wenn ich fortreite und du geschwiegen hast, dann lasse ich dich so zurück, wie du jetzt bist. Lebendig. Futter für die Krähen und Bussarde. Ich muss dir kaum beschreiben, was das bedeutet.«

»Und wenn ich etwas weiß und es dir sage?«

»Dann löse ich dir die Fesseln und gebe dir zwei Dinge.«

»Welche wären das?«

»Stahl in deine Hand und einen guten Tod«, sagte Ormgair.

Er konnte sehen, wie der Kundschafter der Kreen seine Optionen abwog: Er konnte seinem Feind Schaden zufügen, indem er schwieg, oder sprechen und damit der Schande eines ehrlosen Todes entgehen und sogar die Chance erhalten, Ormgair vielleicht im Kampf zu erschlagen.

Schließlich nickte er. Und sagte Ormgair, was er wissen wollte.

Der einsame Reiter blickte aus einigen Schritten Entfernung noch einmal in die im Nebel liegende Klamm zurück. Nun lebte nichts mehr an diesem Ort. Mit dem Kreen-Kundschafter war der letzte lebende Amboss-Barbar gegangen. Geblieben waren nur die Aasvögel und die Flammen, die in stiller Eintracht und mit der Geduld des Überlebenden fraßen.

Ormgair mahlte mit den Zähnen. Er dachte daran zurück, wie schwer es ihm gefallen war, Wort zu halten. Um ein Haar hätte er seinen Gefangenen einfach erdrosselt. Aber dann hatte er sein Schwert gezogen und es vor den geweiteten Augen seines Gefangenen in den Boden gerammt. Der in die Höhe ragende Griff hatte leicht gependelt, die Augen des Kreen gebannt, so als habe sich vor seinem Gesicht eine Schlange erhoben, die sich hypnotisch hin und her wiegte.

»Fahlsang«, hatte der Kreen gesagt. Seine Augen saugten sich förmlich an der Klinge fest. Lasen die uralten Runen, die Ormgair das Geheimnis ihrer Bedeutung nicht hatten preisgeben wollen, weil er nie gelernt hatte zu lesen. Das war die Domäne der Medizinmänner. »Fahlsang«, hatte der Todgeweihte wie ein Mantra wiederholt.

Danach hatte er geschwiegen, und auch hartnäckigste Fragen nach der Bedeutung dieses Wortes hatten nichts ergeben.

Ormgair begriff, dass dies der Name der Klinge oder ihres Schmiedes sein musste. Minutenlang verharrte er, ließ den Kreen weiter auf die zur Ruhe kommende Waffe blicken, die sein Leben beenden würde. Der Kreen hatte ihn lautstark geschmäht, weil er geglaubt hatte, dass Ormgair sein Wort nicht halten würde. Es hätte nicht viel gefehlt, und es wäre tatsächlich so gekommen. Ormgair erschauderte. Um ein Haar hätte er das Letzte verraten, was ihm in diesem Leben, von seiner alten Identität noch geblieben war: seine Ehre.

Er hatte den Kreen schließlich losgeschnitten und ihm sogar gestattet, sich so lange zu bewegen, bis er seine Muskeln durchblutet und etwas getrunken hatte. Dann hatte er wortlos auf die herumliegenden Waffen gedeutet. In Erwartung eines fairen Kampfes hatte sich der Kundschafter im Lager umgeschaut und schließlich einen Krummsäbel ergriffen.

Ormgair hatte den Krieger mit einem einzigen sauberen Hieb enthauptet, als er sich umdrehte und in Stellung gehen wollte. Der Mann war mit einer Mischung aus Überraschung und Anklage in den Augen gestorben.

Nun ließ Ormgair all das und sein bisheriges Leben hinter sich. In einem Alter, in dem die wenigen seiner Zeitgenossen, die es überhaupt erreichten, zahnlose Greise waren, musste er von vorn beginnen. Er zweifelte, dass es ihm ohne Weiteres gelingen würde, aber er musste es wenigstens versuchen. Das war seine Art. Die Dinge zu ertragen, die Härten und Fährnisse, die das Leben ihm in den Weg warf.

Er spie auf die wispernde Heide und wandte das Pferd des Kundschafters. Seine Hand fuhr unwillkürlich zum Griff des Bastardschwerts. Er fühlte sich warm an. Schmiegte sich in die Hand des alten Barbaren. *Fahlsang.* Es war ein passender Name für diese Waffe. Eine fahle Klinge, die dem ebenso fahlen, ausgebrannten Gespenst eines Mannes ihr dunkles Klagelied sang, während sie so unterschiedslos wie ihr Träger das Leben seiner Feinde nahm. *Fahlsang.*

Langsam trabte Ormgair davon, lenkte sein Pferd in die Richtung, in die der mächtigste aller Titanen gehumpelt war, um sein Leben im Diesseits auszuhauchen und seinen Platz am Firmament einzunehmen. In Fomor würde Ormgair den Mann finden, den er suchte. Den Mann, von dem Stadtlinge und Wildlinge gleichsam sagten, dass er der schlimmste aller Mörder sei und dessen Namen Ormgair nun kannte: Clach. Cyning aebh Marbh, der König der Toten. Der Mann, mit dessen Kopf an seinem Gürtel Ormgair zu allen Stämmen zurückkehren würde. Der Mörder, dessen Tod aus dem Leben eines einfachen Nebelkundschafters eine Legende schmieden würde, die mächtig genug war, ein letztes großes Ziel zu erreichen: die Stämme zu einen, eine Allianz zu schließen und dann sämtliche Kreen vom Angesicht der Welt zu tilgen. Eine Tat, die einen einfachen Mann zum Helden einer unsterblichen Legende machen würde. Eine Tat, die Ormgair seinen Platz am Firmament der Titanen sichern und die Leere des erlittenen Leids aus seinem Herzen verbannen würde.

Er würde nicht scheitern. Er hatte eine Aufgabe. Clach aus Fomor würde sterben. Dafür würde er sorgen. Auch der schwache Lichtgott der Stadtlinge würde den Meuchelmörder nicht vor seinem verdienten Schicksal bewahren können. Und die Titanen würden es von ihren Thronen am Firmament aus bezeugen.

Dies und noch mehr schwor er sich, bevor er seiner Heimat den Rücken kehrte, um einem Mann den Tod zu bringen, den er noch nie zuvor gesehen hatte.

Diese Barbaren sind ganz schön zähe Kerle, wenn Ihr mich fragt. Sind immer da draußen in dem Nebel und machen den ganzen Tach nix anners als kämpfen und fressen und ihre Weiber zu bürsten – 'tschuldigung. Aber das habe ich so gehört, von einem, der es wissen muss, weil er nämlich Kutscher ist. Und beten tun sie immer noch wie ganz früher – zu den Titanen, obwohl der Lichtfürst denen ja gezeigt hat, wer in Thetis das Sagen hat. Gesehen hab ich aber noch keinen dieser Barbaren. Die bleiben zum Glück lieber da draußen im Nirgendwo.

Wie? Was? Wieso die ohne Kuppel leben können, im Nebel? Ja, woher soll ich das denn nun schon wieder wissen? Da müsst Ihr wohl jemanden fragen, der 'n büschen heller is als ich und von so Sachen mehr Ahnung hat.

Rothven, Totengräber aus der Penta Fomor, 530 adis Pentae

11. Clach

Die Stadt hatte ihn ebenso gierig verschlungen wie jeden anderen Besucher. Fomor thronte am Ende der großen Handelsstraße, ein raffgieriges Monstrum mit tausend Zinnen, das lauernd hinter uneinnehmbaren Mauern hockte. Es war ein schwarzes Diadem, eine Krone aus Mauerwerk und Granit, die an den verhornten Kopfputz eines urzeitlichen Ungetüms erinnerte. Hätte sich nicht die unverkennbare Schutzkuppel aller Pentae über seine Dächer gespannt und nicht Tausende Wimpel auf den Zinnen geflattert, man hätte die Stadt für ein schroffes Felsmassiv halten können.

Er hatte die Stadtmauern vor einigen Stunden durchquert, war seinen Verfolgern gerade noch entgangen. Auf seiner halsbrecherischen Flucht hatte er seinen Schneid wiedergefunden, aber Antworten hatte er keine erhalten. Der seltsame Verdacht, der ihn vor der eher unsanften Unterbrechung seiner Heimreise geplagt hatte, hatte sich in seinem Hinterkopf festgebissen, gab einfach keine Ruhe.

Er hatte sich eine Zeitlang vom Treiben in der Stadt mitreißen lassen, die Menschen beobachtet und seine Schlüsse gezogen. Doch die Grundlage seiner Arbeit, seine innere Ruhe, war nicht zurückgekehrt. Ein unruhiges Flattern hatte sich stetig den Weg in seine Magengrube gebahnt und verweilte nun bereits seit mehreren Stunden dort.

Irgendwann war er in einer Taverne in den unrühmlichsten

und finstersten Gassen Fomors gelandet, in der Hoffnung, die Unruhe könnte einem unbefriedigten körperlichen Empfinden geschuldet sein, zu lange von seinem analytischen Geist ruhiggestellt. Er hatte sich geirrt. Er schwang die Beine aus dem Bett und erhob sich. Fast augenblicklich spürte er den verlangenden Blick der Dirne in seinem Rücken. Sie gab ein Schnurren von sich, dann konnte er im Wandspiegel sehen, wie sie sich lasziv auf dem Bett räkelte.

Er mochte es ihr nicht verdenken, dass sie es ein weiteres Mal versuchte. Er war stets Herr der Lage. Kontrolle war entscheidend, das war auch beim Akt nicht anders. Er hatte sie nicht unbefriedigt gelassen. Clach ließ nichts unerledigt, auch wenn er selbst nichts empfunden hatte. Er war zu abgelenkt gewesen. Er beging aber auch keinen Fehler zweimal.

Als sie sah, dass er sich nach seiner Kleidung bückte, zog sie beleidigt eine Schnute und blies sich eine Haarsträhne aus dem Gesicht. Er hielt inne. Etwas stimmte nicht. Er griff in seine Taschen. Alles schien seine Ordnung zu haben, aber seine Instinkte schrillten, warnten ihn. Die Frau? Hatte sie …?

»Warst du an meinen Sachen?«

»Ich wollte nur schauen, ob bei dir was zu holen ist«, gab sie zu. Ihre Ehrlichkeit überraschte ihn. Aber sie wusste, wer er war. Und war dennoch so töricht gewesen, seinen Besitz anzurühren. Er zählte alles. Es fehlte nichts. Langsam wandte er sich zu ihr um.

»Du berührst nichts, was mein ist. Nichts.«

»Du bist kalt wie ein Fisch, weißt du?«, maulte sie.

Er schenkte ihr ein falsches Lächeln, das ihr Herz einen Schlag aussetzen ließ, bevor er den Rest der vereinbarten Summe auf ihr Nachtschränkchen legte.

»Hast du womöglich etwas gehört?« Er ließ eine weitere Münze über seine bleichen Knöchel tanzen. Kerzenflammen zuckten über glänzendes Gold. »Es gibt Gerüchte. Eine neue

Macht ist in der Stadt. Eine neue Bewegung? Etwas in der Richtung?«

Sie schüttelte den Kopf. »Die einzige Kraft, die mich interessiert, liegt in deinen Lenden. Komm noch mal ins Bett. Du musst nichts zahlen. Als Entschuldigung.«

Seine Augen wanderten über die schlichte Perfektion ihres Körpers im weichen Kerzenschein, den flachen Bauch, die makellose Rundung ihrer Hüfte, das Delta ihrer Scham. Der Anblick hatte durchaus etwas Verlockendes, aber vor allem wirkte er beruhigend. Er war eine Versicherung, dass alles im Dasein eine natürliche Ordnung hatte. Jeder Mensch war gleich aufgebaut, jedes Teil an seinem Platz. Es gab Huren, und es gab Kunden. Es gab Lebende und Tote.

Sie missinterpretierte seine Blicke als Lust oder romantische Schwelgerei und warf sich noch mehr in Positur. Er wandte sich kommentarlos um, als er spürte, dass sein Körper auf ihre Nähe ansprach. Ihr Geruch zog ihn an. Er widerstand. Weil er es musste. Es war eine Frage der Kontrolle.

Er erreichte die Tür der spärlich eingerichteten Mansarde. Genau in diesem Moment zerschellte ein Tonbecher neben ihm an der Wand. Als er ging, war sein Lächeln echt. Nach einem Wimpernschlag war es verflogen.

Er würde noch einige Zeit dauern, bis es spät genug war, um den Tempel der Nachtgöttin aufzusuchen. Nun, da seine Lust gestillt war, kam er mit der gleichen Nüchternheit einem weiteren körperlichen Bedürfnis nach. An einem Straßenstand kaufte Clach einen Fleischspieß, der seine ruhelose Wanderung durch die Gassen nicht lange überleben sollte.

Obwohl er beide Arten des körperlichen Hungers gestillt hatte, wollte die Unruhe nicht weichen. Im Gegenteil. Nach einer weiteren Stunde war sie so stark und quälend geworden, dass er zum ersten Mal seit vielen Jahren das Gefühl hatte, töten zu *müssen*, um sich von dem quälenden Druck zu befreien. Er widerstand, aber es kostete ihn einige Mühen, die geistigen Übungen durchzuführen, die man ihn für diese Fälle gelehrt hatte. Er durfte nicht zulassen, dass diese Seite seines Charakters, dieser dunkle, unsichtbare Bruder jemals wieder die Kontrolle über sein Denken und Handeln erlangte.

Aber es war ihm unmöglich geworden, sich in einen Zustand der Ruhe und geistigen Klarheit zu versetzen. Er konnte es einfach nicht ertragen, wenn die Dinge auf eine derart unkontrollierbare Weise in Unordnung gerieten. Er musste wissen, dass alles seinen Platz hatte. Die Dinge mussten berechenbar bleiben, Ereignisse durften nicht außer Kontrolle geraten.

Aber ist es dafür nicht längst zu spät?

Hatte er die Kontrolle überhaupt noch? Was hatte Greskegard gesagt? Sein Opfer lebte. Lebte es wieder? Lebte es immer noch? Hatte er gewisse Seiten seiner letzten Aufträge bereits für merkwürdig befunden, so waren es diese Äußerungen des Inquisitors, die ihn aus der Bahn geworfen hatten. Wenn diese Beute seiner schon so unwürdig gewesen war wie die anderen vor ihr, wieso machte dann jemand den Aufwand und schenkte ihr ein zweites Leben oder setzte eine Fälschung an ihre Stelle?

Es half nichts. Er musste auf sein Gespräch mit der Todesbotin warten. Bei ihr konnte er die Antworten bekommen, die er suchte. Und sollte sie ihm nicht weiterhelfen, so würde er auf eigene Faust Nachforschungen anstellen. Obschon diese zeitaufwändig sein würden, denn sämtliche seiner letzten Opfer hatten in anderen Pentae ihr Ende gefunden.

Ein weiteres Rädchen, das klickend seinen Platz im Getriebe seiner Überlegungen fand. Hatte man ihn bewusst nur auf Opfer aus anderen Regionen angesetzt, damit er nicht erfuhr, was vor sich ging? Oder war die Rückkehr der Moreno ein Einzelfall? Er verfluchte sich. Seit Monaten hatte er wider seinen Instinkt gehandelt, hatte Aufgaben angenommen, die er bereits damals hinterfragt hatte. Er hatte Warnungen in den Wind geschlagen, nur um seinen Ruf zu wahren.

Du denkst, dass du über die Empfindungen der Menschen erhaben bist, dass Ausbildung und Professionalität immun gegen solche Fehler machen. Du hast dich geirrt.

Das stimmte. Clach spürte, dass allein das Kratzen an der Oberfläche dieser Ereignisse, deren Tragweite er kaum ermessen konnte, seine Nerven bis zum Zerreißen spannte. Er fühlte sich wie ein Mann, der einen gigantischen Berg erklomm und dabei mit seinen Kletterhaken im Fels dem Giganten weniger als Nadelstiche beibrachte – aber schlug er seine Hacken in die falsche Flanke, an den falschen Punkt, mochte der ganze Gipfel herabsacken und ihn unter sich zermalmen.

Clachs Gipfel bebte bereits. Er hatte etwas Maßgebliches übersehen – und wenn die Konsequenzen seines Fehlers auf ihn herabstürzten, würde er beiläufig zermalmt. Ein Käfer unter dem Huf eines Kaltblutpferdes. Und etwas geschah, wogegen er sich zeitlebens gefeit sah: Clach erschauderte.

Das Innere des Tempels der Sharis war eine kühle und dunkle Heimstatt. Über geheime Wege unter dem Gerberviertel von Fomor, dort, wo faulig stinkende Abwässer und gelblicher Schaum in die Tiefen unter der Metropole stürzten, gelangte der Totenkaiser an sein Ziel.

Der Thron der Nacht. Eine schwarze Feste, errichtet in uralter Zeit und – wenn man den Legenden Glauben schenken durfte – nur haarscharf vom titanischen Fomor verfehlt, als er tödlich getroffen nach endlosem Kampf niedersank. Sie lag tief im Schoß der Erde zwischen Wurzelwerk und vergessenen Schätzen und bestand aus Obsidian, jenem schwarzen Glas, das Vulkane beim Ausbruch hinterließen.

Niemand wusste zu sagen, auf welche Weise solch ein Bau dereinst entstanden war oder zu welchem Zweck. Und niemand wusste, wer diese Zitadelle der Lebensfeindlichkeit hier errichtet hatte. Nie war sie von Außenstehenden entdeckt worden, obschon der Weg dorthin, so beschwerlich er auch war, nichts besonders schwierig zu finden war.

Totenschädel an Totenschädel reihte sich an ihren Zinnen, wuchtig geschwungene riesige Klingen kränzten ihre unzähligen Türme. Die Feste war ein Relikt, ein verzerrter Albtraum aus ölig schwarzem Glanz, am Rande eines unterirdischen Sees gelegen, der sich schier endlos zwischen gigantischen Felssäulen erstreckte und in dessen finsteren Tiefen augenlose, bleiche Dinge hausten. Sharis war diesen unterseeischen Akoluthen ebenso heilig wie ihren menschlichen Gefolgsleuten, aber außer den Todesboten hatte nie jemand diese Tiefen, wie sie geheißen wurden, zu Gesicht bekommen. Sharis mochte wissen, wie oft Clach und jene Jungen, mit denen er gemeinsam ausgebildet worden war, es versucht hatten. Später war keine Zeit mehr für solche Spiele gewesen. Später hatte es nur noch Clach und das Morden gegeben.

Das war nach den Duellen gewesen, mit denen die Ausbildung eines jeden Jahrgangs endete. *Veredelung* hatten seine Ausbilder diese bestialischen Kämpfe genannt und gerne auf die Würfe von Ratten verwiesen, wo starke Nachkommen die Schwächeren fraßen, bis am Ende nur ein Meuchler übrig blieb.

Eine Treppe und frei über dem See hängende Felsgrate führten zum Eingang der Feste. Bei den merkwürdig gewölbten Pflastersteinen des Pfades vor dem Fallgatter handelte es sich samt und sonders um die Schädeldächer jener Opfer des Sharis-Kultes, die man für würdig erachtete, das Äußere der Burg zu schmücken. Doch keinem seiner ehemaligen Kameraden aus den Zeiten der Ausbildung war die ebenso morbide wie zweifelhafte Ehre zuteilgeworden, auf solche Weise verewigt worden zu sein. Man hatte sie vor Clachs Augen über eine hölzerne Rampe von den Zinnen in die lichtlosen Gestade des Gewässers rutschen lassen wie Abraum. Der Totenkaiser, damals keine fünfzehn Jahre alt, hatte dem Schauspiel beigewohnt, als die Tiefen aus ihren verderbten Wohnstätten aufstiegen und blinde, missgestaltete Schädel ihre Zähne in Clachs Opfer schlugen, um die grausige Mahlzeit in die Schwärze zu zerren. Manche der Knaben hatten noch gelebt und schwach gewimmert, bevor sich das schwarzfaule Wasser über ihnen schloss.

An diesem Tag, so waren sich die Obersten des Sharis-Kultes sicher, hatten sie nicht nur Clach die Unschuld genommen, sondern auch jeden Willen zur Rebellion. Sie konnten nicht ahnen, wie falsch sie mit dieser Einschätzung gelegen hatten. Er hatte ihr Spiel mitgespielt, solange er zurückdenken konnte, war stets der folgsame Hund gewesen, den die Todesbotin auf ihre Beute gehetzt hatte. Aber nur, weil es stets auch seinen Zielen diente. Seine Selbstständigkeit hatten sie ihm nie nehmen können.

Oder hatten sie ihn deshalb auserwählt, die Herrin Moreno zu entleiben?

Diese und andere Gedanken plagten den Totenkaiser, als er im großen Sanktum der Sharis stand, eine gigantische leere Rotunde, gestützt von zwölf Säulen, die die zwölf Grundsätze der Unabwendbarkeit des Endes symbolisierten. Schwache Flammen brannten, alchemisch verändert in unnatürlichem Schwarzviolett – Knochenhände auf im Raum verteilten Stelen hielten die Feuerschalen. Am Nordende des Raums ragte ein mächtiger Thron auf, reckte sich der Finsternis entgegen wie ein Leuchtturm den Gestirnen. Wuchtige Rabenschwingen aus schwarzem Marmor bildeten seine Rückenlehnen und erstreckten sich zur Decke.

Clach hatte sich vor dem majestätischen Sitz auf ein Knie niedergelassen, die Unterarme vor der Brust gekreuzt. Man hatte ihn gebadet und gesalbt, seine Haare dufteten nach kostbaren Ölen und waren so streng und sorgfältig nach hinten gekämmt, dass es aussah, als wäre die Dunkelheit lebendig geworden und schmiegte sich an seinen Schädel.

Er war nackt. Seine Haut leuchtete weiß und unwirklich in der Finsternis, ein toter Mond auf dem schwarzen Ozean. Man trat vor den Tod und seine Herrin, wie man auf diese Welt und jede andere im Kosmos kommt und sie wieder verlässt.

Clach war nicht der einzige nackte Mensch in diesem Raum. Die Todesbotin, oberste Vertreterin der Sharis und höchstes Kultmitglied in allen fünf Pentae, blickte mit kühlem Wohlwollen auf ihren Zögling herab. Seit Clach diese Frau kannte, war sie nicht einen Tag gealtert. Ihre schlanke, wohlgerundete Gestalt ruhte unbeweglich wie ein Standbild auf dem Schwarzglas ihres Herrschaftssitzes, die Beine übereinandergeschlagen. Doch wo Clachs schlanker Körper muskelhart und sehnig wie der eines Panthers und sogleich so bleich wie Neuschnee war, verschwand das Weiß ihrer Haut unter einer unfassbaren Menge blauschwarzer Tätowierungen. Raben und Schädel, wo das Auge des Betrachters über die makellose Gestalt der Botin wanderte. Für jedes Opfer, für jeden Kontrakt, der abgeschlossen und vollendet wurde, verzierten die Kunsthandwerker der Klosterfeste ihr Fleisch.

Sie war ein Kunstwerk, das atmete, ein fleischgewordenes Tableau und Zeugnis der Macht des Todes, des Verschlingers, über alles Leben. Kein lebendes Wesen vermochte zu zählen, wie viele Opfer auf diese Weise auf der Haut der Todesbotin verewigt waren.

Ihre Haare, schwärzer als vorzeitliche Teergruben, verhüllten die Rundungen ihrer Brüste und waren so lang, dass die

Botin sie wie einen Umhang tragen konnte. Clach musterte seine Dienstherrin stets mit jener äußerlichen Neutralität und Kälte, die zu seinem Wahrzeichen geworden war. Aber innerlich brannte er. Nicht nach ihrem Körper. Er hatte ihn gehabt, so wie sie den seinen. Es war nicht unüblich, dass die Botin Aspiranten und Mörder des Kults nahm und mit ihnen das Lager teilte, wenn auch unter dem Vorwand, dass ein Meistermeuchler auch als Liebender posieren musste, um an seine Beute heranzukommen. Es verlangte Clach nach dem Nimbus der Macht, der dieses Wesen, das einst eine gewöhnliche Frau gewesen sein mochte, umgab.

Nein, korrigierte er sich, *sterblich, aber nicht gewöhnlich.* Ihn mochte man den Totenkaiser nennen, aber wenn er ein Kaiser, ein Archont war, dann war sie wahrhaftig eine Göttin. Ihr Flüstern, ihr Nicken oder Kopfschütteln hatten die Leben Abertausender besiegelt, die Fäden von Männern, Frauen und Kindern, von Herren, Mägden und Knechten gekappt.

»Erhebe dich, mein Sohn. Erhebe dich, Nebelmacher.« Ihre Stimme war zugleich kälter als der Nordwind und weich wie Honigseim. Das dunkle, rauchige Timbre einer fleischgewordenen Göttin, ein Klang, für den Männer töteten und starben, für den sie brannten und erkalteten, gerade, wie es ihr gefiel. Eine ihrer Hände löste sich von den Lehnen ihres Throns, die Fläche nach oben gewandt, und die schlanken Finger lockten Clach aufzustehen. Er kam der Aufforderung nach.

»Du bist aufgewühlt«, sagte sie, und er zuckte unwillkürlich zusammen. Diese Frau, diese machtvolle Kreatur, vermochte er nicht zu täuschen. Plumpe Masken rissen unter ihren Blicken wie Schleier. »Was plagt meinen besten Todbringer? Was lastet auf der Leere seiner Seele, was verschließt den Abgrund? Und warum dauert es so lange, bis du damit zu mir kommst?«

Clach räusperte sich und verdammte sich im selben Moment dafür. Jede Geste, jedes Mienenspiel würde mehr über seine Verwirrung, seinen Konflikt verraten, als ihm lieb war. Alles in ihm schrie danach, sich der Herrin anzuvertrauen. An ihrem Busen zu klagen, den Kopf in ihren Schoß zu legen, dorthin, zu all den Schädeln, all den Toden. Zu beichten und Buße zu tun. Zu klagen, bis auch der letzte Zweifel verflogen und nichts als gnädige Leere und die Herrlichkeit seiner heiligen Pflicht in ihm blieben.

Sein Respekt vor ihrer Macht wuchs. Er hatte sein Lebtag nichts von religiöser Verehrung oder solcher Unterwerfung gehalten. Stets hatte er sich einen Rest seines eigenen Willens, seiner Autonomie bewahrt …

»… und stets haben wir deine Kapriolen, deinen Sinn nach Unabhängigkeit toleriert. Der Göttin ist es gleich, ob du an sie glaubst. Sie kommt zu allen. Es ist unsere Aufgabe, ihr bei einigen Erwählten nur früher den Weg zu ebnen.«

»Ihr lest meine Gedanken, Herrin?«, fragte er verblüfft.

»Nein. Ich lese deine Miene, Nebelmacher. Für mich ist das Gesicht eines Menschen ein Buch. Die Wahrheit spiegelt sich im Glanz der Augen, in den Muskeln des Gesichts.«

»Beeindruckend, Herrin«, sagte Clach und meinte es so.

Sie zuckte mit den Schultern, eine entwaffnende, weil menschliche Geste: »Ich bin das Gefäß unserer Herrin. Ich lebe schon sehr lange.« Ihre vollen Lippen teilten sich zu einem sinnlichen Lächeln.

Ein brennendes Verlangen überkam ihn. Diesmal war es ihr Fleisch, das ihn lockte. Mit schier übermenschlicher Kontrolle drängte er seine Begierde zurück. Schweiß trat ihm aus allen Poren.

»Wahrhaftig.« Sie zollte ihm ein anerkennendes Lächeln. »Niemand außer dir könnte meiner Einladung widerstehen. Bist du zornig, mein Sohn? Habe ich etwas getan, weswegen du dich ungerecht behandelt fühlst? Oder was war der Grund deiner langen Abwesenheit?«

Clach schwieg und musterte die Todesbotin einige Sekunden lang.

Hörte er etwa Schuldbewusstsein in ihrer Stimme? Oder war es ehrliche Verwirrung? Und was sollten diese Andeutungen, er wäre lange nicht mehr hier gewesen? Der Moreno-Kontrakt war keinen Mond alt.

Die eisige Schlinge, die seit den Enthüllungen der Kutschfahrt unverrückbar um seine Eingeweide lag, zog sich zusammen. Ein Gefühl des Unnennbaren, des puren namenlosen Grauens stieg in ihm auf. Hitze und Kälte brannten unablässig auf seiner Haut, gingen nahtlos ineinander über. Auf seiner Zunge lastete ein metallener Geschmack. Sein Magen wollte rebellieren. Es war, als ergriffen Riesen seine Schultern und senkten seinen Körper in ein Bassin voller Nadeln. Sein ganzer Körper prickelte, seine Kopfhaut schien sich zu spannen wie die Membran einer Eierschale.

Clach glaubte, den Verstand zu verlieren: Gleich würde er das Reißen hören, mit dem sein Schädelknochen die Haut seines Kopfes nach oben durchstieß wie eine keimende Knospe. Sein Fleisch würde von den Knochen fallen, abgestreifte Natternhaut, nichts als ein blutiges Skelett mit rollenden Augäpfeln zurücklassen, das nackt und zuckend in einem Orkan allumfassenden Grauens schrie.

Die komplett absurde Vorstellung und das übermächtige Gefühl einer sich abzeichnenden Bedrohung, so mächtig wie ein Gebirge und zugleich so flüchtig wie ein Windhauch, zerrten an seinem Verstand. Sein logisches Denken verwandelte sich, wurde zu etwas Lebendigem, einem Schwarm kleiner Vögel. Sie huschten umher, ließen sich nicht greifen, flogen förmlich aus jeder Öffnung seines Kopfes davon.

Was, bei allen Höllen, war mit ihm los? Was passierte

hier? Akribie und Ordnung, stets die unsichtbaren Begleiter seines Daseins, schienen für kurze Zeit belanglos, während das unerträgliche Gefühl einer erderschütternden Vorsehung über den Totenkaiser hinwegbrandete. Er wusste es plötzlich genau: Hier, an diesem Ort, würde er keine wirklichen Antworten erhalten. Was er auf dem Gesicht der Todesbotin las, war alles andere als ein Schuldgefühl. Es war Neugier. Die Erkenntnis war kristallklar, doch sie war das Einzige, was dem plötzlichen Sturm seiner Gedanken standhielt.

Die Todesbotin wunderte sich über sein Verhalten. Sie hatte ihn lange nicht mehr zu sehen bekommen, zumindest ihrer eigenen Wahrnehmung nach, und wollte nun endlich Antworten. Aber er hatte keine.

Sie musterte Clach. Das stete Amüsement, das sonst in ihrem Blick lag, war ebenso wie die Neugier aufrichtiger Sorge gewichen.

»Was plagt dich, Clach? Sprich mit mir.«

Er beruhigte seinen Atem. Das Mantra der Kontrolle half ihm. Langsam kehrte die Vernunft zurück, die seltsame Vorahnung verblasste.

»Ich kenne die Regeln«, sagte Clach. »Ich weiß, Herrin, dass das Werkzeug der Göttin nie seinen Auftraggeber kennen darf. Aber ich bitte Euch, aus Gründen, die ich Euch noch nicht enthüllen kann: Verratet mir, wer hinter meinen letzten Aufträgen steht. Ich muss es erfahren. Viel hängt davon ab, das spüre ich.«

»Es ist dieser Ort, Clach. Es ist meine Präsenz. Die Schleier zwischen Leben und Tod sind dünn in der Heimstatt unserer Göttin. Sie warnt dich. Das ist der Grund für die Verwirrung und das Leid, das du gerade empfindest.«

»Aber wovor? Wovor warnt sie mich? Was hat es mit meinen letzten Aufträgen auf sich? Es gibt ein Muster. Ich spüre es. Alle Opfer sitzen nahe wichtiger Schlüsselpositionen im

Reich – und zwar in allen Pentae. Das ist mir jetzt klar. Aber welche Bewandtnis hat es damit? Sagt mir, Herrin, war der Auftraggeber für all die Morde der letzten Monate stets derselbe?«

Die Verwirrung, die sich nun auf ihrem Gesicht abzeichnete, war offenkundig. Für einen Moment verblasste der Nimbus der Todesbotin. Für einen Herzschlag war sie nur eine gewöhnliche Frau, so schien es, als die Fassade der Allmacht bröckelte wie feuchter Putz.

Dann fasste sie sich, aber die Verwirrung blieb in ihrer Stimme zurück wie die Nachwehen langer Krankheit. »Was genau meinst du, Clach? Von welchen Aufträgen sprichst du? Wie ich dir sagte: Wir schätzen deinen Hang zur Autonomie. Er ist es, der dich so gut macht. Du warst seit gut einem Jahr nicht mehr bei uns.«

Da war es. Nun war es heraus. Der wahre Grund für seine plötzliche Furcht. Eine lange aufgestaute, unbewusste Sorge, dass sich die Worte Greskegards als wahr erweisen würden. Dass selbst die Todesbotin nicht über den seltsamen Effekt erhaben war, von dem der Inquisitor gesprochen hatte. Und nun hatte er seinen Beweis.

Er fuhr sich durch die Haare und schüttelte den Kopf. Das nebulöse Gefühl der Bedrohung kehrte zurück. Ein lauerndes Tier, bereit, ihn anzuspringen, wenn er die Kontrolle verlor. Es war nie fort gewesen. Alles in ihm schrie danach zu gehen. Seine Fragen für sich zu behalten, der Situation allein Herr zu werden, wie es seine Art war. Er widerstand.

»Was war mein letzter Kontrakt?«, fragte er.

Die Botin lehnte sich vor und berührte eine der unzähligen Schädeltätowierungen auf ihrer Brust. Es gab nicht den Hauch eines Zögerns. »Gildenmeister Nemrod, 534 AP, am sechsten Tag vor dem Eisenwinter.«

Als hätte sie Clach einen glühenden Dolch in die Eingeweide gerammt, krümmte er sich. Nemrod. Das war vor einem Jahr gewesen. Seit diesem Opfer hatte er ein gutes Dutzend weiterer in den Nebel entsandt. Die Botin hatte die Aufträge samt und sonders persönlich gegeben. Und einen Beweis dafür, dass ihr Erinnerungsvermögen ansonsten mit der Präzision einer arkanistischen Uhr funktionierte, hatte er gerade bekommen. Dennoch, er musste es wissen.

»Herrin, was sagen Euch die Namen Alistair Mink, Dolgart von Sartis und Pavosa Moreno?«

Diesmal dauerte es einige Zeit, bis sie antwortete. Er erforschte ihr Gesicht, sah, wie es dahinter arbeitete. Sie wirkte wie jemand, dem ein Gedanke auf der Zunge lag, bevor er von einer anderen Idee ersetzt wurde und dann einfach verschwand. Er spürte, dass etwas durch den Raum ging. Ein kalter, fremdartiger Wille. Er bildete sich sogar ein, es sehen zu können wie einen kaum wahrnehmbaren Dunst, der sich von Wand zu Wand in der Rotunde ausbreitete.

»Diese Namen sagen mir nichts«, sagte die Todesbotin. »Sollten sie?«

Alles in ihm verlangte danach, sich dieser Bedrohung allein zu stellen. Was schuldete er dem Kult? Alles. Nichts. Aber er widerstand seinen widerstreitenden Emotionen. Die Herrin hatte die gnadenlosen Regeln nicht gemacht, die ihn zu dem geformt hatten, was er war. Sie war eine Gefangene, so wie er, das war ihm klar. Sie saß in dieser Kammer – und so mächtig sie auch sein mochte, sie würde diesen Ort nie verlassen. Er schuldete ihr Respekt.

Aber was, wenn sie eingeweiht war? Wenn sie Teil dieser seltsamen Ereignisse war, deren Sinn sich ihm nicht erschloss? Er beschloss, das Risiko einzugehen.

»Ihr werdet mir kaum glauben, was ich Euch zu sagen habe, zumal man mich ein Leben lang gelehrt hat, ein guter Lügner zu sein.«

»Überlass es mir, über deine Worte zu befinden, mein Sohn«, sagte sie. Sie schenkte ihm ein weiteres Lächeln.

»Die Namen, die ich Euch nannte, sowie noch zehn weitere … Ihr selbst habt mir Kontrakte für diese Opfer genannt. Ihr erinnert Euch nur nicht mehr daran. Ich weiß, wie seltsam und weit hergeholt das klingen muss, aber es ist die Wahrheit …«

»Oder das, was du dafür erachtest«, sagte sie. Sie musterte ihn nachdenklich. Er wartete. Die nächsten Augenblicke würden entscheiden, ob sie ihm vertraute oder ihn für den Orden zum Abschuss freigab. Ein Assassine der Sharis, der wahnsinnig geworden war, war eine Gefahr für alle.

Es kam Clach vor wie eine Ewigkeit, doch schließlich erhob sie sich. Clach spannte sich an, als sie die Stufen von ihrem Thron hinabstieg und mit katzenhafter Anmut auf ihn zuschritt. Sie nahm ihn bei der Hand und führte ihn zum Thron, wo er sich auf die Stufen zu ihren Füßen setzte.

»Berichte«, war alles, was sie sagte.

Und er tat es.

Als er geendet hatte, war das nachdenkliche Schweigen so profund wie die Dunkelheit im Thronsaal. Er wartete. Geduld war die Stärke eines guten Attentäters. Er konnte sehen, wie es hinter ihrer Stirn arbeitete. Wie ihr alter, unendlich komplexer Verstand die Nuancen und Ausdehnungen seiner Schilderungen ermaß. Dachte sie darüber nach, was davon wahr und was Fiktion sein könnte? Oder war sie bereits dabei, die Bedeutung dieser Ereignisse abzuwägen?

»Was du sagst, beunruhigt mich«, sagte sie. »Wie dir sicher bewusst ist, lebt der Tempel von der Verlässlichkeit seiner Informationen. Vom Netzwerk seiner Informanten. Die Dinge, die du mir berichtest, sind nicht nur aufgrund ihrer mysteriösen Natur so beunruhigend, sondern weil ich ein größeres Muster dahinter erkenne. Und wie du spüre ich, dass Ereignisse großer Bedeutung sich ankündigen. Tote, die sich wieder erheben, ohne dass jemand darüber Kenntnis hat. Ein Sakrileg.«

»Sagt Euch das etwas? Gibt es Prophezeiungen?«, wollte Clach wissen.

Die Todesbotin schüttelte den Kopf. »Nein. Keine der Schriften der Mutter des ewigen Schlafes berichtet von solchen Dingen. Untote – insofern es sich bei diesen Simulakren um solche handelt und nicht um sterbliche Doppelgänger – fallen in den Bereich der Nekro- oder Nigrimantie. Sie sind das Werk derer, von denen sich die Welt bereits vor fünfhundert Jahren befreit hat, als der Erzfeind unserer Herrin vom Firmament stieg und den Klammergriff der Hexerei zerschlug. Magier.« Sie spie das Wort aus, als wäre es ein übler Geschmack auf ihrer Zunge. »Nein«, fuhr sie fort. »Ich spreche von etwas anderem. Unsere Spione berichten von einer neuen Macht, die sich in Fomor erhebt. Die kleinlichen Ränke der Unterwelt sind nicht Teil unserer Domäne – von einer Ausnahme abgesehen: Mir wurden in den letzten Monden Berichte zugetragen, nach denen es Attentate in Fomor und auch den anderen Pentae gab. Kontrakte, die nicht über uns abgewickelt wurden. Ich entsandte Frauen und Männer, um rasche Vergeltung für diese Anmaßung zu üben. Und wurde überrascht. Wenn sie zurückkehrten, erzählten sie, die vermeintlichen Opfer der Kontrakte erfreuten sich bester Gesundheit. Andere unserer Agenten wiederum beharrten selbst unter der Folter darauf, sich nicht erinnern zu können, überhaupt je entsandt worden zu sein.«

Clach nickte mit sorgenvoller Miene, noch immer nicht imstande, den eisernen Griff dunkler Vorahnungen zu sprengen, die stärker denn je waren.

Gedankenverloren fuhr die Todesbotin fort, den Blick in

die Ferne an fremde Horizonte geheftet. »Und auch ich hatte diese Ereignisse zwischenzeitlich vergessen. Es ist, als ob eine fremde Macht meinen Geist unter einer Decke aus Blei begraben hätte. Deine Erzählung hat diese Kruste aufgebrochen, ich erinnere mich nun. Aber selbst diese Erinnerungen sind Fragmente.«

»Welche Erinnerungen, Herrin? Was haben Eure Spione noch herausgefunden? Bitte, sagt es mir.«

»Ich bin mir nicht mehr ganz sicher, aber es hatte etwas mit diesen Berichten zu tun. Es sind freie Agenten in der Stadt, Meuchler aus allen Pentae. Finde sie. Frage sie. Etwas kommt. Ich spüre es.«

Es war, als hielte eine weitaus stärkere Version des Nebelmacher-Ritus das ganze Land in einem Würgegriff. Ihr Blick schweifte wieder ab. Clachs Sorge nahm zu. Wenn selbst ein Geschöpf wie die Hohepriesterin der Sharis nicht immun gegen die Auswirkungen der seltsamen Ereignisse auf das Erinnerungsvermögen war, wer dann? Die Antwort war simpel: *Er* war es. Er war ein Nebelmacher, und aus irgendeinem Grund immunisierte ihn sein düsteres Erbe, über das er selbst ebenso wenig wusste wie Arkanisten oder die Todesbotin selbst, gegen diesen Zauber des Vergessens. Wie alle Nebelmacher, egal, ob sie für den Kult oder unabhängig mordeten, war er nicht mehr als eine scharfe, besondere Klinge. Ein meisterhaftes Werkzeug: Jene, die es nutzten, wussten selbst nicht, wie es geschmiedet wurde. Es gab nur einige wenige, die es erkannten, wenn sie eines vor sich sahen.

Die Todesbotin war so jemand. Sie hatte ihn wegen seines Erbes aus der Gosse geholt. Aber auch er selbst konnte nicht einmal mit Gewissheit sagen, ob er seine Gabe weitergeben würde, wenn er starb oder Nachwuchs hatte. Verdammt, diese Frage hatte sich nie gestellt. Solange er funktioniert hatte, war er stets zufrieden gewesen. Doch damit war es nun vorbei.

Hatte er am Anfang noch gedacht, dass Greskegards kryptische Hinweise vielleicht nur dazu dienen sollten, ihn aus dem Konzept zu bringen, so war nun klar, dass wirklich und wahrhaftig etwas im Argen lag, das über seine erschreckenden Vorahnungen weit hinausging.

Hätte er noch eine finale Bestätigung benötigt, so kam sie nun. Sie schlug so erbarmungslos über ihm zusammen wie die Brandung über dem Kopf eines Ertrinkenden, der von einer Unterströmung gepackt und nach unten gezogen wurde.

Die Todesbotin starrte ihn mit einem Ausdruck vollkommener Verwirrung an. Für einen Augenblick, der Clach mehr erschreckte als alles andere in einem bisher so gut wie gefühllosen Dasein, war es dieser Blick, der jede Altersweisheit verloren hatte. In ihm lag nichts mehr von der Macht und dem Einfluss einer mächtigen Kreatur. Für diesen kurzen Moment wirkte die Todesbotin so jung, wie das Aussehen ihres Körpers nahelegte. Ein Mädchen, das aus einem langen Mittagsschlaf erwachte und verwirrt dreinblickte.

Clach hatte so oft getötet, wie andere Männer Halme ernteten, Brot kneteten oder ihre Kinder streichelten. Er hatte Dinge gesehen und auch getan, die das Blut unbescholtener Menschen, die den Luxus des Friedens genossen, zum Stocken brachte. Die Kenntnis von Bruchteilen der Dinge, die seine Hände vollbracht hatten, hätte den meisten Männern und Frauen den Schlaf geraubt. Und hier stand er nun und zitterte. Eine extreme Reaktion auf eine einfache Frage der Todesbotin:

»Clach, mein bester Todbringer. Dein letzter Besuch liegt lange zurück. Was führt dich …«

Ein Fallbeil hätte ihn nicht mit mehr Wucht treffen können als diese Worte. Sie hielt mitten im Satz inne, musterte ihn – und ihr Gesicht wurde hart. Sie erwachte. Und welches Bild bot sich ihr? Er saß auf der Thronkante zu ihren Füßen.

Einfach so, ohne eingeladen worden zu sein. Ohne dass sie sich erinnern konnte, wie er eingetreten war. So musste es sich für sie darstellen.

Ihre Augen wurden zu Schlitzen. Ihre Lippen teilten sich. Der Totenkaiser reagierte, ohne nachzudenken. Er wusste, dass bereits seine jetzige Annäherung ein Sakrileg war, auf das der Tod stand. Sie mochte eine übermenschliche Avatarin sein, aber sie war auch eine Frau, die gerade aus einer Verwirrung erwachte – er hatte nur eine Chance.

Sein Hieb kam selbst für sie zu schnell. Seine Handkante traf die unter der dunklen Haut pulsierende Ader. Ihr Körper kippte nach vorn, krümmte sich. Bevor sie Zeit hatte, geheime Kordeln oder Schalter zu bedienen, um Hilfe zu holen, schlang er seinen Arm um ihren schlanken Hals und drückte zu, bis ihre Lider flatterten.

Als er sich sicher war, dass sie wirklich in die Umarmung einer Ohnmacht gesunken war, ließ er ihren Körper behutsam zu Boden sinken und ging dann in eine Habachtstellung. Wenn ihre Leibwachen etwas mitbekommen hatten, würde es in wenigen Herzschlägen vor Mördern in diesem Raum wimmeln. Aber er war, wer er war. Seine Sonderstellung hatte dafür gesorgt, dass die Todesbotin ihre Leute aus dem Raum geschickt hatte. Und warum auch nicht? War er nicht ihre Meisterschöpfung? Uneingeschränkt vertrauenswürdig? Und selbst wenn nicht, unter normalen Umständen war sie in der Lage, mit jedem Gegner fertigzuwerden.

Aber die Umstände sind alles andere als normal, nicht wahr? Und wie sie es waren. Mit seinem Versuch, vom bekannten Pfad abzuweichen, Vertrauen zu schaffen und der Dinge nicht allein Herr zu werden, hatte er sich ein gewaltiges Problem geschaffen. Wenn – *falls* – er lebend hier herauskam, würde man ihn bis ans Ende des Zwielichts jagen.

Er hörte, wie sie sich bereits wieder zu regen begann. Wahrlich, sie war kein Mensch. Gegen besseres Wissen lehnte er sich herab zu ihr und flüsterte ihr ins Ohr: »Ich hatte Euch, Herrin. Ich hätte Euch töten können, tat es aber nicht. Denkt darüber nach. Erinnert Euch.«

Dann machte er sich davon. Durch den verborgenen Eingang, durch den er die Rotunde betreten hatte, kam er in einen Nebenraum, in dem seine persönliche Habe und seine Waffen auf ihn warteten. Ein schweigsamer Diener trat an den Totenkaiser heran, aber er verjagte ihn mit versteinerter Miene. Er durfte sich nichts anmerken lassen. Nicht hier. Ein Fehler, und er würde die Auflösung dieses Geheimnisses nicht erleben.

Und vielleicht wäre das sogar besser so …

Der Gedanke mochte oberflächlich verlockend anmuten, aber Clach wusste es besser. Sein Tod würde weder schnell noch gnädig erfolgen, wenn sich die Todesbotin nicht wieder erinnerte. Man würde ihn einem grässlichen Schicksal überantworten, nur weil seine Herrin unter Gedächtnislücken litt.

Schnaubend rammte Clach seine Dolche in die geölten Scheiden und schritt dann mit überheblicher Miene und dem getragenen Gang des Mannes, der seinen Wert kannte, aus dem Raum. Sein Umhang bauschte sich wie die Schwingen eines Nachtvogels. Er trat in einen dunklen Korridor, der ganz mit schwarzem Samt ausgekleidet war und zum Ausgang der Feste führte. Bange Minuten vergingen, in denen Clach der Verlockung widerstand, die Hände an seine Waffen zu legen. Er befürchtete, dass sich jeden Augenblick eine vergiftete Klinge in seinen Rücken bohren, ein kleiner Pfeil in seinen Nacken dringen mochte. Doch es geschah nichts.

Wie es stets der Fall war, so wirkte die Feste auf unheimliche Weise leer. Niemand begegnete ihm. Niemand hielt ihn auf. Und so trat Clach seine Flucht in die Penta Fomor an, auf der Suche nach Antworten.

Aus den Chroniken des Kataklysmus der Erzmagi, verfasst dreihundert Jahresläufe nach dem Titanensturm, Anonymus:

Die Steine sind fürwahr ein Segen. Glaubt man den Arkanisten, so sind sie aus einfachem Quarz zu fertigen und bergen in sich ein Quäntchen der Macht der Sonne – genug des gesegneten Lichts, um eine Zone des Schutzes um sie herum zu erwirken, in die die verderbte, das Fleisch zersetzende Macht des Nebels nicht einzudringen vermag. Sie sind überdies bezahlbar und auch dem kleinen Manne zugänglich, sodass Bauern und Gesinde, gerade vor dem Schutz der Mauern einer Penta, sich nicht zu fürchten brauchen.

Hora des Lichtfürsten, 301 adis Pentae.

12. Morven

Sie hatte die letzten Tage damit verbracht, über Falcatts unrühmliches Ende nachzudenken. Und egal, wie sie es drehte und wendete, sie konnte einfach nicht vergessen, was für ein Bild des Elends der Mann in seinen letzten Augenblicken abgegeben hatte.

Es war eine Sache des Herzens, des Bauchgefühls, die sie hierhergetrieben hatte. Auf einer logischen, vernünftigen Ebene war ihr das vollkommen bewusst. Sie war nicht für diese Gegend gemacht. Sie konnte sich noch so sehr einreden, eine wahre Kriegerin zu sein, nur weil sie mit der Waffe geübt war, eine schwere Rüstung am Leibe und den Willen zur Rechtschaffenheit im Geiste trug. Fomors Unterstadt hatte sie in nur wenigen Tagen eines Besseren belehrt.

Sie hatte es gerade mal fertiggebracht, sich ein Zimmer in einer schäbigen Kaschemme zu mieten. Der Hauswirt war ein ebenso verschlagener Halunke wie nahezu jeder Bewohner dieses Stadtteils, den sie getroffen hatte, aber er war auch ein schrecklicher Feigling. Bei ihrer Ankunft hatte er sie extrem schmählich behandelt. Sie hatte ihm die herablassende Art und seine lüsternen Blicke auf die einzige Art ausgetrieben, die ihr noch zur Verfügung stand: Indem sie den schmierigen Burschen am Kragen gepackt und ihn aus seinem Kabuff im Erdgeschoss der Herberge gezogen hatte. Die Stärke ihres Körpers hatte ihn ebenso überrascht wie die Tatsache, dass sich das Schwert seiner Besucherin in seine Kehlgrube gebohrt hatte, bis ein Blutstropfen hervorgetreten war. Sie hatte ihn Respekt vor einer Dienerin des Lichtfürsten gelehrt, bevor sie ihn bezahlt hatte.

Drei Nächte hatte sie in der Spelunke verbracht, drei bange Nächte, in denen ihr Stolz und ihre Weigerung aufzugeben über die Vernunft obsiegt hatten. Drei Nächte zwischen Wanzen und knarzenden Holzpaneelen. Staub war ihr ins Gesicht gerieselt, wenn sich Gäste über ihrer Kammer bewegt hatten. Drei Nächte im Gestank nach Pisse und mit den Lustschreien der Huren in den Ohren, die es mit wildfremden Männern wie Tiere in den Nebenräumen trieben.

Sie hatte in diesen drei Nächten einen Plan ausarbeiten wollen, wie sie Falcatts Mörder aufspüren konnte, um ihn seiner gerechten Strafe zuführen zu können. Ein erster Schritt, um sich vom höfischen Parkett und dem Willen ihres Vaters zu distanzieren. Ein erster Schritt, eine selbstständige Entscheidung zu fällen, das Schicksal ebenso mit ihrem gepanzerten Handschuh zu ergreifen wie die Kehle des Rattengesichts unten im Flur.

Er hatte sie weit gebracht. Nun saß sie hier oben, ihr Magen knurrte, und die Gewissheit, dass dieser Tag mit Gewalt enden würde, ließ sich nicht mehr leugnen. Es war ein Fehler gewesen, die Verschlagenheit des Pensionswirtes zu unterschätzen. Statt auf seine lüsternen Sprüche zu reagieren, hätte sie mitspielen sollen. Sie hatte seine Racheschwüre ignoriert. Wie töricht sie doch gewesen war, nicht früh genug zu erkennen, welche Macht ein solcher Mann in einer Gegend wie dieser hier haben konnte.

Langsam erhob sie sich von ihrer knarzenden Bettstatt. Sie roch an ihrer Achsel. *Noch ein paar Stunden länger, und ich stinke wie dieses Rattenloch,* dachte sie. Langsam ging sie zum Butzenfenster, durch das Reste von gärigem Halblicht in die Schlafkammer blinzelten. Unten auf dem Kopfsteinpflaster der Unterstadt suhlten sich Schweine im Unrat, der aus den Fenstern in die Gosse geschüttet wurde. Die ganze Szenerie hatte etwas Unwirkliches. Sie glich den Umständen, unter denen Falcatt gestorben war, was fast schon etwas Poetisches hatte.

Der Mann, der unter ihrer Kammer an einem Pferdetrog stand, war diesmal ein anderer. Aber er trug die gleiche graublaue Armbinde wie der letzte Halunke im Lederpanzer, der dort unten Wache gehalten hatte. Der misshandelte Hauswirt zahlte für seinen Schutz, so viel war ihr nun klar.

Sie hatte das Kunststück vollbracht, sich zwei Tage hier oben still zu verhalten und darauf zu warten, dass sich das menschliche Ungeziefer wieder verkroch. Aber bald war ihre Schonfrist vorüber. Sie nahm an, dass es dem Hauswirt nicht recht war, dass seine Verbündeten hier hochkamen und sie unter seinem Dach angriffen. Aber irgendwann würden sie die Geduld verlieren – oder der Hunger würde Morven dazu zwingen, etwas Dummes zu tun.

Einmal hatte sie einem der anderen Gäste eine Münze in die Hand gedrückt und ihn gebeten, ihr Essen und Trinken zu beschaffen und dem Mann bei seiner Rückkehr eine zweite gegeben. Ein anderer hatte nur die Hälfte des Geldes genommen und war nicht zurückgekehrt. Ihr letzter auf diese Weise Beauftragter war unten abgefangen und von einem Dutzend Männer zusammengeschlagen worden. Das war gestern gewesen.

Nun war sie eine Gefangene. Sie konnte nicht um Hilfe rufen, nach niemandem senden. Es würde nicht mehr lange dauern, dann musste sie eine Entscheidung treffen. Sie musste nach unten gehen, ihre Gefängniswärter zum Kampf stellen oder ihnen entkommen.

Sie stieß nochmals einen Fluch aus, der ihr in der Klosterfeste des Ordens eine Woche Karzer eingebracht hätte, und ging dann zu Schwert und Wappenschild, die an der abblätternden Wand ihrer Mansarde lehnten. Es wurde Zeit, dass Morven sich ihren Feinden und somit auch ihren Fehlern stellte. Wenn sie diese Sache überstand, vielleicht würde sie dann erfahren, wer Falcatt ermordet hatte.

Sie glaubte es selbst nicht. Morvens langer Stoßseufzer störte die Stille in der Kammer – ein Laut der Resignation, so schicksalsergeben, dass der Klang ihrer eigenen Stimme sie wütend machte. Wenn sie in dieser Nacht starb, dann war sie selbst schuld. Wenn es ihr an Feuer und Willen fehlte, nur weil sie ein paar törichte Fehler begangen hatte, durfte sie sich nicht wundern, wenn irgendwelcher Abschaum aus der Gosse dieser verderbten Stadt ihr den Garaus machte.

Sie trat an das Fenster und kniete sich nieder. Wenn schon ihr Vater und die Hochmeisterin nichts mehr von ihr hielten, so schadete es nichts, wenn sie die höchste Instanz ihrer Hierarchie um Hilfe bat und auf dem Grund ihrer schwarzen Verzweiflung nach Licht suchte. Sie senkte den Kopf in einer unangenehmen Haltung in den Nacken, um auf diese Weise zum Himmel aufsehen zu können, der durch arkanistische Magie simuliert über der Penta lag. Irgendwo darüber im endlosen Zwielicht spannte sich das wahre Firmament wie ein vergessener Traum aus besseren Tagen.

Morven spreizte die Finger beider Hände, hielt die Rücken vor ihre Stirn, sodass die Finger die Strahlen einer aufgehenden Sonne zu bilden schienen. Ihre Lippen teilten sich zum Lobpreis, während sie den Lichtfürsten in Gedanken um Rat bat.

Sie hatte gerade mal die erste Silbe intoniert, als ihre Tür hinter ihrem Rücken in den Angeln erbebte. Jemand klopfte, wobei »schmetterte« der bessere Ausdruck gewesen wäre. Die Schläge kamen mit einer Heftigkeit, die ihr klarmachte, dass derjenige, der vor der Tür stand, ein Mann war. Und dass er nicht einfach wieder gehen würde.

Man hatte sie gefunden!

Beim dritten Klopfen erbebte die Tür regelrecht. Morven spürte, wie ihre Hände zu zittern begangen. Eine Springflut aus ätzender Galle drohte in ihrer Kehle emporzusteigen. Ein Steigrohr, das eine explosive Mischung aus Todesangst und grotesker Erleichterung aus ihrem Magen bis in ihren Kopf emporzupumpen schien.

Ein seltsam hysterischer Laut entrang sich ihrer Kehle, halb Lachen und halb Schluchzen und doch nichts von beidem. Der seltsame Schrei schien ihren Besucher nur noch mehr zu animieren, nun warf sich eine Schulter hörbar und mit aller Macht gegen die beschlagene Tür.

Morven legte ihre Rechte um den Griff ihres Schwertes, die Linke ergriff die Riemen des Schilds. Ihre Hände waren in den Panzerhandschuhen nass wie frisch gewaschen und die Finger klammer als Taue im Winter. Der Lichtfürst hatte ihr geantwortet. Auf eine beunruhigende, viel zu sehr an Wahnsinn erinnernde Weise war sie froh. Sie mochte gleich sterben, aber wenigstens hatte die ungewisse Warterei ein Ende.

Mit einem Ruck erhob sie sich in genau dem Augenblick, als das Holz hinter ihr splitterte und die massigen Schritte ihres Angreifers in den Raum stürmten. Sie hörte eine raue Stimme, die irgendetwas zu ihr sagte, aber sie würde dem Gegner keine Zeit geben, sie zu verhöhnen. Ihr Herz pumpte mit unerträglicher Intensität – ihr Körper schien in Flammen zu stehen.

Eine schwere Hand legte sich auf ihre Schulter. Nun war es so weit! Ihre Stimme wurde zu einem Brüllen, das in das Rauschen des Blutes in ihren Ohren mit einstimmte, dann wirbelte sie herum. Ihr Schwert ritt auf ihrem Hass durch die Luft, getrieben von ihrem Kriegsschrei.

Anderer Stahl warf sich in die tödliche Bahn. Metall trieb sich in Metall, Funken sprühten. Etwas Scharfes biss in Morvens Gesicht, blieb dort stecken. Sie registrierte es beiläufig, ignorierte den Schmerz. Mit einem wütenden Geheul warf sie sich nach vorn und ließ zwei wuchtige Hiebe von oben auf ihren Gegner herabfahren, der kaum mehr als ein Schatten war und überrascht nach hinten taumelte. Sein schweres Zweihandschwert war nicht gemacht, um einen solchen Ansturm zu parieren.

Langsam wich er zurück. Irgendwo hinter der Waffe, die ihr kreischend rotes Gesichtsfeld zu füllen schien, sah sie eine Zahnreihe, die sich teilte. Eine Zunge, die Worte formte. Die Zeit schien wie Sirup zu fließen, die Wirklichkeit pochte wie ein kranker Zahn, pulsierte wie Wasser in einer Pfütze. Gegen ihren Willen fing ihr Verstand die Worte des Angreifers auf, nun, da der erste Ansturm vorbei war.

»Morven! Morven! Verdammtes Weib, seid Ihr von Sinnen? Ich bin es!«

Er kannte ihren Namen! Sie zögerte für einen Augenblick. In jeder anderen Situation ein Fehler, aber sie war plötzlich froh, es getan zu haben. Sie sah ihren Angreifer nun, wenn auch undeutlich. Schweiß rann ihr in die Augen. Etwas Warmes floss an ihrer Wange herab.

Der Fremde war ein Riese, und soweit sie es erkennen konnte, ähnlich schwer gepanzert wie sie. Ein schwerer Umhang aus derbem Stoff war mehrfach wie ein Poncho um seinen Oberkörper geschlungen. Langsam, mit Bewegungen, die sie beruhigen sollten, senkte der Fremde sein Schwert und wand in einer einzigen flüssigen Bewegung die Lumpen von Kopf und Schultern, ließ sie zu Boden fallen.

Strohblonde, raspelkurze Haare mit ausrasierten Schädelflanken kamen zum Vorschein, darunter ein kantiges Gesicht mit Augen, die die Farbe von Kornblumen hatten. Eine Narbe hatte die Lippen eingekerbt, was dem guten Aussehen ihres Angreifers keinen Abbruch tat. Auch sie ließ ihr Schwert sinken, als sie das Kettenhemd und die Sonne auf dem Wappenrock erkannte.

»Solus? Solus Terbast?«

»Der einzig Wahre.« Der Templer deutete eine spöttische Verbeugung an.

»Was … was tut Ihr hier?«, stammelte Morven. Sie kam sich plötzlich entsetzlich albern vor. Schlagartig spürte sie den beißenden Schmerz, der sich in ihrem Gesicht verankert hatte und einen Platz unter ihrem Auge für sich beanspruchte. Sie zog einen Panzerhandschuh aus und betastete die Stelle. Ein scharfer Metallsplitter ragte aus ihrer Wange. Als sie ihn berührte, setzte sich sein Biss in ihren Kiefer fort. Der Stahl steckte in ihrem Wangenknochen. Sie sog scharf die Luft ein.

Hinter Solus glitt ein Schatten an der Tür vorbei, ohne in die Kammer zu blicken. Die Gäste dieses Etablissements wussten es besser und gafften nie. So viel zumindest hatte sie verstanden.

Solus bemerkte ihren Blick. Er wandte sich zur Tür, schmetterte sie gegen ihren Rahmen und lehnte kurzerhand einen Stuhl dagegen, den er mit dem Fuß fixierte. Dann trat er vorsichtig und mit sorgenvoller Miene an Morven heran. Ihre Beine wurden weich, als der letzte Rest Kampfeswut der Erkenntnis wich, dass sie fast einem Waffenbruder den Schädel vom Hals geschlagen hatte.

»Morven! Was, beim Licht, ist nur mit Euch?« Er lotste sie zum Bett. Sie ließ sich auf die wurmstichige Matratze sinken. »Die Hochmeisterin persönlich hat mich auf die Suche nach Euch entsandt! Der ganze Orden ist in Sorge. Euer Vater, er kocht vor Zorn. Seit drei Tagen bin ich auf der Jagd.« Er wandte sich zum Fenster, lugte hindurch. »Das hier ist kein Ort für Euch. Für keinen von uns. Habt Ihr eine Vorstellung, wie wenig wir hier willkommen sind?«

Langsam, betäubt, nickte sie. Sie wollte zu einer Antwort ansetzen, Solus ihre Lage erklären. Aber nun, da seine erste Sorge gewichen war, trat er an sie heran. Mit kundigem Blick musterte er die Verletzung in ihrem Gesicht. Er zog ein kleines Fläschchen mit Branntwein aus seinem Koppel.

»Das wird jetzt wehtun.«

Er hatte recht. Sie biss die Zähne zusammen, während er die Wunde übergoss und dann den Splitter ergriff und ihn aus ihrem Gesicht zog. Sie bildete sich ein, hören zu können, wie der Knochen quietschte, so als zöge Solus ein Axtblatt aus trockenem Feuerholz.

»Ihr habt mein Schwert ruiniert.« Er lächelte wieder. »Germain wird mich umbringen. Ihr wisst, was der Schmied von schartig geschlagenen Waffen hält. So, das wäre es. Ihr kommt wieder in Ordnung, Schwester, es ist kaum mehr als ein Kratzer.«

»Danke, Bruder Solus. Aber … aber Ihr hättet nicht herkommen dürfen. Nun seid Ihr meinetwegen in Lebensgefahr. Wie habt Ihr mich überhaupt gefunden?«

»Am Anfang war es schwierig. Wir dachten zuerst, dass Ihr euch nur verlaufen hättet.«

Sie hob protestierend die Hand und wollte etwas entgegnen, aber Solus sprach einfach weiter:

»Spart Euch Euren falschen Stolz, Schwester – jeder in der Feste weiß, wes Mannes Kind Ihr seid. Und dass Ihr die Feste so gut wie nie verlassen habt. Ich stelle Eure Kompetenz nicht infrage. Nicht mehr nach diesem Schlag. Wir konnten nicht wissen, dass Ihr dem Wahnsinn frönen würdet, Falcatts Mörder zu verfolgen. Ich war schon drauf und dran, Fomor zu verlassen und mit einigen Männern die Nebel vor der Stadt abzusuchen.«

»… Als Euch plötzlich klar wurde, wohin ich mich wirklich begeben habe«, entgegnete Morven.

»Ja«, sagte Solus, »niemand konnte damit rechnen, dass Ihr so etwas Irrsinniges tun würdet. Wir gingen davon aus, dass selbst jemand mit Eurem behüteten Leben wissen müsste, wie gefährlich es in der Unterstadt ist – nicht nur wegen Eurer edlen Herkunft!«

Sie schnaubte. Ihre Herkunft. Auch diesmal war sie das Problem. Man hatte nicht einmal befürchtet, dass sie hatte desertieren können oder auf andere Weise einen Verstoß begangen hatte. Nein, man hatte ihr Solus nachgesandt, weil der Tempel sich den Ärger mit ihrem Vater nicht leisten konnte. Dem Vater, der niemanden geschickt hatte, um ihr Leben zu retten.

»Am Ende fällte die Hochmeisterin eine Entscheidung«, fuhr Solus unbeirrt fort. Entweder bemerkte er ihren zornigen Blick nicht, oder er war höflich genug, ihn zu ignorieren. »Eine ganze Armee in dieses Höllenloch zu entsenden, das hätte dem gottlosen Abschaum dieses Stadtteils nur verraten, dass etwas – oder jemand – von Wert in seinen brüchigen Mauern weilt. Also hat mich die Herrin allein geschickt, weil ich von niederer Geburt bin. Weiß, wie ich mich unter Gemeinen zu bewegen habe. Es mag uns verboten sein, unser Ornat abzulegen. Aber die Hochmeisterin selbst hat meinen Plan gebilligt, Waffenrock und Ausrüstung unter dem Mantel eines Gemeinen zu verbergen.« Er grinste, aber ihr entging der sorgenvolle Blick nicht, mit dem Solus nach draußen blickte.

Eine eisige Klammer legte sich um Morvens Hals. Hier stand dieser noble Schwertbruder, der sich allein in die Höhle des Löwen gewagt hatte, um sie zu retten. Und sie hatte ihn dazu verdammt, ihr Schicksal zu teilen.

»Sie sind meinetwegen hier, Solus. Die Männer draußen,

meine ich. Es ist meine Schuld. Ich hätte nicht … ich wollte niemanden mit hineinziehen. Ich hatte nicht geahnt, wie gefährlich es in diesem Stadtteil zugeht. Eh ich mich versah, hatte ich Leute gegen mich aufgebracht.«

Solus' Miene wurde hart. »Es gibt auch gute Menschen hier, die nichts für ihre Lage können. Aber die Tyrannei der Gottlosen wird mit jedem Tag, der vergeht, ärger. Es sind der Nebel und der Hunger, Morven. Aber wir können später darüber sprechen. Erstmal schaffe ich Euch hier heraus!«

Er hielt ihr eine gepanzerte Hand hin. Sie betrachtete sie einen Moment, war sich unsicher, ob sie Solus noch mehr in Gefahr bringen durfte. Andererseits bezweifelte sie, dass er sich so einfach würde umstimmen lassen. Und außerdem hatte sie sich wirklich lange genug verkrochen.

Die Scham und das Gefühl der Schande waren so groß, so übermächtig geworden, dass sie nun schon seit Tagen ihr ganzes Denken beherrschten. Sie hatte sich in die Unterstadt begeben, um etwas zu tun – stattdessen hatte sie sich genau verhalten, wie ihr Vater und jene, die sie nur als adeliges Schmuckstück sahen, erwartet hatten.

Langsam erhob sie sich und schenkte Solus ein dankbares Nicken. Er sah in ihr nicht nur eine Trophäe des Ordens, das wurde ihr nun klar. Er respektierte sie als Schwertschwester, die einfach nur einen Fehler begangen hatte. Oder steckten noch andere Gefühle hinter seinem Verhalten? Hatte er Hintergedanken? Templer lebten zölibatär.

Sie musterte ihn so lange, bis die Situation unangenehm wurde, und wandte sich ihren Waffen zu, die beim Fenster lagen, um so dem betretenen Schweigen zu entfliehen. Sie spürte, wie sich seine Blicke in ihren Rücken bohrten. Der Gedanke, dass Solus sich in sie verliebt hatte, konnte zu keinem unpassenderen Zeitpunkt kommen. Der Templer räusperte sich hinter ihr, und sie vernahm, wie er durch den Raum ging. Es war offenkundig, dass er selbst von ihren Verdächtigungen peinlich berührt war. Nein, er war nur hier, um die Scharte auszuwetzen, die sie dem Orden geschlagen hatte, und sie brachte ihn in solche Verlegenheit.

Doch selbst die Hochmeisterin hatte nicht geglaubt, dass Falcatt etwas passieren würde, und hatte Morven deshalb gestattet, auf diese Mission zu ziehen. Aber es war nicht gelaufen wie erwartet, ganz und gar nicht. Und nun riskierte die sonst so weise alte Eule sogar das Leben eines ihrer besten Männer, indem sie ihn ohne Trupp oder Eskorte auf die Suche nach ihr in das ärmste Viertel der Stadt schickte. Einzig wegen Morvens Herkunft!

Diesmal stand ihr Entschluss fest. Sie würde etwas unternehmen. Sobald sie hier heraus waren, würde sie Solus in ihren Plan einweihen, ihm den Grund für ihren Ausbruch nennen. Vielleicht konnten sie gemeinsam Falcatts Mörder aufspüren.

Sie griff nach Waffe und Schild, spürte das beruhigende Gewicht von Stahl, derben Lederriemen und goldenen Intarsien. So fühlte sie sich wieder ganz. Und mit einem Mal wurde ihr klar, was ihr gefehlt hatte, seit sie den Palast des Archonten verlassen hatte: eine verwandte Seele. Ein Mensch, dem sie sich vorbehaltlos anvertrauen konnte.

Das nagende, alles überschattende Gefühl, das sie sich nicht hatte eingestehen wollen, war Einsamkeit. Falcatts Tod war dafür verantwortlich, dass die schwärende Wunde, die seit gefühlten Ewigkeiten in ihrer Seele brannte, aufgerissen worden war. Wie verzweifelt er am Ende ausgesehen hatte, als ihm die ganze Bedeutungslosigkeit seines Daseins klargeworden war. Das Elend, mit dem sein Leben zu Ende gegangen war. Er wäre einsam verendet, hätte Morven ihm nicht die Hand gehalten. Sie spürte wieder, wie eine neue

Welle lähmender Furcht ihr Rückgrat heraufkroch, neue Trauer in ihrem Geist aufkeimte.

Mit einer herrischen Geste rammte Morven ihr Langschwert in die Gürtelscheide. Solus ergriff ebenfalls seinen Zweihänder, den er an die Wand gelehnt hatte. Er schlang sich seine Lumpen wieder um den Körper, dass sie den Schwertgriff freiließen. Dann deutete er auf das Bett. Morven riss das mottenzerfressene Laken von ihrer Schlafstätte. Angewidert schlang sie sich den leidlich gereinigten Stoff um den Körper, wie sie es bei Solus gesehen hatte.

Auf einen kurzen ersten Blick sahen sie wirklich wie abgerissener Abschaum aus, wie sie so dastanden. Solus, der wusste, wie er sich zu verhalten hatte, würde mit dem Griff seines Zweihänders auch einem zweiten oder dritten Blick standhalten und konnte gut als Mietklinge oder Söldner durchgehen. Morven hingegen machte sich diesbezüglich nicht die geringsten Illusionen.

»Bereit?«, fragte Solus. Sie nickte. Die Zeit für Worte war vorbei.

Sie durchquerten den Flur. In der Herberge war es totenstill. Von den üblichen Geräuschen, die diesen Ort normalerweise erfüllten, war nichts zu spüren. Niemand begegnete ihnen. Niemand lachte, stöhnte oder weinte. Die Verwandlung hatte etwas Geisterhaftes an sich.

Das Scheppern ihrer Rüstungen und das Knarzen der Holzdielen waren ihre einzigen Begleiter, während sie vorsichtig über den Flur zum Treppenhaus gingen. Die verlassene Herberge schrie ihnen ihre Stille entgegen. Ein Geisterhaus, erfüllt vom Gestank alten Tabakrauchs und verkochten Kohls. Ein ganz besonderes Leichentuch.

Ein Gefühl namenlosen Schreckens stieg in Morven auf. Solus schien es auch zu spüren, denn er raunte ihr zu:

»Jemand muss die Leute hier rausgeschafft haben. Das wird kein normaler Hinterhalt. Man weiß, wer wir sind.«

Morven schluckte. Ohne ihr Zutun wanderte ihre Rechte zum Schwertgriff. Diesmal sprach ihr der feste Widerstand des stählernen Knaufs nicht beruhigend zu. Diesmal würde nicht alles gut werden. Sie schluckte, aber der Klumpen in ihrem Hals wollte sich nicht lösen.

»Solus, ich … Es tut mir leid …«

»Schwester. Ihr habt Euch schon einmal entschuldigt. Lasst das. Ihr seid ein Templer. Ich bin hier, weil es meine Pflicht ist. Der Lichtfürst hat mich hierhergeleitet.«

Sie spürte, dass er glaubte, was er sagte. Seine Zuversicht und sein Wille waren nicht zu brechen, und sie beneidete ihren Kameraden darum.

Sie kamen am Fuß der Treppe an. Der Hauswirt, der im schwachen Rest von Tageslicht mehr Ähnlichkeit mit einem aufgequollenen Lurch als einem Menschen hatte, lag mit dem Kopf auf dem Tresen der Schankstube. Sein Gesicht ruhte seitlich in einer Bierpfütze, die bei jedem seiner Atemzüge kleine Bläschen warf. Eine Platzwunde klaffte auf seiner Stirn, ohne ihn besonders zu verunstalten. Morven fand, dass sie gut zu seiner Visage passte.

Sie blickte Solus fragend an, der nur mit den Achseln zuckte. Das Herz schlug ihr bis zum Hals, als sie sich der Tür näherten. Als er sie öffnen wollte, legte sie ihm eine Hand auf den Oberarm.

»Wartet, Solus. Gibt es noch etwas, das ich wissen sollte? Über diese Leute dort draußen? Verschweigt Ihr mir etwas?«

Er schenkte ihr ein weiteres Lächeln, das nur schwer zu deuten war. Dann trat er nach draußen.

Morven stieß einen langen Stoßseufzer aus und legte unter ihrem Lumpen die Hand an den Schwertgriff. Was immer hier vor sich ging, sie würde nicht kampflos untergehen. Sie würde sich nicht verkriechen oder sich einfach davonschleichen. Sie atmete ein letztes Mal tief ein – und folgte Solus durch die Tür.

Die Straße war so menschenleer wie die Herberge. Eiskristalle rieselten von Morvens Nacken ihren Rücken hinunter, als die Erkenntnis zu ihr durchsickerte, dass weder ihre Anwesenheit hier noch die nun folgenden Ereignisse Zufall waren. Auf einmal kam sie sich vor wie ein Wildtier, das angelockt von Fleischstücken in letzter Sekunde merkte, dass es in eine Kastenfalle gelaufen war – und hinter dem nun das Gatter herabsauste.

Seltsame vogelartige Laute erklangen – ein verabredetes Signal. Rund um sie und ihren Schwertbruder erhoben sich Gestalten. Sie kamen hinter Abfallfässern hervor, erhoben sich hinter Kistenstapeln neben der Herbergstür oder schälten sich aus den Schatten einer Gasse. Morven musste einen Aufschrei unterdrücken. Im Zeitraum von drei Herzschlägen hatte sich mindestens ein Dutzend Männer und Frauen vor ihnen aufgebaut.

Sie trugen geölte Lederrüstungen, deren beste Tage eine Ewigkeit zurücklagen, und waren mit schartigen und fleckigen Klingen bewaffnet. Zwei der Frauen spannten Bögen. Die zitternden Spitzen ihrer schwarz befiederten Pfeile waren auf Solus und Morven gerichtet und funkelten im Halblicht des sterbenden Tages. Die Leute sahen krank aus, mehr als einer von ihnen zeigte die verräterische blaue Flickenhaut von Schindelfieber. Andere waren offensichtlich vom Nebel berührt worden, ihre Gesichter und Hände sahen an manchen Stellen aus, als wären sie von Eis geschwärzt und verbrannt.

Die Unterstadt lag im Westen der Penta – und die Arkanisten kamen nur hierher, um den Nebelschild mit ihren Ritualen auszubessern, wenn es unumgänglich war. Irgendjemand hatte ihr das einmal erzählt. In einer Zeit, als es keine Rolle gespielt hatte. Nun kam diese triviale Information wieder an die Oberfläche. Morven schluckte. Von derart verzweifelten Menschen hatte sie nichts Gutes zu erwarten, wenn herauskam, wer sie war. *Was* sie war. Sie warf Solus einen fragenden Blick zu, aber der ließ ihre Gegner keine Sekunde aus den Augen.

»Ein martialischer Auftritt, das muss ich zugeben. Wenngleich Eure … *Verkleidung* etwas abgeschmackt ist.«

Morven wandte sich dem Klang der Stimme zu, die irgendwo hinter den beiden Männern in der Gasse gegenüber erklungen war. Jemand klatschte dort in die Hände – mit aufreizender theatralischer Langsamkeit. Sie kannte die Stimme, hatte sie irgendwo schon einmal gehört, da war sie sich sicher. Aber nicht an einem Ort wie diesem. Nicht hier, in dieser Hölle mitten in der Penta. Nein, sie kannte die Stimme aus Falcatts Haus und von der Straße, wo er jämmerlich verendet war.

»Rodamir?« Sie hauchte den Namen eher verwirrt, als ihn laut zu äußern.

Der Angesprochene trat, noch immer klatschend, auf das Pflaster hinaus, sorgfältig darauf bedacht, nicht in Lachen und Pfützen zu treten. Ein frostiges Lächeln umspielte seine Lippen. »Wisst Ihr, Templerin, am Anfang war ich noch wütend auf Euch. Ihr habt unsere Anstrengungen in Gefahr gebracht. Wer konnte damit rechnen, dass eine verzogene Göre wie Ihr nicht an den Busen ihrer Hochmeisterin zurückflieht, um sich auszuheulen, sondern in den schmierigsten Pfuhl aller Pentae eintaucht, um Rächerin zu spielen.«

Die Straße mochte aus massiven Steinen gepflastert sein, dennoch hatte Morven das Gefühl, jemand zöge ihr den Boden unter den Füßen weg. Sie schwankte.

Sie war perplex. Sie blickte Solus erneut an, der nach wie

vor in einer kampfbereiten Haltung neben ihr stand und seine Gegner mit eisigem Blick musterte. Bei seinem Anblick schrillten wieder die warnenden Stimmen in ihrem Kopf, dass sie etwas übersehen hatte, aber ihre Warnungen gingen in Morvens eigenen Worten unter.

»Was tut Ihr hier? Und wovon sprecht Ihr? Was soll das alles? Seid Ihr von Sinnen?« Sie machte Anstalten, ihr Schwert zu ziehen, wie um sich gegen den galoppierenden Wahnsinn der Situation zu stellen, bevor alles außer Kontrolle geriet.

»Ah, ah, ah …« Rodamir hob einen manikürten Zeigefinger. Wie das Metronom eines Komponisten wippte er von links nach rechts. »Das würde ich nicht tun, wenn ich an Eurer Stelle wäre. Wenn, dann zieht Ihr Euer Schwert nur, um es abzulegen. Seid ein braves Mädchen und macht besser, was ich sage. Meine Verbündeten hier«, er beschrieb mit den Armen eine ausholende Bewegung, »sind nicht unbedingt die geduldigsten Leute, müsst Ihr wissen.«

Morven wartete immer noch auf eine Reaktion – irgendeine Reaktion – von Solus. Aber ihr Begleiter stand einfach nur da, schien zur Statue erstarrt. Schließlich aber machte er Anstalten, auf die Gruppe zuzugehen. Morven wollte ihn warnen, aber es war zu spät. Rodamir gab einer der beiden Bogenschützinnen einen Wink. Ein Geschoss flog von der Sehne und tauchte wie von Zauberhand in der Brust des Templers auf. Ohne Schrei, ohne seine Waffe auch nur gezogen zu haben, ging der Recke in die Knie und fiel mit dem Gesicht auf das von Unrat übersäte Pflaster.

Morven hörte sich selbst einen gequälten Schrei ausstoßen. Die ganze Szene mit Falcatts Haushofmeister war vollkommen surreal. Sie schüttelte den Kopf. Heiße Tränen bahnten sich ihren Weg, ließen ihren Blick verschwimmen.

Fassungslos blickte sie Rodamir und seine Schergen an. Das Gesicht des Haushofmeisters war zu einer Fratze sadistischer Belustigung verzerrt. Was Morven befürchtet hatte, war geschehen: Solus war ihretwegen … ja, was war er eigentlich? Mit banger Hoffnung ließ sie sich auf ein Knie nieder und suchte bei dem niedergestreckten Templer nach Lebenszeichen. Er atmete nicht. Ein Schluchzer entrang sich ihrer Kehle. Dies war bereits der zweite Mensch, der ihretwegen gestorben war. Ebenso wie Falcatt hatte er in einer schäbigen Gosse einer Stadt sein Leben gelassen, die sich keinen Deut um jene scherte, die sie verschlang.

Ihre heiße Trauer um einen Schwertbruder machte kaltem Hass Platz. Dem Hass, der eigentlich für Falcatts Mörder reserviert gewesen war. Langsam erhob sie sich. Ihre Hand wanderte wieder zum Schwert. Ihre wirbelnden Gedanken, das Chaos der Situation, kamen zur Ruhe. Sie hatte einen Schild. Und mochten sie auch einem Dutzend Gegner gegenüberstehen, sie würde den tückischen Haushofmeister zur Rechenschaft ziehen. Zumindest ihn würde sie mitnehmen, wenn sie hier neben dem treuen Solus sterben musste.

»Ihr steckt hinter Falcatts Tod, nicht wahr? Das sollten Eure Andeutungen doch bedeuten?« Sie vergaß ihre Manieren und spie in Richtung Rodamirs, der ihr Tun amüsiert beäugte.

»Ihr seid die erste Templerin, die ich treffe, die aus mehr besteht als aus pathetischen Floskeln. Bravo. Aber könnt Ihr Euch auch zusammenreimen, warum ich es getan habe? Welchen Grund könnte ein Mann in meiner Position wohl haben, seinen Dienstherren ermorden zu lassen?«

»Woher soll ich das wissen? Ich weiß nicht, was eine Natter denkt!«, stieß Morven hervor. »Mehr seid Ihr für mich nicht. Ein kaltes, herzloses Reptil. Hier steht Ihr, geschützt von einer ganzen Armee, gegen einen einzelnen Krieger, dessen Kameraden ihr feige ermorden ließet. Aber Ihr werdet Euch rechtfertigen, dafür werde ich sorgen!«

»Sicher werdet Ihr das. Seid unbesorgt. Damit rechne ich.«

»Wie meint Ihr das?«, meinte Morven. »Was genau soll das bedeuten?«

»Oh, aber habt Ihr immer noch nicht verstanden? Aber gut, wie könntet Ihr. Ihr seid ein Vögelein, das man zu lange im Käfig gehalten hat. Eure natürlichen Instinkte sind abgestorben. Ihr riecht nicht, woher der Wind weht, so wie die Narren in allen Pentae.«

»Ich weiß, dass Ihr ein Mörder seid. Ein feiger Schwächling, der Attentäter anheuert, die für ihn die Drecksarbeit erledigen. Ich bringe Euch um, sobald ich weiß, was hier gespielt wird!« Die letzten Worte schrie sie.

Zwei Gesetzlose, die weiter vorn standen, traten zur Erheiterung ihrer Kameraden tatsächlich einen Schritt zurück.

Rodamir stieß ein keckerndes Lachen aus. »Da kommt Ihr etwas zu spät, meine Liebe.«

»Was soll das jetzt schon wieder? Was sollen diese Andeutungen? Warum bringt Ihr es nicht hinter Euch? Mir langt es!« Sie riss ihr Schwert aus der Scheide.

Die Bogenschützinnen zielten auf ihr Herz, aber Rodamir hielt sie mit einem Wink vom Schießen ab. Morven machte einen Schritt nach vorn und brachte ihren Schild vor ihren Oberkörper, wie sie es auf dem Exerzierplatz tausendmal geübt hatte. Sie hörte ein Scharren hinter sich. Das Klappern von Metall. Rodamirs Grinsen wurde noch eine Spur tückischer. Dann erklang die Stimme hinter ihr.

»Wie lange willst du deine Spielchen noch spielen, Ashavar? Lass mich das Weib aufschlitzen, damit wir hier wegkommen.«

Es war, als gösse jemand einen Eimer Eiswasser über ihr aus. Die Stimme. Das metallene Scharren. Gegen ihren eigenen Willen wandte Morven den Kopf.

Solus ragte über ihr auf. Er ergriff den Pfeil mit seinem

Panzerhandschuh und zog ihn aus seiner Brust. Er atmete nicht. Seine toten Augen füllten sich mit einer schalen Imitation von Leben, der jeglicher Glanz fehlte. Statt Blut floss etwas aus der Bauchwunde, das wie geronnener Rübensaft aussah.

Fassungslos zeigte sie mit der Schwertspitze auf Solus. Hinter ihr zogen die Gesetzlosen erschrocken die Luft ein, aber Rodamir bellte ihnen irgendwelche barschen Befehle zu. Er hätte auch in der Sprache der Tiere reden können, Morven hätte ihn nicht verstanden.

Die Zeichen waren da, nicht wahr? Du hast sie nur übersehen. Der starre Blick. Dass er nicht atmet. Er war schon tot, als ihr oben im Zimmer wart. Tot, tot, tot …

Solus ignorierte sie. Er wandte sich Rodamir zu. »Ashavar, musste das sein? Dass ich hinüber bin, heißt nicht, dass diese Hülle nichts mehr spürt.«

Rodamir deutete eine spöttische Verbeugung an. »Es war notwendig. Bei klarem Verstand ist sie zu gefährlich. Nimm ihr die Waffe ab. Wir wollen ja nichts riskieren, bevor wir mit unserer kleinen Behandlung beginnen.«

Morven starrte den Wiederauferstandenen an. Sie hatte keine Kontrolle mehr über den wirbelnden Mahlstrom ihrer Gedanken. Das Gefühl, in einen endlosen schwarzen Schlund zu stürzen, war so übermächtig, dass ihr schwindelig wurde. Solus – das Ding! – machte einen Schritt auf sie zu, langte nach ihrem Schwertarm.

Das gab den Ausschlag. Sie hörte Durgenins Stimme, vernahm das Reibeisen des Veteranen so sicher, als stünde er neben ihr und würde ihr ins Ohr hauchen.

Im Leben jedes Kriegers kommt der Moment, in dem sich entscheidet, ob er sich bewährt oder untergeht. Der Moment, an dem alles stillsteht und du und die Klinge eins werdet.

Gletschereis ließ den Wirbel ihrer Gedanken verharren.

Wenn er deine Waffe nimmt, ist es aus, hörte sie sich selbst denken, wenngleich es Durgenins Stimme war, die die Worte formte. Ein Schrei entrang sich ihrer Kehle, gegen den ihr Ausbruch oben in der Kammer nichts gewesen war. Sie kreischte wie eine der Todesfeen der Amboss-Stämme und legte ihren ganzen Hass, die ganze Verzweiflung der letzten Tage in ihren Hieb. Er hätte einen Ochsen geköpft.

Solus – das Ding, das Solus zu sein vorgab – und Solus' Hand gingen getrennte Wege. Der Panzerhandschuh und seine makabre Füllung fielen klappernd zu Boden, zuckten auf den Steinen. Das Solus-Ding schrie und taumelte überrascht zurück. Morven setzte nach und trat der Kreatur vor die Brust. Mit einem metallenen Scheppern ging das Solus-Ding zu Boden.

Morven schrie ihren Zorn in die Welt hinaus, trat auf die Verballhornung ihres Schwertbruders ein, bis sie still liegen blieb.

Hinter ihr kam der Gossenabschaum näher. Rodamirs Stimme keifte. »Tötet sie nicht! Wir brauchen sie! Ich will ihrem Vater ein nettes Paket schnüren!«

Ihr Vater also. Sie hatte es geahnt. Sie richtete ihre Schwertspitze auf den einige Schritte entfernt stehenden Rodamir/Ashavar. Ein stahlgeborenes Versprechen. Sie würde nicht ruhen, bis dieser Mann tot war.

Seine schlecht ausgebildeten Mietlinge zuckten bereits bei diesem Manöver zusammen. Ausgezeichnet.

Morven verschwendete keine Zeit. Furcht und Schrecken waren vorbei, beseitigt von der Kampfeswut. Bevor sich das Gesindel fassen oder halbwegs zur Ordnung rufen sollte, war Morven mitten unter ihnen.

Offene Armbeuge! Sie stieß nach links, ließ das Schwert vorzucken. Ein dumpfes Knirschen, und einer der Männer fiel in sich zusammen. *Ungedeckte Flanke bei dem da!* Ein Hieb in die

Seite folgte. Leder wurde zerschnitten, als wäre es nicht mehr als Gaze, Rippen splitterten. Aufheulend ging ein weiterer Feind zu Boden, versuchte vergeblich, die Dinge, die in seinen Leib gehörten, mit den Händen einzubehalten. Sie hatte ihn aufgeschlitzt wie eine faulige Frucht.

Du hast eine Lücke auf der Linken gelassen! Eine entstellte Fratze kam auf sie zu, wulstige Lippen zu einem Schrei der Vorfreude geöffnet. Gelbe Zahnstummel wie Grabsteine.

Sie riss ihren Schild unter das Kinn und wischte den Friedhof damit ins Vergessen. Das Gesicht verschwand, als sich der Kiefer ihres Angreifers in der Mitte teilte. Mit einem Wimmern ging er in die Knie, da war sie auch schon an ihm vorbei. Irgendetwas traf ihre rechte Seite, ließ sie tänzeln. Sie maß dem beiläufigen Stich keine Bedeutung zu, stürmte weiter auf ihr Ziel zu.

Rodamirs Augen, ebenso tot wie die des Solus-Dings, weiteten sich. Er gab seinen beiden Begleiterinnen ein Kommando. Morven warf sich zur Seite und riss dabei den Schildarm mit einem Ruck zur Seite. Ein Pfeil verfehlte sie, prallte am Metall ab. Befriedigt hörte sie, dass er hinter ihr ein anderes Ziel in der Masse ihrer Angreifer gefunden hatte.

Eine Hand grub sich in ihre rechte Schulter. Sie stieß den Ellenbogen mit aller Macht zurück. Kurz spürte sie knorpeligen Widerstand, der dann nachgab und sich verschob. Wer immer sie attackiert hatte, zog nun die Luft durch die Überreste seines Adamsapfels ein.

Ihre Angreifer gingen allesamt auf Abstand, während Morven, wieder frei in ihrer Bewegung, unbeirrt nach vorn stürmte. Noch fünf Schritte trennten sie von Rodamir. Noch vier. Er machte einen Schritt zurück. Noch drei. Die beiden Kämpferinnen hatten frische Pfeile genockt. Zu nah! Noch zwei Schritte. Morvens Klinge zuckte nach vorn wie der Schädel einer angreifenden Viper. Der Stich bohrte sich in die Kehlgrube einer ihrer Gegnerinnen. Morven riss das Schwert seitlich heraus und hieb zur Seite. Als hätte sie eine prall gefüllte Schweinsblase angestochen, gischtete das Leben aus dem Hals der Bogenschützin.

Ihre Kameradin reagierte geistesgegenwärtig, riss ihren Bogen vor den Körper. Der Pfeil klapperte zu Boden. Morvens Klinge fuhr über Holz, zerschnitt die Sehne. Die Söldnerin ließ die nutzlose Waffe fallen, fingerte nach einem Dolch. Sie konnte nicht älter sein als Morven, und plötzlich überkam die Templerin eine seltsame Welle von Mitgefühl. Bevor die Kämpferin ihre Waffe ziehen konnte, hieb ihr Morven die gepanzerte Faust mit dem Schwertgriff gegen den Wangenknochen, und ihre Gegnerin fiel in sich zusammen wie ein Mehlsack.

Ein Aufschrei ging durch die Reihen ihrer Widersacher hinter ihr – und sie nahm an, dass er ihr galt.

Mit tödlicher Langsamkeit und einem Blick, in dem nichts außer Eis und aufgestauter Zorn lagen, machte sie einen weiteren Schritt auf Rodamir zu. Er hob beschwichtigend die Hände, machte noch einen Schritt zurück und öffnete gerade die Lippen, um etwas zu sagen – zweifelsohne, um seine feige Haut zu retten. Da wich die Furcht in seinem Blick einem Ausdruck gärenden Hohns.

Morven bezweifelte plötzlich, dass er je etwas wie Furcht empfunden hatte. Mit einem tückischen Grinsen visierte er einen Punkt über ihrer Schulter an. Sie verstand, aber ihr Begreifen kam zu spät. Als sie herumwirbeln wollte, legte sich eine Pranke aus Stahl um ihren Hals. Etwas drückte mit solcher Gewalt zu, dass der Knorpel knirschte. Lanzen aus Schmerz schossen durch ihr Rückgrat, dass Schild- und Schwertarm nutzlos herabfielen. Irgendwo unter ihr klapperte die Waffe auf dem Pflaster.

Die Pranke drehte sie herum wie eine Spindel in der

Hand eines Kindes. Mit baumelnden Beinen starrte sie über ein Massiv aus Muskeln und Kettenhemd auf das einst so freundliche Gesicht von Solus. Es war eine Maske puren Hasses, eine fleischgewordene Kriegsbemalung aus kaltem, totem Nichtleben. Er hielt sie so mühelos am ausgestreckten Arm in die Höhe, als wäre sie nicht mehr als eine Trophäe.

Fassungslos starrte sie in die unterirdischen Seen seiner Augen, die schwärzer als Onyx waren. Die Luft wurde ihr abgequetscht. Sie hörte nur noch wenig, während sämtliche Flüsse der Unterwelt durch ihre Ohren zu rauschen schienen. Ihr Blickfeld verengte sich, pulste im Takt ihres rasenden Herzens.

»Ich hatte gesagt, dass es immer noch wehtut, du Miststück!«, grunzte Solus mit einer völlig neuen, völlig falschen Stimme. Er hob anklagend den Armstumpf, der aussah, als wäre er mit Teer versiegelt. Die Welt verschob sich. Sie sah eine Wand aus derbem Verputz auf sie zurasen. Ihr Kopf bohrte sich hinein. Ein ganzer neuer Kosmos explodierte irgendwo hinter ihrer Stirn, eine Nova aus erblühendem weißblauem Licht. Etwas in ihrem Mund gab nach. Neue, unfassbare Schmerzen. Dinge lagen auf ihrer Zunge. Gebrochene, geborstene Dinge. Schmerzen wie Glasmehl in ihren malträtierten Kiefern, wo Löcher ihre Geburtswehen herausschrien. Dann wurde sie wieder in die Höhe gerissen.

Splitter von Tünche und zerschmettertem Holz regneten auf das Pflaster zu Solus' Füßen. Blutiger Sabber und klickernde Zahnreste aus ihrem einst schönen Mund gesellten sich hinzu. Durch einen Schleier aus Qual drang die Stimme von Rodamir in ihr Bewusstsein. Trotz ihrer erbärmlichen Situation und der Hilflosigkeit, die sie empfand, vermochte der grausame Hohn darin, neue Wellen von Angst durch ihr betäubtes Hirn zu pumpen.

»Halt, bring sie nicht um! Vergiss den Plan nicht! Das gilt

auch für euch andere. Keine schweren Brüche! Kein splitterndes Gebein! *Noch* nicht! Nicht heute!«

Die Mietlinge johlten. Sie sah, wie jemand ihr Schwert ergriff, die Klinge gierig in den Rest des gnadenlosen Zwielichts der Gasse reckte.

Wieder peitschte die Stimme Rodamirs durch die Straßen. »Nein, auch ihre Sachen lasst ihr unangetastet. Wenn ihr mit ihr fertig seid, soll sie immer noch eine Vertreterin der Kirche sein. So soll man sie finden. So soll man sie sehen.«

Nackte Panik arbeitete unter der Decke aus Qualen in ihrem Verstand. Wenn man mit ihr fertig war? Was sollte das heißen?

Solus ließ sie zu Boden fallen. Unsanft schlug sie auf dem Pflaster auf, der Aufprall quetschte ihre Brust unter dem Kettenhemd. Hustend versuchte sie sich aufzustemmen, aber Solus pflanzte einen Fuß in ihren Rücken. Sie versuchte instinktiv, das Gesicht vor dem Aufprall zu schützen. Irgendwie musste sie ihren rechten Panzerhandschuh im Chaos des Kampfes verloren haben. Sie ertastete Lippen, die geplatzt waren wie verkochte Würste. Neuer Schmerz schoss durch ihren Kiefer, spülte die Benommenheit fort, als sie die Trümmer ihrer Vorderzähne berührte, die nur noch aus schartigen Spitzen zu bestehen schienen.

Lichtfürst, mein Gesicht! Meine Zähne! Sie wollte ihren Feinden keinen Triumph gönnen, konnte aber nicht verhindern, dass ein Schluchzer den Aufstieg in ihrer Kehle nahm und dann in diese ungerechte Welt entkam.

Solus grinste tückisch, als er von dem Mietling Morvens Schwert entgegennahm. Rodamir trat in ihr Gesichtsfeld. Seine Mietlinge, darunter auch der wimmernde Mann mit dem zerschmetterten Kiefer, traten neben ihn. Hasserfüllte Blicke durchbohrten sie. Mit langsamen, sorgfältigen Bewegungen öffnete Solus die ledernen Riemen von Morvens Kettenhemd mit der Spitze ihres Schwertes. Plötzlich erkannte sie, was ihre Peiniger vorhatten. Was ihr Plan war. Schrundige Zungen leckten gierig über Lippen, die ihr plötzlich unendlich groß vorkamen. Gelbe Zähne wurden gebleckt. Die Ersten nestelten an den Schnüren ihrer Hosen.

Morven schrie. Neue Kraftreserven erwachten, als sie sich erneut in die Höhe stemmte. Solus reagierte sofort, schlug ihr die flache Klinge ihres eigenen Schwertes gegen die Schläfe. Wieder wich die Kraft aus ihren Muskeln, als wäre eine Schnur gekappt worden.

Rodamir schüttelte tadelnd den Kopf. »Aber, aber, meine Liebe. Wir wollen doch nicht, dass Ihr Euch übermäßig verletzt. Wir brauchen Euch doch lebend, nicht wahr?«

Eine Stimme, die in ihren Orten verachtenswert schwach klang, ertränkt in Tränen aus Schmerz und Wut, drang aus Morvens Mund. »Warum nur? Was habe ich Euch getan?«

»Getan?« Rodamir schüttelte grinsend den Kopf. »Ihr habt mir nichts getan. Im Gegenteil, Ihr habt unserer Sache einen großartigen Dienst erwiesen. Oder sagen wir eher: Ihr werdet es tun. Die nächsten Minuten werden anstrengend für Euch werden, also solltet Ihr Euch besser entspannen.« Er wandte sich zum Gehen.

Derb wurden ihr die Beinkleider nach unten gerissen. Ein Tritt ließ Morven sich zusammenkrümmen. Auch das Kettenhemd wurde ihr vom Leib gerissen, der wattierte Gambeson ebenso. Nackt lag sie im Schmutz, dem kalten Stein und den heißen Blicken ihrer Peiniger preisgegeben. Gierige Hände glitten über ihre nackte Haut, tasteten, suchten nach Einlass. Sie schrie erneut – vergeblich. Wie ein Rudel Wildhunde, das auf ein Signal gewartet hatte, schloss sich die Gruppe der Mietlinge über ihr, zwang ihre Beine auseinander. Unter dem rauen Gelächter und Wolken heißen, stinkenden Atems, die über ihr nacktes Fleisch strichen wie der der Wind der Unterwelt, strampelte sie. Es schien ihre Peiniger nur noch mehr anzustacheln.

»Oh. Und noch etwas.« Rodamir war stehen geblieben und hatte sich noch einmal umgedreht. »Ihr solltet ein Kräuterweib aufsuchen, wenn die Herren mit Euch fertig sind. Vergesst nicht, Eurem Vater hiervon zu berichten. In allen Details.«

Mit diesen Worten überließ er sie den Schakalen …

Aus den Chroniken des Kataklysmus der Erzmagi, verfasst dreihundert Jahresläufe nach dem Titanensturm, Anonymus:

Die Fünf aber, die so lange gegen die Erzmagi gekämpft und sich vor ihren Nachstellungen im Untergrund verborgen hatten, waren die ersten Archonten. Und die, die an ihrer Seite kämpften, liebten diese Verschwörer und Helden der Freiheit mit solcher Inbrunst, dass sie ihnen überallhin folgten. Und als der Sturm schließlich vorbei war, da waren es die Archonten und ihre Familien, die zu Herrschern in Weisheit und Gerechtigkeit erhoben wurden, deren Wort Gesetz war. Doch da ganz Thetis verwüstet und viele Ressourcen verloren waren, entstand rasch ein Patt, da jede der neuen Städte nur gewisse Dinge herstellen konnte. Andere mussten somit eingeführt werden – und so entstand das Gleichgewicht der Pentae, die Abhängigkeit aller Pentae voneinander. Und so ist es bis zum heutigen Tage – nur dass die nobelsten Geschlechter unablässig in Fehden sind, wer den nächsten Archonten stellt. Denn heute scheint sich jedes Geschlecht durch Dokumente bis zu diesen alten Tagen zurückverfolgen zu lassen.

Hora des Lichtfürsten, 301 adis Pentae.

13. Ormgair

Auf eine ihm eigene, verschrobene Weise verstand er, dass das, was er hier gerade tat, Wahnsinn war. In dieser Höhe war der Wind des vom Nebel eingehüllten Kontinents tatsächlich stark genug, um kleine Löcher in das ewige Zwielicht zu reißen. Er zerrte mit unnachgiebigen Pranken an seiner Kleidung, ließ seinen Umhang und den Kilt flattern. Gemessen an den Bergen seiner Heimat und den kargen, lebensfeindlichen Landschaften des Amboss war diese vom Menschen geschaffene Felswand aber geradezu lächerlich leicht zu erklimmen. Seine von einem Leben in der Wildnis gestählten Finger fanden mühelos Halt in den Verfugungen der gigantischen Granitblöcke, aus denen das schwarze Massiv aufgetürmt worden war.

Fomors Mauern waren zu dem Zweck errichtet worden, ganze Armeen aufzuhalten und dem Beschuss unfassbarer Magien und im wahrsten Sinne titanischer Katapulte zu widerstehen. Auch unzählige Generationen später hatten die Mauern nichts von ihrer Wehrhaftigkeit verloren. Aber sie waren nicht dazu gedacht, einen einzelnen Mann zu stoppen – zumal dann nicht, wenn dieser Eindringling ein so verstohlener Kundschafter wie Ormgair war. Auf den Zinnen über ihm patrouillierten nur wenige Männer. Und keiner von ihnen kam auf die Idee, sich an den Rand der Brüstung zu stellen und an der bauchigen Mauer herabzusehen. Warum auch? Die Stadtlinge fühlten sich sicher hinter ihrem uneinnehmbaren, künstlichen Horizont, der den Titanensturm überlebt hatte, zwischen gigantischen schwarzen Türmen, die wie Speerspitzen aus Obsidian ihre Schatten warfen und über denen sich das zyklopische Kuppeldach des Nebelschilds erhob. Die magische Barriere schloss genau mit der Brüstung der monströsen Stadtmauern ab. Ormgair hatte vor seinem Aufstieg nicht einmal gewusst, ob man die Kuppel überhaupt von außen durchdringen konnte, ob sie nur Nebel abhielt oder auch feste und lebende Dinge. Und was mit ihm geschehen mochte, wenn er hindurchstieg.

Er fühlte sich gut, obschon er vorhin noch vor Zorn gebrodelt hatte. Was immer Fahlsang war, was immer die Waffe mit ihm tat, er war ihr unendlich dankbar. Sein Körper war nicht länger eine endlose Quelle der Pein, kein Schrein der Vergänglichkeit. Obwohl er äußerlich keinen Tag jünger geworden war, fühlte er sich, als könne er Bäume ausreißen. Die grässlichen Nadelstiche in seinen Gelenken hatten sich den ganzen Weg über die tote Heide und verderbte Karstlandschaft nicht gemeldet. In einem leichten Lauftempo war er Tage unterwegs gewesen, hatte ärmliche Siedlungen aus Stein und Riedgras unter den Schildkuppeln kleinerer Feudalherren passiert. Ihre Bewohner hatten, als sie ihn in der Ferne erspähten, den Schutz der Burg aufgesucht. Einmal waren Ritter zu Pferd hinter ihm hergeritten und hatten in der Zunge der Stadtlinge gefragt, wohin er unterwegs sei. Er hatte ihnen das Zeichen des Handels gezeigt, das er mit Asche und Farben nach alter Sitte auf seinem Handrücken angebracht hatte. Niemand war überraschter gewesen als er selbst, als ihre Sprache ihm so leicht von der Zunge ging wie vor etlichen Wintern, als er noch ein junger Mann gewesen war und sie gelernt hatte. Sie hatten ihn abschätzig beäugt und dann entschieden, dass er ihrer Mühen nicht wert war.

Nur ein alter Barbar, der in der Penta ein paar Dinge tauschen wollte. Narren, ha!

Er hatte seinen Weg fortgesetzt, seine ganz eigene Pilgerreise zur Festung jenes Titanen, aus dessen Fleisch und Blut vor Urzeiten seine Vorfahren entstiegen waren! Nichts konnte ihn mehr stoppen. Nichts würde ihn aufhalten. Oder eher: so gut wie nichts. Er war ein einfacher Mann von einfachem Gemüt. Ein Kämpfer. Andere säten und schufen. Er nahm und tötete. So war nie jemand unvorbereiteter als er gewesen, als ihm vor einigen Stunden von einem übermächtigen Feind der Eintritt in die Stadt verwehrt wurde, mit dessen Verschlagenheit ein Mann wie Ormgair einfach nicht hatte rechnen können: der Gott der Stadtlinge, der Büh-ro-krati hieß und dessen Priester den Zugang zur Penta Fomor bewachten. Als er den ehrfurchtgebietenden Zwinger der östlichen Stadtmauer durchschritt – ein gähnender Granitschlund, hoch wie zwei Eichen und breit genug, um eine Schildwand aus Huscarls passieren zu lassen –, hatten ihm zwei schwer gerüstete Stadtwachen den Weg durch eine kleine Ausfalltür in dem monströsen Fallgatter auf der Stadtseite verstellt. Kleine, in bösartigem Licht funkelnde Nebelsteine hingen an Eisenketten um ihre Hälse. Die Barriere des Nebelschilds, die sich scheinbar durch die ganze Stadtmauer bis in den Boden zog, hatte die Wächter ausgespien. Eine Membran, als hätten sich die Gesetze, die alle Dinge am Boden hielten, ins Gegenteil verkehrt und sich ein See auf die Seite gestellt. Sie waren daraus hervorgetreten, und der Schimmer des Kraftfeldes war wie ein Krönungsmantel von ihren Schultern geflossen. Die Wächter hatten den im Zwinger schwappenden Nebel vertrieben, rissen mit ihren Zaubersteinen Löcher in seine Struktur wie glühender Stahl in den Neuschnee. Ormgair hatte ihre Furcht und Nervosität riechen können, wie sie so dastanden und seine Absichten erwogen.

Noch während er mit dem Gedanken spielte, sie zu erschlagen, hatten sie eine Gasse für einen Mann in Kleidern geöffnet, die denen ähnelten, wie die Weiber der Stadtlinge sie trugen. Der Greis, der mehr Ähnlichkeit mit einer Spitzmaus als einem aufrechten Mann aufwies, hatte Ormgair mit einer Vielzahl von Fragen bedrängt. Die Männer zu seiner Seite hatten gerüstete Finger um die Schäfte großer Waffen gelegt, die an den Feuern aller Stämme stets für Erheiterung gesorgt hatten: Sie waren nicht Speer noch Axt, sondern wollten beides sein. Hellebarden wurden sie genannt, und es waren nutzlose Waffen, wie nur Stadtlinge sie ersinnen konnten.

Während der seltsame Schamane, der sich selbst Be-amter nannte, Zauber mit einer Feder auf dem Pergament wob, das auf dem Bauchladen vor seinem birnenförmigen Wanst hing, hatte sich Ormgair umgesehen. Zu seiner Verwunderung hatte er festgestellt, dass der riesige Durchlass des Zwingers unzählige Scharten und Mordlöcher aufwies. Öffnungen, aus denen gut ein Dutzend Schusswaffen auf ihn gerichtet waren – sowohl ehrliche Bögen als auch die seltsamen Eisenbögen der Stadtlinge. Diese kannte er ebenfalls, es waren feige Waffen, die kleine, grausame Stahlbolzen in die Knochen ihrer Opfer schlugen und einen Krieger in bester Rüstung zu töten vermochten. Ormgair bleckte die Zähne. Er konnte nur hoffen, dass die Geister von Be-amter ihm gewogen waren und dass Büh-ro-kratie ihn für würdig befinden würde.

Er war enttäuscht worden. Für den Einlass verlangten die Priester des Büh-ro-kratie klingende Münze. Ormgair hatte ein Knurren ebenso unterdrücken müssen wie den Wunsch, den schwächlichen Wurm und seine beiden Wachen niederzustrecken. Es war seine eigene Schuld gewesen: Er hatte nun mal das Wichtigste im Umgang mit Stadtlingen nach so vielen Jahren vergessen. Dass sie in ihrer Gier noch tumbere Kreaturen waren als die Kreen. Ohne es zu Gewalt kommen zu lassen, die die Wächter sichtlich erwarteten, war er seiner Wege gegangen. Er hatte sich den halben Tag Zeit genommen, aber an allen Toren der Stadt war das Ergebnis das gleiche gewesen. Ohne Barschaft hießen ihn die verweichlichten Aaskrähen, die nun auf den Überresten des heiligsten Wesens seines Volkes brüteten, nicht willkommen.

Irgendwann hatte er sich in den Nebel vor der Stadt zurückgezogen, damit ihn die Wächter aus den Augen verloren. Er hatte auf einer Wegmarke der Stadtlinge Platz genommen und vor sich hin gebrütet. Dabei war ihm die Mauer aufgefallen. Und dass die Anzahl derer, die auf ihr umhergingen, recht überschaubar war. Er hatte zuerst überlegt, bis zum Einbruch der Nacht zu warten, dann aber beschlossen, dass seine Chancen bei Tag besser waren. Nachts würden Feuer in Körben auf der ganzen Mauer lodern und weitaus mehr Wachen dort sein.

So hatte er Fahlsang gezogen, die Klinge geschärft und geölt – und dann seine wenigen Besitztümer mit Sehnen und Hanfseilen am Körper gesichert. Alles in ihm schrie danach, dass es in seinem Alter Wahnsinn sei, eine solche menschengemachte Wand zu erklimmen. Was, wenn seine Knie oder andere Gelenke genau dann von den Geistern der Krankheit befallen wurden, wenn er in der Höhe hing? Er hatte diese Zweifel und lähmenden Gedanken beiseitegewischt. Sie waren verflogen wie Dunst, als er den Griff von Fahlsang umklammerte und über seine Aufgabe nachdachte. Die Vorfreude auf den glorreichen Kampf gegen diesen König aller Mörder, und die Aussicht, seinen Thron zu nehmen und sich selbst diesen Titel zu verleihen, hatten ihm die nötige Zuversicht verliehen. So hatte er einen Punkt der unfassbar breiten Stadtmauer gewählt, der vollkommen im Nebel auf dem Scheitelpunkt der Krümmung des Granits lag. Dann hatte er mit seinem Aufstieg begonnen.

Nun hing er mehr als zehn Mannshöhen über dem Boden. Es war gut, dass der Untergrund so hart und gnadenlos war. So musste er nicht befürchten, als Krüppel zu enden. Er würde zerschellen, sollte er abrutschen.

Der Geruch einiger erster Wachtfeuer lag wie ein schwaches Versprechen der sich anbahnenden Gewalt der nächsten Stunden über den Zinnen. Die Stimmen der bewaffneten Stadtlinge auf den Mauern hallten geisterhaft im Wind. Ab und zu lachten sie das raue Lachen, das Ormgair von heimischen Feuern kannte. Die milchige Barriere, die die Stadt überspannte, verzerrte das Stimmgewirr leicht, so als sprächen die Truppen hinter einem schweigenden Wasserfall. Es war das Lachen von Kriegern. Von Männern, die kämpften und starben, gleichwohl wo sie geboren sein mochten. Etwas wie Respekt erwachte in ihm. Wenn sie ihn hier oben stellten, würde er einige von ihnen mit einem guten Tod zu ihrem Lichtfürsten senden. Ein Zeichen der Anerkennung. Und sollten sie ihn töten, so war es gut zu wissen, dass er durch die Hände würdiger Männer sterben würde. Oder würdiger Frauen?

Einige der Stimmen, die er vernahm, waren eindeutig die von Frauen. Er hatte oft Gerüchte vernommen, dass mittlerweile auch die Weiber der Stadtlinge den Stahl führten und den Tanz aller Klingen bis zum Ende tanzten, aber er hatte es bislang nicht glauben können. Und doch – das raue Gelächter, das er so eindeutig erkannte, gehörte auch zu Frauen. Wahrlich, diese Stadtlinge waren ein seltsames Volk.

Er sammelte seine Kräfte und brachte den letzten Fuß des Aufstiegs mit beachtlicher Schnelligkeit hinter sich. Er kam nicht umhin, immer wieder zu verharren und die jugendliche Kraft zu hinterfragen, die ihn seit Tagen erfüllte. Seine Wunden waren längst verheilt, die Ereignisse im Dorf der Kreen nicht mehr als ein Schatten der Vergangenheit. Er spürte, dass die Gabe der Klinge, über die er so gar nichts wusste, ihren Preis noch fordern würde, wenn es an der Zeit war. In seinem Alter wusste man, dass nichts umsonst war.

Er hatte sein Ziel erreicht. Ormgair verharrte einige Herzschläge lang, den Oberkörper eng an die Wölbung des alten Steins gepresst. An jenen Fels, der vor Unzeiten von eben jenem Titanen getragen worden war, dessen Urteil der Kundschafter begierig erwartete. Ormgair presste sein Gesicht ehrfürchtig an den gigantischen Quader. Seine Reaktion erstaunte ihn selbst. Eine solche Auslegung des Glaubens war die Art der Stadtlinge. Aber irgendwie kam es ihm richtig vor. Für kurze Zeit schienen sie eins zu sein. Sein Bart und die Flechten, sein verwittertes Gesicht und der Fels, beide von der Erosion eines endlosen Kampfes gegen die Elemente gezeichnet. Der Geruch des Steins drang in seine Nase, ein sauberer Duft von Alter, Klarheit und Reinheit.

Kurz flirrten Bilder jener Vision vor seinem geistigen Auge auf, die er in Fahlsangs Gefängnis gehabt hatte. Die Schlachten, die dieser Felsen gesehen hatte, getauft im Blut derer, die wie unwürdige Insekten zu Füßen Fomors ihr Leben ausgehaucht hatten. Er lauschte, aber direkt über ihm war kein Laut zu vernehmen. Doch er spürte einen dumpfen Druck, die entfesselten arkanen Energien alter Tage, die in den Fels eingesickert waren wie das alte Blut, die mit der seinen Verstand übersteigenden Kraft der Kuppel resonierte. Je weiter er kam, desto mehr spürte er diese Kräfte. Ein urtümliches Vibrieren. Ein unhörbares Summen, ein nagender Juckreiz, der sich bis in den Schmelz seiner Zähne fortzusetzen schien. Eine Empfindung, intensiv wie das Pochen einer Wunde und gleichzeitig so seltsam süß wie der Klang eines Windspiels aus Metallröhrchen. Ormgair wusste eines mit plötzlicher Gewissheit: Würde er hierbleiben, dann könnte ihn dieser Nicht-Klang ewig hier festhalten und seinen Geist mit den

Bildern alter Zeiten überfluten, bis alles gleich war. Dann würde er fallen. Und fallen. Und fallen.

Er schrak zusammen. Sein Körper hatte sich verlagert. Fahlsang war in seiner Rückenscheide verrutscht, und die plötzliche Gewichtsverlagerung riss ihn aus seinem seltsamen Zustand. Eine seiner Hände hatte den Griff um den Felsen gelöst, ohne dass es ihm bewusst geworden war. Schnell fasste er wieder zu, presste sich an die Mauer und atmete deutlich schneller. Sein Herz schlug nun einen schmerzenden Gegenrhythmus zu den seltsamen Energien der Kuppel. Fast hätte er sich willentlich in den Tod fallen lassen. Wie, bei den Ahnen, hatte sich die Scheide lösen können? Er hatte sie vor dem Aufstieg gesichert. Fast war es, als wolle die Stadt nicht, dass er Fahlsang mit sich hineinbrachte. Oder war es gar Fomor, der die Waffe ablehnte? Ormgair spie einen Klumpen Rotz in den Wind und betrachtete, wie er davonflog. Es brachte nichts, sich darüber das Hirn zu zermartern. Er musste weiter!

Er lauschte noch einmal. Nichts.

Schließlich schwang er sich über die Mauer. Und damit in den Schild.

Er wusste nicht, was er eigentlich erwartet hatte. Die Stadtlinge gingen schließlich andauernd ungehindert durch ihren Schild. Darum erwartete Ormgair nicht, dass er auf Widerstand treffen würde, und er hatte nicht mit der eisigen Kälte gerechnet, die er plötzlich empfand. Sie sickerte binnen Augenblicken bis in seine Knochen, während er sich mit zusammengekniffenen Augen und angehaltenem Atem durch die einige Schritte dicke Barriere schob, die hinter der Brüstung lag.

Innerhalb der Barriere war es totenstill. Kein Laut drang von außen in die doch eigentlich unstoffliche Membran, die weder Luft noch Wasser noch fest war und doch irgendwie all das zu sein schien. Der Ruck kam daher auch so unvermittelt, so überraschend, dass es Ormgair förmlich nach hinten riss. Aus dem Gefühl, sich lediglich durch einen kälteren, stilleren und etwas kompakteren Teil des Nebels zu bewegen, wurde schlagartig eine andere Erfahrung. Als wäre ihm ein unsichtbarer Ranzen gewachsen, der von brutalen Händen hinter seinem Rücken festgehalten würde. Die Barriere schien sich auf einen Schlag in Sirup verwandelt zu haben.

Die Zeit stand still. Ormgair riss die Augen auf, sah aber nichts außer dem milchigen Perlmutt des Kraftfelds, in dem er festsaß. Er stemmte sich mit ganzer Kraft dagegen und gegen den unsichtbaren Klammergriff, der ihn nach hinten zu reißen versuchte, sodass er einem Windhund gleich mit der Nase nach vorn gereckt dastand. Der Schweiß brach ihm aus.

Da erkannte es Ormgair: Nicht ihn hielt die Barriere, sondern Fahlsang. Die Waffe war es, die verhinderte, dass er die Mauer durchdringen konnte. Das Kraftfeld und die uralte Waffe lagen in einem Widerstreit, der ihn zerreißen würde, wenn er es nicht irgendwie schaffte, die Klinge hindurchzuziehen! Mit jeder Sekunde, die er hier verbrachte, stieg die Wahrscheinlichkeit, von kräftigen Armbrustbolzen durchbohrt zu werden.

Er hörte auf, sich gegen die irrsinnige Kraft zu stemmen. Mit flinken Bewegungen öffnete er die Schnalle seines Schwertgürtels vor der Brust und ließ sich vorsorglich zu Boden fallen. Er verharrte einige Herzschläge. Allmählich ging ihm die Luft aus. Auch wenn es womöglich nur purer Aberglaube war, der verhinderte, dass er innerhalb der Barriere einatmete, so zwang er sich dennoch dazu, die Luft anzuhalten. Dieser Zauber war ein Werk der Stadtlinge und konnte nicht gut für einen Mann des Amboss sein.

Als er sich sicher war, dass der erwartete Beschuss ausblieb, wandte er sich um, und seine Augen weiteten sich. Die Schwertscheide hing in der Luft, wo er sie abgeschnallt hatte. Sie stand in der Schwebe, einem Insekt gleich, das in einem Bergsteinklumpen ruhte. Fassungslos und von einer instinktiven Furcht gepackt, die so alt war wie der Mensch selbst, spreizte er die Finger der Rechten, streckte die Hand aus und führte den Arm unter der Waffe hindurch, um sich zu vergewissern, dass sie nicht auf einer unsichtbaren Stele ruhte.

Langsam, unendlich langsam und mit immer mehr zur Neige gehenden Luftreserven in der Lunge griff er nach der Waffe. Er hätte die Hand lieber in einen Korb mit Vipern gehalten, aber ihm blieb keine Wahl. Fahlsang war sein – und er wollte nicht auf seine Kraft verzichten, wenn er dem Totenkaiser gegenübertrat.

Er ballte die Faust um den Griff der Waffe, packte mit der Linken die Scheide und zog. Zuerst glaubte er, dass sich die Klinge wehren würde, doch sie ließ sich – wenn auch mit immenser Anstrengung – bewegen. Die Klinge fühlte sich regelrecht heiß an. Er hielt mit der Linken weiterhin die Scheide, weil er hier nichts zurücklassen wollte, ging wieder in die Hocke und brachte die letzten Schritte in der Barriere hinter sich. Dabei hatte er das Gefühl, einen Pflug zu ziehen. Dort, wo der Stahl durch den ephemeren Nichtstoff des Energieschirms glitt, schimmerte kränklich grünes Licht in dem entstandenen Spalt. Ormgair kam es vor, als hätte er eine Wunde geschnitten. Doch der Luftmangel setzte ihm zu, also ignorierte er den seltsamen Vorgang und durchstieß endlich auf der anderen Seite den Nebelschild.

Zwar war aus seinem Taumeln im Inneren der Wand der Nebelkuppel nun eine kontrollierte Bewegung geworden, doch noch immer schrie Ormgairs Lunge nach Luft. Er atmete erst einmal gierig ein, als die eiskalte Energie von ihm abglitt.

Der Gestank der Stadt mit all ihren verschiedenen Gerüchen traf ihn wie ein Schlag. Er schloss die Augen, japste und versuchte, ein lautes Husten zu unterdrücken.

Mit letzter Kraft sprang er in den Schatten eines riesigen Katapults und blickte sich um. Die Oberseite der Mauer und ihr Wehrgang waren doppelt so breit wie die Straßen der Stadtlinge. Fast überall standen Katapulte und Triböcke. Wie das vergessene Spielzeug eines Kindgottes standen die gigantischen Kriegsmaschinen über die gesamte Breite der Mauer verteilt, während auf dieser Seite der Membran trotz der Höhe nicht der geringste Lufthauch zu spüren war. Fassungslos starrte Ormgair nach oben – und sah das Tagesgestirn der Welt, in der er lebte, zum ersten Mal. Einem uralten, nicht näher erklärbaren Impuls folgend, legte er den Kopf in den Nacken und schloss die Augen. Das Licht des Gestirns war so hell, dass es durch die Lider drang und das Innere seines Kopfes mit rötlicher, mütterlicher Wärme zu füllen begann. Strahlen tanzten auf seinem Gesicht.

Gegen seinen Willen, an einem Ort wie diesem zu verweilen und sich so in Gefahr zu bringen, musste er lächeln. Obwohl seine abergläubische Furcht förmlich danach schrie, dass nicht sein konnte, was er sah, genoss er es. Hier war die Welt so, wie sie sein sollte, das spürte er einfach – ob es nun eine Illusion war oder nicht. So hatte es einst auf der ganzen Welt ausgesehen, bevor die Hexer gekommen waren und die Herren von Thetis versklavt hatten.

»Wa… Was tut Ihr da? Wer seid Ihr?«

Die Stimme drang in seine Gedanken, und die Wärme war verschwunden. Ormgair wirbelte herum. Vor ihm stand ein Mann. Nein, ein Knabe. Er trug eine Rüstung, die ihm eindeutig zu groß war, und richtete einen anklagenden Finger auf Ormgair. Der gab ihm keine Chance, weitere Soldaten auf ihn aufmerksam zu machen. Er machte einen Satz auf den Burschen zu, noch bevor dieser dazu kam, seine Waffe zu ziehen, packte ihn mit der einen Hand am Genick und riss gleichzeitig sein Knie in die Höhe.

Mit einem Knirschen barst die Nase des Wächters unter seinem dünnen Blechschutz. Ormgair schlang einen Ellenbogen um den Hals des Jungen und drückte zu, bis dessen schwache Gegenwehr erlahmte. Bevor der Bursche sterben konnte, gab er ihn wieder frei und ließ den Körper zu Boden gleiten.

»Nichts für ungut, Welpe. An einem anderen Tag hätte ich einen guten Kampf zu schätzen gewusst, aber ich muss den Totenkaiser finden. Und du musst mit deiner Schande leben.«

Ormgair war nicht hergekommen, um Stadtlinge zu töten, die nicht einmal Flaum im Gesicht trugen. Als er hinter dem Katapult hervorlugte und die Länge der Mauer in beide Richtungen erkundete, sah er die übrigen Soldaten. Sie standen weit entfernt zu seiner Linken, in einer großen Traube um einen Anführer in reich geschmückter Rüstung. Dieser Mann gab Geschichten zum Besten, so schien es, denn ab und zu bogen sich die anderen Gestalten vor Lachen. Sie waren erfahrene Soldaten, doch da sie bei Tag keinen Angriff erwarteten, hatten sie diesen Burschen zum Wächter erkoren.

Da bemerkte Ormgair, dass sich etwas verändert hatte. Er blickte nach oben. Der Himmel über der Stadt war noch immer wolkenlos, die Sonne schien auch – aber nun war es ganz eindeutig eine Illusion, die er erblickte. Alles sah wie gemalt aus. Trügerisch, aber nicht echt genug, um das geschulte Auge eines Kundschafters zu täuschen. Was hatte er nur gerade erlebt? Die Wärme der Sonnenstrahlen hatte auf seiner Haut und hinter seinen Augen gekitzelt. Damit war es nun vorbei. Ob die Stadtlinge wirklich so töricht waren, das gesamte Innere ihrer seltsamen Schutzkuppel mit solcher Hexerei zu verändern?

Ormgair spie aus und wandte sich zu der Stelle um, durch die er die Stadt betreten hatte. Tatsächlich endete die Illusion bereits einige Schritte über der Mauer und ließ so einen Ring oder Gürtel frei, durch den man von den Zinnen nach außen blicken konnte. Deutlich sah er die Stelle, an der er eingedrungen war, und ihm ging auf, dass er frei sichtbar an der Mauer gestanden und sich wie ein Irrer gebärdet haben musste. Hätten Wachen auf dieser Seite ihn gesehen, sein Handeln hätte aus dieser Perspektive wohl den Verrenkungen eines vom Wahn besessenen Gauklers geglichen.

Aber diese Erkenntnis war es nicht, die seinen Blick fesselte. Er starrte auf den winzigen Spalt, der im Nebelschild klaffte. Von hier aus war er kaum zu erkennen, nicht breiter als ein Daumennagel. Legte er aber den Kopf schief und ging etwas zur Seite, dann konnte Ormgair etwas sehen, das sich wie eine schwach glühende, etwa fingerbreite Narbe durch den Schild zog. Und an ihrem Ende auf der Stadtseite der Mauer, dort, wo der Nebeljäger den Schild verlassen hatte, bewegte sich etwas.

Ormgair verengte die Augen. Es war der Nebel.

Durch die winzige Fissur sickerte er ins Innere. Wie von einem unheimlichen Eigenleben erfüllt, kroch ein an einen Fangarm erinnernder Nebelfinger, kaum dicker als ein Regenwurm, aus dem Riss und zerfaserte. Kalter Rauch, der aus einem winzigen Flaschenhals rann, den eisigen Bächen aus Schneestaub nicht unähnlich, die sich von hohen Gipfeln ergossen. Ormgair hatte sein Leben im Nebel verbracht. Nie hatte er ihn als etwas anderes wahrgenommen als einen steten Begleiter. Aber hier, an dieser gigantischen Mauer mitten im Schoß der Zivilisation, konnte er die Stadtlinge und ihre Furcht vor dem endlosen Grau zumindest einen kurzen

Augenblick lang verstehen. Der Nebel sickerte durch die Mauer, tastete sich wie ein von einem Eigenleben erfüllter Parasit vor. Mit einem Schaudern wandte sich der Nebeljäger ab. Wie der winzige Nebelfaden auf den reglosen Körper des jungen Mannes zukroch und sich um seinen Hals legte, sah Ormgair nicht mehr.

Aus den Chroniken des Kataklysmus der Erzmagi, verfasst dreihundert Jahresläufe nach dem Titanensturm, Anonymus:

… so gilt es nahezu als gesichert, dass die Fünf zum Zeitpunkt ihrer Vernichtung die Letzten auf dem ganzen Weltenrund waren, die wussten, wie wahre Magick zu nutzen ist. Das Geheimnis ihrer Anwendung scheint damit verloren. Eine Tatsache, die jeden Bürger des Kontinents Aehve sicher besser schlafen lässt. Doch noch immer herrscht große Unklarheit, ob die Auslöschung der Magick auch jene betrifft, von denen wohl die Rede ist, wenn man von »Nebelmachern« spricht – Menschen mit seltsamen und unwirklichen Kräften, von denen die meisten sich auf den Schutz der Verborgenheit verlassen, weil man sie sonst jagen würde. Sie sind die Kräuterweiber, Wahrsager, Tiersprecher und Schlangenbeschwörer aller verbliebenen Nationen – auch wenn es nur noch wenige von ihnen gibt und die wenigsten von ihnen es wagen, sich offen zu zeigen. Die Gefährlichsten aber sollen jene sein, die ihre Kräfte einsetzen, um der Todesgöttin Sharis zu huldigen. Möge der Lichtfürst uns behüten.

Hora des Lichtfürsten, 301 adis Pentae.

14. Clach

Das Innere der Kaschemme war ein Spiegel ihres äußeren Zustandes. Ein zweistöckiges Fachwerkhaus, das wie alle Gebäude der Unterstadt dergestalt vom Alter gezeichnet war, dass es bereits halb in sich zusammengesunken war. Wäre kein Licht aus den mit Ölpapier leidlich verschlossenen Fensterluken im Untergeschoss gedrungen, man hätte das Gebäude für verlassen halten können.

Doch die Besucher dieses Etablissements machten sich nichts aus Äußerlichkeiten. Wer den »Letzten Becher« betrat, der gehörte zu einer illustren Gesellschaftsschicht, für die das Leben nur insofern einen Wert besaß, als dass es das eigene zu verteidigen galt. Schmuggler, Diebe, Schieber, Räuber, Mörder – im »Letzten Becher« gaben sie sich ein Stelldichein. Man kannte sich hier, wusste, welcher Natur die Tätigkeiten der jeweils anderen waren – und stellte keine Fragen. Zumindest stellte man Fragen nur denjenigen, die offenkundig gewillt waren, für klingende Münzen Antworten zu geben.

Genau auf der Suche nach so jemandem war der Totenkaiser, als er die beiden Stufen des abgesenkten Kellereingangs hinunterging und die Tür der Taverne aufstieß. Eine unschöne Mixtur aus Gerüchen hämmerte im Innenraum auf ihn ein. Es war das Odeur aus verkochtem Kohl, abgestandenem Tabakgestank und ungewaschenen Körpern.

Die Kaschemme war brechend voll. Abgerissene Gestalten

bevölkerten die Tische. Ein paar alte Sturmlaternen hingen an eisernen Haken, die man in die Wände getrieben hatte, wo es gerade passte. Auf der gegenüberliegenden Seite der Tür warfen drei bullige, mit Hautbildern nur so übersäte Flussmatrosen Wurfäxte in einen arg mitgenommenen Holzpfeiler. Auch die übrigen Pfeiler, die das über der Schankstube liegende Gebäude trugen, erinnerten eher an gespannte Langbögen als an stabile Säulen, derart stark war ihre Krümmung.

Als Clach eintrat, sondierten sofort ein gutes Dutzend Gesichter, ob er hierhergehörte. Wie er gekleidet war und sich bewegte. Ob er es wert war, überfallen, ausgeraubt, getötet oder umschmeichelt zu werden. Nach einem Blick auf seine drahtige Gestalt in dem schwarzem Leder, die beiden Dolchscheiden an seinem Gürtel und den kalten Glanz seiner Augen beschloss man, ihn in Ruhe zu lassen.

Clach ließ seinerseits seinen Blick durch den Raum schweifen, bevor er zufrieden die Tür hinter sich schloss.

Falls man bereits Jagd auf ihn machte – und das war fraglos der Fall –, dann war offenbar hierher noch nichts oder nur wenig durchgedrungen. Die Kapuze tief ins Gesicht gezogen, bahnte er sich seinen Weg durch das stickige Halblicht. Er hoffte sehr, dass der Mann, den er nach seinem Besuch des Sharis-Tempels angeheuert hatte, hier sein würde.

Er hatte brennende Fragen, und es wurde Zeit, dass jemand ihm ein paar Antworten gab, mit denen er einen Weg aus dieser Misere finden konnte. Nicht dass Clach es nicht gewohnt gewesen wäre, gejagt zu werden. Aber die Masse seiner Verfolger und Feinde schien mit jedem Herzschlag zuzunehmen, während seine Kenntnisse über die Dinge, die um ihn herum vor sich gingen, stetig abnahmen. Er hatte – das musste er sich eingestehen – die Kontrolle über die Ereignisse verloren. Falsch. Leute verloren eine Börse oder verlegten etwas. Clach nicht. Er hatte stets die Kontrolle über die Ereignisse, war stets Herr der Lage. Er hatte nichts verloren, sondern die Herrschaft über seine Lage war ihm aktiv entzogen worden.

Er steuerte eine Nische an, in der zwei heruntergekommene Beutelschneider saßen und eifrig über eine der kaum vorzeigbareren Schankmaiden und die Üppigkeit ihrer Vorzüge diskutierten. Als sein Schatten auf sie fiel, blickten sie auf. Der eine setzte bereits zu einer Unflätigkeit an, bevor er den Blick der Augen unter der Kapuze bemerkte. Clach war nicht in Stimmung für Diskussionen. Lange genug hatte er sich an der Nase herumführen und täuschen lassen. Subtil änderte er seine Körperhaltung, signalisierte seine Bereitschaft zu handeln. Die beiden Diebe räumten den Tisch. Der eine griff nach der Flasche mit Branntwein, die halb voll in der Mitte der vernarbten Holzplatte stand. Clach schüttelte leicht den Kopf. Der Mann nahm die pockennarbige Hand von seinem einstigen Eigentum. Er und sein Kamerad schlichen davon. Feldmäuse unter den dunklen Schwingen einer Eule.

Clach setzte sich mit dem Rücken an die Wand des Alkovens. Er ergriff die Dochte von zweien der drei Kerzen im fleckigen Leuchter auf dem Tisch und erstickte sie. Wohliger Schatten legte sich über die gesamte Nische. Mit fast schon gezierten, gut sichtbaren Bewegungen zog er die Handschuhe aus und legte sie über Kreuz auf den Tisch. Dann schob er einen der beiden Zinnbecher auf den leeren Platz ihm gegenüber.

Er brauchte nicht lange zu warten. Eine verstohlene Gestalt, die sich mit der Vorsicht eines Menschen bewegte, der selbst dann eine Falle vermutete, wenn die eigene Mutter ihm ein Frühstück bereitete, kam auf ihn zu. Hermodes, von jenen, die seine Dienste in Anspruch nahmen, wegen seines Verhaltens nur »Hermelin« genannt, trat an den Tisch. Aus dieser Entfernung wurde schnell klar, warum der Mann diesen Namen trug. Sein abgemagerter Körper und das spitze

Gesicht mit den Augen, so braun, dass sie fast schwarz wirkten, hatte nicht nur etwas von einem Marder. Eines der Tiere saß auch auf seiner Schulter, hielt einen Brocken Dörrfleisch in den Vorderpfoten und beäugte Clach misstrauisch, während ein zweites sichtbar unter seiner Kleidung umherwuselte.

»Kapuze«, war alles, was Hermodes mit unangenehm hoher Stimme hervorbrachte. Clach neigte respektvoll den Kopf vor der Vorsicht des Mannes. Er kam der Aufforderung für einen Augenblick nach, wobei ihm nicht entging, dass Hermelin so stand, dass er ihn vor den Blicken etwaiger Beobachter schützte. Clach liebte es, mit Menschen zusammenzuarbeiten, die ihr Handwerk verstanden. Er zeigte Hermodes sein Gesicht.

Der Spitzel nickte befriedigt. Er nahm den Marder von der Schulter, zischelte dem Tier etwas in eines der sich bewegenden Öhrchen und setzte es dann auf dem Tisch ab. Sofort nahm der Marder eine aufrechte Haltung an und wandte sich mit einer flinken Drehung in Richtung der Schankstube in Hermelins Rücken. Aufmerksam studierte das Tier die Vorgänge hinter seinem Herrn. Erst dann setzte sich der Spitzel.

Seine derbe Tuchjacke teilte sich, und zwei Knopfaugen blinzelten im Alkoven, als seine Brust seinen zweiten Begleiter gebar. Wie ein lebendig gewordener Teil von Hermodes' Anatomie, eine Schlange, die aus seinem Brustbein drang, floss ein größerer Steinmarder förmlich aus dem Saum. Das Tier schnupperte kurz an dem bereitstehenden Becher und der Flasche mit Branntwein und fiepte dann. Dann zog es sich zurück in sein Refugium.

Hermodes nickte zufrieden, griff nach der Korbflasche und goss sich einen großzügigen Schluck ein. Er warf Clach einen fragenden Blick zu, die Flasche noch immer in der Hand. Der Totenkaiser legte die mittlerweile wieder behandschuhte

Rechte auf den anderen Zinnbecher. Hermodes' Blick wurde kurz sehr misstrauisch, dann erinnerte er sich, wer dort saß.

»Wollte ich dich tot sehen, denkst du, wir säßen hier gemütlich an einem Tisch?«, fragte Clach amüsiert.

»Nach dem, was ich heute erfahren habe, bist du der vertrauenswürdigste Mann, mit dem ich überhaupt an einem Tisch sitzen kann«, entgegnete Hermodes. Er fuhr sich nervös mit der Hand durch sein schütteres Haar. »Ich habe erst überlegt, ob ich überhaupt erscheinen soll …«

»Doch dann ist dir klar geworden, mit wem du einen Handel eingegangen bist.« Clach meinte es nicht als Drohung. Es war eine Tatsache.

»Aber wie ich schon sagte, ohne deinen verdienten Ruf ankratzen oder dich beleidigen zu wollen, bei dem, was hier vor sich geht, bist du mein kleinstes Problem.«

»Und was geht vor?« Clach legte die Fingerspitzen zusammen.

Hermodes nahm noch einen großen Schluck Branntwein und rollte genussvoll die Augen. Er goss sich nach und trank noch einen. Clach ließ ihn gewähren. Ein guter Attentäter wies viele Eigenschaften auf – Geduld war die wichtigste. Schließlich räusperte sich das Mardergesicht. Er warf einen letzten Blick auf seinen kleinen Wachtposten, der immer noch auf den Hinterbeinen auf dem Tisch stand. Erst dann lehnte er sich verschwörerisch nach vorn. »Du hast keine Vorstellung, was hier vor sich geht. Und bevor du mir zürnst: Ich hatte auch keine, bevor ich für dich danach gegraben habe.«

»Komm bitte zum Punkt.«

»Sicher. Man hat in den letzten Monaten stets Gerüchte gehört. Tratsch und Altweibergeschichten über etwas, für das keiner einen richtigen Namen hat.« Schweißperlen zeichneten sich auf seiner Stirn ab, als Hermodes fortfuhr. »Alle sprachen immer nur von ›der Neuen Macht‹. Du wirst auch davon gehört haben. Das zog sich durch alle Kreise.«

Clach nickte und machte eine einladende Geste. Fahr fort!

»Aber kennst du auch nur einen, der diesen Gerüchten aktiv nachgegangen ist? Ich meine, auch nur einen?«

Clach dachte kurz darüber nach, dann schüttelte er den Kopf. Er kannte niemanden. Sich selbst eingeschlossen.

»Eben. Ich selbst habe heute Mittag begonnen, die richtigen Fragen bei den richtigen Leuten zu stellen. Normalerweise reicht das. Heute nicht. Niemand konnte mir weiterhelfen. Ich musste erst die *falschen* Fragen stellen. Bei den *falschen* Leuten. Und selbst als ich sie gestellt hatte, lief es nicht gut.«

»Lass mich raten«, sagte Clach. »Du hast einige der Dinge, die du erfahren hast, wieder vergessen? Oder zumindest hättest du es fast?«

Hermodes sah ihn an, als hätte Clach gerade den abgeschnittenen Kopf seiner Mutter auf den Tisch gewuchtet.

»Woher weißt du …« Clach lächelte milde. »Jedenfalls musste ich arg dagegen ankämpfen. Den ganzen Tag fiel es mir schwer, mich zu konzentrieren. Aber vergessen habe ich von den Dingen, die ich rausgefunden habe, nur wenig. Ich nehme an, es liegt an meiner Gabe.«

»Gabe?«

»Jeder, den ich gefragt habe, der wirklich etwas wusste – wirklich wusste –, hat eine. Über jeden gibt es Gerüchte, Getuschel.« Er deutete auf seinen pelzigen Begleiter, der immer noch auf dem Tisch aufragte wie der stolzeste und kleinste Turm der Welt. »Oder kennst du viele Leute, die mit ihren Tieren sprechen? Und wie viele Nebelmacher kennst du sonst so, Totenkaiser?« Die letzten Worte zischte Hermelin und lächelte säuerlich.

»Ich verstehe«, sagte Clach.

»Jedenfalls«, fuhr Hermodes fort, »bis auf Sonderlinge wie uns und ein, zwei andere vergessen alle Leute, die man sonst zu dieser Neuen Macht befragt, das Ganze. Oder sie verweisen alles in das Reich der Märchen, behaupten, das wären nur Gerüchte.«

Clach nickte nachdenklich. Er erinnerte sich wieder an die Kutschfahrt, an die Worte des Inquisitors, denen zufolge die Menschen in der Penta nichts vom Tod der Herrin Moreno wussten. Selbst deren eigene Eltern hatten sich der Lüge ergeben. Ebenso wie die Todesbotin.

»Das klingt für mich alles weit hergeholt, hätte ich nicht heute den ganzen Tag diese Sache am eigenen Leib erfahren. Irrsinn.«

»Weißt du mehr als nur, wie es sich auswirkt?«, fragte Clach.

»Ich weiß, dass mir dieser Scheiß eine Heidenangst einjagt. Das riecht nach … Du weißt schon. Nach Hexerei. Zauberwerk. Echtes Zauberwerk, nicht unsere Spielereien. Magick.« Mittlerweile flüsterte Hermodes, seine Augen fuhren unstet hin und her. »Aber scheinbar merkt keiner was. Nicht mal die Templer oder die Arkanisten. Niemand. Ich hab's anscheinend die ganze Zeit unbewusst gemerkt, dass was im Busch ist. Ohne wirklich zu wissen, was mit mir los ist. Ich bin seit vielen Monden schon unruhig. Rastlos. Den beiden, die ich gefragt habe, ging es nicht anders. Und wenn ich deinen Blick richtig deute …«

»Überlass meine Sorgen mir. Was noch? Was ist mit der Neuen Macht?« Clach ließ sich nichts anmerken, aber die Worte des Informanten rührten etwas in ihm. Das Beschriebene kam ihm zu vertraut vor.

Falls Hermodes beleidigt war, weil man ihn in seinen Ausführungen unterbrochen hatte, ließ er es sich nicht anmerken. Er goss sich Branntwein nach.

»Sicher, sicher. Also, um es kurz zu machen: Keiner weiß etwas. Nun guck nicht so sauer, damit hätte ich mich kaum zufriedengegeben. Ich weiß selbst nicht, wer oder was die Neue Macht ist. Aber was auch immer dahintersteckt, sie lässt töten.«

»Mit jedem deiner Sätze sehe ich weniger klar, Hermelin.«

»Ich meine damit, dass sie anheuert. Und sich scheinbar ganz genau aussucht, wer in ihre Dienste tritt. Ist dir vielleicht etwas an deinem Gewerbe aufgefallen?«

»Worauf spielst du an?«

»Dünne Auftragslage im Moment? Wenig zu tun?«

Selbst Clach konnte seine kontrollierte, perfekt gedrillte Maske der Neutralität nicht wahren.

»Dachte ich mir. Das hat seinen Grund. In der Stadt wimmelt es vor Konkurrenz.«

Clach sah sich in seiner Ehre getroffen. »Lächerlich. Jeder weiß, was passiert, wenn er Kontrakte einer bestimmten Qualität hinter meinem Rücken annimmt. Und da bin ja nicht nur ich. Da ist auch der Tempel.«

»Und doch stimmt es. Als ich diese Spur erst mal hatte, bin ich ihr nachgegangen. Und eh ich mich versah, hatte ich Ärger an den Hacken. Ich bin nur knapp entkommen. Die Dame, die es auf mich abgesehen hatte, liegt nun in einem Schweinekoben am Greifendamm. Hätte nicht viel gefehlt, und ich wär hinüber.«

Er schenkte sich ein drittes Mal ein. »Es sind Dutzende, wenn nicht sogar ein paar hundert Leute. Kerle, Weiber, Bälger. Aus jeder Penta und aus den Festungen der Diadochen. Von hochrangigen Attentätern, über Meuchler und Söldner bis runter zu solchen, die nur zum Spaß töten oder nicht ganz richtig in der Murmel sind. Jeder, der hier und da mal gern oder für klingende Münze ein Licht auslöscht. Vielleicht sitzen auch hier welche, wer weiß. Die sind wirklich überall.

Ich habe meine neue Freundin ein bisschen gekitzelt, bevor sie zu Schweinefutter wurde. Glaub mir, an dem Punkt seines Lebens lügt keiner mehr. Aber das muss ich dir ja kaum sagen.«

»Hochrangige Attentäter? Hat sie dir gesagt, wer? Und zu welchem Zweck das Ganze? Wer ist so wahnsinnig, mich herauszufordern? Und den Tempel?«

Hermodes schüttelte den Kopf. »Was das Ganze soll, wusste sie selbst nicht. Hatte ja auch nicht viel Zeit, sie zu allen Details auszuquetschen, dazu war sie ein bisschen zu … kaputt, das arme Ding. Sie ist mir leider verreckt, als es dranging rauszukriegen, wie man an Vertreter der Neuen Macht herankommt. Aber sie hat mir gesteckt, warum sie hinter mir her war. Ich bin den Leuten nämlich ein bisschen zu nahe gekommen.«

»Und welche Leute wären das?«

»Die Morlàmh.« Der Hermelin machte bei diesen Worten ein Gesicht, als erwartete er, von Clach über den Tisch gezogen und an Ort und Stelle ausgeweidet zu werden. Der verzog keine Miene. Aber er spürte, wie es sich in ihm zusammenzog. Alter Hass, alter Neid gärten in seinem Inneren.

»Die Totenhand ist in Fomor? Willst du mir das sagen, Hermodes?«

»Das Täubchen mit den Messern hat es zumindest behauptet, bevor ich ihr die Flügelchen stutzen musste. Ich dachte mir schon, dass du das nicht glauben würdest. Nicht nach der Sache mit Òrdag dem Schakal damals.«

»Du weißt davon?« Clach zwang sich, ruhig zu atmen. Kontrolle. Disziplin. Er durfte Hermodes nicht zeigen, wie sehr ihn die Nachricht traf. Die Totenhand war in der Stadt. Vier Mörder, jeder von ihnen aus einer der Pentae. Einst waren sie fünf gewesen. Bevor der Totenkaiser einen ihrer Finger abgeschnitten und damit seine Vormachtstellung in Fomor gesichert hatte. Die Morlàmh. Die Totenhand.

»Ich weiß davon. Ich bitte dich, Dinge zu wissen ist mein Geschäft. Und noch mal: Ich dachte mir schon, dass du mir nicht glauben würdest. Daher«, er langte bei diesen Worten in seine Umhängetasche, »habe ich dir was Feines mitgebracht. Du sollst sehen, dass dein Geld bei mir gut angelegt ist.« Er sah sich noch einmal verstohlen um und legte dann ein Bündel aus Öltuch auf den Tisch.

Clach musterte den derben grauen Stoff misstrauisch. Hermodes machte eine einladende Geste. Der Totenkaiser schlug es auf.

Kupferner Blutgeruch vermengte sich mit dem öligen Wachsgestank des Tuches. Die Hand lag auf dem Tisch. Schmutzige Finger, lang und schlank. Die Finger einer Mörderin. Sie war am Gelenk abgetrennt worden.

»Dreh sie um, Totenkaiser.«

Clach war es nicht gewohnt, Anweisungen oder Bitten zu befolgen, wenn sie nicht aus dem Sharis-Tempel kamen. Vielleicht sollte er Hermodes etwas Benimm beibringen. Vielleicht. Dann gewann die Neugier, und er legte die kalte, steife Hand auf ihren Rücken.

Auf dem Handteller prangte ein Hautbild. Die Tätowierung zeigte einen schwarzen Kreis, dessen Mitte von der gespreizten heraldischen Pranke eines Fabelwesens ausgefüllt wurde. Das Zeichen der Morlàmh.

Der Raum schien sich um Clach herum zu drehen. Kalter Hass stieg in ihm auf, nahm mit jedem Herzschlag an Intensität zu. Hermodes rutschte nervös auf seinem Schemel herum, aber Clach nahm kaum Notiz von ihm. Seine Hand ging unwillkürlich zu seinem Gesicht, betastete die Narbe. Die sortierte Ordnung seiner Gedankenwelt geriet erneut aus den Fugen. Das geschwollene Fleisch der Messerwunde, die der Schakal ihm beigebracht hatte, sang. Ein unfassbar straff gespannter Draht, der noch dazu glühte. Er wurde zur Garotte, die jedes klare Denken, jede Form von kontrollierter Planung in Clachs rasendem Hirn abschnitt.

»Wenn irgendwas von dem, was du mir erzählst, eine Lüge sein sollte …« Er sah von der Hand auf, heftete seinen Blick auf Hermodes' Gesicht, sprach allerdings nicht weiter. Er zwang sich zur Ruhe. Atmete hörbar durch die Nase und zapfte sämtliche Techniken an, die er einst im Thron der Nacht gelernt hatte.

»Ich hätte das Ding wohl kaum an mich genommen, hätte ich die Wahl gehabt. Wenn die spitzkriegen, dass ich eine ihrer Dienerinnen erledigt habe …«

»Schon gut. Schon gut!« Clachs Stimme hob sich gegen seinen Willen. Er musste sich zusammenreißen. Kontrolle. Disziplin.

Was war der Grund für die Anwesenheit der Morlàmh hier? Rache? Ging es bei alldem nur um ihn? Er verwies den Gedanken in das Reich der Hirngespinste. Sicher, er war sehr von sich überzeugt. Aber eine solche Verschwörung, nur um seiner habhaft zu werden … Und wenn es um ihn ging, warum hatten die Morlàmh ihn dann nicht attackiert? Bevor er den Gedanken weiterverfolgen konnte, räusperte sich Hermodes.

»Da ist noch etwas, was du wissen solltest«, sagte er.

»Heraus damit.«

»Sie hat mir verraten, wo ihre Meister logieren.«

Das hatte den Ausschlag gegeben. Die Entscheidung war gefallen. Er konnte eine solche Herausforderung nicht unbeantwortet lassen.

Er hatte den Hermelin großzügig entlohnt, wenngleich eher, weil Clach keinen Kopf gehabt hatte, sein Geld in Ruhe abzuzählen. Er hatte ihm einfach den Großteil seiner Barschaft in die Hand gedrückt und den verdutzten Spitzel seiner Dankbarkeit versichert. Dann war er zum Ausgang gegangen, und es hatte ihn das letzte Quäntchen Beherrschung gekostet, nicht schon in der Kaschemme zu rennen, sondern den Anschein nobler Gefährlichkeit zu wahren.

Nun aber rannte Clach. Seine Muskeln brannten, seine Lunge sog gierig die schlechte Stadtluft ein. Sein Herz hämmerte, kraftvoll und beständig, aber auch sehr schnell. Ihm war schrecklich heiß. Mauerwerk und Passanten, Nebenstraßen und Gassen, Gedanken, Fleisch und Stein … alles flog förmlich an ihm vorüber, während er durch die ältesten Chausseen Fomors raste, ohne ihren verblichenen Glanz auch nur eines Blickes zu würdigen. Er hatte keine Zeit, nicht den Willen, sich zu gedulden. Die Narbe pochte wie ein eiternder Zahn, wischte jeden Gedanken an Vernunft oder überlegtes Vorgehen beiseite. Rache. Süße Rache. Alle Vier waren so töricht gewesen hierherzukommen. Keiner der Vier würde die Stadt verlassen.

Das und mehr schwor er sich, während sich seine Beine bemühten, mit der Springflut bestialischer Gedanken mitzuhalten. Ein Taifun aus Bildern der Gewalt tobte durch seinen Kopf. Sie hatten den Waffenstillstand gebrochen. Sie hatten der Shariskirche und – viel wichtiger – ihrer tödlichsten Waffe offen ins Gesicht gespuckt. Ein paar Dutzend, die im Schatten seiner Penta agierten und ungestraft seinem Handwerk – nein, seiner Kunst nachgingen? Usurpatoren. Thronräuber im Reich des Totenkaisers.

Er hatte Jahre gelitten, hart gearbeitet und seine Kunst bis zur Perfektion vervollkommnet, um sich den Ruf zu erarbeiten, den er heute innehatte. Diese Emporkömmlinge spotteten nicht nur diesem Ruf. Nein, es war etwas anderes, was ihn wirklich wie im Wahn handeln ließ. Dafür sorgte, dass der

Geschmack saurer Galle seinen Mund füllte und ihn dazu brachte, mit den Zähnen zu knirschen. Die Auftraggeber dieser Flut von Möchtegern-Attentätern waren es. Wie konnten sie es wagen, die Shariskirche zu übergehen?

Aber das war nicht einmal wichtig. Was scherten ihn seine Auftraggeber? Sie waren belanglos. Es ging um ihn. Diese »Neue Macht« hatte die Dreistigkeit, so vielen weniger geeigneten Amateuren der Kunst den Vorzug vor ihm zu geben. Nun würden sie den Preis für ihren Hochmut zahlen. Und was noch wichtiger war: Er, Clach der Totenkaiser, würde ihn eintreiben. Und er schwor sich: Wenn er mit ihnen fertig war, würde er alles wissen, was es über diese Neue Macht zu wissen gab.

Es hatte den Anschein, als wäre eine Blase geplatzt. Eine Membran gerissen. Ein Vierteljahrhundert eines Lebens voll mühseliger Kontrolle zerfetzt von einem Orkan aus Emotionen, die Clach entweder totgeglaubt oder stets unterdrückt hatte. Der Preis, den er selbst zahlen würde, war fürchterlich. Er wusste das. Und nahm es hin.

Er fühlte sich einem Mann ähnlich, der auf dem Rücken eines durchgehenden Rappen am Rande einer gähnenden Schlucht entlangpreschte. Einem Mann, der Zügel in den Händen hielt und gespornte Stiefel trug, um das Pferd zu bändigen – dies aber gar nicht wollte. Dieser Mann, dieser Clach, ließ sich von seinem rasenden Reittier sicher in den Schlund des Verderbens tragen, weil eine alte Rechnung unbeglichen geblieben war. Dieser Mann würde erst die vier Eindringlinge in seinem Weg niederreiten, bevor er seinen Verfolger Greskegard unter den Hufen des wütenden Tieres zermalmte. Diesem Mann war es auch vollkommen gleich, ob er auf dem Rücken des Pferdes zusammen mit seinen Feinden in die Kluft stürzte. Dieser Mann genoss den Ritt. Genoss es auf eine perverse Art, zum ersten Mal loszulassen.

In diesem Wissen und der Wut die Kontrolle überlassend, stieß er die Tür zu der erstklassigen Herberge auf, in der seine Feinde untergekommen waren. Die Welt hatte eine surreale Qualität angenommen, ein lebendes Gemälde, das Clach aus der entrückten Perspektive eines Betrachters erblickte. Ein Vorraum aus feiner Holzvertäfelung, wertvolle Gobelins. Der Geruch von Kerzen, die nicht aus fettem Talg, sondern aus feinstem Bienenwachs verfertigt waren. Der stammte aus Imkereien, einem der seltensten Güter in einer Welt, in der nur das Kunstlicht der Arkanisten überhaupt noch für genug Sonne sorgen konnte, um Blumen und damit Bienen zu nähren. Dieses Wachs wurde hier verbrannt, und allein dieser Gedanke an solche Verschwendung ließ neue Wellen einer ganz und gar unerklärlichen Raserei durch Clachs Geist fluten.

Als eine Gestalt in sein Blickfeld drang, ihren Platz hinter einem polierten Holztresen verlassend, und dabei auf seine Ohren Worte einhämmerten, beobachtete er seine Hände und wurde Zeuge, wie seine Rechte vorzuckte und etwas ganz und gar Hässliches und Törichtes mit dem livrierten Lakaien tat, der nur nach seinem Woher und Wohin fragte. Der Adamsapfel des Mannes brach unter dem brutalen, blitzschnellen Fausthieb, als Knöchel und Kehle für einen Augenblick eins wurden. Der Totenkaiser machte einen Schritt über den Sterbenden hinweg hinter den Tresen.

Als Clach das Gästebuch schloss, wusste er, was es zu wissen gab. Graf Sardis und Gefolge. Neue Wellen grenzenlosen Zorns tanzten in seinem Verstand wie das Glosen einer Feuerlohe. Graf Sardis. Der erste in einer langen Reihe von Kontrakten, die ihm die Morlàmh in seiner Jugend unter der Nase hinweg geraubt hatten. Es war ein intimer Scherz, ein Spott, der so tief schnitt, dass Clach sich für einen Moment so hilflos und zornig fühlte, als wäre er wieder ein grüner

Knabe. Sie wussten es. Sie erwarteten ihn. Vielleicht nicht heute, aber sie hatten *gewollt*, dass er herkam.

Dann halt inne. Dann bleib stehen. Kontrolle. Disziplin. Du hast bereits einen Mann getötet, nur weil er im selben Gebäude war wie du. Reiß dich zusammen.

Ich kann nicht. Ich kann nicht. Was ist nur los?

Er wusste, dass etwas nicht stimmte, konnte es aber nicht benennen. Dieser Kontrollverlust, das war nicht er.

Während er versuchte, mit den Filamenten, die von seinem logischen Denken noch übrig waren, einen Faden aus Vernunft zu weben, der ihn von diesem Wahnsinn abhalten würde, erklommen seine Füße bereits die Treppen der Herberge. Er hörte das Holz knarzen, roch den schwach metallischen Dunst des Öls, das ihm verriet, dass er gerade seine Dolche gezogen hatte. Da ging es ihm auf. Die Hure.

Die Hure!

Seine durchwühlten Sachen. Hermodes' Worte: *Mörder überall, vielleicht sogar in diesem Moment, in dieser Kaschemme!* Der Totenkaiser war das Opfer eines Anschlags geworden.

Er brachte irgendwie die Kraft auf, seine Wut lange genug zu zügeln, um einen Dolch wegzustecken und in seinem Umhang nach dem Spinnengift zu langen, das dem Studiosus zum Verhängnis geworden war. Der Tiegel war zu leicht. Er brachte das Kunststück fertig zu lachen. Diese Metze hatte ihm sein ganzes Gift verabreicht. Erst jetzt spürte sein umnebelter Geist den quälenden Juckreiz auf seiner Brust. Trotz seiner Ausbildung hatte er sich täuschen lassen. Das war es, was nicht gestimmt hatte, sein Umhang war zu leicht gewesen. Nur eine Unze zu leicht, eine Nuance, die andere vielleicht gar nicht gespürt hätten.

Die Reaktion mit seinem Blut hatte Stunden gedauert, aber nun wirkte das Gift. Er war von Kindesbeinen an so gut wie gegen jede Substanz immunisiert worden, indem man ihm in langen qualvollen Jahren alles in kleinsten Portionen verabreicht hatte, bis es seine Wirkung verlor. Die Tinktur hatte sehr lange gebraucht, bis sie wirkte, doch nun hatte sie ihn eingeholt. Einer solchen Dosis würde auch er erliegen. Und selbst falls nicht: Sie würde ihn vernichten. In jeder Hinsicht.

Der Gedanke darüber flutete ihn mit neuem Zorn. Er kämpfte gegen diese Empfindungen an, aber sein Kampf verstärkte sie nur. Er hörte sich schreien. Türen auf dem Flur, durch den er gerade hastete, öffneten sich. Wütende Gesichter erschienen. Drei davon konnte er ignorieren, das vierte beging den Fehler, sich ihm in den Weg zu stellen.

Er kreuzte seine Klingen unter dem Kinn des anderen, aus dessen Mund ein Keifen an seine immer empfindlicher werdenden Ohren drang, und zog durch. Warmes, salziges Leben ging in einem Nieselregen auf ihn nieder. Er schmetterte das sterbende Ding, das zuckende Ding, das wimmernde und flehend blickende Ding in einen Wandteppich, setzte nach. Stieß zu und zu und zu und zu, bis der Störenfried, der Fremde, der Laute vernichtet war.

Ein kalter, distanzierter Teil seiner Selbst, ein durch Jahre der Meditation und Kontrolle erschaffenes logisches Refugium in seinem Kopf, nichts anderes als eine Dachkammer in einem Haus voller Eindringlinge, hatte Zeit, sein Handeln als passiver Beobachter zu analysieren, während sein losgelöster Körper das tat, was er am besten konnte. Vernichten. Er kam nicht umhin, die »Hure« zu bewundern. Sie hatte ihn meisterhaft getäuscht, sich durch nichts verraten. Sie war eine der vielen Dienerinnen der Neuen Macht – und er hatte die Warnzeichen ignoriert, weil er sich für unangreifbar gehalten hatte.

Nun zahlte er den Preis. Er verlor das Einzige, was ihn von allen anderen stets unterschieden hatte: Kontrolle. Disziplin. Das Schlimmste war, dass er vielleicht überleben würde.

Wieder vernahm er, wie sein Mund klägliche Schreie ausstieß, die vom blanken, heulenden Wahnsinn kündeten. Wie er hysterisch lachte, während er voller Freude und Wut und Lust das Leben aus jemandem herausschnitt. Vor und zurück. Vor und zurück. Das Knirschen von Knochen, das Brechen und Bersten, das Spritzen. Die Geräusche. Wie Nacktschnecken unter Kutschenrädern, nur tausendmal lauter.

Hilflos musste er erleben, wie seine Hände sägten. Wie seine Knie seinen Leib wieder in die Höhe brachten. Wie seine Finger die Tür fanden, die er sich vor einigen Minuten noch selbst zu öffnen sehnlichst gewünscht hatte. Die Morlàmh, die Vier, die er nach dem Tod ihres Anführers Òrdag am Leben gelassen hatte. Sie würden ihn verhöhnen wollen, wenn sie seiner ansichtig wurden. Er würde ihnen keine Zeit geben. Er, ein Diener der Sharis, würde sie töten, ohne dass der Tempel sein Handeln sanktioniert hätte. Ein Sakrileg. Er konnte nur hoffen, dass es ihnen gelang, ihn zu überwältigen. Seiner mit vereinten Kräften Herr zu werden und ihn zu töten und ihn und seine Schmach in das ewige Vergessen der langen Dunkelheit zu stürzen.

Aber er bezweifelte es. Wer immer seine Attentäterin auch war, sie hatte mit hoher Wahrscheinlichkeit gewusst, was sie tat. Dieses Gift, kombiniert mit seinen formidablen Fähigkeiten – es gab nur einen Ausgang. Egal, wer der Gegner war. Egal …

Er hatte nach dem Besuch in ihrem Bett die Todesbotin aufgesucht. Die Tat hatte ihrem Ableben gegolten! Nur so konnte es sein! Er musste … er würde …

Doch in diesem Moment öffnete sich die doppelflügelige Tür. Vier Köpfe wandten sich zu ihm um. Ihre Überraschung war gut verborgen. Übergroße Münder teilten sich zum höhnischen Gruß. Einen davon löschte er mit dem Kopf der Frau? – des Mannes? – vom Flur aus, einem morbiden Wurfgeschoss. Er schwang es an den Haaren wie eine Bola und ließ es fliegen. Ein Komet aus Fleisch und Knochen, der in das Gesicht einer die vier Gestalten schlug und es aus dieser Welt tilgte.

Fassungslos starrten die übrigen Mörder auf die Ermordete, während Clach den zweiten Dolch zog und vorstürmte.

Das Gift hatte mittlerweile seine volle Wirkung erreicht und ihn zu einem Dasein als passiver Beobachter in seiner eigenen Hülle verdammt. Nicht dass es viele Details zu erkennen gab. Der Zorn hatte seine ganze Umwelt in ein migränefarbenes Pulsieren verwandelt, so als hätte er zu lange in eine helle Lichtquelle gestarrt. Die drei Assassinen – ihre Namen, Geschlechter oder auch nur ihr Aussehen waren nicht mehr von Belang – glommen im Karmesinrot toter Zungen. Sie überwanden ihre Überraschung so schnell, wie bei ihren zu erwarten war. Schmerzhafte, weißglühende Dornen entstanden wie aus dem Nichts in ihren Händen, schienen aus dem Fleisch hervorzuwachsen. Sie hatten natürlich nur ihre Waffen gezogen, aber die durch seine Adern rasende Verderbnis erreichte nun auch den letzten klar denkenden Teil seines Hirns.

Etwas kam von linksrechtsobenunten auf ihn zugesprungen, und dumpfes Schmerzlicht ergoss sich in seine linksrechte Schulter. Er griff das, was das Schmerzlicht ausgeschüttet hatte, und machte es kaputt.

LichtLichtSchmerzSchmerz. Überall. Dauernd. Endlos. Er lachte-schrie, als er hineinfiel und ertrank-einatmete.

Dann begann das Töten wahrhaftig.

Aus den Chroniken des Kataklysmus der Erzmagi, verfasst dreihundert Jahresläufe nach dem Titanensturm, Anonymus:

Jene aber, die nicht gewillt waren, sich den Archonten zu unterwerfen, weil sie fürchteten, erneut unter der Knute von Gewaltherrschern leben zu müssen, flüchteten mit den Geheimnissen der Magi in die Wildnis des Nordens und des Südens. Da sie nicht hausen wollten wie die Barbaren, hielten sie sich niedere Hexer wie Tiere, die ohne Zugang zu wahrer Magick waren, und tun es bis zum heutigen Tage. Diese errichteten ihnen Kuppeln und Schilde und machten ihnen Nebelsteine nach Art der Arkanisten. Wie Raubritter leben diese Herrscher kleinster Königreiche überall in Aehve, aber auch auf den anderen Kontinenten der Dämmerwelt Thetis. Im Norden nennen sie sich die »Diadochen«, im Süden werden sie »Epigonen« geheißen – aber eigentlich sind sie alle vom gleichen Schlage.

Hora des Lichtfürsten, 301 adis Pentae.

15. Greskegard

»Die Frage, die sich hier stellt, Dh'lhaine, ist doch, was diese Sache mit mir zu tun hat.« Fennek Greskegard blickte auf den Leichnam zu seinen Füßen.

Der Mann, dessen Anblick Sanftleben mit einem lakonischen »Der is' hin!« konstatiert hatte, war eines gewaltsamen Todes gestorben. Aber sein Ende war keine wirkliche Aufgabe für einen Vernehmungsrichter mit seinen Befugnissen. Der Fall war klar: Jemand hatte den jungen Burschen auf der Stadtmauer niedergeschlagen und ihm dabei seine Nase gebrochen. Jemand, der offensichtlich nicht die Absicht gehabt hatte, den Wächter zu töten. Etwas in seinem Hirn hatte dennoch nachgegeben – vielleicht unter dem Stich des eigenen Nasenbeins. Oder das Herz hatte einen Geburtsfehler gehabt, hatte aufgehört zu schlagen. So etwas kam vor und war wohl kaum sein Problem.

Greskegard sah den Beamten der Stadtverwaltung an, der für diesen Mauerabschnitt verantwortlich zeichnete, und bemühte sich, seine Entnervtheit nicht durchschimmern zu lassen. Langsam, in klaren Worten, erläuterte er dem Beamten seine Gedanken. Doch Dh'lhaine, ein Fossil mit Haaren wie Spinnweben und einem Gesicht, das einer Wasserleiche alle Ehre machte, schüttelte den Kopf.

»Nein, verzeiht, Mylord Inquisitor, aber Ihr habt unrecht.«

Greskegard sog scharf die Luft ein. Es wurde scheinbar

Gewohnheit, dass Bürger seine Befähigung infrage stellten. Auf seinen Zügen, deren Harmlosigkeit er stets so kultivierte, erschien das Lächeln eines Svartbucht-Hais. Falls der Beamte das bemerkte, bewies er bewundernswertes Rückgrat.

»Bitte, seid so gut und erleuchtet mich, was diesem Mann zum Verhängnis wurde und was es unabdingbar macht, dass ausgerechnet ich mich mit seinem Dahinscheiden befasse.« Er gab Sanftleben einen Wink, und der Koloss positionierte seine Massen so, dass sein Schatten auf den Greis fiel.

Der Alte räusperte sich, fasste sich dann wieder schnell. Seine Augen blieben klar und ruhig. Fennek hätte jemanden wie ihn brauchen können, bevor das Alter ihn gebeugt hatte. Der Mann hatte wirklich Rückgrat.

»Nun, Mylord Inquisitor. Der Mann lebte noch, als mich der Sergeant der Wache heraufbat.«

»Aha. Und?«

»Und er brabbelte etwas, während er offenkundig im Sterben lag. Und da ich von Eurem Kampf gegen das Unwesen der Meuchelei weiß, fühlte ich mich verpflichtet, Euch zu verständigen.«

»Euer Diensteifer rührt mich zu Tränen. Sprecht Klartext, Mann, wenn es Euch nicht zu viel Mühe bereitet. Was hat der Kerl gesagt, bevor er diese Welt verließ und ins Licht ging?«

Falls der Beamte beleidigt war, ließ er es sich nicht anmerken. Er griff in seine Tasche, brachte eine Dose mit Kautabak hervor, bot Greskegard davon an und ließ nach dessen Ablehnen etwas in seiner Backentasche verschwinden.

»Dass sein Mörder ein Barbar war. Aus dem Amboss. Und dass er ihn verhext hat. Der Mann wimmerte, dass er spüren konnte, wie sich etwas in ihm bewegte.«

»Ein Amboss-Barbar. Hier? Allein? Lachhaft!«

»Mitnichten, Mylord. Ich habe den Mann auch gesehen.

Er war nur Stunden vor der Tat am Löwentor, konnte aber den Zoll nicht zahlen. Er ging ohne jede Gewalt.«

»Und was soll das heißen, der Wächter spürte, dass sich etwas in ihm bewegte? Was für ein Unsinn ist das schon wieder? Und ein letztes Mal«, Greskegard trat nun drohend näher, »was hat das mit mir zu tun?«

»Nun, auf Eure erste Frage habe ich keine Antwort, glaube aber, dass der arme Bursche nicht mehr bei Sinnen war. Was den zweiten Punkt angeht, so hat er mir kurz vor seinem Tode noch etwas verraten.«

»Falls ich es Euch aus der Nase ziehen soll, dann seid unbesorgt. Ich habe da einen Haken, der genau für diesen Zweck …«

»Der Barbar hat Wächter Delgard etwas zugeraunt, als dieser die Besinnung verlor«, unterbrach der Beamte Greskegard brüsk. Rückgrat würde ihn nun nicht mehr vor Strafe retten. Aber der Kerl fuhr einfach fort: »Der Amboss-Barbar sei auf der Suche nach dem Totenkaiser. Das war das Letzte, was der arme Delgard in dieser Welt sagte, auf Ehre und Gewissen. Und da fühlte ich mich verpflichtet …«

Von einem Augenblick auf den anderen war Greskegard jeder Wind aus den Segeln genommen. Er starrte sein Gegenüber fassungslos an. »Das hat er gesagt?«

»Ja, Mylord. Ich leiste jeden Eid, wenn nötig.«

Ein Barbar war auf der Suche nach Clach? In der zivilisierten Welt der Pentae? Was für ein neuer Wahnsinn war dies? Fennek ließ die Linke in der Manteltasche verschwinden, befingerte den Gegenstand. Sofort beruhigte er sich etwas.

Er wandte sich Sanftleben zu. »Was könnte der Wildling von einem Meuchler wollen?«

Sanftleben legte auf eine dermaßen komische und unpassende Weise den Finger an die Lippe, dass Fennek am liebsten losgelacht hätte. Er biss sich seinerseits auf seine Unterlippe, um seinen Vertrauten nicht zu verärgern.

»Gibt nur weniche Grünne, warum er inne Stadt kommen tät«, spielte Sanftleben die Rolle des tumben, radebrechenden Untergebenen, »V'leich' such' er Rache! Oda er is' auffa Jagd nach ein' gut 'n Tot am Suchen dranne!«

Der Beamte räusperte sich erneut, und Fennek erkannte, dass er sich redlich Mühe gab, nicht dreinzublicken, als würde er bei Sanftlebens Umgang mit seiner Muttersprache Zeuge einer Vergewaltigung.

»Er sucht also eine Herausforderung?«, fragte Fennek. Sanftleben nickte. »Dann müssen wir den Kerl finden. Dieser Barbar hat bessere Chancen als wir, den Bastard endlich aus seinem Versteck zu ziehen. Und sei es nur, weil so etwas Seltsames das Interesse des Totenkaisers erwecken wird.«

»Soll ich der Wache Anweisung geben, nach diesem Mann zu fahnden?«, wollte der Beamte wissen. »Immerhin ist er ein Mörder.«

Fennek stellte sich vor, wie der Kopf des Wildlings von einem mächtig stolzen Wächter vor seinen Augen auf einen Tisch gewuchtet würde. »Nein, ich werde mich seiner annehmen. Er ist für meine Sache sehr wichtig.« Er musste den Drang niederkämpfen, sich die Hände zu reiben wie der Schurke in einer Schmierenkomödie. Nachdem sie Clach auf der Straße verloren hatten, war Fennek drauf und dran gewesen, die Jagd aufzugeben. Alles hinter sich zu lassen und eine ganze Dekade der Jagd als verlorene Sache abzuschreiben. Sicher, eine Kutsche voller bestialisch ermordeter Opfer, das war ein starkes Argument für die Autoritäten Fomors gewesen, jeder seiner Bedingungen mit kompromissloser Unterstützung zu begegnen. Aber auch nach diesem Schurkenstreich waren seine Chancen, Clach in seiner eigenen Domäne zu stellen, verschwindend gering gewesen. Der uralte Geheimkult der

Sharis hielt seine Hand über den Totenkaiser – eine Organisation, die in der weitverzweigten kriminellen Unterwelt der Penta über immensen Einfluss gebot. Selbst wenn es Greskegard gelang, einen Unterschlupf des Mörders ausfindig zu machen, würden anderswo zwei weitere sein, von denen er nichts wusste. Nein, dieses Spiel spielten er und Clach bereits seit zehn Jahren, und er konnte sich des Eindrucks nicht erwehren, dass seine Beute Freude daran fand. Dies war zumindest das wirklich einzig haltbare Argument, das Fennek sich vorstellen konnte, warum er selbst noch lebte. Denn seine Ermittlungen mussten den Shariskult über die Jahre hinweg immens gestört haben – aber es war nie ein Attentat vom Totenkaiser selbst auf ihn verübt worden. Er konnte es sich nur damit erklären, dass Clach sich dies ausgebeten hatte. Auf eine verquere Art machte es Sinn, wurde der Totenkaiser durch ihr stetiges Katz-und-Maus-Spiel doch konstant gefordert. Eine Art kostenlose Stählung seiner Instinkte.

Der Inquisitor empfand eine bizarre Art der Freude bei der Vorstellung, Clach brächte ihm Respekt und eine gewisse Form der Achtung entgegen. Aber gleich zum zweiten Mal in so kurzer Zeit hatte sich das Blatt gewendet.

Der Wildling konnte in Teilen der Stadt auf eine Weise seiner Beute nachstellen, wo selbst ein hochrangiger Inquisitor keine wirkliche Handhabe hatte. Greskegard wiederum musste diesem gnadenlosen Jäger nachstellen und sich seiner entledigen, bevor er selbst die Trophäe einheimste. Fomor mochte gigantisch und verwinkelt sein, seine alten Wehranlagen und tausenden Meilen an Tunneln, Gängen und Gassen für einen Attentäter das perfekte Labyrinth bieten. Aber einen Barbaren, solch einen bunten Hund, der für Aufruhr sorgte, wohin er auch ging, den würde er nicht aus den Augen verlieren. Und Clach würde in kürzester Zeit ebenfalls auf diesen Mann aufmerksam werden. Wenn Fennek nicht alles täuschte, würde Neugier der Tod dieser speziellen Katze sein. Oder besser: die Vorstufe dazu. Er tätschelte den arkanen Apparat in seiner Tasche. Die Wahrheit würde ans Licht kommen. Und endlich würde er …

»Mylord Inquisistor! Mylord Inquisistor!«

Greskegard knirschte mit den Zähnen. Erneut riss ihn die grausame Wirklichkeit aus einem der angenehmen Tagträume, die er so dringend brauchte, um Nerven und Motivation für die Jagd nicht zu verlieren.

Er seufzte, setzte die unverfängliche Maske des servilen Kauzes auf, die er jedem potentiellen neuen Gegenüber als Erstes zeigte – schon ein Reflex –, dann wandte er sich dem Neuankömmling zu. Ein Stadtwächter mit krausen Haaren und – wie nur Greskegard finden konnte – überheblich wirkenden Mundwinkeln stand vor dem Trio und der Leiche und schnappte sichtlich nach Luft. Der Mann lehnte sich mit ausgestrecktem Arm an die Schanzmauer neben dem Katapult. Dann fiel ihm sein toter Kamerad auf, der mit dem Blut unter der Nase, dem schief geschlagenen Helmblech und der Tatsache, dass seine Augen nach hinten gerollt zum künstlichen Firmament aufblickten, reichlich mitleiderregend aussah.

»Was …?«, entfuhr es dem Wächter, der offenkundig im Stadtinneren Dienst tat, wohin sich der Mord an einem Kameraden noch nicht durchgesprochen zu haben schien.

Greskegard stellte sich zwischen den Mann und die Leiche, lächelte sein dümmlich-naives Lieblingslächeln (er nannte es sein Köderlächeln) und wartete, dass seine Beute anbiss. Ermutigend fügte er ein »Wie kann ich Euch helfen, Büttel?« hinzu.

Der Mann schluckte, wobei sein ausgeprägter Adamsapfel auf eine aufreizende Weise hüpfte, die Greskegard beinahe dazu animierte, Sanftleben einen Wink zu geben und das Ding aus der Welt zu tilgen.

»Mylord Inquisitor! Mord!«, brüllte der Mann auf eine ordinäre Weise, die so ekelerregend dienstbeflissen und laut war, dass Fennek sich zurücknehmen musste, um den Lulatsch nicht selbst von der Brüstung zu werfen.

Stattdessen sagte er: »Ja. Dieser Mann wurde überfallen und getötet, aber das braucht Euch nicht zu scheren, mein guter Mann. Wir sind ja jetzt hier.«

Geistlos blickte der Wächter auf seinen jungen Kollegen und brachte dabei das Kunststück zuwege, nicht weniger töricht und geistlos dreinzublicken als der Leichnam. Greskegard war hin- und hergerissen zwischen dem Wunsch, diese impertinente Unperson zerschellen zu hören, in lautes Gelächter auszubrechen, und der Neugier, was der Mann ihm wohl zu sagen hatte.

»Nein!«, rief der Mann schließlich, so als sei ihm wieder eingefallen, was ihn auf die Mauer geführt hatte. »Ich meine: Nein, diesen Toten meine ich nicht, Mylord. Es gab … Morde in der Stadt. Mehrere. Alle im selben Gasthaus. Mein Sergeant hat mich losgeschickt, wegen dem Edikt, Euch zu helfen und all das.«

»Gleich mehrere Morde, sagt Ihr. Und warum stockt Ihr?«

»Weil es schlimm ist, Mylord Inquisistor. Wirklich schlimm. So etwas hat noch keiner in Fomor gesehen. Als hätte ein Tier gewütet. Bitte, begleitet mich, sobald es Euch … äh … passt.«

Ein Tier, sagte er. *Der Barbar? Wer sonst.* Greskegard zögerte nicht lange.

»Wir wären erst einmal hier fertig … äh … Herr Dh'lhaine … Wenn Ihr mich entschuldigen möchtet … äh … und bitte lasst diesen armen Tropf abtransportieren, wenn es Euch … äh … nicht stört. Äh … ja …«

Falls der greise Beamte etwas an Greskegards plötzlichem

Sinneswandel bemerkte, so ließ er es sich nicht anmerken. Wahrhaftig, ein Kerl mit Rückgrat. Nur so verflixt alt.

Sie verließen die Mauer zu viert, nur einer blieb notgedrungen zurück. Als sie sich in den Turm begaben, kam ihre kleine Kolonne ins Stocken. Das Klacken hoher Absätze, das Rascheln über den Boden schleifender Gewänder und eine Wolke fremdartiger Gerüche kündeten vom Aufstieg einer Gruppe von vier Personen, zwei Frauen und zwei Männer, gewandet in die weithin klar sichtbaren hellroten Roben des Arkanums. Außerhalb der vertrauten Mauern, die sie vor dem Aberglauben und den Nachstellungen der Gemeinen schützten, bewegten sich die mit allerlei kuriosem Gerät behängten Gestalten in der normalen Welt mit Effizienz und Grazie, die mehr von einer Kolonne Bettler aus dem Leprosenhaus hatte als vom Gehabe hochrangiger Wissenschaftler.

Der vorderste Arkanist trug eine Art Kiste, aus deren Oberseite zwei nadelartige Fortsätze ragten, zwischen denen eine Art violetter Kugelblitz oszillierte. Allein der Anblick dieses Utensils hätte gereicht, um den berobten Gesellen in einem der Vorstadtdörfer nach einer miesen Ernte zur Steinigung freizugeben. Die Blicke der auf der Wehranlage stationierten Wächter fielen auch prompt auf diesen Apparat, seinen Träger und die Begleiter, als sie Greskegard und seine Begleiter passierten. Blicke, denen die nicht nur semantisch begründete Unterscheidung zwischen einem vom Archonten anerkannten Arkanisten und einem echten Magus, der über finstere Mächte gebot, herzlich egal war. Speichel flog in hohem Bogen aus mehreren Mündern über die Mauer, so als hätten gut ein Dutzend Männer und Frauen der Wache urplötzlich einen schlechten Geschmack auf der Zunge. Wäre kein Inquisitor anwesend gewesen, da war sich Greskegard sicher, der Speichel hätte andere Ziele gefunden als den Boden zu Füßen der Stadtmauer. Die guten Damen und Herren des

Arkanums, die sämtliche Pentae-Bewohner vor der Tücke des Nebels und ihren unbekannten Auswirkungen schützten – ihr Dienst wurde ihnen nicht mit Dank vergolten.

Greskegard mochte es dem Pöbel nicht verdenken. Wegen der verfluchten Magie steckten sie alle in dieser Misere, die nun schon ein halbes Jahrtausend währte. Er befingerte nervös das Gerät in seiner Manteltasche und bekam tatsächlich ein schlechtes Gewissen. Er schüttelte sich und tippte den Beamten an, bevor der rüstige Alte ihre kleine Gruppe zu ihrem nächsten Ziel die Treppe hinunterführen konnte. »Etwas, wovon ich wissen sollte?«, fragte Fennek.

»Oh, nein, Mylord. Eine übliche Schwächung der Kuppel. Das kommt schon einmal vor, wie Ihr sicher selbst wisst.«

Greskegard sah den mönchsartigen, schweigsamen Gestalten mit nachdenklicher Miene hinterher. Dann folgte er den anderen in den Wehrturm und nach unten in die Stadt.

Es war einfach unmöglich, dass Adamsapfel noch etwas in seinem Körper haben konnte. Dass es noch irgendetwas in ihm gab, das er erbrechen konnte. Dennoch hörte Fennek Greskegard hinter sich, wie der überforderte Stadtwächter zum wohl dutzendsten Mal seinen Eimer bemühte. Er konnte es ihm bei aller Aversion gegen den Mann nicht verdenken. Auch Greskegard war fassungslos. Nach den Dingen, die er in seinem Leben durchgemacht hatte, die ihn überhaupt erst an diesen Punkt geführt hatten, hatte er nicht mehr glauben können, dass so etwas möglich war.

Er stand am Eingang der geräumigen Suite der »Herberge zum Pfauenauge«. Der greise Dh'lhaine war längst gegangen. Worden. Greskegard hatte ihn weggeschickt, denn beim Anblick der Stube hätte den Beamten fast der Schlag getroffen. Beim Lichtfürsten und allen Höllen des Nebels. Wenigstens hatte es endlich aufgehört zu tropfen. Bei all dem

Grauen war dies noch mit das Schlimmste gewesen, das konstante Tröpfeln des Blutes. Mittlerweile war es geronnen, aber es hatte gedauert.

Wenn es ein Wort gab, um das Innere des Raumes zu beschreiben, dann musste sich Fennek Greskegard eingestehen, dass er dieses Wort nicht kannte. Selbst ihm, einem Mann, der vor kurzer Zeit noch gemordet hatte, um seine Ziele voranzubringen, entzog sich jedes Begriffsvermögen für das, was er vor sich sah. Der Raum war ein Schlachthaus. Wer immer der Täter gewesen war, er hatte mit solch orgiastischer, jedes Maß der Vernunft übersteigender Gewalt agiert, dass es den Anschein machte, dass es seine Opfer von innen heraus zerrissen und an den Wänden verteilt hatte. Es gab nicht einen Zoll Boden, Wand oder Decke, der nicht verkrustet, verklebt, bespritzt oder mit etwas Unschönem paniert war.

Auf dieser roten Bühne, dieser Leinwand des Irrsinns, breitete sich die Geschichte des Tatorts aus. Greskegard konnte sie lesen, aber sie war kurz und hässlich. Der Täter war eingedrungen und über den Gast dieses Raums und sein Gesinde hergefallen. Danach hatte er den Ritus des Nebelmachers gewirkt und sämtliche Emotionen ausgelöscht.

Das Gästebuch wies das Opfer als einen gewissen Graf Sardis aus. Und auch, wenn nicht mehr zu erkennen war, welche der verrenkten und unvollständigen Gestalten in dieser roten Hölle Sardis war, so verriet der Name Greskegard doch einiges. Am Anfang seiner Jagd auf den Totenkaiser hatte eine Serie von Morden in Fomor gestanden, darunter auch die Ermordung dieses einflussreichen Adeligen. War es Zufall, dass eines dieser Opfer nun den Namen dieses Mannes angenommen hatte? Wohl kaum. Greskegard löste seinen Blick von der grausigen Szenerie und wandte sich Sanftleben zu, der sich mit einem schwer zu deutenden Gesichtsausdruck im Raum umsah.

»Das war ganz sicher nicht der Bursche aus dem Amboss? Ihr habt keine Nebelmacher?«

Sanftleben schüttelte den Kopf und verzichtete auf seine übliche Fassade des tumben Schlägers. Der Wächter bekam ohnehin nichts mehr mit, so beschäftigt war er damit, seinen Magen umzustülpen. »Das wäre nicht seine Art. Das hier hat nichts Ehrenvolles.«

Greskegard nickte, sagte aber nichts. Ehrenvoller Tod – das war ein Konzept für Geschichtenerzähler, Barden und jene Mitglieder des Adels, die sich eher zu den martialischen Disziplinen hingezogen fühlten. Und natürlich war es im kruden Glauben der barbarischen Völker unumgänglich, dass nur ein ehrenvolles Ende wirklich einen Sinn hatte. Aber ein Blick in den Raum und das, was vor ihren Füßen in den Teppich und in die Verfugung der Holzdielen einsickerte, genügte. Ein Blick auf die geweiteten Augen, die – sofern noch vorhanden – aus den zerschmetterten Überresten der Köpfe zur Decke stierten. Die im Raum verstreuten Eingeweide und Organe, die an die graue Gallerte erinnerten, die nach einem Sturm auf grauem Strandkies zurückblieb. Er sah hier einiges. Für vieles davon kannte er dank seiner Ausbildung und jahrelangen Erfahrung den medizinischen Begriff und die Position, an die es eigentlich im menschlichen Organismus gehörte. Er sah auch sich selbst, im Türrahmen stehend, in einem von dicken Blutbahnen geblendeten Silberspiegel auf der anderen Seite des Raumes. Er sah aus wie ein in rot getauchtes Phantom, kränklich, ungepflegt und hohläugig. Wie lange hatte er sich bereits so gehen lassen? Wie viel von ihm war noch Fennek, der Mann, der zurückholen wollte, was ihm zustand? Und wie viel von sich selbst hatte er bereits dem Inquisitor geopfert? Diese Leute in der Kutsche … Genug davon!

Das Einzige, was er weder im Spiegel noch in dem Schlachthaus vor sich sah, war Ehre. Manche Menschen taten einfach, was notwendig war. Oder zumindest, was sie für nötig erachteten. Das war es wahrscheinlich auch, was den Anblick dieses Raumes über seine reine archaische Grausamkeit selbst für einen Veteranen wie Greskegard so schrecklich machte. Es ging weit über die blanken Konsequenzen der Gewalt, das Fleisch, das Blut und die Därme hinaus. Es war die unfassbare Sinnlosigkeit, die der Raum zusammen mit dem Gestank nach Fäkalien und Blut verströmte. Greskegard hatte Hunderte Tatorte in seinem Leben gesehen. Sie alle hatten stets eine Geschichte zu erzählen gewusst, die meist hässlicher war als die eigentliche Tat. Hier sah es aus, als habe ein Tier gewütet und kein Mensch.

Er war gerade so weit, sich zum Gehen zu wenden, diesen Raum hinter sich zu lassen, der scheinbar nichts mit dem Wirken des Totenkaisers zu tun hatte, als ihm die Fußabdrücke auffielen.

Greskegard machte einen sehr großen Ausfallschritt in den Raum hinein, um sich auf einer der wenigen blutfreien Inseln zu postieren. Er hatte das Gefühl, im Blutgestank zu ertrinken. Er war plötzlich einfach überall, eine Luft mit der Konsistenz von mit Brackwasser vollgesogenem Filz, die sich förmlich gegen seinen Willen in seinen Körper drängte. Sie stank nicht, sie war purer Gestank. Aus einem Tiegel in seiner Tasche schmierte er sich eine beißende Paste unter die Nase. Dann schlang er sich seinen eigenen Mantel um die Schultern, damit er ihn nicht besudelte, und ging in die Hocke. Rasch zog er den miefigen Mantelstoff hoch, bedeckte Nase und Mund damit. Besser der abgestandene Geruch des alten Tuchs, vermengt mit den minzigen Aromen der scharfen Kräutersalbe, als das Aroma aus den ausgeweideten Leichen in diesem Grab.

Greskegard spreizte Daumen und Zeigefinger und legte sie neben einen der Fußabdrücke. Es gab keinen Zweifel.

Dies war *seine* Schuhgröße. Wer immer der Täter war, er kam in Statur und Körpergewicht dem Totenkaiser gleich. Aber langte das als Indiz? Dieses Detail und der Name des Gastes? Und dann solch ein Gemetzel. Noch dazu der Mord an dem Tagesportier und dem wohlhabenden Tuchhändler, von dessen Kopf bislang keine Spur zu finden war.

Nichts davon passte zusammen. Falls Clach hier bereits einen Kampf mit dem ihn verfolgenden Barbaren ausgetragen hatte, wieso gab es von keinem der beiden eine Spur? Sicher, die Überreste hier waren bestialisch zugerichtet, aber immer noch anhand von Kleidung und Schmuck als Penta-Bewohner erkennbar. Egal, wie Fennek es drehte und wendete, dieser seltsame Tatort ergab nicht den geringsten Sinn.

Er wappnete sich innerlich, dann verlagerte er sein Körpergewicht auf die Zehenspitzen, lehnte sich über einen besonders unappetitlichen Tümpel und ergriff einen Arm, der an eben jener Stelle mit einer verstörenden Beiläufigkeit herumlag. Langsam hob er die Gliedmaße, die direkt an der Schulter abgetrennt worden war, vor sein Gesicht. Er betrachtete den Oberarmknochen. Das Fleisch darüber. Eine zwar saubere Schnittkante, aber nicht vollkommen glatt. Kleine Absplitterungen am Knochenrand, das Mark hingegen sauber durchtrennt. Der Arm war nicht mit einem Schwert oder einer Axt abgeschlagen worden, so viel stand fest. Die winzigen Fissuren am Knochen legten eher den Verdacht nahe, dass jemand geschnitten hatte. Gesägt. Mit unheimlicher Kraft und messerscharfer Klinge.

Wie mit einem Dolch. Ein Dolch mit gezackter Schneide gegenüber der eigentlichen Klinge. Ein Dolch, dessen Biss du hundertmal gesehen hast. Sieh das Offenkundige.

Es war zu früh für solche Vermutungen, wenngleich die Schwere der Indizien sich nicht mehr ohne Weiteres verleugnen ließ. Was er brauchte, waren Zeugen.

Langsam erhob er sich wieder, wobei seine Gelenke und Sehnen ihn lautstark und über die Stille des Tatortes hinweg daran erinnerten, wie viele Jahre seines Lebens er der Jagd auf einen Mann bereits geopfert hatte. Nicht zum ersten Mal kamen ihm Zweifel, ob es sich überhaupt noch lohnte.

Er brachte seinen Mantel wieder in Ordnung und umkrallte den arkanen Gegenstand. Fast schlagartig kehrte seine Zuversicht zurück. Wenn er Clach erst mal in seiner Gewalt hatte, würde all dies hier einen Sinn ergeben. Das musste es einfach!

Die junge Frau sah erwartungsgemäß so aus, als wäre ihre Welt gerade zusammengebrochen. Ihr rabenschwarzes Haar hatte wie durch einen Zauber allen Glanz verloren, den es zweifelsohne vor Stunden noch gehabt hatte. Das Gesicht war so blass, dass er meinte, durch die Haut die Wangenknochen erkennen zu können.

Fennek konnte ihr ihren Zusammenbruch kaum verdenken: Nicht jeder Ehegatte ging auf den Flur einer Pension, um wegen des Lärms nach dem Rechten zu sehen, wurde dann vor den Augen seiner Angetrauten geköpft und blieb ohne Haupt im Korridor liegen. Es war ein Wunder, dass sie überhaupt ansprechbar war.

Ihre Kleidung, ihr Gesicht – alles war mit Myriaden winziger Tröpfchen besprüht. Sie musste einen oder zwei Schritte neben oder hinter ihrem Gatten gestanden haben, als sich sein Torso in einen Springbrunnen verwandelt hatte.

Greskegard nahm sich Zeit. Setzte sich so langsam neben sie auf den ausladenden Diwan, dass er schwankte und sich abstützen musste, um nicht umzufallen. Selbst diese sachte Bewegung ließ sie zusammenfahren. Ihr Mund öffnete und schloss sich tonlos. Auf und ab. Ein unhörbares Flüstern, nur für sie selbst bestimmt. Er konnte sehen, wie die Zunge wie ein scheues Tier immer wieder ganz kurz hervorkam, rosig und angstvoll. Sie wiederholte dieselben Phrasen, so viel konnte Fennek erkennen. Unendlich sanft legte er seine Hand auf ihre Schulter. So sanft, dass er selbst noch überraschter war als Sanftleben, als dieser die Geste sah. Es war dermaßen absurd, dass Fennek am liebsten laut losgelacht hätte. Hier saß er, ein Mann, der vor einigen Nächten noch Kadaver in eine Kutsche gestopft und mit dem Fuß nachgeholfen hatte. Ein Mann, der so oft getötet hatte, nur um seine eigenen Ziele zu verfolgen, dass er kaum besser war als das Wild, das er jagte. Und hatte Mitleid mit einer entwurzelten Frau. Einer Frau, deren Stellung in der Gesellschaft unverdient besser war als die seine. Aber was nützte ihr das noch? Momentan war es der Schock. Das Grauen über den Verlust. Das volle Ermessen ihres Leides kam später, viel später. Sie tat ihm leid. Sie hatte etwas verloren, was ihre Welt gewesen war. Keiner konnte das besser ermessen als er. Zumindest dachte er das.

Sie reagierte überhaupt nicht auf seine Hand. Er hatte erwartet, dass sie schreien, sich befreien würde. Aber es geschah gar nichts. Vorsichtig hauchte er ein paar Worte in ihre Richtung – und musste prompt husten, weil die scharfe Salbe seine Atemwege ausgetrocknet hatte.

»Meine Dame. Mein Name ist Inqu… Fennek. Mein Name ist Fennek.« Keine Reaktion. »Könnt Ihr mir Euren Namen nennen?«

Er versuchte es noch einmal, aber wo immer sie war, es war nicht im Hier und Jetzt. Ihr Mund bebte unverändert. Er legte sein Ohr ganz nah an ihre Lippen. Ihr Atem war kühl und roch schlecht. Sauer. Sein Mitleid wuchs, aber die Stimme seiner Ambitionen, die ihn durch all diese Jahre der Jagd gepeitscht hatte, war gnadenlos und vertrieb mitfühlende Gedanken. Er hörte nichts. Kein Ton kam über ihre

Lippen, obschon unverkennbar war, dass sie etwas sagte. Ihm blieb keine Wahl. Er gab Sanftleben einen Wink. Der Hüne verstellte die Tür.

Langsam schob Greskegard seine Linke in die Tasche. Berührte den Gegenstand, der ihn gekostet hatte, was ihm damals an finanziellen Mitteln noch geblieben war. Er legte die Faust um das Kleinod und dessen Anhängsel. Fast augenblicklich wurde sein linker Arm kühl und leicht taub, als die intendierte Wirkung begann. Ein kurzer, sparsamer Einsatz nur – aber Grund genug, um wegen des Gebrauchs von Schwarzkünsten auf dem Scheiterhaufen zu landen, wäre er kein Inquisitor. Es war ein ganz besonderes Utensil, für das er den Gegenwert einer kleinen Grafschaft bezahlt hatte. Er setzte es nur selten ein, schließlich wollte er seine volle Kraft nicht vergeuden. Er brauchte sie noch für den Moment, wenn er sein Wild endgültig gestellt hatte.

Der kalte, nüchterne Teil von ihm wusste einen anderen Weg, die junge Frau zum Reden zu bringen. Aber der Teil von ihm, der Mitleid mit ihr empfand, weigerte sich. Dennoch, wenn er etwas über die Dinge erfahren wollte, die sich hier ereignet hatten, dann am besten aus erster Hand. Es musste sein.

Er spürte, wie das Beben ihrer Lippen allmählich versiegte, als ihr Körper und ihr Geist die Wirkung zu spüren bekamen. Wie aus einer Betäubung erwachend, wandte sie den Kopf in seine Richtung. Ihr Blick war nun noch leerer. Sie wartete. Er kannte die Wirkung des Gegenstands. Sie litt nicht. Außer er wollte es.

»Meine Dame? Ihr wolltet mir sagen, was sich ereignet hat? Was habt Ihr gesehen?«

Ihre Lippen begannen erneut zu beben. Ein stimmloser Monsun aus Silben entwich ungesehen aus ihrem Mund.

»Etwas lauter bitte«, forderte er eine Spur schärfer, als

er beabsichtigt hatte. Sie stöhnte sofort, wand sich unter Schmerzen, als das arkane Gerät seine Wirkung tat und seine Ungehaltenheit uminterpretierte.

»Bitte. Etwas lauter«, fügte er höflicher hinzu, was ihm einen weiteren Blick von Sanftleben einbrachte, der von der Tür herüberschielte.

»Nachtvogel. Nachtvogel. Nachtvogel …« Ihre Stimme war dünn und brüchig. Altes Pergament, über das der Wind strich. »Er kommt auf schwarzen Flügeln. Er hat Olaigh mitgenommen. Hat Olaighs Augen mitgenommen im roten Wind und ist mit ihm fortgeflogen. Fort in den Raum, wo die Schreie sind.«

»Nachtvogel, meine Dame? Trug der Angreifer einen Umhang? Einen Umhang aus schwarzgrünem Samt?« War der Totenkaiser wirklich in voller Montur hergekommen? Ohne sich zu verkleiden? Offen? In Leder und mit Umhang?

»Flügel, schwarz und grün, ja. Nachtvogel. Nacht. Vogel. Nacht. Die Nacht ist lebendig und hat Olaigh mitgenommen. Die Nacht ist zornig, so zornig. Ich kann sie hören, wie sie brüllt. Im Raum, wo die Schreie sind. Kann sie hören … Sie hat Zähne aus Eisen.«

»Meint Ihr die Dolche? Zwei Dolche?«

»Zwei Zähne. Es ist dunkel dort, wo die Nacht ihre Augen hat. Sie lacht noch, als sie Olaigh mitnimmt. Ich kann die Wunde in ihrem Gesicht sehen, die zuckt, wenn die Nacht lacht. Nacht lacht. Nachtvogel. Dann sehe ich Olaigh, und er sieht mich auch. Sieht mich an. Die Nacht trägt ihn als Schmuck und nimmt ihn mit. Der Regen ist warm, obwohl wir Sonneleid schreiben, so warm. Er schmeckt nach Salz. Wie kann es Nacht sein, obwohl doch Tag ist?«

Die Narbe! Die Wunde in seinem Gesicht! Fennek spürte, wie ihn ein heißer Schauer durchlief. Er legte beide Hände auf ihre Schultern.

»Meint Ihr die Narbe? Sprecht! Die Narbe in seinem Gesicht?«

»Sie rufen. Schreien. Aber nur die Nacht brüllt. Sie ist jetzt zornig. Jetzt lacht sie nicht mehr. Das ist meine Stadt, hört ihr? Meine Stadt!, schreit sie. Ich gehe der Nacht hinterher und sehe, wie wütend sie ist.«

Sie hat den Raum gesehen! Hier hatte er seine Erklärung, was ihren Verstand so gründlich vernichtet hatte. Sie war dabei gewesen, war im Schock ihrem »Gatten« gefolgt und hatte gesehen, was sich im Raum abgespielt hatte.

»Bitte, erinnert Euch, meine Dame. Hat der Angreifer noch etwas gesagt? Oder seine Gegner?«

Sie hielt ruckartig inne. Hörte zu sprechen auf. Er konnte sehen, wie es hinter ihrer Stirn arbeitete. Wie sie versuchte, den Wahnsinn in ihrem Geist zu klären. Dann, langsam, nickte sie. Eine Tide der Klarheit schwappte in ihr gemartertes Hirn zurück.

»Da war einer, der beim Sterben nicht geschrien hat. Der hat den Nachtvogel ausgelacht, selbst als er schon … als er schon …« Sie wimmerte. Greskegard legte beruhigend eine Hand auf ihre Schulter. »Geschnitten hat, meine ich. Selbst als er ihn umgebracht hat … und aufgemacht.«

Rinnsale aus Eiswasser flossen bei diesen profanen Worten über Fenneks Rücken. Die nüchterne Qualität, mit der diese gepeinigte Seele von den Taten im Nebenzimmer sprach, war fast noch unerträglicher als der eigentliche Irrsinn, der sich in der Suite zugetragen haben musste.

»Dann hat der Nachtvogel aufgehört, ihn zu schneiden«, fuhr sie fort. »Und der Andere hat nur noch geraunt, denn mehr konnte er nicht mehr. Aber gehört hab ich es. Er hat noch einmal gelacht. Und dann hat er gesagt: ›Du kannst uns hundertmal töten, aber dass dich alle an der Nase herumgeführt haben, das kannst du nicht auslöschen, Totenkaiser.‹

Das hat er gesagt. ›An der Nase herumgeführt.‹ Ich weiß es noch, weil mir das in dem Moment wie das Unsinnigste vorkam, was ein Mensch sagen kann, versteht Ihr?«

Fennek antwortete nicht. Totenkaiser. Clach war hier gewesen. Der nagende Verdacht hatte sich bestätigt. Was für ein Wahnsinn ging hier vor? Es war offenkundig, dass seine kleine intime Jagd mittlerweile Teil eines größeren Zusammenhanges geworden war. Was sollte das bedeuten, alle hatten Clach getäuscht? Womit? Worin?

Er sah zu Sanftleben hinüber und konnte in seinen Augen die gleiche Frage lesen. Der Hüne war bis zu ihrem Zusammentreffen ein Ambosskrieger gewesen. Teil eines Menschenschlags, für den Instinkt alles war. Als Greskegard seinen Leibwächter anblickte, erkannte er seine eigenen Befürchtungen, die sich in den Augen des Riesen spiegelten. Hier gingen Dinge vor, die ihrer beider Horizont überstiegen – noch.

Ihn fröstelte. Was brachte einen Mann wie Clach dazu, eine lebenslang befolgte Doktrin von Kontrolle und einen strengen Codex auf solch lästerliche Weise zu brechen? Fennek spürte, wie sein Magen zu rebellieren begann. Bittere Säure stieg seinen Hals empor. Die Erkenntnis reichte, um ihn mit Sodbrennen zu geißeln: Was, wenn die Männer und Frauen in dem Schlachthaus selbst Attentäter der Gilden gewesen waren?

Greskegard hatte alles Mögliche in dem Raum gefunden, was Leichenteile betraf – aber keiner der Toten wies mehr Hände auf. Clach hatte sie einfach mitgenommen. Wegen etwaiger Erkennungszeichen? Tätowierungen? Was, wenn er so sehr vom Weg abgekommen war, dass er Brüder und Schwestern der Nacht getötet hatte? Man würde ihn jagen. Nicht *man* – alle! Er würde in irgendeiner schmutzigen Gasse ausbluten, bevor Fennek seiner habhaft werden konnte. Ein halbes Leben. Dahin, bevor er die Früchte seiner Arbeit ernten konnte.

Greskegard musste sämtliche Kräfte mobilisieren, um die frischgebackene Witwe nicht an den Schultern zu schütteln. Ein irrationaler, äußerst ungehaltener Teil von ihm wollte sie anklagen. Sie fragen, warum sie nicht eingeschritten war und die Tat verhindert hatte. Wahnsinn! Clach hätte sie natürlich sofort getötet. Dennoch. Er spürte, wie sein Zorn nach einem Ventil suchte.

Rasch griff er in seine Tasche und deaktivierte das Utensil, bevor seine Frustration Konsequenzen für die Frau hatte. Dann ging es ihm auf. Das war es. Er räusperte sich, um seine Erregung zu verbergen. Den Zorn von seiner Stimme fernzuhalten.

»Wieso lebt Ihr eigentlich noch?«, fragte er. Obwohl er sich redlich bemühte, konnte er den lauernden Unterton nicht vollständig verbergen. »Warum hat er Euch nichts getan, obwohl er doch so von Sinnen war?«

Sie schluckte. »Er wollte es zuerst, als er mich bemerkt hat. Wo ich doch Olaigh nachgegangen bin und all das. Und alles gesehen habe. Er war so schrecklich zornig, aber darunter war auch etwas anderes. Wie bei einem Tier, das lauert, versteht Ihr? In seinen Augen hat es geblitzt. Er kam auf mich zu.« Sie schloss die Augen und begann wieder zu zittern. »›Willst du leben?‹, hat er mich gefragt. Ich hab ihm gesagt, dass ich nicht weiß, ob ich noch leben will. ›Das soll mir reichen‹, hat er gemeint. Er hat mich gefragt, ob ich Vögel habe. Oder Katzen.«

Fennek ließ seinen Blick durch das luxuriös eingerichtete Zimmer schweifen. Es dauerte nicht lange, dann hatte er zwischen Gobelins und Diwanen den überreich mit Gold verzierten Käfig ausgemacht, der an einer gewundenen Stange hing. Und leer war. Fennek erhob sich und ging langsam durch den Raum darauf zu. Mit grimmigem Blick studierte er das Innere. Nur Sand und Vogeldreck. Hinter ihm sprach sie weiter, aber sie hätte auch in einigen Meilen Entfernung und in fremder Zunge sprechen können. Greskegard hatte nur Augen für den gähnend leeren Käfig.

Er hat sie sich richtig vorgeknöpft. Er hat sich nicht damit begnügt, sie zu schlachten wie Vieh. Er hat sie ausgelöscht.

Der Tatort trug noch die Handschrift der Schwarzkunst, mit der ein Nebelmacher zu Werke ging. *Wofür sonst die Vögel?* Er durchmaß den Raum mit vier Schritten und ging vor dem Diwan in die Hocke.

»Sagt mir bitte noch mal, was hat er dann getan? Nachdem Ihr ihm die Vögel gebracht hattet?«

Sie sagte es ihm. Es war ein Prozedere, dessen Ablauf ihm nur allzu bekannt war. Sie mühte sich sogar, die Silben wiederzugeben, die der Totenkaiser benutzt hatte.

»Dann hat er sie mitgenommen. Er hat meine Schätze mitgenommen. Er war sehr müde, glaube ich. Er hat geschwankt.«

Sicher, dachte Greskegard. *Er hat ja auch vier Seelen zu Nebel gemacht. Oder was immer wirklich mit ihnen passiert. Jemand hätte sich mal die Mühe machen sollen, das, was diese Leute tun, von mehr als einer semantischen Seite zu betrachten. Aber du bist gescheitert, nicht wahr, Totenkaiser? Weil du zu wütend warst. Dich nicht unter Kontrolle hattest. Irgendwas an deinem Ritual muss schiefgelaufen sein, sonst hätte ich den Ort deiner Taten wohl kaum so gründlich studieren können. Verdammt. Verdammt!* Wurde erst publik, was sich hier ereignet hatte, würden sie alle hinter ihm her sein. Was war nur passiert?

»Sanftleben«, sagte Greskegard, »wir müssen los. Sofort. Wir können auf keinen Fall riskieren, dass seine Mitbewerber Clach vor uns in die Finger bekommen.«

»Wollen wir ihn weiter über den Kundschafter aus dem Amboss suchen?«, fragte der Angesprochene.

»Nein. Vielleicht. Erst einmal versuchen wir, der Spur des

Nebelmachers zu folgen, solange sie noch halbwegs frisch ist. Er wird extrem erschöpft sein, nachdem er gleich vier dem Ritus unterzogen hat. Das ist unsere Chance. Vielleicht ist er irgendwo zusammengebrochen.« Neues Feuer brannte in Fennek.

Er schlug sich mit der linken Faust in die Handfläche der Rechten. Das Klatschen beendete den Effekt des arkanen Geräts auf die Witwe. Sie fiel wieder in sich zusammen. Eine Marionette mit schlagartig gekappten Schnüren. Fennek betrachtete sie. Trotz seines neu erwachten Eifers verspürte er noch immer Bedauern wegen des Zustandes, in dem sich die Frau des Tuchhändlers befand. Er hätte ihr gern geholfen. Zumindest dieses eine Mal hätte er gern etwas getan, das nicht nur seinen eigenen Ambitionen diente.

Seine Hand glitt wieder in seine Tasche. Spürte das lauwarme Metall. Wenn er mehr Kraft aufwandte, konnte er sie einfach vergessen lassen, was hier geschehen war. Alles. Ihr ein glückliches Leben schenken. Nicht dazu verdammt, mit ihren Erinnerungen an bessere Tage leben zu müssen wie er.

Er riss seinen Blick von der traurigen Schönheit los. Genug der Sentimentalitäten! Er brauchte den Gegenstand. Nur damit würde er Clach dazu bringen, sich seinem Willen zu beugen. Die alte Ordnung wiederherzustellen. Es tat ihm leid um die Frau, aber hier ging es um Clach. Verdammt, es ging um sein eigenes Leben!

Unwirsch winkte er ab, so als wollte er seine Gedanken wie ein lästiges Insekt verscheuchen.

Entschlossen stapfte er an Sanftleben vorbei. »Komm! Er muss vor Blut starren! Die Chance ist groß, dass er sich noch nicht waschen konnte. So jemand fällt auf. Genau danach erkundigen wir uns.«

Draußen bei der Treppe, in respektvollem Abstand zum Tatort und dem Verhörzimmer, wartete Adamsapfel auf ihn.

Bei Fenneks Anblick trottete er herbei und widerte Greskegard fast augenblicklich an. Er hatte nicht wenig Lust, Sanftleben zu bitten, die Kehle des Büttels zu pulverisieren.

»Mylord Inquisitor?«

Fennek zögerte einen Augenblick. *Überdenk das Ganze noch mal. Vielleicht gibt es einen anderen Weg.* Er wusste, dass es keinen gab. Der Pöbel verlangte nach einem Täter. Er musste einen bekommen, allein schon deshalb, damit nichts zu früh in die Unterwelt durchsickerte. Diese Täuschung würde nur wenige Tage halten, vielleicht nur Stunden, aber das musste langen. Außerdem konnte er so wenigstens seinen seltsamen Sinneswandel und sein wiederentdecktes Gewissen beruhigen. Vielleicht würde er sie ja befreien können, wenn das hier vorbei war.

»Der Fall ist geklärt, guter Mann. Das Weib des Tuchhändlers ist geständig. Zumindest so geständig, wie es geht. Sie hat aus Eifersucht und verschmähter Liebe zu viele Rauschmittel zu sich genommen und darüber den Verstand verloren. Scheinbar war ihr Gatte dem Weibsvolk in der Gesandtschaft des Grafen zu sehr zugetan. Sie hat sie allesamt bei Liebesspielen ertappt und dann zugeschlagen.«

»Auch den Grafen, Mylord?«

Greskegard zwinkerte ihm verschwörerisch zu. »Ihr wisst ja, wie diese hohen Herrschaften sind, junger Freund. Keinem Genuss abgetan.« Er lachte ein falsches Lachen, aber für Adamsapfels servile Seele genügte es.

»Was soll nun mit ihr geschehen, Mylord?«

»Schafft sie in einen Kerker, bis ich ihr ordnungsgemäß den Prozess machen kann. Aber behandelt sie gut. Sie ist krank, geistig völlig verwirrt. Das an sich ist schon Strafe genug.«

»Ja, Mylord. Ich werde mich persönlich darum kümmern.«

Aber Fennek hörte ihn schon nicht mehr. Er ging bereits die Stufen zum Empfangsraum hinab. Und in jeder polierten

Oberfläche, die er auf seinem Weg passierte und in der er sich spiegelte, sah er einen Fremden. Einen Mann, mit dem er eigentlich nichts zu tun haben wollte.

Gardist Lhoane – ohne sein Wissen von Greskegard Adamsapfel getauft – ging vorsichtig auf die so harmlos aussehende Witwe des Tuchhändlers zu. Sie war unbewaffnet, aber das wollte nichts heißen, wenn das Weib wirklich von Sinnen war. Eine Hand am Schwert, legte er vorsichtig die andere auf ihren Unterarm und grinste sie aus Zähnen an, die zu einer Zeit, bevor der Fähnrich das Glücksspiel und den Fusel für sich entdeckt hatte, deutlich besser ausgesehen hatten.

»So, edle Dame. Dann … äh … steht mal auf, nich' wahr? Wir machen nu eine kleine Reise.«

Sie hob den Kopf. Es dauerte etwas, ihre Bewegungen waren seltsam langsam. Nun ja, der Inquisitor hatte ja gesagt, dass sie noch immer voller Rauschkräuter und solchem Zeug war. Doch tatsächlich erwiderte sie sein Lächeln. Ihres war so leer und tot wie eine Gruft. Er wollte sie so schnell wie möglich loswerden. Bei ihrem Anblick musste er sofort an den Raum denken. An das, was sie getan hatte.

Sie kicherte. »Au fein. Ich liebe dich, Olaigh. Gehen wir dorthin, wo alle lachen? Wo alle über den Nachtvogel lachen? Ich freue mich so sehr, dass du wieder zu mir zurückkehrst.«

Lhoane, der keine Ahnung hatte, wovon das verrückte Weib plapperte, nickte nur. Solange sie redete, war sie weniger gefährlich, entschied er für sich. »Sicher. Gern. Wenn Ihr mögt. Aber vorher muss ich Euch … äh … etwas zeigen. Aber sagt, wo genau ist denn das?«

Sie gab ihm einen spielerischen Schubs mit der Linken und kicherte erneut. »Ach, Olaigh, du Dummerchen, das hat der Graf dem Nachtvogel doch gesagt. Du warst doch dabei. Unten, dort, wo Fomors Gebeine sind, da wird das große

Fest stattfinden. Du bist aber auch vergesslich. Eines Tages vergisst du noch mal deinen Kopf.«

»Ach ja, ha. Wie töricht von mir, nicht wahr?«

Lhoane wusste nicht, wovon sie sprach – nur lief es ihm bei ihren Worten eiskalt den Rücken hinunter. Ein klügerer Mann als er hätte vielleicht die richtigen Schlüsse aus ihren Worten gezogen. Ein klügerer Mann hätte sich vor allem beeilt, dem Inquisitor ein solches Detail zuzutragen. Aber Lhoane war kein solcher Mann. Er war ein Mann, der wusste, was sich gehörte: Befehle Wort für Wort auszuführen.

Und am Abend hatte Gardist Lhoane, einen Putenschenkel in der Hand, eine Hure auf dem Schoß und seine Würfel in der Spelunke vor sich, das Gebrabbel der wahnsinnigen Mörderin schon vergessen. Er lebte nicht lange genug, um von seinem Versagen zu erfahren. Oder es zu bereuen.

Aus den Chroniken des Kataklysmus der Erzmagi, verfasst dreihundert Jahresläufe nach dem Titanensturm, Anonymus:

Damit aber niemals wieder jemand das Verderben wahrer Magick – sei es die Bändigung der vier Elemente, die grässliche Macht der Beherrschung des fremden Willens, die Verderbnis der schwarzen Beschwörung oder aber das Grauen der Nigrimantie – über uns bringen würde, riefen die Archonten ein Amt ins Leben. Diesem Amt, dem hohen Amt der Inquisition, fiel es fortan zu, solcherart Gelichter aufzuspüren und es zu vernichten, wo es es anträfe. Auf dass diese Macht nicht missbraucht werden könne, stellte jede Stadt nur einen der Richter, und es ward ihnen bei Todesstrafe untersagt, ihr Amt wider dem Herrschaftsanspruch der Archonten oder des Adels geltend zu machen. Dafür waren sie exemt von jeder Nachstellung und frei in ihrem Tun. Und in den ersten Jahrhunderten ihrer Jagd brannten viele Magier und Hexen. Doch in den heutigen Zeiten, da die wahre Magick nahezu besiegt ist, jagen sie vornehmlich Usurpatoren und Korruption.

Hora des Lichtfürsten, 301 adis Pentae.

16. Ormgair

Er irrte einige Stunden durch das Gewirr der Gassen, trieb mit all den seltsamen Stadtlingen durch die Lebensadern der gigantischen Enklave, beobachtete ihre Bräuche und Verhaltensweisen. Es waren Unzählige. Er bezweifelte, dass er jemals so viele Menschen auf einem Fleck gesehen hatte. Dutzende Fragen plagten ihn bei ihrem Anblick. Wie jagten sie, um so viele Mäuler zu stopfen? Folgten sie alle ohne Ausnahme dem mächtigen Cyning, der sich Archont nannte? Und wenn ja, was bekamen sie dafür? Wie reich musste dieser Mann sein, um jedem seinem Krieger einen Gunstring zu überreichen. Und tat er das überhaupt?

Er brauchte nicht lange, um zu dem Schluss zu gelangen, dass er ihre Lebensweise nicht verstand. Wo er sich auch bewegte, vernahm er Klagen. Dabei gelang es Ormgair recht schnell, zwei unterschiedliche Gruppen derer auszumachen, die sich beschwerten: Die eine Gruppe dieser Menschen schien zu klagen, weil sie arm an Zeit war und wenig von den Geld genannten Metallscheiben hatte. Bei der anderen schien es genau umgekehrt, sie klagten über ein ihm unbekanntes Phänomen, das sich Langeweile nannte, waren aber offenkundig dafür mit mehr als genug von diesem Geld gesegnet.

Von ihm selbst nahmen nur die wenigsten Notiz. Zwar gab es hier und dort Bewohner, die bei seinem Anblick nervöse Blicke tauschten – und mehr als einmal musste der Nebeljäger Patrouillen schwerbewaffneter Kämpfer ausweichen, die auf der Suche nach etwas waren –, aber im Großen und Ganzen war er hier einer von vielen. Nur ein weiteres Tierchen in dem gigantischen Ameisenhaufen aus roten Schindeldächern, schmutzig weißen, riesigen Steinzelten und den dräuenden Außenmauern und Burganlagen. Ein zyklopisches Gebirge im Herzen der Enklave, das jedem Gegner seine Lebensfeindlichkeit stumm entgegenbrüllte und dessen an Speerspitzen gemahnender Wald aus Türmen auf das Treiben zu seinen Füßen hinabsah.

Ormgair beschloss, die einzigartige Situation zu seinem eigenen Vorteil zu nutzen. Er nahm sich Zeit, sondierte einen der Stadtlinge, die ganz klar zum Lager der Gelangweilten zählten. Diesen verfolgte er einige Zeit und wartete auf eine günstige Gelegenheit, die sich ihm bot, als der wohlhabende Quengler gemeinsam mit einem Krieger, den Ormgair für einen Huscarl hielt, die belebten Straßen hinter sich ließ, um in einer verlassenen Gasse Wasser abzuschlagen. Ormgair ging hinter dem Herrn und seinem Leibwächter in die Gasse und trat nach einigen Augenblicken wieder heraus – um einen Beutel Gold reicher.

Die Methalle, gegenüber der er jetzt stand, war einer dieser Orte der Stadtlinge, die alle an den heimischen Feuern, die davon wussten, verdammten. Es waren Orte einer dekadenten Kultur, an denen verwöhnte und verzärtelte Penta-Bewohner in den Geschichten der Ambosskrieger den seltsamsten Gelüsten und Niederungen frönten. Ormgair betrachtete das Gebäude von der anderen Straßenseite aus mit großem Widerwillen. Langsam wurde es dunkel, und aus allen Richtungen des heruntergekommenen Stadtteils, in den es ihn verschlagen hatte, strömten Leute herbei. Hier wurde er indes bemerkt: Vermummte und zerlumpte Gestalten starrten ihn entweder gierig oder feindselig an. Ihre Blicke kamen samt und sonders unter breitkrempigen Hüten, Gugeln oder Kapuzen hervor. Einfach jeder hier sah für Ormgair wie ein Mensch aus, den er als Meuchler beschreiben würde. So hatte er sie sich stets vorgestellt, die verschlagensten Mörder und Übeltäter der Menschheit, und diese Menagerie menschlichen Unrats enttäuschte seine Erwartungen nicht. Ihm wurde plötzlich klar, wie sehr er im Gegensatz zu den belebten Straßen der offenkundig besseren Gegenden hier auffiel.

Unter seinesgleichen mochte er Spottnahmen wie Winzling oder Hund bekommen haben, wenn der Met reichlich floss – Bezeichnungen, die Sekunden später von ihren Ausrufern bitterlich bereut wurden. Aber als er sah, dass sämtliche Beobachter und Passanten aus ihren verhüllenden Kleidungsstücken nach oben lugen mussten, um sein Gesicht zu belauern, wurde ihm erst klar, wie viel größer er als die Stadtlinge war. Vorher hatte er dem nicht die geringste Bedeutung beigemessen, hier hingegen war es so offenkundig, dass er beinahe erschrak. Selbst die größten und kräftigsten Stadtlinge waren gut zwei Köpfe kleiner als er.

Er verfluchte seine Torheit, sich bei den reicheren Stadtbewohnern nicht entsprechend mit einem Umhang oder anderer Kleidung eingedeckt zu haben. Aber dafür war es nun zu spät. Und einen der hiesigen Passanten wollte er nicht überfallen – zu groß war die Chance, in einen unnützen Kampf verwickelt zu werden, der diesen Totenkaiser zu früh auf ihn aufmerksam machte.

Überdies spürte Ormgair instinktiv, dass dieser Menschenschlag hier zusammenhielt. Wenn er einen von ihnen überfiel, würden sich diese Leute – egal, wie verfeindet sie untereinander waren – gegen ihn, den Fremden, richten. Er mochte es ihnen nicht verdenken. Sein Stamm hätte es genauso getan.

Er seufzte. Hier stand er, mitten in der Fremde, allein und

ohne Stamm. Einsamkeit hatte ihn nie gestört, aber in dieser verwirrenden Umgebung war das etwas anderes.

Eine bittersüße Wehmut nach den heimischen Klängen und Gerüchen erfasste ihn. Unwirsch befreite er sich von den Gedanken. Er mochte kein erfahrener Mann sein, was die Lebensweise und Umgebung der Städter betraf. Aber er hatte Instinkte. Und diese warnten ihn so sicher, wie das Kreischen der Bussarde von einem umherliegenden Kadaver kündete. Machten ihm klar, dass er hier nicht willkommen war, dass ein Fehler im Umgang mit diesen Stadtlingen sein letzter werden konnte, egal, wie körperlich überlegen er sich wähnte. Diese Leute waren nicht besser als die Kreen, nutzten Gift und andere Teufeleien. Er hatte keine Zeit, der Vergangenheit nachzuhängen. Wenn er etwas erreichen wollte, dann war dafür die Zeit gekommen, bevor der erste dieser Schakale auf zwei Beinen seine Verwirrung und Sorgen roch und sich das Rudel auf ihn stürzte.

Ich werde nicht jünger, dachte Ormgair und gab ein grollendes Lachen aus tiefster Kehle von sich. Er überquerte die Straße. Ohne sich selbst eine Chance zu geben umzukehren, stieß er die Tür auf. Er unterschätzte seine Kraft. Das beschlagene Holz krachte mit einer solchen Wucht gegen die Wand, dass so gut wie jeder Kopf im Halblicht der Spelunke zu ihm herumfuhr. Als der Huskarl – nein, der Türsteher dieses Hauses, korrigierte sich Ormgair – auf ihn zukam, blickte er aus ungewohnter Perspektive auf diesen herab und zuckte mit dem Versuch einer Entschuldigung die Achseln.

»Wenn du auf Streit aus bist, Freundchen, kannst du gleich wieder verduften!«, bellte der breit gebaute Mann.

»Kein Ärger«, sagte Ormgair und gab sich redlich Mühe, harmlos zu klingen. Er hätte ebenso gut versuchen können, jemandem einen ausgewachsenen Braunbären als Promenadenmischung zu verkaufen. Beim mühlsteinartigen, tiefen

Klang seiner Stimme zuckten die Anwesenden zusammen. Hände führten beim Knall der Tür bereits begonnene Bewegungen zu Ende, legten die Hände um die Griffe versteckter Klingen.

»Kein Ärger«, wiederholte Ormgair. »Trinken.«

Der Türsteher sah nicht überzeugt aus. Er blickte zur Wirtin herüber, die ihm in Größe und Massigkeit in wenig nachstand. Kupferrotes Haar mit der Beschaffenheit von Distelkraut fiel über ihre Schultern. Ihr rechtes Auge lag unter einer ledernen Klappe verborgen, und ihr bleiches Fleisch war von Narben überzogen. Sie war die wohlgenährteste Frau – nein, der wohlgenährteste Mensch –, den Ormgair je in seinem Dasein erblickt hatte. Bis zu diesem Tag war er überzeugt gewesen, dass ihn nur noch wenig überraschen könnte, aber ihr Anblick faszinierte ihn. Er wusste nicht, ob er abgestoßen oder neugierig auf dieses seltsame Weib sein sollte, das matronenhaft hinter dem Tresen aufragte wie eine den Fluten entstiegene Titanin.

Sie nickte dem Türsteher zu, und dieser machte den Weg frei. Also war diese Zyklopin unter den Weibern tatsächlich die Herrin eines Mannes – und dies ihre Methalle. Ihre Taverne. Sein Respekt vor ihr wuchs, zumal ihm die Waffen nicht entgingen, die über dem Tresen hingen: ein Faustdolch, ein rostiger Dreizack und ein modriges Fangnetz.

Langsam, bedacht, um niemanden in der Taverne anzurempeln, schob sich Ormgair durch das Gedränge. Mehr als ein Gast, der bereits überlegt hatte, ein Tänzchen zu wagen, ließ die Hände wieder von seinen Waffen gleiten. Der Barbar, der in ihre Domäne eingedrungen war, mochte ein Riese sein, aber er bewegte sich auch mit der Geschmeidigkeit eines Raubtiers, der ganz und gar nichts Plumpes anhaftete.

Ormgair kam vor dem Tresen zum Stillstand. Er gab sich redlich Mühe, den Gestank im Inneren der Taverne zu ignorieren. Aber die ungewohnte Mischung aus ranzigem Kerzentalg, ungewaschenen Körpern, Leder und Rauchkraut war erstickend. Warum taten die Stadtlinge sich so etwas freiwillig an? Wer lebte gern so, wenn er auch den sauberen Duft des Windes und die würzige Heide in der Nase haben konnte?

Neue Abscheu vor diesen Kreaturen erfüllte ihn. Vielleicht sollte er nicht nur Krieger um sich scharen, um die Kreen zu vernichten? Vielleicht sollte er weitermachen. Stämme unterwerfen und den ganzen Amboss gegen diesen schwarzen Krebs von einer Stadt führen. Ihre Dekadenz und Abscheulichkeit vom Angesicht der Welt tilgen.

»Hab in der Grube gekämpft. Fast zwanzig Jahr!« War Ormgairs Stimme das Rumpeln, mit dem Felsen übereinanderschabten, dann war die Stimme der Zyklopin das Brüllen einer Bärin, deren Welpen in Gefahr waren – aber es lag keine Unfreundlichkeit darin. Im Gegenteil. Die Wirtin klang amüsiert. Sie grinste breit durch makellose Zähne.

»Was?«, fragte er ehrlich überrumpelt.

»Die Waffen. Du starrst die Waffen an. Es sind meine. Aus den Tagen in der Grube.«

Er blickte sie weiterhin verständnislos an, bis er begriff. Stadtlinge kämpften zum Vergnügen – oder besser: Sie ließen andere kämpfen.

Er musste sich beeilen und mehr über den Totenkaiser herausfinden. Und dann nichts wie weg hier. Vielleicht war der Irrsinn dieser Menschen ansteckend. Ein kalter Schauer überlief ihn bei der Vorstellung, er könnte so werden wie diese Leute, wenn er nur lange genug hier verweilte.

»Gute Waffen.« Er nickte, weil ihm nichts Besseres einfiel. »Oft benutzt.« Dieser Mensch vor ihm war ein Kämpfer, eine verwandte Seele – Weib hin oder her. Er bewunderte ihre Narben. Sie zeugten davon, dass sie keine Lügnerin war. Es waren viele, und sie prangten allesamt an der Vorderseite von

Gesicht und Brust sowie der Oberseite ihrer mit Schiffen und anderen, ihm unbekannten Motiven tätowierten Arme. Dieses Weib hatte im ehrlichen Kampf gestanden. Ihren Feinden ins Auge geblickt.

Unverhohlen musterte sie ihn von oben bis unten mit Blicken, die ihr in seiner Heimat einen unschönen Tod eingebracht hätten. Dann griff sie unter den Tresen und stellte einen Zinnbecher vor ihm ab. Aus einer bauchigen Tonflasche goss sie einen winzigen Schluck einer Flüssigkeit mit der Farbe von Gold in der Abendsonne in den Becher. Ormgair ging das Herz auf.

»Ist das … Mjaeth? Aber woher …?«

»Sagen wir mal, ich habe Beziehungen. Er kostet dich zwei Fomori.«

Ormgair brauchte einige Momente, um zu begreifen, was sie mit »kosten« meinte. Er legte zwei Scheiben aus Gold auf den Tresen. Ihm entging nicht, wie sich die Augen der Wirtin ebenso weiteten wie die einiger der Anwesenden. Die Luft war bereits hochschwanger mit dem Potential zügelloser Gier und Gewalt.

»Pack die ein. Sofort.« Ihre Stimme war nun leiser, ein heiseres Zischen, als würde Dampf zwischen ihren Lippen entweichen. Dann trat ein breites Grinsen auf ihr Gesicht. Wieder entblößte sie die weißesten und vollständigsten Zähne, die der Nebeljäger je in seinem Leben gesehen hatte. »Der Honigwein geht aufs Haus …«

Wieder brauchte er einige Augenblicke, dann verstand er, dass das edle Getränk ein Gastgeschenk war. Wahrlich, dieses Weib war gesegnet mit Wohlstand. Er griff nach dem Zinnbecher, aber bevor seine Finger ihn erreichten, verschwand das kleine Gefäß unter ihrer Hand.

»… wenn du mir dafür etwas über dich erzählst. Kommst du aus dem Amboss?«

Er beäugte sie nun misstrauischer. Was wollte diese Frau von ihm?

»Da, wo ich herkomme, ist Neugier meist das Letzte, was ein Mann empfindet – oder eine Frau«, grollte Ormgair.

Falls sie eingeschüchtert war, ließ sie es sich nicht anmerken. Langsam zog sie die Hand von dem Becher zurück und machte eine einladende Geste. Er nahm den Becher, stürzte den köstlichen Mjaeth herunter. Er war kühl und süß.

»Du bist aus dem Amboss«, stellte sie ungerührt fest. »Und du hast offenkundig keine Ahnung, wo du dich hier befindest – oder wie man mit Geld umgehst. Den Leuten in der Gegend säbelt man die Gurgel für Kupferfomori durch, und du wedelst mit Archonten herum. Stell dich drauf ein, dass du draußen mächtigen Ärger haben wirst. Aber meine Sprache sprichst du, als wärst du im Palast gepudert worden. Und daher«, sie goss nach, »darf man durchaus neugierig sein, was eine Gestalt wie dich in meine Schankstube treibt. Das macht übrigens zwei Fomori. Das sind die aus Silber.«

Ormgair zuckte mit den Achseln. Er legte zwei Silberstücke vor ihr auf den Tresen, die sie mit beachtlicher Geschwindigkeit verschwinden ließ. Ihm war es gleich, ob sie ihn gerade betrog. Er hatte das Geld genommen, um damit an Informationen zu gelangen. Und er war sich sicher, dass er damit hier an der richtigen Stelle war. Herumzudrucksen war nicht seine Art. Schließlich war er gekommen, um Antworten zu erhalten.

»Ich bin auf der Suche nach einem Mann. Er soll der beste Mörder sein, den es gibt. Ein Attentäter. ›Cyning der Toten‹ nennt er sich. Totenkönig würdet ihr wohl sagen.«

Die Riesin erbleichte. »Der Totenkaiser? Was willst du denn von dem?«

Der Nebeljäger wollte gerade antworten, als ihm die Stille auffiel, die sich in der Schänke ausgebreitet hatte. Langsam drehte er sich um, ließ den Blick über die Gesichter der Versammelten gleiten. Augen, in denen eine Mixtur aus Unglauben, unverhohlener Furcht, aber auch ebenso viel Hass stand, musterten ihn ganz offen.

Das Brüllen flutete den Raum, als die Herrin des Hauses jegliche Missverständnisse ausräumte. »Mich schert es weniger als das, was aus einem Arsch kommt, was ihr Maden draußen auf der Straße treibt. Aber das hier ist meine Schänke. Es sind meine Regeln. Und dieser Wilde ist mein Gast. Ich werde hier kein Blutvergießen dulden. Habe ich mich klar ausgedrückt?«

Murren und gemurmelte Flüche. Es war, als hätte jemand einen Hebel umgelegt. Der Lärm war plötzlich zurück, seine volle Intensität binnen Herzschlägen wiederhergestellt. Es war, als hätte Ormgair nichts gesagt.

Drei Männer erhoben sich, funkelten ihn aus dem Schutz ihrer vor ihre Gesichter geschlagenen Halstücher und Umhänge an und verließen die Schänke. Ormgair sah ihnen nach. Mit diesem Trio würde es noch Ärger geben, so viel stand fest.

»Ich sagte dir ja, du musst aufpassen, was du in dieser Gegend tust. Wieso fragst du auch nach genau dem? Die eine Hälfte fürchtet diesen Knaben, die andere schielt auf seinen Ruhm. Zu welcher gehörst du?«

»Zur zweiten«, gab der Nebeljäger freiheraus zu und drehte sich wieder zur Zyklopin um. »Wo finde ich diesen Mann?«

»Ich glaube, in der ganzen Penta wirst du nur einen Einzigen finden, der das weiß: den Totenkaiser selbst. Und sollten es doch mehr sein, so wird dir keiner von ihnen etwas verraten. Die Leute hier hängen an ihrem Leben. Die meisten zumindest.«

»Was ist an diesem Mann denn so gefährlich?«, fragte

Ormgair ehrlich verblüfft. »Männer kämpfen und sterben. Jeder findet irgendwann seinen Meister.«

»Sagt man das so bei euch?«

»Es ist zumindest überall so, wo ich wandere. Eines Tages werde ich auch den Mann treffen, der mich überwindet. So wollen es die Titanen. Es ist das ewige Lied. Ich dachte, du würdest das verstehen.« Sein Blick ging kurz zum Kriegsgerät über dem Tresen.

»Oh, das tue ich. Deshalb habe ich ja aufgehört. Mir meine Freiheit erkämpft. Aber dieser Totenkaiser, den du suchst, das ist eine ganz andere Geschichte. Weißt du, warum man ihn so nennt?«

»Weil er ein ganzes Reich der Stadtlinge mit all den Jarls und Cynings füllen könnte, die er schon getötet hat. Ein Kreen hat es mir verraten.«

»Ich weiß zwar nicht, wer oder was ein Kreen ist, aber der Rest stimmt. Er ist der schlimmste Attentäter in einer Stadt voller Abschaum. Der beste Mörder, den die Welt je gesehen hat. Und er ist ein Nebelmacher. Sagt man zumindest«, fügte sie verstohlen hinzu.

»Sicher ist er das. Er ist ein Mörder«, sagte Ormgair verdutzt. Wer ehrlos starb, ging zu den Geistern. Ging in den Nebel. Jeder wusste das.

»Ich habe keine Ahnung, was *du* darunter verstehst, aber hier bedeutet das, dass er dir deine Seele nimmt, nachdem er dich ermordet hat. Niemand, der noch bei Trost ist, will so einen zum Feind. Wirklich niemand.«

»Er ist ein Hexer?!«

»Ich weiß nicht, wer oder was dieser Kerl ist. Er ist kein Gast in meinem Laden. Die wenigsten in dieser Gegend wissen, wie er aussieht. Und Verräter gibt's hier auch keine, die einen wie den verpfeifen würden.«

Er nickte bedächtig. Ließ ihre Worte auf sich wirken. Hatten die Visionen ihn genarrt? Waren sie nicht das Werk der Titanen? Wenn dieser Mann nicht nur ein Kämpfer, sondern auch ein Hexenmeister war, wie sollte er ihn dann aus seinem Versteck locken? Aber nein, er würde sich nicht so einfach geschlagen geben. Wenn es niemanden gab, der diesen Mann, diesen Mythos freiwillig verriet, dann würde es eben gegen seinen Willen geschehen. Ormgair würde nicht aufgeben. Seine Suche nach diesem Mörder hatte noch nicht einmal richtig begonnen, da würde er sich nicht von den Worten Fremder davon abhalten lassen, sie zu Ende zu führen. Selbst wenn er diese spezielle Fremde unleugbar sympathisch fand.

»Du sagst, es gibt keine Verräter, betonst aber das ›hier‹. Heißt das, anderswo finde ich Männer, die für Münzen reden werden?«, fragte er.

»Für das, was da drin ist?« Sie beäugte seinen Beutel. »Ganz sicher. Kein Zweifel. Wenn du lange genug suchst, findest du jemanden.«

»Wie lange?«

»Nicht sehr lange, wenn du noch einen Mjaeth trinkst. Und ihn bezahlst«, fügte sie hinzu. »Ich kenne jemanden, der dir weiterhelfen kann. Und den brauchst du, wenn du in dieser Stadt als Fremder, noch dazu als Ambosskrieger, der keine Ahnung von den Wegen einer Penta hat, keinen Ärger willst.«

Er bestellte noch einen Mjaeth. Mehr wollte er nicht riskieren. Zu viel, und er wäre zu angeschlagen. Er hatte nicht vergessen, dass Männer auf ihn warten würden. Kurz keimte der Gedanke in ihm auf, andere der geldgierigen Stadtlinge anzuheuern, die sich nach draußen begaben und das Problem für ihn regelten. Aber er unterließ es. Er würde die Titanen nicht beschämen, indem er andere Männer seine Kämpfe ausfechten ließ.

Dennoch genoss er, wie auch dieser letzte Schluck des Getränks dafür sorgte, dass sich eine warme Glut in seinem

Körper ausbreitete. Die feine Unschärfe, die der Alkohol in seinem Denken verursachte, war etwas, was er begrüßte. Die unnatürliche Abwesenheit des Nebels im Inneren der Stadtmauern machte ihm mehr zu schaffen, als er sich selbst eingestehen wollte. Wenn er diese Gedanken zuließ, fühlte er sich fast augenblicklich ausgeliefert.

»Also?«, fragte er.

»Du bist kein Freund großer Worte, was? Der Mann, nach dem du suchst, arbeitet meistens im Osten der Stadt. Zumindest war das früher so. In dem Viertel, in dem wir Stadtmenschen unser Leder herstellen. Folge einfach dem Geruch. Der Kerl heißt Hermodes, aber alle Welt nennt ihn nur Hermelin. Er sieht so aus wie ein Marder, und er trägt welche bei sich. Er ist der Einzige, bei dem ich mir vorstellen könnte, dass er zumindest eine ungefähre Vorstellung hat, wie man an den Totenkaiser herankommt.« Sie hob eine Hand, brachte ihn zum Schweigen, bevor er etwas entgegnen konnte. »Mach dir keine zu großen Hoffnungen. Und wenn du gehst«, sie wies mit dem Daumen hinter sich, »dann nimm den Hinterausgang. Die drei werden dir sicher draußen auf der Straße auflauern.«

»Ich danke dir«, sagte Ormgair und meinte es so. »Wie ist dein Name?«

»Ich sage dir was: Wenn du dir diesen Kerl vorgeknöpft hast und zurückkehrst, dann verrate ich ihn dir. Doch falls du den Totenkaiser findest und somit deinen Ruhm, bezweifle ich, dass wir uns wiedersehen.«

Die Gasse hinter der Taverne bildete einen stillen, dunklen Kontrast zu dem hektischen Treiben und der stickigen Wärme im Inneren. Ormgair war wenig überrascht, als drei Gestalten an ihrem Ende auftauchten und ebenso selbstsicher wie drohend auf ihn zupirschten. Er widerstand der Versuchung, Fahlsang bereits zu ziehen. Die Zyklopin hatte ihn eindringlich vor den Leuten in diesem Teil der Stadt gewarnt, aber das war gar nicht nötig gewesen. Er erkannte Raubtiere, wenn er sie sah – und ihm waren auch nicht die versteckten Wurfwaffen und anderen Teufeleien der feigen Stadtlinge entgangen, die viele der Männer bei sich trugen.

Er musterte seine Gegner, die siegesgewiss näher kamen. Sie ließen sich alle Zeit – und er kam zu der Überzeugung, dass ein Kampf zu seinen Gunsten ausgehen würde. Die Überheblichkeit von Kreaturen, die stets verwundetes und geschwächtes Wild bejagten, sprach aus ihrer Haltung. Diese Leute waren das menschliche Äquivalent von Aasvögeln. Er würde ihnen die Flügel stutzen.

Dann standen sie vor ihm. Die Hände unter weiter Kleidung verborgen, bereit, aus dem Schatten zuzustoßen und zu töten.

Nein, nicht bereit. Willens.

In ihren Augen lag eine Gewissheit. Ein Versprechen. Eine kalte Prognose, wie diese Situation zu Ende gehen würde. Ihre Augen glänzten im Halbdunkel der Gasse, schimmerten wie Ölpfützen. Käferaugen. Diesen Gestalten ging es um mehr als klingende Münze.

Ihr Anführer trat vor. Er war ein Mann, wie Ormgair Hunderte getroffen und Dutzende zu ihren Ahnen geschickt hatte. Tumb, großmäulig, viel zu selbstsicher. Fettige Haarsträhnen, die wie Flechten aus seiner Kapuze hingen und als Vorhang das Gesicht in zusätzliche Schatten tauchten. Der hier würde seine Reden schwingen, ihn verhöhnen. Das hatte der Nebeljäger schon so oft erlebt, dass er seiner bereits lange überdrüssig war. Trotzdem ließ er ihn gewähren.

»War mir klar, dass die fette Schlampe dich warnen würde und hinten rausschickt. Hat ein großes Herz. Zu groß, wenn du mich fragst«, sagte Fetthaar.

Ich bin nicht hier, um mich mit Aasfressern zu messen. Ich bin hier, weil ich einen einzigen Mann suche. Nur das zählt. Nur das ist entscheidend.

Aber er würde nicht um einen Schlagabtausch mit diesen Männern herumkommen. Sicher, er konnte fliehen, aber so tief würde er nicht sinken.

Nein.

»Du bist vielleicht ein Schrank. Bei den Titten der Todesgöttin, Jungs, habt ihr schon mal so einen Baum von einem Kerl gesehen?«

Ormgair seufzte. Er würde darauf eingehen, bis es losging. Manchmal war es einfach klüger, einen Gegner einzuschätzen.

»Was immer ihr dort gleich ziehen wollt – lasst es besser stecken. Welpen sollten nicht mit Stahl spielen. Nur allzu leicht verletzen sie sich.«

»Ich gebe dir gleich Welpe, alter Mann! Du hast einen großen Fehler begangen, in unsere Gegend zu kommen. Zeigst dein Geld hier vor wie eine Kupferdirne ihre Futt. Eigentlich wollten wir nur ein paar deiner Zähne austreten und dein Geld nehmen.«

»Oh. Was hat deine Meinung geändert, Junge?«

Fetthaar drehte sich zu seinen Vasallen um und höhnte. Ormgair wäre es ein Leichtes gewesen, ihm den Kopf von den Schultern zu hauen. Er ließ es. Sie sprachen. Offenkundig steckte mehr hinter ihrem Überfall.

»Hat man noch Töne, Jungs? Der Greis will wissen … Nun gut, Alterchen, wenn es dich so sehr interessiert, kannst du die Antwort gern mitnehmen – dort, wo du hingehst, nützt sie dir nichts.«

»Dann sprich, Welpe. Sag, was du mir sagen willst. Und dann … «

»Und dann was, Alterchen? Willst du mir dann zeigen, dass du auch so gut lutschst wie eine Kupferdirne?«

»… tanzen wir«, lächelte Ormgair.

»Du kannst uns dankbar sein, Alter«, rief einer der hinteren Männer. »Lange hättste eh nich' mehr gemacht. Ghalen tut dir einen Gefallen!«

»Lass gut sein«, sagte der als Ghalen Bezeichnete zu seinem Begleiter. »Er will's so gern wissen. Tun wir ihm den Gefallen – und sagen ihm gar nichts! Jetzt!«

Auf seinen Wink hin rissen beide Begleiter die Lumpen von ihren versteckten Waffen. Der Nebeljäger erkannte die kleinen Stahlbögen der Menschen, montiert auf Armschienen. Mit bösartigen Schnapplauten schnellte die Sehne des linken Briganten nach vorn, doch Ormgairs Reflexe waren schneller. Er tauchte ab, zog noch im Sprung Fahlsang.

Der andere Bandit hatte genau darauf gewartet. Ein tückisches Grinsen entstellte seine Züge, als er seine Waffe in dem Moment abfeuerte, in dem der Tanleigh sich auf dem Pflaster abrollte.

Ormgair sah nur noch, wie etwas ebenso Winziges wie Tödliches auf ihn zuraste – und schlug instinktiv zu. Waffenhand und Bastardschwert zuckten in einer perfekten Einheit vor, schneller als die gefalteten Arme einer Fangschrecke. Der Bolzen zersprang, Holz- und Metallsplitter sirrten durch die Luft. Etwas ritzte Ormgairs Wange. Verblüfft starrte der Nebeljäger Fahlsang an – das Bastardschwert lag warm und vertrauensspendend in seiner Rechten.

Der Anführer der Briganten war genauso fassungslos wie seine Männer. Er glotzte den Nebeljäger an. Die Männer hinter ihm rissen wie von Sinnen an ihren Handgelenken, luden nach.

»Was ... Wie hast du ...?«

Ormgair ließ ihm keine Zeit, diese Frage zu erörtern. Er sprang an dem überraschten Gegner vorbei, schmetterte ihm den Schwertgriff gegen den Kopf. Der Anführer der Bande ging besinnungslos zu Boden.

Der erste der Armbrustschützen hatte seine Waffe fast nachgeladen, da rammte ihm Ormgair vierzig Zoll Stahl durch die Därme. Der solcherart Aufgespießte ging zu Boden, rutschte mit einem Blubbern und müden Bewegungen von der Schneide. Blut füllte seinen Mund, warf blasigen Schaum. Ein Sumpfloch, das überquoll.

Ormgair half seinem unrühmlichen Abgang mit einem Fußtritt gegen die Brust nach und riss dabei die Klinge in einem Schauer aus Blut zur Seite aus dem Rumpf des Sterbenden. Ein Aalnest Därme folgte der Klinge. Fäkaliengestank überschwemmte die Gasse.

Bei diesem Anblick geriet der andere Schütze in nackte Panik. Er hatte gerade einen Dolch aus seinem Gürtel gefingert. Beim Anblick der Schneide, die wie in dunklen Sirup getaucht im Halbdunkel troff, und bei dem Todesröcheln seines Begleiters ging ihm der Schneid ab. Er ließ seinen Dolch fallen und gab Fersengeld. Der Nebeljäger hob die Waffe auf, nahm Maß und warf. Hätte der Flüchtende Haken geschlagen, vielleicht wäre er entkommen. So traf ihn der Dolch in den Rücken, und er schlug mit einem matten »Ack!« und rudernden Armen hin. Er kroch noch ein, zwei Schritte auf dem Bauch weiter, dann verging er.

Der Nebeljäger bückte sich, hob den Umhang des ausgeweideten Briganten auf. Überrascht stellte er fest, dass der Mann noch lebte. Oder zumindest noch Leben in ihm war. Flehende Augen rollten in ihren Höhlen, Schlammlochlaute krochen aus den dunkelsten Orten seines im Sterben liegenden Körpers hervor.

Ormgair trieb ihm die Schwertspitze durch ein Auge ins Hirn und erlöste seinen Angreifer, bevor er Fahlsang an dessen Umhang abwischte. Langsam und bedächtig musterte er die Klinge. Keine Scharte, kein Kratzer verunstaltete das

Metall, das noch vor Sekunden den Biss eines Stahlbolzens pariert hatte.

Als wären wir eins, die Klinge und ich. Als wollte sie, dass ich überlebe.

Vielleicht war das Schwert ja die Quelle der Visionen und nicht die Hexerei der Kreen oder der Wille der Titanen? Er hatte vom Ort, an dem Fahlsang ruhte, auf ebenso seltsame Weise erfahren, wie den Namen der Waffe.

Hinter sich hörte er ein Stöhnen – der Letzte seiner Angreifer lebte ja noch. Langsam wandte sich Ormgair um und machte einige Schritte auf den Mann zu. Es war Ghalen, der Anführer. Er hatte sich mühsam hochgestemmt und saß mit dem Rücken an einer der Gassenwände. Als er sah, wie Ormgair auf ihn zutrat, schob er seine Hand unter sein Wams – aber der Nebeljäger war schneller. Er packte das Handgelenk und brach es.

Bevor ein weiterer Schrei durch die Straßen gellen konnte, legte Ormgair seinem Gegner eine Hand aufs Gesicht, umschloss Mund und Unterkiefer mit seiner Pranke. Er ließ die Hand des Mannes los und nagelte die andere mit dem Knie und seinem ganzen Körpergewicht auf dem dreckigen Pflaster fest. Erst dann griff er nach dem, was sein Gegner hatte hervorholen wollen.

Es war eine Dolchscheide, aber Ormgairs Sinnen entgingen weder der schwach süßliche Geruch, der aus der Scheide drang, noch ihre Bauweise. Er erhob sich wieder und zog die Waffe. Eine gekrümmte Klinge kam zum Vorschein, die wohl tückisch und gefährlich wirken sollte, mit ihren unnützen Verzierungen aber eher lächerlich war. Ormgair hielt sie gegen das schwache Licht des simulierten Nachthimmels über der Gasse, sah, dass ein Mantel aus klarem Sirup um die Waffe lag – und dass sich tiefe Rinnen wie Kanäle über sie zogen.

Um das Gift besser zu verteilen, das in der Scheide steht wie Brackwasser. Diese Stadtlinge verdienen einander.

»Ihr hättet mich töten sollen, statt Reden zu schwingen«, knurrte Ormgair. »Dann würden deine Lakaien jetzt noch atmen – und ihr könntet mein Gold verhuren.«

»Fick dich!« Ghalen spie aus. Warmer, stinkender Speichel benetzte Ormgairs Gesicht. Der Nebeljäger erhob sich und trat ihn mit Wucht in den Bauch. Der Brigant krümmte sich, fiel auf die Seite – und belastete sein gebrochenes Handgelenk.

Als er die Luft zum Schrei einsog, packte ihn Ormgair am Kragen und drückte ihm den Hals zu. Er stemmte den Mann in die Höhe, presste ihn weiter gegen das getünchte Flechtwerk der Wand. Langsam ließ er wieder locker. Ghalen schnappte sofort nach Luft, nutzte sie aber nur, um in eine barsche Mischung aus Husten und Lachen zu verfallen. Er war aus anderem Holz geschnitzt als seine Lakaien.

»Falls du vorhast, mich zum Reden zu bringen, Alterchen – dann nur zu! Schmerzen … machen mir nichts. Die Leute, die mich bezahlen … können mir Schlimmeres antun als du.«

Ormgair neigte den Kopf zur Seite und studierte den Mann. Er erkannte, dass sein Gegenüber zumindest glaubte, was er sagte. Methodisch durchsuchte er ihn nach weiteren bösen Überraschungen. Als er fertig war, hatte sich auf dem Boden ein veritables Arsenal an versteckten Klingen, Tiegelchen und Schlingen angesammelt.

»Eigentlich wollte ich dich einfach abstechen«, sagte der Nebeljäger. »Aber ich habe eine bessere Idee.« Er ließ den Dolch fallen, begann, mit Daumen und Zeigefinger der Linken die Nackenwirbel seines Gegenübers abzutasten.

»Was hast du vor? Es kurz und schmerzlos machen? Ich scheiß drauf. Von mir erfährst du nichts.«

»Oh, ich bin eher sicher, dass du an deinem Leben hängst, Welpe. Das tut jeder. Egal, welche Reden du gerade schwingst.

Ich mache es kurz. Und schmerzlos. Alles, was ich tun werde, ist, dir sacht deinen dürren Hals zu brechen. Einfach so. Ein guter Jäger weiß, wie das geht.«

»Gib dir keine Mühe, Du kannst mir nichts Schlimmeres antun als diese Leute. Nichts. Wenn ich rede, bin ich tot.«

»Sobald ich dir den Hals gebrochen habe«, überging ihn Ormgair, »wirst du noch leben. Wenn man weiß, wie es richtig geht, ist es ganz einfach. Nur bewegen kannst du dich nicht mehr.«

Zum ersten Mal sah er so etwas wie Angst in den Augen seines Gegners aufflackern. Bevor Ghalen etwas entgegnen konnte, fuhr Ormgair fort: »Und dann nehme ich dich mit. Ich werde dich stützen. Ich trage dich in die Methalle, und dort werden wir wie alte Freunde plaudern. Man hat mir gesagt, dass niemand dort Verräter mag. Irgendwann gehe ich dann. Und du bleibst. Den Rest kannst du dir ausmalen. Vielleicht wird mir das aber auch zu anstrengend. Vielleicht nehme ich dieses Ding«, er zeigte auf das Messer, »und schneide dich damit. Einfach nur, um zu sehen, was ihr mir antun wolltet und wie das Gift wirkt.«

Ghalen schluckte. Er wusste scheinbar ziemlich gut, was die Substanz bewirkte, mit der seine Klinge bestrichen war.

»Deine Wahl. Es gäbe noch einen dritten Weg. Er wäre für dich der angenehmste.«

»Welcher Weg sollte das wohl sein?«

»Mich interessieren die Münzen in dem Beutel nicht. Leute wie dich schon. Mir sind auch die Kerle gleich, von denen du dauernd redest – was ihnen ziemlich unlieb sein dürfte.«

»Aber du hast nach dem Totenkaiser gefragt! Und du kommst aus dem Amboss! Du willst ihn warnen, stimmt's?«

Ein Lachen wie ein Herbststurm brach sich seinen Weg aus der Kehle des Nebeljägers. »Du dummer Welpe. Ich bin hier, um diesen Mann zu töten. Nicht mehr und nicht weniger.

Und nun weißt du alles, was du zu wissen brauchst.« Grob drehte er Ghalens Kopf zur Seite, bog seinen Hals unter der schwachen Gegenwehr des Verletzten fast bis an den Bruchpunkt – und ließ den Mann seine toten Kameraden bewundern.

»Du hast die Wahl, Welpe. Unter normalen Umständen würde ich dich töten, allein, um deine Dummheit zu bestrafen. Aber meine Umstände sind nicht normal. Du bist ein Stadtling. Schwach. Unbedeutend. Aber von hier. Ich brauche jemanden, der sich hier auskennt – und auch, wenn ich dir nicht weiter traue als einer Viper, du gehörst jetzt mir. Was willst du? Als Verräter gelten? Das Gift? Oder mir ein paar Dinge sagen, die ich wissen will – ohne deine Hintermänner zu verpfeifen? Die scheren mich nämlich einen Dreck. Ich habe also auch keinen Grund, nach denen zu fragen.«

Er ließ Ghalens Hals los und klimperte aufreizend mit dem Beutel.

»Sieh es so. Wenn ich dich am Leben lasse, kannst du wenigstens kämpfen. Und jetzt mach das Maul auf. Ich habe genug Zeit vergeudet. Du kommst hier nicht ohne Entscheidung raus. Also, was soll es sein?«

Am Ende ging es immer ums Überleben – niemand wusste das besser als ein Nebeljäger. Ghalen hatte vor einem großen Lagerhaus haltgemacht, das im Licht des falschen Mondes wie eine gigantische pechschwarze Kröte am Rand eines träge fließenden Flusses hockte. Es stank bestialisch. Gelbliche Schaumkronen trieben auf dem Wasser, winzige Eilande der Fäulnis. Der aufgeblähte Kadaver einer Sau zog an ihnen vorbei, zum Bersten gespannt. Das eine milchige Auge glotzte in die Leere, Tumore und Schrunden bedeckten die Tierleiche.

»Hier ist es!«, zischte Ghalen. »Hier haust der Marder.«

Er deutete am Gebäude empor, wo eine Freitreppe zu einer Tür im ersten Stock führte.

Nicht zum ersten Mal kam es Ormgair seltsam vor, dass ein Mann vom Schlage dieses Hermelin überhaupt zuließ, dass es Menschen gab, die wussten, wo er seine Zelte aufschlug. Die Herrin des Methauses hatte den Eindruck vermittelt, so jemand hätte in der Welt der Stadtlinge sehr viele Feinde. Warum ließ er zu, dass die wussten, wo er unterkam? Ormgair mochte wenig von der Welt der Stadtlinge verstehen, aber in diesem Fall zählte er zwei und zwei rasch zusammen.

»Ihr wisst, wo der Bursche haust, weil ihr ihn schon länger beobachtet. Weil er weiß, wo man den Attentäter finden kann.«

Ghalen sah ertappt aus, fasste sich aber schnell.

»Hätten wir dann am anderen Ende der Stadt gesessen und in aller Ruhe unser Bier gesüppelt, bis du reingeschneit bist?«, fragte er.

»Vielleicht gehörte dieser Mann nicht zu deinen Zielen. Aber du weißt, dass er ganz sicher von deinen Hintermännern belauert wird, so wie ihr vorgegangen seid, nur weil ich nach diesem Totenkaiser gefragt habe. Allmählich interessiert mich doch, was diesen Burschen so wichtig für euch macht, Welpe.«

»Ich weiß gar nichts. Und du hast mir dein Ehrenwort gegeben, dass du mich nicht danach fragst!«, jammerte Ghalen. Er betastete sein gebrochenes Handgelenk und verzog das Gesicht.

Der Nebeljäger musste der Versuchung widerstehen, den Mann an Ort und Stelle zu entleiben, so angewidert war er von dessen Mischung aus Unterwürfigkeit und Aufbegehren. »Und ich stehe zu meinem Wort, Welpe. In jeder Hinsicht. Falls ich von dem Mann nur die leblose Hülle finde oder falls das hier eine Falle deiner Verbündeten ist, wirst du einen elenden Tod erleiden. Und jetzt los. Hoch da!«

Ormgair zog Fahlsang und deutete die wurmstichige Außentreppe hoch. Langsam machte sich der Brigant daran, das ächzende Relikt zu erklimmen. Er achtete darauf, seine Füße auf den Außenbalken zu platzieren, nicht in der Mitte der Stufenbretter zu gehen. Der Nebeljäger tat es ihm nach und beobachtete, wie Ghalen ihn verstohlen aus den Augenwinkeln musterte und dann einen zischenden Fluch hervorpresste. Wahrscheinlich hatte er gehofft, dass der tumbe Barbar, für den er Ormgair zweifelsohne hielt, durch das morsche Holz brach und in die Tiefe stürzte. Ormgair grinste sein wölfisches Grinsen – dieser alte Karstlöwe hatte noch einige Tricks auf Lager, an denen verwöhnte und gepuderte Stadtlinge sich die Zähne ausbeißen würden – egal, für wie hart sie sich halten mochten.

Als sie das rechteckige Holzplateau vor der Tür zum Dachstuhl des Lagerhauses erreicht hatten, blieb Ghalen stehen. Seine Augen wurden groß. Ormgair folgte seinem Blick und sah, dass die Tür bereits nach innen offen stand.

Bevor der Abschaum vor ihm auf dumme Gedanken kommen konnte, richtete Ormgair Fahlsangs Spitze auf sein Herz und winkte dann zweimal in Richtung Tür. Zähneknirschend kam Ghalen der Aufforderung nach und betrat den dahinterliegenden Raum. Der Nebeljäger folgte ihm. Das falsche Mondlicht der Kuppel, das durch ein Oberlicht aus Ölpapier fiel, beleuchtete die Szenerie ebenso kalt wie draußen auf der Straße.

Beiden Männern bot sich ein Bild der Verwüstung: Hermodes' bescheidene Besitztümer waren zerschlagen, kleine Tonfigürchen – Ormgair vermutete, dass sie niedere Götter darstellten – lagen in einer Pfütze aus Urin. Stühle und Tische waren zertrümmert, auf dem Boden prangten einige dicke

Blutstropfen – die Verwüstung war allumfassend. Ormgair bückte sich und nahm das Blut zwischen die Finger. Es war noch nicht geronnen. Aber eine Leiche gab es in der kleinen Kammer nicht – und auch zu wenig Blut. Hermodes musste von den Eindringlingen entführt worden sein.

Wenn Ormgair eines erkannte, egal, ob er sich in der sogenannten Zivilisation oder in der Wildnis aufhielt, dann war es das Wirken zügelloser, entfesselter Wut. Die Täter hatten sich gehen lassen. Das Wenige, das dem Stadtling, der hier lebte, etwas bedeutete, hatten sie gründlich vernichtet und entweiht.

Ghalen war schon weiter als Ormgair. Der Nebeljäger sah, wie die Augen des fetthaarigen Schlägers in blanker Verzweiflung durch den Raum huschten – wahrscheinlich war er auf der Suche nach einem zweiten Ausgang, um sich dem Zorn des Tanleigh zu entziehen. Der ließ ihm keine Chance. Als Ghalen die Bewegung hinter sich hörte, kam Ormgair auch schon über ihn wie ein Sturmwind. Er packte ihn im Nacken und wuchtete den Mann mit einem Arm brutal in die Höhe, bevor er ihn mit dem Gesicht in die Pfütze schmetterte, die dem kleinen Haustempel als unrühmliches Grab diente. Ghalens überraschter Schrei verwandelte sich in ein Würgen, als der Nebeljäger seine Visage durch den abgestandenen Harn zog und seine Nase förmlich zum Platzen brachte.

Sein Opfer kämpfte hörbar um Atem, verschluckte sich – und erbrach sich, als ihm aufging, was er da gerade getrunken hatte. Um seiner Androhung von draußen Nachdruck zu verleihen, platzierte Ormgair seinen Fuß auf Ghalens Kopf und drückte ihn auf diese Weise in die verabscheuungswürdige Mixtur aus Körpersäften. Dann setzte er sein Schwert in Ghalens Nacken an.

Der Brigant begann zu quieken. Seine zertrümmerte Nase und die Mixtur, in der sie ruhte, ließen es klingen, als spräche er durch Brotteig. »Wade! Wade! Gnicht! Gnich hab da'it g'nichs zu tugn!«

»Ich hatte dich gewarnt, Welpe. Deine Freunde haben den Mann mitgenommen – und du weißt, was ich dir gelobt habe, wenn er stirbt!« Er lockerte den Fuß etwas, damit Ghalen antworten konnte.

Sämige Speichelfäden rannen, vermischt mit Erbrochenem und dem Blut, aus Ghalens Nase über dessen Kinn. Er bildete ein Bild des Elends, brachte aber genug Willen und Kampfgeist auf, Ormgair bei aller gespielten Unterwürfigkeit anzufunkeln. Er betastete seine Nase, zuckte zusammen, als er spürte, was davon unter seinen Fingern noch übrig war. Dann blickte er Ormgair fragend an, schob zwei Finger in die Nasenlöcher. Der Nebeljäger nickte. Ghalen setzte sich langsam auf, wobei Fahlsangs Spitze seiner Bewegung folgte. Mit einem Knacken, das durch Mark und Bein ging, und einem Schrei durch zusammengebissene Zähne, richtete Ghalen das gepeinigte Riechorgan.

»Ich habe damit nichts zu tun. Ich … Scheiße!«

Fahlsangs Spitze ritzte sein Fleisch zwischen den Nackenwirbeln, ließ Blut hervortreten.

»Ich bin nicht an deinen Ausreden interessiert«, knurrte Ormgair. »Dafür habe ich dir nicht erlaubt zu sprechen. Entweder du gibst mir jetzt etwas, oder ich mache dich zum Krüppel und lasse dich in der Pisse deiner Kameraden liegen. Deine Entscheidung.«

Tränen hilfloser Wut traten in Ghalens Augen. Er ballte die Hände zu Fäusten. Sein Gesicht zuckte, während sein Geist die verschiedenen Szenarien durchspielte, mit denen er Herr dieser Lage werden konnte. Erfolglos. Schließlich trat Resignation an die Stelle der Verzweiflung, und er nickte.

»Also gut«, sagte er. »Habe ich dein Wort, dass du mich ziehen lässt, wenn ich dir sage, wo der Bursche sein könnte?«

»Wenn du mich dorthin führst, werde ich dich weder bestrafen noch töten. Dann lasse ich dich ziehen. Versuchst du aber, dich an mir zu rächen, egal, ob heute oder in einem Dutzend Wintern, dann werden die Titanen über unser Schicksal befinden. Dieser Stahl sei mein Zeuge«, verkündete Ormgair.

Alles in dem Nebeljäger sträubte sich dagegen, einem solchen Hund von einem Mann sein Ehrenwort zu geben. Er tat es dennoch. Dies war er, Ormgair Steinviper von den Tanleigh, Nebeljäger, Karstlöwe unter den Männern – der Letzte seines Stammes. Er wollte verdammt sein, wenn er nun noch ehrlos wurde.

Er trat einen Schritt zurück und löste Fahlsangs Stahl vom Rücken des Briganten. Ghalen erhob sich langsam, blickte den Nebeljäger noch immer mit einer Mischung aus Misstrauen und unverhohlenem Hass an. Er ging zu dem herüber, was die Entführer vom Bett des Hermelins unbesudelt gelassen hatten, und trocknete sich an dem fleckigen Laken das Gesicht. Halbwegs gesäubert wandte er sich wieder Ormgair zu.

»Wenn du diesen Burschen lebend haben willst, dann sollten wir uns nun beeilen«, sagte er. »Und danach mache ich mich dünne. Ich will nicht, dass sie mich finden, wenn sie mit dir fertig sind.«

»Wer sind *sie*?«, fragte Ormgair.

»Sie nennen sich die Heimkehrer. Mehr weiß ich nicht – und mehr will ich auch gar nicht wissen. Diese Leute machen mir Angst«, antwortete Ghalen.

»Heimkehrer.« Ormgair sprach den Namen aus und konnte Ghalens Gefühle nicht verstehen. Wer immer diese Heimkehrer waren – er beneidete sie. Sie hatten zumindest eine Heimat, in die sie zurückkehren konnten.

Aus den Chroniken des Kataklysmus der Erzmagi, verfasst dreihundert Jahresläufe nach dem Titanensturm, Anonymus:

Was der Nebel aber mehr ist, denn Chaos und Brodem und Verderbnis aus den Adern der gefällten Titanen, das vermag niemand zu sagen – wirkt er doch auf jeden Mann, Weib oder Kind anders. Er verätzt das Fleisch, verbrennt die Lunge, lässt einen Mann in seinem Blute ertrinken oder seine Haut schmelzen wie Wachs. Daher verlassen die wenigsten freiwillig die Pentae, aber das Zusammenspiel unseres Handels macht Karawanen und Schiffslieferungen unumgänglich.

Hora des Lichtfürsten, 301 adis Pentae.

17. Morven

Der eigentliche Schmerz war vorüber. Nicht etwa, weil sie keine Wunden davongetragen hatte. Aber die Stricke saßen so fest, dass sie schon lange Arme und Beine nicht mehr fühlte. Wenn sie sich verlagerte, dann kehrte das Blut für kurze, sehr schmerzhafte Momente in ihre tauben Glieder zurück. Deshalb ließ sie es auch lieber.

Das Einzige, was noch dumpf pochte, waren zwei Pole in ihrem Körper. Der eine saß in ihren zersplitterten Vorderzähnen, sandte dumpfe rötliche Schockwellen in ihren Kopf. Der andere? Er saß tiefer, war aber nicht weniger wund. Sie hatten ihren Spaß mit ihr gehabt. Sie wusste nicht, wie lange das Martyrium durch die Hände dieser Tiere gewährt hatte, aber am Ende hatte sie aufgehört, sich zu wehren. Sie hatte erduldet, was die Männer ihrem Körper an niederer Schlechtigkeit und Verderbtheit zugemutet hatten, hatte ihre missgestalteten und vor Lust verzerrten Gesichter nah an ihrem gespürt. Raue Zungen, tastende, bohrende und stechende Fingernägel, fauler Atem. All diese Fratzen und ihre Taten waren zu einem einzigen Wirbel verschmolzen – und sie wusste nicht mehr, wie lange der sich gegen ihren Willen gedreht hatte.

Nun saß sie hier – und beklagte nicht einmal mehr ihr Leid. Die Tränen waren – vor was? Stunden? – versiegt, die Flüche verstummt. Es gab nichts mehr, wogegen sie aufbegehren konnte. Die Männer hatten ihren Widerstand gebrochen. Sie hatte aufgehört, welchen zu leisten, weil sie gespürt hatte, wie sehr diese Tiere es genossen, sie zu besteigen, während sie verzweifelt nach Freiheit und Erlösung rang. Inmitten der Schande, der Schmerzen und der Demütigungen war das ein winziger Triumph gewesen, ein letztes Refugium.

Leichte Schluchzer entrangen sich ihrer Kehle, und Morven verachtete sich noch mehr für diese Schwäche. Sie musste wieder an die Hochmeisterin denken – eine Kriegerin ohne Fehl. Ein Ideal, dem sie stets nachgeeifert hatte, wobei sie sich nun eingestehen musste, dass dies eine Torheit war. Sie saß hier, weil sie eine naive Göre war, die unterschätzt hatte, welche Gefahren in der wirklichen Welt lauerten. Weil man sie und den Orden betrogen hatte.

Es war von Anfang an eine Falle gewesen, die Morven gestellt worden war. Sie, die Einzige unter den Kindern ihres Vaters, die kein Mann war. Das einzige Mädchen. Umfunktioniert zu einer Waffe, um den Herrscher der Penta zu treffen – der sie abgeschoben hatte, damit sie in einem Kloster des Lichtfürsten untergebracht war. In Sicherheit und unter Kontrolle. Was hatte die Hochmeisterin überhaupt bewogen, Morven auf so eine Mission zu schicken? Ganz allein und ohne jegliche Eskorte? Hatte sie ihr einen Gefallen tun wollen? Sie endlich nicht anders zu behandeln als die anderen Templer des Lichtordens?

Nun war es einerlei. Sie würde heimkehren müssen. Selbst wenn sie sich weigerte, würde der Orden ihren Vater verständigen – und wenn es nicht der Orden war, würde der Archont auch so davon erfahren. Er würde kein Verständnis haben. Das war das Schlimmste. Er hatte seit dem Tod ihrer Mutter kein Verständnis dafür gehabt, dass sie kein Mann war. Das, was ihr an diesem Tag widerfahren war, würde für ihn nur eine weitere Bestätigung sein, wie sehr er mit einer Tochter trotz all seiner machtvollen, ihn mit Stolz erfüllenden Söhne geschlagen war.

Morven hätte sich gern auf die Seite gelegt, die Arme um ihre eigenen Schultern geschlungen – die einzigen Arme, deren Berührung sie noch würde ertragen können –, und sich dann in den Schlaf geweint. Aber ihre Fesseln, mit denen sie an den Lehnstuhl unter einer an der Decke hängenden Laterne fixiert worden war, ließen nicht einmal dies zu. Sie war dazu verdammt, nackt in dieser kalten und schäbigen Wohnstube zu sitzen, in die einige ihrer Peiniger sie verschleppt hatten. Dem Windzug, der beständig durch Ritzen im Flechtwerk strich, ebenso ausgeliefert wie den lüsternen Blicken der schmierigen Kerle.

Sie waren nun schon längere Zeit verschwunden, nachdem sie ihr gestattet hatten, sich mit Wasser und einem bereits hart verkrusteten Schwamm notdürftig zu säubern. Doch jetzt, bei jedem Ächzen des alten Hauses, bei jedem Flüstern des Windes an seinen Mauern, zuckte sie zusammen. Auch dafür hasste sie sich. Sie hatte Angst und schämte sich deswegen umso mehr. Sie wusste, dass es eigentlich längst an der Zeit war, irgendetwas zu unternehmen. An ihren Fesseln zu arbeiten, gegen die Bänder zu kämpfen, die sie hielten. Sich zu befreien. Aber sie hatte keine Kraft. Wenngleich die Verletzungen ihres Körpers bedeutend kleiner waren als die Narben, die von diesem verfluchten Tag in ihrer Seele klafften, so fühlte sie sich doch zu ermattet.

Und zu welchem Zweck sollte sie sich befreien? Um sich der Schande hinzugeben, nach der beschämenden Besudelung durch ihre Vergewaltiger, neben ihrem Ekel vor sich selbst und ihren Peinigern auch noch die Verurteilung der Mitmenschen zu erdulden? Der einzige Grund, der ihr einfiel, wäre die Tatsache, dass diese Bestien zurückkehren würden, um ihre Untaten zu wiederholen. Sie hatten ihr etwas in dieser Art versprochen. Wäre es da nicht etwas Gutes, woanders zu sein? An einem stillen Ort, an dem man sie in Ruhe ließ, wo sie sich auf die Seite legen und einfach warten konnte? Auf den Tod? Auf Erlösung? Auf die Antwort eines Gottes, der sie im Stich gelassen hatte, obschon sie ihm ihr ganzes Leben verschrieben hatte?

Falsch. Dem andere mein ganzes Leben verschrieben haben. Ich hatte daran keinen Anteil. Ich wollte nur genug Einfluss als Templerin gewinnen, um an den Hof zurückzukehren.

»Ich wollte ein normales Leben!«

Ihr Flüstern erschrak sie. Es klang in der stillen Kammer laut wie Donnerhall, gellte durch das leere Haus. Zugleich biss es in ihrer Kehle wie Säure. Sie war vollkommen ausgedörrt, hatte wer weiß wie lange nichts zu trinken bekommen.

»Damit wären wir schon zwei.«

Die Stimme war gesponnene Seide und Raureif am Morgen. Sie klang ganz leicht blechern, nicht genug, um den Finger darauf zu legen, und doch so, als stamme sie von einem anderen Ort als Solus' Mund. Solus – oder was immer er nun war – trat neben sie. Sie hatte keine Vorstellung, wie lange er schon hinter ihr gestanden und sie beobachtet hatte. Über den Punkt, sich für ihre Nacktheit zu schämen, war sie weit hinaus. Dennoch versuchte sie aus Reflex, ihre Blöße zu bedecken – und wurde prompt mit neuen Schmerzen belohnt.

Sie drehte den Kopf, hielt den Blick aber gesenkt. Sie sah die Hand, die sie abgeschlagen hatte. Sie war wieder dort, wo sie hingehörte. Eine wütende Narbe und grobe Fäden im Purpurweiß der Haut verkündeten, wo ihr Schwert zugebissen hatte. Die Hand öffnete und schloss sich, als der Templer ihren Blick bemerkte. Wäre Morven nicht so erschöpft gewesen, ihr Unglaube hätte sich stärker geäußert. So gab sie nur ein müdes Schnauben von sich.

»Ich muss mich für meine harten Worte entschuldigen. Ihr hattet mich erschreckt. Die Schmerzen sind zwar nur noch eine blasse Erinnerung – aber wenn sie auftreten, unterscheiden sie sich nicht von wirklicher Pein«, sagte Solus.

Wieder ein müdes Schnauben. Was wollte diese Kreatur von ihr? Hatte sie nicht genug gelitten?

»Was willst du? Dich an meinem Leid ergötzen?« Ihre Stimme kam ihr wie die einer Fremden vor. Die Frau, die sprach, war ein komplett anderer Mensch als jene, die scheinbar vor einer Ewigkeit aus ihrem Bett in der Herberge aufgestanden war. Ihre kaputten Zähne verstärkten diese Fremdartigkeit noch.

»Mitnichten. Ich kann mich nur für das erlittene Ungemach entschuldigen. Eine Notwendigkeit, zweifelsohne. Aber nichtsdestotrotz nicht mein persönliches Ansinnen. Ginge es nach mir, wir hätten diese Gelegenheit verstreichen lassen.«

»Ja. Ich habe gemerkt, wie viel Mühe du dir gegeben hast, Rodamirs Kettenhunde zurückzuhalten. Oder mein Gesicht heil zu lassen.«

»Verzeiht mir, aber das hätte ich, auch wenn es auf der Straße einen anderen Eindruck erweckte. Ich wollte Euch töten. Schnell und sauber. Doch wie Ihr mich in Eurem Zimmer angegriffen habt, die Wucht hinter Euren Schlägen … Ganz beachtlich.«

Morven wand sich. Seine Komplimente brannten schlimmer als Peitschenhiebe. Bei jedem Satz fuhr sie zusammen. Neue Tränen füllten ihre Augen.

»Genießt du es, mich noch zu verhöhnen?«

»Ihr missversteht mich, Morven. Ich weiß genau, wie Ihr Euch gerade fühlt.«

Sie blickte an ihrem geschändeten Körper hinunter. An den blauen Flecken auf ihren Brüsten und ihrer Hüfte, die sie daran erinnerte, wo fremde Hände wie die Pranken von

Raubgetier ihren Körper geknetet hatten. Die Zahnabdrücke. Das wunde Fleisch zwischen ihren Beinen.

Gegen ihren Willen musste sie bei seinen Worten lachen. Es waren hysterische, abgehackte Laute, unterbrochen von Schluchzern.

»Erleuchte mich, Solus – oder was immer du bist. Wie solltest du verstehen, was ich gerade durchmache?«

Er ließ sich mit einem Knirschen von Leder und Rüstungsteilen auf die Knie nieder. Noch immer war er nicht vor sie getreten. »Ich war an einem ähnlichen Punkt wie Ihr. Sicher, ich kann nicht ermessen, was es bedeutet, auf eine Weise behandelt zu werden wie Ihr – eine Frau. Aber den Wert, die Qualität des Leides, die vermag ich sehr wohl zu ermessen. Besser sogar, als Ihr Euch vorzustellen vermögt. Um Euch langweilige Geschichten zu ersparen: Am Ende läuft es auf einen Punkt hinaus. Auf eine einzige Frage, die Ihr Euch stellen müsst. Niemand sonst kann sie Euch beantworten.«

»Und welche Frage sollte das sein?«

Das freudlose Lachen war versiegt, sie fühlte sich nun noch müder. So verbraucht. Es war eine Erfahrung, die über körperliche Erschöpfung weit hinausging. Als wäre sie plötzlich dünn wie Seidenpapier. Zerbrechlich wie eine Knospe. Ein Windhauch, und sie flöge davon. Wie schön das sein müsste, aufzusteigen über die Kuppel, über den Nebel. Alle Sorgen der Welt hinter sich zu lassen.

»Ihr könnt das, wisst Ihr?« Seine Stimme hatte nun jedes Mitgefühl verloren. Die Sanftheit darin war einer Stahlklinge gewichen. »Ich kann es spüren. In Euch. Ihr wollt loslassen. Gehen. Euch dem Vergessen überantworten. Das ist der Scheidepunkt, von dem ich sprach. Die Frage, die Ihr allein Euch beantworten könnt. Ob Ihr wirklich loslassen wollt. Oder ob Ihr die Kraft habt, gegen alle Widerstände weiterzumachen. Die Schmach Eurer Schändung hinter Euch zu lassen – auch über den Durst nach blanker Vergeltung hinaus. Rache wird Euch nämlich aufzehren und verschlingen. Ebenso wie das Leben.«

Sie hob zum ersten Mal den Kopf und blickte in seine Augen. Ihr Herz setzte einen Schlag aus. Sie waren seelenlos und schwarz. Die Augen eines Hais, der seine Kreise in den finstersten Tiefen gottloser Ozeane zog. Aber Solus' Gesichtszüge waren dennoch weich und aufmunternd. Hatte er ihre Gedanken gelesen?

»Was … was bist du?«, fragte sie.

»Ich? Ich bin heimgekehrt. Ich sagte Euch doch, dass ich vor derselben Wahl stand wie Ihr. Auch ich habe es gespürt, das pure, das absolute Leid. Den Sog der Verzweiflung. Ich habe den Test nicht bestanden. Und zerbrach. Aber ich wurde erlöst. Denkt darüber nach. Denn wir sind nicht mehr allein, und Ihr werdet Euch entscheiden müssen. Bald.«

»Aber woher soll ich wissen, dass ich stark genug bin?«

»Die Antwort darauf findet Ihr nur in Euch selbst. Macht Euch frei von den Einschränkungen Eures Ichs. Eurer Sterblichkeit. Überwindet das Jetzt und Hier. Beantwortet Euch die Frage und handelt dann. Dass Ihr die nötige Stärke habt, sehe ich Eurem Blick an. Und wenn Euch das nicht genug ist: Ich entnehme dies auch der Tatsache, dass Ihr noch immer wisst, wer ich bin. Und wer ich nicht bin.«

»Was du bist? Was bist du nicht?«

»Ihr habt nicht vergessen, was geschehen ist. Habt nicht vergessen, dass ich nicht Solus bin. Das bedeutet, dass Ihr bereits an der Grenze steht – der letzten Grenze. Ihr kratzt schon an den Mauern des unbekannten Mysteriums. Das, was man Euch antat, hat Euch dorthin geführt. Seelentod. Dem Ihr Euch fügen könnt. Oder dem Ihr Widerstand leisten könnt. Allein das zeigt mir, dass Ihr über einen außergewöhnlichen Geist verfügt.«

Sie glaubte zu spüren, was er meinte. Die Leichtigkeit, die sie empfand. Ihr Wille, der seine Macht über ihr Handeln verloren zu haben schien – und dennoch da war. War es das? Was sie empfand? Sie konnte bewusst sterben? Einfach loslassen? Eine willentliche Entscheidung. Sie würde sich nicht entleiben müssen, keine weiteren Schmerzen und Demütigungen hinnehmen müssen.

»Wir wissen bis heute nicht, welche Individuen über die Fähigkeit verfügen, sich an uns zu erinnern – oder warum. Aber es sind nahezu immer Leute mit außergewöhnlichem willen oder besonderen Fähigkeiten«, sagte Solus. »Wenn Ihr ein solches Geschenk fortwerfen müsst, weil Ihr nicht willens seid, nach einer erlittenen Schmach weiterzumachen, dann tut es.«

Er zog sein Zweihandschwert. Morven sah sich in der Klinge, ihr Gesicht spiegelte sich auf dem Stahl, verzerrt und unwirklich. Sie konnte den Anblick kaum ertragen. Sie wandte sich ab und blickte in die Augen des einstigen Templers.

»Wenn Ihr mich wirklich gehen lasst, wenn ich wirklich den Willen finde, das hier zu überstehen … dann werde ich die Welt vor Euch warnen.«

»Ihr könnt es gern versuchen, Morven. Tut, was immer Ihr müsst.«

Sie hörte, wie in einem Raum vor ihr eine Tür aufgestoßen wurde. Derbe Männerstimmen feixten. Morvens Mut sank. Sie empfand einen dumpfen Druck am Unterarm, als Solus seine Waffe hob, sie damit streifte und die Klinge wieder in die Scheide zurückschob. Er tippte sich zum Abschied an die Stirn und ging nach nebenan. Und ließ Morven mit ihren Ängsten zurück.

Und mit ihrem plagenden Durst, der nach und nach die Oberhand über sie zu gewinnen drohte.

Sie konnte hören, wie die Männer nebenan aufgeregt mit Solus sprachen. Wie dieser leise und drohend antwortete. Worum es ging, verstand sie indes nicht. Aber eines wusste sie: Sie waren nicht alle zurückgekehrt, dazu war der Lärm nicht ausreichend laut. Es waren vielleicht nur zwei oder drei. Aber wer auch immer nebenan war – sie würden in diesen Raum zurückkehren, sobald Solus fort war, und wiederholen, was sie auf der Straße mit ihr getrieben hatten. Alles in ihr schrie danach, sich zu fügen. Abzuwarten, bis sich die Lust ihrer Peiniger erneut gelegt hatte und sie Morven auf Befehl Rodamirs freilassen würden. Aber ein anderer Teil von ihr, ein letzter Funke der Rebellion und des Aufbegehrens, verweigerte sich dieser Starre. Wenn diese Männer zurückkehrten, würden sie diesen verfluchten Stuhl leer vorfinden – oder zumindest Morven in einer Lage, in der sie sich gegen sie zur Wehr setzen konnte.

Sie wusste nicht, was mit Solus geschehen war – aber was auch immer er war, seine Worte hatten ihre Wirkung nicht verfehlt. Sie hatte gespürt, dass da eine Kraft in ihr war. Ein Wille, entweder weiterzumachen oder es ganz zu beenden. Und sie gestand sich ein, dass sie zu sehr am Leben hing, um Rodamirs Schweinen den Gefallen zu tun, sie tot vorzufinden. Sie würde kämpfen, bis kein Tropfen Blut mehr durch ihre Adern rann, bis jeder Herzschlag versiegt war.

»Befreit Euch«, hatte Solus gesagt. Sie war sich nicht mehr sicher, ob seine Aussage metaphorisch gemeint war oder sich auf ihre aktuelle Situation bezog. Aber warum sollte einem von Rodamirs Mitstreitern daran gelegen sein, dass sie freikam?

Es war einerlei. Wenn sie sich befreit hatte, konnte sie sich davonmachen. Ihren Körper reinigen und darüber nachdenken, wen sie wegen dieser eindeutig übernatürlichen Bedrohung der Stadt verständigen konnte. Denn wer oder was

Solus und Rodamir auch immer waren, sie waren keine Menschen mehr, so viel stand fest.

Morven zwang sich zur Ruhe. Sie schloss die Augen, öffnete sie wieder und sah sich mit so viel Ruhe, wie jemand in ihrer Lage nur aufbringen konnte, im Raum um. Ihr Herz begann, da ihre Lethargie von ihr abfiel, wie wahnsinnig zu hämmern. Ein Flattern breitete sich in ihrer Magengrube aus, irgendwo zwischen Furcht und der bangen Erwartung, doch einen Ausweg aus dieser Lage zu finden. Doch egal, wohin sie den Blick auch wandte, sie sah nichts, was ihr dazu dienen konnte, die Fesseln zu lockern. Dann musste es eben anders gehen.

Sie kippelte hin und her, darauf bedacht, möglichst leise zu sein, um keinen der Männer im Nebenzimmer anzulocken. Rasch merkte sie, dass der Stuhl selbst viel zu schwer war. Sicher, sie konnte ihn umwerfen, aber sie war sich auch sicher, dass der Stuhl das Manöver überstehen würde – ihre Knie und ihr Kopf aber nicht. Gewonnen hätte sie dadurch nichts, der Lärm würde auf jeden Fall ihre Kerkermeister auf den Plan rufen.

Das war der Moment, in dem sie das leise Tröpfeln vernahm. Sie wandte den Kopf so weit, wie es ihr möglich war, blickte über ihrer Schulter nach unten. Blutstropfen fielen auf die Dielen, sammelten sich in einer kleinen Pfütze rechts unter ihrer Sitzfläche. Das war es! Er hatte sie geschnitten.

»Befreit Euch!« Es war ein Ratschlag, wörtlich gemeint.

Sie hatte einen Punkt erreicht, an dem ihr Schmerzen nichts mehr ausmachten. Eilig begann sie damit, ihre Handgelenke in den Stricken zu winden. Die derben Taue schnitten und bissen in ihrem tauben Fleisch, aber sie spürte fast augenblicklich, dass der Arm, den Solus angeritzt hatte, sich nach nur wenigen Bemühungen bereits leichter bewegen ließ. Vor ihrem geistigen Auge sah sie, wie das Seil die Wundränder bei jeder Bewegung erfasste, sie aufklaffen ließ und auseinanderzog. Auch wenn sie nichts spürte, konnte sie sich nur zu gut vorstellen, dass sich das Fleisch schälte wie eine exotische Frucht, das die Haut sich ablöste, öffnete und Lage um Lage darunter durchgescheuert wurde.

Schweiß trat auf ihre Stirn, ihr Atem ging schneller. Aus dem vereinzelten Tröpfeln war bereits ein stetiges Rinnsal geworden, aber ihr Arm schien auch immer glitschiger zu werden. Sie biss die Zähne zusammen, mehr vor Anstrengung als vor Schmerz – und bereute es fast augenblicklich wegen ihrer ruinierten Vorderzähne.

Trotzdem hielt sie dem Schmerz stand, ließ ihre Handgelenke kreisen. Sie arbeitete methodisch. Der Schweiß rann nun in wahren Bächen über ihr Gesicht. Einige Tropfen liefen ihr in die Augen. Brannten. Sie hörte nicht auf.

Sie hörte, wie sich die Eingangstür im Nebenraum ein weiteres Mal öffnete. Etwas Schweres wurde zu Boden geworfen. Ein Aufschrei. Man hatte außer ihr noch jemanden hierher verschleppt. Sie konnte deutlich hören, wie die Person aufzustehen versuchte, aber mit einem unsanften Tritt oder Schlag erneut unter Protest zu Boden ging. Wer würde ihr Schicksal hier teilen? Vielleicht eine andere junge Frau?

Der Gedanke verlieh ihr neue Kräfte, mobilisierte Reserven. Sie musste sich befreien, an ihre Waffen gelangen. Sie würde nicht zulassen, dass noch eine Frau ihr Schicksal durch die Hände dieser Tiere teilte. Wie im Wahn arbeitete sie weiter – und dann war ihre Rechte mit einem Mal frei. Sie rutschte so plötzlich aus der glitschig gewordenen Schlinge, dass Morven fast mit dem Stuhl nach vorn kippte.

Sie widerstand der Versuchung, den Arm zu betrachten, führte das verletzte Handgelenk stattdessen zum anderen und ließ Blut über die sich immer noch windende Linke fließen. Dann machte sie sich daran, mit der Rechten die erste Fußfessel zu lösen. Es ging einfacher, als sie befürchtet hatte. Die zweite folgte. Als sie sich nach ihr bückte, tanzten Sterne vor ihren Augen. Die Schwärze drohte sie zu verschlingen. Wassermangel und Erschöpfung hatten ihr doch stärker zugesetzt, als sie sich hatte eingestehen wollen. Sie schüttelte den Kopf, blinzelte die Schwäche weg, so gut es ging. Schließlich, nach einer Zeit, die Morven vorkam, als wäre ein Äon verstrichen, erhob sie sich, langsam, schwankend. Ihr war übel und schwindelig, und der peinigende Schmerz ihrer Schneidezähne brachte sie an den Rand des Wahnsinns.

Wenn ich jetzt ohnmächtig werde, finde ich mich zusammen mit meiner Leidensgenossin nebenan in den Klauen dieser Tiere wieder. Durchhalten, Morven. Du schaffst das.

Sie wartete einige Sekunden, bis der Aufruhr in ihrem Körper auf ein erträgliches Maß zurückgegangen war. Dann ließ sie ihren Blick durch den Raum schweifen. In einer Ecke lag ein Haufen aus zerstörtem Mobiliar, an der Wand gähnte ein Steinkamin, in dem wahrscheinlich seit Dekaden kein Feuer mehr gebrannt hatte. Vorhänge tauchten den Raum in ein unwirkliches Halbdunkel.

Sie schlich so leise und so schnell, wie sie sich zu bewegen traute, darauf zu und riss eine Bahn aus dem Stoff. Dann klopfte sie ihn aus und wickelte ihn notdürftig um ihren rechten Arm, ohne genau hinzusehen. Morven wusste, wenn sie die Wunde inspizierte, würde der Anblick des durchgescheuerten Fleisches ihre Sinne endgültig schwinden lassen. Sie löste den Rest von dem schmutzigen Stoff. Wenn sie ihre Blöße zumindest notdürftig bedecken wollte, durfte sie nicht wählerisch sein, also schlang sie die Stoffbahn um ihren Körper.

Sie prüfte den Rest des Raums auf der Suche nach einem Ausgang, sah aus dem Fenster. Sie war im ersten Stock. An einem anderen Tag wäre sie in voller Ausrüstung aus dem

Fenster gestiegen, aber sie bekam ein schlechtes Gewissen bei dem Gedanken, ihre mögliche Leidensgenossin allein hierzulassen.

Da hörte sie auch schon, wie die Stimmen im Nebenraum lauter wurden. Dann Solus, der etwas sagte – und dann das Geräusch der sich öffnenden und schließenden Haustür. Bei dem Geräusch fuhr sie zusammen. Solus war gegangen. Was immer nun geschah, es würde nicht mehr lange dauern, dann würden die Männer sich erinnern, dass sie nebenan noch eine Spielgefährtin hatten. Und sie schwor sich: Diesmal würde sie ihnen eine Überraschung bereiten. Diesmal hatten sie keinen übernatürlichen Beschützer. Sie aber hatte weder Waffe noch Rüstung.

Sie ging zu dem Stapel zerschlagener Möbel, die offenkundig irgendwann mal als Kaminholz dienen sollten. Kurz entschlossen wählte sie ein massives Tischbein, das sie wie einen einhändigen Streitkolben probeweise schwang. Das schwere Holz in ihrer Rechten gab ihr etwas Kraft und Zuversicht zurück. Langsam pirschte sie zur Tür, um sich daneben aufzustellen und dem Ersten, der den Raum betrat, den Schädel einzuschlagen. Dann aber entschied sie sich, einem inneren Drang folgend, anders. Sie hockte sich vor die Tür und zog sie einen Spalt auf.

Nebenan waren fünf. Immerhin nur die Hälfte der Tiere, die sich an ihr vergangen hatten. Gärende Wut kochte in ihr hoch. Ihre Finger krallten sich um das Tischbein. Sie waren sogar sechs, wenn man den Haufen Mensch am Boden mitzählte, auf den sie beständig eintraten. Seine Gegenwehr kam nur noch matt, die Treffer hatten ihn übel zugerichtet. Kleine Hände reckten sich aus der Ansammlung von ärmlicher Kleidung nach oben. Flehentlich. Bittend. Einer der Peiniger machte sich einen Spaß daraus, eine der Hände zu packen. Kurzerhand brach er den kleinen Finger mit einem Knacken, das Morven durch Mark und Bein ging.

Sie bebte vor Zorn, erlebte den Schrei ihres Leidensgenossen auf der anderen Seite der Tür als Sturmböe, die über sie hinwegbrandete und ihre Vernunft mit sich zu tragen drohte. Sie biss die Zähne zusammen, hoffte, dass der Schmerz ihr helfen würde, vernünftig zu bleiben. Es waren einfach zu viele Gegner für sie allein. Stürmte sie jetzt in den Raum, dann würden diese Schweine sie überwältigen, und sie und der Mensch auf der anderen Seite wären verloren. Aber sie konnte doch nicht tatenlos zusehen? Irgendetwas musste passieren. Nur was? Wie sollte sie dieser Übermacht begegnen? Halbnackt und mit einem Stuhlbein in einer Hand, deren Arm noch dazu verletzt war? Nein, sie musste auf den passenden Moment warten.

Sie kämpfte ihre Schwäche und den quälenden Durst nieder, so gut sie konnte, und beobachtete das Geschehen im Nebenraum. Sie hoffte, dass es dann nicht zu spät sein würde, noch zu helfen.

Aus den Schreien war ein Wimmern geworden, die gestreckten Hände hatten sich, scheuen Tieren gleich, wieder in die Ansammlung aus Mantelstoff und Lumpen zurückgezogen. Die Tritte der Schläger erfolgten nun nur noch sporadisch. Zwei von ihnen packten schließlich die auf dem Boden liegende Gestalt, zerrten sie in die Höhe und verfrachteten sie auf den Zwilling des Stuhls, der leer hinter Morven stand. Grob rissen sie dem Gefangenen den Mantel vom Leib. Zum Vorschein kam ein kleiner Mann, der Morven sofort an ein Wiesel oder Nagetier erinnerte – sein Gesicht war vor Schmerz derart verzerrt, dass selbst eine Mutter Schwierigkeiten gehabt hätte, es zu lieben.

Das Opfer barg seine Hand mit dem gebrochenen Finger dicht am Körper, streichelte immer wieder seinen Bauch und die Rippen. Seine Lippen bebten, er führte entweder stumme Selbstgespräche oder betete. Das Atmen fiel ihm sichtlich schwer, er fiepte und krümmte seinen Körper bei jedem Atemzug. Morven nahm an, dass die brutale Behandlung einigen seiner Rippen übel mitgespielt hatte. Der kleine Mann bot ein Bild des Jammers.

Sie machten sich nicht die Mühe, ihn zu fesseln. Zwei von ihnen bauten sich vor ihm auf, der Rest verteilte sich im Raum. Ganz links, fast außerhalb von Morvens Sichtwinkel, wühlte einer der Schergen zwei feste Handschuhe aus einem Sack und streifte sie sich über.

In diesem Augenblick erhob einer ihrer Peiniger die Stimme. »Hast gedacht, wir finden dich nicht, was, Hermodes? Nun sitzt du in der Scheiße, aber richtig.«

Der Angesprochene sah müde auf. Und brachte irgendwie das Kunststück eines sympathischen Lächelns zustande. Er zuckte erst mit den Achseln und dann vor Schmerzen zusammen. »Freunde, wir können uns doch sicher einigen. Das hier ist vollkommen unnötig.«

Der Kommentar handelte ihm eine brutale Rückhand ein. Neues Wimmern kam über seine aufgeplatzten Lippen.

»Halt die Fresse, du Made!« Der zweite Mann, der vor Hermodes stand und ihn bislang nicht angerührt hatte, machte drohend einen Schritt auf ihn zu und deutete einen weiteren Hieb an, der aber nicht kam.

»Wir sind gar nicht glücklich. Ganz und gar nicht«, sagte er. »Du bist in letzter Zeit noch hellhöriger als sonst. Stellst unbequeme Fragen. Rattenfragen. Dabei hat man dir klar gesagt, was wir davon halten.«

»Jeder muss doch sehen, wo er bleibt«, wiegelte Hermodes ab, was ihm einen weiteren brutalen Fausthieb in die Magengrube einbrachte.

»Deine Klugscheißerei bringt dich nicht weiter. Nicht mehr, Wieselmann. Du bist am Ende der Straße. Du gehst mit den Füßen voran aus dieser Bruchbude. Die

Sache ist nur, wir können es kurz und schmerzlos machen. Oder …«

Er ließ das Wort im Raum stehen, wo es seine volle Kraft im Kopf entfalten konnte. Morven zweifelte nicht eine Sekunde, dass sie den Mann umbringen würden, bevor sie sich ihr zuwandten.

Als hätte sie ein Stichwort gegeben, richtete einer der zuschauenden Schergen das Wort an die beiden vermeintlichen Anführer vor dem Stuhl: »Soll ich mal nach ihr sehen?« Er schloss die Hand um den Schritt seiner Lederhose, stolzierte feixend damit im Raum umher.

Die anderen Männer grinsten ihr dreckiges Grinsen. Für Morven sahen sie wie Dämonen aus. Monster, die ihr Herz allein durch das Blecken ihrer Zähne zum Stolpern brachten und die zugleich ihr klares Denken mit von Angst genährtem Hass überfluteten. Sie brauchte jedes Quäntchen Willenskraft, um nicht in den Raum zu stürmen und ihre Gesichter auszulöschen. Darauf einzuschlagen, bis nur noch Brei übrig blieb.

Du zuerst, du Drecksau. Du zuerst.

»Halt dein dämliches Maul, Slaine. Wir arbeiten hier. Oder willst du Rodamir und seinem Templerfreund hinterher erklären, warum wir ficken waren, ohne vorher unsere Arbeit zu erledigen? Er will Antworten. Also nimm die Hand von deinem Winzteil, bevor ich es dir rausrupfe. Die Schlampe ist nebenan gut aufgehoben. Keiner geht da allein rein. Ich kenn euch Kerle doch. Nur ein bisschen spielen. Und mir reißt Rodamir dann den Arsch auf, warum ihr die Futt mit dem Messer gekitzelt habt, wo er sie doch lebend wollte. Fresse jetzt.«

»Falls ihr nebenan zu tun habt, dann warte ich auch gern«, hustete Hermodes.

Ein weiterer Schwinger bohrte sich in seinen Magen.

»Noch mal, Hermodes. Mach es dir nicht schwerer, als es ist. Dass du verrecken wirst, ist beschlossene Sache. Kein Ausweg für dich. Aber wie du abtrittst, liegt bei dir. Also, was wollte dein Freund, der Nebelmacher, wissen?«

»Mein Freund?« *Noch ein Hieb!* Husten. »Er, er ist nicht mein …« Der nächste. »Er wollte nur wissen, was die Neue Macht ist. Nichts Besonderes.«

»Die Neue Macht?«

»Na ja, die Leute, die das ganze Gesindel anheuern. Gestalten wie euch. Ihr wisst schon.« Ein weiterer Schlag klatschte in Hermodes' Gesicht. Sein Kopf wirbelte herum und sank herab, Rinnsale aus blutigem Speichel zogen Fäden und sickerten zu Boden.

»Mir scheint, Mardermann, du nimmst die Sache hier nicht ernst.« Der Anführer wandte sich seinem grobschlächtigen Stellvertreter zu, einem Koloss mit Vollbart, an den sich Morven nur zu gut erinnerte. »Zeig unserem Gast doch mal, dass *wir* es ernst meinen.«

»Mach ich gern!«, grunzte Vollbart und gab dem Kerl mit den Handschuhen einen Wink. Hermodes hob schwach den Kopf, folgte mit seinem Blicken dem Weg, den der Handschuhträger durch den Raum nahm. Er bückte sich und hob einen Sack auf, in dem es sofort zu zappeln begann.

Hermodes' Augen weiteten sich. »Nein! Nein, das tut ihr nicht!«

Furcht und Schmerzen schienen vergessen. Er sprang auf, ballte die Hände zu Fäusten. Ein weiterer Hieb des Anführers, und er brach zusammen. In einer höhnischen Imitation von Behutsamkeit lotsten ihn seine Peiniger wieder auf den Stuhl zurück, tätschelten seine Wange. Gebannt verfolgte Morven, wie der Behandschuhte etwas aus dem Sack zog, das sie im ersten Augenblick für eine Schlange hielt. Erst dann ging ihr auf, dass es sich um einen Marder handelte, der zappelte und sich wütend im Leder der Handschuhe verbiss. Mit dem sich windenden Tier in der Hand postierte sich der Mann vor Hermodes und ergriff Genick und Hinterteil des Tieres. Er holte tief Luft, wie um Kraft zu sammeln.

Hermodes riss die Hände empor und streckte sie flehend nach vorn. »Schon gut. Schon gut! Bitte tu ihm nichts. Ich erzähle euch, was ihr wissen wollt.«

Der Anführer gab seinem Untergebenen einen Wink. Dieser hielt das Tier wieder etwas lockerer. »Keine Tricks mehr, Mardermann. Meine Geduld ist am Ende. Klare Antworten auf klare Fragen. Verstanden?«

Der Gefangene nickte.

»Gut. Sehr gut. Fangen wir noch mal damit an, was der Totenkaiser von dir wollte? Wieso all die Fragen?«

Hermodes schluckte. Er warf einen langen Blick auf das Tier, das augenscheinlich ihm gehörte. Nein, das sein Freund war. Ein Gefährte.

»Er wollte wissen, was die Neue Macht ist.«

»Schon wieder dieser Begriff. Was soll das sein?«

»Aber das müsstet ihr doch wissen. Ihr arbeitet doch für sie. Ich meine, das ist nicht ihr Name, ich weiß nicht, wie euer Verein heißt. Aber es ging ihm um die Hintermänner. Um die, die all diese Mörder und Attentäter und Leute wie euch um sich versammeln.«

»Der Totenkaiser interessiert sich für Rodamir? Warum mischt er sich in Sachen ein, die ihn nichts angehen?«

»Wer ist Rodamir? Das ist schon das zweite Mal, dass du den erwähnst. Aber der Name sagt mir nichts«, antwortete Hermodes. »Nein, er ist wütend. Weil ihn in ›seiner Stadt‹ alle übergangen haben. Das hat seinen Stolz verletzt«. Dann sah Morven Begreifen auf seinem Gesicht. »Ihr habt es vergessen. Natürlich. Ihr auch. Weil ihr in Zellen operiert.«

»Ich glaub, er ist hin«, sagte der ungeschlachte Unterführer. »Er labert schon wirres Zeug!«

Der Anführer schüttelte den Kopf. »Nein, tut er nicht. Aber das ist nicht wichtig. Nicht für euch, Jungs. Hermodes ist einfach klüger, als ihm guttut. Stimmt's, Mardermann? Hast zu viel rausgefunden. Hast von den Heimkehrern erfahren, was?«

Die Männer im Raum blickten sich verwirrt an. Sie hatten offenbar keine Vorstellung, wovon ihr Anführer sprach. Morven erinnerte sich an Solus' Worte, bevor er gegangen war. Nur die stärksten Individuen vergaßen nicht. Konnten sich noch erinnern. Es musste eine Art Bann oder Zauber sein, der über allen lag, die mit diesen Heimkehrern zu tun hatten. Sie hatte Solus die Hand abgeschlagen, aber keiner der Männer und Frauen, die sie auf der Straße überfallen hatten, hatte Notiz davon genommen. Und sie war sich sicher, wäre Solus mit seiner angewachsenen Linken vor ihnen auf und ab stolziert, niemand würde sich wundern.

»Weißt du, mich interessiert eine Sache brennend: Weiß der andere Nebelmacher, dein Totenkaiser, Bescheid über das Treffen? Hast du ihm schon eine Taube geschickt oder eine deiner Ratten oder was weiß ich?«

Hermodes schüttelte den Kopf. Senkte ihn. Dann blickte er wieder auf – und sah zwischen den beiden Peinigern vor sich direkt auf den Türspalt. Morven spürte die Eindringlichkeit seines Blickes.

Er weiß, dass ich da bin! Er hat mich gesehen!

Es gab keinen Zweifel. Er blickte ihr für zwei Herzschläge direkt ins Auge. Seine Mimik drückte es klarer aus, als Worte es vermocht hätten. Aus irgendeinem Grund wollte er sich ihr mitteilen. Spürte er, dass sie eine Feindin dieser Männer war? War der Mann ein Hexer? Aber wenn er über besondere

Fähigkeiten verfügte, warum befreite dieser Hermodes sich dann nicht?

»Ich habe ihm nichts über das Treffen in den Grundfesten morgen Nacht gesagt. Nicht einen Ton. Bevor ich diese Informationen zu ihm weitertragen konnte, habt ihr mich abgefangen.«

Erst da riss er den Blick vom Türspalt los. Es gab keinen Zweifel: Er wollte, dass Morven genau das erfuhr. Ein geheimes Treffen in den Grundfesten. Wahnsinn. Niemand, der bei klarem Verstand war, ging dorthin. Aber passte solch ein Handeln nicht zu solchen Gesetzlosen?

»Du solltest dir gründlicher überlegen, wen du belauschst, Mardermann. Wo ist übrigens Braen?«

»Ist das dieser Knabe, den ihr auf mich angesetzt habt? Um den tut's mir nicht leid. Es hieß er oder ich.«

»Verstehe.« Die Stimme des Anführers nahm einen noch hässlicheren Unterton an. Es gab dem Mann mit den Handschuhen einen Wink.

Hermodes schrie auf. Der Handschuhträger hielt den Marder dicht vor seiner Brust. Das Tier wand sich, hatte der Kraft seines Schinders aber nichts entgegenzusetzen. Der spannte die Muskeln und verdrehte die Arme gegeneinander. Es knackte – und die Gegenwehr des kleinen Tieres erlahmte schlagartig. Schlaff wie in die Länge gezogener Mehlteig hing es in den Händen seines Mörders. Ein widerwärtiger Gestank aus den Drüsen des Tiers verbreitete sich.

Hermodes' Augen füllten sich mit Tränen. Er hielt sich die Brust und wimmerte leise. Achtlos ließ der Handschuhträger den Kadaver zu Boden fallen.

»Tja«, sagte der Anführer. Hermodes schien ihn nicht zu hören, den Blick fest auf den kleinen Leichnam geheftet. Morvens Augen brannten bei seinem Anblick aufs Neue. Gebot denn niemand solchen herzlosen Kreaturen Einhalt?

Sie blickte zum Himmel auf, doch wie bereits während ihrer Vergewaltigung schwieg der Lichtfürst. Er schien Besseres zu tun zu haben.

Der Anführer gab seinen Leuten einen weiteren Wink. Das Zeichen musste verabredet sein. Sofort stürzten sich die Gestalten förmlich auf den noch am Boden liegenden Sack – und traten mit vollem Körpergewicht darauf ein. Fassungslos beobachtete Morven, wie Hermodes sich unter der Wucht unsichtbarer Tritte krümmte. Wie seine Nase wie durch Geisterhand brach, sein Gesicht an etlichen Stellen anschwoll. Seine Schreie waren durchdrungen von Schluchzern. Morven drohte es das Herz zu zerreißen. Ihre Hände legten sich auf ihren Mund, sperrten ihr Klagen in ihrer Brust ein. Sie begriff, dass der Mann und seine Tiere durch ein Band verbunden waren – was sie erlitten, schien auch er zu spüren. Ihre Todesqualen vermengten sich mit den seinen, als seine Freunde vor seinen Augen ermordet wurden. Gebrochen sackte Hermodes in sich zusammen und starrte ins Leere. Tränen sammelten sich zu Katarakten, die sich den Weg über das Relief seines Gesichts nach unten bahnten.

»Du oder wir«, sagte der Anführer. Er trat vor, verstellte Morven die Sicht auf den kleinen, gebrochenen Mann auf dem Stuhl. Als er den Blick auf Hermodes freigab, ragte ein Dolchgriff aus dessen Brust. Der Blick seiner Augen war gebrochen.

Ehe Morven sich versah, bevor sie auch nur eine Sekunde Zeit hatte, einen klaren Gedanken zu fassen, hatte sie die Tür aufgerissen.

Sie war nicht mehr in der Lage, dem Zorn Einhalt zu gebieten. Sie raste. Der Tote auf dem Stuhl, das war sie. Das war jeder, der durch die Hand solcher Kreaturen Unrecht erfahren hatte.

Der Mörder wirbelte herum, blickte auf die Furie im Vorhangstoff, die die Tür hinter ihm so unvermittelt ausgespien hatte. Morven ließ ihm keine Zeit zu reagieren. Das Stuhlbein raste heran, gelenkt von all ihrem Zorn, der aufgestauten Hilflosigkeit – der Schlag war brutal wie ein Pferdekuss. Das kantige Holz traf das Gesicht des Mörders, klatschte wie ein Geschoss in seine rechte Augenhöhle. Sie hörte das satte Geräusch, spürte mit archaischer Befriedigung, wie der Schädelknochen nachgab.

Als hätte sie mit der bloßen Faust ein Ei zerschlagen, riss der Augapfel. Der Schlag ließ den Getroffenen herumwirbeln während klare Flüssigkeit und Blut aus seinem Gesicht schossen wie ein Wasserstrahl. Er schrie – nein, kreischte, taumelte zu Boden und presste seine Hände auf die Ruine, aus der er gerade noch die Welt in Gänze wahrgenommen hatte.

Bevor Morven ihr Handwerk vollenden konnte, waren seine Kameraden mit ein, zwei Sätzen bei ihr. Es war ihr einerlei. Sie schwang ihre improvisierte Keule erneut, spürte Fleisch platzen und Knochen brechen.

Dann waren sie über ihr. Ein Hagel brutaler Schläge und Tritte ging auf ihren Körper nieder, brachten erst Schmerz und dann Stück für Stück Taubheit. Die Welt fiel auf die Seite. Verdutzt blickte Morven zu ihren Peinigern empor. Sah ihre vor Hass und Wut verzerrten Gesichter. Sah die tierhafte Gier, die sich wieder auf ihren Fratzen ausbreitete, als die Blicke der Männer über ihren Körper glitten wie Ungeziefer.

Das war es also. Das war der letzte Akt des Widerstandes, den sie geleistet hatte. Sie drehte den Kopf, blickte zu der Leiche auf dem Stuhl. Es tat ihr leid, dass sie so lange gezögert hatte. Vielleicht würde Hermodes noch leben, wenn sie sich schneller entschlossen hätte zu handeln. Aber nun war es vorbei. Nun war alles vorbei.

Schatten legten sich um ihr Gesicht. Sie sah, wie die Ersten begannen, an der Schnürung ihrer Hosen zu nesteln. Neuer Widerstand regte sich in Morven, aber es war, als hätte jemand die Verbindung zwischen ihrem Geist und seinem Gefäß gekappt. Sie konnte sich nicht bewegen, egal, wie sehr sie es auch versuchte.

Ein Schatten fiel auf sie, der Herold der ultimativen Schändung. Der Anführer der Truppe, nun ein Einäugiger, der einen Lumpen auf sein zermalmtes Auge presste, starrte auf sie hinab. In seinem Blick lag keine Lust. Kein Hass. Es war etwas Kälteres, Unfassbares – eine urmenschliche Regung, für die Morven kein Wort kannte.

Langsam, genießerisch, zog er die lange Klinge aus Hermodes' Brust. Es gab ein Geräusch wie Kufen im Neuschnee, dann hielt er den Stahl in seiner Faust. Ging in die Hocke und ließ Morven ihn sehen. Er sprach, und seine Stimme war so kalt wie der letzte Frost.

»Egal, was Rodamir will. Ich gebe dir jetzt ein letztes Mal was zu lutschen, du Fotze. Schneide dir die Titten ab. Und dann liefere ich dich ohne Augen bei deinem Alten ab. Die ficke ich dir nämlich aus dem Schädel!« Er setzte ihr das Messer an die Brust. Hielt die Klinge sachte, fast zärtlich nur mit einem Zeigefinger an Ort und Stelle. Dann führte er den blutigen Stahl tiefer, an ihrem Bauchnabel vorbei.

Sein Schauspiel verfehlte die Wirkung. Morven war über Angst weit hinaus. Sie lächelte benommen. Entrückt. Fast schlagartig verzog sich sein Gesicht vor Hass: »Was grinst du so, du dämliche …«

Dann, plötzlich, war er fort. Verschwand hinter einem Schleier aus Blut. War es das? War sie nun tot? Hatte er zugestochen? Nein, da war er wieder. Etwas hatte ihn nur aus ihrem Blickwinkel gerissen. Sie sah, dass er noch immer über ihr aufragte. Aber nun rollte das verbliebene Auge, und er hing eher, als dass er stand. Sein Mund bewegte sich. Die

Lippen eines Karpfens, mit einem Gaff aus dem Wasser ins Boot gehievt.

Das vordere Drittel eines Schwertes ragte knapp über dem Bauchnabel aus seinem Oberkörper, der sich geöffnet hatte, ein großes V beschrieb und von der linken Schulter bis zur Klinge klaffte. Morven sah Rippen, voneinander getrennt, die Zähne eines vertikalen Mundes. Dann rutschte die Hälfte des ermordeten Mörders zur Seite weg. Nein, zu zwei Seiten. Ein Theatervorhang, der sich entlang der sprudelnden Schnittkante teilte und den Blick auf einen von Kopf bis Fuß blutbesprühten, barbarischen Albtraum in Kilt und Kettenhemd freigab, einen Sohn der Titanen mit wildem Bart. Der fleischgewordene Tod, der unter ihre Peiniger fuhr und mit seiner Sense Ernte hielt, der Bäuche klaffen und Därme regnen und Köpfe rollen ließ. Der den Raum in Blut tauchte, der hackte und stieß und tanzte und zerteilte, bis es nichts mehr zu töten, nichts mehr auszulöschen gab. Nichts mehr außer Morven.

Und dann war er über ihr, die Klinge in seiner Rechten trunken vom Blut, eins mit ihm, nur Rot, wo Stahl sein sollte. Er blickte auf sie herab mit seinen Rabenaugen. Todbringeraugen. Und Morven schloss ihre Fenster zu dieser Welt. Dunkelheit umfing sie. Sie begrüßte die Erlösung. Und lächelte.

Ich kann Euch nicht wirklich erklären, was die Kuppeln sind oder wie sie funktionieren. Fakt ist aber, dass sie uns einen Tag vorspielen, wie er wohl vor dem Sturm abgelaufen sein muss, als Thetis noch nicht zerstört war und wir alle angeblich noch vier Jahreszeiten hatten. Die Kuppeln halten den Nebel draußen, aber Luft, Wind und Regen lassen sie ebenso ein wie das richtige, schwache Sonnenlicht. Ich kann nicht für die anderen Pentae sprechen, aber unsere Kuppel hat ziemlich viele dünne Stellen bekommen. Versteht mich nicht falsch, wirklicher Nebel ist nie eingedrungen. Aber an manchen Stellen in der Stadt werden die Leute recht schnell und recht schlimm krank. Und immer dann kommen die Arkanisten und bessern die Kuppel aus. Und fangen sich den ein oder anderen Stein ein, wenn Ihr versteht, was ich meine.

Bürger Shaen, Fassner. Fomor, 530 adis Pentae.

18. Clach

Es war sehr schwierig, die Schwelle wieder zu übertreten. Zurückzukehren. Die Augen zu öffnen war ein Kraftakt, vergleichbar mit der Herausforderung, ein Pferdefuhrwerk umzuwerfen. Irgendwann – Zeit hatte jede Bedeutung verloren – gelang es ihm. Licht. Schwaches Licht – und doch heller als das Innere eines Tempels des Lichtfürsten. Speere, die man durch seine Stirn in ein gemartertes Hirn rammte, in dem eine Kolonie Hornissen wütete. Schwacher Lärm. Pferdehufe. Stimmen. Passanten? Der Gestank der Straße. Ja, kein Zweifel. Eine Straße. Er befand sich in einer Gasse abseits einer belebten Hauptstraße, aber alles drang gedämpft an sein Ohr.

Er setzte sich auf. Abfall regnete von ihm herunter. Eine Schlange, die sich häutete. Kohlblätter, faules Stroh, Apfelkerne. Der Gestank war viehisch, drang aber nur so gedämpft an seine Sinne wie alle anderen Einflüsse auch. Nur das Licht war so hell, so unendlich hell. Er schloss die Augen, aber es brannte sich in roten Flecken seine Bahn durch allzu dünne Lider.

Er hatte den Eindruck, dass jemand vor ihm stand. Kohlen auf seine Augenlider presste, deren rote Glut sich ohne Gnade oder Pause hindurchfraß und als Gemenge roter Blasen in seinem Kopf explodierte. Urplötzlich warf er sich zur Seite, sein Magen hievte, pumpte, krampfte – aber es kam nicht. Minuten, Stunden, Jahrhunderte vergingen – es war ihm einerlei. Er lag in dieser – was? Abfallkiste? – und erbrach wässrige Galle, weil sonst nichts in ihm war. Irgendwann verging die Übelkeit, aber sie ließ einen Nachhall in seinem Geist zurück. Ein Hausgast, der sagte: »Ich gehe, aber ich komme bald zurück.«

Er würde nicht genesen. Clach spürte das. Es war bittere Ironie. Zwei Jahrzehnte lang hatte er jedes Gift eingesetzt, das der Menschheit überhaupt bekannt war – und ein Dutzend, die weit über die profanen Werkzeuge gemeiner Attentäter erhaben waren. Nun spürte er, dass eine Sturmflut davon durch seine Adern raste, dort, wo die Klingen der Totenhand in ihrem letzten Kampf den Weg in sein Fleisch gefunden hatten. Die Totenhand … Er hatte sie alle getötet.

Hatte in Raserei das größte Sakrileg begangen. Er hatte Diener der Sharis ermordet, ohne dass ein Vertrag zustande gekommen wäre. Er lachte, ein heiserer, hässlicher Laut. Trocken wie die Wüste. Die Einöde seines Rachens protestierte und salbte seinen ausgedörrten Mund mit Blut. Nicht dass seine Tat noch von großer Bedeutung war, hatte er doch die Hand gegen die Herrin des Kultes erhoben. Da war dies hier nur Makulatur. Wieder rang sich ein freudloses Lachen aus seiner Kehle. Und überhaupt: Was wollte man tun? Ihn ermorden? Ihn vergiften? Auf seiner Sanduhr rannen die Körner nun schneller.

Langsam öffnete er die Augen. Vorsichtiger diesmal. Er hob die rechte Hand aus dem Abfallhaufen vor sein Gesicht. Aus der Endlosigkeit von Rot und Weiß in seinem Hirn wurde langsam wieder etwas, das man als Sehen bezeichnen durfte.

Die Hand war schwarz. Pechschwarz. Er fuhr bei dem Anblick zusammen – bis seinem gepeinigten Geist klar wurde, dass er noch immer seine Handschuhe trug. Er zog ihn von den Fingern, eine Anstrengung, die ihn bereits wieder schwindelig werden ließ. Dann gab das weiche Leder seine Finger frei. Seine Haut war blass wie eh und je, aber durchzogen von Adern mit der Farbe von erkaltendem Blei. Eine Armada tödlicher Spinnen hatte ihre Netze in seinem Fleisch gespannt, nur zurückgehalten von der Gewöhnung seines Körpers an mannigfaltige Gifte. Er zog den Handschuh wieder an.

Er hätte erwartet, bei diesem Anblick ebenso wenig zu empfinden wie bei allem in seinem Dasein. Stattdessen spürte er einen starken Unwillen bei der Vorstellung, dass seine Existenz auf eine so unrühmliche Weise enden würde. Falsch. Dass seine Existenz überhaupt enden *sollte.* Nicht mehr zu sein, das war ein Konzept, das Clachs egoistisches, um sich selbst kreisendes Denken ablehnte. Aber ihm war auch klar, dass es diesmal keine Rettung gab. Für Antidote war es zu spät, selbst wenn er rechtzeitig in seinem Versteck ankam. Nein, er würde sterben.

Aber nicht, bevor ich nicht endlich erfahre, was hier vor sich geht. Wer im Hintergrund die Fäden zieht – und warum.

Wer immer es war, Clach schwor sich, dem Architekten seines Niederganges das Herz aus der Brust zu schneiden. Wenn er schon zu den Höllen fahren, in den Nebel eingehen würde, dann in guter Gesellschaft. Die Totenhand hatte er bereits auf ihren Weg in die Verdammnis gesandt. Es wurde Zeit, dass ihr andere folgten.

Aber nicht so. Nicht in deinem Zustand. Du musst dir Zeit erkaufen. Nach Hause. Alles einnehmen, was du hast, um das Unvermeidliche zu verzögern.

Kontrolle. Disziplin.

Dafür ist es etwas arg spät, nicht wahr? Diese Hure …

Keine Rachegedanken jetzt. Er würde diese Frau niemals finden, selbst mit seinen Quellen nicht. Was nun zählte, war eine Information. Sie war so wichtig, ein Pfeiler, der den Sturm des

Giftes und seiner zerstückelten Erinnerungen aus der Luxusherberge als Einziges überstanden hatte. Einer der letzten Sätze, den er aus dem Mund von Lùdag vernommen hatte, bevor dieser sein irdisches Dasein unter Qualen ausgehaucht hatte. Wie der Attentäter ihn verhöhnt hatte, während Clach den Ritus des Nebelmachers begann. Die raunende Stimme des Sterbenden an seinem Ohr: »Das war der größte Fehler, den du je machen konntest. Wir werden erwartet. Jetzt sind alle vor dir gewarnt. Und wir sehen uns wieder …«

Voller Grimm hatte Clach ihm die Seele entrissen und diese leere letzte Drohung verlacht. Ihm und den anderen. Lùdag, Machan, Ghunagh und Sgealbagh waren nicht mehr. Er hatte die Hand abgehackt, die ihn geschlagen hatte. Er war sehr, sehr gründlich gewesen, selbst im Wahn. Vielleicht zu gründlich. Möglicherweise hätten all die Gifte keine Chance gegen seine Ausbildung, seine Gewöhnung gehabt, hätte er sein übernatürliches Erbe nicht durch diesen ultimativen Akt der Rache dermaßen erschöpft.

Er hatte lange geruht. Zu lange. Nun begann sein Sterben – und er wusste noch nicht einmal, welcher Tag es war. Er konnte nur hoffen, dass er nicht zu lange hier im Abfall gelegen hatte, verborgen vor einer Welt, deren Gesetze er immer weniger verstand und die aus den Fugen geraten war.

Es half nichts, sich weiter den Kopf zu zerbrechen. Er musste als Allererstes heim – die Wirkung des toxischen Orkans eindämmen, der gerade ungehemmt durch seine Adern rauschte und ihn mit sich zu reißen drohte. Das war das Wichtigste. Am Leben bleiben. Und dann in Erfahrung bringen, was Lùdag gemeint hatte. Wo wurden die Morlàmh erwartet? Von wem?

Wer immer es auch sein mochte, derjenige würde ihm verraten, um was es hier ging. Wenn er schon abtreten musste, dann würde er nicht dumm sterben.

Der Weg dauerte ewig. Es kam ihm vor, als versuchte er, einen Berg zu besteigen, während er Kugelketten an den Füßen trug und dabei ein Derwisch durch seine Gedanken tanzte. Er hatte das Gefühl stillzustehen. Auf einem Podest von unsichtbaren Händen geschoben zu werden, während die Welt stückweise und in abgehackten Bildausschnitten an ihm vorüberzog. Abendlicht. Die sinkende Trübnis der falschen Sonne. Hier eine Gasse, dort ein streunender Hund. Hier das Gesicht einer Frau, die erschrocken mit einem Finger auf ihn zeigte, dort ein Schmied, der bei dem Anblick, den Clach bieten musste, drohend mit dem Hammer in seine Richtung wies.

Langsam, aber sicher sickerten Fragmente seines Kampfes gegen die Morlàmh zurück in sein Bewusstsein. Das Blut. Die Gewalt. Er sah an sich herab. Seine Kleidung sah aus, als hätte er in Blut gebadet. Es war selbst auf dem schwarzgrünen Samt und dem dunklen Leder sichtbar, weil es in dicken Krusten an ihm klebte.

Für die Leute musste es aussehen, als wäre Sharis selbst aus der Grube der tausend Nächte emporgestiegen, gewandet in ihr Hochzeitskleid aus Fleisch. Es würde nicht lange dauern, dann würde die Stadtgarde ihn aufgreifen – und damit wäre sein Schicksal besiegelt. In seinem Zustand konnte er sich weder herausreden noch kämpfen. Er konnte froh sein, wenn ihn die Miliz nicht in Stücke hackte, statt überhaupt Fragen zu stellen.

Ohne wirklich bewusst zu kontrollieren, was seine Beine taten, steuerte er eine der Seitengassen an. Nur weg von der Hauptstraße. Weg von den Menschen. Wieder griff die Dunkelheit nach seinem Geist. Übelkeit und Schwindel. Er kämpfte dagegen an. Sturzbäche von Schweiß rannen über überreizte Haut. Säureströme, die bissen wie die Riemen einer neunschwänzigen Katze. In seinen Ohren summten Schwärme von Ungeziefer.

Wieder protestierte sein Magen, aber nun kamen die ersten fiebrigen Krämpfe dazu. Seine Oberschenkelmuskeln zitterten, als hätte er einen Dauerlauf gemeistert und würde nicht nur versuchen, im Kriechtempo von einem Ort zum anderen zu gelangen. Er blickte auf seine Füße und hatte wieder den Eindruck, auf einer gigantischen Theaterbühne mit einem Laufband als Boden zu stehen.

Erste Gebäude, die ihm vertrauter vorkamen, tauchten aus einem Dunst vor ihm auf, den er mit den Händen wegzuwischen versuchte. Vergeblich. Der Schleier legte sich bereits auf sein Denken. Vor ihm schälte sich ein weiteres Haus in einer Legion von Häusern aus dem Nebel. Zu Hunderten schienen sie um ihn herum aufzuragen, ihn durch ihre Zahl zu verhöhnen. Er gab den letzten Fetzen bewusstes Denken auf, schloss die Augen, ließ sich nur von seinen geschärften Instinkten und den untrüglichen Erinnerungen in den Tiefen seines Geistes leiten. Das Gefühl des Bodens unter den weichen Sohlen seiner Stiefel. Die Beschaffenheit der Gerüche, die als einzige Wahrnehmung bislang unverzerrt an seinen Geist drangen. Wie ein Schlafwandler taumelte er die letzten Meter durch ein Labyrinth aus kleinen Nebenstraßen, stieg durch Löcher in Zäunen. Und legte schließlich die Hand auf eine Tür im verlassensten Hinterhof. Neue Laute drangen an seine Ohren, gerade als er die Tür aufstieß. Aufgeregte Stimmen. Waffengeklirr.

Die Miliz! Sie waren irgendwo hinter ihm. Er öffnete die Augen und war wenig überrascht, als es dunkel blieb. Das Gemisch in seinen Adern war nun auf dem Höhepunkt seiner Wirksamkeit, der Sichtsinn versagte stets als Erstes.

Er musste sich beeilen! Er schloss die Tür so leise er konnte. Seine Füße scharrten genau zwei Herzschläge lang auf dem Boden herum, dann fanden sie, wonach sie tasteten. Auch ohne sehen zu können, konnte Clach den Keil unter die Tür schieben. Man führte nicht ein Leben wie der Totenkaiser, ohne auf etwaige Verfolger eingestellt zu sein.

Er ging exakt vier Schritte durch den Flur des einfachen Wohnhauses. Er lauschte genau, wie sich der Nachtigallenboden verhielt – ein sündhaft teures Konstrukt eines hochbegabten Handwerkers des Südens, der Clach einen Gefallen schuldig gewesen war. Dieser geheimnisvolle Dielenboden verriet Eindringlinge nicht nur durch sehr eindeutige Geräusche, die mit Holzquietschen nur wenig gemein hatten, sondern wimmelte auch vor tückischen Fußangeln und doppelten Böden. Gruben, in denen eiserne Klingen die Beine etwaiger Eindringlinge aufschlitzten. Clach hastete so unbeirrt und rasch durch den Flur, dass ein heimlicher Beobachter nicht vermutet hätte, dass das nach Unrat stinkende Gespenst in dem schwarzen, zerfetzten Umhang blind war. Er hastete auf eine Treppe zu, die auf der Hälfte zum ersten Stock ein Plateau aufwies und sich dann in die entgegengesetzte Richtung nach oben fortsetzte. Als er oben angekommen war, ergriff er die schmucklose Holzkugel auf der Treppensäule, drehte sie, und vier schwere hölzerne Zapfen lösten sich aus entsprechenden Vertiefungen im Plateau. Diese Zapfen verbanden es mit den umgebenden Wänden, die die Plateaukonstruktion trugen. Die Holzplatte ruhte nun perfekt austariert auf winzigen, an ihrer Unterseite verborgenen, weitaus kleineren Holznägeln – stark genug, die Konstruktion zu tragen. Aber nur diese.

Trotz seiner misslichen Lage rang sich der schwer atmende Clach ein Grinsen ab – zu schade, dass er nicht würde sehen können, was geschah. Ein Mann, noch dazu in voller Rüstung, würde mitsamt dem Holzboden ein halbes Stockwerk nach unten stürzen – nicht tödlich, aber sehr schmerzhaft.

Viel verschlagener war hingegen der Boden unter dem Plateau – der dort liegende Teppich war im Übermaß mit einer Mixtur aus Spinnenhaaren und äußerst langlebigen, besonders bösartigen Schimmelsporen gefüllt. Egal, wie viele Männer die Treppe hinaufstürmten: Die in ihrer Fassung aus Mauerwerk nach unten rauschende Platte würde das ganze Untergeschoss durch ihr Eigengewicht und die Masse ihres unfreiwilligen Passagiers mit einem Sandsturm aus Staub fluten. Einer Woge, die schwersten Hustenreiz, Benommenheit und Halluzinationen auslöste. Eine halbe Armee konnte auf diese Weise für wertvolle Minuten schachmatt gesetzt werden.

Auf die gleiche trittsichere Weise wie unten überwand der Totenkaiser auch den Nachtigallenboden im Obergeschoss und betrat ein luxuriös eingerichtetes Zimmer, dem er auch keine Beachtung geschenkt hätte, wäre er in der Lage gewesen zu sehen. Er ließ seine Stiefel auf dem Flur stehen – der Schmutz, der an ihnen haftete, würde auf den kostbaren Teppichen im Raum zu früh sein Wohin verraten.

Der Raum war auf ostentative Weise eingerichtet. Prunk und Geschmeide, ein Kristalllüster, kostbare Dolche in Vitrinen – nichts davon bedeutete Clach etwas. Mit höchster Kunstfertigkeit hatte er in jedem seiner Verstecke vom reichen Lohn seiner Kontrakte solch einen Raum hergerichtet. Die Männer, die einen Assassinen bis in sein Versteck verfolgten, waren zumeist sehr gierige Menschen, die zugleich wenig verdienten. Das ging mit einer Tätigkeit als Rechtsvertreter einher. Der Raum *sollte* aussehen, wie sich ein tumber Zeitgenosse das Reich eines bestens bezahlten Attentäters vorstellte. Clach verleugnete nicht, dass Luxus seine Vorzüge hatte, aber solch eine protzige Kammer widersprach deutlich seinem Stil.

Ein wahrer Meister von Clachs Kunst trug seine Trophäen stets im Geiste mit sich – als stete Erinnerung, nicht nachlässig zu werden. Die reichverzierten »Andenken«, die Vitrinen, die Teppiche, Schatullen, selbst das Himmelbett … alles in diesem Raum war eine Falle, die die Gier eines Eindringlings band. Fast alles war mit lange haltbarem Kontaktgift bestrichen, war mit verborgenen Hohlnadeln oder anderen üblen Überraschungen versehen, keine davon tödlich. Nicht aus Gnade oder Mitleid mit etwaigen Verfolgern, sondern weil in solch plumpen Maßnahmen kein Zugewinn lag – und tote Kameraden den Eifer eines Mannes, jemanden zur Strecke zu bringen, gewaltig anzuheizen vermochten. Hustend und von Krämpfen geschüttelt, den Geschmack schaumigen Blutes auf der Zunge, hechtete Clach in dem Moment durch die Tür, als sich unten an der im Innenhof liegenden Hinterpforte Schultern gegen Holz warfen. Laute Flüche und Rumoren waren zu hören.

Clach stieß erneut ein heiseres Lachen aus. Der Schreiner aus dem Süden hatte nicht nur den Nachtigallenboden mit Brillanz konstruiert, sondern auch alles andere in diesem Versteck, das aus Holz war. Selbst wenn Keil und Material nachgaben – die Tür wäre verzogen. Kostbare Minuten, die Clach nutzen würde, insofern er dann noch lebte.

Ein weiterer Handgriff, ein weiterer Keil. Er humpelte durch den Raum. Neue Schwindelanfälle peinigten ihn. Die Luft begann, einen charakteristischen Geruch nach verbrannten Haaren anzunehmen. Zugleich schwoll der Summton in seinen Ohren an, wurde unerträglich laut und hatte bald schon mehr mit dem Rauschen eines Unterweltflusses gemein, der drohte, ihn mit sich zu reißen.

Ihm blieb nicht mehr lange, aber sein konditioniertes, perfekt trainiertes Hirn ließ ihn die Details seines eigenen Todes auskosten. Jede Nuance, jeder neue Sinneseindruck, der in seinem immer verwirrteren Hirn an die Oberfläche stieg, war ein weiterer Sargnagel, und der Totenkaiser war sich dessen nur allzu bewusst. Er wusste, dass dieser Raum überquoll vor

Diwanen, Sesseln, Lehnstühlen. Alles, was er tun musste, war loszulassen. Sich auf die Seite zu legen, den warmen Stoff der Polster unter seinen schmerzenden Gliedern, und für einen Moment die Augen zu schließen. Ein wenig zu dösen, Kraft zu schöpfen.

Ein finales Krachen drang aus dem Untergeschoss an sein Ohr. Es war so weit. Der Totenkaiser schüttelte den Kopf, um seinen Geist zu klären, was zu einer erneuten Welle der Übelkeit führte. Nach wie vor brauchte er keine Augen, um die Tür zum kleinen Nebenraum zu finden, in dem der wirkliche Eingang zu einem seiner Verstecke lag. Er drückte sie auf und wiederholte die Keilprozedur. Er spürte, wie eine große Ansammlung vollkommen überflüssiger Kleidungsstücke über seinen Körper strich, als er zwei Schritte durch sie hindurchmachte, um zur Rückwand der Kammer zu kommen. Sie brannten auf seiner Haut wie säuregetränkte Peitschen, die Nesselfäden einer besonders heimtückischen Qualle.

Er nahm den Schmerz hin – erfreut, dass überhaupt noch so deutliche Sinneseindrücke in sein fiebriges Hirn vordrangen. Dann legte er die Hände auf die Wand, presste an drei Stellen gegen das vermeintlich robuste Fachwerk – und vernahm ein leichtes Klicken. Die Wand schwang ins Innere. Sofort spürte er den kühlen Kuss eines stetigen Luftzuges auf der Haut. Er machte einen Schritt nach vorn, spürte für einen Lidschlag die Leere, die unter seinem Stiefel gähnte. Dann stand er auf einem der Steigeisen, die er eigenhändig vor Jahren in diesen erweiterten und ungenutzten Kaminschacht getrieben hatte. Er stieg hinab, tiefer und tiefer, bis er sich weit unterhalb des Hauses befand.

Sein Körper lechzte nach Ruhe, und als er schließlich einen Fuß auf festen Boden setzte, waren Summen und Schmerz in seinem Schädel zu einem Dröhnen angeschwollen, das den

Knochen zu sprengen drohte. Unartikulierte Laute rannen begleitet von Mengen an kaustischem Schaum aus seinem Mund.

Zehn muskulöse Grobschmiede wären bereits vor Stunden an einem Bruchteil eines der toxischen Meisterwerke in seinen Adern gestorben – und er hätte sie um diese Gnade beneidet. Er stieß sich den Kopf in dem niedrigen Versteck, ohne dies noch wirklich zu bemerken, ließ sich vor einem schweren und niedrigen Schrank aus blindem Metall fallen. Hier lagen die wenigen Dinge, die Clach wirklich für wichtig erachtete. Der sterbende Totenkaiser legte die Hände um seinen Nacken, suchte mit längst gefühllosen Fingern, die noch dazu in Handschuhen steckten, nach einem Lederband. Schließlich hatte er sich durch die Unzahl Halstücher und Schals gewühlt, die normalerweise sein Antlitz verhüllten. Er musste dreimal nachfassen, bis er den Schlüssel am Ende der Schnur endlich in die Finger bekam. Dass er mittlerweile nur noch röchelte, Blutschlick atmete, bekam er lediglich am Rande mit.

Seltsam gelöst ertastete er mit der bärtigen Schlüsselspitze das hinter einer Klappe verborgene Schlüsselloch des Tresors, rammte das filigrane Metall ohne Zeit für Rücksicht in den komplexen Mechanismus. Obwohl er nur Schwärze sah, schien die Dunkelheit noch umfassender zu werden, sich nun endgültig nach seinem Geist auszudehnen. Er wurde fahrig. Ein kraftloser Druck in seinem Finger verriet ihm, dass er vor Qual vergessen hatte, eine besonders tückische Falle erst zu deaktivieren. Eine Kanüle hatte den Weg durch das Leder in sein Fleisch gefunden. Es war ihm gleich. Ein Gift mehr oder weniger machte nun wirklich nichts mehr. Er riss die Tür auf, stieß die Hand in eine Ansammlung unbezahlbarer Toxine und Ingredienzien. Was er suchte, war nicht da! Wahnsinn! Er musste sich irren. Er fasste noch mal in den Tresor, schob

Kolben und Tiegelchen, von denen er wusste, wo sie standen, beiseite. Dann schloss er die Hand um etwas.

Die letzten, verblassenden Erinnerungen der Haptik sagten ihm, dass er einen langen Zylinder zwischen den Fingern hielt. Er zögerte keinen Augenblick. Rasende Schmerzen schossen ihm im selben Moment durch Brust und Kopf, eine feurige Korona, die in seinen linken Arm wanderte, der Schwindel wurde unerträglich. Sein Herz schlug nicht – es trommelte.

Clach rammte sich den gefundenen Zylinder mit der Nadelseite in die Brust, und schlagartig salbte kühle Gnade den Vulkankrater seiner Brust. Er sank mit einem erlösten Stöhnen auf die Knie, als sich eine Mischung aus Arkanistenzauberei und universellem Antidote durch seine Adern verbreitete. In seinem Kopf konnte Clach es beinahe sehen: sein Inneres, seine Anatomie, wie Baumwurzeln aus Glas mit Myriaden Verästelungen, die in schwarzrotem Feuer brannten und verloschen. Und wie sich nun plötzlich kühler blauer Balsam durch jede Verästelung schob, dem todbringenden Rot ein Ende zu bereiten, es mit sich zu reißen und nichts als Wohltat zu hinterlassen.

Vierzigtausend Goldfomori hatte Clach einem verräterischen Arkanisten vor einer Zeit bezahlt, die ihm in diesem Augenblick wie eine Ewigkeit vorkam. Vierzigtausend Goldfomori für ein Silberröhrchen, dessen Inhalt jedes Gift neutralisieren oder seine Wirkung zumindest hinauszögern konnte. Der Mann hatte ihm Stein und Bein geschworen, dass nur die Archonten der Pentae und andere, wirklich außerordentliche Potentaten und Würdenträger über so einen Zylinder verfügten. Er hatte ihn schlicht Injektor genannt – und Clach hatte den Mann in dem Wissen bezahlt, dass er ihn bei einer Lüge zur Rechenschaft ziehen würde. »Oder eben nicht«, hatte sein Gegenüber mit beachtenswertem Mut verkündet.

»Wenn es zu viel Gift ist oder arkanistische Toxine darunter sind, erkauft Euch der Injektor nur Zeit. Genug Zeit, um in Ruhe Eure Affären in Ordnung zu bringen. Aber Arkanistik ist keine wahre Magick. Sie hat Grenzen. Eine Zeitlang werden die Auswirkungen der Substanzen geheilt, die in Eurem Körper sind. Doch alles wird mit doppelter Wirkung zurückschlagen. Wenn es so weit ist, werdet Ihr aber kaum etwas spüren.«

Dass er nicht belogen worden war, hatte Clach tatsächlich einige Wochen später erfahren, als er das Ziel eines Kontrakts vergiftet hatte. Eine simple Affäre, ein Nachtmahl mit einer unschönen Geheimzutat. Er hatte die Mission für erledigt erachtet – und hatte eine Nacht später noch mal gründlicher zuschlagen müssen. Dabei hatte er einen geleerten Zwilling seines Injektors im Besitz seines Opfers gefunden …

Das Haus erbebte plötzlich bis in die Grundfesten. War er eingeschlafen? Clach erhob sich. Kraftloses Licht fiel durch den Kaminschacht vor ihm auf das Eisengitter, das seinen Boden bildete. Der Totenkaiser konnte wieder sehen. Die spartanische Kammer, den Panzerschrank, dessen Inneres vor Giften und ruinierten Substanzen überlief. Den Kleiderschrank. Das Bett. Die kleine Anrichte mit dem halbblinden Silberspiegel.

Es dauerte einige Augenblicke, bis er sich zusammengereimt hatte, wie er hierhergekommen war. Und was ihn überhaupt erst zu Boden geworfen hatte. Das Treppenplateau. Das musste das Krachen gewesen sein. Genau nach Plan. Er konnte wirklich nur wenige kostbare Minuten weggedämmert sein.

Clach fühlte sich so elend, wie schon lange nicht mehr. Aber wenn sie erst bei der Treppe waren, dann blieb ihm noch etwas Zeit. Er ging zu der Anrichte, aus der eine Wasserpumpe ragte, und bediente den Schwengel. Kaltes Nass schoss daraus hervor, ergoss sich in eine bereitstehende Waschschüssel. Er legte seine besudelte Kleidung ab, ließ bis auf seinen zerschlissenen Umhang alles am Boden liegen. Langsam und methodisch wusch er seinen geschundenen Körper, betrachtete seine Verletzungen im Spiegel. Was zu nähen war, nähte er. Trug Salben auf. Ein weiteres Krachen erschütterte das Haus. Sie waren an der Tür zum Prunkzimmer angekommen. Sie ließen sich Zeit – was bedeutete, dass das eigentliche Gebäude umstellt sein musste. Sie rechneten nicht mehr damit, dass er der Falle entkam. Aber sie wussten auch nichts von den Gängen, die in die Katakomben der Stadt führten. Von der Verbindung in die Kanalisation. Oder aber sie wussten genau das. Also würde er den Schacht nach oben steigen und die Dächer nutzen, um sich davonzumachen.

Nur was immer er tat und egal, wie müde er war, er musste sich ranhalten, wenn er nicht wollte, dass ihn die unheilvolle Mixtur in seinen Adern mit sich davontrug, bis er die Antworten hatte. Bis das Blut derer vergossen war, die es gewagt hatten, ihn auf solche Weise zu beleidigen. Und wer wusste schon, ob diese mächtigen Gegner, die Hintermänner der Neuen Macht, nicht auch über weitere arkane Hilfsmittel verfügten.

Während er sich wusch und nachdachte, kehrten nach und nach Kraft und Zuversicht zurück. Er würde einen Weg aus dieser Misere finden. Und wenn nicht, würde er nicht allein die Reise in die Höllen des Nebels antreten. Er würde sich eine gute Gesandtschaft bereiten, die ihn dort erwartete, wenn es so weit war. Für einen Mann seines Wesens waren diese Gedanken schon fast poetisch.

Er hatte sich nie mit dem Hinterher, dem Danach beschäftigt. Er hatte andere dorthin entsandt. Mit derselben Kälte, die sein ganzes Leben bestimmt hatte, sezierte er diese Empfindungen und stellte sich ihnen. Was passieren würde, passierte. Er fürchtete den Tod nicht. Wie auch? Er blickte auf, sein Gesicht wächsern und blass wie Marmor: Er *war* der Tod. Und jene, die ihn verärgert hatten, würden schon bald seinen eisigen Hauch spüren.

Er zog sich frische Kleidung an. Dunkles, fast nachtschwarzes Leder. Ein frisches Wams. Dann suchte er zusammen, was von seiner Lederrüstung den Kampf gegen die Morlàmh halbwegs unbeschadet überstanden hatte, schlüpfte in die durch Kochen gehärtete Platte und das Lederzeug. Mit grimmiger Entschlossenheit zog er die Schoner über seine Unterarme. Neue Wurfklingen fanden ihren Platz in versteckten Scheiden. Er zog seine Dolche, tauschte das von Blut verunreinigte Lebensbannöl aus den Scheiden gegen frisches Gift aus. Dann warf er sich den Umhang über, befestigte die Spangen.

Das grässlich ausgezehrte Phantom im Spiegel mochte nicht der gut aussehende junge Mann sein, der nach Fomor zurückgekehrt war. Aber diese neue, kränkliche Form würde ihre Vorteile haben, wenn es darum ging, seine Legende noch weiter zu untermauern. Der Mann, der hundert Bisse der Morlàmh überstanden hatte, dessen Adern mit purem Gift gefüllt gewesen waren. Der Totenkaiser, der selbst jedes Attentat überstand.

Der Gedanke gefiel ihm, schmeichelte seinem Ego. Die so unbekannten Tiden warmer Emotionen schwollen an und erfassten ihn. Ein leichter Schauer rieselte beim Gedanken an die Antworten, die er erhalten würde, und seine aufsehenerregende Vergeltung über seinen Rücken.

Er schärfte seine Dolche. Über ihm gab die nächste Barriere ihren Geist auf, als die Tür des Prunkzimmers den Schlägen ihrer Gegner nichts mehr entgegenzusetzen hatte. Nur einen Moment später brach sich ein Schrei Bahn. Jemand würde in nächster Zeit nicht auf eigenen Beinen gehen.

Clach schärfte seine Dolche, rammte die tückischen Klingen in ihre Scheiden. Dann nahm er, was er an Gegengiften und aufputschenden Mitteln noch im Panzerschrank finden konnte. Ohne Rücksicht auf seine Gesundheit oder eventuelle Konsequenzen schluckte er, was er davon herunterbekam, spülte mit kaltem Wasser nach. Langsam, aber beständig zogen sich seine Schmerzen zurück wie das Meer bei Ebbe, gaben die Gestade seines Denkens frei und ließen nur Treibgut zurück. Zwei Stücke trockene Rohwurst folgten.

Gestärkt und von neuer Energie erfüllt, wandte sich Clach den Steigeisen zu. Er würde seinen Häschern entfliehen – und diesmal würde er sich von Narreteien auf offener Straße und Huren fernhalten. Der Totenkaiser würde seinem Namen alle Ehre machen.

Was er als Erstes brauchte, waren verlässliche Informationen. Wer erwartete die Totenhand? Und wo? Er kannte einen Menschen, der ihm die nötigen Antworten auf diese Fragen geben, sie zumindest beschaffen konnte.

Clach musste Hermodes aufspüren.

Als er den Kopf über den Rand des Kaminschachtes hob, hatte sich das Leichentuch der Nacht bereits über die Stadt gelegt. Die ausgeleuchteten besseren Viertel ließen den Horizont glühen, während dieser Teil der Penta, schlicht Unterstadt genannt, im Dunkeln lag. Das hieß, alles bis auf Clachs Haus. Ein halbes Dutzend Männer war mit Fackeln auf den Straßen postiert worden. Diese Männer gingen nur schwer bewaffnet, mit guter Ausrüstung und in größeren Gruppen freiwillig in die Unterstadt. Sie waren hier nicht willkommen, würden es nie sein – und wussten das auch.

Ein halbes Dutzend, das mochte viel erscheinen. Aber sie waren um das ganze Haus verteilt, harrten in Sichtweite zueinander aus. Wenn sich im Viertel Widerstand formierte, war es um sie geschehen. Von Greskegard hingegen sah Clach keine Spur. Wäre der Inquisitor hier gewesen, er hätte die doppelte Menge an Soldaten mobilisiert, seine Männer sowie seinen klotzigen Leibwächter auch in der Kanalisation und auf den Dächern postiert. Clach sah aber lediglich einen Mann, der über den Köpfen der anderen im ruinierten Dachstuhl eines Nachbarhauses stand und in die Finsternis hinausspähte. Er ragte aus den Sparren und Schindeln – ein einsamer Schiffbrüchiger, den ein Schrecken aus der schwärzesten Tiefe zur Hälfte verschlungen hatte.

Clach sank wieder in den schützenden Schlund des Kamins zurück. Er setzte sich gegen die Schachtwand, stützte seinen übermüdeten Körper mit den Beinen auf der anderen Seite ab. Dann zog er ein Wurfmesser und bestrich die Klinge mit einem potenten Schlafmittel. Alles in ihm schrie danach, von solch plumpen Methoden abzusehen – mit disziplinierter Geduld auf den Moment zu harren, wenn sich der Wächter umdrehte, um die anderen Dächer zu überwachen. Aber er konnte nicht einschätzen, wie viel Zeit ihm nun wirklich noch blieb. Und so stieg er für einen Augenblick aus dem Schacht auf und schleuderte die Klinge.

Sie fand ihr Ziel in der weichen Armbeuge seines Opfers und entfaltete sofort ihre Wirkung. Laut scheppernd ging der Gerüstete zu Boden, wurde nun endgültig von dem gähnenden Maul verschlungen, in dem er stand.

Sofort brach unter ihm auf der Straße Tumult aus, als die Büttel den Lärm hörten. Zeitgleich vernahm Clach einige Schritte unter sich das Rumoren im Inneren des kleinen Schrankzimmers. Rasch zog sich der Totenkaiser auf den Rand des Kamins, hockte auf den Schamottsteinen wie ein Tempelwasserspeier. Der schwache, kalte Nachtwind blähte seinen zerschlissenen Umhang und verstärkte den Eindruck eines riesigen Nachtvogels noch.

Dann glitt Clach in die Finsternis hinaus, die über den Dächern der Stadt lag. Sie war absolut und lag mit einer solchen erstickenden Schwärze über allem, als wüsste sie, dass dies eine Nacht großer Entscheidungen werden würde. Unter ihren Schwingen jagte der Totenkaiser in Richtung des Gerberviertels.

Hermodes war ein vorsichtiger Mann, aber Clach war jemand, auf den diese Beschreibung ebenso zutraf. Der Informant mochte loyal wirken, doch am Ende des Tages war er nun einmal, was er war: ein Spitzel.

Der Totenkaiser kannte nur wenige Menschen, die dermaßen aufmerksam waren, wenn es darum ging, unbemerkt von einem Ort zum anderen zu gelangen. Clach hatte Monate gebraucht, um den Hermelin zu jedem seiner Verstecke zu verfolgen, die falschen sicheren Häuser von den wirklichen zu unterscheiden. Schließlich war es ihm gelungen, Hermodes' echte Verstecke in der Stadt – sie lagen allesamt im Gerberviertel, so viel wusste er jetzt – ausfindig zu machen. In zweien davon hatte er kein Glück, aber bei einer der alten Lagerhallen an den Ufern des Acair wurde er fündig.

Als Clach sich dem Gebäude näherte, sah er den schwachen Widerschein flackernder Kerzen durch wurmstichiges Holz. Eine einzige Gestalt bewegte sich im Inneren der Behausung des Informanten – und sie gab sich nicht die geringste Mühe, leise oder gar bedacht vorzugehen. Wenn Clach über Hermodes eines wusste, dann dass er nicht so töricht sein würde, ein sorgfältig ausgewähltes Versteck auf dermaßen plumpe Weise in Gefahr zu bringen.

Am Fuß der Treppe angekommen, studierte Clach das Gebäude. Er kam zu der Überzeugung, dass es egal war, auf welche Weise er sich der Behausung näherte. Hermodes hatte sich diese Behausung gut ausgesucht, einen Mann an so einem Ort zu überraschen war so gut wie unmöglich. Umso seltsamer, dass sich dort oben nun ganz gewiss jemand bewegte, der nicht hierhergehörte. Der Totenkaiser beschloss, dem unerwünschten Eindringling einfach keine Gelegenheit zur Reaktion zu geben. Er würde schnell sein.

Er ließ seinen Blick über das moosige und arg vernachlässigte Straßenpflaster schweifen, bis er einige kleine Steinbröckchen erspähte. Er hob eines davon auf, warf es auf den Treppenabsatz vor dem Eingang. Das Klickern auf dem Holz ließ den Eindringling im Inneren verharren.

»Mach dich weg, oder *ich* mach dich weg!«, knurrte eine Stimme, die reichlich mitgenommen klang. Die Tür wurde aufgerissen, und eine Gestalt tauchte im Rahmen auf, ein Kurzschwert in der Hand.

Der Totenkaiser hatte sich längst in tiefe Schatten zurückgezogen, als der Eindringling mit zusammengekniffenen Augen in die Nacht hinausspähte. Clach spannte seinen Leib wie eine Stahlfeder, wartete auf den richtigen Augenblick. Nachdem sich sein Opfer umgesehen und die Lage für ungefährlich befunden hatte, wandte es sich wieder zum Gehen. Der Totenkaiser schnellte los, wobei er darauf achtete, mit seinen Füßen nur die hölzernen Träger und nicht die eigentlichen Treppenstufen zu belasten.

Er schoss die Stufen hinauf, ein zum Leben erwachter Schlagschatten, ein Pfeil, der die Sehne hinter sich ließ. Der Einbrecher war noch keine zwei Schritte gegangen, als er das Knarzen hörte und herumwirbelte. Zu spät. Er sah nur noch schwarze Flügel, als sich Clachs Umhang um ihn schloss und sein Kopf mit Wucht an den Türrahmen prallte, dann sackte er zusammen.

Überrascht ließ Clach von dem Mann ab. Er war es gewohnt, dass die verzweifelten Bewohner der Unterstadt eine deutlich widerspenstigere Beute abgaben als der durchschnittliche Inhaber echter Bürgerrechte.

Der Körper, der vor ihm im flackernden Kerzenlicht lag, war durchaus nicht klein, sondern bullig. Beachtliche Muskeln zeichneten sich unter abgewetztem Leder ab. Trotz des Gestanks, der über der Gegend hing, roch der Totenkaiser die Mischung aus Urin und Erbrochenem, die die Gestalt umwehte. Wie der Kerl so dalag, hatte sein Kopf leichte Ähnlichkeit mit einer Trauerweide – ein Vorhang fettiger halblanger Haare verbarg die Gesichtszüge des Einbrechers. Aber auch so konnte Clach erkennen, dass der Mann einige üble, bis dato unbehandelte Wunden am Kopf hatte. Seine Nase war unter der Masse an Haaren und bei diesen Lichtverhältnissen kaum zu erkennen, so absolut dunkel und verformt war sie. Ein Ohr schien zu fehlen, ein Lumpen bedeckte diese Wunde. Nach einer solchen Menge brutaler Kopftreffer war es kein Wunder, dass Clachs Fausthieb, der den Schädel des Mannes gegen den Türrahmen geschmettert hatte, sein Gegenüber sofort auf die Bretter schickte.

Der Assassine zog den Besinnungslosen ins Innere von Hermodes' Behausung, die einen noch stärkeren Gestank verströmte als der unwillkommene Gast, den Clach hier überrascht hatte. Clach schloss die Tür. Er entwaffnete den Bewusstlosen, lehnte ihn an eine der Wände. Dann setzte er sich auf einen wackeligen Stuhl. Dieser bildete neben einem besudelten Bett das einzige Mobiliar und vermittelte den Eindruck, gerade erst leidlich repariert worden zu sein. Der Rest der Möbel lag in Trümmern, geheime Verstecke in den Dielen und andere Nischen, die einst Sachgüter beherbergt hatten, waren geplündert worden. Da er bei seiner Durchsuchung nichts davon in den Taschen des Fremden gefunden hatte, ging Clach davon aus, dass andere dafür verantwortlich waren. Ebenso wie für die nur halbherzig beseitigten Kampf-

und Blutspuren. Jemand hatte Hermodes etwas angetan – und sein neuer Hausfreund würde ihm verraten, wer.

Clach zog das Sammelsurium aus Tüchern und Schals vor sein Gesicht, richtete seine Kapuze. Dieses Spiel spielte er besser als jeder andere. Daumen und Zeigefinger schlossen sich um die Dochte zweier der drei Kerzen, sein Fuß schob den Lüster, mit dem der Eindringling sich Licht verschafft hatte, so weit nach rechts, dass er nun im Halbdunkel lag. Dort, wo nur seine mitleidlosen Augen glänzen und den Großteil der Arbeit verrichten würden. Vorausgesetzt, der Eindringling erwachte früh genug.

Clach beschloss, sich diese Zeit einfach zu nehmen. Er griff in die Ansammlung von Beutelchen an seinem Gürtel, bestrich seinen Zeigefinger mit einer scharf riechenden Paste und steckte sich davon in jedes Nasenloch. Der beruhigende Brei aus den Beeren des Rauchginsters entfaltete augenblicklich seine Wirkung, sein Herzschlag verlangsamte sich spürbar. Dieser Zustand sollte die wertvollen Minuten kompensieren, die er hier vertat.

Er brauchte jedoch nicht lange zu warten. Der Bewusstlose schlug die Augen auf. Er stöhnte, seine Hände wanderten zu seinem zweifellos schmerzenden Schädel. Dann blickte er sich um. Clach sah in seinem Gesicht die Erkenntnis, was in den letzten Sekunden vor seiner Ohnmacht passiert sein musste. Der Einbrecher sprang auf, taumelte. Seine Hand ging zu der leeren Schwertscheide.

»Suchst du das hier?« Clach deutete auf das Kurzschwert zu seinen Füßen.

Der fetthaarige Eindringling fuhr zusammen. Clach kam seine eigene Stimme auf erschreckende Weise fremd vor. Das Gift hatte seiner Kehle Schaden zugefügt, seine Stimme raspelte, klang geradezu ghulisch. Jemand würde dafür bezahlen.

»Ich … wer?« Der suchende Blick des Einbrechers fand

das Phantom mit den Eisaugen, die im glühschwarzen Nichts der Kerze schwebten. Dann sprang er in Richtung Tür, aber Clachs Stimme folgte ihm wie ein Peitschenhieb.

»Ich hole dich ein.«

Es hatte eine bemerkenswerte Wirkung. Der Fetthaarige fror im Lauf ein. Verharrte so sicher auf der Stelle, als hätte Clach ihn versteinert. Jemand musste diesen Kerl bereits einmal auf brutale Art konditioniert haben – er sah nicht aus wie ein Mann, der sich gern Befehle erteilen ließ.

Clach erhob sich und machte einen einzigen Schritt nach vorn, ein wenig aus dem Schatten. Die Reaktion seines Gegenübers erfolgte prompt.

»O Mann!«, jammerte Fetthaar. Er hatte nun mehr als einen Verdacht, wer vor ihm saß, das war ihm anzusehen. Seine Augen hafteten wie angenagelt auf der schlohweißen Narbe in Clachs Gesicht. Dazu die Kleidung, die Stimme der Gestalt im Schatten. Der Mann wusste ganz genau, wen er vor sich hatte.

»Das kann nicht wahr sein. Ihr wollt mich doch alle verarschen!«, schrie Fetthaar.

Clach deutete mit einem behandschuhten Zeigefinger auf die Stelle, wo der Mann gerade gesessen hatte, und dieser setzte sich prompt und ohne jeden Widerstand. Clach war beeindruckt. Jemand hatte an diesem Burschen herausragende Arbeit verrichtet.

»Was machst du in Hermodes' Haus?«

Bevor sein Gegenüber antworten konnte, hob Clach die Hand. Er zog einen seiner Dolche, lehnte sich leicht nach vorn und stellte ihn aufgerichtet mit der Spitze auf eine Pfostenkugel des armseligen Bettgestells. Er hielt ihn auf diese Weise mit dem Zeigefinger am Knauf an Ort und Stelle, schnippte ihn mit der anderen Hand an und ließ ihn mit gespielter Langeweile um die eigene Längsachse rotieren.

Winzige Tröpfchen von vergiftetem Öl spritzten, ihr kaustischer alchemischer Geruch legte sich über den Gestank im Raum.

»Bevor du antwortest, mach dir eine Sache klar: Wer immer dich so verprügelt hat, er war gnädig. Habe ich das Gefühl, dass du etwas verschweigst, mich belügst oder mich hinhältst, schneide ich dir etwas ab, das dir wichtig ist. Ich fange mit Ohrläppchen und Fingern an. Und dann ... na ja, du kennst deinen Körper besser als ich. Noch.«

Der Einbrecher schluckte. Er deutete auf seine Feldflasche. Seine trockene Zunge betastete gesprungene Lippen. Clach schüttelte den Kopf, richtete den Dolch auf den Mann, bevor er ihn wieder mit einem resoluten Klacken in die Waffenscheide rammte.

»Du trinkst nach deiner Erzählung. Wir wollen ja nicht, dass dich jemand vergiftet. Ich habe schon jetzt das Gefühl, du willst mich hinhalten. Willst du das?«

Fetthaar schüttelte den Kopf. Und so berichtete er, ohne dass Clach ihn auch nur einmal unterbrach. Dass sein Name Ghalen war. Und was ihm in den letzten Stunden widerfahren war – und der Totenkaiser hörte zu.

»Du bist also hier, weil du es für eine kluge Idee gehalten hast, dich an diesem Ort vor deinesgleichen zu verstecken?«, hakte Clach nach, als Ghalen zum Ende gekommen war. »Weil du einen Barbaren zu ihrem Versteck geführt hast, in dem sie Hermodes gefangen halten?«

Ghalen nickte. »Ich dachte, noch mal kommen die nicht hierher. Weil Hermodes ja ... weil sie ihn ja mitgenommen haben und mich hier nicht vermuten würden. Und weil sie ja nun Jagd auf mich machen werden.«

»Weil du wie alle in der Stadt hinter dem Rücken der Tempel und des Archonten mit dieser Neuen Macht paktierst und diese nun verraten hast? Weil du wie all die Banden hier im Viertel für diesen ›reichen Pinsel‹ arbeitest? Kennst du seinen Namen?«

Der Totenkaiser starrte sein Gegenüber an, heftete den Mann mit Blicken wie Eiszapfen an die Wand. Ghalen sah noch ängstlicher aus, seit sich das Verhör auf Hermodes konzentrierte. Er war eine Ratte, die irgendwo zwischen einer Meute Köter und einem übellaunigen Straßenkater festsaß.

»Ich habe das Gefühl, dass du mir noch etwas verschweigst. Und ich bin ein Mann, der zu seinem Wort steht.« Clach machte sich daran, sich zu erheben.

»N-nein! Ich kenn seinen Namen nicht! Wirklich nicht!« Ghalen hob abwehrend die Hand. Sein Gesicht wurde noch eine Spur fahler. »Die Kopfwunde ... Ich hab nur was vergessen. Aber ... aber du musst mir versprechen, dass du mich nicht tötest, T-Totenkaiser.« Der unterwürfige Tonfall, in dem die Bedingung vorgetragen wurde, war die plumpeste Schmeichelei, die Clach je gehört hatte.

Er war versucht zu lächeln. Das Spielchen amüsierte ihn. Er hatte es vermisst, die Kontrolle zu haben. »Ich verspreche dir, wenn du nicht sofort redest, werde ich dich mit deinen eigenen Därmen erdrosseln – aber erst, nachdem ich jeden Verwandten, Freund oder Vertrauten, den du noch hast, vor deinen Augen bei lebendigem Leibe an die Kanalratten verfüttert habe. Sag mir auf der Stelle, was du zurückhältst, oder ihr erstes Mahl wird deine Mannbarkeit sein. Wunden kann man zubrennen, weißt du?« Er griff nach dem Lüster.

»Schon gut, schon gut. Er ist tot.«

Clach hielt inne. »Wer ist tot? Der Barbar?« Seine Stimme wurde eine Nuance drohender. »Sag nicht Hermodes. Das wäre ganz und gar nicht gut für dich.«

»Ich kann nix dafür«, wimmerte Ghalen. Sein Adamsapfel hüpfte nervös auf und ab. Sein ausgedörrter Leib vollbrachte das Wunder, ganze Wasserfälle aus Schweiß zu produzieren.

»Als wir ankamen, ist der Riese aus dem Amboss rein, weil er irgendein Weib hat schreien hören. Ist einfach durchgedreht, als sei er ganz woanders im Kopf. Er hat die Tür einfach durchgerannt, als wär sie gar nicht da – und hat alle abgeschlachtet, die drinnen waren. Da bin ich weg. So was hab ich noch nicht erlebt! Ich dacht mir, bevor der sich an dich erinnert, machste dich lieber dünne.«

»Und Hermodes?«, fragte Clach drohend.

»Ich hab ihn durch die Tür gesehen. Der war hinüber. Aber ich war das nicht! Ich hatte damit nix zu tun!«

»Das ist jetzt bedauerlich«, sagte Clach. Er hatte Hermodes nicht im eigentlichen Sinne gemocht – er war sich nicht einmal sicher, ob er zu solch einer Empfindung fähig war –, aber der Mann war loyal gewesen, ohne zu katzbuckeln. Und er hatte einen Nutzen für Clach gehabt. Langsam stand der Totenkaiser auf. »Denn weißt du, eigentlich sollte mir Hermodes etwas verraten. Etwas, das ich sehr dringend erfahren muss.« Er hielt inne, schob die Kapuze zurück, zog die Verhüllung von seinem Gesicht – und ließ Ghalen das volle Ausmaß dessen sehen, was das Gift angerichtet hatte. »Es ist mir absolut todernst mit dieser Sache, Ghalen. Sie ist etwas, für das ich über Leichen gehe.«

Ghalens Gesicht zeigte im Schein der Kerze eine aschfahle Mischung aus Grau- und Grüntönen. Das pure Grauen stand so überdeutlich in seinen Zügen, als wäre es schriftlich dort niedergelegt. »Geh weg von mir! Lass mich!«

Nur noch der Injektor hält mich auf den Beinen. Was immer er in mir sieht, es muss weitaus Schlimmer sein als das, was der Spiegel mir vorhin gezeigt hat.

»Weißt du, Ghalen – Hermodes sollte mir etwas sagen. Und das kann er ja nun nicht. Wegen deiner Freunde, die ihn umgebracht haben – und jetzt selbst tot sind. Die Morlàmh … Sagt sie dir etwas?«

Ghalen benötigte fast eine kleine Ewigkeit, so als suche er in seiner Erinnerung nicht nach dem Namen weltbekannter Meuchler, sondern nach irgendeiner vergessenen Information, längst verlorenem Wissen, das irgendwo in seinem Kopf lange geschlummert hatte. Schließlich nickte er. Und zeigte dabei einen Gesichtsausdruck, der offenbarte, dass er sich an etwas erinnerte, was er fast vergessen geglaubt hatte.

Clach war sehr zufrieden. Die Macht des Rituals dehnte sich bereits aus, verstärkt von dem unheiligen Vergessen, das die Lande in seinem Klammergriff hielt. Bald würden nur noch sehr wenige von seinen alten Feinden wissen. Nur noch die, auf die es ankam. Und die würden sich erinnern, wer die Totenhand in den Nebel geschickt hatte.

»Ich habe sie umgebracht, musst du wissen. Alle vier. Und zu Nebel gemacht.« Clach genoss den zunehmenden Unglauben auf Ghalens Gesicht. Die Totenhand war fast schon eine Legende. Clach hatte es stets gewurmt, sich seinen Ruhm mit dem Attentäterquartett teilen zu müssen. Aber nicht mehr.

Der Totenkaiser genoss die Blicke seines Gefangenen auf eine Weise, die ihn selbst verwunderte. War es Anerkennung, was er so lange vermisst hatte? Er würde bald sterben, und doch stand er hier und grinste auf einen verängstigten Burschen herab, nur weil dieser Respekt vor seinen Leistungen hatte.

Clach war sich nicht sicher, was er von diesen Neigungen halten sollte. War ihm nur zu lange versagt geblieben, was ihm zustand? Oder war es etwas anderes? War es das Wissen, plötzlich vollkommen frei zu sein? Frei vom Tempel, von Kontrakten? War dies, was er seinen Opfern gebracht hatte?

Er hatte sich nie als Wohltäter gefühlt, wenngleich er wusste, dass es Mitglieder seiner schwarzen Zunft gab, die es als Gnade ansahen, anderen den Tod zu bringen. Vielleicht raubte ihm das Gift ja auch den Verstand und zerfraß nach und nach sein Gehirn. Ein schnaubendes Lachen, abwertend und doch voll empfunden, entrang sich gegen Clachs Willen seiner Kehle. Ein seltenes Kleinod in einem Leben, das so gut wie keine Gefühle kannte.

Bei diesem Klang entleerte sich Ghalen geräuschvoll in seine Beinkleider.

»Einer von ihnen hat mir vor seinem Tod gesagt, sie alle würden erwartet. Und nun habe ich eine simple Frage an dich. Und deine Zukunft, deine Überlebensaussichten, meine gute Stimmung – all diese Dinge hängen von deiner Antwort ab, Ghalen. Also enttäusch mich nicht – wenn mir deine Antwort nämlich gefällt, kannst du gleich zum Acair heruntergehen und dir die Scheiße von den Schenkeln waschen. Mein Wort darauf.«

»Und … und wenn ich es nicht weiß?«, fragte Ghalen unnötigerweise.

»Dann, mein Freund, füttert dein Fleisch die Barsche im Acair. Du gehst so oder so zum Fluss, also stell mich lieber zufrieden. Zu deinem eigenen Besten.«

Clach ging neben dem verängstigten Mann in die Hocke, sein Umhang lag wie eine Schleppe auf dem schmutzigen, blutigen Boden. Alles war, wie es sein sollte, fand Clach. Sie beide bildeten ein perfektes düsteres Gemälde: Jäger und Beute, Täter und Opfer. Ein dämonischer Gargyl, der sich von den Mauern einer verfallenen Kathedrale stürzte, um sein menschliches Wild zu reißen.

Doch Clach würde Wort halten. Ghalen würde mit Ehrfurcht und Grauen von diesem Tag sprechen, wenn alles vorbei war. Selbst nach seinem Tod würde Clach ewig jagen: in Gerüchten, Nachahmern, Lügen. Niemand würde sich je sicher davor fühlen, das Opfer des Totenkaisers zu werden, wenn dieser Mann von Grauen erfüllt über einem Bier seine Geschichte zum Besten gab.

»Meine Frage, Ghalen, ist ganz einfach. Es ist die kürzeste Frage der Welt. Wo?«

Ghalen sagte es ihm. Und lebte.

Früher hatten wir angeblich vier Jahreszeiten – eine davon soll so heiß gewesen sein, dass der Teer aus den Dachschindeln floss. Ich kann so etwas nur schwerlich glauben. Seit ich denken kann, gibt es derer nur drei: Sonnefreud. Das ist hier in Aehve die Zeit der Aussaat und der Brauerei. Zum Sonneleid wird es schon kälter, und der verflixte Nebel lässt viel weniger Licht durch. Alle ernten und lagern ein und fürchten sich. Weil danach nämlich der Eisenwinter kommt, der alles totmacht, was kein Feuer und keine Nebelsteine hat. Und damit sind wir noch gut dran, was ich so höre: Die Ambossleute, die Wilden, die sollen nur zwei Jahreszeiten haben. Winter. Und noch schlimmeren Winter. Kann aber nicht sagen, ob da was dran ist.

Lassard, Stadtgardist. Fomor, 530 adis Pentae.

19. Ormgair

Fahlsang hatte nicht eine einzige Scharte. Nicht einen Kratzer. Das war bemerkenswert, bedachte man, wie viel Arbeit, wie viel zu tun die Klinge bereits gehabt hatte. Erst im Amboss, nun in der Penta. Sie hatte bereits das Leben einiger gerüsteter und bewaffneter Stadtlinge genommen. Und trotzdem hatte die Klinge keinen Schaden davongetragen. Als der Nebeljäger seinen Daumen über die Klinge zog, schnitt sie ebenso gut wie am ersten Tag. Er musste sie nicht einmal schärfen.

Er betrachtete die Klinge, ihren leicht rosigen Perlmuttschimmer, der an das Innere einer kostbaren Muschel erinnerte. Dann blickte er auf die immer noch bewusstlose Kriegerin. In dem kleinen Kamin des Zimmers flackerte ein schwaches Feuer, das sich redlich mühte, die Nachtkälte zu vertreiben. Die Haut auf den Schultern der jungen Frau schimmerte mit einem ähnlichen Glanz wie Fahlsangs Schneide. Er steckte das Schwert weg und verstaute Wetzstein und Öltuch.

Im Obergeschoss des Hauses hatte er Betten und Proviant gefunden. Die Bewohner brauchten das Material nicht mehr. Sie würden nie mehr irgendetwas brauchen. Er hatte sie dort liegen lassen, wo er sie getötet hatte. Die Heftigkeit seiner Reaktion auf den Schrei des Weibs hatte niemanden mehr überrascht als ihn. Ohne nachzudenken, war er in das Innere des Hauses gestürmt und ihr zu Hilfe gekommen. Der Zustand ihres Körpers, die eindeutigen Wunden an noch eindeutigeren Stellen hatten keinen Zweifel gelassen, was man ihr angetan hatte. Und gerade das war es, was den Nebeljäger so verwunderte. Vergewaltigungen waren nichts Unübliches, dort, wo er herkam. Sie waren in allen Stämmen an der Tagesordnung. Sie wurden von vielen als Lohn der Mühen angesehen, als Recht des Siegers. Es war überdies die ultimative Entwürdigung eines Feindes, seine Mutter, Schwester, Tochter oder sein Weib zu nehmen. Ein Schlag gegen den Gegner, der ihm seine Ohnmacht demonstrierte.

Ormgair war Nebeljäger. Ihm lag nichts an solchen Dingen. Für ihn war es stets Ehre genug gewesen, Ruhm im Zweikampf zu erwerben und für die Sicherheit seines Stammes zu sorgen. Sich mit der Kampfkraft eines Mannes zu messen, nicht mit der unwilligen Grotte seines Weibes. Der Anblick ihres Körpers unter einer Masse von Bewaffneten, die bereits ihr Glied aus der Hose geholt hatten – das war etwas anderes gewesen. Er war für einen einzigen schrecklichen Augenblick wieder dort gewesen, frisch abgestiegen vom Gaul der Kreen, stand in den Überresten des Lagers. Der Rauch und die letzten Feuer. Das Krächzen der Aaskrähen. All die Frauen. Mädchen. Knaben. Sie alle mit den gleichen Verletzungen wie dieses tapfere Weib, das nur mit einem Holzstück und in Lumpen gehüllt gegen seine Unterdrücker gekämpft hatte.

Etwas in ihm hatte ausgesetzt. Sein Zorn hatte diese schalen Imitationen wirklicher Krieger hinweggerissen wie eine Flutwelle. Er hatte sie nicht bekämpft – das setzte voraus, dass sich jemand zu wehren vermochte. Nein. Er hatte sie geschlachtet. Er hatte sie alle in ihrem eigenen Blut ersäuft, ohne auch nur einen Herzschlag lang über die Konsequenzen seines Handelns nachzusinnen. Und er hatte es genossen, obwohl es nichts mit seiner Mission zu tun hatte.

Im Gegenteil, es hatte ihn zurückgeworfen: Dies waren die Männer, die diesen Hermodes ermordet hatten – den einzigen Mann, der Ormgair hätte sagen können, wie und wo er den Totenkaiser finden konnte. Nun musste er von vorn beginnen, sich etwas anderes überlegen. Und doch, er bereute es nicht. Was für einen lächerlichen Anblick die feigen Stadtlinge in ihrer vermeintlichen Übermacht geboten hatten: wimmernd, trunken vor Lust nach Waffen suchend, die viel zu spät den Weg in ihre Hände fanden …

Er spürte, wie die Sehnsucht nach Vergeltung an den Kreen schier übermächtig wurde. Er konnte den Moment kaum erwarten, in dem er ebenso unter sie fahren würde.

Langsam erhob er sich, um das verletzte Weib nicht zu wecken, legte ein Scheit in die Flammen. Hunderte Funken stoben auf. Er spürte, wie sich neue Trauer in die Grimm in seinem Herzen stahl. Es war nicht lange her, erst einige wenige Tage, dass er an der Feuergrube gestanden hatte, in der die Zukunft der Tanleigh auf eben solchen Funken zu den Titanen emporgeritten war. Ein Seufzen wollte sich in seiner Kehle formen. Er schluckte es herunter. Es würde eine Zeit geben, eine Zeit, in der Grimm und Hass Tränen weichen würden. Das war selbst bei einem alten Kämpfer wie ihm unvermeidbar. Aber er schwor sich: Seine Tränen würden erst fließen, wenn sich das Blut der Kreen zu Strömen sammelte, wenn er jeden Einzelnen dieser Bande vom Angesicht der Welt getilgt und ihre abgekochten Schädel vor Fomors Thron gelegt hatte. Und dazu brauchte er den Kopf des Totenkaisers. War es nicht ein Bote der Titanen selbst gewesen, der ihn hierhergesandt hatte, um im ruhmreichen Zweikampf gegen den König aller Mörder, den höchsten ihrer Brut anzutreten? Waren es nicht die Titanen, die ihn Fahlsang hatten finden lassen, jene Klinge der Götter, die seinen alten Leib und seinen wankenden Willen stets aufs Neue stärkte? Mit ihr vermochte ihn nichts aufzuhalten.

Doch wenn dies so war, wenn alles, was ihn hergeführt

hatte, der Wille der Titanen war, dann war es auch ihr Wille, dass er dieses Weib getroffen und errettet hatte. Und auch wenn Ormgair stets und nach wie vor daran glaubte, dass ein Mann sein eigenes Schicksal aus Blut und Schmerzen selbst jeden Tag aufs Neue schmiedete, so würde er doch nicht am Ratschluss seiner Götter, der wahren Götter, zweifeln.

Er hörte, wie sich die junge Frau hinter ihm in Albträumen wand. Er trat an ihr Bett, legte unbeholfen eine schwielige Hand auf ihre Stirn. Kein Fieber. Das war gut. Sie war stark. Er war überzeugt, dass sie überleben konnte, wenn ihr Wille weiterhin so stark blieb. Aber er war kein Heiler. Und er hatte, das wussten die Götter, beileibe schon genug Weibsvolk erlebt, das von den Kriegern ihrer Feinde geschändet worden war. Die wenigsten Frauen erholten sich davon jemals, vegetierten stumm und in die Leere stierend vor sich hin oder wählten den Freitod, um zumindest einen Rest ihrer Ehre zu bewahren – wenn sie überhaupt die Misshandlung ihrer Schänder überlebten. Es war der Weg des Amboss, dem Gnade und Verständnis fremd wahren – und doch verspürte Ormgair beides. Es war nicht nur die Vernichtung der Tanleigh, die ihn das Schicksal dieser jungen Frau nachempfinden ließ.

Er war stets in der Wildnis gewesen, hatte ihre Regeln zu seinen gemacht, ihre Gefahren und Bestien achten gelernt. Und auch, wenn dort ebenso getötet und gefressen wurde wie unter den Menschenvölkern, so gab es doch Unterschiede. Der Flussotter oder der Luchs mochten mit ihrer Beute spielen, der Karstlöwe die Brut eines konkurrierenden Männchens ausrotten, aber kein Tier – zumindest keines, das er kannte – trieb ein anderes in den Freitod. In der Grausamkeit der Tiere lag eine Ehrlichkeit, die jeder Nebeljäger und seine Umgebung teilten. Ein Einvernehmen, eine Akzeptanz, dass die Welt gewissen Gesetzen folgte. Wesen mochten sich dort jagen und töten – aber sie zwangen einander nicht ihren Willen auf wie die Menschen.

Vor allem hier, in der sogenannten Zivilisation, musste er erkennen, dass zu den Grausamkeiten und Untaten seiner Heimat noch Verlogenheit und geheuchelte Moral hinzukamen. Menschen schienen überall gleich zu sein – nur die Stadtlinge waren noch etwas gleicher.

Als hätte sie seine Gedanken gehört und wäre dadurch erwacht, schlug die Frau die Augen auf und musterte ihn. Es lag keine Furcht in ihrem Blick, eher eine Mischung aus Neugier und Schicksalsergebenheit. Dieses Weib hatte bereits abgeschlossen mit sich und nicht mehr damit gerechnet, je zu erwachen. Ormgair hatte eine gute Vorstellung, wie sie sich fühlen musste – er hatte sicher nicht anders ausgesehen, nachdem er den Kreen in die Hände geraten war.

Langsam, als würde sie befürchten, sich selbst durch zu rasche Bewegungen Schaden zuzufügen, blickte das junge Weib unter die Decken, die seinen Körper wärmten. Sie schnupperte, roch zweifelsohne die ätherischen Öle der Heilsalben und Verbände, die er unter dem Besitz der Bande entdeckt hatte.

»Du hast mich verbunden«, krächzte sie mit rauer Stimme.

Ormgair hielt ihr kommentarlos seinen Wasserschlauch hin. Sie trank mit gierigen Schlucken, das Wasser spritzte um ihre Mundwinkel in alle Richtungen. Sie hustete. Stöhnte vor Schmerzen, als würde ihr das kalte Wasser Pein bereiten.

»Langsam«, mahnte er und bemühte sich dabei um eine Sanftheit in der Stimme, mit deren Tonlage er vollkommen unvertraut war. Es verfehlte seine Wirkung. Die Frau zuckte zusammen. Ihre Augen wurden größer, so als ginge ihr jetzt erst auf, mit wem sie sich da in einem Raum befand. Er streckte ihr die leeren Handflächen im universellen Gruß aller Amboss-Bewohner entgegen, die Handel treiben oder sprechen wollten. Die Geste schien sie etwas zu beruhigen. »Ich bin nicht hier, um dir etwas zu tun.«

»Wo sind wir? Was ist geschehen?« Dann trat die Erinnerung auf ihr Gesicht. Ihre Augen weiteten sich. »Du hast sie alle umgebracht, nicht wahr? Du warst das.«

Er nickte. »Ich hoffe, keiner von ihnen gehörte zu deiner Sippe. Wenn doch, dann zahle ich dir das Wergild. Ich habe gute Pelze vor der Stadt versteckt. Es war kein Krieg zwischen uns, also ist es nur gerecht, wenn du es verlangst.«

»Das Wer...? Zu meiner Sippe? Was?« Sie schien vollkommen überfordert.

Ormgair begriff, dass die Stadtlinge den Brauch des Manngeldes wohl nicht kannten. »Falls einer derer, die ich getötet habe, zu deiner Sippe gehört hat, gebe ich dir wertvolle Dinge im Austausch für das Leben, damit Friede zwischen uns ist«, sagte er und bemühte sich redlich um Geduld. Er kam sich geradezu albern vor, einem anderen Menschen ein derart simples, ewiges Gesetz seiner Kultur zu erklären. Wie war es möglich, dass diese Stadtlinge einander nicht schon längst vollständig ausgelöscht hatten?

Das Weib wand sich plötzlich in Krämpfen, ihr Oberkörper tanzte hin und her. Da ging ihm auf, dass sie lachte. Der Klang war glockenhell, aber der Laut war außerordentlich hässlich. Es war ein bitteres Lachen, ein brechender Damm.

Zorn stieg in ihm auf, erklomm die Schichten seines Bewusstseins. Er zwang sich zur Ruhe. Das Weib lachte nicht *ihn* aus. Es war der Druck, den Überlebende stets in sich trugen. Sie wand sich noch einige Zeit in einer Mischung aus Lach- und Weinkrämpfen. Dann wischte sie sich die Augen, während er wie ein Standbild neben dem Bett verharrte, den Wasserschlauch in der Faust.

»Tut mir leid«, sagte sie. Noch immer glänzten ihre Augen feucht. Die Reflektion des Kaminfeuers tanzte darin, gemeinsam mit ihrer Verzweiflung und ihren schrecklichen Erinnerungen. »Aber die Idee, dass eines dieser Dreckschweine mit mir verwandt sein könnte ... Das war einfach zu viel.«

»Entschuldigungen sind unnötig. Die Tanleigh glauben nicht daran. Will man jemandem nichts tun, dann lässt man es. Doch manchmal kann man es eben nicht verhindern«, wiegelte Ormgair ab. »Wichtiger ist mir, ob es dir ...«

Er zögerte. Er hatte keine Vorstellung, ob er zu weit ging. Er kannte diese Frau nicht einmal. Vielleicht besudelte er ihre Ehre. Und außerdem wurde er zornig mit sich selbst. Die Titanen allein wussten, wie viel wichtigere Dinge er in diesem Moment zu tun hatte, als hier zu stehen und sich nach dem Wohlergehen eines Weibes der Stadtlinge zu erkundigen.

Und doch. Er hatte sie von draußen kämpfen sehen. Sie war keines der Weiber der Stadtlinge, die er bereits in dieser kurzen Zeit zu Hunderten auf den Straßen erblickt hatte. Sie hatte mehr von der Zyklopin in der Methalle an sich als von den Geschöpfen, die ihre Kleider an Brunnen wuschen und Kinder hüteten. Er konnte an ihren Augen sehen, wie sehr sie litt. Aber er erkannte auch einen starken Geist, wenn er ihn vor sich hatte. Und in ihren Augen stand auch Mord. Sie wusste, wie man tötete, hatte Leben genommen. Er beschloss zu schweigen.

»Ob es mir gut geht?«, fragte sie tonlos. »Ich hatte schon bessere Tage als die letzten.«

Er nickte. Fühlte sich versucht, irgendetwas zu tun oder zu sagen. Als er die Hand hob, um sie ihr auf die Schulter zu legen, fuhr sie zusammen.

»Komm mir nicht zu nahe!«, fauchte sie.

Ormgair zog die Hand zurück. Hätte sie ihn ins Gesicht geschlagen, der Effekt wäre kaum stärker gewesen. »Ich wollte nicht ...«

Ormgair ging etwas auf Abstand. Er beschloss, die Situation zu entschärfen, indem er das Ganze einfach überging. Er sagte das Erstbeste, was ihm in den Sinn kam – und fühlte sich noch alberner als vorher. Er war nicht gut in diesen Dingen. Ganz und gar nicht. »Ich bin Ormgair. Von den Tanleigh.«

Im Kamin knackte ein Scheit. Feuchtigkeit verdampfte mit einem hohen Pfeifton. Draußen, weit entfernt, schlugen die Metallglocken des Tempels des Stadtlinggottes. Zu welchem Zweck, das wusste der Nebeljäger nicht.

»Om-gär«, sagte sie schließlich. Er wollte sie verbessern, war sich aber sicher, dass sie gerade andere Sorgen hatte.

»Beinahe«, sagte er und lächelte unbeholfen. Sie erwiderte es, und er sah, was die Angreifer mit ihren Zähnen gemacht hatten.

Sie bemerkte Ormgairs Blick, ihre Hände fuhren zu ihrem Mund. Ein leiser Schluchzer entwand sich ihrer Kehle, und ihre Augen schwammen, aber mit beachtlichem Mut schluckte sie ihn hinunter. Da war es wieder, das seltsame Gefühl einer Vertrautheit mit dieser jungen Kriegerin, einer Verbundenheit, die er sich nicht erklären konnte und die seit ihrem Schrei in seinem Inneren zu arbeiten schien. Er sah etwas in ihr, so viel war ihm klar.

Er hatte nie eine Familie gehabt, kein Weib, keine Kinder. Aber wenn er einen Sohn gehabt hätte, dann hätte er sich einen Burschen gewünscht, der auch nur einen Bruchteil des Mutes dieser Frau hatte. Wie viele Weiber des Amboss hatte er am Leid zerbrechen sehen – und hier saß dieses Mädchen, geschändet, erniedrigt und mit zerschlagenen Zähnen und verbiss sich das Leid. Stattdessen glomm in ihren Augen etwas auf. Etwas, das er nur zu gut kannte. Und mit einem Mal begriff er, was sie teilten. Rachedurst. Die Suche nach einem Sinn. Einem Daseinszweck.

»Ich bin Morven«, sagte sie. »Und ich danke dir in jedem

Fall, dass du mir das Leben gerettet hast. Es macht vielleicht nicht den Anschein, aber ich bin wirklich dankbar.«

»Das ist selten«, sagte Ormgair unverhohlen. »Die meisten Weiber, die erlebt haben, was du durchmacht hast, wären daran zerbrochen.«

Bei seinen Worten sah sie ihn zum ersten Mal wirklich an. Blickte ihm direkt in die Augen.

»Ich hatte die Wahl«, sagte sie. »Ob ich zerbreche oder weitermache. Ich bin mir noch nicht sicher, was ich tun werde, aber erst einmal möchte ich weitermachen.«

Er nickte.

Das Kind, das ich nie hatte.

»Ich bin sehr müde«, fuhr sie fort. »Wirst du noch hier sein, wenn ich erwache?«

Er hatte einhundert andere Dinge zu tun, so kam es ihm vor. Mit jedem Tag wuchs die Gefahr, dass der König der Mörder erfuhr, was Ormgair der Zyklopin im Methaus berichtet hatte. Dass er zuschlug, ohne dass der Nebeljäger sich vorbereiten oder ihn erwarten konnte. Oder dass der Totenkaiser sich ihm entziehen, sich verbergen würde. Offener Kampf, Duelle – dies waren Bestandteile von Ormgairs Welt. Er wusste, dass sein Gegner ein Respekt einflößender, ein mächtiger Gegner war. Aber ihm war auch klar, dass der aufrechte und ehrliche Zweikampf ganz sicher nicht in die Domäne eines Mannes wie des Totenkaisers fiel. Er würde versuchen, sich Ormgair vorher vom Hals zu schaffen oder vollkommen untertauchen. Und der Nebeljäger wusste, dass er dieses Wild dann niemals stellen würde. Dafür wusste er zu wenig von der Stadt und ihren Einwohnern.

Dennoch hörte sich Ormgair selbst ohne die geringste Verzögerung mit »Ja« antworten.

»Die Kirche lehrt uns, dass ihr Stämme des Amboss Barbaren seid. Sie sagen, ihr seid gefährliche Wilde.« Sie hob die

Decke und studierte ihre Verbände. Und erkannte, dass er sie wieder angekleidet hatte. Langsam sank die Decke wieder herab. Ihre Lider flatterten, die Augen wurden glasig. Sie gähnte herzhaft.

Er zuckte mit den Achseln. »Wildheit ist nichts Schlechtes. Eure Kultur ist … verweichlicht. Träge. Fett.«

Sie antwortete nicht. Morven war schon wieder eingeschlafen.

Ormgair rückte einen Stuhl ans Feuer. Er zog Fahlsang und bettete sein Kinn auf die Parierstangen. *Vielleicht ist es nicht schlecht, wenn ich auch etwas döse,* dachte er.

Er blieb noch Stunden wach. Der Morgen graute bereits, als der Schlaf ihn umfing.

Als er die Augen aufschlug, hatte sich das Zimmer verändert. Es war nun deutlich gealtert. Die Wände schwitzten vor Moder. Der Gestank unerträglicher Fäulnis lag in der Luft. Spinnweben und Flechten überkrusteten Möbel und Boden. Als sich der Nebeljäger bewegte, rieselte schuppiger Belag von seinem Körper. Flocken seiner Kleidung, die vollkommen verrottet war. Tote Motten und ihre Larven regneten als Schauer zu Boden, prasselten gedämpft auf verfaulte Dielen.

Ungläubig hob Ormgair die Hand, blickte auf seine Finger. Seine Hautbilder waren verblasst, das Fleisch darunter sah aus wie jahrzehntealtes Leder. Seine Fingernägel waren viel zu lang, gelblich und verhornt wie Klauen. Er betastete sein Gesicht. Die Haut war wie Pergament, spannte sich über morsche Wangenknochen. Erker, die aus der Architektur seines Gesichtes abstanden, bloßgelegt vom gnadenlosen Biss der Zeit.

Ein trockenes Husten entrang sich seiner Kehle. Es reichte, um Fahlsang, das noch immer an seinem Körper lehnte, zu Boden fallen zu lassen. Die Klinge landete mit einem gedämpften Geräusch und brach entzwei. Ungläubig starrte Ormgair aus zu milchigem Leder geronnenen Augen auf die Waffe, die ihn so weit geführt hatte.

»Dein Spielzeug ist kaputt«, sagte eine Stimme hinter ihm.

Ormgair erkannte sie sofort. Es war der Listige. Er saß auf dem Bett, unter seiner Kapuze gähnte die Schwärze, nur durchbrochen vom Halbmond seines ewigen Grinsens.

»Du bist nicht Fahlsang«, sagte Ormgair. »Ich dachte, du wärst das Schwert. Dass ein mächtiger Geist darin wohnt, der mich leitet.«

»Oh, aber es wohnt ein Geist darin«, antwortete der Listige. »Nur mächtig? Na, ich weiß nicht. Eher nicht.« Der Hohn in diesen Worten war unüberhörbar.

»Wer bist du? Was soll das alles hier?«, schnaubte Ormgair. »Allmählich verliere ich die Geduld!«

»Ich sagte es dir schon: Du weißt es längst.«

»Also hatte ich recht! Du bist ein Gesandter! Ein Bote der Titanen. Sie wollen meinen Wert prüfen!«

Die Gestalt antwortete nicht. Stattdessen legte sie spielerisch eine Hand auf die vermoderten Decken des Bettes. Ormgairs Blick wanderte dorthin, und er erblickte Morvens Überreste. Die Gestalt hatte eine Hand dorthin gelegt, wo zu Lebzeiten die Rundung ihrer Brust gewesen wäre. Gedankenverloren knetete die Hand die Leere. Die Handlung erfüllte den Nebeljäger mit Abscheu. Warum sandten ihm die Titanen ein solches Geschöpf als Boten ihres Willens?

»Sie haben damals vieles falsch gemacht«, sagte der Listige mit einer Stimme, die schwelgerisch und verträumt klang. »Sie dachten, sie könnten sie kontrollieren. Aber wer kann schon Götter bändigen. Die Väter und Mütter der Götter? Narren.«

»Die Hexer?«

Die Kapuze wippte leicht auf und nieder, was Ormgair als

Nicken deutete »Wie steht es um deine Rache, Nebeljäger? Hast du die Kreen vernichtet?«

Ormgair antwortete nicht. Stattdessen stellte er eine Gegenfrage. »Was willst du von mir? Was wollen die Titanen? Warum quälst du meinen Schlummer?«

»Es ist nicht an dir, Sterblicher, den Ratschluss deiner Götter zu hinterfragen. Aber gut, ich bin in Geberlaune. Du wirst den Mann, den du jagst, bald finden. Ich bin nur hier, um dir mitzuteilen, dass du nicht *das da* benutzen sollst, um ihn zu töten.« Der Listige deutete auf Fahlsang. »Dieses Ding wurde von denen erschaffen, die die Titanen einst banden und sie versklavten. Wirf es fort, solange du noch kannst.«

Ormgairs Blick folgte dem Fingerzeig. Fahlsangs Überreste waren nur mehr rötlich braune Staubwehen aus Rost.

»Die Waffe hat mir geholfen«, sagte Ormgair. »Ich habe keine Schmerzen mehr, seit ich sie trage. Ich bin wieder stark und beweglich. Selbst wenn das Hexerei ist – sie wird mir helfen, meine Rache zu vollenden.«

Die Gestalt sprang unvermittelt auf. Sie strahlte eine unfassbare, eine ungeduldige Wut aus. Ormgair erwartete schon, dass der Listige auf ihn losgehen würde. Aber er setzte sich einfach wieder, so als hätte es sich das Wesen unter der Kapuze anders überlegt.

»Tu, was du willst. Deine Götter blicken mit Stolz auf deine Taten. Aber vernimm ihr Gebot: Nicht mit diesem verfluchten Stahl wirst du deine Beute erlegen. Töte ihn, wenn es sein muss, mit bloßen Händen.«

Ormgair runzelte die Stirn. Er fand dieses Edikt mehr als befremdlich, nachdem Fahlsang ihm bereits so gute Dienste geleistet hatte. Aber die seltsamen Visionen, die Gespräche mit dem Listigen ... Die Titanen waren keine Menschen. Wer war er, den Ratschluss der Götter zu hinterfragen? Er neigte leicht das Haupt.

»Gut. Sehr gut.«

»Wird mein Kampf, meine Rache an den Kreen, meinen Platz in den Jagden am Firmament sichern?«, fragte er.

Wieder nickte der Listige. »Bleib weiter ein so folgsamer Diener, und gerechter Lohn wird dir gewiss sein«, antwortete das Wesen.

Es erhob sich und ging zur Tür hinaus. Als es in den verfaulten, schiefen Zargen stand, drehte sich die Kapuze noch einmal leicht in Ormgairs Richtung.

»Ach ja, du solltest ihr sagen, dass ihr das gleiche Ziel habt. Sie wird dir bei deiner Mission helfen. Sie will ihn auch tot sehen, weißt du?«

Als sich Ormgair mit einem Gähnen vom Stuhl erhob, das seinen Kiefer knacken ließ, war das Bett leer. War Morven einfach gegangen?

Die Vision stand ihm immer noch klar vor Augen. Stimmte das, was er sich während seines Gesprächs mit dem Listigen eingeredet hatte, wirklich? War es nicht an ihm, den Ratschluss der Titanen zu hinterfragen? Er hatte ihnen stets treu und ohne Fehl gedient – aber ein besonders gläubiger oder vor allem unterwürfiger Mann war er nie gewesen. Und nun diese seltsame Auflage, dieser Wunsch – nein, der Befehl –, Fahlsang nicht dem Zweck zuzuführen, aus dem Ormgair es gefunden zu haben glaubte. Er war bis zu dieser Sekunde überzeugt gewesen, die Titanen selbst hätten ihn zu diesem heiligen Stahl geführt, der seitdem seine Geschicke bestimmte und seinen schmerzenden Körper auf eine Weise unterstützte, die ihn wieder kämpfen ließ wie einen jungen Wolf.

Er legte die Hand um den Griff der Klinge, der an seiner Brust lehnte. Den Titanen oder zumindest dem Listigen war Fahlsang offenbar abhold. Sie mochten die Klinge nicht nur nicht, der Listige schien sie auch regelrecht zu verabscheuen. Und zu fürchten. Nicht zum ersten Mal fragte sich Ormgair, was es mit dem Relikt eigentlich auf sich hatte, dass er da den Klauen des Vergessens entrissen hatte. Was genau war Fahlsang? Was machte diese Klinge so wichtig – und warum fürchteten sich der Listige und die Titanen vor ihr?

Oder war der Listige gar ein Lügner? War er kein Bote der Götter, sondern ein Betrüger? Ein Dämon oder unreiner Geist, der ihn plagte, seit der Schamane der Kreen den Nebeljäger mit seiner verderbten Hexerei vergiftet hatte? Aber wenn dem so war, wenn dieses Wesen kein Diener seiner Götter, der Urgötter aller Schöpfung war, woher hatte es dann das Wissen über den Totenkaiser? Das Wissen, dass dieser Mann, sein Tod, Ormgair Achtung unter den Stämmen bringen würde? Er war der höchste der Diener der Totengöttin der Stadtlinge – brachte Ormgair sein Haupt zurück, würde er keinen Mangel an Anhängern finden, die ihm folgten, egal, wohin er sich wandte. Denn wer seine Stärke bewies, indem er die Götter der Stadtlinge verhöhnte und so zur Mehrung des Ruhms der Titanen beitrug, galt unter allen Stämmen des Amboss als großer Mann.

Wenn diese Mission so wichtig war, wieso war sie ihm dann bislang so leichtgefallen? Waren die Stadtlinge wirklich so nachlässig, dass es ihnen gleich war, dass ein Wildling die Mauern ihrer Domäne erklommen und sich hier eingenistet hatte? Waren sie so fett und träge geworden, so zufrieden mit sich selbst, dass sie die Krieger des Amboss nicht mehr als Bedrohung ansahen? Oder lag es daran, dass er nur einer war in einer Stadt, die so viele Einwohner hatte, dass es in seiner Sprache, in seinem Denken keine Zahl dafür gab? Weil sie so viele waren wie die Sterne am Himmel? Kaum jemand, der ihm begegnet war, hatte Furcht oder Respekt gezeigt – viele hatten ihn eher angestarrt wie ein Kuriosum. Ein wildes, aber ungefährliches Tier, entlaufen aus einer der Menagerien der Stadtlinge, aber allein nahezu harmlos.

Die Diadochen, jene, die in den Reichen der Wildlinge und den tiefsten Nebeln lebten, würden niemals so einen Fehler begehen, waren stets auf der Hut.

Es waren marternde Fragen. Fragen, die sich ihm spöttelnd entzogen. Wie sollte er auch Antworten finden ohne Taten, die ihnen vorausgingen. Es war hinfällig, darüber nachzudenken, aus welchen Gründen er den Totenkaiser jagte, oder nicht? Es änderte nichts an den Tatsachen, dass der Tod des Attentäters seine Macht mehren und ihm die Krieger verschaffen würde, die er brauchte, um die Kreen endgültig aus dem Rat der Stämme zu tilgen.

Und vielleicht war danach nicht Schluss. Seit er Fahlsang hielt, hatte er wieder Träume – Träume, die sonst nur junge Krieger träumten. Träume von Ruhm und noch vielen guten Jahren, in denen er Horden hungriger Männer zum Sieg führen konnte. Bilder wahrer Größe tauchten vor Ormgairs geistigem Auge auf: Bilder von den Pentae der Stadtlinge, die lodernd brannten. Die alten Festungen der Unterdrücker der Titanen vernichtet, seinen Göttern zur Glorie geschleift und endlich hinweggefegt vom Angesicht der Welt.

Nein, beschloss er. Er war Ormgair Steinviper, der Letzte der Tanleigh, Karstlöwe und Nebeljäger. Er hatte jeden Tag, an dem sein Herz schlug, mit der Kraft seiner eigenen Hände geschmiedet. Er war kein Werkzeug – egal, was der Listige oder die Titanen auch von ihm erwarten mochten. Jede Entscheidung, die er traf, traf er aus freiem Willen. Doch wenn seine Ziele zufällig mit denen der Götter zusammenliefen – umso besser! Aber es war nicht der Listige, der ihn den Totenkaiser jagen ließ. Er selbst war es. Er würde seine Beute stellen und sie erlegen, wie er es zum Wohle des Stammes unzählige

Male gemacht hatte. Und wenn er des Totenkaisers vermodertes Haupt und seine Waffen vor die Füße der Jarls am Thingtag warf, würde er Gehör finden. Und Männer, die mit ihm zum Krieg schritten.

Neuer Tatendrang erfüllte ihn. Er hatte geruht. Eine junge Kriegerin gerettet, deren Anblick allein ihn mit Stolz erfüllte. Vielleicht fand er ja sogar weitere Stadtlinge, die es wert waren, gerettet zu werden. Die nicht auf ihn und seine Kultur herabsahen, sondern die Irrwege, auf denen sie selbst schritten, erkannten. Die er zur Umkehr bewegen konnte.

Vielleicht würde sein Kampf sogar hier beginnen. Vielleicht würde er schon Scharen von Kriegern ausgerechnet aus denen rekrutieren, die er bisher als schwächlich und unbrauchbar abgetan hatte. Ein langes Leben hatte ihn gelehrt, nie vorschnell zu urteilen.

Was immer die Zukunft brachte, er würde seine eigenen Entscheidungen fällen.

Was immer Ormgair auch erwartet hatte – die Zukunft fällte in diesem Augenblick eigene Pläne. Während er noch mit neuer Kraft und Zuversicht aufsprang, öffnete sich knarzend die Zimmertür.

Ormgairs Gesichtszüge entgleisten. Morven stand im Raum – nicht länger ungerüstet. Das Weib hatte im Haus seine Kleidung, Rüstung und Waffen wiedergefunden – sie passten zu gut, um nicht ihre eigenen zu sein.

Vor dem Nebeljäger stand eine Templerin des Lichtfürsten. Eine Frau, die der Kirche des jungen Gottes diente, der rebelliert und seine eigenen Urväter, die Titanen, lieber ausgelöscht hatte, als dem Krieg ihrer Sklavenhalter weiter zuzusehen. Die Erkenntnis traf ihn wie ein Schlag. Deshalb war sie so eine kompetente Kämpferin. Oder war dies ein weiterer Scherz des Listigen, ihn zu verhöhnen?

Sie schien seine Blicke nicht zu bemerken. Nicht zu sehen, dass er halb in seiner Bewegung versteinert war und schwankte.

»Ich fühle mich endlich wieder wie ein Mensch«, sagte Morven. »Die haben eine Pumpe, und so haben wir sauberes Wasser zum Waschen und Kochen. Ich kann dir gar nicht sagen, wie mir das gefehlt … Ist irgendwas?« Nun fiel ihr seine Starre doch auf.

Er deutete tonlos auf das Ornat ihrer Kirche, Fahlsang noch immer in der Hand. Die Waffe zitterte leicht. Er hatte einer Frau das Leben gerettet, deren Schlachtenbrüder Hunderte gute Männer und Frauen aller Völker des Amboss niedergemacht hatten.

Morven blickte an sich herab. »Ach, das«, sagte sie. »Ändert das etwas zwischen uns? Ich hab darüber nicht wirklich nachgedacht, als ich es angelegt habe. Weil ich es jeden Tag trage, meine ich.«

»Das ändert alles«, sagte Ormgair. Seine Stimme war tonlos. Es war kein wirklicher Hass, was er fühlte. Mehr eine Art von Trauer. Verletztheit. Er fühlte sich betrogen. »Du hast mir nicht gesagt, dass du eine Dienerin des Lichtgottes bist.«

»Und du hast nicht danach gefragt«, antwortete die Kriegerin patzig. »Worauf willst du hinaus? Dass meine Kirche sagt, dass wir Feinde sind? Sein sollten? Ich verdanke dir mein Leben! Denkst du, ich stelle ein Gelöbnis darüber, das nur ein Lippenbekenntnis ist?«

»Lippenbekenntnis?«, fragte er. Er stellte fest, dass er wieder saß, das Schwert noch immer in der rechten Faust. Er hatte keine Ahnung, wie er hierhergekommen war.

»Mein Vater wollte, dass ich in den Tempel eintrete. Er hat viele Söhne, aber nur eine Tochter. Ich denke, er redet sich gern ein, dass er mir einen Gefallen tun wollte – aber in Wahrheit wollte er mich nur unter den Händen weghaben. Eine Tochter stört beim Regieren. Und wenn meine Zeit im

Tempel beendet ist, bin ich eine brave Frau geworden. Dann kann man mich vielleicht nutzbringend verheiraten, obwohl ich für Kinder ja schon bald zu alt bin.« Die Bitterkeit in ihrer Stimme war unüberhörbar.

»Du glaubst nicht an deinen Gott, trägst aber seine Siegel?« Er deutete auf ihre Brust, auf den Wappenrock, wo das Emblem einer vollen Sommersonne prangte, ruhend in zwei Händen, umgeben von einem Flammenkranz.

»Lass mich dir eine Gegenfrage stellen, Ormgair«, antwortete Morven. »Was denkst du? Bin ich deine Feindin, nur weil ich diese Dinge trage? Glaubst du, ich werfe mir diese Sachen über und komme dann zurück zu einem Ambosskrieger, im vollen Ornat des Lichtfürsten, weil ich mit ihm kämpfen will? Du hast mir nicht nur das Leben gerettet, sondern auch einen Großteil der Dreckschweine erschlagen, die sich an mir vergangen haben! Und nur, damit du es weißt«, sie verschränkte wütend die Arme vor der Brust, »du saßt hier die ganze Nacht, hast geschnarcht wie ein Sägewerk – man hat dir deine Erschöpfung angesehen!«

Ormgair schüttelte den Kopf und knirschte mit den Zähnen. Er fühlte sich in seiner Männlichkeit beleidigt. »Ich schlafe leicht wie ein Wolf. Mir entgeht nichts – und ich bin auch ebenso bei Kräften wie ein Wolf. Ich bin in bester Verfassung, Weib!«

Womit er überging, dass er Hunger und Durst litt. Wenn er es sich recht überlegte, hatte er keine konkrete Vorstellung, wann er zuletzt etwas gegessen oder genug getrunken hatte.

»Du hast tief und fest geschlafen. Nicht gehört, wie ich aufgestanden bin. Wenn ich dir wirklich etwas wollte, hätte ich dich im Schlaf erschlagen oder mich davonmachen und wäre mit Verstärkung wiedergekommen. Stattdessen bin ich geblieben. Ich habe uns aus den Resten ihrer Vorräte Frühstück gemacht.«

»Du willst essen?« Er überging ihre nicht von der Hand zu weisenden Argumente. »Du brauchst einen Heiler, Kind. Deine Zähne …«

»… schmerzen wie die Höllen, ja. Aber ich habe Wichtigeres zu tun.« Sie sah ihn durchdringend an, die Hand am Schwertgriff. »Bringen wir uns jetzt gegenseitig um, oder essen wir was? Sonst können wir uns die Mühe nämlich sparen – dann nimmt dir der Hunger die Arbeit ab.«

Ihre Augen schwammen. Sie stand kurz davor, doch noch aufzugeben. Er mochte nicht gut darin sein, die Gefühle und Motive seiner Mitmenschen zu lesen oder zu verstehen. Aber bei Morven war es unverkennbar. Der Druck wurde zu viel. Sie hatte sich ihm gestern Nacht geöffnet, hatte vor der Wahl gestanden, ihm zu glauben oder nie wieder einem Mann ihr Vertrauen zu schenken. Sich selbst zu überwinden und aufs Pferd zurückzusteigen, nachdem sie schwer gefallen war. Heruntergeworfen. Er sah eine Frau vor sich, die die Trümmer ihres Lebens zusammenhalten musste, bevor sie auseinanderdrifteten. Eisschollen, die auf den ruhelosen Untiefen ihrer gemarterten Seele davontreiben und nichts als Leere hinterlassen würden.

»Essen wir«, sagte der Nebeljäger und schenkte ihr ein Lächeln. Er kam sich dabei wie ein Knabe vor, der das Laufen erlernte. Jeder Schritt war etwas Neues. Als sie sein Lächeln erwiderte, erfüllte ihn ein seltsamer, nie gekannter Stolz. War dies, was ein Vater empfand? Oder war er nur glücklich, weil es einen Menschen gab, von dem er angenommen hatte, ihn niemals zu brauchen? Vielleicht war es ein wenig von beidem.

Ormgair steckte Fahlsang weg und setzte sich im Schneidersitz auf den Boden. Morven wirkte für einen Augenblick befremdet. Ihm fiel ein, dass sich die Stadtlinge zum Essen an Tische setzten, aber Morven wiegelte ab, bevor er den Gedanken äußern und sich wieder erheben konnte.

»Nein, nein! Bleib sitzen, ich hole es.«

Sie eilte aus der Tür. Als sie zurückkehrte, hatte sie einen Korb bei sich. Sie breitete ein löchriges Tischtuch auf dem Boden aus und stellte einen derben Holzteller mit ein paar Brotkanten darauf, einen Krug angedickte Milch, etwas Käse und Wurst. Ormgair wollte gerade fragen, wie sie zu essen gedachte, als Morven einen weiteren Teller und einen Holzlöffel zückte, Brotbrocken zerriss und in der Dickmilch einweichte.

Der Nebeljäger griff sich seinerseits etwas von der Wurst, nahm Brot in die andere Hand und aß. Erst beim Essen merkte er, wie viel Hunger er hatte. Selbst dieses karge Mahl schmeckte atemberaubend. So saßen die beiden ungleichen Schicksalsgefährten einander gegenüber: Ormgair schlang und stärkte sich, während Morven dann und wann zusammenzuckte, wenn zu kalte Milch oder etwas zu hartes Brot die gebrochenen Zahnstümpfe streifte. Als sie fertig waren, stand ein unangenehmes Schweigen zwischen beiden, das Ormgair schließlich brach.

»Du bist die einzige Tempeldienerin, die ich in diesem Teil der Stadt gesehen habe.«

»Wir sind hier nicht sonderlich gelitten«, sagte sie. »Ich habe meine Zugehörigkeit am Eingang des Viertels unter Lumpen verborgen – und wenn ich's mir recht überlege«, sie zog ohne Vorwarnung den Waffenrock ihres Ordens über den Kopf, »dann lasse ich es dabei.«

»Haben diese Kerle dich deshalb überfallen?«

»Das ist eine längere Geschichte. Sagen wir einfach, ich war auf der Suche nach den falschen Leuten. Hatte das falsche Aussehen, die falsche Einstellung und das falsche Geschlecht, als ich die falschen Fragen gestellt habe.«

»Die falschen Fragen«, wiederholte Ormgair. »So wie der Bursche unten? Der Stadtling auf dem Stuhl?« Er sah, dass sich bei Morven ein neuer Klumpen im Hals bildete. Sie schluckte, blickte traurig zu Boden und nestelte mit dem Zeigefinger der Rechten an den Löchern im Tischtuch.

»Ja, der hat auch die falschen Fragen gestellt, aber ich kenne den armen Kerl nicht. Ich glaube, dass er Zauberkräfte hatte, aber er schien kein schlechter Mensch zu sein.«

Das Gesicht des Nebeljägers verfinsterte sich bei ihren Worten. Für ihn schloss sich beides aus.

»Was für Fragen muss man bei euch Stadtlingen stellen, um als Leiche auf einem Stuhl zu enden?«

Morven lächelte freudlos. »Ich weiß nicht, welche Fragen der arme Hermodes gestellt hat. Aber *ich* habe geglaubt, ich könnte einfach hier reinspazieren und die Welt ein bisschen gerechter machen. Allein und in der Hoffnung, den Tod eines Mannes nicht nur zu rächen, sondern ihm einen Sinn zu geben.« Sie riss Fusseln aus dem vermoderten Stoff. »Aber wenn ich ganz ehrlich bin, dann ging es mir, glaube ich, nur um die Anerkennung meines Vaters. Um genug Ruhm, wieder nach Hause zu dürfen. Ziemlich blöde, hmm?«

Ormgair zuckte mit den Schultern. »Es ist das Vorrecht der Jugend, mit dem Kopf jeden Felsen zertrümmern zu wollen und Fehler zu machen. Jung zu sein heißt fast immer, auch dumm zu sein.« Sein saloppér Tonfall konnte die Vorahnung nicht zunichtemachen, die sich irgendwo als entferntes Sturmgrollen in seinem Bewusstsein meldete. »Wieso bist du hier, Kind? Ich meine, wen oder was hast du hier gejagt? Ich lese in deinem Blick, dass es so ist. Diese Augen hier erkennen einen Jäger, wenn sie ihn sehen.«

»Ich wollte schaffen, was vor mir niemandem gelungen ist. Den verbotenen Tempel der Todesgöttin finden und die Meuchler der Penta zur Rechenschaft ziehen. So, jetzt darfst du mich auslachen.«

»Du bist allein hergekommen, ohne Verbündete oder Gefolgsleute, um gegen eine Armee von Mördern zu kämpfen? Ohne Absicherung? Nur um Ruhm und Ehre zu erlangen?«

»Ich sagte doch, es ist lächerlich. Schau, was es mir eingebracht hat. Nun lach schon oder schimpf. Mir ist es gleich, ich kann nirgendwo mehr hin zurück, ohne ausgelacht zu werden.« Eine Träne rollte ihre Wange herab.

Sachte und ohne jede Unbeholfenheit legte er eine Hand unter ihr Kinn. Hob ihren Kopf. Sie zuckte kurz zusammen, verzog das Gesicht, als seine schwieligen Finger sie berührten. Er konnte sehen, dass sie kurz gegen den Ekel anfocht. Er wollte seine Hand zurückziehen. Sie hinderte ihn daran, bettete stattdessen ihre Wange darin, presste sie mit beiden Händen an ihr Gesicht und weinte.

Ormgair wartete geduldig, bis sich ihr Schmerz wieder zurückzog. Er rieb mit seinem Daumen die salzigen Spuren von ihren Wangen. Erst dann sprach er wieder.

»Auslachen? Mädchen, ich habe höchsten Respekt vor dir. So ein Mut. Nur der Glorie wegen an so einen Ort zu gehen, zu überleben, was du überlebt hast. Ganz allein und ohne Freunde gegen solche Umstände zu kämpfen …« Er hielt plötzlich inne. Und dann kam es doch über ihn wie eine Sturmbö. Ein erderschütterndes Lachen blubberte aus den Tiefen seines Oberkörpers an die Oberfläche, brach sich Bahn und ließ den maroden Dielenboden erzittern.

Er sah, dass sich ihre Trauer und Verwirrung in Zorn verwandelte, konnte aber nicht aufhören. Er ließ ihr Gesicht los. Der Lachanfall hatte seinen ganzen Leib erfasst, zu absurd war die Situation. Hier saß sie und rechtfertigte sich für etwas, was er ebenfalls getan hatte. Machte sich Vorwürfe, weil sie losgeeilt war und aus dem Bauch heraus gehandelt und einen schrecklichen Preis dafür gezahlt hatte. Irgendwie schaffte er es, sich zusammenzunehmen, bevor sie doch noch davonstürmte oder auf ihn losging. Ihre Augen bohrten sich wie Dolchspitzen in seine. Er weinte nun selbst Tränen, aber vor Lachen, und sein Bauch schmerzte.

»Tut mir leid«, prustete Ormgair und klang so wenig überzeugend, dass er schon wieder hätte loslachen können. »Bevor du mich noch schlägst: Ich bin aus einem ähnlichen Grund hier. Ich bin aus der Wildnis vor den Toren eurer Stadt losmarschiert, um einen einzigen Mann zu stellen. Und er ist ebenfalls ein Mörder. Er ist ihr Cyning.«

Und dann erzählte er ihr von seiner selbst auferlegten Mission. Wie er Fahlsang nach seiner Flucht gefunden hatte. Und wie die Vision der Titanen ihn schließlich in diese Stadt geführt hatte. Um sein Schicksal zu finden – und wie ihre Rettung ihn vorläufig zurückgeworfen hatte, da er nun den Totenkaiser wieder suchen musste, nachdem Hermodes tot war und Ormgair jene erschlagen hatte, die wussten, was Hermodes gewusst hatte.

Hier saßen sie. Zwei Menschen, wie sie auf den ersten Blick unterschiedlicher nicht sein konnten, geeint durch ein Ziel und durch dieses zusammengeführt.

Morven brach das Schweigen schließlich. Nun war es an ihr, ihre gemarterte Seele zu erleichtern. Gebannt lauschte Ormgair ihrer Geschichte, unterbrach sie nur bei der Erwähnung des Templers Solus und seiner übernatürlichen Kräfte, indem er ein kurzes Stoßgebet an die Titanen richtete, ihn vor weiterer Hexerei zu bewahren. Als Morven geendet hatte, nahm sie einen Schluck Wein.

»Was, wenn ich dir sage, dass du nicht alle erwischt hast. Was, wenn ich dir sage, dass einige dieser Schweine noch leben?«, fragte sie.

»Dann würde ich dir antworten, dass sie Glück hatten, bislang nicht an diese Stätte zurückzukehren.«

Morven schüttelte den Kopf. Er konnte sehen, dass ihr dieser Gedanke lange vor ihm gekommen war.

»Das meine ich nicht«, antwortete sie. »Ich wollte damit sagen, dass ich den Ort kenne, wo diese Männer heute Nacht sein werden – vorausgesetzt, sie kommen wirklich nicht hierher.«

»Willst du dorthin gehen, um Rache zu nehmen?«

»Ich habe darüber nachgedacht. Ja, ich kann erst weiterziehen und mir mein Leben zurückholen, wenn ich dieses Kapitel beendet habe und damit abschließe. Aber ich erzähle dir das noch aus einem anderen Grund. Hermodes hat es mir gesagt. Er hat irgendwie gewusst, dass ich im Nebenraum bin. Als sie ihn quälten, hat er es so merkwürdig betont. Fast so, als hätte er meine Angst und Wut gespürt – und wollte mir zur Rache verhelfen. Und damit sich selbst. Verstehst du, was ich damit meine?«

Ormgair nickte. Ein Mann musste irgendein Vermächtnis zurücklassen, egal, wie klein und unbedeutend es war. Indem Hermodes sich Morven mitgeteilt hatte, hatte er auf Rache an seinen Mördern hoffen dürfen.

Dann begriff Ormgair. »Willst du mir sagen, Hermodes hat noch mehr erzählt? Etwas über den Totenkaiser?«

»Nicht direkt. Aber sie haben ihn nach diesem Attentäter gefragt. Wie viel der von ihren Plänen wisse. Und da hat Hermodes eben erzählt, dass auch der Totenkaiser und er von dieser Neuen Macht, von diesen Heimkehrern wüssten. Sagt dir das Wort etwas? Heimkehrer?«

Ormgair schüttelte den Kopf und zerfurchte nachdenklich das Gesicht.

»Ich verstehe nicht ganz, was dieses Treffen mit mir …« Er hielt inne. Und begriff. Seine entspannte Haltung wich einer tierhaften Aufmerksamkeit. Ein paar weitere Strauchdiebe, die zurückkehren könnten – so etwas brachte ihn nicht aus der Ruhe. Sein nächster Gedankengang schon.

»Natürlich! Dieser Mardermann war im Auftrag des Totenkaisers unterwegs, um Informationen einzuholen. Also kommt der Mann, den ich jage, vielleicht noch heute hierher, um nach seinem Getreuen zu sehen. Vielleicht war er ja schon hier, während wir geschlafen haben …«

»… oder vielleicht findest du ihn auch auf diesem Treffen in den Grundfesten, von dem Hermodes gesprochen hat. Falls der Totenkaiser nicht herkommt oder nicht schon hier war, könnte er dort nach Hermodes suchen – oder direkt nach den Agenten der Neuen Macht.«

Ormgair stimmte ihr zu. Ein breites Grinsen erschien auf seinem Gesicht. Die Vorstellung, sich auf ein geheimes Treffen von Dieben und Mördern zu begeben, mochte Stadtlinge erschauern lassen. Aber der Nebeljäger sah weitaus mehr darin: Es war eine realistische Chance, seine Beute zu stellen und zur Strecke zu bringen – und das auch noch vor Zeugen. Er musste es versuchen.

»Wenn ich dich richtig verstehe, willst du, dass wir zusammen gehen?«, fragte er. Obschon er ihr die Rache gönnte, war er von der Idee wenig angetan, dass diese Frau, die so viel durchgemacht hatte, in die Höhle des Löwen ging. Zu groß war die Gefahr, dass sich ihr trauriges Schicksal wiederholte.

Aber Ormgair war auch ein Mann, der wusste, wie wichtig es für jeden Menschen – für jeden Krieger – war, seinen eigenen Weg zu gehen. Ehre war alles. Und dieses Mädchen, diese Frau, war nicht anders als er, gleichwohl, wie die Götter ihren Körper geschaffen haben mochten. Morven war eine Kriegerin – und er hatte weder das Recht, sie zu bevormunden, noch ihrer Rache im Wege zu stehen. Und dies sagte er ihr auch so.

»Wenn es dein Wunsch ist, dass ich dich dorthin begleite und wir Seite an Seite kämpfen, werde ich das ehren.«

Morven schenkte ihm ein dankbares Nicken.

»Dann ist es abgemacht«, sagte sie. »Wir bleiben heute hier. Falls Solus oder diese Schweine zurückkehren, dann sind wir hier und erwarten sie. Gemeinsam. Das Gleiche gilt, falls dein Totenkaiser hier auftaucht. In diesem Fall helfe ich dir ...«

Ormgair hob abwehrend die Hand.

»Oder bezeuge deinen glorreichen Kampf gegen ihn. Und mische mich nicht ein.«

Sie sprach diese Worte sehr reserviert aus. Es fiel Ormgair nicht leicht nachzuvollziehen, warum. Sie kämpften beide, töteten beide – aber sie waren bei allen Ähnlichkeiten im Kern doch sehr unterschiedliche Krieger, entschied er. Sie sah ihre ruhmreichen Taten scheinbar als schändlich an – sicher beeinflusst durch ihr Erlebnis, aber er hatte den starken Eindruck, dass dies nicht der einzige Grund war. Er nahm an, dass es damit zusammenhing, dass Morven die Waffen ihres Glaubens fremdbestimmt auf den Wunsch ihres Vaters hin aufgenommen hatte. Aber er wusste auch, dass er zu wenig von einer Kultur wie der der Stadtlinge verstand, um hier gerecht urteilen zu können. Die Vorstellung, die eigene Tochter zur Kriegerin zu machen, war ihm ebenso fremd wie die Vorstellung, überhaupt eine Tochter zu haben. Was er aber gesehen hatte und verstand, war, wie die junge Templerin kämpfte. In den Abfolgen ihrer Bewegungen, während sie sich halbnackt auf ihre Peiniger gestürzt hatte, hatte kein Zögern gelegen.

Ormgair merkte, dass er schon wieder ins Grübeln verfallen war. Morven sah ihn erwartungsvoll an. Sie streckte ihm ihre Hand hin. Er sann noch einige Sekunden nach – dann stand Ormgairs Entschluss fest. Er ergriff nicht die Hand, sondern legte seine um ihr Handgelenk zum Kriegergruß. Dass Morven nach kürzester Zeit einstimmte, erfreute ihn.

»Wir werden uns verhüllen müssen, wenn wir dorthin unterwegs sind«, sagte Morven. »So wenig Lust ich auch dazu verspüre, aber wir sollten uns die Toten gleich vornehmen und schauen, was wir noch an brauchbarer Kleidung und Ausrüstung finden. Umhänge, Kapuzen – etwas in der Art. Und danach würde ich Hermodes gern aus diesem Schlachthaus holen. Er hat es nicht verdient, Seite an Seite mit diesen Scheusalen dort zu verrotten. Wenn das hier vorbei ist, möchte ich den Mann gern bestatten.«

»Falls diese Burschen nicht hier auftauchen, wohin müssen wir dann? Was sind diese ... Grundfesten, und wo liegen sie?«

Morven senkte den Blick. »Es ist ein verbotener Ort, vor Jahrhunderten von der Kirche versiegelt. Es sind Gebeine, Ormgair. Die Gebeine deines Gottes. Die Diener der Neuen Macht treffen sich in den Knochen des Titanen.«

Aus den Chroniken des Kataklysmus der Erzmagi, verfasst dreihundert Jahresläufe nach dem Titanensturm, Anonymus:

Der Kult der Sharis aber, der Schattenmutter, bestand gerüchteweise bereits Jahrtausende vor dem Titanensturm. Wenig ist bekannt über die Herrin des Schattens und des ewigen Schlafes, dafür weiß man über ihre Diener umso mehr, sind sie doch die erbittertsten Feinde des Lichtfürsten. Sie sind die gefürchtetsten aller Attentäter, Meuchler und Assassinen – nicht nur in Aevhe, sondern vor allem auch in den Ländern von Bai't Manoon, dem güldenen Süden, wo der Kult angeblich seinen Ursprung hat. Diese Mörder und Bestien in Menschengestalt verhöhnen die zivilisierte Gesellschaft, indem sie sich in der schattigen Unterwelt der Pentae in Gilden und Zünften organisieren.

Hora des Lichtfürsten, 301 adis Pentae.

20. Greskegard

Es war nicht schwierig gewesen, die Spur des Barbaren aufzunehmen. Nicht dass Fennek dies verwundert hätte.

Egal, wo er hinkam – niemand hatte Clach gesehen oder wollte ihn zumindest nicht gesehen haben. Selbst nachdrückliches Fragen, das Vorzeigen seines Amtssiegels oder kleine »Ermunterungen« seitens Sanftleben hatten an diesem störrischen Schweigen nichts ändern können.

Also hatten sich Fennek und sein gewalttätiger Schatten auf die Spur des nächstbesten Ziels geheftet: Wer immer der Riese aus den Nebelbrachen war, bei ihm gab es keinen Mangel an Zeugen, doch dies führte dazu, dass Greskegard bald schon jemandem folgte, der so gut wie jede Schandtat in der Penta begangen haben sollte, der über Zauberkräfte gebot, Hörner hatte und von einer Legion Dämonen begleitet wurde – mal abgesehen davon, dass sich sein Erscheinungsbild konstant wandelte.

Aber in einem waren sich alle Zeugen einig. Sie alle konnten die Richtung angeben, in die der Gigant geschritten war. Und dorthin hatten sich Fennek und Sanftleben auf den Weg gemacht.

Nun standen sie vor dem »Blut & Sägemehl«, einer verrufenen Spelunke, von der der Inquisitor nur aus Berichten wusste. Rußige Fackeln steckten in Gitterkörben an den Mauern und tauchten die dämmernde Straße in eine schale Imitation von Licht. Ein Bettler mit eiternden Augenhöhlen saß mit dem Rücken an eine Abfallkiste gelehnt da und kicherte, wann immer er an seiner süßlich riechenden Pfeife zog. Auch die Droge darin war nicht in der Lage, den fauligen Gestank, der herrschte, zu übertünchen.

Die Taverne lag in einem alles andere als wohnlichen Teil einer Stadt, die ohnehin so gut wie nur aus engen Straßenzügen bestand. Dies war dem Kern der Penta geschuldet, dem einstigen Wehrkastell des Tyrannen von Khael, des schlimmsten aller Erzmagi. Als die Wiedererbauer damit begannen, die Penta Fomor auf den mit der Erde verschmolzenen Gebeinen ihres einstigen Gottes und Trägers zu errichten, hatten sie den militärischen Stil beibehalten – und daran hatte sich jahrhundertelang nichts geändert.

Enge Gassen, dazu gemacht, feindliche Soldaten zu Tausenden zu verlangsamen und zu verwirren, sollte es diesen gelungen sein, den Leib des Titanen zu erklimmen und die Burg zu betreten, bildeten einen Großteil aller Verkehrswege der riesigen Stadt. Paarte man diesen Mangel an architektonischer Brillanz mit der bevorzugten Hausform des Kontinents, die alle Pentae außer Argas teilten, dem klassischen Fachwerkbau mit Schindeldach, dann ergab sich daraus unvermeidbar ein Problem: So sicher diese Häuser auch sein mochten, so niedrig die Grundstückspreise aufgrund der sich nach oben verbreiternden Bauten mit ihren kleinen Fundamenten – die ausladenden Dachkronen warfen mehr Schatten auf die darunter liegenden Gassen als eine Myriade aufgespannter Zeltwände. Es gab Regionen in der Stadt, in denen die relativ schwachen Tricks der Arkanisten, Sonnenlicht für die dort hausende Bevölkerung zu simulieren, keinerlei Erfolg zeigten. Dies sorgte dafür, dass die Leute hier verstimmt und unleidlich waren, weil sie zu wenig Licht bekamen. Die Menschen in so einer Gegend trauten zudem niemandem und zogen erst blank und dann durch. Fragen stellten sie – wenn überhaupt – erst später.

Nein, er und Sanftleben mussten auf der Hut sein, wenn sie hier lebend rein und wieder raus wollten. Wenn es eines gab, was die Menschen in den Zwielichtzonen noch mehr hassten als einander und ihr Los, dann waren es Eindringlinge. Außer vielleicht Eindringlinge, die Mitglieder irgendwie gearteter Autoritäten waren. Was denen an so einem Ort blühte, darüber wollte Fennek lieber nicht nachdenken. Nein, es war besser, Sanftleben hier die Führung und Verhöre zu überlassen – und das teilte er ihm auch mit.

»Wenn du meinst, Fennek. Was soll ich denn fragen? Nur, wo er hin ist? Oder auch, was er hier wollte?«

»Lass uns so viel in Erfahrung bringen, wie wir nur können. Zahl, was nötig ist, damit wir ein paar Zungen lösen können. Ja, ich will wissen, was der große Bursche hier gesucht hat. Auch wenn ich mir ziemlich sicher bin, dass wir das längst wissen, nicht wahr?«

Fenneks Hand wanderte in das Innere seines Mantels, wo er die zusammengefaltete Pistolenarmbrust befingerte. Sie ruhte sicher im Spezialholster eines argasischen Kunsthandwerkers, das ihn eine hübsche Stange Geld gekostet hatte und es ihm gestattete, die Waffe so zu ziehen, dass sie sogleich entfaltet in der Hand lag. Wenn man es richtig anstellte, konnte man sie im absoluten Notfall sogar gespannt ziehen, aber er wollte es nicht darauf ankommen lassen und dabei das Holster beschädigen. Rasch prüfte er noch mal, dass sein Schwert an Ort und Stelle saß, dann nickte er seinem Begleiter zu.

Sanftleben stieß die Tür auf, und das Chaos der Schänke schlug schon jetzt, am Nachmittag, über ihnen zusammen. Das Lokalkolorit bestand aus der üblichen Ansammlung von Abschaum. Knochenbrecher, Strauchdiebe, Zuhälter, Fassadenkletterer und Meuchler gaben sich an so einem Ort ein Stelldichein. Es roch nach jener Duftmarke, die wohl jedem solcher Etablissements anhaftete.

Sanftleben ging ohne erkennbares Zögern auf einen besetzten Tisch zu und starrte die Eigner, drei heruntergekommene Rattenfänger, für vielleicht drei Herzschläge an, bevor sie ihren Platz räumten.

Es war beachtlich, wie viel Aufmerksamkeit seinem riesenhaften Leibwächter dabei zuteilwurde und wie sehr man ihn, den Inquisitor, an einem solchen Ort ignorierte. Wieder einmal war seine laxe Moral in Sachen Kleidung- und Körperpflege ein entscheidender Vorteil. Es scherte sich einfach niemand um ihn, und Greskegard befand, dass sich daran auch nicht notwendigerweise etwas ändern sollte.

Sanftleben nickte Greskegard mit einem fragenden Blick zu, und der Inquisitor erwiderte die Geste. Während Fennek sich setzte, machte sich der ehemalige Barbar in Richtung Theke auf. Dort beugte er sich zu der Wirtin herüber, ihrem Aussehen nach eine mit allen Wassern gewaschene Matrone. Fennek sah, wie ein paar Münzen den Besitzer wechselten, die fette Frau daraufhin zwei schmucklose Tonbecher mit Wein aus einer Korbflasche füllte. Sie gab einem ihrer Leute einen Wink und begleitete Sanftleben dann ohne Umschweife zum Tisch.

Der Boden ächzte unter den Tritten der beiden Kolosse, die sich sodann auf die alles andere als robust aussehenden Stühle niederließen. Die Einäugige schenkte Fennek ein Grinsen und schob ihm seinen Weinbecher hin. »Dein Freund hier sagt, du willst mich sprechen?«, polterte die Wirtin.

Greskegard bedachte seinen Leibwächter mit einem strafenden Blick – er hatte angenommen, dass Sanftleben die Fragen stellte und einfach nur mit Antworten zurückkam. Diese Situation lenkte ungewollte Aufmerksamkeit auf ihr Unterfangen, und er konnte nur hoffen, dass sein Gefährte dadurch nicht das ganze Unternehmen in Gefahr gebracht hatte.

»Ja. Könnte man so sagen«, antwortete Fennek. »Ich habe gewisse Geschichten gehört. Hier kommen doch sicher eine Menge seltsamer Leute durch.«

Sie ließ ihren Blick über das ungleiche Paar schweifen und grinste noch breiter. »Könnte man so sagen. Aber wir haben's hier drin nicht so mit der Neugier, musst du wissen.«

Greskegard überging ihren Einwand. »Ich habe Gerüchte gehört. Vor Kurzem soll ein Barbar durch dieses Viertel gekommen sein. Ein Berg von einem Kerl. War er zufällig hier?«

Sie legte einen Finger an die Unterlippe – eine extrem gekünstelte Geste, die Fennek bereits mehr verriet, als er eigentlich gefragt hatte.

»Kann mich nicht an einen Barbaren erinnern. Von deinem Kumpel hier mal abgesehen.« Sie deutete unnötigerweise auf Sanftleben, der ganz in seiner Rolle als tumber Knochenbrecher aufging. »Wer seid ihr beiden Figuren eigentlich? Wie Büttel seht ihr mir nicht aus. Wie ich sachte, mit Schnüfflern ham' wir's hier nich' so.«

Fennek zeigte ihr beschwichtigend die Handflächen. Es wurde Zeit, der fetten Einäugigen zu geben, was sie wollte. Er spürte bereits, dass sich Ärger in der sie umgebenden Luft anbahnte. Es war merklich stiller in der Schänke geworden, sie hatten Aufmerksamkeit auf sich gezogen. Das Wort »Schnüffler« hatte ohne Zweifel einen Beitrag dazu geleistet. Eine Gestalt – wahrscheinlich der Türsteher – war hinter ihn getreten, er sah aber auch, dass Sanftleben entspannt blieb. Er verließ sich auf die wachen Instinkte seines Begleiters.

»Aber, aber. Wir sind doch keine Schnüffler. Ganz im Gegenteil. Ich bin Geschäftsmann …«

»Siehst nich' wie'n Pfeffersack aus«, unterbrach sie ihn.

»Meine Geschäfte finden nicht immer im Konsens mit der lokalen Gesetzgebung statt, könnte man sagen.«

»Du bist ein Hehler?«, fragte sie brüsk.

»Ein hässliches Wort. Ich bin Geschäftsmann. Und ich habe Feinde. Viele Feinde. Daher auch …« Er deutete auf Sanftleben. »Aber ein Mann reicht mir nicht.«

»Und da hast du dir in den Kopf gesetzt, diesen Barbaren, von dem du sprichst, anzuheuern? Warum nimmst du keine Männer von hier? Außerdem hast doch schon einen. Dein Freund hier ist so groß, da kann auch die Kleidung von hier nicht verdecken, dass er aus den Brachen oder von sonst wo kommt.«

Anerkennend neigte Greskegard das Haupt. »Ein gutes Auge, meine Dame.«

»Nenn mich nicht so.«

»Wie du wünschst. Aber du hast recht. Ich habe schon einen Ambosskrieger als Leibwache. Und daher habe ich mich ja auch an einen gewissen Qualitätsstandard gewöhnt. Was mich wieder zu deiner Frage bringt: Leute ›von hier‹, wie du zu sagen beliebst, haben keine Ehre. Die werden bezahlt, aber wenn es hart auf hart kommt, lassen sie mich in meinem Blut liegen und machen sich davon. Außerdem stehlen sie. Trinken. Huren herum. Und wer beischläft, der plaudert auch.«

Er tätschelte Sanftlebens Schulter, in dessen Augen es bei dieser Berührung gefährlich glitzerte. »Männer aus dem Amboss aber, die sind nicht nur sehr selten in unseren Breiten – sie haben Ehre, sind loyal. Hat man sich ihrer Dienste versichert, dann halten sie einem die Treue. Bis zum Tod. Und sie halten den Mund.«

»Und da dachtest du dir: Doppelt hält besser.«

Er neigte wieder leicht das Haupt und schenkte ihr sein einnehmendstes Lächeln. Oder zumindest das, was er dafür hielt. »Wie ich sagte, ich bin Geschäftsmann. Und mein Freund hier und ich könnten mit den Rechtsvertretern dieser feinen Stadt nicht noch weniger gemein haben. Aus meiner Frage soll dir kein Schaden erwachsen. Nicht der geringste.« Mit diesen Worten legte er einen Silberfomor auf den Tisch.

Sie beäugte das Silberstück, dann wieder die beiden Männer vor sich. Ihr Tonfall wurde wieder professioneller, weniger verschleift. Fennek spürte, wie sich die Atmosphäre in der Spelunke nur aufgrund der Änderung ihres Gebarens entspannte. Das Raunen wurde lauter, Becher klapperten.

»Du musst sehr gefährliche Geschäfte führen, wenn du zwei solche Streiter brauchst, die auf dich achtgeben«, sagte die Einäugige. »Und gefährliche Geschäfte sind stets auch lukrative Geschäfte. Du kannst mir nicht erzählen, dass dein Knochenbrecher hier seinen Wanst nur von Ehre und Loyalität bekommen hat.«

Fennek seufzte gespielt. »Man hat sein Auskommmen.«

»Und das ist eben der Punkt: hat man?«

Ihr Grinsen hatte nun derart absurde Ausmaße angenommen, dass Fennek befürchtete, ihr Kopf würde sich der Breite nach spalten. Man musste kein Genie sein, um zu verstehen, worauf sie hinauswollte. Er rollte gekünstelt mit den Augen und legte erst einen und nach einem Blick von ihr einen weiteren Silberfomor auf das vernarbte Holz.

»Drei Fomori sollten genügen für einen Moment deiner Zeit und ein paar Worte, die niemandem schaden, sondern nur Nutzen bringen, oder?«

Sie ließ das Geld in den Tiefen einer gebeutelten Schürze verschwinden und nickte. Dann berichtete die einäugige Wirtin.

Sie hatte sich wieder in ihr Reich hinter dem Tresen zurückgezogen. Zur Sicherheit hatte Fennek noch ein Glas Wein bestellt, um keine weitere Aufmerksamkeit zu erregen.

»Und jetzt? Was machen wir, Fennek?«, fragte der Koloss.

»Jetzt wissen wir zumindest eines«, antwortete Greskegard in gedämpftem Tonfall. »Unser Ziel ist wirklich auf der Suche nach dem Totenkaiser. Hier steht unsere zweite Zeugin. Und sie hat deine Theorie bestätigt – und meine Sorgen. Er will ihn sich vornehmen. Wir müssen ihm unbedingt zuvorkommen. Ich nehme nicht an, dass dein Landsmann einfach nur einen kurzen Schlagabtausch mit dem Assassinen will, um sehen, wer der Bessere ist?«

Sanftleben schenkte ihm einen schwer zu deutenden Blick. »Er ist nicht mein ›Landsmann‹. Ich kenne weder seinen Clan noch seinen Stamm. Doch es gibt nur sehr wenige Stämme in der Brache, die ihre Waffen für eitles Geplänkel ziehen. Ein Mann greift zum Stahl, wenn es zu töten gilt.«

»Dann ist es umso wichtiger, dass wir dem Einhalt gebieten. Ich schlage vor, du trinkst aus, und wir gehen, bevor es wirklich Nacht wird. Ich kann nur hoffen, dass dieser Barbar nicht schon gefunden hat, was ich seit zehn Jahren vergeblich suche. Von diesem Hermelin höre ich zum ersten Mal.«

Der Koloss gab nur ein Grunzen als Zustimmung von sich, erhob sich und stapfte in Richtung Tür. Fennek nickte der Wirtin noch einmal dankbar zu.

Im Gewirr der Gassen war es – insofern dies überhaupt möglich war – noch finsterer geworden. Es verwunderte Fennek nicht, dass das simulierte Himmelsgewölbe über ihren Köpfen bereits eine Dämmerung anzeigte. Die Zeit schien immer dann rascher zu verrinnen, wenn man es eilig hatte.

Sein Herz pochte ihm bis zum Hals, aber es war nicht die Furcht vor den Gefahren, die dieses Netzwerk aus mitleidlosen Straßen bereithielt. Nein, er fürchtete um das Leben des Totenkaisers – eine bizarre Annahme, wenn man gesehen hatte, wie dieser Teufel zu kämpfen verstand. Aber er wusste, zu was Sanftleben fähig war. Und sein Begleiter hatte Jahre seines Lebens in der Zivilisation verbracht, die seinen Biss mit Sicherheit etwas stumpf hatte werden lassen im Vergleich zu einem ungezähmten, einem ›echten‹ Barbaren.

Und dann war da noch Clachs bizarres Verhalten in der Nobelherberge, die bestialische Schlachtung der Gäste dort. Gäste, die wahrscheinlich selbst Attentäter gewesen waren. Wurde der Totenkaiser unvorsichtig?

Normalerweise hätte ihn das erfreut. Aber wenn dies dazu führte, dass sie nur noch einen gespaltenen Torso von Clach finden würden, dann lief dies Fenneks Interessen zuwider. Eine ganze Dekade seines Lebens, fortgeworfen für einen Traum, dessen Erfüllung ihm dann verwehrt bliebe. Nein, das konnte und durfte er nicht zulassen.

Er trieb Sanftleben zur Eile an. Sie mussten aus diesem Teil der Stadt heraus, sich eine Kutsche oder Pferde beschaffen und dann so schnell es ging ins Gerberviertel. Fennek wusste genau, wenn er diesmal scheiterte, dann würde es keine Wiederholung geben, dann wäre sein Versagen absolut. Dann war jede Chance dahin. Jede Chance, Geschehenes ungeschehen zu machen.

Eine Schrecksekunde lang glaubte er, er hätte das Artefakt verloren. Aber als seine Hand in die Manteltasche glitt, war es da. Alles war gut. Noch.

Plötzlich blieb Sanftleben stehen. Er schwenkte den Kopf hin und her wie ein Bär, der einen Eindringling in seinem Revier ausgemacht hatte. Dann, ohne Vorwarnung, stürzte er sich auf Fennek.

Sanftlebens riesige Pranke schloss sich um sein Gesicht, dann drehte sich die ganze Welt um ihre Achse. Fennek schlug hart auf, glühende Funken tanzten in der Schwärze. Sanftleben ließ ihn wieder los. Sofort sprang Greskegard auf. Ihm wurde leicht übel.

»Bist du von Sinnen?«, schrie Fennek und blickte sich um. Sanftleben hatte ihn von der Hauptstraße mit sich gerissen. Sie befanden sich in der Mündung einer kleinen Gasse. Aber der Riese reagierte überhaupt nicht auf Fenneks Tiraden, sondern zog stattdessen seinen Kriegshammer. Erst dann legte er einen Finger auf die Lippen und deutete tonlos auf die Stelle, wo sie eben noch gestanden hatten.

Etwas Zerfasertes, Gesplittertes aus Holz, Metall und Befiederung ragte dort mahnend aus den moosigen Zwischenräumen des Kopfsteinpflasters – ein Armbrustbolzen.

Sofort verebbte Fenneks Wut. Wieder einmal hatte Sanftlebens Instinkt sein Leben gerettet.

Fennek begab sich neben Sanftleben an die Hauswand und zog seine eigene Armbrustpistole. Dann warf er Sanftleben einen fragenden Blick zu.

Wo?

Sanftleben antwortete, indem er die Augen einmal nach rechts, in Richtung ihres ursprünglichen Weges, und dann nach links in die Gegenrichtung fahren ließ und mit der Nase vorstieß wie ein Jagdhund. *Dort und dort.*

Wie viele?, fragte Greskegard, indem er die freie Linke hob und die Finger rhythmisch spielen ließ.

Diesmal zeigte der Koloss in die jeweilige Richtung und hielt entsprechend viele Finger hoch.

Zwei vor uns und zwei hinter uns.

Vier Gegner, dachte Greskegard. Er linste die Gasse herunter, die ihr neues und unfreiwilliges Domizil geworden war, und stieß eine unhörbare Verwünschung aus. Natürlich, sie endete an einer hohen Hauswand.

Schwere Schritte kündigten an, dass sie auf die Gasse zumarschierten. Sie waren sich ihrer Beute sehr sicher.

Fennek deutete auf Sanftlebens Hammer, dann auf die Wand, an der sie standen – aber der Koloss schüttelte den Kopf. Das Material war zu widerstandsfähig, um kurzerhand durchzubrechen.

Über ihnen öffnete sich plötzlich ein Fenster. Jemand sog Luft ein, um sich über den Lärm unter dem Fenster zu beschweren.

In diesem Moment wurden die Schatten ihrer Angreifer am Mund der Gasse sichtbar. Etwas sirrte in größerer Höhe über ihre Köpfe hinweg – aus dem Atmen im Obergeschoss wurde ein erstickter Schrei. Der Unbeteiligte ging hinter der Fensterbank zu Boden, um sich nie wieder zu erheben.

Wer immer ihre Feinde waren, sie hatten kein Interesse an Geld oder Geschmeide. Sie wollten vor allem keine Zeugen.

Sie bauten sich an den Hauswänden links und recht vom Gasseneingang auf, schwere Atemzüge, raschelnde Kleidung. Leder ächzte. Einer der Gegner war gerüstet. Greskegard vernahm, wie Platten und Kettenzeug aufeinanderscharrten. Er zog seinen Schwertgurt zurecht und hob die Armbrust. Sein gerade noch rasender Puls beruhigte sich. Wer immer diese Gestalten waren, wenn sie annahmen, dass sie sich zwischen ihn und den Totenkaiser stellen konnten, würden sie eine tödliche Überraschung erleben.

Als er einen raschen Blick auf Sanftleben warf, sah er, dass der Koloss bereits einen seiner Handschuhe ausgezogen und achtlos fortgeworfen hatte. Er kaute frenetisch auf seinen Fingerknöcheln, murmelte dabei. Fennek wollte nicht in der Haut dieser Narren stecken, wenn der Riese in seinen Berserkerrausch verfiel.

In diesem Moment hörte er ein scharfes Kommando, und auf das »Los!« ihres Anführers lugten urplötzlich zwei

Gestalten um die Ecken. Beide hatten ihre Armbrust erhoben und spähten in das Dunkel der Gasse. Sie waren keine absoluten Anfänger, aber sie waren auch keine echten Experten.

Greskegard nahm Maß und schoss. Ein nasses Gurgeln, einer der beiden Männer fiel mit rudernden Armen nach hinten, als der Bolzen die Reihe seiner Vorderzähne hinwegfegte und Zunge und Gaumenplatte aneinandernagelte. Es regnete Zahnsplitter, geborstene Dachschindeln im Sturm.

Der Gegenzugmechanismus im Schaft der Pistole rastete klackend ein – Greskegard riss den Arm herum und schoss erneut, doch sein Ziel war bereits wieder in Deckung. Mit einem hohlen Laut blieb der Bolzen in einem Abfallfass stecken.

Im Licht des künstlichen Mondes wand sich der Schwerverletzte am Boden und stieß grauenerregende Laute aus. Die Überlebenden ließen Fennek keine Zeit zum Nachladen. Es klapperte, als die Armbrust des Zweiten zu Boden fiel, bevor zwei Gestalten mit einem wütenden Kriegsschrei in die Gasse stürmten, brutal aussehende Stoßschwerter hinter Rundschilden erhoben. Ihre Augen hatten sich mittlerweile an die Dunkelheit gewöhnt – zielsicher stieß der eine Angreifer nach Fenneks Brustkorb, ein heruntergekommener Knabe in einer schlecht sitzenden Rüstung aus Kochleder.

Der Inquisitor riss das Schwert aus der Scheide und parierte ungelenk. Ohne groß zu zögern, ließ Fennek seine Armbrust in einen quadratischen Verschlag fallen und wechselte das Schwert auf die Führhand. Keinen Augenblick zu spät. Eine Serie kruder, aber dafür umso wuchtigerer Hiebe regnete auf ihn nieder. Schlag um Schlag fand sein Ziel, und Fennek wurde zurückgedrängt.

Er warf für den Moment eines Herzschlags einen Blick auf Sanftleben und sah, dass dieser ebenfalls attackiert wurde. Als sein Angreifer den Koloss mit dem Schwert angriff, schmetterte dieser ihm die zerkaute, blutende Faust ins Gesicht. Beide Männer heulten vor Schmerzen, aber der Barbar hörte nicht wieder auf. Erschrocken wich sein Gegner einen Augenblick zurück – und mehr sah Greskegard nicht von diesem Kampf. Eine dritte, weitaus größere und schwer gerüstete Gestalt mit einem Bihänder tauchte im Gasseneingang auf, lenkte ihn ab.

Seinem Gegner genügte dieser winzige Moment der Unachtsamkeit. Ein eisiger Schmerz zog sich über Fenneks Brust. Ein Schnitt, der über seine Rippen strich. Warmes Blut rann über seine Brust. Er biss die Zähne zusammen. Kalter Schweiß rann ihm fast augenblicklich in die Augen.

Mit seiner Rondache war ihm der Gegner bei Weitem überlegen und konnte sich seiner unmotivierten Gegenattacken leicht erwehren, während er ihm gleichzeitig mit einer Mischung aus Hieben und Stößen die Kraft raubte. Greskegard war der bessere Fechter – aber er war auch älter, weniger ausgeruht und schlechter ausgerüstet. Und sein Gegner wusste es und kämpfte entsprechend. Gnadenlos und ohne Pause setzte er ihm zu.

Als er seinen eigenen fiependen Atem hörte, spürte, wie der Schwindel von ihm Besitz ergriff, konnte Fennek nicht glauben, dass dies er war. Ein junger Geist mit einem Ziel, das ihn stets in Bewegung gehalten hatte – gefangen im Körper eines alten Mannes, der bereits jetzt nach Luft schnappte.

Über die Schulter seines lächelnden Gegners hinweg sah Fennek die hoch gewachsene Gestalt, die am Eingang der Gasse Halt gemacht hatte und den Ablauf des Kampfes zu beobachten schien. In diesem Moment, gerade als sein Opponent zu einem weiteren Hieb ansetzen wollte, flog etwas mit einem Schrei und rudernden Armen über ihre Köpfe hinweg und schlug hart in der Tiefe der Gasse auf. Irritiert riskierte

Fenneks Gegner einen Blick über die Schulter und riss plötzlich die Arme zur Abwehr in die Höhe.

Mit einem Brüllen war Sanftlebens massige Gestalt hinter ihm aufgetaucht, überragte ihren Gegner. Schaum rann aus seinen Mundwinkeln, Milchblut, und zog Fäden wie der Geifer eines Bluthundes. Für Momente schien die Zeit stillzustehen. Dann folgte ein Geräusch, das Fennek Greskegard sein Lebtag nicht vergessen sollte, und der Körper des Mannes vor ihm wurde so hart in die Seite getroffen, dass es für einen Herzschlag so wirkte, als wäre er etwas Elastisches. Er schien sich in der Leistengegend um die Quelle des Treffers zu falten. Bog sich zu einem auf die Seite gekippten U. Er brach auf derart brutale Weise ein, dass sich Fingerspitzen und Zehen seiner rechten Körperseite berührten, bevor er auf dem Scheitelpunkt von Sanftlebens Hammerschlag aus Fenneks Gesichtsfeld getragen mit knochenzermalmender Wut gegen die Gassenmauer prallte.

Sanftleben setzte dem röchelnden, zerbrochenen Rest Mensch nach und ließ seinen Hammer mit solcher Gewalt auf Opfer und Kopfsteinpflaster herabfahren, dass es für Greskegard den Eindruck machte, er würde den Kopf des Sterbenden in den Boden hineintreiben wie einen Pfahl. Der Schädel platzte – ein Ei unter einem Fausthieb. Da, und mit einem Mal fort.

Sanftleben riss den eigenen Kopf in den Nacken, heulte wie ein Tier und schlug sich triumphierend auf die Brust. Dann erinnerte sich der Berserker, dass hinter ihm noch jemand in der Gasse stand, und wirbelte zu ihrem letzten Gegner herum. Die Gestalt mit dem Zweihandschwert blieb unbeeindruckt und sichtlich entspannt am Mund der Gasse stehen.

Greskegard legte eine Hand auf den peinigenden Schnitt auf seiner Brust und bückte sich unter Klagelauten nach seiner Armbrust. Mit zitternder Hand hob er die kostbare Pistole in dem Moment auf, als sich sein Leibwächter mit einem neuerlichen Brüllen auf den letzten Angreifer stürzte. Die Waffe entglitt Fenneks blutverschmierter Hand wieder.

Der Koloss hob den Hammer über den Kopf, sprang drei Schritte vor seinem Ziel ab, ließ die Waffe in der Luft einen Bogen beschreiben und – seine Waffe fuhr ins Leere!

Greskegard hatte voller Unglauben beobachtet, wie sich der Mann in Kettenzeug und Halbplatte schneller bewegt hatte als ein ungerüsteter Mann. Er stand plötzlich neben Sanftleben, als dieser – von seinem Schlag aus dem Gleichgewicht gebracht – nach vorn stolperte. Mit einem brutalen Fausthieb ins Genick beschleunigte der Ritter Sanftlebens Schwungmasse noch und setzte dem vorwärts Stürmenden nach. Er packte sein Opfer in vollem Lauf im Genick. Fassungslos sah Greskegard, wie sein persönlicher Berserker mit dem Kopf voran gegen – nein, *in!* – die Wand der Gasse gerammt wurde. Er blieb in dieser Position aufrecht stehen und regte sich nicht mehr.

Fennek fühlte sich elend, spürte, wie sich dennoch ein debiles Grinsen auf seine Lippen stahl. Der Hüne sah aus wie ein Mann, der seinen Kopf durch eine dieser Jahrmarktswände gesteckt hatte, die auf der anderen Seite mit kopflosen Gestalten bemalt waren und von Kindern mit faulem Obst beworfen wurden.

Wer immer morgen früh in seine Küche kommt, wird sich über seine Jagdtrophäe freuen, dachte Fennek und stieß ein heiseres und unwillkommenes Lachen aus.

Bei dem Laut wandte sich der Ritter mit aufreizender Langsamkeit um. Fennek wollte seine Armbrust nachladen, musste aber feststellen, dass seine Hände zu stark zitterten.

Schritt für Schritt kam sein Tod mit einem Klappern von Rüstungsblechen näher. Die Dunkelheit schien sich irgendwie an den Schultern des Mannes zu sammeln, stofflicher zu sein, so als trüge er einen Krönungsmantel aus … Nacht.

Fennek verspürte den Drang, seine Blase zu erleichtern – aber irgendwie gewann sein Stolz die Oberhand. Und er erblickte den Waffenrock des Mannes unter all den Lumpen. Schlohweiß und mit den Sonnensymbolen des Tempels verziert. Seine Angst wich schlagartig purem Hass.

Sie hatten genug von seinen Nachforschungen. Es war die einzige Erklärung, die Sinn ergab. Irgendwie war der Tempel zu der Überzeugung gelangt, dass des Archonten administrativer Diener und Verhörrichter nicht mehr geeignet war. Man musste dort selbst Nachforschungen angestellt haben, wozu er seine Freiheiten genutzt hatte – und wer er wirklich war. Also hatte man diesen Ritter entsandt, um das Problem zu lösen. Einen Mann, der offenkundig nicht nur ein kompetenter Krieger war, sondern vom Tempel auch mit einer von einem Arkanisten verbesserten Kraftrüstung oder einem ähnlichen Artefakt ausgestattet worden war.

Er blickte noch mal an dem Mann vorbei und auf Sanftleben. Fennek konnte aus dieser Entfernung nicht sagen, ob der Koloss noch lebte oder bereits tot war. Der Ritter blickte über seine Schulter, folgte mit dem Blick Greskegards Sichtlinie. Ein kaltes Lächeln glomm in der hohlen Dunkelheit seiner Gesichtszüge auf.

»Unser Freund hier hat es hinter sich«, sagte der Mann mit einer merkwürdig blechernen Stimme. Der Klang ließ Fennek zusammenfahren. Es hörte sich ein wenig so an, als stünde der wirkliche Sprecher hinter dem Ritter und spräche in einen Zinnbecher, der bei jedem Wort vibrierte. »Aber das muss uns ja nicht stören.«

In einem vollständig widersinnigen Akt, den seine Hände lange vor seinem Hirn beschlossen hatten, fummelte Greskegard mit zitternden Fingern sein Amtssiegel aus der Kleidung und streckte es in die Höhe.

Das Lächeln seines Gegenübers wurde breiter und eine Spur kälter. Eine auf blitzende Dolchklinge, eine winterliche Mondsichel, die am Himmel unbekümmert dem Sterben eines Erfrierenden zusah.

»Ich weiß, wer Ihr seid, Fennek Greskegard. Und glaubt mir, zu gern würde ich Euch Eures Weges ziehen lassen. Aber Eure Suche nach dem Totenkaiser kommt unseren persönlichen Zielen zu nahe.«

Fennek antwortete nicht. Er hob die zitternde Linke, die wieder die Armbrust hielt, und schoss. Es klackte müde. Ihm ging auf, dass er zwar die Sehne gespannt, aber keinen Bolzen auf die Pistole aufgelegt hatte. Der Templer neigte den Kopf leicht und studierte seinen armseligen Versuch der Selbstverteidigung.

»Löblich, aber hinfällig«, kommentierte er. »Damit könntet Ihr mich nicht töten, selbst wenn sie geladen wäre. Ich verspreche Euch ein schnelles und schmerzloses Ende, wenn Ihr Eure Waffe streckt. Das Wort eines … Ehrenmannes.«

Greskegard machte je einen Schritt nach hinten für jeden, mit dem der Templer näher kam. Nun sah der Inquisitor auch, dass er sich nicht verguckt hatte. Die Dunkelheit hinter seinem Gegner war nicht nur solider, sie hatte mittlerweile auch eine wirkliche, eine erkennbare Form, die der Schöpfung spottete. Fennek brauchte einen Moment, dann begriff sein vor Verzweiflung und instinktiver Furcht rasendes Gehirn, was es da vor sich sah – und ein gequältes Seufzen entfuhr seinen Lippen.

Das Ding vor ihm mochte wie ein Templer aussehen. Aber die Nacht hatte Schwingen mit der Spannweite kleiner Segel geformt, die sich vor der Brust schlossen und die mit Daumenklauen wie denen eines gigantischen Flughundes aus südlichen Gefilden über seine Schultern herausragten. Was hatten diese Narren des Tempels da nur getan? Was war dieses Geschöpf? Ein Dämon aus den alten Legenden des Titanensturms? Wohl kaum, dann hätte es sich nicht in den geweihten Ornat eines Templers des Lichtfürsten zwängen können. Oder?

Sein Blick pendelte zwischen seinem Gegner und dem reglosen Sanftleben hin und her. Dann sah er über die Schulter nach hinten. Noch zehn Schritte bis zur Mauer. Noch neun. Acht.

»Ihr quält Euch unnötig. Ich werdet nichts spüren, mein Wort darauf. So wie Euer Begleiter.«

»Was haben diese Narren von der Kirche nur getan? Was haben sie mit Euch gemacht, Templer? Welchem Geheimnis des Klerus bin ich auf die Schliche gekommen, das solche Maßnahmen rechtfertigt?« Fennek rechnete nicht wirklich mit einer Antwort.

Das süffisante Lächeln seines Gegners wurde noch breiter. Lächelnd und schweigend kam es auf ihn zu – die blasierte, gelassene Ruhe des Templer-Dings war unerträglich.

»Ich war am Anfang selbst überrascht, dass mir dieser Körper zugedacht wurde. Die Heimkehr desorientiert, müsst Ihr wissen.«

»Körper zugedacht? Heimkehr?«

»Der Nachtod. Ihr enttäuscht mich, Fennek. Wir dachten, Ihr hättet bisher mehr rausgefunden.«

»Rausgefunden?« Er spielte auf Zeit. Sollte die Kreatur weitersprechen, dann würde ihm schon etwas einfallen, wie er aus dieser misslichen Lage entkommen konnte. Plötzlich spürte er das kühle Fachwerk der Mauer im Rücken. Ende. »Was soll ich rausgefunden haben? Und was hat der Totenkaiser damit zu tun?«

»Oh, es wäre uns ganz recht gewesen, wenn Ihr ihn getötet hättet. Das hätte uns vielleicht Ärger erspart.«

»Euch? Wer seid denn Ihr? Die Altvorderen des Tempels? Der Rat der Korona?«

Bei diesen Worten legte das Ding den Kopf in den Nacken und lachte schallend. Die Laute klangen in der Gasse wie Peitschenhiebe.

Jetzt oder nie!

Mit einem Schrei warf sich Fennek nach vorn, umgriff das Schwert mit beiden Händen und rammte es wie eine Lanze durch ein Scharnier unter der Brustplatte des Ritters. Der schrie auf und stierte auf den Stahl in seinem Abdomen.

Doch statt zu sterben, blieb Fenneks Gegner einfach stehen. Die gewaltige Rückhand mit dem Panzerhandschuh traf Greskegard vollkommen unvorbereitet – er hörte das scharfe Knacken, mit dem sein Wangenknochen anbrach. Hart schlug er direkt neben dem Toten auf, den Sanftleben in die Gasse geworfen hatte. Für einen Moment lagen sie wie zwei Liebende nebeneinander: der vor Schmerzen stöhnende, kleine Inquisitor und die Leiche mit einem Schädel, der in einem Pfuhl aus blutigen Haaren schwamm wie Treibgut. Dann fand der erste Tritt des Templer-Monstrums sein Ziel.

»Wie lange …«

Tritt zwei: »… muss ich es … «

Und Nummer drei: »… noch sagen?«

Ein finaler, brutaler Treffer, der Fennek sämtliche Luft aus der Lunge trieb und den letzten Atemzug in einem Wimmern entweichen ließ.

»Es. Tut. Immer noch! WEH!«

Gekrümmt lag Greskegard da, stierte zu dem Ding auf, das einen Panzerhandschuh um die Schneide seiner Waffe legte. Ein Knirschen von kaltem Stahl und ebenso kaltem Fleisch –

der Klang von Metall auf dem Kopfsteinpflaster, scharf und hoch und singend.

Fassungslos blickte Fennek auf sein Schwert, das mit einer öligen Flüssigkeit bedeckt auf dem Grünspan des Gassenbodens ruhte. Der Gestank, der an der Klinge haftete, war unbeschreiblich – das widerwärtige Miasma monatealten Todes, Pestwind aus einem geöffneten Grab. Er hob wieder den Kopf und sah, wie sich schattenhaftes Unlicht aus den Schwingen des Monstrums verselbstständigte, zu Schlangen wurde. Zu Fangarmen aus dem Urgrund der Höllen, die sich lösten und dann von den Schultern herabflossen wie lebendige Stränge aus Öl. Sie krochen in die sternförmige Stichwunde in der Brustplatte des Templers, härteten mit einem seltsam klagenden Jaulen aus – dem anklagenden Fiepen eines verbrennenden Tannenzapfens oder feuchten Holzes. Und hinterließen einen onyxschwarzen Pfropf in der Wunde.

Und dann, mit einem Mal, begriff Fennek, erinnerte sich der Halstücher des Mädchens, das seinen Kopf in Argas aus der Sänfte gestreckt hatte. Halstücher, die Wunden verdeckt hatten, deren Tödlichkeit er selbst noch Stunden bevor er die Sänfte in der Nähe der Kutschenstation gesehen hatte, bestätigt hatte.

»Pavosa Moreno«, gurgelte er. »Wie bei Pavosa Moreno. Tot – und doch nicht tot. Was … was seid Ihr nur?«

»Heimgekehrt. Von dort, wo Ihr nun hingeht. Oder auch nicht. Das kommt auf die Stärke Eures Willens an. Ob Ihr Euch selbst vergesst im endlosen Schwarz ihres Willens. Oder ob Ihr vor ihnen bestehen bleibt. Wenn ja, dann frohlockt – auch Ihr werdet dann ein Heimkehrer sein.«

»Mich vergessen …?«

»Ein gutes Stichwort. Pavosa – oder besser, Pavosas neue Bewohnerin – hat Euch nicht vergessen. Sie hat Euch durchaus bemerkt – und auch Eure Reaktion auf Ihren Anblick.

Ein beachtliches Kunststück, das Ihr da vollbracht habt. Ihr, Euer Berserker, Hermodes, Clach. Und doch weiß keiner von euch Narren, welches mächtige Erbe durch seine Adern rauscht und zu denen singt, die Ohren haben zu hören.«

»Sprecht Ihr davon, dass wir uns noch erinnern können?«, fragte Greskegard. Seine Stimme war kaum mehr als ein Keuchen.

»Ein anfangs unerwarteter und vor allem ganz und gar unerwünschter Faktor, das dürft Ihr mir glauben. Es war nur eine Frage der Zeit, bis einer der Nebelmacher dahinterkommen würde. Eine Zeitfrage, sozusagen.«

»Clach.«

»Er war monatelang das nützlichste Werkzeug, das man sich vorstellen kann. Und er hat sich unseren Versuchen, ihn zu töten, bislang erfolgreich entzogen.«

»Nebelmacher sind nützlich für Eure Sache? Und trotzdem wollt Ihr sie töten? Und was ist mit mir? Mit den wenigen anderen, die sich erinnern können? Sind wir auch Nebelmacher, oder woran liegt es, dass Euer Bann nicht funktioniert?«

Fenneks Verwirrung und seine Neugier waren echt. Mit jedem Satz, den sein Gegenüber verlautbaren ließ, wurden Dinge, die er für Tatsachen hielt, zu Ungewissheiten. Und Ungewissheiten wurden endgültig zu formlosem Wahnsinn.

»Fennek, ich bin nicht hier, um Euch Eure Fragen zu beantworten. Vielleicht entkommt Ihr dem Vergessen – oder eben nicht. Dann findet Ihr vielleicht eine Antwort. Ich für meinen Teil bin mit Euch fertig.« Das Templer-Ding hob seinen Zweihänder zum Gnadenstoß.

»Wartet!« Fennek krächzte. Panik wallte in ihm auf, der Glanz des falschen Mondes, der sich auf der Klinge spiegelte. Sein Gegenüber hielt inne. Sah mit einem seltsam amüsierten Blick auf Greskegard hinab und senkte das Schwert wieder in einer Geste irgendwo zwischen Mitleid und absoluter Verachtung.

»Was denn, Fennek? Werdet Ihr nun melodramatisch? Ein letzter Wunsch oder etwas in der Richtung?«

Greskegard spürte, wie die Furcht in ihm Zorn Platz machte. Hier konnte es nicht enden. Hier durfte es nicht enden! Nicht so! Er würde sich nicht rauben lassen, was ihm zustand.

Seine Faust schloss sich um das Artefakt. Umklammerte die geheimnisvollen Bestandteile. Schlüpfte hinein. Diesmal würde berühren nicht reichen. Nein, diesmal würde er ihn tragen. Ringe legten sich über seine Finger. Ketten rasselten. Es klickerte und summte.

Es entging dem Ding nicht.

»Spielt Ihr etwa auf Zeit, Fennek? Ich wollte Euch gerade einen letzten Wunsch gewähren. Nun gut, spielen wir Euer Spielchen mit. Noch eine Armbrust? Gift? Ihr könnt mich nicht töten, mein Freund. Versucht es gar nicht erst, es ist zum Scheitern verdammt. Zeigt mir schon, was Ihr da habt.«

Die Kälte griff nach Fenneks Innerem – er konnte ihren Sog spüren, als der Hunger des Artefakts seine Schmerzen, seinen Hass und seine Frustration bündelte. Sie ballte, in sich formte, so wie ein Schmied die Spitze einer Lanze schuf und härtete.

Fennek riss die Linke aus der Tasche. Der Ritter kniff in einer Mischung aus Amüsiertheit und Neugierde die Augen zusammen, studierte das Objekt. Auf Fenneks Handoberseite ruhte ein fein gearbeiter Mistkäfer aus smaragdgrünem Metall, Gold und Edelsteinen – in den Reichen der Epigonen des tiefsten Südens ein heiliges Tier. Überlange Beine des stilisierten Insekts waren unter der Handfläche verankert. Von fünf Punkten an seinem Rumpf gingen silbergraue Ketten aus, die an je drei Punkten mit Ringen verbunden waren, die sich wiederum um die Länge von Fenneks Fingern schlossen. Das Artefakt vibrierte sichtlich vor Kraft.

Die Augen des Templer-Dings weiteten sich. Es riss das Schwert in die Höhe, der hochmütige Ausdruck auf seinem Gesicht hinweggefegt.

»Halt!«, krächzte Fennek. Das Wort verließ seinen Mund mit so viel Wucht, wie sein mitgenommener Brustkorb gerade noch aufbringen konnte. Es schien in der Luft über dem Skarabäus solide zu werden, sich zu einem Flirren zu verdichten, und Fenneks linker Arm von einer Sekunde auf die andere in Eisflammen zu stehen.

Der Bihänder raste in dem Moment auf ihn herab, in dem er seinen Zorn entfesselte. Fennek schloss die Augen. Zu spät. Das war das Ende.

Doch der Schmerz blieb aus. Das Templer-Ding stand da, der Hieb seiner gigantischen Klinge um die Breite eines kleinen Fingernagels entfernt von Fenneks Nasenspitze. Greskegards linker Arm ragte in die Höhe, die Finger zu Klauen verkrümmt, als krallten sie sich um eine unsichtbare Kugel. Zwischen der Linken mit dem Artefakt und dem Heimkehrer schien eine unsichtbare Kette gespannt, und Fennek konnte die unfassbare Kraft spüren, die den Willen der Kreatur band. Ihre Schwingen waren verschwunden, schienen sich aufgelöst zu haben. Das Gesicht des Heimkehrers war übersät von Rinnsalen aus faulig stinkendem Schweiß.

Fennek spürte, wie auch ihm das Wasser aus allen Poren schoss, als Wille gegen Willen stand. Er verstärkte seine Anstrengungen. Die Luft nahm einen leicht brandigen Geruch an, seine Muskeln und das Innere seines Schädels summten wie gespannte Drähte.

So muss es sein, wenn einen der Blitz trifft, dachte der Inquisitor.

Seine Schläfenadern pochten. Sein Herz raste mit einer Wucht, die seinen Brustkorb zu sprengen drohte. Er musste sich beeilen. Es irgendwie bezwingen. Aber wie tötete man etwas, das nach eigener Auskunft tot war und bereits ein Schwert im Herzen hingenommen hatte?

Das Wesen spürte seine Zweifel und seine Ängste. Und das Artefakt tat es auch. Das Band wurde schwächer, die Schwertspitze zitterte mit einer Geschwindigkeit, die an Kolibriflügel gemahnte. Fennek fokussierte seinen Hass und seine Wut. Er war benutzt worden. Verstand so gut wie nichts von der Lage, in der er sich befand. Seine Maßnahmen, den Totenkaiser zu erwischen, waren nicht nur behindert worden, seine unbekannten Gegner hatten auch vor, den Totenkaiser zu ermorden. Fennek um das zu bringen, was ihm zustand.

Bei diesem Gedanken erneuerte sich sein Hass. Langsam kroch er unter der tödlichen Schranke des Zweihänders hervor, stand auf und richtete anklagend den Zeigefinger der Rechten auf das Ding.

»Wer … immer auch … ihr Heimkehrer seid … ihr werdet mir ganz sicher nicht nehmen, was mir … zusteht! Sprich, Ding: Wer sind deine Herren? Wer hat dich und deinesgleichen … geschickt?«

Der Heimkehrer stieß ein Winseln aus, als sein Mund sich gegen seinen Willen bewegte, Worte formte. Nun war es die Kreatur, die auf Zeit spielte.

»Du bist … Aber das kann nicht sein … Man hat euch alle vernichtet«, stammelte es. Ein Ausdruck namenloser Furcht lag nun auf seinem Gesicht. »Ich muss antworten … Nein, muss sie warnen. Muss meine Herren warnen. Meine Herren. Meine Herren. Sie sind …«

In diesem Augenblick gab etwas in Fenneks linkem Auge mit einem leisen Ploppen nach, und seine Sicht verschwamm. Seine Rechte fuhr zu seinem Auge und kam blutbefleckt zurück. Ihm wurde schwindelig. Es war absurd: Hier stand er und zwang eine Kreatur, von der die Götter allein wussten, was sie war, unter seinen Willen. Und genau in dem Moment, in dem sich die Dinge klären sollten, ließ sein Körper ihn im Stich. Er schrie vor Zorn, was die Kreatur wieder wie einen Peitschenhieb zu treffen schien. Dann flirrte die Welt vor seinem noch gesunden Auge, die Gasse begann, sich zu drehen. Er hatte sich überschätzt!

Das Monster sog triumphierend die Luft ein, als die geistige Verbindung zwischen ihnen riss. In der näheren Umgebung sprengte es Dachschindeln und Zaunlatten, als sich eine unsichtbare Blase aus Schall und Feuer ausdehnte und alles Leichte in ihrem Weg mit sich riss. Fennek taumelte benommen gegen die Rückwand der Gasse, sackte an ihr herab und landete auf seinem Hintern. Er blickte zu dem Ritter auf, dessen Schwingen zurückgekehrt waren und das Licht erstickten.

Das Templer-Ding stand ungerührt in dem übernatürlichen Windstoß. Es hob die Waffe erneut zum Todesstoß – diesmal würde es keine zweite Chance geben. Fennek riss abwehrend beide Hände hoch, was seinen Gegner nur noch mehr animierte, sich genussvoll Zeit zu nehmen. Ohne weitere Worte oder Gesten ließ der Heimkehrer seine Klinge herabfahren.

Fennek nahm alle Eindrücke ganz klar wahr. Wie die Luft über die Klinge strich, als wäre diese die Schwinge eines Raubvogels. Wie sich das Gesicht des Templer-Dings zu einem Hohngrinsen verzerrte. Wie der Stahl herabraste – ein fallender Turm, der all der Suche, all dem Kampf um Fenneks wahres Erbe und seine ihm zustehende Rache vergeblich machen würde.

Er schloss die Augen, nahm das Unvermeidliche hin. Da explodierte die Gasse in Lärm und Bewegung. Ein Geräusch. Donner. Bersten. Eine weitere Druckwelle aus ungezügelter Kraft.

Greskegard riss die Augen auf, betastete seinen Körper

zum zweiten Mal in wenigen Minuten, und wieder durfte er feststellen, dass er Sharis' jätender Sichel erneut entgangen war. Vor ihm stand nicht mehr das Templer-Ding, sondern ein aus zahllosen kleinen Kopfwunden blutendes Gespenst aus Gipsstaub, Bartstoppeln und fetten Kinnen. Holzpartikel, Lehmfetzen und Füllstroh aus zerborstenem Fachwerk flogen, trieben und fielen in der Luft. Hasserfüllt und Fennek seitlich zugewandt, blickte Sanftleben auf das Templer-Ding, das nun seinerseits zur Hälfte in einer Hauswand steckte. Arme und Beine ragten parallel zueinander aus der Wand. Der Hammer des Berserkers troff vor so viel schwarzem Eiter wie Sanftlebens Stimme vor Hohn.

»Wenn de sicher sein willst, dass einer hin is', dann musste draufhauen, bisser auch wirklich ausgeschissen hat, du Hundsfott!«

Sanftleben ließ seinen Streithammer kreisen und hieb dann mit Wucht in die zerbrochene Ruine des Oberkörpers, in die sein erster Schlag den Körper des Wesens verwandelt hatte, das einst ein Lichttempler gewesen war. Der Laut, als Stahl und totes Fleisch kollabierten, ging Fennek durch Mark und Bein. Und doch: Greskegard registrierte, wie sich das mit dem Rücken in die Wand eingesunkene Monster, dessen Brustkorb nun offen lag, mit rudernden Armen aus dem Loch zu ziehen versuchte. Ein weiterer Hieb des Leibwächters folgte – und versank wie ein Pfosten, der in weichen Schlamm getrieben wurde, im zerschmetterten Gesicht des Dings. Nun lag es still.

»Alles in Ordnung, Fennek?«, fragte Sanftleben, der den Hammer mit der Linken und einem unsagbaren Laut aus dem Schädel der Kreatur zog und seinem Meister die Rechte hinstreckte.

Dankbar ergriff Greskegard die Hand seines Begleiters. »Ich denke, ja. Danke, Sanftleben.«

Der Hüne zuckte mit den Schultern. Seine Augen weiteten sich. Fennek folgte seinem Blick, und beide Männer beobachteten, wie sich das zerschmetterte Gemenge aus Fleisch, Knochen- und Zahnsplittern, das das Gesicht des Heimkehrers gewesen war, wölbte. Sich unaufhaltsam zu stülpen und zu bewegen schien, von Eigenleben erfüllt und einer Schweinsblase nicht unähnlich, die vor ihren Augen aufgeblasen wurde. Das Gesicht nahm wieder seine Form an, heilte sich.

»Skitja!«, fluchte Sanftleben in seiner Muttersprache und hob wieder seine Waffe.

Fennek legte ihm die Hand auf den Oberarm. »Nein, mein Freund. Lass es. So kommen wir diesem Ding nicht bei.«

Sanftleben hob den Hammer ein zweites Mal, hielt aber auf halbem Wege inne und nickte. Misstrauisch und von abergläubischem Schrecken erfüllt, starrte er auf das sich regenerierende Ding, das sein Hieb mit dem Mauerloch zu einer Einheit verschmolzen zu haben schien. Ein Auge hatte sich bereits in dem Gelee aus Muskelfleisch geformt, das sie beide mit unverhohlenem Hass anstierte.

Der Leibwächter packte seine Waffe ganz kurz unter dem Hammerkopf und drosch dann noch einmal nach Art eines Fausthiebes zu und machte den Heilerfolg der Kreatur zunichte. Dann trottete der Koloss Greskegard hinterher, der ein letztes Mal schweigend seine Armbrust aus der Müllkiste fischte. Gemeinsam verließen sie die Gasse – um Wunden reicher und Antworten ärmer.

21. Clach

Der erste Dietrich zerbrach. Der nächste verbog, bis er nutzlos war. Clachs langsam wiederkehrende Symptome, die Dunkelheit und das ablenkende Gluckern des hinter ihm im Kanal durch die ewige Nacht rauschenden Wassers machten ihm die Arbeit dabei nicht leichter. Hinzu kam die Tatsache, dass der Totenkaiser auf einem Laufweg neben dem Kanal arbeitete, der nur die Breite einer Armeslänge hatte. Der Gestank war viehisch, auf der Oberfläche des trüben Wassers trieben formlose Klumpen menschlicher Hinterlassenschaft. Organische Bojen, die selbst ein unempfindlicher Mann wie Clach nicht näher in Augenschein nehmen wollte.

Im schwachen Schein einer Öllampe widersetzte sich die schmucklose, massive Stahltür in der Wand des Kanalschachtes störrisch jedem Versuch, aufgesperrt zu werden, und raubte ihm wertvolle Zeit. Und das, wo Clach den Rest seines Tages damit verbracht hatte, Eingänge in das Reich unter der Stadt zu finden, ohne Aufmerksamkeit zu erregen. Noch immer hatte er dabei keine Verfolger oder bekannte Gesichter aus den Reihen des Sharis-Tempels gesehen – aber das musste nichts bedeuten. Er wusste nur zu gut, dass die Kunst darin lag, dass die Beute nicht sah, was auf sie zukam, wenn man es nicht wollte. Was ihm jedoch aufgefallen war: Egal, welchen Zugang in die alte Kanalisation und die tieferen Ebenen unter der Stadt er hatte nehmen wollen – sie alle wurden subtil, aber erkennbar von größeren Gruppen von Mietlingen oder anderem Gesindel bewacht. Die Heimkehrer leisteten ganze Arbeit bei dem, was sie taten. Und sie wollten bei ihrer Versammlung absolut ungestört bleiben.

Daher hatte Clach sich in den eigentlichen Ortskern der Penta zurückgezogen – eine gewagte Aktion, aber der einzige Bereich der Enklave, der wie die Unterstadt noch Teil der eigentlichen alten Festung war – und damit über eine Kanalisation verfügte. Oder besser: über ihre Überreste. Es hatte ihn einige Zeit gekostet, den Stadtwachen und ihren Patrouillen aus dem Wege zu gehen, die mit Mastiffs und Doggen aufgewertet waren. Dafür hatte er sich auf dem ganzen Weg verflucht – denn er war sich sicher, dass er dieses Problem seinen eigenen Taten in der Nobelherberge verdankte. Schließlich aber hatte er einen Zugang ausfindig gemacht und war in aller gebotenen Eile darin verschwunden. Ein langer Fußmarsch in der Dunkelheit und dem Gestank der Kanalisation war gefolgt, der Clach bereits zweimal an die Grenzen seiner Belastbarkeit gebracht hatte. Zu lange hatte alles gedauert. Die Wirkung des Injektors und der Gegengifte, die er beständig schluckte, war nicht länger in der Lage, dem durch seine Adern rasenden Tod Einhalt zu gebieten.

Und so hatte er – von Schwindelanfällen und ersten Brustkrämpfen geplagt – nach seinem Weg durch die maroden Abwasserschächte eines der wenigen Tore aus der Zeit des Wiederaufbaus erreicht. Es gab nur wenige davon, und der Tempel hatte sie bereits vor Jahrhunderten mit den besten Schlössern versiegelt. Sie waren eine dunkle Bürde. So gut wie jeder Bewohner Fomors wusste, dass es sie gab, wenn auch nicht, wo genau unter der Stadt sie zu finden waren. Und nahezu jeder wusste auch, wohin diese Tore führten. Es waren Zugangsknoten, die in der Zeit des Sturms wohl von den Dienern der Erzmagi benutzt worden waren, um in das

Fleisch der mythischen Kolosse vorzudringen, die Ur-Penta trugen. Um dort unten die monströsen Ketten zu warten, die die Festung an den Leib der Giganten banden und die – schenkte man den Legenden Glauben – durch ihre Haut und Knochen gezogen worden waren.

Clach hatte bislang nie eine Veranlassung gesehen, eine dieser Türen zu öffnen – dahinter lag nichts, was einen Mann seiner Profession angezogen hätte. Und selbst wenn, der Kult der Sharis selbst hatte peinlich genau darauf geachtet, seinen Dingern einzuschärfen, sich von diesen Orten fernzuhalten. Zumindest damit hatte der Kult bei seiner Indoktrination auch bei Clach Erfolg gehabt. Der Respekt der Diener der Todesgöttin vor den Ereignissen und Relikten der Vergangenheit war stets spürbar.

Nach einigen Minuten und dem Einsatz kostbarer Schmieröle – nicht dass Clach sie bald noch brauchen würde – war es schließlich das dritte Werkzeug, mit dem es ihm gelang, das Schloss zu meistern. Es klackte, öliger Rost spritzte am Dietrich vorbei aus dem Schloss. Uralte Mechanismen nahmen ihre Arbeit auf – sein scharfes Gehör ließ gebeutelte Zahnräder vor seinem geistigen Auge entstehen, die im Inneren der Tür ihre Arbeit verrichteten. Er ging respektvoll auf Abstand – keine Sekunde zu früh. Die beiden Deckenplatten über der Tür fielen plötzlich und zerbarsten auf dem Laufweg. Mehrere hundert Pfund Stein. Eine tückische Falle!

Staub wirbelte, die Druckwelle des Gewichts der Platten warf die Laterne um. Sie rollte über den schmalen Steg und warf dabei zuckende Schattenmuster an die Wand.

Clach hechtete ihr hinterher, schlug hart auf dem Steinboden auf und bekam die Lampe im letzten Moment zu fassen, knapp über dem Wasser. Er keuchte und erhob sich so rasch er konnte. Er würgte und spie aus. Dort unten war der Gestank so viehisch, dass er ihm die Sinne zu rauben drohte.

Auf der anderen Seite des Kanals, auf dem Gegenstück von Clachs Laufweg, hockte eine brutal aussehende Ratte mit zerfetzten Ohren, die den Totenkaiser und sein Tun unbeeindruckt musterte. Zum Gruß tippte sich Clach an die Stirn und deutete vor dem Herren dieser Gestade eine spöttische Verbeugung an. Er hatte das untrügliche Gefühl, langsam ‚aber sicher den Verstand zu verlieren.

Clach wandte sich wieder der Tür zu – sie war ganz leicht nach innen aufgeschwungen. Lichtschein, aktinisch blau und diffus, ragte wie eine Speerspitze in den Kanalschacht. Ein seltsamer Singsang, nahezu unhörbar, drang aus dem winzigen Spalt. Abgestandene Luft, die auf eine schwer zu beschreibende Weise falsch roch – Nuancen von Vanille, faulen Früchten und verbrannter Milch befanden sich darin –, kroch förmlich zwischen Tür und Mauerwerk hervor.

Clach löschte die Laterne – wer wusste schon, ob er sie dort unten nicht doch brauchen würde –, hängte sie an seinen Gürtel und trat auf die Tür zu. Er verhüllte sich im Schutz von Kapuze und Mundtüchern, zückte seine Dolche. Dann presste er sich neben der Tür an die Mauer und horchte, hörte einen seltsamen Lobpreis von männlichen und weiblichen Stimmen.

Dort unten, tief in den Gebeinen eines gefällten Gottes, beteten Gläubige.

Clach trat durch die Tür, seine Sinne so scharf und sein Körper so kampfbereit, wie es angesichts seiner tödlichen Vergiftung nur möglich war. Er wusste, dass ihm bestenfalls Stunden, vielleicht nur noch Minuten blieben, um sein Ziel zu vollenden. Hinter der Tür war das blaue Glühen noch stärker als im Kanalschacht. Es verlieh Clachs Kleidung und Ausrüstung einen ungesunden grauen Schein, der von Krankheit und Tod kündete, doch noch immer berührte ihn keine wirkliche Sorge vor dem nahenden Ende, da war nur der Durst nach Antworten, der ihn tiefer in den abschüssigen Gang aus unbehauenen, natürlichen Felsen trieb. Seltsame Moose und Flechten bedeckten den Großteil der Wände. Von ihnen ging der fluoreszierende Lichtschein aus. Der eigentliche Fels schwitzte da, wo er noch zu erkennen war, eine gelige trübe Flüssigkeit aus, die ganz und gar nicht an Wasser erinnerte. Der seltsame Geruch war hier so stark, dass Clach über seine Verhüllung erfreut war, allerdings wurde es mit jedem Schritt, den er tiefer vordrang, deutlich wärmer, der Gestank noch dazu schlimmer. Unter Lederrüstung und Umhang brach dem Totenkaiser der Schweiß aus. Clach fluchte leise. Solche Temperaturen belasteten seinen Kreislauf zusätzlich, waren der Hemmung von Giften abträglich. Er hatte gehofft, dass es unter der Erde etwas kühler sein würde.

Neue Krämpfe schüttelten ihn, und Panik wallte in ihm auf. Er schob seine Dolche in die Scheiden, verharrte kurz und führte geheime Handgesten der Klärung und Meditation durch, bis sich sein Atem beruhigt hatte. Dann setzte er seinen Weg fort.

Nach einigen Minuten durch den einzigen Felsgang verzweigte sich dieser. Clach musste sich anstrengen, um den wahren Ursprung der Loblieder in den verzerrten Echos auszumachen. Er folgte diesem Sirenengesang tiefer und tiefer in ein labyrinthaftes Netzwerk aus Gängen, die sich immer stärker verästelten. Selbst ohne Vergiftung konnten diese Korridore das Verderben eines Menschen bedeuten, wenn er sich verlief. Hungertod und Wahnsinn im kränklichen Licht dieser Vorhölle waren einem sicher.

Irgendwann hatte er jedes Gefühl dafür verloren, wie lange er bereits nach unten unterwegs war – Hitze und Gift, dazu die seltsame Ausleuchtung des Labyrinths … Das alles forderte Tribut vom Totenkaiser. Ab und zu stolperten seine

Beine bereits, und er drohte zu fallen. Er zog die Tücher herunter und nahm ein, was sich an Gegengiften und stärkenden Arzneien noch in seiner Ausrüstung befand. Ein letzter Stärkeschub durchflutete ihn, als Kräuter, Pülverchen und Flüssigkeiten im Gegenwert mehrerer Vermögen seine Existenz erhielten und den vergeblichen Kampf gegen die tückische Melange in seinem Kreislauf annahmen.

Die Korridore brachen schließlich auf, gaben den Blick auf ein weitläufiges Areal frei, dessen Boden aus Felsen bestand. Die Decke war aus einem einzigen gelbgrauen Felsgrat, einer zylindrischen Wölbung, die zu beiden Enden hin breiter wurde und in monströsen knotigen Auswüchsen endete. Als wäre die gesamte Decke nicht mehr als ein mehrere hundert Schritte langes Rohr, dessen untere Hälfte in diese stadiongroße Kammer durchgesackt war. Um das endgültige Durchsacken zu vereiteln, so schien es, hatten die Erbauer dieses Ortes eine Kette von solch riesigen Proportionen unter dem Rohr hindurchgeführt, dass der Anblick beider Konstrukte den Verstand sprengte. Fünf Glieder von atemberaubender Größe und unsagbarem Gewicht lagen um die Mitte der Röhre, setzten sich dann nahtlos in den Fels der Decke fort.

Clach hatte das Areal kaum betreten, als es ihn wie ein Schlag traf. Er, der sein ganzes Dasein mit der Vervollkommnung anatomischer Kenntnisse und Finessen verbracht hatte, realisierte, was er hier betrachtete.

Eine Mischung aus Ehrfurcht und Unglauben legte sich klamm um sein Herz. Das, was über fünfzehn Mannshöhen über ihm hing, war mitnichten ein riesiges Kanalrohr. Auch kein Teil der Architektur der Penta, der irgendwie durch nachgiebigen Untergrund versackt war. Es war ein Schlüsselbein. Ein Schlüsselbeinknochen von solcher Größe und Erstreckung, dass selbst der gefühllose Totenkaiser bei der Vorstellung von den wahren Ausmaßen des Trägers weiche Knie bekam. Sicher, er hatte die Legenden gehört, und sicherlich entsprachen zumindest Teile des religiösen Geschwätzes beider Orden, Licht wie Schatten, der Wahrheit. Aber *verstanden* oder wirklich akzeptiert, dass wahre Götter aus Elementen einst über Thetis' Boden geschritten waren, das hatte er nie.

Doch nun stand er hier, ein Sterblicher, dessen Leben nur um ihn selbst und seine Bedürfnisse gekreist war. Und stierte mit dem Unglauben des Vorzeitmenschen, der zum ersten Mal den Zorn eines Gewittersturms und die darauf folgende, alles vernichtende Gier eines Waldbrandes erlebte, auf die Knochen eines Gottes.

Schließlich riss Clach seinen Blick von dem Anblick los und eilte weiter. Es dauerte einige Zeit, bis er die Kaverne durchquert hatte.

Einen Teil der Leibeshöhle des Titanen, korrigierte er sich.

Am Ausgang angekommen, verengte sich dieser wieder zu einem immer noch mit reichlich Platz für viele Menschen bemessenen Höhlenkomplex, bei dem es sich nur um die versteinerten Blutgefäße des Titanen handeln konnte, wie dem Totenkaiser aufging. Falls das Gottwesen je aus einem anderen Material bestanden hatte als Fels und Erz. Clach fiel ein uralter Passus aus einem historischen Text ein, den er bei seiner Ausbildung in der Feste gelesen hatte: *Und dort stand Fomor, dessen Fleisch und Gebeine geschlagen waren aus den Bergen dieses unseres Landes, und er war aller Fels unserer Welt.*

Wenn all das stimmte, wenn diese schroffen und vermoosten Tunnel wahrhaftig die Gefäße des Wesens waren und die Gesänge der Versammlung durch diese hallten, dann lag der Gedanke nahe, dass sie sich an einem Ort aufhielten, der eine gewisse Bedeutung hatte. Der Totenkaiser wandte sich ohne groß nachzudenken einem Gang zu, der weiter in die Tiefe führte. Dorthin, wo das Herz des Gottes lag. Liegen musste.

Dass er mit seiner Vermutung richtiglag, merkte Clach

schon früh daran, dass der Gesang bei seinem Fußmarsch durch das Gangsystem nicht nur stetig lauter wurde. Auch durchzog eine Mischung aus aufgestellten Leitern und Strickleitern jene Passagen, bei denen das Gelände zu abschüssig oder glatt war. Menschen hatten den Weg für andere Eingeweihte geebnet. Die Tunnel wurden nun immer größer und auch heller, je mehr Wachstumsfläche sich das Moos erobert hatte – Clachs Ziel kam näher, und es erfüllte ihn mit Zuversicht, dass sich der Aufbau dieses Wesens zumindest nicht grundlegend von dem jener erfüllte, die er hundertfach getötet hatte.

Schließlich erreichte der Totenkaiser sein vorläufiges Ziel. Der gähnende Tunnel, durch den er pirschte, bekam eine immer stärkere Neigung in die Tiefe, wurde dabei größer und größer.

Vor ihm zeichnete sich im schummrigen Halblicht etwas ab. Clach rannte zur Seite und presste sich augenblicklich an die Tunnelwand, die aus gerippten Lamellen bestand. Vorsichtig lugte er um die Wölbung seines Verstecks.

Einige Dutzend Schritte vor ihm standen zwei Gestalten auf dem Scheitelpunkt der Krümmung des Gangbodens am Rand eines Abgrunds, der die Ausmaße eines kleinen Dorfes hatte. Der Singsang und der abartige Geruch drangen aus der Tiefe herauf wie der Klageruf gemarterter Seelen aus dem Urgrund der Höllen. Die Gestalten, die am Rand des Abgrundes standen, wiegten sich in verzückten, seltsam schläfrigen Bewegungen im Singsang, der aus der Tiefe drang. Sie waren in Roben einer unbestimmbaren Farbe gehüllt und trugen Masken aus glänzendem Metall. Hinter ihnen ragten seltsame Konstruktionen auf, deren Zweck sich ihm aufgrund seiner fortschreitend schlechter werdenden Sicht nicht erschloss. Keiner der beiden hatte ihn bemerkt.

Von Lamelle zu Lamelle des Tunnels schlich sich der Totenkaiser an das Duo heran, seine Dolche sprangen förmlich in seine Hände. Endlich traf er auf Gegner, endlich Beute. Routine, die ihn von seinem Verfall ablenken würde – und vielleicht Antworten.

Nein, beschloss er mit einem frostigen Grinsen hinter den Tüchern, *diese werde ich einfach nur erledigen.*

Schließlich war er nahe genug gekommen, um zu erkennen, was da hinter seinen Zielen aufragte – es waren drei schwere Holzgestelle. Auf massiven rechteckigen Platten hatten die Erbauer jeweils zwei lange Kranausleger mit Flaschenzügen montiert, deren Seile straff gespannt in die Tiefe führten.

War dies eine Ausgrabungsstätte? Oder dienten die Aufzüge nur dem Zweck, die Gemeinschaft der Gläubigen nach unten zu transportieren? Clach nahm es an, verschob die Klärung dieser Fragen aber auf später und verschwendete keine Zeit mehr. Als er den Eindruck hatte, seinen Zielen nahe genug zu sein, spurtete er los, auf seine Opfer – er erkannte nun, dass es Männer waren – zu, die erst merkten, dass hinter ihnen etwas vor sich ging, als es bereits zu spät war.

Clachs linker Dolch schoss aus seiner Hand nach vorn, bohrte sich in die Kehle des einen Mannes. Der andere stieß hinter seiner Maske einen halblauten Fluch aus. Hätte er sich zur Seite geworfen, er hätte eine Chance gehabt. Stattdessen fummelte er an seinem Waffengurt herum, riss ein Langschwert heraus, das sich prompt mit seiner Parierstange in den Samtroben verhedderte.

Der verbliebene Dolch des Totenkaisers fand seinen Weg durch die Rippen des Mannes. In einem Blutschauer sackte der Kultist auf die Knie und war tot, bevor er im prasselnden Rot seines eigenen Lebenssaftes auf dem Boden aufschlug.

Clach riss seinen Dolch aus der Kehle des anderen beraubten Körpers und blickte sich nach weiteren Gefahren um. Als er sich sicher war, hier oben allein zu sein, trat er auf eines der Holzgestelle und blickte am Kranausleger hinab in die Tiefe.

Wie er erwartet hatte, fiel die Schlucht, in die er nun blickte, direkt nach der Krümmung des Tunnels, der nichts anderes als die Schlagader war, steil ab. Nach gut vierzig Schritten lotrechten Falls in die Tiefe verbreiterte sie sich und führte an drei offen stehenden, monströs großen Klappen vorbei ins Herz des Titanen, an dessen Grund Clach unzählige winzige Punkte sehen konnte. Köpfe und Schultern von Menschen, aus dieser Höhe nicht viel größer als Stecknadelköpfe, die am Grunde des Herzen des toten Gottes in der Verschwiegenheit der Tiefe ihren Konvent abhielten.

Welcher Wahnsinn ging da vor sich? Dann erspähte der Totenkaiser auch die an den straffen Tauen hängenden Plattformen. Es waren breite, mit Geländern ausgestattete Stege, selbst aus dieser Höhe noch gut erkennbar – und mit Gegengewichten und komplizierten Seilzügen ausgestattet, die sich neben den eigentlichen Haltetauen erstreckten. Clach nahm an, dass sie bei einem etwaigen Verrat der oben Postierten gestatteten, die Plattformen auch weiterhin zu bedienen.

Kurz erlag er der Versuchung, die Mechanismen oben zu sabotieren, erkannte aber die Sinnlosigkeit. Das Herz unter ihm hatte nur eine gigantische Kammer, groß wie eine Kathedrale. Es würde daher über einen zweiten Ausgang verfügen, und er war sich sehr sicher, dass die Heimkehrer und ihr Kult eine solche Eventualität durchaus bedacht hatten. Alles andere wäre närrischer Leichtsinn gewesen, und so schätzte er diese Gegner nicht ein. Nicht mehr. Nur aufgrund des außergewöhnlichen Ortes, an dem sie sich hier befanden, war die allgemeine Sicherheit dieses Treffens so niedrig, das war ihm nun klar.

Er hockte sich neben den Toten mit der Halswunde und betrachtete die Maske eingehender. Sie war aus Silber gefertigt und zeigte das Gesicht eines Mannes mit einem Haaransatz aus Locken und aristokratischen Zügen und hohen

Wangenknochen – eine klassische Götterdarstellung. Das Relief endete allerdings unterhalb der Nase und ließ so das untere Drittel des Gesichtes ihres Trägers frei. Clach unbekannte Runen oder Glyphen waren hineingraviert – die Augen waren ebenso ausgespart wie die Nasenlöcher.

Clach nahm die Maske ab, betrachtete das Gesicht darunter. Die Iris war trüb – die Augen eines blinden Mannes. Es machte Sinn. Jene, die allen anderen Gästen die Masken gaben, konnten so selbst nicht sehen, wer diesen kultischen Ort aufsuchte. Das erklärte, warum die beiden hier keine echten Wächter waren. Dafür hatte er zu leichtes Spiel mit ihnen gehabt.

Der Singsang nahm plötzlich an Intensität zu. Was immer dort unten vor sich ging, es näherte sich seinem Höhepunkt – etwas, das Clach nicht verpassen wollte. Er steckte seine Dolche weg. Ohne groß zu überlegen, riss er seinem Opfer auch noch die Robe vom Körper. Das seltsame Halblicht und der dunkle Stoff würden schon dafür sorgen, dass das Blut aus der Kehlwunde nicht allzu sehr auffiel. Und wenn nicht?

Was sollen sie tun? Mich umbringen!?

Clach warf sich das schwere Kleidungsstück über den Kopf und setzte sich die Maske auf. Dann trat er an den Rand der Plattform und sprang an eines der Tragseile. Als er Kontakt spürte, überkreuzte er seine Unterschenkel an den dicken Windungen des Taus und hielt sich mit den Händen fest. Solcherart fixiert rutschte er langsam und kontrolliert in die Tiefe – unaufhaltsam seinem Schicksal entgegen.

Als er die untersten Ausläufer der Schlagader erreicht hatte – quasi die »Decke« des Herzens –, hielt er inne. Er sah Dutzende Laufgänge, Geländer und Gerüste, die sich, von unzähligen kreuzförmigen Verstrebungen getragen, ringsherum an den Wänden der ganzen Herzkammer entlangzogen. Diese

Laufwege waren im Moment leer und viele davon weit entfernt, doch jene zu Clachs Rechten konnte er mit einem beherzten Sprung erreichen. Über ihren Sinn und Zweck brauchte er nicht lange nachzusinnen, deutlich war zu erkennen, dass hier in den letzten Jahren gearbeitet worden war. Es war offenkundig, dass reiche und einflussreiche Persönlichkeiten irgendwie an dieser Verschwörung beteiligt waren – wie sonst hätten die Handwerker über Jahre hinweg solche Ressourcen abzweigen und hier herunterschaffen sollen?

Das Herz hatte nicht nur die Größe einer Kathedrale – es war auch in eine verwandelt worden. Der Geist irrsinniger Künstler hatte seine Wände über und über mit Gemälden verziert, deren Erschaffer auf dem schmalen Grat zwischen Genie und vollkommenem Wahnsinn balancierten. Die riesigen Wandgemälde, noch längst nicht alle fertiggestellt, zeigten ohne jeden Zweifel die Titanen, die sich während des historischen Sturms über das gebeutelte Land bewegten und miteinander rangen. Urgötter von den Verstand sprengenden Proportionen, im ewigen Kampf eingefroren, die über dem Nebel aufragten und einander grässliche Wunden beibrachten. Zu ihren Füßen das Gewimmel kämpfender Legionen.

Clachs Blick folgte dem Verlauf der Gemälde, erspähte eine Unzahl der riesigen Kreaturen, in deren Zentrum die Fünf, die die Pentae auf ihren Rücken trugen, natürlich die Auffälligsten waren. Clach entdeckte Fomor, einen mit Bergmassiven, Flüssen und Wäldern verkrusteten Moloch aus Fels, mit vier Armen und dem Schädel eines Wesens irgendwo zwischen Wolf und Bär. Ihm gegenüber stand Argas, ein Gigant mit Zügen eines Drachen, dessen Leib in Schwarz und Rot erglühte. Clach sah auch, was zu ihren Füßen lag: ein Riese in einer silbernen Rüstung, vielleicht nur halb so hoch wie die beiden Kontrahenten. Sein Schädel war von einem goldenen

Halo umgeben und eingeschlagen, die Augen waren geschlossen.

Direkt neben der Leiche lagen die zerschlagenen Überreste einer wunderschönen nackten Frau mit pechschwarzer Mähne, die nur unzureichend den zertrümmerten Totenschädel verhüllten, der ihr Kopf gewesen war. Clach wusste, wen diese beiden Gestalten darstellten.

Er wollte seinen Blick gerade von dem religiösen Tableau lösen, das eindeutig dem akzeptierten Glauben des Licht- und des Schattentempels zuwiderlief, als ihm die feinen Nuancen bewusst wurden: Die Menschen zu Füßen der Titanen fochten im Nebel. Sein Blick wanderte wieder zu Fomor. Die gleichnamige Penta auf den Schultern und Rücken des Titanen sah anders aus als in Holzschnitten und Gebetsbüchern. Clach erkannte den Palast des Archonten und andere ikonische Gebäude der … *der heutigen Penta. Das ist kein historisches Gemälde mit etwas theologischer Verzerrung. Nebel und Archonten-Paläste. Das ist jetzt!*

Dann, ebenso klar, trat eine andere Erkenntnis vor seine Augen: Es war egal, ob diese Wahnsinnigen wirklich glaubten, dass ihre versteinerten Götter wieder Krieg gegen die letzten Reste einer sterbenden zivilisierten Welt führen würden. Clach, der Totenkaiser, war dem Tode geweiht.

Von frischem Zorn erfüllt, richtete er den Blick nach unten. Noch immer konnte er keine Details ausmachen, aber eine Sache erkannte er: Der Masse an Menschen dort unten stand eine einzige, sich leicht wiegende Person auf einem Altar oder Podest gegenüber. Eine Art Priester, Rädelsführer, vielleicht ein Lord. Diese Kreatur würde er sich vorknöpfen und jedes Quäntchen kultisches Wissen, jede Unze an geheimen Informationen und Hintergründen bergen. Und dann würde er in einem letzten Feuer vergehen und dabei so viele dieser Wahnsinnigen mit sich reißen, wie er konnte.

Sein Blick fiel wieder auf die stabilen Gerüstbauten, Tonnen von Holz, Stahl und dicken Belegnägeln, um die sich Seile wanden, die das Vielfache eines Menschen wogen. Eiseskälte legte neue Schlingen um Clachs Herz. Er würde alle bezahlen lassen. Alle. Ohne Ausnahme.

Der Totenkaiser holte Schwung für den Sprung, ließ das Seil pendeln. Es hatte nicht viel Spiel, weil es so straff gespannt war – aber wenig genügte ihm bei seiner Erfahrung. Dann sprang Clach ab. Für einen kurzen Augenblick spürte er die Leere des Abgrundes zwischen sich und der Kongregation unter seinen Füßen – dann prallte er unsanft mit der Brust gegen die Flanke des Gerüstes und zog sich hinauf.

Er nahm sich keine Zeit, sich von seinem Sprung zu erholen. Sofort erhob er sich und machte sich auf den Weg nach unten. Immer wieder verharrte er – einerseits, um zu lauschen, ob sich etwas verändert hatte, aber auch, um an neuralgischen Punkten Seile oder Knoten in der Stegkonstruktion zu lösen. Er drehte mit geübten Bewegungen Schrauben heraus oder löste Bolzen oder Keile durch ein, zwei geschickte Schläge mit dem Dolchknauf. Jeder Assassine lernte als Erstes die Kunst, ein Attentat wie einen Unfall aussehen zu lassen – Geschichtswerke waren voll von adeligen Namen, denen ein gefallener Lüster oder morscher Baum zum Verhängnis geworden war. Grundlagen der Statik waren Clach daher nicht fremd. Fiel erst einmal ein größerer Teil der oberen Hälfte des Gerüstes, folgten die anderen Bestandteile so rasch, dass ihr Zusammenbruch einer Sturzflut gleichen würde.

Als Clach etwa die Mitte des Gerüstes erreicht hatte, suchte und fand er eine ganz besondere stützende Querstrebe. Er griff in seine Beutel und zückte ein Fläschchen besonders starken Vitriols, einer kaustischen Säure von solcher Stärke, dass sie auch Stahl oder Fels zersetzte. Er beträufelte die massive, armdicke Metallstrebe mit der Substanz, bevor er seinen Weg nach unten fortsetzte.

Nun konnte Clach auch erste Stimmen innerhalb des Chorals unterscheiden. Und hören, dass sie in einer ihm unbekannten Sprache sangen, nicht unähnlich dem, was in jeder Penta aus den Tempeln des Lichtfürsten drang.

Die Gestalt auf dem marmornen Podest der Menge gegenüber war ganz klar der Vorsänger. Riesige Feuerbecken hüllten ihn in eindrucksvollen Schein, der das Zwielicht dieses Ortes fast vollständig von der Plattform verdrängte. Deutlich lag die Stimme des Hohepriesters über der Versammlung, die wohl an die dreihundert Leiber zählen mochte.

Als Clach im untersten Drittel des Gerüstes ankam, riss der Gesang plötzlich ab. Der Maskierte auf dem Podest – seine Gesichtsmaske schien aus Gold oder einem anderen derartigen Metall zu sein – hob plötzlich die Arme und breitete sie aus.

Eine Schrecksekunde lang glaubte der Totenkaiser, ertappt worden zu sein. Doch niemand hatte ihn bemerkt. Er setzte seinen Weg nach unten fort, ließ dabei aber die seltsame Gemeinde und ihren Führer keinen Moment lang aus den Augen. Über leicht schräg stehende Leitern und simple Stege ging es tiefer und tiefer, er war nun nur noch einige Mannshöhen über den Köpfen der Anwesenden.

»Getreue!« Die Stimme des Vorsängers war tief und klar – das Organ eines geborenen Demagogen. »Brüder und Schwestern der Heimkehrer. Frohlockt. Erfreut euch. Die Zeit rückt näher! Die Heimkehrer blicken mit Wohlwollen auf unsere Taten.«

Die Menge raunte eine rituelle Bekräftigung, die Clach aufgrund der Akustik der Kammer nicht verstand.

Er wandte sich dem nächsten neuralgischen Punkt zu, schnitt Knoten und Seile an. Er hatte noch einige Minuten, bis die Hauptstrebe der Säure nicht mehr standhalten würde. Clach war sich sicher, dass eine vorhandene Führungsriege des Kultes dann unter den ersten Flüchtenden sein würde, darunter der Kultist auf dem Podest. Dann musste er nichts weiter tun, als sich im allgemeinen Chaos diesen Kerl herauszupicken und ihn einer kleinen Befragung zu unterziehen.

Der fuhr unter Clachs Füßen mit seinem Sermon fort. »Mit jedem Tag, der vergeht, steigt die Zahl derer, die unter unseren Klingen fallen. Mit jedem Tag, der vergeht, rückt unser großes Ziel näher. Das Versprechen ewigen Lebens! Und das Versprechen einer Welt, die nach dem Krieg wieder so geordnet sein wird, wie jene, die zuerst da waren, es wollten.«

Ein weiterer Aufschrei der Menge. Bekräftigung. Fanatismus.

»Wir werden die Ketten der Zivilisation zerbrechen, die Falschheit und Lügen der herrschenden Kasten ablegen und nur die einzig wahren Autoritäten anerkennen! Heil den Vätern und Müttern des Feuers und des Wassers! Den Herren von Wind und Fels und Holz! Heil Fomor, Erdvater! Tod den Archonten! Tod dem Klerus! Tod den falschen Göttern!«

Die Menge explodierte in zustimmenden Rufen. Über ihnen war Clach nun wieder darauf bedacht, sich in den wenigen Schatten des kränklichen blauen Lichtes zu halten. Er schnaubte verächtlich. Hundertfach hatte er solche Worte kurz vor ihrem Tod aus dem Mund von selbsternannten Propheten und Weltverbesserern gehört. Er konnte die Anzahl der Kontrakte, für die Adelige den Tempel angeheuert hatten, um irgendwelche Agitatoren zu entsorgen, nicht mehr zählen. Es waren Utopien. Beschönigende Lügen, um willfährige Werkzeuge zu formen. Aber sie taten unbestreitbar ihre Wirkung. Die Menschenmenge unter Clach wurde aufgepeitscht, zu einem Mob aufgewiegelt.

Der Totenkaiser sah, wie der Kultführer einem abseits stehenden Kultisten einen Wink gab. Dieser wiederum gab das Signal weiter an einen Kameraden, der sich an einem großen Zugangstunnel neben der verschlossenen unteren Herzklappe weit im hinteren Teil des Bodens aufhielt. Der verschwand für einen Moment, während der Kultführer wieder mit seinem Sermon begann. Dann kehrte der Kultist zurück – gefolgt von einer Prozession von gut fünfzig Gestalten, die allesamt ähnliche Roben wie die Verschwörer trugen, aber ganz und gar unmaskiert waren. Auch ihre Kapuzen waren zurückgeschlagen. Feierlich machte sich der Aufmarsch der Initianden auf den Weg in Richtung Podest und erklomm die unterste Stufe.

Der Kultführer marschierte nun hinter ihnen auf und ab und skandierte weiter. »Seht jene aus den Reihen der Ungläubigen, die sich uns anschließen wollen, um unsere Ränge zu mehren. Seht jene, denen das ewige Leben verheißen wurde und die ihre Loyalität bewiesen haben, indem sie Leben nahmen, um die Ewigkeit zu erlangen!« Er legte seine Hände wie die Pranken eines Wasserspeiers von oben auf die Schultern eines vor ihm stehenden Mannes. »Seht jene, die Blut vergossen und die Reihen unserer Feinde gelichtet haben, um uns ihre Loyalität zu beweisen! An unserer Seite werden sie unter den Erwählten sein, wenn die Zeit der Ernte und des Wohlstandes beginnt. Wenn die Schlachten geschlagen und unsere Feinde vernichtet sind!«

Clach erinnerte sich wieder an Hermodes' Beschreibungen der Vorgänge in der Penta. Die Gestalten dort unten mussten die Auftragsmörder und Söldner sein, von denen der Hermelin gesprochen hatte – jene Vasallen der neuen Macht, die die Stadt zu Dutzenden überfluteten.

Der Kultführer gab seinem Vertreter ein weiteres Signal, das dieser wie zuvor weiterleitete. Diesmal dauerte es, bis der

Kultist zurückkehrte. Er schüttelte nur den Kopf. Der Mann am Fuß des Podestes tat es ihm kaum sichtbar in Richtung des Hohepriesters nach. Clach konnte sehen, wie sich der Mann auf dem Podest verkrampfte und zornig eine Faust ballte, sich dann aber schnell wieder unter Kontrolle brachte, bevor seine Gemeinde etwas merkte. Der Mann breitete wieder seine Arme aus.

»Noch immer schlagen wir ohne Gnade zu und zögern nicht, uns selbst die Diener unserer Feinde zu eigen zu machen. Die ersten wahren Knechte der falschen Todesgöttin kehren ihrer schändlichen Herrin den Rücken. Ich darf euch mit Freude und voller Stolz verkünden, dass in diesem Augenblick vier ihrer mächtigsten Diener für uns auf der Jagd sind: Die Totenhand ist auf unserer Seite und schlägt aus dem Dunkel gegen unsere Feinde zu, während wir hier versammelt sind!«

Ein Triumpfschrei ging durch die Menge, der in der titanischen Kammer widerhallte. Der Hohepriester riss die Arme des vor ihm stehenden Mörders in die Höhe, und auch die anderen gedungenen Diener auf der Plattform sonnten sich mit einem debilen Lächeln im Bad der Menge.

Auf die könnt ihr lange warten. Und auf ihre große Verkündung als Heilsbringer eurer Mission auch, dachte Clach, und ein grimmiges Lächeln flackerte unter der Maske auf. *Die kommen nicht wieder. Sie sind zu beschäftigt damit, tot zu sein.*

»Ihr seht nun, nichts kann uns aufhalten! Nichts kann uns stoppen! Die Heimkehrer sind unter uns! Bald werden sie sich euch zu erkennen geben!« Das Triumphgeheul der Menge wurde nun fast unerträglich laut, brandete wie Donnerhall oder der Lärm eines Wasserfalls durch die Kavernen.

Der Priester ließ seine Schar gewähren, bevor er beschwichtigend die Handflächen über sie ausstreckte.

»Aber wisset dies: Unsere Wohltäter haben ein Dekret

erlassen. Sie haben eine neue, heilige Aufgabe für uns!« Langsam kehrte wieder Ruhe ein. »Jene, die man Nebelmacher nennt, die aus eurer Mitte, die ihr wegen ihrer seltsamen Kräfte Hexer wähnt und meidet … Beobachtet sie. Geht ihnen nach. Und bringt sie zu uns, wann immer ihr dies vermögt. Tot, wenn es sein muss – aber euer Lohn wird umso reicher sein, wenn ihr ihrer lebend habhaft werdet. Teilt dies auch euren Untergebenen mit. Für jeden lebenden Neb… «

Ein Ächzen durchlief die gesamte Kammer. Ein Geräusch ermüdenden Materials. Metall, das unter immenser Anspannung stand und seine Bindung verlor. Das Gerüst vibrierte leicht, und Clach wusste, dass die Zeit für heimliches Vorgehen vorüber war. Er stürmte an den Rand der Konstruktion und rief in gespieltem Entsetzen: »Meister! Wir wurden entdeckt! Sie kommen von oben!«

Waffen wurden gezogen. Männer und Frauen riefen durcheinander, der Hohepriester wiegelte seine Untergebenen zum Widerstand gegen vermeintliche Eindringlinge auf.

»Findet die Ungläubigen!« Seine Stimme überschlug sich, wurde zu einem Kreischen von irrwitziger Höhe. »Bringt mir ihre Köpfe! Bringt mir ihre … «

Er wurde jäh unterbrochen. Das Ächzen des Metalls schwoll für einen kurzen Moment an, wurde zu einem Reißen von ungeheurer Intensität. Lautes Schnappen hallte durch die Kammer, eine Unzahl von Peitschenhieben, als das Gerüst von oben nach unten seine Spannung verlor und die angeschnittenen Seile und Taue unter dem Gewicht rissen. Der Aufschrei der Menge kam wie mit einer Stimme.

Clach erhob sich und rannte. Unter sich sah er etliche, die im Schock auf die schwankende Gerüstspitze deuteten, die sich in trügerischer Langsamkeit herabneigte. In den Augen hinter den Masken sah Clach die nackte Panik Todgeweihter. Die ersten Gestalten liefen los, stießen ihre angeblichen Brüder und Schwestern aus dem Weg. Clach hatte das unterste Geschoss des Gerüstes erreicht, das nun kontinuierlich erbebte. Ein grauer Schatten rauschte an ihm vorbei – eine eiserne Hohlstange von beträchtlicher Länge. Sie schlug ungebremst in einen der herumstehenden Kultisten ein und ragte wie ein Fahnenmast aus seinem Leib. Eine Fontäne aus Lebenssaft schoss aus den Körpertiefen des Sterbenden aus dem Rohr. Der groteske Schornstein bedampfte die Versammelten wie ein argasischer Rasensprenger.

Wie auf ein verabredetes Signal geriet die Menge in Panik, jeder rannte kreuz und quer. Clach sprang ab, landete als eine von etlichen berobten Gestalten zwischen den kopflos umherwankenden. Der Totenkaiser nahm sich einen Moment zur Orientierung. Der Hohepriester und seine beiden Getreuen stürmten zu dem Gang, aus dem die uninitiierten Mörder geholt worden waren. Jene Kultisten im Raum, die sich unter Kontrolle hatten, strömten auf einen näher liegenden Ausgang in Form einer großen Tunnelöffnung auf der Gegenseite zu.

Sie kamen nicht weit. In dem Moment, als Clach sich abstieß, um dem Rädelsführer und seinen Knechten nachzujagen, erbebte die ganze Kammer unter einem Hammerschlag. Ein Aufschrei ging durch die Flüchtenden, als das obere Drittel des Gerüsts auf sie niederging. Leiber verschwanden in einem Chaos aus Metall und Holz, zerschmettert wie von der Faust eines Gottes. Leiber platzten mit solcher Wucht, dass sie sich in rote Dampfwolken verwandelten. Andere hatten weniger Glück: Fallende Trümmer rissen nur Teile ihres Körpers ab, ließen sie für wenige Augenblicke kreischend und verstümmelt an Ort und Stelle verharren, bevor eine alles verhüllende Decke aus Staub das ganze Spektakel verschlang und die umhertaumelnden Überlebenden verschluckte.

Weitere Schreie erklangen und folgten ihm, während der

Totenkaiser dem Rädelsführer hinterhereilte. Dann verschlang ihn der Ausgang, während hinter ihm alles im absoluten Chaos versank.

Die Tunnelwände flogen an ihm vorüber, während er vor sich die schweren Atemzüge und Wortfetzen seiner Beute hörte. Sein eigener Atem ging keuchend, rasselte bei jedem Zug. Ihm war schwindelig. Sich so zu verausgaben war das Letzte, was er tun sollte – doch vor ihm war einer der wenigen Rädelsführer dieser seltsamen Verschwörung. Als er um eine Biegung rannte, sah er, dass die Männer vor ihm stehen geblieben waren. Als sie sahen, wie ein weiteres Mitglied ihrer Zusammenkunft einige Schritte hinter ihnen um die Ecke rannte, machten die Begleiter des Kultführers abwehrende Handbewegungen.

»Halt! Dieser Gang ist nur für die Erleuchteten! Kehrt um!«, rief einer von ihnen.

Clach langte nach seinen Dolchen. Dieser Griff zur Waffe war diesen Männern im Gegensatz zu ihren blinden Widerparts Signal genug. Sie zogen seltsame Klingen, die wie eine Kreuzung aus Sichel und Schwert aussahen, und verstellten Clach den Weg. Der Hohepriester vergeudete keine Zeit mit eitlen Worten und rannte um sein Leben, während seine Leibwächter sofort auf den Totenkaiser eindrangen.

Clach wusste, dass er in seinem Zustand keine Chance mehr gegen zwei so geübte Schwertkämpfer hatte. Er machte einen Schritt zurück, steckte die Waffen ein und hob beschwichtigend die Hände. Sie ließen sich davon nicht täuschen, sondern rannten auf ihn zu. Clach schleuderte einem der Männer seine Maske ins Gesicht, riss sich die Kutte vom Leib und warf sie ihnen entgegen.

In dem kurzen Sichtschutz, den ihm dieses Manöver gewährte, zerschmetterte er eine Rauchbombe auf dem Boden.

Er hielte die Luft an, schleuderte zwei Wurfmesser in die Schemen, die sich vor ihm im Wabern des Rauches bewegten, tauchte dann durch ihre Mitte und preschte den Gang hinunter. Er spürte, wie sein Körper auf seine letzten Reserven zugriff, aber das war nun einerlei. Alles war einerlei. Alles, was er wollte, waren Antworten. Wer waren diese Heimkehrer genau? Hatten sie wirklich den Tod besiegt? Gerade dieses letzte Geheimnis war für einen Mann in seiner Lage von Bedeutung.

Wer immer der Mann unter der Kutte war, den Clach gerade verfolgte – um seine Gesundheit stand es auch nicht zum Besten. Der Totenkaiser hörte das schwere Keuchen eines untrainierten Körpers. Irgendwo weiter hinter sich vernahm er die wütenden Rufe der beiden Wächter, bezweifelte aber, dass sie ihn und seine Beute noch rechtzeitig einholen würden.

Vor Clach schlug der Kultführer Haken, tauchte in Nebenkorridore ab, aber Clach ließ ihm keine Chance. Er richtete sämtliche verbliebene Energie und Lebenszeit darauf, diesen Mann in die Finger zu bekommen. Koste es, was es wolle. So kurz vor dem Ziel würde er sich durch nichts mehr beirren lassen.

Ein schlecht unterdrückter Wutschrei war zu vernehmen – der Hohepriester musste gefallen sein. Clach verdoppelte seine Anstrengungen. Im Labyrinth hinter ihm erklang in diesem Moment ein gellender Todesschrei. Jemand hatte Clachs Verfolger gefunden. Über das Wer und Warum konnte sich der Totenkaiser keine Gedanken mehr machen. Vor ihm schälte sich eine Gestalt aus dem Azur, die mit dem Rücken an einer Wand stand. Clach konnte sein Glück nicht fassen. Augenscheinlich war seine ach so ortskundige Beute doch falsch abgebogen und hatte sich in ihrer Panik in eine Sackgasse manövriert.

Schwer atmend, reckte ihm die Gestalt zur Abwehr einen derart überverzierten und verschnörkelten Opferdolch entgegen, dass das Ding als Waffe praktisch nutzlos war. Wild fuchtelte der gestellte Hohepriester damit vor dem dunklen Schatten herum, der ihn wie ein Tier durch dieses Labyrinth gehetzt hatte. Alles an seiner Gestalt hatte nun den Zauber aus der Kammer verloren, es war nur noch ein Mensch, der dort stand. Ein gehetztes Tier, dessen Lunge nach der Flucht ebenso zu schmerzen schien wie die von Clach.

Der zog Kapuze und Schals von seinem Gesicht und musterte den Hohepriester. Beim Anblick dessen, was die Gifte aus Clachs Gesicht gemacht hatten, sog der Priester scharf die Luft ein. Einige Herzschläge verharrte er so – dann stieß er ein rasselndes Gelächter aus, krümmte sich gleichsam vor Schmerz und Amüsiertheit. So stand der Hohepriester des Kultes da, die Hände auf den Knien.

»Köstlich. Du bist es. Von allen Narren, die hier herunterstolpern könnten, bist es ausgerechnet du.«

»Kennen wir uns?«, fragte Clach, nicht weniger überrascht darüber, dass er keinem winselnden Feigling gegenüberstand, wie er eigentlich erwartet hatte.

Sein Gegenüber überging die Frage. »Du siehst ungesund aus, alter Freund. Etwas Falsches gegessen? Oder mit der falschen Punze gelegen? Könnte das sein?«

Als hätten seine Worte Clachs Zustand schlagartig verschlimmert, krümmte sich der Totenkaiser in einem neuerlichen Hustenanfall. Clach hatte das Gefühl, als zöge jemand eine rostige Eisensäge durch seinen Mund den Hals herauf. Als er wieder aufrecht stehen konnte, waren seine Hände mit unzähligen Blutströpfchen bedeckt.

»Wer bist du?«, röchelte der Totenkaiser.

»Ich?« Die Gestalt löste sich von der Wand. In einer fließenden Bewegung zog der Hohepriester die Maske von seinem Gesicht, ließ sie zu Boden fallen. »Was denkst du denn, wer ich bin, alter Freund?«

Clach traute seinen Augen nicht. Es musste das Gift sein, das seinen Sinnen übel mitspielte. Anders war nicht zu erklären, wer dort vor ihm stand. Ein Mann mit einer zurückgehenden Haarlinie von fast weißem Blond. Ein nichtssagendes, leicht rundliches Gesicht mit einem beginnenden Doppelkinn. Einen Tick zu volle Lippen, die sich mit der leicht gekrümmten Nase ihres Trägers bissen. Ein Ohr zerfetzt, das andere am Läppchen angewachsen. Die geschwollene, knotige Narbe an der Kehle des Priesters hatte Clachs eigener Stahl einst geschnitten.

Vor ihm stand Òrdag, der Anführer der Morlàmh. Aber das konnte nicht sein, Òrdag war tot, Clach selbst hatte ihn bei ihrem sanktionierten Duell getötet.

»Du … du bist tot! Ich habe dich selbst …«

»Getötet? Ja, hast du wohl. Aber andere, äußerst einflussreiche Leute haben mich zurückgeholt.«

»Also bist du einer der Heimkehrer?«

»Nein, ich bin ein Mensch, so wie du. Ein Nebelmacher. Damals, als du mich ermordet hast, hat mich ein Diener der Neuen Macht fortgetragen. Er war ein Leichenwäscher der Sharis, aber er war auch ein Getreuer der Heimkehrer. Sie haben ihren Nutzen in mir gesehen. Von den wenigen Nebelmachern, die für uns getötet haben, haben sie nur dich im Unklaren gelassen.«

Neue Krämpfe schüttelten den Totenkaiser. Clach wusste, dass es nicht mehr lange dauern konnte.

»Wieso nur mich?«, fragte er.

»Aus Vergeltung, du selbstverliebter Tölpel!« Òrdag deutete auf seine entstellte Kehle, zeigte auf die Stellen seines Körpers, an die Clach sich nur allzu gut erinnerte. Es war kein schneller Tod gewesen, den er dem anderen Attentäter geschenkt hatte. »Ich habe meine Meister gebeten, dich zu benutzen, aber dich im Unklaren zu lassen. Oh, wie es dich aufgefressen hat, nicht zu wissen, warum wir selbst den größten Dilettanten den Vorzug vor dir gegeben haben. Selbst jetzt brennt dein Ego nach Antworten, die es nicht erhalten wird. Ich werde dich dumm sterben lassen!«

Der Raum drehte sich um Clach. Òrdag war kein Lügner, war nie einer gewesen. Das hatte ihn schlussendlich getötet. Zumindest hatte der Totenkaiser das stets geglaubt.

»Wenn es stimmt, was du sagst, dann hast du dich ins eigene Fleisch geschnitten, Òrdag. Du hast die Heimkehr deiner Brüder und Schwestern auf eurer kleinen Messe erwartet, aber es kamen keine Morlàmh.«

Òrdag schaffte es nicht, seine Überraschung zu verbergen. »Wo sind sie?«

»Ich nehme an, die Vergiftung mit dem Arachnox verdanke ich dir?«, fragte Clach.

Òrdag deutete eine spöttische Verbeugung an. »Gern geschehen«, sagte er. »Aber augenscheinlich ist noch eine hübsche Mischung anderer Todbringer dazugekommen, die dich vernichten werden. Lass mich raten, deine Herrin und ihre Diener fanden deinen rasenden Angriff auf Sharis' höchste Vertreterin auf Thetis nicht amüsant? Sie haben dich so verseucht?«

»Was denkst du denn, wer mich so vergiftet hat, Òrdag? Hmm? Da habe ich dir wohl etwas die Wiedersehensfreude verdorben. Ein Vögelchen hat mir gezwitschert, wo die Morlàmh sind. Das Gift deiner Hure setzte erst ein, nachdem ich bei der Todesbotin war.«

»Du hast …?«

»Ein gefährliches Geschäft, diese Attentäterei. Als ich hörte, dass deine kleine Familie in der Stadt weilt, habe ich mir erlaubt, sie zu schlachten wie Vieh. Nicht dass ich so eine

Methode bevorzugte. Bedank dich beim Arachnox, das du mir verabreicht hast.«

Clach sah, dass seine Worte ihre Wirkung nicht verfehlten. Òrdag zitterte vor Zorn und Trauer. Clach setzte nach. Wenn er schon sterben würde, würde er diesen Mann mit sich nehmen. Aber zuvor würde er ihn emotional zerbrechen.

»Weißt du, das ist nicht alles. Du hast sie nicht nur getötet, indem du mich vergiftet und überhaupt erst auf ihre und deine Fährte gesetzt hast. Du hast mich auch gezwungen, sie ultimativ zu bestrafen. Etwas, was mir damals bei dir verwehrt blieb.«

Òrdag hob den Kopf. »Du hast den Ritus angewandt?«, fragte er ungläubig. »Du hast sie zu Nebel gemacht?«

Clach gefiel der seltsame Ausdruck auf dem Gesicht des Attentäters nicht. Seine Augen funkelten.

»Alle Toten werden Erde und Nebel, Òrdag, da bin ich mir sicher. Aber ja, ich habe den Ritus benutzt. Ich habe ihre Seelen vertrieben. Und mit diesem Wissen sende ich dich zu ihnen.«

Clach machte einen Schritt auf sein Opfer zu, aber wieder schüttelten ihn Hustensalven, und diesmal spürte er halbflüssiges Fleisch zwischen den Zähnen. Teile seiner Lunge. Sein Atem kam nur noch stoßweise.

Òrdag grinste hämisch. »Du hättest uns keinen größeren Gefallen tun können, du eitler Pfau. Du hast ihnen das ewige Leben geschenkt.«

»Was … Wie …?«

»Verstehst du nicht, du Narr? Wir ebnen ihnen den Weg. Wir schaffen ihnen die Hüllen! Wir erschaffen die Heimkehrer. Wir, die Nebelmacher.«

Mit diesen Worten sprang Òrdag nach vorn. Von seinen seltsam ungelenken Bewegungen mit dem Dolch war nichts mehr geblieben, er hatte sich erholt und hieb nach Clachs

Kehle. Der Totenkaiser machte einen Schritt zur Seite und riss den Kopf aus der Bahn des Zierdolchs. Die Welt drehte sich bei jeder Bewegung, die Clach machte. Er taumelte förmlich an Òrdag vorbei, sah den Attentäter doppelt. Er griff seine verbliebenen Wurfmesser und schleuderte sie, aber das Metall schlug auf nackten Stein.

»Das hier ist dein Ende, Totenkaiser!«, dröhnte es verächtlich in Clachs Ohren. »Du wirst dumm sterben! Nichts verstehen! Und dabei warst du so nahe an der Wahrheit!«

Ein weiterer Hieb, irgendwo von rechts. Clach tauchte blindlings ab, spürte, wie der Stahl über seinen Kopf hinwegpfiff.

»Ich will nur die Befriedigung, dir dieses Spielzeug in die Därme zu rammen, du Hund. Ich könnte warten. Du hast nur noch Augenblicke. Aber ich will sichergehen, weißt du?«

Den nächsten Hieb konnte Clach nur noch müde mit dem Dolch parieren. Alles in ihm schrie danach, es zuzulassen. Einfach aufzugeben. Doch dann biss er die Zähne zusammen, schüttelte den Kopf, um die Wolken daraus zu vertreiben – und drang mit einer Serie von Hieben auf Òrdag ein.

Der Meuchler wurde an die Wand getrieben, aber das Grinsen wich nicht aus seinem Gesicht. Siegesgewiss selbst im Angesicht des Todes. Was wusste er nur?

Òrdag versetzte Clach einen harten Tritt zwischen die Beine in der Erwartung, dass der Totenkaiser einknicken würde. Doch Clach nahm diesen Schmerz kaum noch wahr. Er rammte einen seiner Dolche knapp unter dem Schlüsselbein in die Schulter des Assassinen und ließ ihn stecken. Òrdag vergalt es ihm mit einem Handkantenschlag gegen die Kehle. Röchelnd wich Clach zurück, als das wenige an Luft, was er noch bekam, von seiner Lunge abgeschnitten wurde.

Òrdag trat nach, platzierte Hieb um Hieb auf der Brust

und im Unterbauch des Totenkaisers und schmetterte Clachs Kopf gegen die raue Felswand.

In einem letzten verzweifelten Reflex riss der Totenkaiser seinen zweiten Dolch hoch und trieb ihn mit aller Macht in Òrdags Unterbauch.

Clach spürte, wie sich das vergiftete Metall den Weg in das Weiche unter den Bauchmuskeln bahnte. Òrdag taumelte zurück, ließ von ihm ab.

»Leber …«, hustete Clach. »Selbst wenn du … Gegengift bekommst … fahren wir gemeinsam in die Höllen …«

Doch Òrdag grinste trotz der Schmerzen weiter. »Du vielleicht«, höhnte er. »Ich habe andere Pläne. Schade, dass das deine letzte Klinge war. Wenn du mich nun entschuldigen würdest, ich habe eine Verabredung. Mit der Ewigkeit! Stirb gut, Totenkaiser!«

Damit begann er zu flüstern. Ungläubig beobachtete Clach, wie Òrdag den Griff des Dolches packte und die Waffe mit einem vor Todesqual verzerrten Gesicht in die Höhe zog. Die Klinge zerschnitt die Därme des Attentäters. Sie sprengten ihr fleischliches Gefängnis, entkordelten sich in milchig grauen Schlingen in einem Blutsturz auf die Knöchel des einbrechenden Meuchlers. Schiffstaue auf dem Kai. Òrdags Lippen bewegten sich noch, als der Blick seiner Augen brach – und Clach erkannte, welche Worte sie sprachen:

»Thian! Astrobh ’ni Sleed! Thian!«, las er es auf Òrdags Lippen. Dann war der Letzte der Morlàmh tot.

Welcher Wahnsinn hat ihn geritten, den Ritus an sich zu vollziehen?, wunderte sich Clach. Noch dazu ohne Tieropfer? Òrdags Worte kamen ihm wieder in den Sinn: *Wir erschaffen sie. Wir erschaffen sie!*

Zu weiteren Erwägungen kam er nicht mehr. Das Gift peinigte ihn mit weiteren Krämpfen. Das Summen kam mit

Verstärkung zurück. Langsam, aber sicher wurden Arme und Beine taub.

Vielleicht ist er gar nicht vernichtet. Vielleicht bewirkt der Ritus etwas ganz anderes, raste es in weißen Funken durch sein kochendes Hirn. *Vielleicht braucht man die Tiere gar nicht*... Clach erbrach sich. Seine Knie wurden weich. Irgendwie schaffte er es, sich auf den Leichnam zuzuschleppen. Dunkelheit flatterte wie ein Krähenschwarm durch sein Sichtfeld. Er fiel auf die Knie. Kroch. Riss die Klinge aus der Leiche seines Gegners. Hob die blutige Waffe. Und begann zu intonieren: »Thian … Aigh … Thian … Brolgh …« Weiter kam er nicht. Etwas traf ihn in die Seite.

»Wag es nicht zu verrecken, du Hund! Wag es nicht, mich zu betrügen, hörst du?«, donnerte es in seinen Ohren. Die Klinge entglitt kraftlosen Fingern. Jemand Großes hielt ihn so spielerisch wie ein Kind. Ohrfeigen klatschten in Clachs Gesicht, kämpften vergeblich gegen die endlose Müdigkeit an.

»Hörst du? Hörst du?« Eine spürbare Verzweiflung lag in der anderen Stimme. Ihr Besitzer ließ ihn fallen. Riss ihn wieder empor. Er sprach weiter.

»Wach auf! Wach auf und kämpfe!«

Er hatte keine Kraft mehr. »Thian … Hestaigh Slairne …«, wisperte er.

»Was sagst du, du Hund?« Der Donnerer überschlug sich vor Zorn, doch sein Donner war klein und schwach, gemessen am Donner in Clachs Ohren, der alles mit sich trug. Er wurde wieder emporgerissen, konnte aber nicht mehr sehen, ob es die Schwingen aus Dunkelheit oder seine Angreifer waren.

»Thian … Astrobh 'ni Sleed …«, röchelte Clach.

Kälte drang in ihn ein. Endlose Kälte. Der Schmerz verging.

»Thian.«

22. Morven und Ormgair

Sie hatte aufgeben wollen, kurz bevor sie Erfolg gehabt hatten. Sich einfach hinsetzen, ihre Situation überdenken und dann doch gehen wollen. Die Schmach wäre zu viel gewesen, aber sie hätte einige weitere Stunden im Gestank der Kanalisation einfach nicht überstanden. Jeder Plan wäre ihr recht gewesen, um aus dem Gangsystem in der Tiefe der Unterstadt an die Oberfläche zurückzukehren.

Genau in diesem Moment hatte Ormgair die Wartungstür entdeckt, die man ihnen beschrieben hatte, und sie waren hindurchgetreten, nachdem es dem Barbaren mit spielerischer Leichtigkeit gelungen war, das Metall aufzustemmen. Morvens Verwunderung hatte sich schnell gelegt. War das Metall doch bemerkenswert gut geölt und in Schuss, so als würde diese von außen so derangiert wirkende Tür oft benutzt.

Während sie einem langen Felsgang folgten, der wie alles in diesem verwinkelten Kavernensystem von blauen Moosen erhellt wurde, dachte Morven mit Schaudern an das Bandenmitglied zurück, das den Fehler begangen hatte, allein beim sicheren Versteck aufzutauchen. Der Mann war wenige Stunden nach ihrer Mahlzeit erschienen, während Ormgair und sie noch Pläne geschmiedet hatten, wie sie am besten zu diesem geheimen Treffen gelangen konnten. Ursprünglich hatte dieser Kerl nur seine Kameraden aufsuchen wollen, um die beiden Anführer über neueste Erkenntnisse ins Bild zu setzen.

Ormgair war über ihn hergefallen, hatte den Verbrecher mit einem einzigen Fausthieb auf die Bretter geschickt und dann mit seinem eigenen Gürtel und einigen Sehnen an eben jenen Stuhl gefesselt, auf dem Hermodes gestorben war. Die Zeit, die darauf folgte, war Morven alles andere als angenehm in Erinnerung, aber sie hatte bei Ormgairs Vorschlag, die Stube zu verlassen, nur den Kopf geschüttelt. Sie hatte diesen Menschen nicht kalt lächelnd der Folter überlassen wollen. Doch schnell hatte sie gemerkt, dass Folter nicht Ormgairs Anliegen war. Er hatte sie vor seinem Verhör als Erstes gefragt, ob der Kerl einer derer war, die über sie hergefallen waren. Das war jedoch nicht der Fall. Daraufhin hatte Ormgair ihren Gefangenen eine gewisse Zeit mit den grässlich zugerichteten Vergewaltigern in einem Raum gelassen. Das hatte seine Wirkung nicht verfehlt. Der Barbar hatte den Burschen am Ende vor die Wahl gestellt, so zu enden wie seine Kameraden, oder ihr und ihm einige Fragen zu beantworten und dafür weiterzuleben.

Mehr als bereitwillig hatte der Mann so gut wie jedes bescheidene Geheimnis ausgespien, das sich in seinem Spatzenhirn befand – nur war wenig Erkenntnisreiches dabei. Aber schließlich hatte er davon berichtet, des Öfteren für seine Unterführer an einer Tür in der Kanalisation Wache gestanden zu haben.

Wieder und wieder hatte Ormgair ihren Gefangenen gezwungen, die Wegbeschreibung zu wiederholen. Die Tür selbst zu beschreiben.

Ormgair hatte ihren Gefangenen bewusstlos geschlagen und geknebelt. Kurz darauf waren sie aufgebrochen.

Sie ließen die Abwasserkanäle hinter sich zurück und pirschten vorsichtig durch das eigentümliche Gangsystem, das so gut durch jahrhundertealten (Aber-)Glauben und das belanglose Äußere der arkanen Tür verborgen geblieben war. Wie Clach passierten sie auf ihrem Weg in die Tiefe irgendwann organischere Strukturen, die nichts anderes sein konnten als Rippen von einer dem Verstand spottenden Größe. Durch weitere Tunnel in deren Zwischenräumen drangen sie tiefer und tiefer in das Innere des Titanen vor.

Seitdem ihnen klargeworden war, wo sie sich aufhielten und was ihren Füßen als Untergrund diente, hatte Ormgair geschwiegen. Er strahlte dabei etwas wie religiöse Verzückung aus. Aber vielleicht übertrug Morven auch nur ihre Vorstellungen auf Ormgair. Sie kannte den Barbaren ja kaum.

Doch auch sie erschütterte der Anblick des gigantischen Leibs. Es ging dabei um weit mehr als die bloße Erkenntnis, dass die alten Legenden eine gewisse Fassbarkeit erlangt hatten. Sie spürte nur Hilflosigkeit. Bedeutungslosigkeit angesichts eines uralten Leichnams einer Kreatur, die sie so überragte, so unvorstellbar groß war, dass sie eine Festung zu tragen vermocht hatte. Und wenn es diese Monstren wirklich gegeben hatte, dann gab es auch die Gegenseite. Dann war die Existenz des Lichtfürsten mehr als nur eine theologische Waffe gegen die Furcht, der Nebel könne irgendwann ganz Thetis für immer vom Licht trennen. Nein, dieser Gott hatte eben jenes Wesen erschlagen, durch dessen Leib sie sich gerade wie Insekten bewegten. Dieser Gott existierte, musste existieren. Und er hatte mit angesehen, wie Morven litt. Wie diese Tiere mit ihrem Körper gemacht hatten, was sie wollten.

Die Wut gärte mit solcher Intensität in ihr, dass sie zitterte. So etwas hatte sie noch nie empfunden: eine Stimmung zwischen schrecklicher Gottesfurcht und einem stummen Schrei der Anklage.

»Ssst!«, zischte Ormgair. Er hatte sich an einer Biegung hingehockt und die rechte Faust erhoben. Irgendwo vor ihnen hatte er etwas entdeckt.

Morven ließ sich auf ein Knie nieder, presste sich an die Wand. Stimmen näherten sich. Zwei Personen kamen den Gang entlang.

»… mindestens drei Dutzend Neue. Und er sagt, dass Großes bevorsteht. Er wird heute Nacht etwas verkünden. Ein neuer Auftrag.«

»Es wird allmählich ernst, oder?«

Morven sah, dass zwei Gestalten, den Stimmen nach Männer, den Korridor entlangschlenderten. Sie bewegten sich entspannt, die üblichen Strauchdiebe der Unterstadt, abgerissene Gestalten in Lederpanzer und Gugel, mit Kurzschwertern bewaffnet. Sie hatten nicht den Hauch einer Chance. Schneller, als Morvens Blick dem Geschehen folgen konnte, war Ormgair über ihnen. Es knirschte dumpf, als Schädel gegeneinanderprallten, dann gingen die beiden zu Boden. Der Barbar zerrte die Bewusstlosen in den Seitenstollen.

»Noch mehr von diesen Würmern«, knurrte er.

»Sie tragen andere Farben als die aus dem Haus. Ich glaube, diese hier dienen einem anderen Herrn – aber sicher bin ich mir nicht.«

»Was tut all das Ungeziefer hier?«

»Was immer es auch ist – es geht dort entlang.« Morven nickte in Richtung des Nebenstollens. Ormgair knurrte zustimmend und fesselte die beiden Bewusstlosen mit Gürteln und Teilen ihrer Ausrüstung aneinander, bevor er einem der Verschwörer die Stiefel nahm. Er zog dem Mann die Socken aus und stopfte ihm eine davon zusammengeknüllt in den Mund, riss dann einen Ärmel ab und fixierte den Knebel so. Bei dem anderen wiederholte er die Vorbereitungen, knebelte den Gefangenen aber noch nicht.

»Was einmal funktioniert hat …«, murmelte er und schnitt dem Ungeknebelten mit der Dolchspitze ins Ohr. Die Augen des Mannes flogen auf. Bevor er schreien konnte, legte ihm der riesenhafte Barbar eine seiner Pranken aufs Gesicht. Die Augen über der Hand rotierten.

»Bevor du etwas sagst, irgendeine Schmähung ausstößt, uns sagst, dass du nicht reden wirst und so weiter – sieh mich genau an. Ganz genau. Und dann schau das Weib hinter mir an. Deine Freunde haben sich letzte Nacht an ihr vergangen. Sehr viele von ihnen.«

Morven fuhr bei seinen Worten zusammen. Sie brauchte ihre Reaktion nicht zu spielen.

»Wenn du also frech werden willst, denk vorher darüber nach, wie viel dir dein Leben bedeutet. Und das Leben deines Freundes hier. Ich nehme meine Hand jetzt fort. Deine nächste Reaktion entscheidet, ob du und dein Freund geknebelt hier zurückbleiben. Oder als Leichen.«

Die Roben waren so weit geschnitten, dass sie das Geschlecht und die Maße ihres Trägers gut verhüllten. Ormgair war natürlich viel zu groß für die Gewänder von Stadtbewohnern, und sie konnten nur hoffen, dass dies niemandem auffallen würde. Nachdem sie erfahren hatten, aus welchem Grund die Verschwörer an diesem Ort waren, dass die beiden Männer auf dem Weg gewesen waren, um sich auf das abendliche Spektakel vorzubereiten, hatte Ormgair ihren Gefangenen bewusstlos geschlagen. Gefesselt und geknebelt waren beide in irgendeinem Seitengang deponiert zurückgeblieben, während Morven und Ormgair sich tiefer in das Labyrinth gewagt und die Kammer, die dem Kult als Umkleide diente, gefunden hatten. Solcherart als Mitglieder der Gemeinschaft verkleidet, machten sich die beiden ohne Hast auf den Weg zum Versammlungsort.

Verstohlen musterte die Templerin immer wieder ihren Begleiter. Was ging in seinem Kopf nun vor, da er das Ziel der Kultisten kannte. Und das an diesem Ort?

»Glaubst du wirklich, sie schaffen, wovon der Kerl erzählt hat?«, brach sie das Schweigen, während beide die Strecke in Richtung des Titanenherzens gingen.

»Hmm?«, grunzte Ormgair gedankenverloren.

»Das ewige Leben für ihre Treue erhalten? Den Titanen dienen, indem sie die belohnen und in ihren Reihen aufnehmen, die für sie töten? Das klingt für mich sehr weit hergeholt.«

Der Nebeljäger blieb stehen und drehte sich zu Morven um. Er musterte sie einige Sekunden mit Augen, die selbst im kalten blauen Halblicht der Moose und Flechten von so intensivem Grau waren, als wäre ein Teil des Nebels in ihnen wie hinter Glas eingekerkert.

»Die Titanen sind die Götter und Vorbilder meines Volkes, Mädchen. Meinst du das?«

»Ja. Nein. Ich meine, du wirkst auf mich wie ein Mann, für den seine Ehre alles ist. Und du glaubst an die Titanen – daran, dass sie Götter sind, die vor Urzeiten von den Erzmagi versklavt wurden.«

»Von den Hexern, ja«, raunte Ormgair.

»Und da frage ich mich, ob du dir vorstellen kannst, dass diese Leute die Wahrheit sagen?«

»Morven. Die Titanen haben in der Zeit meiner Vorväter Berge gespalten und Flüsse verdampft. Ich hatte eine Vision in der Höhle, in der Fahlsang und ich uns gefunden haben.«

Sie betrachtete den Schwertgriff, der über seine Schulter hinwegragte.

»Sie sind so ewig wie Feuer und Wind – und sie werden zurückkehren. Der Lichtgott der Stadtlinge und seine Sonne und die Titanen – sie mögen Feinde sein, aber man kann nicht verleugnen, dass sie einander stets halfen. Eine Frage des Gleichgewichts. Sonne und Welt. Welt und Sonne. Nichts kann ohne das andere bestehen. Alle Dinge sind miteinander verbunden.«

»Das beantwortet meine Frage nur zum Teil. Weichst du mir aus?«

»Ich will dich nur nicht anfahren und reiße mich zusammen. Das ist ein Unterschied. Ich bin Gesellschaft nicht gewohnt. Aber wenn es dich beruhigt: nein. Nein, ich kann mir nicht vorstellen, dass meine Götter, die Herren über alle Schöpfung waren und noch immer sind, schwächliche Stadtlinge irgendwelche anderen Stadtlinge heimtückisch ermorden lassen. Aber sie sind Götter, und welcher Sterbliche kennt schon ihre Ziele? Ich nicht. Und du auch nicht. Es ist müßig, darüber nachzudenken.«

»Weil wir ein anderes Ziel haben?«

»Und weil uns die Titanen keine Antwort schulden und uns keine geben werden«, sagte Ormgair. »Aber eines weiß ich. Sie haben mich hierhergeschickt. Um euren Totenkaiser zu fordern. Einen Mann, von dem wir glauben, dass er hier auftauchen wird und vielleicht auch zu diesen Verschwörern gehört, wer weiß? Wenn er hier ist, werde ich ihn fällen. Und dann werden mir die Titanen ihren Segen geben. Ich werde die Stämme einen und Rache für den Mord an meinem Volk nehmen.«

Morven schluckte. »Du wirst die … Stämme einen? Alle Stämme?«

»Ich werde allen Medizinmännern und Sehern berichten, was die Titanen mir aufgetragen haben – und das Haupt und die Waffen des Totenkaisers als Beweis heimbringen und alle Stämme einen.«

»Und dann?«, fragte Morven und konnte den besorgten Unterton nicht aus ihrer Stimme verbannen. »Was dann? Wirst du sie gegen die Pentae führen?«

»Siehst du«, antwortete Ormgair, »da hast du eine wirkliche Antwort auf deine erste Frage. Wäre *das* nicht eher im Sinne der Titanen als die Entweihung ihrer Körper durch die schmutzigen Stiefel dieser verhüllten Feiglinge? Nein, Kind, ich glaube, dass diese Männer und Weiber die alten Wahrheiten, die bei euresgleichen nur noch Legende sind, für ihre Ränke und Zwecke nutzen, mehr nicht.«

»Das war schon wieder keine Antwort.«

»Wer weiß schon, ob ich diesen Totenkaiser wirklich besiegen kann? Ich bin ein alter Mann …«

»… der kämpft und beweglich ist wie ein junger Wolf.«

Ormgair grinste breit. »Ja, und ebenso hungrig. Wenn wir das hier überleben, sollten wir jagen gehen, du und ich, Kind.« Er ging weiter und plapperte.

Morven blieb stehen. Sie spürte, wie ihr Herz schwer wurde.

So viele Menschen in den Pentae, die nichts von dieser Verschwörung wissen. Nichts von der Bedrohung ahnen. Und nun noch das. Wenn er wirklich die Stämme eint …

»Ich muss dich töten«, sagte sie, und sie erschrak beim Klang ihrer eisigen Stimme. Aber ihr war auch klar, dass es die Wahrheit war. So viele Kinder und Frauen in den Pentae. Ormgairs Schilderungen, wie häufig bei seinem Volk geschah, was man ihr angetan hatte. Sie würde nicht zulassen, dass solch ein Schicksal anderen Frauen und Mädchen widerfuhr. Oder Knaben.

»Ich muss dich töten«, wiederholte sie. »Solltest du eines Tages mit einer Armee deiner Leute hier auftauchen, vor unseren Toren. Dann bleibt mir nichts übrig, als dich zu fordern. Und zu töten.«

Das Grinsen des Nebeljägers wurde bei diesen Worten noch breiter. Seine Augen loderten in den Feuern einer archaischen Zeit, in der Zahn und Klaue Daumen und Verstand überlegen gewesen waren.

»Ich erwarte nichts weniger von dir, Mädchen. Nichts weniger.«

Es war bemerkenswert. Morvens Furcht, dass ihre Roben nicht Schutz genug sein könnten, dass man sie entdecken und an Ort und Stelle erschlagen würde, waren unbegründet. Als die beiden durch einen Seitenzugang in die atemberaubende Kathedrale der Herzkammer eindrangen, hatte sich bereits eine größere Schar vor der Altarplatte versammelt. Im Schutz ihrer Silbermasken hatten sich Morven und Ormgair zu den anderen Gestalten gesellt. Ormgair bemühte sich immer noch, kleiner zu wirken, um keine Aufmerksamkeit zu erregen. Der Mann auf der Altarempore redete sich seit sicher einer Stunde in Rage, sprach von Rache und dem Untergang der herrschenden Schichten und dem Lohn all der Mühen der Anhänger der Heimkehrer, dem ewigen Leben.

Die paar hundert Kultisten zu seinen Füßen mochte dieser Mann mit seinen Worten täuschen, ihr frenetischer Jubel brandete alle paar Sätze durch den schwindelerregend hohen Herzdom. Morvens Ohr war durchaus geschult für die Worte eines Predigers. Eines Demagogen. Sie erkannte die Lügen, die zwischen den keifenden Tiraden des Hohepriesters immer wieder durch geschickten Wechsel von Tonlagen und -fall als Honigseim über der Menge versprüht wurden. Der Balsam dieser Worte kanalisierte geschickt als Gegengewicht zum aufgepeitschten Hass der Menge die geheimen Bedürfnisse und Ängste jedes Einzelnen im Raum und würde nach längerer Zeit auch aus einem rechtschaffenen Mann einen Mitläufer der Ziele dieser Heimkehrer machen.

Morven schauderte, während sie die gigantischen Wandgemälde studierte. Ebenso wie Clach war ihr nicht entgangen, dass die Bilder nicht die Vergangenheit zeigten, sondern Tage, wie sie sich der Kult der Heimkehrer ausmalte. Deren

Name im Übrigen nur selten fiel. Wahrscheinlich zogen es Wesen wie Solus vor, nicht Teil solcher Aufmärsche zu sein. Den Prophezeiungen des Hohepriesters nach würden sich die Heimkehrer offenbaren, wenn sie den Moment für richtig erachteten.

In diesem Augenblick verstummte der Priester kurz und tauschte einige Blicke mit anderen Kultisten am Ausgang. Es dauerte einige Sekunden, dann betraten zu den Verkündigungen des Redners gut fünf Dutzend Gestalten die Bühne.

Morven pochte das Herz bis zum Hals, und ein pelziger Geschmack breitete sich auf ihrer Zunge aus. Sie legte die Hand um den Schwertgriff. Zwei der Männer dort oben kannte sie nur allzu gut. Sie waren unter den Kreaturen gewesen, die sich an ihr vergangen hatten. Morvens Sorgen waren wie weggeblasen – ihr war es plötzlich einerlei, ob man sie entdecken und der Mob sie zerfleischen würde. Alles, was sie wollte, war mit diesem Grauen erregenden Erlebnis abschließen – und die Verantwortlichen zur Rechenschaft ziehen.

Sie machte einen Schritt nach vorn, spürte plötzlich eine Hand auf ihrer Schulter. Ormgair schüttelte leicht den Kopf, ließ die linke Hand vor seiner Brust ganz sachte aufsteigen und sinken. Geduld. Nicht jetzt. Sein Blick zu der Geste war eindeutig. Sie erkannte die Vernunft hinter seinem Hinweis und zwang sich zur Ruhe. Sobald die Versammlung sich auflöste, würde sie ihre Chance bekommen.

Plötzlich klingelten ihre Ohren, als etwas zu ihrer Rechten erbebte. Etwas Warmes legte sich unterhalb der Halbmaske auf ihre Lippen und ihr Kinn. Perplex forschte sie mit der Zunge, schmeckte das Salz. Blut. Von der Lautstärke des Ereignisses wie betäubt, drehte sie langsam den Kopf. Keine zwei Schritte neben ihr stand ein Mann, aus dessen Körper ein langes Hohlrohr ragte, und versprühte sein Leben über die Menge. Diese geriet augenblicklich in Bewegung.

»Seht!«, schrie jemand und deutete nach oben. Dort neigte sich ein riesiger Teil des Gerüstes in trügerischer Langsamkeit hinab.

Die Menge explodierte augenblicklich in einer panischen Energie. Schreiende Menschen rannten wild durcheinander oder strömten auf die Ausgänge zu. Etwas schob Morven vor sich her, und sie sah, dass es Ormgair war. Der Barbar verteilte brutale Faustschläge, um ihnen etwas Freiraum zu verschaffen. Mit Nachdruck schob er Morven näher an das Gerüst heran, bis sie verstand und freiwillig mitrannte. Sekunden danach ging hinter ihnen die Welt in den Schlägen von tausend höllischen Glocken unter. Es war nicht nur Lärm, es war reiner körperlicher Schmerz, der durch ihre Schädelknochen vibrierte, als die ersten oberen Gerüstteile weit hinter ihnen einschlugen und die fliehende Menge zu einem Drittel unter sich begruben. Staubwolken rasten durch den Herzdom, hüfthohe Stürme, die auf der Druckwelle der Verwüstung in ihren Kampf gegen das Leben ritten.

Ormgair und Morven befanden sich schwer atmend unter dem Gerüst neben der eingestürzten Konstruktion. Unsicher blickte sie nach oben, erkannte aber schnell, dass es hier weit sicherer war als im Inneren der Halle.

Auf einmal riss Ormgair Fahlsang aus der Scheide und deutete mit der Spitze auf den fliehenden Hohepriester und sein Gefolge bei jenem Ausgang, durch den sie beide vorher hier hineingefunden hatten. Eine weitere Gestalt, die sich sichtlich zielgerichtet bewegte, ein weiterer Jäger außer ihnen beiden an diesem Ort, folgte ihnen.

»Da ist er! Das muss er sein!«, brüllte Ormgair gegen die Schreie der Menge an.

»Geh nur!«, rief sie zurück. »Tu, weswegen du gekommen bist! Ich muss selbst etwas regeln.« Morven deutete auf die panische Menge, die den Ausgang der Höhle auf dieser Seite verstopfte, unter ihnen auch die grobschlächtigen Vergewaltiger.

Morven warf einen Blick nach oben, sah die anderen Gerüste schwanken, die diese Kammer in ein Massengrab verwandeln würden.

»Gute Jagd!«, lachte Ormgair, warf die Maske fort und preschte los, mitten hinein in das Chaos. Ein fleischgewordener Kriegsgott, dessen Tatendrang beflügelt wurde durch den Irrsinn aus Staub, Trümmern und den Schreien der Sterbenden.

Morven tat es ihm nach, stürmte in das Getümmel. Grässlich verstümmelte Gestalten lagen überall. Immer wieder musste Morven Haken schlagen, wenn neben oder vor ihr Gerüstteile zu Boden schlugen. Sie würde nicht nur Vergeltung üben, sondern Gerechtigkeit schaffen – und damit endlich etwas erreichen. Wenn sie hier raus war, würde sie die Welt vor den Machenschaften dieser Leute warnen, statt mir leeren Händen von einer sinnlosen Mission zurückzukehren.

Neben ihr regnete es schwere Bohlen, die auf dem versteinerten Boden förmlich explodierten. Der Staub war so dicht geworden, dass sie nur noch wenige Schritte weit sehen konnte. Etwas taumelte ihr entgegen und stieß unartikulierte Laute aus. Morven schmetterte der wahnsinnigen Gestalt den Schwertknauf ins Gesicht und sprang über den fallenden Körper.

Das Atmen fiel ihr mit jedem Augenblick schwerer. Sie unterdrückte den Hustenreiz, so gut sie konnte, blinzelte Steinmehl und Tränen aus ihren Augen. Weiter. Immer nur weiter. Dann – plötzlich – war sie durch.

Hinter ihr krachten nun weitere größere Teile in die Herzkammer, aber die Nebenader war frei. Staubwolken wirbelten hinter ihr in den nahezu unberührten Tunnel. Sie glich einer Nomadin auf einer Düne in der Wüste, hinter der ein Sandsturm seine Gewalt entfesselte und der an ihr vorbei in das unberührte Land vor ihr strömte. Irgendwo im Gewirr der kleineren Gefäße hörte sie Ormgair brüllen. Was sie aber weit mehr interessierte, waren die vier unmaskierten Gestalten, die nur wenige Dutzend Meter vor ihr durch das diffuse Blau rannten. Ihre Peiniger und deren Verbündete mussten hier Pause gemacht haben und flohen nun weiter. Sie zog hoch und spie eine schlammartige Mischung aus Speichel und Steinmehl aus, bevor sie wieder die Verfolgung aufnahm.

Es dauerte nicht lange, bevor ihre Peiniger merkten, dass sie verfolgt wurden. Einer der beiden wandte den Kopf und klopfte seinem Begleiter auf die Schulter. Die beiden anderen, die Morven unbekannt waren, blickten ebenfalls im Lauf zurück.

Der Zweite stieß einen Fluch aus und riss an der Schulter seines Kameraden, als dieser langsamer werden wollte, um sich Morven zu stellen. Wild gestikulierte der Klügere der beiden Vergewaltiger – Morven brauchte die Männer nicht zu hören, um zu verstehen. Diesmal war sie nicht benommen. Diesmal war sie nicht das Opfer. Sie jagte – und beim Lichtfürsten, sie genoss es. Diese Männer mochten vielleicht glauben, einer Frau in manchen Dingen überlegen zu sein. Vielleicht war dem sogar so. Aber eines hatte man ihr in mehr als einem halben Jahrzehnt so lange eingedrillt, dass es zu reinem Instinkt geworden war: kämpfen. Und laufen. Sie würden ihr nicht entkommen – und sie spürten es. Nackte Panik ergriff die beiden, als sie vorwärtsstürmten und den Begleitern mit Fingerzeigen auf Morven zu verstehen gaben, dass sie ein Problem hatten.

Morven war nun auf gut dreißig Schritte heran. Wie auf ein vereinbartes Signal hin traten die beiden, die mit ihrer Vergewaltigung nichts zu schaffen hatten, ihren Peinigern von der Seite in die Knie oder hieben ihnen beide Hände zur

Hammerfaust geformt in die Flanken. Die Vergewaltiger gingen zu Boden und fluchten. Als sie sich wieder erhoben hatten, waren ihre Begleiter bereits weitergerannt. Fahrig blickten sich Morvens Peiniger um, dann deutete der Größere der beiden auf einen Seitengang. Ohne nachzudenken, stürmten sie hinein. Morven wurde langsamer.

Sie war vorhin aus dieser Richtung gekommen und erinnerte sich an die Stelle. Sie gönnte sich eine kurze Verschnaufpause am Eingang, bevor sie mit dem Schwert in der Hand langsam in den Nebengang trat. So tief außerhalb der Herzkammer waren die Erschütterungen nur noch schwach zu spüren, und lediglich ein schwacher Staubfilm lag in der Luft. Vor sich sah Morven die beiden Verbrecher, die mit dem Rücken an einer Wand standen – der Gang war eine Sackgasse.

Sie war vorbereitet, als etwas durch die Luft auf sie zuraste. Es war ein Dolch, den sie mit beiläufiger Lässigkeit aus der Luft schlug. Dieser Kampf war anders als das Sparring in der Feste oder die ungerechte Konfrontation in den Straßen der Unterstadt, die zu ihrer Schändung geführt hatte. Sie wusste bereits, wie dieser Kampf ausgehen würde. Diesmal würde sie nicht scheitern. Diesmal hatte sie die Kontrolle.

Morven drängte die blinde Wut, den Wunsch, einfach auf diese Gestalten zuzustürmen und sie in Stücke zu hacken, nieder. Sie hatte nun wieder Macht über ihr eigenes Leben. Sie war nicht besiegt worden. Ihre Wunden würden heilen, egal, wie lange es dauern mochte. Sie trat gegen den am Boden liegenden Dolch, der zu seinem Werfer zurückschlitterte.

»Heb dein kleines Spielzeug auf«, sagte sie. »Ich erschlage keinen Unbewaffneten. Ich bin nicht wie ihr!«

Ohne Umschweife stürmte der andere, der seine Waffe noch in Händen hielt, auf sie zu. In seinen Augen las sie, dass er sich noch immer für überlegen hielt, nur weil ihn die

Götter anders geboren hatten als sie, nämlich als Mann. Für ihn war sie Besitz.

Sie empfing seinen amateurhaften Dolchhieb und schmetterte die Schwertfaust im vollen Lauf in seine Zähne – und was in seinem Mund war, splitterte und brach. Mit einem jämmerlichen Winseln ging ihr Vergewaltiger in die Knie. Sie hieb mit dem Langschwert auf seine Schulter herab wie ein Holzhacker, ließ die Klinge durch Schlüsselbein und Rippen fahren, bevor sie sie zur Seite herausriss. Der Blick des Verbrechers brach, bevor er auf dem Boden aufschlug.

Der andere hatte seine Klinge wieder aufgehoben, kam vorsichtiger näher. Seine Taktik war subtiler. Er legte die freie Hand in den Schritt, umklammerte sein Gemächt und verhöhnte sie. »Bist uns nachgekommen, weil du einen Nachschlag willst, Kätzchen? Kannst es nicht erwarten, noch mal auszureiten, was?« Er reckte seinen Schritt vor und zurück. Sein pockennarbiges Gesicht verzog sich zu einer höhnischen Fratze. »Selbst wenn du uns umbringst, den hier wirst du nie vergessen.«

Morven drängte die Wellen des Zorns mit großer Anstrengung zurück. Wenn sie nun nachgab, war alles vergebens. Mit kontrollierten Schritten kam sie vorsichtig näher.

Der Mann warf seinen Dolch, aber er stürmte zugleich vor und sprang mit den Füßen voran auf sie zu, bevor sie reagieren konnte. Sie wehrte die Klinge behände ab, aber gegen ihn konnte sie nicht schnell genug reagieren. Ein scharfer Schmerz erblühte in ihrem rechten Schienbein, ihr hoher Stand brachte sie aus dem Gleichgewicht, und mit einem überraschten Aufschrei ging sie zu Boden. Sofort war er über ihr, presste ihren Waffenarm nieder. Kleine Schweißperlen glänzten auf der Halbglatze, die von Schwären und schmutzigen Flecken rotblonder Borsten bedeckt waren.

»Jetzt bekommst du deinen Nachschlag, du Flittchen!«

Er legte den Kopf in den Nacken, um ihn mit voller Wucht in ihr Gesicht zu rammen, und Morven tat das Einzige, das ihr in den Sinn kam. Sie riss ihren Kopf in die Höhe und stieß ihm ihr Schädeldach unter das vorschnellende Kinn. Der Schmerz, den sie empfand, war unbeschreiblich, Lichtsäulen tanzen in der Schwärze ihres Geistes. Aber Druck und Gewicht seines Körpers ließen für einen Augenblick nach. Mehr brauchte sie nicht.

Sie riss ihr Knie hoch, traf auf weichen Widerstand. Sein Schmerzgeheul wegen des Kopfes wurde zu einem Winseln, als er auf die Seite sank, die Beine anzog und sich zu einem Ball um seine gepeinigte Männlichkeit zusammenrollte. Jeder Kampfeswille war erloschen.

Sie erhob sich. Als Morvens Schatten auf ihn fiel, riss der Vergewaltiger die Augen auf. Sie stemmte einen Fuß auf seine Kehle und wälzte ihn herum, was offenkundig neue Schübe der Pein durch seinen Körper jagte.

Als sie zu sprechen begann, erkannte die Tochter des Archonten von Fomor ihre eigene Stimme nicht mehr, so kalt und lebensfeindlich klang sie. Unnachgiebig wie Eisen und genauso leblos.

»Ich werde sicherstellen, dass nie wieder eine Frau unter dir zu leiden hat. Du bist ein toller Hund. Von Sinnen vor Hunger. Und deinen Hunger, den nehme ich dir vor deinem Leben.«

Er spürte den Druck, bevor er sah, was sie tat. Die Schwertspitze schnitt durch das derbe Leder seiner Hose. Sie spürte Widerstand, dann hatte der Stahl sein Ziel durchtrennt. Blut quoll an der Schneide vorbei, sprudelte quellengleich. Sein Schmerzstöhnen wich einem ungläubigen Luftholen – und steigerte sich dann zu einem Schrei unfassbarer Höhe. Sie ließ ihn einige grausige Sekunden erfassen, was sie getan hatte. Dann stieß sie ihm die Klinge ihres Langschwerts in die Brust und beendete sein Dasein.

Benommen starrte Morven auf die Leichen. Starrte auf das Ergebnis der grausigen Taten und der Willkür niederer Männer, deren Welt sie so töricht betreten hatte und niemals wieder verlassen würde. Sie war nun eine von ihnen, eine wahre Kriegerin. Eine Mörderin. Langsam glitt sie an der Innenwand der Ader zu Boden. Sie zog die Knie an, barg das Gesicht in den Händen und legte ihre Stirn auf den Panzerschonern ab. Haltlos schluchzte Morven.

Es sollte einige Zeit dauern, bis sie sich wieder beruhigte.

Ormgair fühlte, wie das Blut in seinen Adern rauschte. Er war der Wind, der ungebremst über das Heidekraut peitschte. Der Karstlöwe auf der Fährte seiner erwählten Beute.

Der Nebeljäger stürmte mit kehligen Schreien durch das Labyrinth aus Adergängen, überholte verblüffte Kultisten und Neuzugänge der Verschwörer gleichsam. Die Männer, die das Pech hatten, ihm in den Weg zu geraten oder auch nur zu langsam zu sein, rammte er mit tiefen Schulterstößen beiseite und schmetterte sie gegen Tunnelwände. Nichts konnte ihn aufhalten. Nichts mehr von seinem Ziel abbringen. Fahlsang zeigte erneut, warum es seinen Namen trug. Die Luft strich über die Klinge, ließ ein leises Lied vernehmen, dessen Klang Ormgair zu Höchstleistungen anstachelte. Sein Alter, seine Schmerzen, selbst das Leid der Tanleigh – im Moment war nichts davon von Bedeutung. Es zählte nur die Jagd.

Als er dem Verlauf einer langen Biegung folgte, sah er vor sich zwei Kultisten, die mit eigentümlichen Schwertern bewaffnet waren. Es war offenkundig, dass sie sich gerade von einer Art Benommenheit erholten und vor Zorn rasten. Dies waren Männer, die auf Blut aus waren – und es war klar, dass ihnen vollkommen egal war, *wer* am Ende für ihre Schmach bezahlen würde.

Er kam über sie. Der Heidewind wurde zum Orkan, der die beiden Gestalten beiseitewirbelte. Einer der beiden bewies genug Verstand, liegen zu bleiben. Der andere stürmte wie von Sinnen hinter dem Nebeljäger her und stieß Verwünschungen aus. Ormgair blieb stehen und stellte sich. Es war ein ungleicher Kampf – dem brutalen Ungestüm des Rachedurstigen standen die Erfahrung und der Wille eines Mannes gegenüber, der kurz vor seinem Ziel stand. Ein unbedarfter Beobachter hätte sie für gleichwertige Kämpfer halten können. Sie waren es nicht. Ormgair tötete den Kultisten mit einem einzigen brutalen Streich quer über die Brust. Heulend vor Schmerz ging sein Gegner zu Boden. Ormgair nickte seinem sterbenden Gegner kurz zu und stürmte dann weiter.

Er hatte sein Ziel aus den Augen verloren – vereinzelt erklangen Schreie vor ihm aus dem Labyrinth. Kurz verfluchte er sich, weil er sich hatte ablenken lassen – aber dann vertraute er sich wieder seinen Instinkten an, rannte einfach weiter. Es war das absolute Hochgefühl, die Vervollkommnung dessen, was er sein Leben lang getan hatte. Nur dass er diesmal keine Gefahren von seinem Stamm abwendete oder Nahrung beschaffte – nein, diese Beute würde ihn zu seinem Schicksal führen.

Es war berauschend. Er roch selbst feinste Unterschiede in der Luft, hörte kleinste Geräusche, sah Farbnuancen im bläulichen Glühen der Luft, die er nie zuvor wahrgenommen hatte. Noch nie hatte er sich vor einem Kampf so gefühlt, so berauscht, so vollkommen Herr seiner eigenen Fähigkeiten. An jedem anderen Tag hätte er sich deswegen einen Narren geschimpft, sich gescholten. Er wäre mit sich ins Gericht gegangen, wie er so leichtsinnig sein könnte. Aber nicht diesmal. Alles fühlte sich perfekt an, er ritt auf einer einzigen Welle der Euphorie. Es gab keinen Zweifel, dass er den Totenkaiser stellen und ihn besiegen würde.

Weil du es willst? Oder weil das Schwert das will?

Das Zweifeln war ein Aufflackern, eine Kerze in einem Sturm, die sofort wieder verlosch.

»Ich will es! Deshalb bin ich hier!«, brüllte er. Woher der Zweifel? Warum jetzt? Dies waren die Gebeine seines Gottes. Es gab keinen Grund für Zaudereien! »Hörst du mich, Totenkaiser! Ich komme! Und ich nehme dein Haupt!«

Vor sich in einem Seitentunnel vernahm er Kampfeslärm. Der Attentäter hatte seine eigene Beute gestellt. Der ewige Kreislauf aller Dinge wiederholte sich ein weiteres Mal. Jäger und Beute, Beute und Jäger. Dieser Tag würde für den Totenkaiser ein Ende nehmen, das dieser nicht erwartet hatte, da war sich Ormgair sicher.

Aber wenn alles so ist, wie du willst, alles so läuft, wie du erwartest, woher dann die Nachlässigkeit? Das Schwert führt dich, nicht du das Schwert. Denk nach. Denk nach! Du verlässt dich stets auf dich selbst. Warum will der Listige nicht, dass du es benutzt?

»Die Zeit für Fragen ist vorbei! Keine Zweifel mehr! Ich finde ihn! Ich töte ihn!«, knurrte Ormgair. Ein Teil von ihm spürte, dass er sich nur bestärkte. Die Fragen waren zu berechtigt, um sie in den Wind zu schlagen. Aber die Kraft. Die Jugend! Was für ein Rausch!

»Stirb, Totenkaiser!«, ertönte es irgendwo aus einem Seitengang mit niedriger Decke. Ormgair spürte, wie Panik sich in das Hochgefühl mischte. Was, wenn jemand anderes den Attentäter zur Strecke gebracht hatte?

Endgültig wischte er seine Zweifel beiseite und stürmte ohne jede Vorsicht in den Raum. Ein Bild des Jammers. Der Hohepriester der Fanatiker lag übel zugerichtet an einer Wand. Vor ihm kniete der Totenkaiser. Ormgair erkannte die Gestalt wieder, die der Listige ihm gezeigt hatte. Doch dieser Mann sah aus, als wäre er mehr tot als lebendig. Bleiches Fleisch. Eingefallene Züge, trübe Augen. Dieser halb tote Ghul war sein Ziel? Eine Welle der Enttäuschung, so stark, dass sie ihm körperliche Übelkeit bereitete, brandete über den Nebeljäger hinweg. War das ein schlechter Scherz?

In diesem Moment riss der Halbtote einen Dolch aus dem Fleisch seines Gegners, der ihn schwer gezeichnet hatte. Er hob die Waffe, richtete ihre Spitze auf seine Brust und murmelte leise. Morbides Grauen packte Ormgair. Dann Zorn. Wie konnte dieser Wicht es wagen, sich seinem Schicksal so feige zu entziehen. Und dann erklangen die Worte, und der Tanleigh zuckte bei jeder Silbe zusammen.

»Titanen! Hört! Titanen!«

Es war die alte Sprache des Amboss, die Sprache der Vorväter-Hexer der frühen Stämme. Woher kannte der Totenkaiser diese Worte?

»Titanen! Seht! Titanen! Erkennt!«

Der Totenkaiser schwankte. Blut rann aus seinen Mundwinkeln, benetzte seine Brust. Schaumiges Blut. Das Blut eines Sterbenden.

Ormgair stand kurz davor, vollkommen die Kontrolle zu verlieren. Wo war die Glorie? Wo war der versprochene Kampf? Er packte den abgemagerten Halbtoten mit der Linken am Kragen, umschloss den knochigen Hals seines Gegenübers und schüttelte ihn. Er war ein Terrier, der eine Ratte am Genick packte und hin und her warf. Ein Bär, der einen Marder zwischen den Zähnen hatte.

Keine Gegenwehr. Kein Kampf. Nichts. Rasend vor Zorn, versetzte er dem Totenkaiser zwei schallende Ohrfeigen.

»Wag es nicht zu verrecken, du Hund! Wag es nicht, mich zu betrügen, hörst du?«, brüllte er den Sterbenden an und warf ihn zu Boden. »Das ist mein Schicksal! Mein Vermächtnis! Und hüte dein Hexermaul! Schweig! Schweig endlich!«

»Titanen! Ich bin der Schlüssel!«, wisperte der Mann. Sein Blick brach.

Ormgair riss ihn wieder in die Höhe. Alles, was ihn am Leben gehalten hatte, alle Schwüre, alle Pläne, den Untergang der Tanleigh zu rächen – sie waren vergebens gewesen. Unfassbares Grauen packte ihn. Er war ein Mann am Rande einer Grube, der in die absolute Schwärze blickte.

»Titanen! Dies ist das Tor …«

»Rraaaah!!!!«

Ormgairs Schrei ließ den Tunnel erbeben. All seine Frustration, all die enttäuschten Hoffnungen entluden sich – das unvergoltene Leid seines Volkes, die Folter durch die Kreen. Jede unterdrückte Emotion brach sich Bahn in einem Feuersturm aus alles verschlingendem Zorn. Bevor er wusste, was er tat, schmetterte er den hageren, sterbenden Körper in die Höhlenwand. Riss ihn wieder nach vorn und rammte den Hinterkopf des Totenkaisers gegen den Fels. Seine Rechte trieb Fahlsang durch die Brust des Totenkaisers, durchbohrte dessen Herz in einem Stoß, der den Stahl in den Fels trieb.

Die Höhle erbebte abermals, schwankte leicht, so als habe der göttliche Leichnam selbst diesen Stich verspürt. Ormgair spürte – nein, sah! –, wie die Klinge vibrierte, als eine Art von Gleißen, irgendeiner Energie aus ihr floss und in den Leib des Sterbenden eindrang. *Etwas* verließ das Schwert, etwas, dessen Zuhause Fahlsang gewesen war.

»Titanen …«, blubberte der Totenkaiser, und sein Kopf sank auf seine Brust. Auf makaberste Weise festgepinnt, blieb der Leichnam durchbohrt und zerbrochen an Ort und Stelle.

Ormgair verharrte schwer atmend auf der Stelle. Er stierte verständnislos auf seine Handflächen, die sich öffneten und schlossen. Öffneten und schlossen. Mit weit aufgerissenen Augen glotzte er den Leichnam an. Blickte sich in der Höhle um. Noch bevor er realisieren konnte, was er gerade getan hatte, spürte der Barbar eine unfassbare, abergläubische Furcht in sich aufsteigen.

Ein ganz und gar widerwärtiger Gestank nach verbranntem Haar und saurer Milch erfüllte plötzlich die Luft. Ein Gefühl wie bei einem bevorstehenden Gewitter stellte seine Nackenhaare auf. Und dann, von einem Augenblick auf den anderen, war der ganze Raum erfüllt von einem seltsamen Flüstern und Wispern, während kalte Schauer über Ormgairs Rücken rannen. Dies war die gleiche Furcht, die ihn während seiner Vision im Zelt der Kreen gepeinigt hatte, der Sturz an die Schwelle des Todes. Doch damit war sein Martyrium noch nicht beendet.

Als die Furcht schlagartig mit jeder anderen Emotion und jedem klaren Gedanken diesen Ort für immer zu verlassen schien, sackte der Nebeljäger in sich zusammen. Genau als das letzte Licht aus der Klinge in den Totenkaiser floss, verließen den Nebeljäger sämtliche Kräfte. Seine Beine versagten ihm den Dienst, als eine Flutwelle aus Knochenschmerzen über ihn hinwegbrandete, als die endlose Pein seiner Erkrankung um ein Vielfaches und mit absoluter Gewalt zurückdrängte.

Er lag auf der Seite, knirschte mit Zähnen, die scheinbar nur aus Eis und Nerven bestanden. Tränen füllten seine Augen und ein haltloses Wimmern seine Kehle. Er legte sich auf die Seite, von Schmerzen durchdrungen, wie er sie noch nie in seinem Leben erfahren hatte. Er war betrogen worden. Fahlsang hatte ihn betrogen. Der Listige hatte ihn betrogen. Diese Erkenntnis war unleugbar. Er wusste nicht, warum, und er wusste auch nicht, auf welche Weise – aber eines war ihm klar: Er, Ormgair Steinviper, Letzter der Tanleigh, war nur ein Werkzeug gewesen. Ein Bote, der im Auftrag der Klinge gehandelt hatte, im Glauben, Herr seines eigenen Willens zu sein. Um mit ihr den Totenkaiser zu beseitigen. Er hatte getan, wozu sein Aufschub ihn befähigt hatte. Nun gab sich sein unbekannter Gönner, der irgendwie mit Fahlsang in Verbindung stand, keine Mühe mehr, den Träger der Waffe vor Alter und Schmerz zu schützen.

Langsam zog sich Ormgair zurück in die Wärme und Abgeschiedenheit seines eigenen Geistes, verbarg sich dort in der vergeblichen Hoffnung, den Schmerzen und der Unerträglichkeit der Schande entkommen zu können. Er wollte nur noch sterben, egal, ob ehrenvoll oder durch einen beiläufigen Akt.

Dumpf registrierte er, dass ein Schatten auf ihn fiel. Neben ihm hockte jemand und schüttelte tadelnd den Kopf. Der Listige saß im Schneidersitz auf dem Boden der Höhle, und seine toten Augen sprühten vor Zorn.

»Eine einzige Sache«, sagte er. »Mehr haben sie nicht verlangt. Du enttäuschst sie. Und meine Herren sind nicht für ihre Gnade bekannt. Wenn sie mit dir fertig sind, wird dir das hier wie ein Freudenfest erscheinen, darauf darfst du dich verlassen. Du erbärmlicher Versager.«

Ormgair hatte weder die Kraft noch den Willen, etwas zu entgegnen. Er nahm die Worte hin. Der Listige stieg über ihn hinweg und war fort. Und dann verschwand auch die Welt.

Es war zu viel. Alles war zu viel. Der Nebeljäger stürzte in die endlose Ödnis seines eigenen Geistes. Hinein in die tiefsten Tiefen der Katatonie.

23. Morven und Ormgair

Als Morven wieder die Kraft hatte aufzustehen und sich der Wirklichkeit ihrer Lage zu stellen, war es längst vollkommen still geworden im Labyrinth des Titanen Fomor. Sie blickte auf die beiden Leichen zu ihren Füßen. Sie war sich nicht sicher, ob es Einbildung war, was sie sah. Spiegelte sie sich wirklich in dem Blut, das sich in Pfützen von beträchtlicher Größe gesammelt hatte?

Sie war wie betäubt. Wann war sie gefallen? Und warum? Wie hatte es so weit kommen können? Die sinnlose Gewalt. Das Morden und das Schänden. Wie hatte all dies Teil ihres Daseins werden können – noch dazu in so kurzer Zeit? Ekel und Selbsthass nagten ebenso an ihr wie der irrationale Wunsch, die beiden Leichen mögen erneut erwachen, damit sie noch einmal Vergeltung üben konnte. Aber dieser Teil von ihr unterlag dem, der einfach nur todmüde war und heimwollte. Heimmusste.

Sie hob mit größtem Widerwillen ihr Schwert auf. Angewidert schob sie die Waffe in die Scheide. Nein, wahrhaftig, an einen glorreichen Kampf, wie ihn die Wandteppiche ihres Tempels und die Liturgien der Templer verkündeten, konnte sie nicht mehr glauben. Und wollte es auch nicht. Aber dennoch, sie musste sich zusammenreißen. Die Kunde dieser Ereignisse durfte nicht ungehört bleiben. Die Stadt war in Gefahr, wenn Kulte und Mörder scheinbar ohne jeden

Widerstand Menschenleben auslöschten und taten, wonach immer ihnen auch der Sinn stand.

Aber eines nach dem anderen. Als Erstes musste sie Ormgair finden. Sie machte sich auf den Weg. Schnell verlor sie die Orientierung, noch dazu hatte sie keine Vorstellung, wie viel oder wie wenig Zeit inzwischen vergangen war. Seit sie das Labyrinth der Gefäße und Körperhöhlen des toten Gottes betreten hatten, schienen solche Maßstäbe wie Raum oder Zeit an Bedeutung verloren zu haben.

Irgendwann passierte sie die Leiche eines Mannes, der erkennbar von einem einzigen, unglaublich wuchtigen Hieb niedergestreckt worden war – und wusste, dass sie auf dem richtigen Weg war. Dennoch dauerte es noch eine gefühlte Ewigkeit, bis sie den Nebeljäger in einem Nebengang aufspürte, dessen Zustand eine ganz eigene Geschichte erzählte. Vom vielgerühmten Totenkaiser aber sah sie nur noch die Überreste – wenn es denn seine waren. Der Hohepriester war an einer Wand zusammengesackt und hockte in einer Blutlache, die so voller Gift war, dass sich regenbogenfarbene Schlieren gebildet hatten. Fahlsang steckte in der Brust der anderen Leiche, die scheinbar schon Wochen alt war. Milchige Augen glotzten verständnislos in die Welt, Fleisch und Lippen hatten sich von den Zähnen zurückgezogen, sodass der Tote in der Kluft eines Attentäters verstörend grinste.

War dies der Totenkaiser? Wenn ja, dann verdiente er seinen Namen, bei dem Anblick, den er bot.

Morven ging zögerlich tiefer in den Gang. Jede Sekunde erwartete sie, dass das Ding mit dem Schwert in der Brust anfangen würde, zu reden oder zu lachen. Sie stemmte den Fuß gegen die Wand und zog Fahlsang mit großer Anstrengung aus dem Fels, um den verstörenden Toten zu Boden fallen zu sehen. Das Grinsen ging ihr durch Mark und Bein, und sie fühlte sich regelrecht erleichtert, als der Körper nicht wie erwartet stehen blieb und losplapperte, sondern in sich zusammensackte. Über alldem lag eine Aura absoluter Gefühllosigkeit und so unendlicher Leere, dass sich der leidende Barbar auf dem Boden wie ein Feuerschiff im Nebel davon abhob. Erst jetzt brachte sie die Kraft und den Mut auf, sich ihm zuzuwenden.

Der Riese lag auf der Seite und gab ab und zu Laute von sich, bei denen es Morven das Herz zerriss. Es war offensichtlich, dass sein Geist Schaden genommen hatte. Er reagierte nicht, als sie ihn ansprach. Vorsichtig ging Morven neben Ormgair in die Hocke, zog ihren Panzerhandschuh aus und berührte seine Stirn. Erst der Kontakt mit ihrer Haut klärte seinen Blick leicht. Er wandte in endloser Langsamkeit den Kopf und schien sie erst nicht zu erkennen.

»Wir müssen gehen, Ormgair«, sagte Morven. »Wir wissen nicht, ob jemand wiederkommt. Und wann. Kannst du aufstehen?«

Langsam, fast unmerklich, nickte er. Dann schweifte sein Blick wieder ab. Glasige Augen, trübe Domfenster. Sie ergriff seine Hand. Er verzog sofort das Gesicht, als ob selbst der sanfteste Druck auf seinen Gelenken grässliche Qualen bedeutete. Mit einem Mal verstand sie. Sie betrachtete seinen Körper. Die Krümmung, die nicht nur seinen Rücken, sondern auch den Rest seines Leibes erfasst hatte, von den Beinen bis zum kleinen Finger. Es war, als sei er verflucht worden – irgendeine bösartige Form von Gicht, so grausam und schmerzhaft, dass sie in kürzester Zeit aus dem kraftstrotzenden Krieger dieses Wrack gemacht hatte.

Morven seufzte. Wie sollte sie ihren Lebensretter nur in absehbarer Zeit aus diesem Labyrinth schaffen? Dennoch, sie musste es versuchen. Mit unendlicher Langsamkeit und Geduld bewegte sie Ormgair mit sanften Worten und leichtem Nachdruck dazu, seinen Arm über ihre Schulter zu legen, und schaffte es durch gutes Zureden, dass der Hüne aufstand. Sie konnte in seinen Augen ablesen, wie sehr er diese Schwäche, diese Hilfsbedürftigkeit verabscheute. Der Schweiß rann ihm selbst bei diesem kurzen Akt in Strömen über das Gesicht. Es war aschfahl. Er musste Höllenqualen leiden.

Irgendwie gelang es ihm, schwankend und auf eigenen Beinen zu stehen. Als sie ihn weiter stützen wollte, schob er ihre Hand zurück. Wimmernd machte er einen einzigen Schritt und lehnte sich an die Wand, bevor er umfallen konnte. Sie streckte ihm den Anderthalbhänder hin, der eine durchaus geeignete Krücke darstellte, aber er starrte sie mit einer solchen Wut an, dass sie die Waffe wieder wegzog. Kurz erwog sie, das Schwert einfach liegen zu lassen. Aber wenn (falls?) er wieder zu Kräften kam, würde er es bestimmt zurückwollen, was auch immer er gerade gegen die Waffe hatte.

Vorsichtig schob sie das überlange Schwert auf dem Rücken durch ihr Gurtwerk und hoffte, dass die scharfe Schneide ohne Hülle die Lederriemen nicht zerstören würde. Dann humpelten sie mit unendlicher Langsamkeit aus dem Korridor.

Ihre Reise war so lang und beschwerlich, dass sich Morven mehr als einmal fragte, ob sie das Tageslicht je wiedersehen würden. Ormgair war erneut weggetreten. Er bewegte seine Beine puppenhaft. Er blieb auch aufrecht, aber er reagierte in keiner Form auf Morvens Kontaktaufnahme. Sie konnte ihn vor sich herschieben oder hinter sich herziehen, ganz wie es ihr passte. So als wäre der riesenhafte Krieger nur mehr eine entseelte Hülle.

Doch sie weigerte sich, ihren Lebensretter aufzugeben und hier unten im Stich zu lassen, egal, wie mühselig es auch war. Und so quälte sie sich ab, musste mehrere Pausen einlegen. Ihre Muskeln und ihre Lunge brannten, als sie schließlich die Wartungstür wiederfanden, durch die sie den Leib des

Titanen betreten hatte. Morvens Beine waren wachsweich, zitterten bei jedem Schritt. Sie hatte keine Kraft mehr, den Riesen noch länger zu stützen. Sie schwankten nun beide. Ihr war flau im Magen, und ihr Körper lechzte nach Wasser – die Kämpfe und der weite Weg hatten sie ausgedörrt.

Bei ihrer panischen Flucht hatten die Kultangehörigen nicht daran gedacht, die Tür wieder zu schließen, geschweige denn zu versiegeln. So fanden sich Morven und Ormgair nach einer gefühlten Ewigkeit in der Kanalisation wieder. Sie lehnte Ormgair an eine Wand unter einem Schachtdeckel, durch den bereits müdes Tageslicht hereinblinzelte. Der Barbar sank am Mauerwerk herab und stieß dabei nur gequälte Schmerzlaute und stoßweise Atemzüge aus. Morven wandte sich der Tür zu und wuchtete das schwere Metall in seinen Rahmen zurück. Sie suchte nach einer Möglichkeit, sie zu versiegeln, fand aber nichts. Achselzuckend drehte sie sich wieder in Ormgairs Richtung – und fuhr zusammen.

Eine Gestalt, die sogar noch größer als der alte Nebeljäger war, ragte vor ihr auf. Ein glatzköpfiger Koloss mit schwellenden Muskeln unter trügerischen Fettgebirgen, dessen Kinn förmlich in Stoppeln ersoff. Er grinste breit, während er Morven mit einer Mischung aus Spott und Herablassung taxierte. Sein Gesicht war eine frische Masse blauer und purpurner Flecken, und Teile seines Körpers waren verbunden.

»Ihr müsst meinem Begleiter verzeihen. Was ihm an Manieren fehlt, macht er durch … äh … Effektivität wett.«

Die Stimme erklang hinter ihr, und ihre Hand fuhr zum Schwert. Es sprang aus der Scheide, bevor sie aktiv nachdenken konnte, und seine Spitze richtete sich auf eine schlanke Gestalt in einem zerknitterten Mantel, die ihrerseits mit einer Handarmbrust auf sie zielte. Unter einem Rattennest wirrer Haare wies auch dieser Mann Kopfverletzungen auf, so wie sein Begleiter. Ein breiter Verband saß stramm um seine Rippen. In seinen Augen loderte ein tückisches Feuer. Es waren Augen, die in friedlichen Zeiten in ihrer Weichheit täuschen mochten, aber ihn nun unverhohlen brandmarkten – als Mann ohne jede Geduld, dem jedes Mittel recht war. Morvens Blick flog zwischen Rattennest und dem Koloss hin und her.

»Tut uns und Euch einen Gefallen und legte Eure Waffe ab, Templerin. Alles, was ich will, ist Euch und Eurem Begleiter einige Fragen stellen.«

»Ich gehe nirgendwohin! Nicht, bevor Ihr mir nicht verratet, wer Ihr seid«, sagte Morven.

Der kleine Mann seufzte und wühlte geziert und unter sichtlichen Schmerzen in seinem mit Speiseresten befleckten Hemd unter dem Mantel herum. Dann zückte er ein Amtssiegel der Inquisition. Dieser Kerl war ein Inquisitor?

»Zufrieden, *Templerin*? Ihr habt ja keine Vorstellung, wie sehr ich mich freue, eine Dame Eurer Berufung an diesem Ort zu treffen. Und entschuldigt bitte. Das wird jetzt etwas wehtun.« Seine Augen sprangen auf einen Punkt neben ihr.

Sie sah noch eine massige Faust auf sich zurasen, bevor das Nichts sie auf dunklen Wassern davontrug.

Als sie wieder zu sich kam, war die erste echte Empfindung außer dem quälenden Durst jener Schmerz, den sie bereits einmal hatten kosten müssen – und er wurde mit der Zeit nicht besser. Nicht nur ihr Kopf glich erneut einem Bienenstock. Auch ihre Glieder waren wieder auf ein hartes Holzmöbel fixiert und halb taub. Sehen konnte sie nichts, eine Haube aus Stoff war über ihren Kopf gestülpt. Dafür konnte sie umso besser riechen. Der Gestank an diesem Ort war bestialisch und mit wenig vergleichbar – ein unverkennbares Merkmal. Sie war im Gerberviertel.

Panik drohte, sie zu übermannen, trat über die Ufer wie

ein von Schmelzwasser gefluteter See. Sie zerrte an ihren Fesseln, gequält von schrecklichen Bildern in ihrem Geist. Durst, Hilflosigkeit und ihre überreizte Fantasie überfluteten ihren Verstand mit den schrecklichsten Vorstellungen. Wollte sich dieser Inquisitor etwa auch an ihr vergehen? Gab es keinen einzigen Mann mit Anstand mehr in der ganzen Dämmerwelt? War Thetis so sehr in der Barbarei versunken?

»Strampelt nicht so, Ihr werdet Euch nur verletzen. Und das wäre nicht in meinem Sinne. Noch nicht.«

Die Kapuze wurde fast schon sanft emporgezogen. Schwacher Kerzenschein und Flecken von Tageslicht drangen an ihre Augen. Sie blinzelte, es dauerte einige Sekunden, bis sie sich an ihre Umgebung gewöhnt hatten. Dann sah Morven, wo sie sich befand. Mit Spinnweben verkrustete Deckensparren hingen weit über ihrem Kopf in einem eingefallenen Dachstuhl, durch blinde Oberlichter aus dreckverkrustetem Wachspapier fiel das Licht der Arkanistensonne in Säulen ein. Vor Morven stand der Inquisitor – und die Tücke, die sie in der Kanalisation in seinem Gesicht erblickt hatte, war nichts gegen den Ausdruck, der jetzt darin lag.

»Es freut mich außerordentlich, dass Ihr wach seid. Ich nehme an, dass Ihr etwas zu trinken wünscht. Euer barbarischer Freund hinter Euch«, er nickte mit dem Kopf, »hat meine Gastfreundschaft abgelehnt. Oder … nein, eigentlich hat er sich überhaupt nicht geäußert, weder positiv noch negativ. Er scheint andere Sorgen zu haben.«

Er nahm einen Wasserschlauch und hielt die Öffnung an Morvens ausgedörrte Lippen. Sie trank einige gierige Schlucke. Wie heilender Balsam befeuchtete das Nass ihre Kehle.

»Besser? Gut.« Er wollte gerade weitersprechen, als der glatzköpfige Riese kam. Er schleifte einen Körper an einer Hand hinter sich her. Das hässlichste kleine Mädchen der Welt und seine Puppe, die an ihrem Arm baumelte. Nur war es keine Puppe, die der Riese schleifte, sondern ein regloser Mensch.

Der Inquisitor zuckte mit den Achseln. »Ein bedauerliches Missverständnis. Der Herr, den ich in dieser Halle anzutreffen gedachte, war nicht hier. Stattdessen … äh … traf ich auf dieses Individuum, das mir berichtete, dass das Versteck meines Gesuchten nun seines sei. Er teilte mir mit, dass mein Gesuchter tot und er nun der Herr dieses Hauses sei. Er zeigte sich recht verstockt. Uneinsichtig, als ich ihm erklärte, wen ich suchte. Mir schien, als habe er einige turbulente Tage hinter sich – aber das gilt auch für meinen Begleiter und mich. Nun ja, mir blieb wenig Wahl, als zu handeln. Das versteht Ihr doch, Templerin?«

Morven hustete. Draußen platschte es, als etwas Schweres in ein Gewässer fiel. »Wieso haltet Ihr uns gefangen? Ihr seht doch, wer ich bin. Eine Kriegerin des Ordens, der Eure Unabhängigkeit vor dem Adel sicherstellt und Euer Gehalt bezahlt. Lasst uns also auf der Stelle gehen.«

»Oh, aber das habe ich vor. Wirklich. Es ist nur so, dass ich einige quälende Fragen habe. Fragen, deren Beantwortung unerlässlich ist – doch wirklich jeder, dem ich meine Fragen stelle, stirbt. Ausgelöscht aus Gründen, die allein der Lichtfürst kennt. Von Attentätern ermordet. Vergiftet. In einem Haus ermordet, in dem die Mörder gleich ebenfalls getötet wurden, aber sich jemand Zeit für ein hübsches kleines Picknick genommen hat. Und je mehr ich nachforsche, desto unbefriedigender werden die Antworten, die ich erhalte, und man versucht gar, mich ebenfalls auszulöschen.«

»Keine Ahnung, warum. Ihr seid doch so eine einnehmende Persönlichkeit. Ein wahrer Diener des Lichts.«

»Seht Ihr.« Das Lächeln des so harmlos und vertrottelt aussehenden Mannes passte sich seinem gnadenlosen Blick an. Es war das Lächeln einer Bestie. Eines Tiefseeräubers.

»Nun seid Ihr es, die sich verstockt verhält. Dazu besteht absolut kein Grund. Ihr habt mein Wort, dass ich Euch kein Haar krümmen werde. Ich beiße nicht die Hand, die mich füttert. Ich reime mir das also so zusammen: Dieser Hermodes wusste, wo der Totenkaiser zu finden ist. Er wollte es nicht erzählen, da hat man ihn umgebracht. Euch hatte man ebenfalls gefangen, aus Gründen, die mich brennend interessieren. Aber Euer gichtkranker Freund hier war zu dem Zeitpunkt noch in der Lage, ein Schwert zu führen, und hat euch befreit.« Er begann, vor Morven auf und ab zu stolzieren. »Oder war es dieser Templer, den Euer Orden auf mich angesetzt hat? Dieser Hexenmeister? Dieses Ding, das nicht existieren dürfte? Ah, ich sehe, Ihr wisst, wen ich meine. Eure Augen verraten es. Sprecht also.«

»Sein Name ist Solus. Er war ein Waffenbruder. Aber etwas ist mit ihm geschehen. Etwas, das ich nicht verstehe. Er scheint nun jemand ganz anderes zu sein. Er hat mich niedergeschlagen und mich diesen Tieren überlassen, die …« Sie brach ab. »Danach hat er meine Fesseln gelockert. Und der Barbar hat mich befreit.«

»Seht Ihr, wie einfach es sein kann?«, fragte der Inquisitor. Hinter ihm kam der kolossale Folterknecht wieder herein und warf seinem Herrn einen fragenden Blick zu, doch der winkte ab. »Wenn Ihr kooperativ seid, brauchen wir keine hochnotpeinliche Befragung, keine Qualen, keine Schande. Ihr sagt mir, was ich wissen will – und dann geht ihr. Beide. Das ist auch der Grund, warum wir keine Namen brauchen. Wir wollen ja nicht, dass jemandem unschöne Konsequenzen aus diesem Zusammentreffen erwachsen.« Er gab dem Koloss einen weiteren Wink, der daraufhin neben Morven verschwand. Es rumpelte, als er den Stuhl mit dem weggetretenen Ormgair neben sie zerrte.

»Bitte tut ihm nichts!«, flehte Morven.

Sie hätte es nicht ertragen, würde ihr Retter zu Schaden kommen. Augenblicklich schalt sie sich. Jetzt kannte dieser gefährliche Mann ihre Schwachstelle. Der deutete mit dem Finger vor sie, und der Koloss verrückte den Stuhl noch weiter, sodass sie sich nun gegenübersaßen. Morven blickte Ormgair in die Augen, doch der Barbar nahm noch immer nichts wahr. Der Inquisitor legte seine ungepflegten Hände auf die Schultern des Kriegers. Selbst im Sitzen war Ormgair so groß, dass der Mann fast hinter ihm verschwand. Unter anderen Umständen hätte sie der Anblick zum Lachen gebracht. Aber nicht heute. Nicht hier.

»Die nächste Frage, die mich brennend interessiert: Wusstet Ihr von dem Anschlag auf mich? Wart Ihr daran beteiligt?«

»Anschlag?«, fragte Morven. »Bitte, ich weiß nicht einmal, wer Ihr seid. Als Ihr mich abgefangen habt, wollte ich diesen Mann zu einem Heiler schaffen.« Sie achtete sorgfältig darauf, keine Namen zu nennen. »Und dann wollte ich zum Tempel – und der hätte Euch und die anderen Mitglieder der Inquisition sicher verständigt. Ihr habt keine Vorstellung, was dort unten vor sich geht!«

Er blickte sie lange und forschend an, aber Morven hielt seinem Blick stand. Obwohl alles in ihr danach schrie aufzubegehren, kooperierte sie. Sie wusste, dass dies der einzige Weg war, weitere Demütigungen zu vermeiden. So ein Mann roch jede Lüge. Es war seine Profession.

»Ich bin geneigt, Euch zu glauben. Was ist mit dir?«

Der Riese nickte. »Kling' nich', als wennse lücht!«

»Das ist auch mein Eindruck«, sagte der Inquisitor. »Also bitte, erhellt uns. Was geht dort unten denn nun vor?«

»Woher weiß ich, dass Ihr nicht zu denen gehört, die versucht haben, *uns* umzubringen?«

»Oh, meine Liebe, das ist simpel: Weil Ihr und Euer

Freund noch lebt. Warum sollten mein Diener und ich uns die Mühe machen, Euch beide hier heraufzuschaffen, wenn wir Euch töten wollten? Das hätten wir dort unten gleich erledigen können. Und wenn es Euch bei Eurer Entscheidung hilft: Ihr habt gar keine Wahl, als mir alles zu sagen. Denkt darüber nach, was ich mit verstockten Leuten mache. Denkt nach und entscheidet Euch dann.«

Zögernd berichtete Morven alles – *fast* alles, denn sie ließ den Mord an Falcatt und ihre eigenen sowie Ormgairs Motive aus. Aber sie erzählte, wie der Barbar und sie in die unterirdische Versammlung eingedrungen waren und was sie dort entdeckt hatten. Welche Gefahren der Stadt drohten. Und schließlich von ihrem Kampf gegen jene, die sich an ihr versündigt hatten – ohne dabei ins Detail zu gehen, ihre Scham war schon so groß genug.

Als sie geendet hatte, blickte der Inquisitor sie durchdringend an, schwieg aber. Sie spürte, dass dieser Albtraum noch nicht zu Ende war. Vielleicht sogar noch lange nicht, wer wusste das schon?

»Eines würde mich interessieren«, sagte er schließlich. »Euch beide hat nur die Suche nach Gerechtigkeit in die Tiefe geführt? Was schert sich ein Ambossbarbar um die Gerechtigleit von Stadtmenschen? Unser ganzes Empfinden dieses Begriffes unterscheidet sich doch diametral, stimmt's?«

Er blickte wieder seinen riesenhaften Folterknecht an, und erst jetzt ging Morven auf, dass auch dieser ungeschlachte Riese den Ländern der Nebelbrachen entstammen musste.

»Stimmt«, sagte der Koloss.

»Und Ihr wisst wirklich nichts, was diesen Wildling in die Tiefen der Grundfesten führte? Noch dazu an der Seite einer Templerin? Ihr müsst wissen, dass Schweigen auch kaum etwas anderes ist, als zu lügen. Macht Euch das klar.« Wieder durchbohrte er sie mit Blicken.

Morven war klar, dass sie nur verlieren konnte, wenn sie die Unwahrheit sagte. Wenn sie – sie beide – entkommen wollten, musste sie dem Mann mehr geben. Eine Folter würde sie nicht überstehen – und Ormgair auch nicht.

»Ziert Euch nicht so, Templerin. Hat Euch der Barbar nichts gesagt? Dass er dort unten etwas sucht? Oder vielleicht jemanden?«

Sie zögerte zu lange. Das genügte ihm, um dem Koloss einen Wink zu geben. Dieser zog eine schwere Lederrolle aus seiner Schürze und entfaltete das Behältnis genießerisch auf einem Holzfass, sodass Morven all die Utensilien darin sehen konnte. Sie schluckte.

»Einen Attentäter!«, rief sie. »Bei den Göttern, packt das weg, ich helfe Euch doch! Er hat gesagt, er sucht den Schlimmsten von ihnen, den Totenkaiser! Weil er ihn töten wollte. Und ich glaube, das hat er auch geschafft.«

Der kleine Mann erbleichte. Sein ohnehin ungesunder Teint verlor auch den Rest Farbe. Er steckte die linke Hand in die Manteltasche, spielte darin mit etwas herum. Dann trat er zwischen sie und den Barbaren. Plötzlich war sein Gesicht ganz nah an ihrem, sein Atem, der nach Minze und Schnaps roch, schlug ihr ins Gesicht. Grob packte er sie an den Schultern.

»Keine Ausflüchte mehr, Frau! Keine Mätzchen! Hat er es geschafft? Hat Euer Freund es getan? Hat er Clach getötet!? Nun redet schon!« Er wandte den Kopf zu seinem Knecht. »Wenn sie lügt, wenn ich dir ein Zeichen gebe, wenn irgendwas nicht stimmt, dann zertrümmer dem Greis die Knie! Also redet, Frau: Ist. Der. Totenkaiser. Tot? Sprecht, verdammt! Sprecht!«

Er war von Sinnen, das konnte sie ganz deutlich sehen. Die gesamte Maske aus Kalkül und lauernder Geduld fiel in sich zusammen – das Monster aus den schwarzen Tiefen war endlich aufgetaucht und gab sich zu erkennen. Nun stürzte es sich auf seine Beute.

Er hob die Hände, krümmte sie. Seine Augen traten weiß aus den Höhlen. Sie hörte, wie er mit den Zähnen knirschte. Sie war sich nicht sicher, ob er sie gleich schlagen, erwürgen oder ihr das Schwert in den Leib rammen würde. Wer hatte einem solchen Mann das Amt des Verhörrichters übertragen?

»Er ist tot«, flüsterte eine Stimme hinter ihm so leise, dass Morven schon wähnte, sie hätte sich verhört. »Ich habe ihm den Garaus gemacht. Und nun? Was willst du machen, Stadtling?«

»Was ich …?« Der Inquisitor wirbelte zu Ormgair herum. Seine Faust grub sich in das Gesicht des Barbaren, der kalkweiß und aus allen Poren schwitzend dasaß und den Schlag empfing. Der Nebeljäger verzog keine Miene, lediglich sein Kopf ruckte leicht zur Seite. Der Inquisitor schüttelte die schmerzende Faust.

»Noch mal – wo ist der Totenkaiser?«

»Tot. Wie ich sagte, Stadtling. Ich habe ihn erschlagen.«

Diesmal überraschte die Reaktion des Inquisitors auch Morven. Er schnippte in Richtung des Knechts. »Ihre Hand. Brich sie.«

Achselzuckend zog der Koloss einen Hammer aus der Lederrolle und hielt ihn so, dass Morven ihn sehen musste. Sie schluckte.

»Was tut Ihr denn? Seid Ihr von Sinnen? Wir haben Euch doch gesagt, was Ihr wissen wolltet! Lasst uns in Ruhe!«

»Ihr habt mir … Ihr habt alles zerstört, das habt Ihr beide. Jeder weiß, dass kein Ambosskrieger lügt. Der Totenkaiser ist erledigt! Tot! Versteht Ihr, was das bedeutet? Habt Ihr auch nur eine Vorstellung, was Ihr Narren getan habt!? Alles ist aus! Alles ist vorbei! Das war meine letzte Chance!«

»Er lag schon im Sterben, als ich ankam. Jemand hat ihn

vergiftet«, raunte Ormgair. »Er hat verderbte Worte gesprochen, da habe ich …« Er stöhnte vor Schmerz. Der Inquisitor ließ den Barbaren weitersprechen. »Habe ich die Kontrolle verloren und ihn zum Schweigen gebracht! Wenn du jemanden bestrafen musst, Stadtling, dann mich. Nicht das Kind. Sie hat genug mitgemacht. Meine Hand war es, die Fahlsang führte.«

Bei dem Namen des Schwertes ging der Inquisitor zu einer Holzkiste herüber, in der ihre Waffen und Ausrüstungsgegenstände lagen.

»Das ist dieses Schwert, ja? Fahlsang. Ein passender Name für so eine antike Waffe. Ein Anderthalbhänder. Da sind Runen drauf. Tempelrunen des Lichtordens!«

Seine Stimme hatte einen lauernden Unterton angenommen, der Morven durch Mark und Bein ging. Es war offenkundig, dass dieser Mann im Moment ganz und gar nicht bei Verstand war. Sie hoffte inständig, dass Ormgair wusste, was er tat.

»Hier steht Fahlsang und das Wort Bote – in uralten Kirchenrunen aus der Zeit des Titanensturms!«, fuhr er fort. »Es ist eine Verschwörung. Eine Verschwörung des Tempels, um meine Ziele zu sabotieren und sich meiner zu entledigen! Das werde ich nicht hinnehmen!« Er wandte sich mit der Klinge Ormgair zu, setzte ihm die Spitze auf die Brust.

»Für deinen Frevel lasse ich dich langsam ausbluten. Und währenddessen knöpfe ich mir das Weib vor und lasse dich dabei zusehen. Oh, du verdammter … Ich werde …«

»Ihr werdet nichts.« Morven hatte endgültig genug. Sie hatte vorgehabt, aus eigener Kraft hier herauszukommen, aber es war offenkundig, dass weder sie noch Ormgair in der Verfassung dafür waren. Sie hatte noch einen letzten Trumpf. Alles in ihr sträubte sich dagegen, ihn auszuspielen, aber ihr fiel einfach keine andere Möglichkeit mehr ein. »Ihr werdet diese Waffe beiseitelegen. Und uns losschneiden. Und dann werdet Ihr uns ziehen lassen, oder es wird Euch schlecht bekommen.«

Er riss seinen Blick von Ormgair los und drehte mit verstörender Langsamkeit den Kopf, starrte über die Schulter hinweg zu ihr herüber. »Und warum genau, denkt Ihr, dass ich das tun werde? Bitte amüsiert mich.«

»Weil Ihr Euch mit Eurem Handeln Euer eigenes Grab schaufelt. Ich bin nicht nur Templerin, sondern auch Morven von Fomor, die Tochter des Archonten.« Sie spürte den Ekel vor sich selbst, als sie diese Worte wie eine Waffe führte und wirken ließ. »Lasst uns gehen, und mein Vater braucht nichts zu erfahren. Wir kennen Euren Namen nicht.«

Statt zu antworten, legte der Inquisitor den Kopf in den Nacken und stieß ein dermaßen irrsinniges Lachen aus, dass es Morven kalt über den Rücken rann.

»Welche Komödien die Götter doch auf der Bühne des Lebens aufführen!«, lachte er. »Hier stehe ich und denke, dass wirklich alles verloren ist und das Leben mir meine letzte Chance auf das geraubt hat, was mir zusteht. Und doch ist mir zumindest der bittersüße Geschmack der Rache vergönnt. Aber verzeiht, Templerin Morven, ich denke, dass es an der Zeit ist, mich Euch vorzustellen.« Er deutete eine spöttische Verbeugung an. »Ich bin Inquisitor Fennek Greskegard. Letzter Spross des Hauses Greskegard, verhöhnt und der wahren Erbfolge durch heimtückischen Mord an seiner gesamten Familie beraubt. Zum Inquisitor erhoben, um mich als Mitglied der Kirche von jedweder Legitimation außer wahrer Zeugenschaft von der adeligen Erbfolge auszuschließen. Und unter Auflage der Todesstrafe mit Verboten belegt, mich dem Palast des Archonten oder seiner Sippschaft auch nur zu nähern. Ich bin Fennek Greskegard von Fomor. Euer

Oheim mütterlicherseits und letzter Sohn einer gemordeten Dynastie.«

Morvens Augen weiteten sich, und ihr sank das Herz.

»Wisst Ihr, Templerin Morven, wer diesen Mord in Auftrag gab? Habt Ihr eine Vorstellung, wer es war? Ich gebe Euch einen Tipp: derselbe Mann, der Euch erzählt hat, Eure Mutter wäre einer schweren Krankheit erlegen, als Ihr ein Kind wart. Euer feiner Herr Vater. Das Einzige, womit er damals nicht gerechnet hat, als er mir alle nahm, die ich liebte, und mein Erbe stahl, war, dass ich überleben könnte!«

Morven hatte das Gefühl, mit den Beinen voran in ein Bassin voller Feuerameisen getaucht zu werden. Dieser Mann war ihr Onkel, der Bruder ihrer Mutter, einer geborenen Greskegard! Nahezu seine ganze Familie war bei einem Brand ausgelöscht worden – und damit auch jeder Stimmberechtigte, als es darum ging, den nächsten Archonten der Linie zu benennen. Das Haus Veris, das Haus von Morvens Vater, hatte damit die mächtigste Partei gestellt. Nur seine Mutter und er selbst hatten überlebt, und ihr Vater hatte ihn zu Zeiten, als Morven noch zu jung war, um etwas von diesen Dingen zu verstehen, mit einem politischen Posten bedacht, damit er nicht mittellos dastand. So hieß es. Aber was nur ein politisches Manöver gewesen war, mehr nicht. Der Archont hatte die gesamte angeheiratete Familie ausgerottet, als er selbst noch ein hoher Adeliger ohne den Allmachtsanspruch gewesen war. Und dann verstand sie, wen ihr Vater damals mit diesem »Unfall« beauftragt hatte.

»Ihr … Ihr hättet den Totenkaiser gebraucht …«

»… um zu beweisen, dass der Mord ein Auftrag war. Ja. Er hätte bezeugen können, dass er angeheuert wurde – und von wem. Ich hätte ihn sogar zwingen können, mir den Kontrakt als Beweis zu bringen. Er weiß … *wusste*, wo der Sharis-Tempel ist.«

Bei seinen Worten schmerzten ihre Augen, und sie versuchte instinktiv, die Hände über ihren Mund zu legen. Tränen rannen ihr übers Gesicht. Der Mann, um dessen Gunst sie rang, seit sie denken konnte, hatte für seinen Thron eine ganze Familie ausgelöscht. Und wenn sie den Worten dieses Wahnsinnigen Glauben schenken durfte, dann später auch ihre Mutter. Der wahnsinnige Inquisitor tat ihr leid.

Es war offenkundig, dass Ormgair, der immer noch benommen auf seinem Stuhl hing, nicht wirklich verstand, was sich hier ereignete. Morven wollte irgendetwas sagen, um den Inquisitor zu beruhigen. Um das Gefühl der heißen Schande, das in ihr tobte, zu beruhigen. Ihre Lippen teilten sich in dem Moment, als sie sah, wie Greskegard eine rasche Bewegung machte. Ihr war, als zöge sich ein Faden aus Eis um ihre Kehle zusammen.

»Ihr werdet verstehen, dass dies meine einzige, vielleicht letzte Chance ist, an Euren Vater heranzukommen. Jemand muss ihm die Kunde von diesen Heimkehrern bringen. Und ihm mitteilen, dass einer von ihnen seine Tochter ermordet hat.«

Panik wallte in ihr auf. Der Eisfaden war zu blankem Schmerz geworden. Verständnislos starrte sie die Klinge Fahlsangs an, von der frisches Blut troff. Als etwas Warmes ihren Hals herabrann, sich zwischen ihren Brüsten sammelte und sie Ormgair brüllen hörte, begriff sie.

Die Welt versank langsam in Dunkelheit, während sie sich in nackter Todesangst auf dem Stuhl hin und her warf, verzweifelt versuchte, Luft in ihre Lunge zu bekommen. Sie hörte nur ein mattes Blubbern.

»Sicher wird er bei so einem Anlass eine Ausnahme machen. Ruht in Frieden, Ihr habt genug angerichtet.«

Die Stimme verklang. Die Welt verklang. Es gab nur noch die Finsternis. Nur noch die allumfassende Stille. Sie hörte zu strampeln auf. Schwach. Unendlich müde. Vor ihr ein schwaches Licht. Sie ging darauf zu. Und alles war vorüber.

Ormgair brüllte. Fassunglos beobachtete er, wie der Kopf des tapferen Mädchens auf ihre Brust sackte und so den grässlichen Schnitt in ihrer Kehle verbarg. Blut tropfte hörbar auf die Steinplatten.

Fahlsang immer noch in der Hand, baute sich Greskegard vor Ormgair auf, die Waffe zum tödlichen Streich erhoben. Eine massige Hand legte sich auf den Oberarm des feigen Mörders. Der Amboss-Krieger, der aus Gründen, die Ormgair nicht verstand, in Diensten dieses Monstrums stand, schüttelte den Kopf.

Ormgair tobte weiter. Raste. Spie vor Zorn und Trauer. Er zerrte an seinen Fesseln, hatte das Gefühl, auch noch den letzten Rest seines Verstandes zu verlieren. Seine Knochen fühlten sich an, als brächen sie jeden Augenblick aus seinem Fleisch hervor.

»Ich habe es dir damals gesagt, Fennek. Kein Amboss-Mann stirbt ohne Waffe in der Hand, wenn ich dabei bin. Wir entehren keine Krieger.«

»Er hat gesehen, was ich getan habe. Weiß, wie ich heiße. Wenn wir ihn gehen lassen, kommt er und wird sich an mir rächen.«

»Und ich werde da sein und dich verteidigen.«

»Dann drück ihm ein Stück Stahl in die Hand und erschlag ihn, verflucht noch mal«, sagte Greskegard.

»In seinem Zustand? Was für ein ehrloser Hund wäre ich dann? Lass ihn hier. Er ist ein alter Mann, er hat Eisknochen. Soll er zusehen, wie er sich befreit, oder verhungern, ganz wie es die Titanen wollen! Aber ich werde meine Ehre nicht an so einem besudeln. Und du auch nicht!«

Ormgair röhrte weiter. Der Stuhl schaukelte bedrohlich

hin und her. »Ich töte euch! Ich finde euch, und ich reiße euch die Därme zum Arsch heraus! Ihr feigen Hunde! Ihr feigen Teufel! Ich werde euch vernichten, und wenn ich von der Schwelle des Grabes zurückkehren muss! Ich komme und lösche euch aus!«

Greskegard blickte mit einem höhnischen Grinsen auf den Barbaren hinab. »Heute ist dein Glückstag, du Tier! Du wirst leben, freu dich«, gluckste er. Dann wandte er sich zu seinem Knecht. »Schneid sie los und nimm sie mit. Wir brauchen sie. Wir müssen sie zu einem Nebelmacher schaffen. Glücklicherweise ist mein werter Schwager nicht der einzige Mann mit Verbindungen.«

»Ihr werdet bezahlen!«

»Du! Wirst still sein«, fauchte Greskegard. »Du kannst von Glück reden, dass du noch lebst. Falls du hier nicht verschmachtest! Ich bin heute gnädiger Stimmung. Nimm also, was von deinem kümmerlichen Leben übrig ist, du wahnsinniger Greis. Falls wir uns noch mal begegnen sollten – wovon ich nicht ausgehe –, wirst sonst du es sein, dem Teile seines Körpers herausgerissen werden. Auf einer Folterbank. Sanftleben! Komm! Wir haben genug Zeit mit diesem Gesocks vertändelt!«

Der Koloss warf sich die ausgeblutete Leiche des Mädchens über die Schulter, und so verließen sie den Raum. Ormgair blieb zurück, und seine Schreie des Zorns hallten noch lange nach. Wieder hatte er versagt. Wieder hatte jemand, der sich auf seinen Schutz verlassen hatte, mit dem Leben bezahlt.

Irgendwann neigte er sein Haupt. Und schämte sich seiner Tränen nicht.

Er wusste nicht, wie lange er bereits auf dem Dachstuhl verbracht hatte. In der Welt dort draußen war ebenso Dunkelheit eingekehrt wie in seinem Inneren. Zu sehr quälten ihn seine Schuldgefühle. Der leere Stuhl ihm gegenüber schien ihn anzuschreien. Ihn zu verhöhnen. Er hatte große Schwüre geleistet. Erfüllt hatte er keinen einzigen davon. Seines Volkes beraubt wie auch seiner Ehre, harrte er, ohne zu wissen, auf was.

Vertrauen. Vertrauen war Gift – er war sich dessen stets bewusst gewesen. Hätte er doch nur seinen Weg allein fortgesetzt, wie es stets seine Art war. Doch Morven war anders gewesen. Ein junger Stadtling, in dem er viele Tugenden wiedererkannt hatte, die er selbst hoch achtete. Er hatte ihre Augen gesehen, kurz bevor sie starb. Es waren die Augen einer Frau, die wie er ohne Sippe war – nur dass sie ihrer nicht freiwillig den Rücken gekehrt hatte. Dann hatte sie ihren Mutterbruder getroffen, und der hatte sie getötet. Und auch ihn. Er mochte es sich nicht eingestehen, aber das Ende der Heide war erreicht. Kein glorreicher Kampf, keine letzte Schlacht. Er würde hier verfaulen. Es fehlte ihm an Kraft, noch einmal gegen die Schmerzen anzukämpfen. Solange er so sitzen blieb, waren sie erträglich. Die Schwäche würde ihm die Kraft rauben, und Ormgair würde einfach einschlafen. Er würde …

Da war es wieder. Das Wispern und Flüstern, das er auch bei Clachs Tod gehört hatte. Ganz eindeutig. Das Zeichen, dass die Schwelle zwischen dem Diesseits und der Schattenwelt, wie er sie in der Vision der Kreen gesehen hatte, dünner wurde. Ormgair blickte auf, hob den Kopf, um besser sehen zu können. Ganz eindeutig. Das Flüstern. Die Nackenhaare des Nebeljägers stellten sich auf. Kamen die Toten nun, um sich seiner zu bemächtigen? Die Toten der Stadtlinge, die nicht mit den Baen'sidhe ritten, sondern in kalter Erde ruhten? Oder war noch ein Nebelmacher hier, der seine verderbte Hexerei wirkte? Die Meister des Listigen, wer immer sie auch sein mochten? War dies das Ende von Ormgair Steinviper? Ohne jeden Kampf?

»Niemals!«, grollte er.

Mochte er müde und ausgebrannt sein, er würde sich nie kampflos ergeben. Das war nicht seine Art. Er begann, seinen Stuhl hin- und herzukippeln. Vielleicht konnte er die Seile lockern oder das Holz zerbrechen, wenn der Stuhl umfiel. Es war eine kleine Hoffnung, aber trotz allem, was geschehen war, genügte sie ihm. Wenn er starb, dann würde er ein Stück Stahl in der Hand halten!

Die Temperatur im Raum sank – in dem Moment kippte Ormgair über seinen Schwerpunkt hinweg. Für eine Sekunde fühlte er sich schwerelos – dann schlug er hart auf der Seite auf, trat beim Aufprall so stark aus, wie es ihm das Spiel der Fesseln nur erlaubte. Die Schmerzen in seinen Gliedern hatten einen Punkt erreicht, der nicht mehr steigerbar war. Solcherart blieb er liegen, aber der Stuhl war noch ganz. Ormgair hatte das Gefühl, als würden sich eiserne Bänder um seinen Brustkorb legen – sein Herz raste, und das wenige an Wasser, was noch in seinem ausgedörrten Leib war, rann ihm aus den Poren. Er biss die Zähne zusammen, bis er glaubte, dass sie splittern könnten, spannte dabei jeden Muskel. Ein Gefühl, als bohrten sich rostige Nägel in jeden Quadratzoll seiner Knochen – ein Teil des Nebeljägers wollte nur noch sterben.

Da spürte er, wie etwas nachgab. Und war sich erst sicher, dass es der Stuhl und nicht sein Bein war, als er es schaffte, den Nacken zu drehen. Tatsächlich! Das Stuhlbein war gebrochen. Er zog das Bein aus den Schlingen und versuchte mit schwachen Bewegungen, für deren Jämmerlichkeit er sich verachtete, seine Fesseln zu lösen. Doch egal, wie sehr er sich bemühte, er schaffte es nicht. Er konnte nur ein Bein bewegen, und das auch nicht wirklich, weil seine Krankheit ihn zum Krüppel gemacht hatte, als es darauf ankam. Hilflos musste er hier liegen bleiben. Und spüren, wie sich die Atmosphäre des Schreckens über diesem Ort auf dieselbe Weise verdichtete, wie beim Kampf des Totenkaisers und des Hohepriesters. Gleich würde das Nichts nach diesem Ort greifen – gleich würde jedes Gefühl hinweggewaschen, und er würde in dieselbe Leere stürzen, die ihn im Inneren Fomors nach dem Ende des Totenkaisers ergriffen hatte.

Doch es geschah nichts. Von einem Augenblick auf den anderen war es wieder vollkommen still. Und seiner Gefühle war der Ort auch nicht beraubt. Eher das Gegenteil schien der Fall. Aus dem Boden, aus der Decke und selbst der Luft brandete eine eigentümliche Kraft gegen Ormgairs Wut und Verzweiflung an. Der ganze Ort schien getränkt von einer Aura der Zuversicht, so stark, dass der Nebeljäger glaubte, sie schmecken zu können. Eine Infusion aus reiner Kraft, die in jeden seiner Muskelstränge und Knochen einzusickern schien und ihn ausfüllte. Ormgairs Züge entspannten sich. Seine Schmerzen ließen nach, wenn sie auch nicht ganz verschwanden.

Willst du wirklich hier liegen bleiben und dich von ein paar körperlosen Toten schrecken lassen, solange dein Herz noch schlägt?

Nein, das wollte er nicht. Er war sich nicht sicher, ob dies wirklich seine Gedanken waren – Hunger, Durst und Erschöpfung waren einfach zu groß. Aber es war einerlei, woher die Stimme kam. Weil sie recht hatte. Wieder begann er, mit schmerzgekrümmten Fingern an den Stricken zu arbeiten. Er beharkte die straffen Knoten so lange, bis der erste nachgab. Dann sackte Ormgair zurück und dämmerte erschöpft weg. Als er erwachte, fuhr er ohne Umschweife fort. Diesmal schaffte er es nicht, noch mehr Knoten zu öffnen, bevor die Ohnmacht sich seiner bemächtigte. Als er zum dritten Mal erwachte, brachte Ormgair genug Kraft auf, um es mit einer anderen Lösung zu probieren und zu kriechen.

Er zog sich vorwärts. Vor ihm lag das verabscheuungswürdige Objekt seiner Begierde: Fahlsang. Die Klinge, die ihn verraten hatte. Aber auch die Klinge, die niemals stumpf wurde. Er würde sie nehmen und sich losschneiden. Und dann würde er dieses verräterische Artefakt, das ihn wie eine Marionette geführt und in seiner dunkelsten Stunde im Stich gelassen hatte, über seinem Knie zerbrechen. Er würde …

In diesem Moment legten sich seine Finger um den Griff – und die alte Macht war von einem Augenblick auf den anderen wieder da. Kraft durchflutete ihn. Die Schmerzen zogen sich so rasch zurück, dass Ormgair überrascht ausrief. Aber nein: Dies war nicht das alte Lied des Krieges, die Musik der Konfrontation, die seine Seele beim ersten Mal wahrgenommen hatte. Dies war anders. Ganz anders. Es war wie die Geschichten, die die Ältesten in den Tagen seiner Jugend erzählt hatten. Wie die Altvorderen unter der hellen, wärmenden Scheibe der Sonne gelebt hatten, ihre Strahlen auf ihren Gesichtern spürten und dadurch von Kraft und Leben erfüllt wurden. So etwas spürte er jetzt auch.

Die Kraft war so unaufhaltsam, so berauschend wie in dem Augenblick, als er durch das Innere Fomors gestürmt war, um den Totenkaiser zu verfolgen. Und doch war dies ganz anders. Es war Zuversicht und Hoffnung in ihrer reinsten Form. Wahrer Glaube an die Aufrichtigkeit seiner Mission. Und auch …

Dankbarkeit? War er dankbar? Wofür?

Nicht ich. Das Schwert. Oder vielmehr das, was nun darin ist.

Als er es in des Totenkaisers Leib gestoßen hatte, war etwas der Klinge entwichen. Etwas anderes war nun an seiner statt in den magischen Stahl eingedrungen. Etwas, das Ormgairs Einsamkeit mit der eigenen ergänzte und der Ruine seines Körpers neue Kraft einhauchte. Etwas … nein, *jemand,* der selbst sein Leben lang allein gewesen war.

Ormgair zerschnitt seine Fesseln so mühelos, als wären sie nicht dicker als Spinnweben. Langsam erhob er sich. Bis auf

Hunger und Durst waren Leiden und Erschöpfung fort, so als wären sie nie da gewesen.

Dies war nicht das Ende von Ormgair Steinviper. Er konnte seine Mission noch immer ausführen – und Gerechtigkeit erlangen. Es gab Stadtlinge, die glaubten, dass sich die Titanen wieder erheben würden. Fand er mehr darüber heraus, so konnte er möglicherweise mit einer Nachricht in den Amboss heimkehren, die ihm helfen würde, die Stämme zu einen. Aber vorher galt es, Rache zu nehmen und den Mann zu bestrafen, der den letzten Menschen getötet hatte, der Ormgair je etwas bedeutet hatte.

Er hob die Schneide Fahlsangs am ausgestreckten Arm vor sein Gesicht. Es überraschte ihn nicht, dass es sein Gesicht war, das sich im Stahl spiegelte. Doch die Augen darin waren nicht die seinen. Sie waren von einem solchen Blau wie die unergründlichen Tiefen der Gletscherspalten seiner Heimat. Es waren *ihre* Augen. Und darin lag nichts als Zuversicht. Sie war tot. Aber nicht fort.

Ormgair ballte die linke Hand zur Faust und zog sie sanft über die Klinge. Blut floss.

»Ich werde nicht eher ruhen, bis ich deinen Mörder zur Strecke gebracht habe.« Er sah, dass nach wie vor Glyphen auf der Klinge prangten. Aber sie hatten sich geändert. Er brauchte kein Wissen über die Kirche des Lichtfürsten, um zu wissen, wessen Name nun auf der Klinge stand. Und dass ihr Name nicht länger Fahlsang war.

»Gehen wir, Morven«, sagte Ormgair. Und trat der Nacht entgegen.

24. Clach

Er war nicht am Leben, so viel war ihm bewusst. Wobei »bewusst« bereits das falsche Wort war, denn ein Bewusstsein im eigentlichen Sinne hatte er nicht. Es war eher, als hätte sich das Gefühl des Nicht-Existierens zu etwas verdichtet, zu einem schattenhaften Zwilling des Am-Leben-Seins. Er erinnerte sich an alles. Die Schmerzen. Das Gift, das durch seine Adern raste. Die alles verschlingende Schwärze, als das Schwert dieses riesigen, hasserfüllten Ambosskriegers in ihn eingedrungen war. Und dann war da dieses Gefühl des Fallens. Das Letzte, was er gefühlt hatte und je fühlen würde.

Er fühlte nun nichts mehr. Auch wenn es hier kein »nun« gab. Oder geschweige denn ein »hier«. Er war auch kein »er« mehr, aber er klammerte sich genau deshalb umso stärker an die menschlichen Konzepte und Bezeichnungen. Sie waren ordnende Kräfte, Fäden, die er mit der reinen Willenskraft des Wesens, das Clach der Totenkaiser gewesen war, zusammenhielt.

Der Schatten, der er nun war, stand in einer Nichtwelt aus schwarzem Nicht-Eis und Nicht-Stein, in der es keine Farben gab, mitten in der Öde. Lediglich ein schwacher giftgrüner Schimmer glomm unter dem endlosen Eispanzer und biss sich mit diesem farblosen Einerlei. Ein Wind ohne jede Kraft und ohne Laut fuhr durch Clachs Leib, bewegte aber kein einziges Haar, keinen Fetzen seiner mitgenommenen Kleidung. Umhang und Kapuze hingen herab, als regte sich kein Lüftchen.

Der Anblick dieser verderbten Lande war in jeder Himmelsrichtung – er nannte sie so in Ermangelung eines besseren Begriffs – derselbe. Eine endlose Brache, durchbrochen nur von riesigen, an rasiermesserscharfe Haizähne erinnernden Felsformationen und Gebirgen, die sich nur mit einem Wort beschreiben ließen: grausam.

Weit, weit am endlosen Horizont sah Clach Burgen oder Festungen, gigantische Gebäude, die jeweils über einen Bereich, einen Abschnitt dieser Länder zu wachen schienen. Da ihm nicht einfiel, was er sonst tun sollte, machte sich der Totenkaiser auf den Weg. Er wählte kurzerhand eine der Festen aus und »ging« darauf zu, wobei es nicht den Anschein hatte, als wenn er sich bewegte. Vielmehr rollte sich diese Nicht-Welt unter seinen Füßen ab, so als stünde er auf einem kleinen Podest mit Rädern, das auf einer gigantischen Walze oder Trommel den Fixpunkt bildete. So kam er gut vorwärts und hatte das Gefühl einer relativ hohen Geschwindigkeit. Aber was bedeutete das schon an diesem Nicht-Ort ohne Zeit oder echten Raum?

Gar nichts. Das hast du Narr davon, den Ritus gegen dich selbst zu richten. Von Òrdag keine Spur.

Wer war Òrdag noch mal? Sicher wusste Clach, wer der Anführer der Totenhand gewesen war – und doch nagte allmählich eine Kraft an seinem Verstand, die ihn bereits jetzt Tatsachen bezweifeln und Bekanntes verblassen ließ.

Wie lange, bis ich mich auflöse und in diesem Land aufgehe, das noch trostloser ist als die Wirklichkeit des Nebels? Ist es das, was denen passiert ist, die ich beseitigt habe?

Der Totenkaiser hatte bislang angenommen, dass sich seine Opfer wirklich entseelten, einfach verschwanden. Im Gegensatz zu allen anderen Toten, die nach Lehrmeinung beider

Kirchen, der staatlichen ebenso wie der verfemten Shariskirche, in den Nebel eingingen.

Er hatte das Gefühl, näher zu kommen – und bereute seine Fortschritte auch direkt. Er konnte nun erkennen, um was es sich bei diesem vermeintlichen monströs großen Kastell handelte. Es war ein gigantischer Monolith aus teerschwarzem Glas, so finster, dass er das wenige Nicht-Licht dieses Ortes um sich bog und verformte, es gar zu verschlingen schien.

Das, was der Tod vom Verstand des Totenkaisers übrig gelassen hatte, wand sich aber nicht vor dem Felsen an sich. Es war das Geschöpf, das mit Ketten von unfassbarer Größe an den Stein geschmiedet war. Ein formloser zyklopischer Albtraum, so riesig, dass es keine Vergleichsmöglichkeiten gab. Es gab auch keine Worte, dieses Ding zu beschreiben, und doch musste Clach es sich fassbar machen, wollte er den Verstand nicht vollends verlieren. Ein grob vierbeiniges Wesen, das irgendwie an die mythischen Darstellungen eines Drachen erinnerte, mit den konvulsivischen Bewegungen einer Seeanemone oder eines Kraken. Es kochte, blubberte, zerfloss und formte sich neu – das abgrundtiefe blanke Grauen ohne feste Gestalt. Fangarme so dick wie Kirchtürme sprossen und vergingen, stülpten Schnäbel und zahnbewehrte Münder aus, bevor sie sich selbst verschlangen. Ein einziges riesiges Auge mit drei Lidern glotzte aus der Masse, rollte von abartiger Lust gierig hin und her, bevor es in der Schattenmasse verschwand und an einer anderen Stelle wieder auftauchte. Ab und zu stieß das Ding ein geistiges Röhren aus, ein telepathisches Gebrüll wie von einer ganze Walherde – ein Nicht-Ton, der, sollte er je erklingen, Gebirge zu spalten vermochte. Clach presste instinktiv die Hände auf seine Ohren, ohne etwas zu bewirken.

»Das ist ihre wahre Gestalt. Das, was dich alles vergessen

lässt, sind sie. Sie verschlingen einen. Sie verschlingen jede Seele, die stirbt.«

Beim Klang der Stimme wirbelte der Totenkaiser herum, griff nach seinen Klingen. Natürlich waren die Scheiden leer. Er war tot. Er kam sich unendlich albern vor. Was wollte er hier mit Waffen anstellen? Ihm war kein Zustand bekannt, der toter war, als tot zu sein.

Der Mann hinter ihm schien Clachs Gedanken zu erraten. Er schenkte dem Totenkaiser ein einnehmendes Lächeln.

Der Fremde war alt, sehr alt und von extrem schlankem Wuchs. Asketisch. Alles an ihm sah archetypisch für die Magier und Einsiedler aus, die Clach von Holzschnitten und anderen Büchern aus der Zeit des Titanensturms kannte. Sein Haupthaar war kurz und aristokratisch gelockt, dafür verschwand die untere Hälfte seines Gesichts in einem Bart von solchen Ausmaßen, dass er bis fast zum Nabel reichte. Ein fußlanges, einteiliges Gewand, den Roben der Kultisten nicht unähnlich, reichte bis auf die Füße des Fremden. Nur war seines nicht aus rotem Samt; es war blendend weiß und gehörte nicht an diesen Ort, ebenso wenig wie sein Träger. Die Augen des Einsiedlers sprühten vor Witz und Geist.

»Die Titanen?«, fragte Clach und wandte sich endgültig von dem angeketteten Gott ab. »Aber wer hat sie in Ketten gelegt? Ich dachte, sie wären vernichtet?«

»Es gibt wenig, was sie vernichten kann. Selbst ein anderer Titan oder Gott kann sie nur hierher verbannen.«

»Und das wisst Ihr, weil … ?«, fragte der Totenkaiser.

»Weil ich dabei war, als die Magick sie ins Leben rief. Als sie inkarniert wurden und sich im Fleisch unserer Welt kleideten, aus ihren uralten Gefängnissen gerissen.«

»Und seitdem seid Ihr hier? Wie ist Euer Name?«

»Zu meiner Zeit hieß ich Fhaelsungr. In Eurer Sprache

übersetzt heißt es ›Das bleiche Lied‹. Habt Ihr je von dem Erzmagus gehört, der sich aus dem ewigen Konflikt der Fünf herausgehalten hat? Dem Sechsten? Nein? Das verwundert mich nicht, die Geschichte wird von denen geschrieben, die über Leichen gehen. Die wenigsten Vernünftigen gehen in ihre Annalen ein.«

»Ihr wollt mir erzählen, Ihr wärt der sechste der Erzmagi?«

»Nicht direkt. Im Gegensatz zu meinen Brüdern strebte ich kein ewiges Leben und keine Allmacht an. Meine Schuld ist eine andere: Ich hätte die Fünf töten sollen, als sie miteinander beschäftigt waren. Aber als sich die Titanen erhoben hatten, war es zu spät – die Macht dieser Kreaturen speiste sie.«

»Was ist das für ein Ort? Was machen wir hier?«

»Dies ist Scathach. Die Unterwelt, die so alt ist wie der Kosmos selbst. Vielleicht noch älter. Stellt Euch den Kosmos vor wie eine Schale, die mit verschieden dichten Ölen oder Flüssigkeiten gefüllt ist; dies ist die tiefste. Scathach ist die Ebene der Entropie und Vergänglichkeit. Sie steht für Auslöschung. Vernichtung in ihrer reinsten Form.«

»Und jeder, der stirbt, landet an diesem Ort? Das klingt schlimmer als die Höllen.«

»Das ist es auch. Am Ende bleibt von ihnen nichts. Ihre Essenz nährt die Titanen. Sie waren zuerst. Und geht es nach ihnen, werden sie auch die Letzten sein.«

»Ich war in der Leiche Fomors. Sie sieht viel … fassbarer aus als dieses … Ding.« Er deutete auf den Titanen, ohne allzu genau hinzusehen.

»Als man sie rief, verliehen die Vorstellungen aller Mythen und Paradigmen der Welt ihnen das Aussehen, das sie in der Welt trugen. Es war der Wille der Erzmagi, der sie diese Gewänder aus Fels und Erz, Wasser und Feuer, Wind und Wäldern anlegen ließ. Sie wussten, dass der wahre Anblick dieser Urgötter ihren Zwecken nur schaden würde. Ihr spürt es selbst, nicht wahr? Das Gefühl der Nichtigkeit? Der Hoffnungslosigkeit angesichts Eurer eigenen, belanglosen Existenz?«

»Ich fühle mich klein und unbedeutend, wenn ich dieses Ding sehe. Und ich kann nicht sagen, dass mir das gefällt. Es ist ein … ungewohnter Zustand.«

»Es ist genau das, was sie wollen. Sie verkörpern ein Konzept, wenn Ihr so wollt.« Fhaelsungr trat neben Clach. »Die Verzweiflung, die wir alle als denkende Wesen spüren, wenn sich unser Ich, unser ganzes Wesen der letzten Grenze nähert. Es wäre nicht gerade förderlich für die Armeen meiner Brüder gewesen, solche Kreaturen zu erblicken. Alles wäre im Wahnsinn versunken.«

»Wir gehen nicht zu Sharis, wenn wir sterben? Und auch nicht zum Lichtfürsten? Wir werden kein Nebel?«

»Ich bin tot, wisst Ihr? Ich weiß es also selbst nicht, Ihr sprecht ja nur mit einem Teil meiner Persönlichkeit. Aber ich kann Euch eines versprechen: Dieses grausame Ende, diese absolute Auslöschung, widerspricht allen Gesetzen des Kosmos, die wir schon zu meiner Zeit kannten.«

»Aber irgendwer muss ja bereits hier gewesen sein. Sie sind angekettet«, protestierte Clach. »Wer also war das?«

Fhaelsungr legte Clach eine Hand auf die Schulter. Der Totenkaiser war selbst verwundert, dass es funktionierte. »Was Ihr hier seht, Totenkaiser, ist eine Repräsentation. Ein Trugbild, mit dem sich Euer Hirn komplexe Vorgänge auszumalen versucht. Dass sie angekettet sind, ist eine Metapher, wenn Ihr so wollt. Es ist Ausdruck Eures Geistes, der Euch zu begreifen hilft, dass sie diesen Ort nicht verlassen können.« Der Seher legte sorgenvoll die Stirn in Falten. »Noch nicht. Aber ja, jemand – etwas – hat diese Kreaturen einst hierher verbannt und eingekerkert. Vielleicht war es der Lichtfürst.

Vielleicht Sharis. Oder ein oder mehrere Wesen, über die wir nichts wissen. Es ist nicht weiter wichtig.«

»Wenn sich alles und jeder an diesem Ort auflöst, wieso sind wir dann noch hier? Und vor allem Ihr?«, fragte der Totenkaiser.

Fhaelsungr setzte sich im Schneidersitz auf den Nicht-Boden und machte eine auffordernde Geste. Clach folgte der Einladung.

»Auf dem Höhepunkt der Schlacht meiner Brüder spürte ich, dass sie alles vernichten würden. Alles, was die Schöpfung für Thetis vorgesehen hatte. Mir war klar, dass ich handeln musste. Also rief ich meine treuesten Adepten und Verbündeten zusammen. Wir versammelten uns im Tempel der letzten noch verbliebenen Stadt, Drengheim, und ich weihte mit aller Macht, die mir zur Verfügung stand, ein Schwert. Dann stürzte ich mich hinein. Der Ritus brannte die Seelen meiner Getreuen aus, die wie ich ihr Leben gaben. Weil uns klar war, dass kommende Generationen gewarnt werden mussten.«

»Das Schwert, das mich getötet hat?«, fragte Clach.

Fhaelsungr nickte. »Ganz genau. Es war das Gefäß, das diese Botschaft, diese Fragmente meiner Selbst in sich trug. Eine Seelenfalle, wenn man so will. Ich kann nur hoffen, dass niemand es wieder einsetzt, nun, da es seinen Zweck erfüllt hat.«

»Ihr seid schuld, dass ich tot bin!«

»Ich bitte Euch, Clach. Euer eigener Lebenswandel hat Euch dorthin gebracht, wo Ihr jetzt seid. Aber es war mein Ziel, zu jemandem wie Euch durchzudringen.«

Beide schwiegen. Clach betrachtete seine Hände. Seine Kleidung.

»Ich werde durchsichtig«, stellte er fest.

»Ihr verblasst, ja. Ohne die Anwesenheit dieses Avatars ginge es noch schneller. Aber ich kann Euch nicht ewig schützen. Ihr werdet Euch entscheiden müssen«, antwortete Fhaelsungr.

»Entscheiden? Zu was? Was meint Ihr mit ›zu jemandem wie mir‹?«

»Als wir den Zauber auf das Schwert legten, war sein wichtigster Fokus, seine Aufgabe und sein Anker, wenn Ihr so wollt, die Suche. Das Ritual hat aus der Klinge einen Sucher gemacht, eine Kraft, die nach zweierlei Dingen auf der Jagd ist, die sich in einer Person vereinen. Erstens das Blut eines Erzmagus, das durch die Adern dieser Person fließt …«

»Das Blut eines Magus?«, fragte Clach.

Fhaelsungr zuckte mit den Schultern. »Ich und meine Brüder waren mächtig. Halbgötter gar, das darf man schon sagen. Aber wir waren letzten Endes Männer. Mit fleischlichen Gelüsten. Es gibt in Eurer Epoche noch Nachfahren von uns. Ich habe sie gespürt, während mich der Barbar bei sich getragen hat.«

»Arkanisten?«

Fhaelsungr schnaubte geringschätzig, was viel über das Verhältnis wahrer Magier zu Arkanisten aussagte. »Nichts, was ein Arkanist schafft, kann vor wahrer, echter Magick bestehen«, sagte er, und für ein magisches Konstrukt in einer Welt ohne Leben vollbrachte er das Kunststück, extrem höhnisch zu klingen.

Clach begriff. »Nebelmacher«, sagte er. »Leute mit Kräften.«

»Menschen wie Ihr, Totenkaiser. Genauer gesagt habe ich nach genau Euch gesucht. Der ganze Zweck, aus dem dieses Abbild geschaffen wurde, war die Kontaktaufnahme zu Euch.«

»Das habt Ihr gut hinbekommen. Nur dass ich tot bin, was sich als kleines Problem erweisen könnte. Wurde mein Kommen prophezeit, oder was für einen abergläubischen Unsinn erzählt Ihr mir gleich?«

»Mitnichten«, entgegnete Fhaelsungr. »Aber ich sagte Euch doch, die Klinge reagiert auf Aspekte. Euer Erbe. Und zweitens: auf eine vollkommene Abwesenheit jedweder Moral. Um Kreaturen wie die Titanen und ihre Diener zu stoppen, muss ein Mann oder eine Frau unkorrumpierbar sein und darf keine Tugenden besitzen, die man vergiften könnte. Ihr seid so ein Mann. Eure Macht ist stark – und das Blut unzähliger Seelen klebt an Euren Händen. Das hat die Klinge zu Euch geführt.«

»Also habt Ihr diesen Koloss aus dem Amboss losmarschieren lassen, um mich zu töten und dafür das Schwert zu benutzen. Aber warum habt Ihr Euch ihm nicht enthüllt? Diese Barbaren, zumindest einige Stämme, scheinen ja auch gewisse Kräfte zu haben. Sie leben unbeschadet im Nebel.«

»Die Nachfahren der alten Stämme sind in der Tat mit mächtigen Kräften gesegnet. Aber glaubt Ihr, sie würden ihre Waffen auch nur eine Sekunde zu einem Kampf gegen ihre Götzen erheben?«

Das war einleuchtend. Clach blickte einige Nicht-Zeit zu Boden. »Es gibt zwei Fragen, die mich wirklich brennend interessieren. Der Nebel? Was ist er? Und wieso nennt man unseresgleichen Nebelmacher, wenn doch jeder, der stirbt, im Nebel aufgeht. Zumindest haben wir das stets geglaubt. Wieso verrecken einige im Nebel, und andere werden wahnsinnig, während die Barbaren und die Nebelmacher – wenn ich Euch glauben darf – immun sind?«

»Es ist ihr Blut, Totenkaiser. Das Blut der Titanen. Es ebnet den Weg zwischen den Sphären. Die Ölschichten, Ihr erinnert Euch? Reines Urchaos. Brodem. Äther. Nennt es, wie Ihr wollt. Seine Macht ist unfassbar und Anathema allen Lebens. Magick und auch schwächere Formen davon können schützen. Ich habe die Steine gespürt. Und die Barbaren sind sicher, weil ihr Glaube an diese Kreaturen sie ihrer Domäne zuordnet und schützt. Der Stamm, mit dem mein Träger verfehdet war, die Kreen, hat seinen Bezug zur Vergangenheit verloren und damit die Gunst der Titanen.«

»Wenn all das stimmt, was Ihr sagt, was genau mache ich dann mit meinen Opfern, wenn ich die Formel intoniere? Wenn eh alles Tote in den Nebel eingeht und von dort aus hierhergelangt, statt zu verlöschen oder ein echtes Leben nach dem Tod anzutreten?«

»Ihr schafft Platz«, sagte Fhaelsungr. »Und das ist auch genau das Problem.«

»Der Ritus ist uralt«, fuhr der Seher fort. »Meine Brüder ersannen ihn, um ein Opfer zu reinigen. Einen Homunkulus, Golem oder ein anderes Gefäß von jedem emotionalen Eindruck zu befreien, sodass etwas anderes hineingelangen kann. Um perfekte, seelenlose Diener zu erschaffen. Das, was ich mit dem Schwert getan habe, nur weniger machtvoll. Der Ritus öffnet zugleich einen Tunnel.« Er nahm einen Finger und malte eine Nebelwolke sowie je ein Kreuz links und rechts davon in den Nicht-Sand des Bodens. Dann zog Fhaelsungr eine Linie von einem Ende zum anderen und machte einen Pfeil ans rechte Ende.

»Hier rechts«, sagte er, »haben wir Scathach. Das Totenreich. Links ist die stoffliche Sphäre. Thetis. Stirbt jemand hier links, dann wandert seine Seele in den Nebel – und von dort aus an dieser Linie entlang in diese Unterwelt. Er findet sich für einige Augenblicke hier wieder, ängstlich und verwirrt. Und löst sich dann auf.«

Fhaelsungr kratzte eine zweite Pfeilspitze in den Nicht-Staub. Dieses Mal befand sie sich auf der Thetis-Seite. »Tötet Ihr aber jemanden und vollzieht den Ritus, dann geschieht genau dasselbe – nur bleibt diese Abkürzung offen. Ein Tunnel. Von beiden Seiten benutzbar, wenn man weiß, wie es geht.«

Clach nickte. »Und die Titanen nutzen ihn auch. Ihr sagt, sie sind noch gefangen, aber sie können Diener zurücksenden?«

»Tote, neu geformt zu einer Imitation ihrer früheren Identität, mit einem unstillbaren Durst nach Rache und gottlosen Kräften gesegnet. Mehr als nur Wiedergänger oder Nachtwandler … «

»Heimkehrer«, raunte Clach. »So wie Pavosa Moreno. Sie tauschen Menschen in Schlüsselpositionen der Macht aus. Menschen, die ich und andere Nebelmacher unwissentlich für die Titanen vorbereitet haben …«

»… weil nur wahre Nachfahren der Erzmagi die nötige Magick sammeln können, um den Tunnel zu schaffen. Ja. Dabei kann das neue Gefäß nie von der Seele wiederbesetzt werden, die sie verlassen hat. Das wäre ein Paradoxon, das den Kosmos entflammen könnte.«

»Und deshalb musste ich sterben? Werde zu einer Randnotiz der Geschichte bei der Rückkehr dieser Monster? Niemand wird sich an mich und meine Legende erinnern, wenn die Titanen zurückkehren. Ich werde ein Schatten sein, vergessen im Rahmen gigantischer Ereignisse.« Wie auf ein Stichwort verblasste er noch stärker. »Außer, Ihr habt Euch an mich gewandt, weil Ihr mir helfen könnt. Helfen wollt.«

Wieder lächelte Fhaelsungr. »Ich kann. Ich will. Und ich werde, wenn Ihr es zulasst.«

»Was muss ich tun?«, fragte Clach.

»Nichts. Nur zuhören und Euch auf kommende Tage vorbereiten. Das Sakrileg, von dem ich Euch gerade berichtete, ich habe vor, es zu begehen. Ich habe Jahrzehnte an der Vervollkommnung meiner Formel gearbeitet. Stellt sie Euch wie ein Saatkorn vor. Als das Schwert Euch durchbohrte, wurde diese Saat in Eure sterbliche Hülle gebettet. Dadurch, dass Ihr selbst zudem noch den Ritus ausgeführt habt an Euch, ist es sogar noch einfacher geworden.«

»Wollt Ihr damit sagen …«

»… dass Ihr in Euren Leib zurückkehren könnt, ja. Ich schicke Euch zurück, wenn Ihr es wünscht.«

Clach sprang auf. Doch Fhaelsungr hob mahnend die Hand. »Es gibt einen Haken. Ihr werdet Eure Identität bewahren. Und Eure Fähigkeiten. Aber um die Kraft, die ansonsten den Kosmos aus dem Gleichgewicht hieven würde zu bewahren, musste ich sie umlenken. Der Preis, Totenkaiser, ist Fäulnis. Eure Hülle wird zerfallen, Eure Essenz sich auflösen, wenn man so will.«

»Ich verrotte lebendig?«

»Nicht ganz, aber halbwegs trifft dies zu, ja. Eigentlich verrottet ihr halb tot. Untot. Ich mache einen Heimkehrer aus Euch – aber unabhängig. Einen Mann, der weder Sterblicher noch gestorben ist – und damit zur Domäne jener gehört, die wir in Ermangelung besserer Wörter Götter nennen.«

»Gibt es keinen Weg, den Verfall zu stoppen?«

»Für einen Mann in Eurer Lage seid Ihr sehr wählerisch. Aber es gibt tatsächlich einen Weg. Womit wir wieder beim Punkt der Moralfreiheit wären: Warmes Menschenfleisch kann Euch die Seelennahrung bieten, die den Prozess verlangsamt – aber nicht stoppt. Ihr werdet irgendwann aus einer Ansammlung von Gebeinen bestehen, die sich bewegen. Unvermeidlich.«

»Was habt Ihr von alldem?«

»Ich? Das, womit ich bereits an dem Tag gerechnet habe, als mein Bruder Abd'Masr aus dem Süden vorschlug, die Titanen zu entfesseln. Eine Rückversicherung. Einen Gottesmörder. Denkt darüber nach. Wer besser als der Totenkaiser wäre dazu angetan, die fünf Titanen zu vernichten? Ihr hättet Eure Legende – wenn auch zu einem hohen Preis. Und der Kosmos wäre solange sicher, bis jede Zivilisation zerfallen ist und die nächsten Narren auf einer anderen Welt durch ihre Ängste Götter gebären. Aber unsere Welt hätte zumindest eine Chance. Und ihr wäret perfekt für diese Aufgabe. Ihr habt kein Interesse zu herrschen. Ihr sucht nur die Herausforderung mächtiger Beute. Welche mächtigere Beute könnte es geben? Also, was sagt Ihr?«

Clach brauchte nicht lange nachzudenken. Er nickte bedächtig und stand auf. »Gottesmörder«, flüsterte er.

Fhaelsungr tat es ihm nach.

»Wie kann ich Götter töten?«, fragte Clach.

»Ihr braucht wahre Magick. Verschafft Euch Zugang zu altem Wissen, lernt die Formeln. Sucht sie an den alten, vergessenen Orten Eurer Welt und bereitet Euch angemessen vor. Alles, was Ihr können müsst, ist bereits in Eurem Erbe. Aber die Urgötter sehen alles. Sie werden vorbereitet sein. Ihre Häscher werden Euch folgen, wohin Ihr auch geht. Tötet Sie erneut. Vollzieht den Ritus ein zweites Mal an ihnen – das wird sie endgültig vernichten. Der Rest wird sich finden.«

»Ich verstehe. Gut, dann bin ich einverstanden.«

»Nehmt diese Entscheidung nicht auf die leichte Schulter. Wisset, dass Ihr ein Verdammter sein werdet. Wenn Euch Eure Feinde nicht bezwingen, werdet Ihr auf ewig an Eure Hülle gekettet sein. Habt Ihr den Preis und die Bürde eines solchen Fluches verstanden?«

»Ich bezweifle, dass ein Sterblicher das kann. Alles, was ich aber sehe, ist, wie ich mich auflöse. Wie mir mit jedem Augenblick das Ich-sein schwerer fällt. Ich habe keine Wahl, wenn ich mich nicht verlieren will. Tut es.«

»Wie Ihr wünscht, Totenkaiser. Ich bezweifle, dass Euch je jemand für Eure kommenden Taten danken wird, aber das schmälert ihren Wert nicht. Eines solltet Ihr jedoch noch wissen. Die Titanen sind nicht Eure einzigen Gegner. Es gibt noch eine andere Kraft. Ich habe ihr Wirken gespürt, als ich den Barbaren beeinflusste – diese Kraft wollte ebenfalls Euren Tod durch seine Hand. Aber sie wusste von dem Schwert und was es bedeutet. Und wollte verhindern, dass er es gegen Euch richtet. Hütet Euch also. Ihr werdet ein gesuchter Mann sein.«

»Zumindest solange das, was mich zum Mann macht, noch nicht abgefault ist. Und nun lasst uns von hier verschwinden.« Clach wandte sich um und blickte den titanischen Götzen an der Stele an. Trotz der unvorstellbaren Entfernung schien sich das gigantische Auge des Gottes auf den Totenkaiser zu richten. Clach streckte seinen rechten Zeigefinger aus, deutete damit auf den Moloch und führte den Finger danach mit einem Lächeln in einer unmissverständlichen Geste an seiner eigenen Kehle entlang.

Als er sich umdrehte, sah er, wie Fhaelsungr ohne Umschweife auf ihn zutrat. Und in Clach hinein.

Dieses Mal war der Übergang so schlagartig, dass er sich nicht mal bewusst war, ob es einen gegeben hatte. Ein scharfer Schmerz hatte ihn erfasst. Und mit diesem waren auch alle anderen Empfindungen zurückgekehrt, wenn auch merkwürdig gedämpft. Eine Springflut aus Emotionen: gedämpfter Schmerz, Euphorie, das Gefühl zu atmen (wenn auch rasselnd). Clach blickte schlagartig wieder durch seine eigenen Augen. Doch vom Blau der Glühmoose im Titanenkadaver war nichts zu sehen. Alles war grau. Farblos. Langsam setzte er sich auf. Die dumpfe Imitation von Pein. Pochend, aber merkwürdig fremd.

Seine Hände betasteten seine Brust. Seinen Hinterkopf. Getrocknetes Blut, das in der neuen Art, wie er die Welt wahrnahm, wie Pech aussah. Diese Wunden hatten ihn getötet. Langsam erhob er sich und war wenig verwundert, ein Geräusch zu hören, das an das Knirschen gefrorener Schiffstaue erinnerte. Das Blut in seiner neuen schwarz-weißen Welt bildete Pfropfen. Verschloss die Wunden. Fasziniert beobachtete er, wie sich die geronnene Masse erst verflüssigte und dann die Löcher stopfte. Das seltsame Plasma härtete aus. Als er es berührte, war es nachgiebig wie Fleisch – und soweit er das durch seine Handschuhe und die Impulse toter Nervenenden in seinen Fingern beurteilen konnte, fühlte es sich auch so an. Das Blut sah nicht nur aus wie Teer, es verhielt sich auch so. Dichtmasse.

Ihm war nach Lachen zumute, aber es kam nur ein heiseres Keuchen aus seiner Kehle. Verblüfft stellte er fest, dass er zu atmen vergessen hatte. Ohne Luft in diesem Leib konnte er auch keine Laute ausstoßen. Fasziniert beließ er es dabei. Stand im Raum und atmete nicht. Minutenlang. Es geschah nichts.

Clach zog seinen Handschuh aus. Betastete seine Halsschlagader. Nichts. Kein Puls. Der Seher hatte nicht gelogen. Er war sich unsicher, ob er fasziniert oder voller Abscheu sein sollte. Aber es war wie vor seinem Ende, er spürte keine besonders starken Emotionen. Es gab allerdings ein Problem. Er war besudelt. Das Gift und sein Tod hatten ihre Wirkung getan. Seine Beinkleider waren beschmutzt. Er stank nach Kot und Urin.

Ich gehe heim und säubere mich. Aber vorher habe ich noch etwas zu erledigen.

Er stapfte durch den Gang, durch die Spuren seines letzten Kampfes. Den Ort, an dem er sein Leben ausgehaucht hatte. Òrdags Leiche lag dort auf dem Boden, wo sie tot zusammengesunken war. Clach hob seinen Dolch auf, den er geworfen hatte, und ließ sich auf ein Knie nieder. Er zog seinen anderen Dolch aus dem Körper, rammte dann beide mit Wucht wieder in die Leiche und konzentrierte sich. Dann intonierte er die Formel.

Wollen doch mal sehen, ob dir deine Meister eine schöne neue Behausung zur Verfügung stellen. Die hier ist jedenfalls unbrauchbar.

Aber erst heim. Sich reinigen. Und dann Pläne schmieden. Es gab viel zu tun für einen Mann, der Götter zu töten hatte. Mehr, als dieser Mann sich vorstellen konnte. Und irgendwo in der Stadt wartete eine gewisse Hure auf ihre Bezahlung für ein Attentat.

Clach lächelte und spürte nicht, wie seine Lippen aufrissen und schwarzes Nicht-Blut hinaussickerte.

Der Totenkaiser zahlte seine Rechnungen immer. Selbst über den Tod hinaus.

25. Greskegard

Sie waren so tief hinabgestiegen, wie sich Fennek ohne Führer getraut hatte. Nicht dass er hier sein wollte, aber er musste einfach mit eigenen Augen sehen, ob stimmte, was der Barbar ihm erzählt hatte. Den erschlagenen Totenkaiser sehen, bevor er das Wagnis einging, mit der Leiche seiner eigenen Nichte bei seinem Schwager aufzulaufen und ihm seine Geschichte zu erzählen.

Und das war ein ganz anderes Problem. Denn als sie Morven zu einem Nebelmacher hatten bringen wollen, der in den Zellen der Inquisition schmachtete, mussten sie auf halbem Wege in die Kerker feststellen, dass die Leiche urplötzlich so rein und seelenlos war, dass Sanftleben sie erschrocken fallen ließ. Ein Nebelmacher hatte, ohne vor Ort zu sein, seine Kräfte auf die Leiche gewirkt. Etwas, worauf sich Fennek Greskegard keinen Reim machen konnte, sosehr er es auch versuchte. Lebte der Totenkaiser noch? Wenn nicht, wer wagte es dann, so etwas zu tun? Und zu welchem Zweck? War es überhaupt möglich?

Sie waren natürlich umgekehrt, nachdem sie die Leiche deponiert hatten, um nach dem Barbaren zu sehen. Aber Hüne und Schwert waren fort. Lediglich auf Morvens Stuhl hatte ein blutiger Handabdruck geklebt – laut Sanftleben das Zeichen eines Todesschwurs. Dieser Greis hatte es auf Fennek abgesehen. Der blanke Irrsinn! Aber gut, sollte er kommen.

Fennek Greskegard war ein Mann mit vielen Feinden, und er hatte die eine oder andere Überraschung für sie in petto.

Sie hatten gerade die vollkommen verwüstete Herzkammer des Titanen passiert. Sanftleben sah sich mit abergläubischer Ehrfurcht um, seinen Hammer in den Pranken. Fennek selbst hielt seine Armbrust bereit. Aber sie stießen auf nichts als tote Kultisten und blanke Verwüstung. Morven hatte tatsächlich nicht gelogen. Der Fennek, der in der Nobelherberge Rudimente eines Gewissens entwickelt hatte, als es um die Frau des Pelzhändlers ging, hatte auch jetzt Gewissensbisse. Aber hatte der Archont diese gehabt, als man Fenneks ganze Familie ermordet hatte? Selbst die eigene Frau, seine Schwester?

Nun bist du der Mörder ihrer einzigen Tochter, sagte ein unwillkommener Teil seines Ichs.

Papperlapapp! Ich hatte keine Wahl!

Aber stimmte das auch? War es nicht das Credo der Inquisition, dass jeder Mensch stets die Wahl hatte, was er tat? Und mit welchen Mächten und Kriminellen er sich um- und abgab?

Haarspaltereien, entschied Fennek. Was zählte, war der Sieg. Rache.

»Das ist kein guter Ort hier, Fennek«, sagte Sanftleben.

»Genau genommen ist es auch kein Ort, sondern eine tote … äh … Person.«

»Du weißt, was ich meine. Ich bin nicht in Stimmung, mich verhöhnen zu lassen«, grollte der Koloss.

»Und ich bin nicht in der Stimmung für Widerworte. Ich will wissen, ob das kleine Flittchen gelogen hat. Oder ob er wirklich ermordet irgendwo hier unten liegt.«

»Wie vollen wir ihn in dem Irrgarten denn finden, verdammich?«

Fennek rollte mit den Augen. »Zuhören, Sanftleben. Zuhören. Dein Landsm... äh ... der Barbar hat berichtet, dass Clach Hexerei betrieben hätte. Ich gehe stark davon aus, dass der Mann damit den Ritus des Nebelmachers gemeint hat. Was bedeuten würde, dass wir irgendwann auf einen Korridor oder Gang stoßen sollten, der den Makel des Nebelmachers trägt und rein ist. Dort sehen wir uns dann in aller Ruhe um.«

Sanftleben schien nicht überzeugt, trottete aber hinter Greskegard her. Der Inquisitor konnte es seinem Leibwächter nicht verdenken – Sanftleben mochte nicht der gläubigste Mann sein. Aber er war ein Krieger des Amboss, und somit war dieser riesige Kadaver aus uralten magischeren Zeiten der Körper seines Gottes. Fennek sah hier nur Stein und Moose. Der Gang, in den sie nun einbogen, war eine Sackgasse. Zwei Leichen lagen an ihrem Ende, übel zugerichtet.

»Es wird noch weitaus mehr geben, bevor diese Geschichte vorbei ist«, murmelte Greskegard.

»Was?«

»Das heißt ›bitte‹, nicht ›was‹«, antwortete Fennek. »Ich will von dir wissen, ob unser Handel immer noch steht. Unser Bund, den wir damals geschlossen haben, als ich dich blutend und halb tot aus dem Straßengraben zog.«

Sanftleben atmete hörbar ein. »Du zweifelst an meinem Wort, Fennek? Ich hätte mehr von dir erwartet.«

Greskegard hob beschwichtigend die Hände. »Ich zweifle nicht an deinem Wort. Ganz und gar nicht. Aber mir ist dein Blick nicht entgangen, als ich mit meiner Nichte tat, was mir zu dem Zeitpunkt wie das einzig Richtige erschien. Wirst du auf unsere alten Tage moralisch?«

Sanftleben zog hoch und machte sich daran auszuspucken. Dann ging ihm wohl auf, wo er sich befand – und er schluckte es wieder hinunter. »Ich habe dir gelobt, dein Leben zu beschützen. So will es der Brauch der Slohairne, und ich halte mich an unsere alten Riten. Ich habe sogar diesen albernen Namen angenommen, den du mir gegeben hast.«

»Und doch missbilligst du, was ich getan habe. Darf ich dich daran erinnern, was du in meinem Auftrag bereits alles begangen hast? Als mein Spezialist in … Befragungsdingen?«

»Ich bereue nichts davon und stehe zu allem. Törichte Stadtlinge in die Erde zu schicken, das ist ein Traum für einen Sohn des Amboss. Doch das Gör, das du aufgeschlitzt hast, dauert mich. Sie war einer der wenigen aufrechten Leute, die ich unter deinem Volk je getroffen habe.«

»Woher willst du das wissen? Kanntest du sie?« Greskegard gefiel nicht, welche Wendung die Unterhaltung nahm.

»Nein. Aber sie war sehr ehrlich. Und der Alte, der bei ihr war? Nebeljäger. Sein Tartan gehörte den Tanleigh.«

»Tartan?«

»Das Stoffmuster seines Kilts und die Löwen auf seinen Umhangfibeln. Hab das erkannt. Die Tanleigh sind ein kleiner Stamm. Sehr aufrecht. Sehr loyal. Sie haben keine Ehrenschulden. Es gibt aus ihren Reihen keinen einzigen Verbannten.«

»So wie dich, meinst du.«

Sanftleben schwieg. Er war nicht einfach nur still, es war ein Schweigen von bedrohlicher Qualität.

Entgegen seiner üblichen Art sagte Fennek: »Entschuldige aufrichtig. Das war unangebracht.«

Sanftleben schnaubte. »Jedenfalls«, sagte er, »war sie nicht nur ein ehrliches Weib mit einem ehrlichen Begleiter. Sie war auch aus deiner Sippe. Und das ist etwas, das ich missbillige. Mord und Lüge an den eigenen Leuten. War das wirklich nötig?«

Nun war es Fennek, der wütend wurde.

Weil du weißt, dass er im Recht ist?, fragte sich Greskegard.

»Was hätte ich tun sollen? Sie laufen lassen? Sie hätte mich beschrieben, selbst ohne meinen Namen zu kennen. Dann hätte ich den Archonten im Nacken gehabt. Erneut. Weißt du, wie lange ich gebraucht habe, um aus seiner Wahrnehmung zu verschwinden? Wie auch immer, es musste sein.« Fennek klang selbst wenig überzeugt.

Sanftleben zuckte lediglich mit den Schultern und blickte auf die beiden Körper zu ihren Füßen. Dem einen der beiden hatte man die Genitalien aufgeschlitzt, er war ausgeblutet wie ein Schwein.

»Da war jemand sehr wütend. Hat sich in seinem Zorn verloren, könnte man sagen.«

»So wie du damals? In deinem Dorf?«

»Vielleicht. Ja, warum nicht. So wie ich. Und so wie du, wenn du nicht aufpasst, Fennek. Und mehr habe ich nicht dazu zu sagen.«

Er wandte sich um und ging aus der Sackgasse. Diesmal war es Fennek, der folgte. Als er ging, warf er einen letzten Blick auf die übel zugerichteten Leichen.

Was habt ihr aus mir gemacht? Was hat dieser ganze Wahnsinn nur aus mir gemacht?

»Nur das, was ich zugelassen habe«, wisperte Greskegard. Und ging nachdenklich hinter Sanftleben her.

Es sollte noch sehr lange dauern, bis sie den richtigen Gang erreichten. Es war auf den ersten Blick erkennbar, dass hier ein fürchterlicher Kampf getobt hatte. Obschon der Stollen nur aus Moos und nacktem Fels bestand, erzählte er eine ganz eigene Geschichte. Gerade weil an diesem Ort die Luft so neutral und nichtssagend war und man selbst den Gestank des Todes nur minimal wahrnehmen konnte. Hier war der Ritus des Nebelmachers durchgeführt worden. Vor Kurzem.

Sanftleben wollte auf den Leichnam zugehen, welcher der

Robe nach der Hohepriester dieses Kultes gewesen war, aber Fennek hielt ihn zurück.

»Nein. Erst die Spuren.« Er deutete auf die Blutpfützen und die Kampfspuren auf dem Boden.

Angestrengt untersuchten sie beide den Raum – und kamen zum gleichen Ergebnis, während sie der Geschichte dieses Ortes lauschten. Ungläubig blickten sie sich an, schwiegen aber.

Fennek betrat das Ende des Ganges als Erster. Er hockte sich neben die Leiche. Betrachtete eingehend die Wunden. Sanftleben folgte den Blutspuren und blieb schließlich bei der rautenförmigen Einkerbung in der Wand stehen. Er zog seinen Dolch und schob ihn in das Loch inmitten des Blutes, das an der moosigen Wand herabgeronnen war.

»Hier hat der Tanleigh sein Opfer mit genau dem Schwert an die Wand genagelt, das beide bei sich hatten, als wir sie gestellt haben.« Er pfiff anerkennend durch die Zähne. »Für einen Knacker, der sich kaum bewegen kann, war er stark. Fast so stark wie ich, würde ich sagen. Beachtlich.«

Greskegard schwieg. Er ging viermal durch den Raum, zückte einen kleinen Zollstock und ein Winkeleisen und nahm Maß. Schließlich hockte er sich neben den toten Hohepriester. »Und? Was denkst du?«, fragte er schließlich.

Sanftleben atmete einmal tief durch. »Ich weiß nicht, ob ich das sagen soll«, antwortete er. »Nicht ohne dass du denkst, ich hätte den Verstand verloren.«

»Dann denken wir dasselbe. Der Tote, der hier vor der Mauer lag, nachdem man das Schwert aus seiner Brust gerissen hat, ist wieder aufgestanden. Auferstanden.«

»Ja. Ist es …?«

»Der Totenkaiser? Ja. Ich bin sicher. Die Art der Spuren, wie ihr Träger sich bewegt. Er war hier. Und er war tot. Er muss tot gewesen sein. Das Blut an der Wand, die Brustwunde durch das Schwert …«

»Wie diese Heimkehrer«, sagte Sanftleben und sah sich mit einem Schaudern um.

»Ja. Wie diese Heimkehrer.« Greskegard erhob sich. Ein triumphierendes Leuchten lag in seinem Blick. »Ich weiß nicht, wie er es gemacht hat, aber der verdammte Bastard hat den Tod besiegt und ist zurückgekehrt. Er hat es irgendwie geschafft.«

»Oder jemand anderes, wie bei diesem Mädchen aus Argas«, gab Sanftleben zu bedenken.

»Jemand, der sich dann genauso bewegt wie Clach? Seine Methoden benutzt, seine Waffen mit derselben Präzision und Handschrift führt? Aus irgendeinem Grund ist der Auferstandene zu dieser Leiche gegangen und hat ihren Funken endgültig zu Nebel gemacht. Und sich dabei genauso bewegt, wie *er* es getan hätte. Nein, mein Freund, das war der Totenkaiser. Er lebt noch – oder wieder.« Er schlug sich mit der Faust in die Handfläche. »Es ist nichts verloren.«

»Außer dem Leben deiner Nichte«, widersprach Sanftleben.

Greskegard antwortete nicht auf diesen Stich. Er prüfte sorgfältig, ob er auch nichts übersehen hatte. Dann wandte er sich wortlos ab. Hinter sich hörte er ein Rascheln. Als er sich umdrehte, sah er, dass sich Sanftleben neben dem Hohepriester, der tot auf dem Bauch lag, hingekniet hatte.

»Wollen doch mal sehen, wer du bist.« Sanftleben drehte den Leichnam auf den Rücken, sodass dessen Gesicht zum Vorschein kam.

Fennek sog scharf die Luft ein. »Das ist Òrdag«, keuchte er, »der frühere Anführer der Morlàmh. Ich dachte, der sei längst tot. Scheinbar haben wir uns geirrt, und er hat das Duell irgendwie überlebt.« Jeder in seinem Metier kannte die Legenden um die Meuchlerduelle des Sharis-Tempels, die in den verborgensten Winkeln der Stadt abgehalten wurden.

»Oder er is' auch 'n Heimkehrer«, sagte Sanftleben.

»Das glaube ich nicht.« Fennek deutete auf das Blut. »Normale Körperflüssigkeiten, nicht dieses schwarze Zeug.« Er hielt plötzlich inne. »Ich habe gerade eine ganz konkrete Vorstellung, wer unsere toten vier Freunde aus der Nobelherberge sein könnten. Und die Dinge, die sie laut der Pelzhändlerin gesagt haben, ergeben gerade auch mehr Sinn. Ebenso wie die Tatsache, dass der Totenkaiser an diesen vier Leichen so ein Exempel statuiert hat.«

»Die Morlàmh ist in der Stadt?«, fragte Sanftleben.

Fennek nickte bedächtig. »Ja, ich denke schon. Wenn ich recht habe, dann war sie es. Ich werde das überprüfen. Die Toten untersuchen, bevor die Sonnendiener sie aus dem Beinhaus schaffen. Und ich fürchte, wir müssen der Dame des Tuchhändlers einen zweiten Besuch abstatten. Was immer diese Bedrohung ist, wer immer diese Heimkehrer sind, wir benötigen mehr Informationen.«

Sie verließen den Leib des Titanen und traten schließlich aus einem Schacht auf die Straße hinaus. Als sie im Licht der untergehenden Illusion der Sonne unter der Kuppel standen, ergriff Sanftleben wieder das Wort. »Auf jeden Fall sind diese Dinger gefährlich. Gefährlich genug, um mehr als nur eure Penta zu bedrohen. Wir müssen sie irgendwie aufhalten. Das geht weit über deine Rache hinaus.«

»Sicher. Das werden wir. Aber erst, wenn ich es für richtig halte. Erst dann. Keinen Deut eher.«

»Du willst ernsthaft die Stadt, die rechtmäßig dir zusteht, in Gefahr bringen?«

»Ein Archont, der die Hände voll zu tun hat, um sich um die Sicherheit einer Stadt und das Gekreische des panischen Adels zu kümmern, achtet nicht auf eine blasse Erinnerung aus seiner Vergangenheit«, sagte Fennek. »Und ein Mann, der nur auf die Schatten achtet, ob nun Bauer oder Archont, sieht den Dolch des Mörders nicht. Selbst wenn dieser direkt vor ihm steht.« Langsam ging Greskegard in Richtung ihres Gasthofs.

Sanftleben erschauerte. Sein Volk trotzte den Winden der Öde. Doch beim Anblick seines Meisters fröstelte es den Koloss. Er wollte nicht in der Haut der Männer stecken, die Fennek Greskegard Feinde nannte. Unwillig schlurfte er hinterher. Besser, sie brachten es hinter sich.

Hinter ihnen versank die falsche Sonne unter einem Himmel, der aus Lügen errichtet war.

26. Epilog

Gardist Lhoane haderte mit seinem Schicksal. Hatte er nicht stets getan, was man ihm befohlen hatte? Ohne Wenn und Aber? Was sollte daran gerecht sein, einen guten Soldaten wie ihn zu bestrafen, nur weil er einmal über den Durst getrunken hatte? Na gut, vielleicht zweimal. Der Dienst war so verflucht langweilig, dass man schon mal seinen Sold in einer Spelunke durchbrachte und dann bei einer Hure einschlief. Bislang hatte sich niemand daran gestört – bis dieser vermaledeite hohe Inquisitor aufgetaucht war. Lhoane hatte wieder in Rowenas Armen geschlafen, wie so oft in den letzten Monaten, verkatert, aber glücklich.

Aber dieses Mal war er deswegen auch bestraft worden – Abwesenheit aus der Kaserne. So ein Blödsinn! Nie zuvor hatte sich einer der Sergeanten oder Leutnants auch nur dafür interessiert, ob Lhoane da war. Und wenn ja, wo er sich aufhielt. Es interessierte schlichtweg keinen, ob er gerade tot in der Gosse lag, einen Schiss tat oder seine Possen mit der Tochter eines Obristen riss. Aber nein, kaum war der feine Pinkel in der Stadt, da war Lhoane plötzlich das Böse in Person. Nur weil er so ehrlich war zuzugeben, dass er gern mal einen wegsteckte und das eine oder andere Glas Bier trank. Verlogene Pisser, allesamt!

Es hatte ihnen nicht gereicht, ihn zusammenzustauchen vor den Kameraden. Ihn seine Runden rennen zu lassen. Nein, zu allem Überfluss musste er noch Tempeldienst verrichten. Schönen Dank auch!

Jeder der städtischen Garde hasste den Tempeldienst. Es war die langweiligste und quälendste Pflicht, die es gab, unter dem Kommando der blasierten Templer eingeteilt zu werden, um an der Seite der Kirchenritter die Areale des großen Haupttempels oder kleinerer Tempel des Lichtfürsten zu bewachen.

Und von all diesen Pflichten hatte Lhoane die schlimmste erhalten – er musste allein seinen Dienst im gesegneten Hause der »Ewigkeit Seines Lichts« verbringen. Dem kleinsten und schäbigsten aller Tempel – an den einer ihrer Friedhöfe angegliedert war. Hier war die Chance, an Langeweile zu sterben, sogar noch größer, als wirklich ermordet zu werden. Leichenräuber und Wissenschaftler mit unlauteren Absichten kamen gerüchteweise hierher, um sich mit … Teilen für ihre Studien einzudecken.

So stand Lhoane, nach wie vor verkatert und vollkommen übernächtigt, im Schatten des kleinen Tempelbaus auf dem Friedhof. Im falschen Mondlicht der Kuppel reihten sich vor ihm die Gräber, eine untergehende Sonne aus Stein reihte sich an die nächste. Die Nacht war still. Irgendwo in der Ferne bellte ein Hund. Die Glocke des großen Haupttempels schlug Mitternacht. Lhoane fuhr zusammen. Noch sechs Stunden. Sechs Stunden auf den Beinen. Er hatte viel zu wenig Wasser getrunken und litt Durst. Er blickte sich sorgfältig um, ob einer der Templer aus einem der anderen Tempel hier war, um ihn und sein Tun zu überwachen.

Aber das war Mumpitz, nicht wahr? Die hohen Herren lagen in den Nächten, in denen einfache Soldaten des Archonten sie beschützten, brav in ihren Kasematten unter den Tempeln und horchten an der Matratze. Nur der arme Lhoane, mit dem konnte man es ja machen. Er schnaubte, und mit resoluten Schritten stapfte er zu den Pumpen und Gießkannen herüber, mit denen die Trauernden die Gräber derer pflegten, deren Seelen bis zum Tag der Erleuchtung durch den Lichtfürsten in den Nebelhöllen umherirrten oder bereits aufgestiegen waren. Er lehnte sich nach vorn und bediente den Pumpenschwengel. In der stillen Düsternis klang das Kreischen des verrosteten Metalls unendlich laut.

Beim dritten Stoß kam klares Wasser. Er hielt seine Hände darunter, schöpfte und trank. Das kühle Nass tat gut. Lhoane stöhnte wohlig und fasste noch einmal nach.

Etwas ließ ihn innehalten. War da ein Geräusch gewesen? Er lauschte angestrengt in die Nacht, hörte aber nichts außer den letzten Wassertropfen, die aus der Pumpe sickerten und sich in einem großen Kupferbottich sammelten, in dem die Gießkannen unter Wasser standen, aufgereiht wie ertrunkene Soldaten.

Lhoane trank ein drittes Mal und fühlte sich schon besser. Er ging zurück zu seinem Posten – und damit begann erneut die Langeweile.

Er hielt etwa bis zur zweiten Stunde des Morgens aus, als ihm klar wurde, dass er ein ernstes Problem hatte. Er war so übermüdet, dass er schwankte. Umzufallen drohte. Er musste irgendwie Kraft tanken. Schließlich hielt es Lhoane nicht mehr aus. Er ging auf einige ungravierte Grabsteinrohlinge zu, die an der Tempelmauer lehnten. Nur einen kurzen Moment, mehr nicht. Mit diesem Gedanken setzte sich Gardist Lhoane auf die Steine und schloss die Augen.

Als er sie wieder aufschlug, war es sehr viel später. Nach dem Stand des künstlichen Mondes war es drei oder vier. Aber wieso war er aufgewacht? Hatte ihn ein Geräusch geweckt? Es war totenstill. Und in diese Stille hinein lauschte Gardist Lhoane – und hörte die schwachen Laute, die aus der Kammer kamen, in der die Toten aufgebahrt wurden.

Ein Leichenräuber? Vielleicht hatte man ihn übersehen, wie er hier im Schatten des Daches des kleinen Marmorbaus hockte und Wache hielt? Er fasste sich an den Hals. Wahrscheinlich hatte man ihm nur deshalb die Gurgel nicht aufgeschlitzt.

So leise er konnte, zog Lhoane sein Schwert. Er hatte einen riesigen Klumpen im Hals. Vielleicht sollte er lieber gehen und Verstärkung holen? Er lauschte noch einmal. Wieder ein leises Knacken. Jemand war in der Totenhalle. Es rann ihm kalt über den Rücken. Eine Vielzahl abergläubischer Geschichten ging ihm durch den Kopf. Geschichten, bei denen man laut lachte, wenn sie am Feuer in der Taverne erzählt wurden, bevor man einen fahren ließ. Aber er musste sich eingestehen, dass diese Geschichten eine andere Qualität bekamen, wenn man der einzige Mann weit und breit auf einem gigantischen Areal voller Toter war und Laute aus einer Leichenhalle vernahm. Eine ganz und gar andere Qualität.

»Stille Nacht?«

Die Stimme erschrak Lhoane so sehr, dass er wirklich in die Höhe sprang. Er wirbelte herum und richtete sein Schwert auf eine Gestalt, die keine fünf Schritte entfernt stand, die er aber dennoch nicht hatte kommen hören. Erleichtert atmete Lhoane auf. Sein Herz raste wie verrückt.

Es war ein junger Templer, ein Baum von einem Kerl – gehüllt in eine prächtige Rüstung und mit einem riesigen Zweihänder bewaffnet. Genau die Art Verbündeter, die er jetzt brauchte. Rasch legte er dem Ritter die Lage dar.

»Soso. Na, das sollten wir doch einmal überprüfen. Ihr geht vor, ich bin direkt hinter Euch.«

Dies waren genau die Worte, die Lhoane nicht hatte hören wollen. Er nickte und ging dann murrend und mit weichen Knien auf eine kleine Treppe mit vier Stufen zu, die in die Gebäudewand eingelassen war und nach unten führte. Die

Geräusche waren nun eindeutiger, ein seltsames Knirschen wie von Stiefeln, die durch Tiefschnee schritten. Bevor seine Furcht ihn lähmen konnte, überwand sich Lhoane lieber. Er griff den Eisenring der Tür zum Kühlkeller und drückte die Tür auf.

Einige schwache rote Talglampen hüllten den Keller in ein schummriges Licht. Der schwache Geruch von Balsamierflüssigkeit und altem Tod lag in der Halle. Einige Steinwannen standen auf erhöhten Podesten. Der Rest des Raums wurde von Tischen eingenommen. Weiße Laken ruhten darauf. Die Wölbungen unter dem Stoff ließen keinen Zweifel an ihrem Zweck.

Alles in Lhoane schrie danach, sich umzudrehen und davonzumachen. Aber die Hand des riesigen Templers legte sich auf seine Schulter und schob ihn mit sanftem Druck vorwärts.

Gardist Lhoane ließ seinen Blick schweifen, während ihm das Herz bis zum Hals pochte.

»Ha-hallo? Ist hier jemand?«

Ein schwaches Stöhnen beantwortete seine Frage. Irgendwo vor ihm, tiefer in der Kammer. Hinter ihm krachte die Tür ins Schloss. Der Templer hatte sie zugezogen.

Bevor Lhoane darauf reagieren konnte, vernahm er vor sich Schritte. Im schwachen Licht sah er eine Gestalt, die mit eigentümlich schwankendem Gang auf ihn zukam. Irgendetwas stimmte mit der Person nicht, ihr Kopf pendelte seltsam hin und her – wäre die Situation nicht so merkwürdig gewesen, Lhoane hätte lachen mögen, so vogelartig wirkten die Bewegungen der Person.

»Halt! Wer geht da? Zeigt Euch, oder wir machen von der Waffe Gebrauch.« Er drehte sich zum Templer um, wie um dessen Zustimmung einzuholen. Der Hüne lächelte nur und machte eine einladende Geste. *Seid mein Gast.* In diesem

Moment trat die Gestalt noch näher – und Lhoane hatte das Gefühl in eine Wanne voller Eiswasser zu fallen. Er kannte den nackten Mann, der da auf ihn zustakste.

»Scheiße!«, entfuhr es Lhoane. »Bist du das, Delgard? Die ... die haben gesagt, du wärst tot ...«

Als sein Kamerad näher kam, setzte Lhoanes Herz einen Schlag aus. Er machte einen Schritt zurück. Sein einstiger Kamerad war tot, das sah ein Blinder. Sein Genick war gebrochen, die Knochen ragten verformt und gesplittert teilweise aus dem Fleisch seines Körpers. Die Augen waren milchigtrübe, die Zähne zu einem verstörenden Grinsen geformt.

Das Schlimmste aber war der Nebel. Er quoll in dicken Strängen aus wirklich jeder Öffnung des nackten Leichnams und sammelte sich zu seinen Füßen, wo er ihn als knöchelhohe Wolke begleitete, während der Tote vorwärtsstakste. Ohren, Nase, Mund, ja, selbst die Tränensäcke und Delgards schlaffes Glied, das auf groteske Weise hin und her pendelte – sie alle spien den verfluchten Nebel aus, der mit der Konsistenz von taubedeckten Spinnweben nach unten rann.

Lhoane machte noch einen Schritt und stieß gegen die Brust des Templers. Hilfeheischend drehte er sich nach dem heiligen Krieger um. Dieser Mann würde wissen, was zu tun war!

Doch der Templer lächelte einfach nur sein süffisantes Lächeln. Bevor Lhoane protestieren konnte, stieß der Mann ihn vor die Brust. Überrascht von der Kraft dieser Aktion taumelte der Gardist nach vorn und prallte hart gegen eine der Steinwannen.

»Wa–was tut ihr denn?«, schrie er. »Wir müssen hier raus! Hilfe holen!«

Da packten Delgards eisige Leichenfinger nach Lhoane. Der schrie auf und ließ sein Schwert mit Macht auf die Schulter des toten Kameraden hinabsausen. Mit einem Knacken wie von einem Ast, den man auf das Eis eines winterlichen Sees schmetterte, versank die Klinge in der Schulter Delgards, grub sich in totes Fleisch.

Eine weitere Chance bekam Lhoane nicht. Klamme Finger schlossen sich um seine Kehle, drückten mit unfassbarer Gewalt zu. Sein Schrei wurde erstickt, ging im Splittern seiner Kehle unter, wurde zu einem Wimmern. Jämmerliche Laute ausstoßend, ging er zu Boden, Delgards Gesicht in der morbiden Parodie eines Kusses über seinem. Erstickend und von einer ganzen Flut panischer Gedanken vollkommen gelähmt, scharrte Lhoane mit den Füßen und beobachtete voller Entsetzen, wie Delgards Zähne näher und näher kamen. Nebel wirbelte in seiner Kehle wie im Schlund einer arktischen Höhle.

Dann schlossen sich die Zähne seines einstigen Kameraden um Wange und Augapfel – und der Schmerz begann, als ihm Delgard das Gesicht abfraß.

Nebel aus Delgards Kadaver sickerte in die Überreste des Mannes, der Gardist Lhoane gewesen war, bevor auch dieser sich kurz darauf mit einem Stöhnen erhob, während Delgard noch Teile seines Antlitzes kaute. Blut rann an seinen Lippen und dem Kinn herab wie der Saft reifer Granatäpfel des Südens.

Beide dampfenden Gestalten stierten geistlos den Templer an, der sich keine Elle vom Fleck bewegt hatte. Nun aber drehte er sich um und öffnete die Kellertür. Er machte eine spöttische einladende Bewegung. Langsam setzten sich die beiden Kreaturen in Bewegung, das Nebelkissen unter ihren Füßen und aus jeder Pore weißen Dunst blutend.

»Auf geht's, meine Herren. Die Nacht ist noch jung, und wir haben einiges an Arbeit vor uns.«

Die Toten erklommen die Stufen. Und Solus folgte ihnen in die Dunkelheit der Gassen.

Danksagung

Mein ausgesprochener Dank gilt einer ganzen Vielzahl von Personen. Aber wie das beim Schreiben so ist, muss man mit dem Platz auskommen, der einem zur Verfügung steht, daher in Kürze:

Mein Dank geht vor allem an meine Frau Nina – sie weiß, wofür.

Und an meine Mutter, die die Liebe für Geschichten in mir geweckt, sowie an Walter Schaar, der immer an mich geglaubt hat.

Außerdem danke ich Michael »Buddy« Wien, ohne dessen Blick für eine spannende Geschichte sowie unzählige wertvolle Hinweise Sie heute ein anderes Erstlingswerk in Händen hielten.

Rainer Wekwerth soll ebenfalls nicht unerwähnt bleiben – ohne diesen Autor wüsste ich über das Handwerk des Schreibens einiges weniger. Das Gleiche gilt für meinen Agenten Markus Michalek, dessen unermüdlicher Support und moralische Unterstützung unbezahlbar für mich waren – und sind.

Außerdem möchte ich Ihnen danken, lieber Leser. Es steht außer Frage, dass ich auch dann schreiben würde, wenn niemand meine geistigen Ergüsse läse. Aber ob die Sache mir ohne Ihre Mitwirkung noch genau so viel Spaß machen würde – das steht auf einem ganz anderen Blatt.

Oh ja, und danke an Gary Gygax, Dave Arneson und Mark Rein-Hagen. Keep on rollin'.